U0534055

「山东大学双一流建设『中国古典学术』专项资助项目」

牟世金文集

山东大学中文专刊

第一册 文心雕龙研究

人民文学出版社

图书在版编目（CIP）数据

牟世金文集：全6册/牟世金著. —北京：人民文学出版社，2022
ISBN 978-7-02-015418-0

Ⅰ.①牟… Ⅱ.①牟… Ⅲ.①牟世金—文集②《文心雕龙》—古典文学研究—文集 Ⅳ.①I206.2-53

中国版本图书馆 CIP 数据核字（2019）第 154073 号

责任编辑　高宏洲
装帧设计　刘　远
责任印制　王重艺

出版发行　人民文学出版社
社　　址　北京市朝内大街 166 号
邮政编码　100705

印　　刷　北京盛通印刷股份有限公司
经　　销　全国新华书店等

字　　数　2400 千字
开　　本　640 毫米×960 毫米　1/16
印　　张　199　插页 17
版　　次　2022 年 1 月北京第 1 版
印　　次　2022 年 1 月第 1 次印刷

书　　号　978-7-02-015418-0
定　　价　818.00 元（全六册）

如有印装质量问题，请与本社图书销售中心调换。电话：010-65233595

牟世金（1928—1989）

重庆忠县人，1948年四川省立万县师范学校毕业，1949年任忠县南宾中学语文教员。同年12月考入军政大学，毕业后分配到二野十一军军部，寻调海军青岛基地，1955年转业到地方。1956年考入山东大学中文系，毕业后留任助教，1978年升讲师，1980年升副教授，1983年升教授。曾任山东大学中文系主任、《文心雕龙》研究室主任、山东大学文科学术委员会主任；兼任中国古代文论学会常务理事，中国《文心雕龙》学会常务理事、秘书长。在《中国社会科学》《文学评论》《文学遗产》《光明日报》《文史哲》等报刊发表学术论文百余篇，出版著作十几种，代表作有《文心雕龙研究》《文心雕龙译注》《雕龙集》《雕龙后集》《刘勰年谱汇考》等。

牟先生在书房

与夫人赵璧清在校园

与王元化先生合影

与杨明照先生合影

与张文勋先生合影

与刘文忠先生合影

与张少康(左一)、罗宗强(右一)等先生合影

与王元化(右二)、冈村繁(右三)、章培恒(左二)等先生合影

与韩湖初先生合影

与徐中玉(左二)、曹顺庆(左一)等先生合影

与涂光社先生合影

1987年第四届香港国际比较文学会议(前排左三为牟先生)

生也有涯无涯惟智逐物实难愚性良恧傲岸寒石咀嚼文义文果载心余心有寄

录文心雕龙序志

丙寅冬于山东大学 牟志奎

牟先生书《文心雕龙·序志》赞

牟先生绘画

书影之一

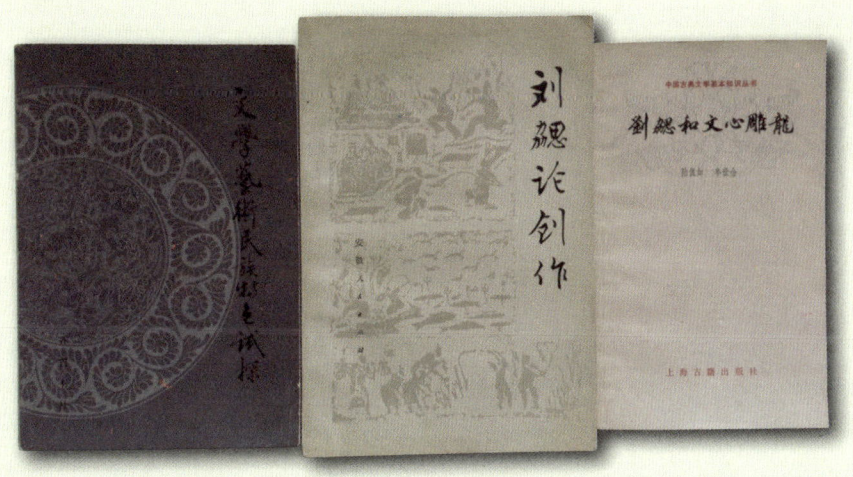

书影之二

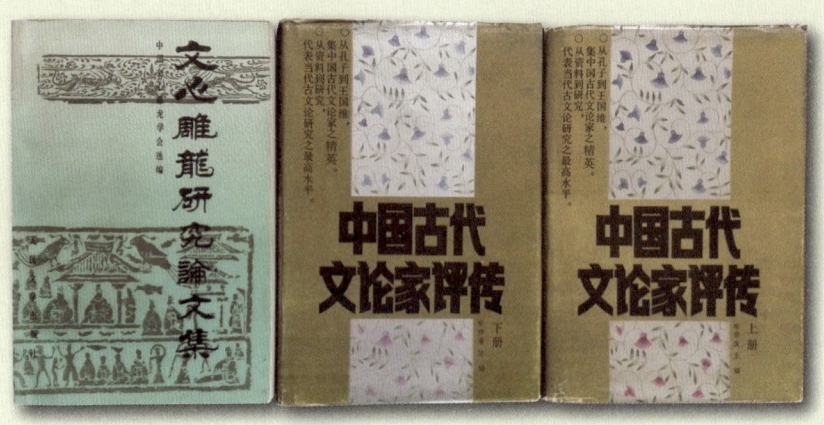

书影之三

《山东大学中文专刊》编辑工作组

组长
杜泽逊　张　帅

副组长
李剑锋　黄发有　程相占　马　兵

成员
王培源　刘晓东　萧光乾　张学军　张树铮
孙之梅　关家铮　王新华　杨振兰　岳立静
戚良德　祁海文　李开军　刘晓多　沈　文
王　萌　刘靖渊　程鸿彬　刘天宇　吉　颛
李振聚

《山东大学中文专刊》编辑出版说明

　　《山东大学中文专刊》，是山东大学中文学科学者著述的一套丛书。由山东大学文学院主持编辑，邀请有关专家担任编纂工作，请国内有经验的专业出版社分工出版。山东大学中文学科与山东大学的历史同步，在社会巨变中，屡经分合迁转，是国内历史悠久、名家辈出、有较大影响的中文学科之一。1901年山东大学堂创办之初，其课程设置就包括经史子集等中文课程。1926年省立山东大学在济南创办，设立了文学院，有中国哲学、国文学两系。上世纪30年代至40年代，杨振声、闻一多、老舍、洪深、梁实秋、游国恩、王献唐、张煦、丁山、姜叔明、沈从文、明义士、台静农、闻宥、栾调甫、顾颉刚、胡厚宣、黄孝纾等著名学者、作家在国立山东（青岛）大学、齐鲁大学任教，在学术界享有盛誉。中华人民共和国成立后，山东大学中文学科迎来新的发展时期，华岗、成仿吾先后担任校长，陆侃如、冯沅君先后担任副校长，黄孝纾、王统照、吕荧、高亨、高兰、萧涤非、殷孟伦、殷焕先、刘泮溪、孙昌熙、关德栋、蒋维崧等语言文学名家在山东大学任教，是国内中文学科实力雄厚的学术重镇。改革开放以来，中华人民共和国培养的一代学术名家周来祥、袁世硕、董治安、牟世金、张可礼、龚克昌、刘乃昌、朱德才、郭延礼、葛本仪、钱曾怡、曾繁仁、张忠纲等，以深厚的学术功力和开拓创新精神，谱写了山东大学中文学科新的辉煌。总结历史成就，整理出版几代人用心血和智慧凝结而成的著述，是对学术前辈最大的尊敬，也是开拓未来，创造新知，更上一层楼的最好起点。2018年4月16日，山东大学文学院新一届领导班子奉命成立，20日履任。如何在新的阶段为学科发展做一些有益的工作，是摆在面前的首要课题。编辑出版《山东大学中文专刊》是新举措之一。经过一年的紧张工作，一批成果即将问世。这其中既有历史成就的总结，也有新时期的新著。相信这是一项长期的任务，而且长江后浪推前浪，在未来的学术界，山东大学中文学科的学人一定能够创造出无愧于前哲，无愧于当代，无愧于后劲的更加辉煌的业绩。

山东大学文学院
2019.10.11.

总 目 录

第一册

文心雕龙研究

第二册

文心雕龙译注

第三册

文心雕龙精选

刘勰和文心雕龙

第四册

刘勰年谱汇考

台湾文心雕龙研究鸟瞰

文学艺术民族特色试探

第五册

雕龙集

雕龙外集

第六册

雕龙后集

《牟世金文集》整理说明

一、《牟世金文集》六册，收入《文心雕龙研究》《文心雕龙译注》《文心雕龙精选》《刘勰和文心雕龙》《刘勰年谱汇考》《台湾文心雕龙研究鸟瞰》《文学艺术民族特色试探》《雕龙集》《雕龙外集》《雕龙后集》等十种著述。

二、上述著述中，《文心雕龙译注》系与陆侃如先生合著，《刘勰和文心雕龙》系与萧洪林先生合著。牟先生与陆先生合著的著作，尚有《文心雕龙选译》《刘勰论创作》《刘勰和文心雕龙》等，鉴于已编入《陆侃如冯沅君合集》一书，本文集不再收入。

三、上述十种著述，前八种书名均为牟先生生前所定，除了《雕龙集》之外，其余七种内容基本保持原样不动。《雕龙集》《雕龙后集》中的内容与其他著述有些重复，这次将重复部分删除，但保留原书目录和篇名，并在所删篇目后标注"存目"字样，以便研究者详其原貌。

四、《文心雕龙译注》一书有多个版本，经认真比对，各版本之间内容略有不同，本文集以后出版本为主，并校以初版本。

五、《雕龙外集》为本次新编，除最后的《诗词四首》为编者所辑，其余文章均为原貌；其中部分文章系与人合写，则在文末注明合著者及位次。

六、《雕龙后集》编于牟先生去世之后不久，鉴于"附录"中的

《牟世金论著目录》收录不全,这次重新编定;其余内容一仍其旧。

七、除上述特别说明之外,本文集所收著述一般保持原貌,个别明显的笔误或校对错误径予改正,标点符号略有调整,论文注释则改为页下注,但注释体例和内容不做更动。

八、本文集的编纂,由牟先生的弟子和再传弟子完成,戚良德负责编定,赵亦雅协助整理,宫存波、张然、王敏、秦元元、刘尚才、李鹏飞、马玥、宋娜、张肇甜等参与校订工作。

2018 年 10 月

目 录

序 …………………………………… 王元化 1
自序 …………………………………………… 5

第一章 绪论 …………………………………… 1
  第一节 中国古代文论的典型 …………………… 1
  第二节 《文心雕龙》研究的回顾与展望 ………… 10
  第三节 产生《文心雕龙》的时代思潮 …………… 30

第二章 刘勰 …………………………………… 49
  第一节 刘勰的家世 …………………………… 49
  第二节 刘勰生平考略 ………………………… 56
  第三节 刘勰的思想 …………………………… 74

第三章 《文心雕龙》的理论体系 ……………… 88
  第一节 《文心雕龙》的性质和篇次问题 ………… 89
  第二节 《文心雕龙》的总论 …………………… 103
  第三节 《辨骚》篇的归属问题 ………………… 117
  第四节 "体大思精"的理论体系 ……………… 132

第四章 文之枢纽 ……………………………… 154
  第一节 "原道"论的实质和意义 ……………… 154
  第二节 "征圣""宗经"思想 ………………… 177

第五章　论文叙笔

- 第三节　《正纬》和《辨骚》的枢纽意义 …………… 196
- 第一节　概说 …………………………………… 215
- 第二节　楚辞论 ………………………………… 233
- 第三节　论诗 …………………………………… 245
- 第四节　论赋 …………………………………… 259
- 第五节　论民间文学 …………………………… 280

第六章　创作论

- 第一节　创作论的体系 ………………………… 296
- 第二节　艺术构思论 …………………………… 336
- 第三节　风格论 ………………………………… 356
- 第四节　风骨论 ………………………………… 374
- 第五节　通变论 ………………………………… 414
- 第六节　情采论 ………………………………… 434

第七章　批评论

- 第一节　评建安文学 …………………………… 451
- 第二节　批评论和鉴赏论 ……………………… 467
- 第三节　作家论 ………………………………… 482

第八章　几个专题研究

- 第一节　刘勰对古代现实主义理论的贡献 …… 500
- 第二节　从《文心雕龙》看古代文论的民族特色 … 517
- 第三节　从"范注补正"看《文心雕龙》的注释问题 …… 546
- 第四节　台湾《文心雕龙》研究鸟瞰 ………… 572

序

王元化

牟世金同志的新作《文心雕龙研究》即将问世,嘱我写几句话作为序言。我虽然应承下来,但是一提起笔却又不免有些踌躇。我感到自己不像世金同志那样专心致志,研究《文心雕龙》的专著和论文不及他读得多,恐怕难以提供值得参考的意见。他为了总结前人与当代学人的经验,写出了《"龙学"七十年概观》《刘勰年谱汇考》《日本研究文心雕龙一瞥》《台湾文心雕龙研究鸟瞰》等著作。他在搜集资料上,用力甚勤,继承了清人不病琐、获之创的求实学风,决不贪图省力,以第二手资料充数。世金同志即将问世的这部书,就是在这个基础上对《文心雕龙》所作的再认识再估价。我认为这对研究工作中那种轻视掌握资料的风习是具有针砭作用的。长期以来,总是把理论脱离实际的倾向归咎于对应用学科的重视不够,我并不以这种说法为然。应用学科与基础学科紧密相关、同步消长,如果把它们割开,看不出前者的发展有赖于后者的深化,其间形成一种水涨船高的关系,只求拔苗助长之效,那倒是必须警惕的。我认为,在科研方面不从实际出发,轻视乃至抹煞掌握资料的必要,才是理论脱离实际的根源。

六十年代初,世金同志和他的老师陆侃如先生合译的《文心雕龙选译》出版了。陆先生去世后，世金同志独自完成了这部书的全部注译工作，这是我国第一部全译本，较以前的选译本在质量上提高了很多。这些年，他还陆续出版了好几本研究《文心雕龙》的专著。世金同志对于《文心雕龙》怀有深厚的感情，他的研究工作数十年如一日，从未中辍，这种孜孜不倦的钻研精神，使我感到钦佩，也使我感到愧然。因为我的兴趣时常转移，不能专心致力于同一课题，作长时期的探讨。我尝戏言，世金同志可以说得上是《文心雕龙》的功臣。这一点，有他的大量论著可以为证。他也是全国《文心雕龙》学会的倡议筹建者，学会的繁杂事务几乎都是由他承担起来的，因此学会倘在学术界有所贡献，首先得归功于他。

我时常听到一些同志说，研究《文心雕龙》的文章已经很多，似乎再没有什么新意可写了。我同意世金同志的学无止境的说法。自然，剿袭成说是不好的，逐新猎奇也同样不可取，后种倾向往往是前种倾向的反拨。尽管两者似乎各趋一端，但究其实际，它们的弊病却同在止于浅尝不务深探，不肯做切实刻苦的研究工作。近年来，千篇一律的文风渐渐敛迹之后，又冒出了另一种故作惊人之笔的骇世之文，这也就是我曾经说过的那种意在求胜的商榷文章和惊听回视的翻案文章。这类文章并不比人云亦云的文章可以为理论研究多增添一点新因素。世金同志这部书毫无哗众取宠之心，也许会被认为过于质朴，但这也是它的长处。因为从这种质朴中可以看到一种实事求是的治学态度，既不刻意求新，也不苟同于人。他所说的"有人异于我，也有我异于人"，大概就是为了说明这一点吧。他力图揭示原著的本来意蕴，而决不望文生解，穿凿附会。书中那些看来平淡无奇的文字，都蕴涵着作者的反复思考、慎重衡量，其立论之严谨，断案之精审，我想细心的读者是可以体察到作者用心的。

我和世金同志是通过《文心雕龙》结成文字之交。七十年代末拙著《文心雕龙创作论》出版后,他是最早在文章中给我鼓励和奖饰的不相识者。虽然我在书中曾对他的《选译》释自然之道提出异议,他不仅毫不介意,而且欣然接受了我的意见。当我发表释"拟容取心"说遭到不少指摘时,他也首先出来辩明曲直表示赞同。那时我们不但不认识,而且我也未平反。他这种不以政治歧视来对待学术问题,至今仍使我感念。自然,世金同志也曾在文章中对我的某些观点表示异议,提出不同看法,其中不乏真知灼见,给我启发,令人折服。我想人生中的友谊以文字之交最为纯朴,我和世金从未互相馈赠,也从未一起吃喝。我们见面和通信,谈的是学问或学会的事,除此之外,彼此均无所求,甚至连私人生活也从未涉及,这在一般朋友交往中恐怕是很少的。由于世金同志的缘故,我还和不少《文心雕龙》研究者也结下了这样的友情,这都给我欣慰,为我所珍视。最近听说世金同志患了癌症,又听说经过手术治疗已渐痊愈,让我衷心祝祷世金同志完全康复。

1988年6月15日记于上海寄庐

附　记

这是在世金逝世前,应他的嘱咐所写的序言。序言交给他后,就得到他的来信。信中有一段话说到这篇序言的事:"您在百忙中为拙著撰序,为小书大为增光。先生以感人肺腑之言谈我们之间的'友情',却是使我且感且愧的,因自我相识尊颜以来,我在内心始终是尊您为师的。除于龙学受益最深外,您的思想和治学方法,您的人品和处世态度等,都是我努力学习的。"世金在信中以他一贯特有的谦逊吐露了他的衷曲。这封信倘不是他最后的来信,也是最后二、三次来信之一。由于其中涉及学会一些问题,我将把它复制出来,交这次在汕头举行的年会同仁。(因为信中提出几位人选,可作这届改选的参考)。世金去世,我还没有写悼念文章。让我在这里先表示我的哀思。

1990 年 10 月 24 日

自　序

今年是龙年。这本书完成在龙年之初,也许是历史的安排。

1982年我完成《文心雕龙译注》之后,便开始考虑此书的撰写。在翌年秋的"中国文心雕龙学会"成立大会期间,人民文学出版社向我提出此书的预约。当时本想用一两年的时间完成,未想到一拖再拖,以至于今。所以,这本"龙"著完成于龙年,并非初衷。按原来的进度,本已向出版社送交保证书:至晚1987年10月底交卷。可事与愿违,我这个从未染指于行政的书生,真所谓"在劫难逃",已推过两届系务,这次却推之不掉了。这就是此书延迟到龙年的历史安排。也可说是命中注定,我的属相正是"龙",故曾自许以"叶公好龙"。这样,此书完成于我进入花甲的龙年,岂不是命中注定。

解放前,我在四川老家的一所中学任教,当时还年幼无知,但听到同事中的年长者谈起《文心雕龙》,引起我的兴趣,便从书店买来一本标以"广注"的《文心雕龙》[①],却根本看不懂。因而萌生一种愿望:能读到一种今译本就好了。当时还绝无自己来译的奢望,只希人家译出,以利自己学习而已。直到1958年,山东大学成仿吾校长亲率中文系师生编写文学史,陆侃如先生和我被任命

---

① 杜天縻注,世界书局1947年版。此书至今尚存身边。

为汉魏六朝段的负责人,分工时只好任别人先选,最后剩下绪论和《文心雕龙》两个部分,便由陆先生写绪论,我写《文心雕龙》。这就再一次促使我产生读到《文心雕龙》译本的强烈愿望。但那时仍然没有译本可读,历史就为我安排了这样的道路:三年之后,陆先生和我决定,自己来译。既有老师领着干,胆也就壮了。未想到的是,自1963年完成《文心雕龙选译》之后,至今还脱不出"龙"的缠绕。除了诸家编者之命不敢不应,自己也是得陇望蜀:既有选译,便想全译;既有全译,复有此书之愿未了。本来还有少许打算,且"龙"门深似海,常叹难得而入,不愿废于半途。但屈指年华,已承担的其他任务不允许在这条路上蹒跚下去了。从今以往,虽非洗手不干,最多也是绘其半爪,模其片鳞而已。

正因这是我毕生所能雕画的一条"全龙",未敢草草命笔,便向当今"龙"坛巨擘王元化先生学习,先打外围战。如王先生为撰写《〈文心雕龙〉创作论》中的"八说"之一,便首先译出歌德等人的《文学风格论》①。自愧不习外语,这是我无法学到手的。但受其启示而可举一反三:为了解龙学的历史,吸取前人成果,总结经验教训,写了《"龙学"七十年概观》②;为确知刘勰生平,便遍搜海内外已刊行之刘勰年谱、年表十六种,撰成《刘勰年谱汇考》③;为一知日本龙学而赴日察访,写了《日本〈文心雕龙〉研究一瞥》④;为掌握港台研究成果,写了《台湾文心雕龙研究鸟瞰》⑤,并借参加香

---

① 上海译文出版社1982年出版。
② 《社会科学战线》1987年第3、4期,1988年第1期。
③ 巴蜀书社1988年出版。
④ 《克山师专学报》1984年第1期。
⑤ 山东大学出版社1985年出版。

港国际比较文学会之机,拜访了部分香港龙学家。此外,为认清刘勰的思想,曾写过《试论六朝时期儒道玄佛的斗争与融汇》①等。不过,它山之石,虽可攻玉;前人之英,虽可启愚,但对本非可琢之玉,可开之窍,也是枉然。

当一个人的学术观点逐渐形成之后,就有某种顽固性,我也难以越超斯境。大约在写成《文心雕龙译注》的《引论》之后,一些基本认识就难以更改了。因此,虽然时隔五载,现在所写这本书,在总的体系上并无根本性的改变。故网罗四海之说虽多,当世师友惠我匪浅,也最多是促我在自己的基础上略有发展。但无论是五年之前或五年之后,我同样有一个把握住刘勰原貌的主观意图。自以朽木不可雕矣,新的思想,新的方法,都可望而不可及。建立"龙学"新的体系,唯寄望于后起之秀了。倘能理清《文心》的原貌,就是我最大的愿望。但这个愿望并不是容易实现的。识其原貌,主要就是准确地理解原文原意,才能作正确的、实事求是的论析。五年前的《引论》,自然是以《译注》为基础提出的见解。当时虽在主观上是力图符合原貌,但能否做到,是未敢自信的。现在的论析,仍是只图符合原貌,而不敢好高骛远。但对原文的理解有了变化,有关的观点就不能不变了。读懂《文心》的原文,可以说既是龙学的起点,也是龙学的终点。不懂原文,谈何研究?真正地懂,可以断言其本意如何,做了定论,岂非龙学的结束?所以,我始终认为读原著和研究是并行的,从逐字逐句、一篇一题到全书,由全书的理解再回到字句;由个别认识以助整体,再由整体认识以提高个别。如此反复,逐步修正,逐步加深和提高,这就是龙学的发展史。至少我自己正是这样。以《引论》所把握

---

① 《古籍研究》1987年第1期。

的整体为基础,重新回到一字一句的再认识。我没有记录曾有过多少次这样的反复,但在写这本书的过程中,也由于中途常有间断,差不多每一个小节,都要从中心点出发,绕场一周,跑个大圆圈,再回到中心点,绕行若干小圈。

所幸的是,这种大圈小圈的反复并非徒劳,每章每节,都或多或少有一些新的发现,新的认识。如"通变"论等个别问题,甚至和过去的见解有了根本性的改变。但在总体上,只是就原有基础,力图有所发展。有的问题,如"原道"论、"辨骚"论等,虽曾有人提出不同意见,但还未能动摇我的基本认识。凡自以为是而应坚持者,便作一些必要的申说。但无论已变或未变的见解,都未能信其必是,只是就我目前对原著的理解来说,以为应该如此。对这本书,对现在的观点,也还必将有不同意见、反对意见。这是毫不奇怪的,因为对原著人有人的理解,我有我的理解,只要龙学的终点未到,有不同的理解就是必然的。正因如此,虽然早在1944年便有朱恕之的《文心雕龙研究》问世①,近年来,台湾也有王更生、龚菱等人的《文心雕龙研究》陆续出版②,本书仍不避其重复,盖特取其"研究"之意。故其中所论,有人异于我者,有我异于人者,研究而已;故本书略于一般性内容的介绍,而详于有争议的重大问题,也是出于对龙学的研究而已;故各个部分都提出某些并不是很成熟的新见解,也不过是提出研究而已。

以《研究》为名的"龙"著先我而出者虽多,但中国大陆解放之后,这还是第一部;从另一个角度说,本书未曾引证一句马克思

---

① 南郑县立民生工厂印行。
② 王更生《文心雕龙研究》,1976年台北文史哲出版社初版,1984年增订再版。龚菱《文心雕龙研究》,1982年台北文津出版社初版。

主义的经典著作,这固因我习之未精而有恐误用,却是力图用其观点、立场和方法来研究问题,这样的尝试,也是第一次。正因如此,更应名以"研究",自然是初步的"研究",故望读者对这种初步的研究切勿抱太大的期望。

最后要说明的一点是,本书提到海内外先辈时贤甚多,若别其称谓,不仅十分复杂,且许多研究者的头衔正在日新月异之中;窃以学术研究亦无逐一区别之必要,又为减省篇幅,便全部直书其名,敬祈鉴谅。

牟世金
1988 年初春

第一章 绪 论

第一节 中国古代文论的典型

伟大的中华民族具有光辉灿烂的古代文化,历史悠久而丰富多彩的文学艺术,更是我们祖国的骄傲。中国古代的文学家,也大都是批评家、理论家,他们不断总结自己的经验,评论前人的得失,逐步形成一整套独具民族特色的文学理论体系;它在指导历代文学创作中,又不断丰富发展着。虽然古今有别,但这个发展过程至今并未结束。割断历史是不可能的。我们的任务是从今天的现实出发,用新的观点和方法来继承它,发扬它。台湾的学者常讲"复兴中华文化",这固然反映了他们爱国自尊的精神,但仅仅"复兴"是不够的,历史的必然规律是不断地发展和创新,何况今日之中国已有了天翻地覆的变化。

近百年来的中国文学理论,虽然出现过全盘欧化的浪潮,有过照抄苏联的倾向,但这不仅在五千年文明史上是极为短暂的时刻,并没有动摇或改变广大读者和作者喜闻乐见的传统观念与形式,即使少数最时新、最洋化的文学论著,也很难完全脱离民族文化的轨道。近年来,怎样建立一套具有民族特点的社会主义文艺理论体系,已为广大的文艺理论研究者普遍重视了。建设中国式的社会主义，各个方面都必须走我们自己的道路，有着优良传统而富有民族特色的文学艺术，自然不能例外。这方面要做的工作很多，总结古代文学艺术的传统经验，清理构筑古代文艺理论的理论体系，探讨其发展规律和民族特色等，无疑是我们的重要任务。西方的文艺理论，自然是应该吸收和借鉴的，但要适合我们自己的文学发展道路；建立具有中国作风、中国气派的社会主义文学理论体系，就必须以唯物史观作指导，总结数千年来我们民族文学的发展规律及种种优秀的、深入人心的传统经验，再从今天的现实出发，加以发展创新。

以"体大虑周"称著的《文心雕龙》，确是中国古代文学理论的一个典型，全面系统地研究这个典型，对总结我国古代文学理论的民族特色和传统经验，是有重要意义的。1983年，周扬在参加中国《文心雕龙》学会成立大会期间，对《文心雕龙》的典型意义做了重要评述：

> 中国的古代文学理论遗产也十分丰富、十分宝贵。特别是《文心雕龙》，在古文论中占有首屈一指的地位，它是中国古文论中内容最丰富、最有系统、最早的一部著作，在中国没有其他的文论著作可以与之相比……这样的著作在世界上是很稀有的。《文心雕龙》是一个典型，古代的典型，也可以说是世界各国研究文学、美学理论最早的一个典型，它是世界水平的，是一部伟大的文艺、美学理论著作。我看可以称得起伟大两字。在文论这个范围里，一千多年前能写出这样的著作，恐怕世界上很难找出来……所以，《文心雕龙》这部书的价值，还有充分估价的必要。它确是一部划时代的书，

在文学理论范围内，它是百科全书式的。①

这段话充分肯定了《文心雕龙》的历史地位、它的世界价值和典型意义，这对我们认识《文心雕龙》的重要性是十分有益的。这里要特别提出的是，周扬指出这部伟大著作的百科全书性质，它启示我们更为深入地认识此书的典型意义，从而理解和全面系统地研究这部著作，对建立具有中国民族特点的马克思主义文艺理论是何其重要。

《文心雕龙》在中国古代文学理论中的典型意义，主要就在它可说是一部中国古代的文学概论。在这点上，中国古代大量文学理论著作，确是没有第二部可以与之相比的。《文心雕龙》的典型意义，集中表现在以下四个方面：

一、典型的时代。

从《文心雕龙》产生的时间看，它不仅是古代文论方面"成书之初祖"（章学诚），且产生在中国古代文学走上"自觉时代"之后。这点是很值得注意的。由魏晋而齐梁，古代文学在独立自觉的发展过程中，基本上进入了古代文学的成熟阶段。这时，不仅积累了丰富的创作经验，形成了鲜明的作家风格，且为艺术而艺术的流弊有了充分的暴露，古与今、质与文、通与变、形与神以及文与道的关系等贯穿于整个古代文论发展中的矛盾斗争，都已充分展开，给刘勰总结古代文学中许多重大理论问题创造了条件。所以，刘勰所处的历史时期，本身就是一个构筑典型的古代文论的典型时期。

二、集前代文论之大成。

---

① 《关于建设具有中国民族特点的马克思主义文艺理论问题》，《社会科学战线》1983年第4期。

刘勰之前的文学理论虽还不多，但从儒家五经和先秦诸子以来，有关的论点散见于各种典籍者仍不在少数。对先秦以来的文学理论和各种有关论点，《文心雕龙》虽非搜罗无遗，就主要方面看，视为集大成之作是当之无愧的。孔子的诗论自不必说，其据《周易》《尚书》《乐记》等以立论者，比比皆是。汉代的《毛诗序》、扬雄、桓谭、班固、王充等，刘勰对其有关论述吸取甚多。如扬雄的"征圣""宗经"观，"心声""心画"说，"丽则""丽淫"论，是《文心》理论的重要组成部分。魏晋以后，曹丕的"文气"说、文体论，陆机的创作论、构思论，挚虞的流别论等，更为刘勰所直接继承。《文心》的文体论、艺术构思论、风格论等，都与《典论·论文》《文赋》《文章流别论》有明显的继承关系。它如文质论源于孔子，通变论源于《周易》，定势论取兵家之说，养气论用王充之论，声律论取永明以来的新成就，比兴论是汉人释诗的新发展，文学与时序、物色的关系，则吸取了《乐记》《毛诗序》以来有关论述的精华。总之，从《文心雕龙》的基本观点，到全书各种重要理论，无不是在前人的基础上构筑而成，并做了程度不同的新发展。郭绍虞早就谈到：

> 他(刘勰)是以儒家接近现实主义的理论为中心，而又不局限于儒家之道，所以同时也能吸收形式主义文学的理论。《征圣篇》说："然则圣文之雅丽，固衔华而佩实者也。"他是本于这样的理解来折衷，来统一矛盾，而集以前文论之大成的。[①]

这不仅说明《文心雕龙》是集大成之作，更说明了它之所以能集大

---

① 《试论〈文心雕龙〉》，《照隅室古典文学论集》下编第19页。

成的原因。这段话还可以给我们以更多的启示：正因刘勰"不局限于儒家之道"，所以能吸收诸子百家之说。凡有助于说明某种文学现象或文理，则无论道家、法家、名家、兵家、玄学家以至佛教学说，即使是只言片语，甚至是刘勰大力反对的谶纬诡说，其"有助文章"者，也加以吸取或肯定。正因如此，他就能更为深广地集前代文论之大成，而使《文心雕龙》在古代文论中具有充分的典型意义。

三、论述的全面。

周扬认为《文心雕龙》"在文学理论范围内，它是百科全书式的"。这正是此书成为古代文论之典型的重要原因。用刘勰自己的话来说，他写此书是要"弥纶群言"，企图使读者以此"按辔文雅之场，环络藻绘之府，亦几乎备矣"（《文心雕龙·序志》，以下引本书只注篇名）。要对各种文论进行综论，使人能从容应付于纷纭挥霍的文坛，就不能不求其全备。由于本书著者的"深得文理"①，又集前代文论之大成而加以发展，《文心雕龙》就不仅在当时，在整个封建社会的文论中，也可说"几乎备矣"。是以直到清代，论者仍称扬如此：

> 黄叔琳：刘舍人《文心雕龙》一书，盖艺苑之秘宝也。观其苞罗群籍，多所折衷，于凡文章利病，抉摘靡遗。缀文之士，苟欲希风前秀，未有可舍此而别求津逮者。②

> 张松孙：萃百家艺苑之精，研众体词场之妙，随人变幻，归我折衷，著论者五十篇，示津梁于千百载。……故历唐宋

---

① 沈约评语，见《梁书·刘勰传》。
② 四部备要本《文心雕龙》序。

元明,为《艺文志》不祧之目;直比经史子集,为弦诵家必读之书。①

能够历唐宋元明,直到清代,仍被视为"艺苑之精""必读之书",岂非整个封建社会文论的典型。这种典型意义,固然与《文心》论述之精有关,但和它的"文章利病,抉摘靡遗",萃百家之精,研众体之妙,以及体大虑周等是分不开的。

《文心雕龙》的全面性,可从两个方面来看:一是对各种文体的全面总结,一是对文学理论的全面论述。文体论是本书的一个重要组成部分。不少研究者认为其所论文体多非文学作品,有的甚至斥之为"乱七八糟的东西"。这是用西方的观点或现代"文学概论"的定义来衡量所然,如果从中国古代文论的实际出发,就不能不承认文体论正是中国古代文论的主要内容之一。可以毫不夸大地说:没有相当周全的文体论,《文心雕龙》就不会成为中国古代文论的典型。王瑶早就谈到:"中国的文学批评,从他的开始起,主要即是沿着两条线发展的——论作者和论文体。一直到后来的诗文评或评点本的集子,也还是这样。"又说:《文心雕龙》这部"中国文学批评的专著,也还是如此。全书五十篇中,关于辨析文体的,自《辨骚》讫《书记》,即达二十一篇;散见于其他各篇的句子还有不少,可知这个现象的重要性了"②。这种重要现象,正是中国古代文论的特点;具有典型意义的《文心雕龙》,正是如实反映了这种特点。《文心雕龙》中论及三十五种文体:骚、诗、乐府、赋、颂、赞、祝、盟、铭、箴、诔、碑、哀、吊、杂文、谐、隐、史、传、诸

---

① 张松孙辑注本《文心雕龙》序。
② 《文体辨析与总集的成立》,《中古文学思想》第124—126页。

子、论、说、诏、策、檄、移、封禅、章、表、奏、启、议、对、书、记等。此外，有的一体之内，还包括几种文体，如杂文中的对问、七、连珠，书记中的谱、籍、簿、录等，甚至在后世文人也大多视为不能登大雅之堂的笑话、谜语、谚语之类，《文心雕龙》也包罗无遗。这就是说，从先秦到六朝期间的一切文体，都做了全面的总结。在这些文体中，确有不少并非文学作品，这是否改变了《文心雕龙》全书的性质，是否因此而认为它不是文学理论，只是"文章理论"，是否要取消这部"文章理论"在中国文学批评史上的资格，留待后面再说。从所有的中国文学批评史都无一例外地以《文心雕龙》为重点可知，这种疑问并无细究的必要；而所谓"文体论"原非著者的说法，刘勰自己称这部分为"论文叙笔"。《文心雕龙》何以要用巨大的篇幅来论文叙笔，就留在《论文叙笔》的第五章再予探讨。这里只图说明，《文心》对当时已有文体的论述是全面的，这是它在中国古代文论中具有典型性的一个重要方面。

另一个更为重要的方面，是《文心雕龙》相当全面地论述了我国古代文学理论中的种种重要问题。从《神思》以下，刘勰用二十四篇专论，对艺术构思论、风格论、风骨论、通变论、内容和形式的关系、文学与现实的关系，以及声律、对偶、比兴、夸张等修辞方法，从语言文字的运用，到谋篇布局之类基本理论，都分别进行了深入具体的论述。在一系列专论中，又涉及到创作修养、形象思维、想象虚构、意象和意境、抒情与状物、形似与神似、写真和诡奇、艺术形象和艺术概括等许多重要理论问题。这些论述，不仅初步揭示了文学艺术的一般规律，且如风骨论、比兴论、声律论、形神论等，更充分显示了中国古代文论的特殊规律；其他诸论，即使最一般的形象问题、写真问题等，也无不具有中国古代文论所独具的特色。对于中国古代文论民族特点的形成，《文心雕龙》是起到一定的奠基作用的,正因如此,它才成为中国古代文论的典型,它的重要意义才历久不衰,并直到今天还愈来愈受到研究者的重视。

四、体系的完密。

《文心雕龙》虽博采百家而内容庞杂,但既非客观的兼收并蓄,亦非漫无组织的大杂烩。它有自己完整而严密的理论体系,在中国古代的经史子集中,它是"弥纶群言"而自成体系的。这点已为古今中外的研究者所公认。美国华盛顿大学施友忠在他的英译本《文心雕龙》序中说:"刘勰是以全面系统地论述文学批评的原则为己任的",他的著作"在表面的混乱之下具有内在的完整性"①。日本负有盛誉的汉学家吉川幸次郎早就谈到:"刘勰的《文心雕龙》是中国文学理论的经典著作,而且是同类书中唯一自成体系的巨制。"②吉川的高足——京都大学著名"龙学"家兴膳宏1984年来华参加中日学者《文心雕龙》讨论会时说:"《文心雕龙》规模宏大、体制详备,是中国文学批评史上了不起的杰作。在西欧早期的古典文艺理论中,如亚里士多德的文艺理论,就没有《龙》著那样的系统性。"③这些评论,基本上都符合实际,《文心雕龙》确是中国古代文学理论著作中自成体系的典型。

《文心雕龙》全书五十篇,由总论、文体论、创作论、作家论和批评论四大部分组成。总论提出全书的指导思想和基本观点。文体论部分即用这种基本观点来论析各种文体的发展情况,总结

---

① 《文心雕龙学刊》第2辑第356页。
② 《评斯波六郎〈文心雕龙原道、征圣篇札记〉》,《日本研究〈文心雕龙〉论文集》第31页。
③ 《〈文心雕龙〉在日本》,《文学报》1984年11月29日。

各种文体的写作经验。然后在这些实际创作经验的基础上，对种种创作理论进行专题研究，也就是贯彻总论精神的创作论。最后以总论的基本观点为指导，评论作家的才能和品德，研究文学批评和鉴赏的原理与方法。在这个体系中，不仅各大部分先后有序，各个部分的篇章次第，也有严密的安排。特别是《神思》以下各篇，虽是一题一论，各自独立成篇，而各篇之间又前呼后应，连贯成一个整体。《文心雕龙》的理论体系，下面将作具体探讨，以上只是就其大致结构，说明此书以其完整的体系而为中国古代文论的典型。

日本九州大学教授冈村繁曾说："最初，战后日本对于中国古代文论的研究，不约而同地在若干大学里，都从《文心雕龙》的精读和研究开始起来。"[1]这种"不约而同"地精研一部十五个世纪之前的中国古籍，岂能是一种偶然现象？以上所述说明，在中国古代文学理论著作中，堪称集大成之作的，只有《文心雕龙》；论述最全面，最系统的，也只有《文心雕龙》；一言以蔽之曰：《文心雕龙》确是中国古代文论的典型。而日本汉学家则可谓中国古代文论的知音，其"不约而同"，就是自然而必然的了。国外的学者要了解、要研究中国古代文学理论，岂能不通过或舍弃这个典型？目前，国外《文心雕龙》的全译本，除美国一种、日本三种外，法国朱利安的法译本也即将问世。至于节译、选译和研究论著就更为众多，且有与日俱增之势。这不仅说明《文心雕龙》为国外研究者注目的典型，更说明《文心雕龙》本身就是世界文艺理论史上的一个典型。

---

[1] 《日本研究中国古代文论的概况》，《日本研究〈文心雕龙〉论文集》第297页。

既然《文心雕龙》是这样一个典型,我们就有必要、有任务研究这份珍贵的遗产。一方面,对这个世界意义的典型来说,要研究它为中世纪的文艺理论做出了什么贡献;另一方面,对这个中国古代文论的典型来说,既要研究它对中国古代文论的特殊规律做了什么总结,也要研究它对文学艺术的一般规律有何阐述。两个方面都很重要,但无疑应从后者着手,并以此为我们研究的重点。这不仅因为研究古代文论主要是为了古为今用,为了从这个古代的典型中找到发展具有中国特点的社会主义文艺理论的借鉴,且如王元化所说:"像《文心雕龙》这部体大虑周的巨制,在同时期中世纪的文艺理论专著中还找不到可以与之并肩的对手,可是国外除了少数汉学家外,它的真正价值迄今仍被漠视,甚至很多文艺理论家还根本不知道它的存在。这原因除了中外文字隔阂,恐怕也由于还没有把它的理论意蕴充分揭示出来。"①这是很值得海内龙学工作者思考的。只有充分揭示其真正价值和理论意蕴,这个典型才能在现实中发挥应有的作用,它的存在也就不会被人漠视而得到应有的历史地位了。

第二节 《文心雕龙》研究的回顾与展望

国内外研究《文心雕龙》的成果截至 1987 年底,已发表论文两千多篇,出版研究专著约一百种。这是一个十分可观的数字。它说明,《文心雕龙》研究有别于一般的对一本古书的研究。黄侃于本世纪初在北京大学开设《文心雕龙》课,刘师培、范文澜、刘永济等,亦先后在各大学开设此课;日本铃木虎雄也于 1925 年在京

---

① 《文心雕龙创作论》1979 年版第 71 页。

都大学课以《文心》。所以,近世《文心雕龙》研究的开始,便是一门学科,故近年来学术界简称为"龙学"。"龙学"的实际,已是一门广涉经学、史学、子学、佛学、玄学、文学、美学,而又有自己独特的校勘、考证、注译和理论研究的系统学科。1983年中国文心雕龙学会成立,同时出版了自己的专刊《文心雕龙学刊》,名符其实的"龙学"进入了一个新的历史时期。为此,回顾一下已经走过的道路,展望一下新的局面,自然是十分必要的。

一

不少研究者早已看到,《文心雕龙》和《文选》有许多相似之处。这就可以说,《文心雕龙》的研究史,从它问世之后不久就开始了。不过,千多年来虽有不少论者对它做过极高的评价,主要工作还只是一些校勘和评注;在现存大量序跋中,虽时有精论妙语,也往往是点点滴滴,失之笼统。从二十世纪初到解放前的半个世纪,《文心雕龙》研究有了较大的发展。黄侃的《文心雕龙札记》和范文澜的《文心雕龙注》是这个时期的重要成果,此外还发表了各家论文近百篇。《札记》的出现,标志着近世《文心雕龙》研究的开始,它在"龙学"史上的重要意义是不可低估的。范注集前人之大成,直到现在,仍是《文心雕龙》研究的重要基础。不过,这个时期理论上的研究是薄弱的。在当时论者的笔下,一部《文心雕龙》,不外讲文体和修辞二事[1];有的则把《文心雕龙》视为"总括全体经史子集的一部通论"[2];有的自谓阐明了刘勰的"卓识",但如艺术构思问题、内容和形式的关系

---

[1] 陈延杰《读文心雕龙》,《东方杂志》第23卷第18号。
[2] 方孝岳《中国文学批评》三联书店1986年版第74页。

等却只字未提①。

《文心雕龙》的研究者,经过解放初期对马克思主义的认识,对刘勰也"刮目相看"了。从1955到1964的十年间,出现了《文心雕龙》研究的全新面貌。

杨明照的《文心雕龙校注》和刘永济的《文心雕龙校释》,是这十年内《文心雕龙》研究的重要收获。两书都是他们多年研究的硕果,在国内外都有深远的影响。由于《文心雕龙》文字上的障碍较大,在广大读者的迫切要求下,张光年、陆侃如、周振甫、赵仲邑、郭晋稀、刘禹昌等,都在此期内做了大量的今译工作。除张光年的译文近年才有部分发表外②,当时已出版了《文心雕龙选译》《文心雕龙译注十八篇》和《刘勰论创作》三种,其他也大都以单篇译文在报刊上发表。

值得注意的是这十年内发表的约两百篇论文。《文心雕龙》研究的新貌,除表现在论著数量的空前增长外,更反映在新思想、新观点的运用上。正由于多数研究者初步掌握了历史唯物主义这个重要武器,因而能够对《文心雕龙》的理论意义和历史价值,开始做一些较为深入的、系统的、科学的研究。

这些论文涉及的问题甚多,世界观、文学观、创作论、批评论、文体论、风格论、风骨论、通变论、三准论、艺术构思论、内容与形式、现实主义和浪漫主义等,《文心雕龙》的重要内容,大都有所论及。其中讨论得比较集中的,一是风骨论,二是世界观,三是风格论,四是艺术构思问题。特别是风骨论,除有二十多篇专论外,其他兼论及此的还不在少数。通过这些讨论,对《文心

---

① 梁绳祎《文学批评家刘彦和评传》,《中国文学研究》下册。
② 见《中华文史论丛》1983年第3辑《文心雕龙选译》(六篇)。

雕龙》理论意义的认识，大大向前推进了一步。《文心雕龙》之被重视，能够发展成今天这种大规模的"龙学"，当时的研究工作是起了重要作用的。这些研究，有很多东西是值得我们吸取和发扬的。

刘绶松的《〈文心雕龙〉初探》①，可说是《文心雕龙》理论研究的奠基石。它第一次向读者揭示了《文心雕龙》的主要成就，使读者认识到《文心雕龙》确是我国古代极为珍贵的一部文学理论遗产。这是因为论者能初步运用马克思主义的观点，站在现代文艺理论的高度，密切联系当时的历史背景来考察其理论意义，而和解放前一般用古人的观点来评述古人的论著形成鲜明的对照。研究古代文论，必须以先进的理论为指导，才能发现其价值与不足。刘论在这方面虽还做得并不十分理想，却是我们应首先总结的一条经验。

此期很多论者实事求是的研究态度，也是很值得我们学习的。杨明照的《从〈文心雕龙·原道、序志〉两篇看刘勰的思想》就是一例②。论者认为《原道》《序志》对了解刘勰的思想极为重要，尤其后者是"以驭群篇"的总序，"是全书最关紧要的一篇"，"可是，有的同志在论证刘勰的思想时，取材于《灭惑论》的地方反而比这两篇多得多，甚至还有只字未提的"。论《文心》的思想而对其关键篇章只字未提，这就很难说是实事求是的研究了。杨论以这两篇为主，再证以全书有关大量论点，然后得出结论："刘勰在《文心雕龙》中所表现的思想为儒家思想，而且是古文学派的儒家思想。但他的文学观是否为唯物的，还不能因此即遽下论断，

---

① 《文学研究》1957年第2期。
② 《文学遗产》增刊第11辑。

这就需要作进一步的探讨了。"这都充分反映了论者一向严谨治学的态度。

　　实事求是的研究,就必须对问题作全面深入的调查研究,详尽地占有原始资料,并加以客观地综合分析,才能据以得出较为准确的、合于实际的结论。郭预衡的《〈文心雕龙〉评论作家的几个特点》①,正是这样的佳作之一。它确能道出刘勰评论作家的特点,不是从某一篇、某几句评语出发,也不是从对少数几个作家的评论着眼,而是从全书,从对全部作家的各个方面进行全面研究之后总结出来的。只有这样探得的"特点",才能是它本身确有的、实质性的特点。

　　古为今用是研究古代文论的出发点。此期论著也在这方面做出了不少成绩。如许可的《读〈文心雕龙〉笔记》②,其第一个论题就是《文心雕龙是批评文学》。论者针对当时"文学批评的文章,一般都写得很枯燥"的情况,根据刘勰用大量形象生动的描述来阐明理论的特点,提出"批评文学"的主张,显然是有现实意义的。王元化的《〈明诗篇〉山水诗兴起说柬释》③,明确地针对当时山水诗的讨论而发,起到了很好的配合作用。又如王达津的《刘勰论如何描写自然景物》④,在具体分析了刘勰的论述之后,恰如其分地指出了对今天的借鉴意义。在古为今用这个问题上,虽觉此期研究的深度还并不理想,但有此良好的开端,却是很值得我们发扬光大的。

---

① 《文学评论》1963 年第 1 期。
② 《文学遗产》增刊第 2 辑。
③ 《文艺报》1962 年第 3 期。
④ 《光明日报》1961 年 8 月 20 日。

此期研究,应该引为教训的主要有二:

第一是把古人现代化,对刘勰的理论意义做了不切实际的过高评价。如刘绶松的《初探》,前面说过,确是解放初期一篇质量较高的重要论文,但却把刘勰看得太高了,说他"是不会不看到当时人民的水深火热的生活状况的,他是不会不要求用文学这个武器来为改善国家的政治和人民的生活而斗争的"。把这种显然是刘勰所不可能有的思想强加给他,在当时的文章中并不是个别的。现在看来,这在研究者初步学习了一点马克思主义理论的解放初期,也许是一种较自然的现象,但这种历史的教训是必须记取的。另一种现代化的倾向,是把刘勰的种种论点,分别套入现代文学理论的体系中去,完全失去了刘勰理论的本来面目。这两种倾向比较起来,前一种之误,既易为读者发现,也在后来的论述中逐渐消失了;后一种则有较大的迷惑性而至今难以绝迹。把古人的理论分割开,而按现代理论的框框对号入座,这种方法是轻而易举的,但不仅意义不大,还有碍于认识刘勰自己的理论原貌和特点,自然更谈不到研究的深入和发展。所以,这是今后应该特别注意的。

第二是孤立的概念之争较多而总体的研究较弱。从总体上来把握其理论或概念的文章,这个时期也有一些。除上述刘、杨、郭诸家之论外,如陆侃如的《〈文心雕龙〉术语用法举例》[1],从全书用语的实际情况,来说明一些专门术语和一般词语的区别,对于认识刘勰所用概念的含义是颇为有益的。又如舒直的《刘勰文学理论的中心问题》[2],从全书许多论述说明,内容形式统一论是

---

[1] 《文学评论》1962年第2期。
[2] 《光明日报》1958年1月12日。

刘勰理论的中心问题。这就涉及对全书理论体系的理解,本是一个相当重要的问题,可惜此论提出后未能继续深入下去。总的看来,当时的研究,还主要是对一些单篇的论析或孤立的概念之争,对综合的、整体的研究,还是注意不够的。1963 年底,笔者曾提出这样的呼吁:"我们感到有探讨刘勰自己的文学理论体系的必要。目前注意于此的还不多见,我希望《文心雕龙》的研究者们考虑这个问题。"①我现在仍认为,无论是对其概念的理解,或防止现代化的倾向,特别是为了求得对《文心雕龙》的深入理解,都有待于对其总的理论体系的探讨。可惜这个问题提出不久,《文心雕龙》的研究工作,就在十年动乱之中中止了。

二

1978 年以后,进入了"龙学"的大发展时期。在这不足十年之内,发表论文一千多篇,出版专著 35 种,又出版《文心雕龙学刊》一至五辑。论文和专著都大大超过这以前的总合。数字当然不能说明一切,至少是《文心雕龙》的研究队伍空前扩大了,"龙学"已进入一个繁荣昌盛而拥有千百万读者的新时期!

三十多部专著可大别为三种类型:一是校注,二是译注,三是理论研究。

校注方面,王利器的《文心雕龙校证》侧重于校;杨明照的《文心雕龙校注拾遗》兼有校注,还辑录了大量有关资料。两书都是他们多年精心研究的成果。王本原名《文心雕龙新书》,新版基本上是保持原貌。杨本原名《文心雕龙校注》,新版有较大的增补。

---

① 《近年来〈文心雕龙〉研究中存在的几个问题》,《江海学刊》1964 年第 1 期。

两书各有特色,其校其注,都在前人的基础上有较大的新发展、新贡献,杨书则尤为突出。以注为主的有周振甫的《文心雕龙注释》,此书深入浅出,除注释词义典实,还注意对理论意义的阐释,是深受读者欢迎的一个注本。

译注方面,以译为主的有周振甫的《文心雕龙选译》《文心雕龙今译》和赵仲邑的《文心雕龙译注》。译注并重的有陆侃如、牟世金的《文心雕龙译注》和郭晋稀的《文心雕龙注译》等。以上五种,都从六十年代初就开始发表了部分单篇译注。现有多种全译本和选译本,不仅对广大初学者提供了方便,对整个"龙学"的普及和发展,都是有一定作用的。

有关理论研究的著作较多,如王元化的《文心雕龙创作论》、詹锳的《文心雕龙的风格学》、王运熙的《文心雕龙探索》等十余种,都对《文心雕龙》研究有程度不同的贡献。这方面论著之多,正是"龙学"大发展的重要标志。这方面的情况可以结合此期大量的论文来讨论,而不少论著也曾以单篇论文发表过,为了避免重复,就不分别列述了。

不过,要对十多部专著和一千多篇论文进行任何综述,都是笔者无能为力的。这里只能就近几年来"龙学"发展的概貌,提供一点情况。

这几年研究的内容,仍以艺术构思论和风骨论最多,其次是"辨骚"问题、风格问题和刘勰的思想问题。对这些问题讨论较多的原因是各不相同的,或因其理论意义较大,或因理解上有分歧,或因论者对此有兴趣、有深究等。如艺术构思(包括形象思维)的论文较多,就主要是它在刘勰的理论体系中既占有重要地位,也是文学理论上的一个重要问题。王元化首创《神思》为创作论总纲说①，鄢论继之，并写了《创作论的总纲》一个专节②。其理解角度虽有不同，却正是在王论的启迪下所做的补充。刘勰自己就说，是乃"驭文之首术，谋篇之大端"，则无论从什么角度看，艺术构思论在刘勰的理论体系中，都具有较为重要的地位。

  风骨论虽仍是争议较大的问题之一，不过近年来已有渐趋统一之势。经过长期的论争，多数论者都接受了这样一个基本认识："风骨"是刘勰针对当时文风而提出的审美标准或理想。只是分论"风""骨"时，对"骨"的认识尚略有歧议。这应该说是近年来《文心雕龙》研究的一大进展。与此有关的是风格问题，这方面做出重要贡献的是詹锳。他的《文心雕龙的风格学》，对全书有关论述做了全面系统的深入研究。风格问题涉及与"风骨""定势"和文体风格、时代风格的关系等，因而有对"风格"这个概念广狭不同的理解，这就不是什么根本分歧了。唯风骨的性质略为复杂，它和风格有联系，有没有区别呢？有的同志认为："风骨，这是刘勰对作家风格的质的美学要求"，"他明确揭示'风清骨峻''文明以健'的风格理想"③；又认为："刘勰严密的理论体系使他不会同时设两个篇章探讨同一个问题，继《体性》之后，刘勰特立'风骨'专章，显然是由风格问题生发开去，在不同的领域探讨了更为深入的问题。……实则'镕式经诰，方轨儒门'的典雅一格，便是他心中'最好'的风格。"④这里，"风骨"既是一种风格理想，却又不是理想的风格。其中微妙的关系，是还有待进一步研究的。

---

① 《文心雕龙创作论》第191页。
② 《文心雕龙译注·引论》。
③ 石家宜《精深而完备的古典风格理论》，《古代文学理论研究》第7辑。
④ 《"风骨"及其美学意蕴》，《古代文学理论研究》第4辑。

"辨骚"是近年来研讨较多的一个新问题。其涉及面较广,除对《辨骚》篇本身的评论外,还有对"辨"和"变"的不同理解、刘勰对《楚辞》的态度和评价、此篇属总论或文体论、刘勰的基本文学观和对浪漫主义的态度等问题。因此,《辨骚》篇的研究,和对刘勰整个文学理论体系的研究有较为直接的联系,近几年的研讨势头,大有继续开展下去的可能。

有关刘勰思想的研究,包括属唯心或唯物,进步、落后或反动,以及儒道玄释等。这方面的研究,继上一时期的纷论而又有所发展。马宏山提出的"以佛统儒"论,增加了此期的新内容,也活跃了近年来的"龙学"论坛。这自然是一种好现象,但也存在一些问题。要说明《文心雕龙》的思想,不着眼于它本身的论述,而从《文心雕龙》以外找根据,不过重复二十年前的老路。看不见其全书表现出来总的思想倾向,只在少数几个词语、概念上做文章,是很难得到什么有实际意义的结论的。研究刘勰的思想,必须明确的大前提,是为了知人论世而有助于研究其文学理论。从这个意义上看,就觉近年来这方面空道理讲得多一些,有实际意义的研究却太少。杨明照的《刘勰传笺注》、王元化的《刘勰身世与士庶区别问题》等,对我们了解刘勰的思想是确有裨益的,而这样的论著却不仅太少,也还研究得不太充分。刘勰是站在什么阶级立场说话,用什么观点来阐述文学理论,这不能不是我们应研究、应解决的重要问题。从杨王二论可知,分歧是存在的,一主士族,一主庶族,两说都言之有据,都有充分理由,但对这个重要问题进行认真研究者,却寥落无几。笔者虽倾向于王说,也认为王说尚存继续研究之处。除王论外,程天祜的《刘勰家世的一点质疑》[①],

---

① 《社会科学战线》1981年第3期。

也对刘勰家世的研究有新的贡献。王、程二论都据比《宋书》和《梁书》晚出的《南史》,已删"汉齐悼惠王肥后也""司空秀之弟也",以证《宋书》和《梁书》中的此二句不可信。这当然是重要证据之一。但《南史》是宋、齐、梁、陈诸史的节要,其总篇幅约减原书之半,安知上述二语,不是由于删繁就简而省?所以,此证是有待作进一步研究的。

搞清这些问题的必要,是出于了解刘勰最基本的思想面貌,而为研究其理论之所必需。至于刘勰的哲学思想,当然也应了解、也应研究,却无必要当做一个哲学家、按照对哲学家的要求来研究。我同意这样的看法,在历史上,刘勰并不是哲学家,《文心雕龙》更未有意识地研究和解答哲学上的任何问题。我们一定要把他当做哲学家来研究、来要求,岂非缘木求鱼?任何人也不会反对在必要时联系到其与哲学、宗教有关的思想来研究,但如喧宾夺主,那就事非所宜了。

与刘勰思想相关联的"原道"论,也是近几年讨论较多的问题之一。这个"道",有的认为指儒道,有的认为指佛道或道家之道;有的认为并非某一家的道,而是自然规律;有的又认为指文的本质的体现等。无论指什么道,《原道》既为《文心雕龙》的第一篇,它在全书、在刘勰的整个理论体系中具有极为重要的地位,这是肯定无疑的。因此,认真下点力气,拿下这个老大难问题,我以为是极为必要的。可以毫不夸大地说,若不知"原道"之"道"为何物,便无"龙学"可言。但也可断言,在这个复杂而严肃的问题上,继续玩弄概念游戏是不受欢迎的;抓住只言片语而轻下结论,不做全面的、实事求是的认真研究,也是有害而无益的。在过去的"风骨论"大论战中,少数论者表现出这样的习气:过分相信自己的一隅之见,而不屑一读他人的大量论述。这是今后应该避免的。学术问题,特别是某些重大难题,往往不是靠某一天才的突然发现而解决的;离开前人长期研究的成果,任何个人都会一事无成。所以,无论是研究"原道"或其他,都应该是在前人的基础上前进,既要尊重他人,也要有自己独立的见解。只有这样,才有可能在不断前进中得到某些共同的认识。

除以上几个论述较多、争议较大的问题外,刘勰的卒年问题、成书时间问题、《隐秀》篇补文的真伪问题、全书的篇次问题以及"文之枢纽"等,也是近年来提出并正在讨论中的新问题。和上一段时间比较,这几年研究的内容显然是大为丰富多彩了,许多过去没有进行研究或研究不多的重要问题,都有了或多或少的研究。如刘勰的美学思想,过去只有于维璋的一篇文章,现不仅有王达津、马白等的十多篇论文,更有缪俊杰的专著《文心雕龙美学》出版;李泽厚、刘纲纪主编的《中国美学史》第二卷,也对《文心雕龙》做了重点论述。欣赏论或鉴赏论,过去一篇没有,现则有吴调公、刘文忠、缪俊杰等的不少论文发表。它如文学语言、艺术辩证法、灵感论等,也是前所未有的新论题。此外,还值得提出的,是对刘勰理论体系的研究。

随着"龙学"的发展和深入,探讨刘勰理论体系的必要性,已为众多的研究者所认识;《文心雕龙》中不少问题的深入,越来越显示出有待对其整个理论体系的掌握,也客观地提出了研究这个问题的必要性和迫切性。但这又并不是一个容易解决的问题,目前的初步研究情况已显示出这点了。到现在为止,就我所见,对此已有专题论述者共有十二家。兹按发表先后列举如下:

牟世金:《文心雕龙》的总论及其理论体系[①]

[①] 《中国社会科学》1981年第2期。

张文勋:《文心雕龙》的理论体系①
　　王运熙:《文心雕龙》的宗旨、结构和基本思想②
　　周振甫:《文心雕龙》的体系③
　　杜黎均:《文心雕龙》的文学理论体系④
　　马宏山:也谈《文心雕龙》的理论体系⑤
　　贾树新:《文心雕龙》的理论体系⑥
　　李淼:略论《文心雕龙》的文学理论体系⑦
　　刘凌:《文心雕龙》理论体系新探⑧
　　黄广华:从系统论看《文心雕龙》的理论结构体系⑨
　　黄河:试论《文心雕龙》的创作理论体系⑩
　　滕福海:"通变"理论和《文心雕龙》理论体系⑪

此外,在许多有关论著中兼及理论体系者还不少。这一方面说明,研究者对理论体系问题开始重视了;一方面又说明,这个问题是须要重视的。《文心雕龙》有严密的、完整的理论体系,这是多数研究者所共认的。但要究其体系的面目,是个什么样的体系,

---

① 《云南社会科学》1981 年第 2 期。
② 《复旦学报》1981 年第 5 期。
③ 《文心雕龙注释》前言。《光明日报》1983 年 12 月 13 日又发表周振甫《〈文心雕龙〉的体系》。
④ 《文心雕龙文学理论研究和译释》第 14—43 页,北京出版社 1981 年版。
⑤ 《学术月刊》1983 年第 3 期。
⑥ 《四平师院学报》1983 年第 2 期。
⑦ 《文心雕龙学刊》第 1 辑。
⑧ 《文心雕龙学刊》第 4 辑。
⑨ 《文心雕龙学刊》第 5 辑。
⑩ 《文心雕龙学刊》第 5 辑。
⑪ 《文心雕龙学刊》第 5 辑。

则上举诸说就各各不同了。这就是须要重视的原因。要认清《文心雕龙》"体大而虑周"的理论体系,看来还并不是轻而易举的。对总的理论体系的把握,固有助于对各个局部的认识,但对各个局部的理解尚难一致,对体系的认识就不能无别了。对此有不同见解,完全是正常的;还须继续深入研究也是无疑的。为了继续研究,愿献愚见三点:其一,刘勰的理论体系,应该是它自己的原貌,而不是硬套今人的理论体系,更不是论者的任何主观意图;其二,理论体系应该是理论的体系,它与篇章结构的安排有关,却不等同于结构体系;其三,我们要探究的是其文学理论的体系,它和作者的思想有关,却也不等同于思想体系。如果这几点可以作为研讨体系问题的基本出发点,则可望取得比较一致的研究角度,明确了角度,也许会少走一些弯路,问题就容易解决一点。

三

综观近几年《文心雕龙》研究的概况,无论是校注译释或理论研究,也无论是研究的深度和广度,都是十分可观的。前一个时期的种种良好学风,在近几年的许多论著中,都得到了更大的发扬。这里仅以《文心雕龙创作论》一书来略予说明。此书问世后,在"龙学"界震动甚大;虽有某些不同意见的商榷,也是学术问题的正常现象。鄙见以为,从"龙学"史上来看,此书的主要意义和价值,还不在它提出了多少独到的见解,做了多少精辟的论述;而其既渊且博的种种论述,也并非无可商酌之处。此书的值得重视,主要还在它为"龙学"开拓了道路,扩大了古代文论的视野,对今后的研究工作以多方面的启示。如著者对创作论八说的"案而不断",无论是否谦词,我看理解为"引而不发"大概是可以的。著者把古今中外有关的论点分别加以列述,而未予融贯综论,其实正是已加融贯的引而不发。八说都是刘勰理论的精华,这就提出许多重要的线索和论题,让我们去思索、去完成了。

值得注意的,首先是严谨审慎的治学精神。据笔者所知,王著本不只"八说",还有几"说"既不愿收入其书,虽几经要求,至今仍不愿付梓,原因就是自认为"不成熟"。读过其《文学风格论》的跋语者会知道,这本书是为写《释〈体性篇〉才性说》准备材料而搜集和翻译出来的。又如《释〈物色篇〉心物交融说》,为了准确理解一个"物"字,著者不仅遍查《文心》全书的用例,且根据大量古训,专写了一篇《心物交融说"物"字解》,以证范注之误,而得出较为准确的认识。这些事实已无须做任何说明,著者的治学精神可见。

其次是实事求是的研究态度。钱仲联评此书有云:"本书考订的精确,有力地为理论服务,因此全书所提出的各种论点,具有很大的说服力,它和旧时代所谓乾嘉学派那种为考据而考据的路子是大异其趣的。"[1]这确是王著的显著优点。不过,以我之见,著者与乾嘉学派虽是大异其趣,却又一向是尊重乾嘉学派的。王著正是扬其所长而舍其所短的佳构。在先进的思想指导之下,尊重事实,注重论据,也是治古典文学者应有的态度。本书的言之有据,论证确凿,正发扬了这种优点。尤其著者研究刘勰的创作论,首先是"以实事求是的态度揭示它的原有意蕴,弄清它的本来面目"[2],更是值得大力提倡的研究态度。所谓"实事求是",对古文论研究者来说,首先就是尊重原意,并努力把它的本来面目搞清楚,舍此而言"实事求是",若非空谈,便是自欺欺人。

---

[1] 《〈文心雕龙创作论〉读后隅见》,《文学遗产》1980年第3期。
[2] 《〈文心雕龙〉创作论八说释义小引》。

最后是科学的研究方法。"科学方法",不少学人是颇为茫然的。大道理或可讲一些,付诸实践者,便不多见。用古人的观点论古人,应该是"五四"以前的事了;用马克思主义论古人,我们有把古人现代化的重要教训。古为今用虽为人所共论,从否定了"抽象继承法"之后,便觉问津者无几;为艺术而艺术,为古人而古人,显然又此路不通。至于融会古今,贯通中外,往往只是一种美好的理想,更何况用精湛的训诂以探其实,以确切的考据以明其本,用亲手的译文以富其论,用妥帖的比较以究其质,等等。王著之可贵,主要就在统一了这一切。科学的研究方法,庶可于此看到它的实体了。正因这样,著者虽严谨如彼,却又大胆如此:敢于揭示刘勰理论中最根本、最具普遍意义的艺术规律和艺术方法,从而探得刘勰的一些最有现实意义的理论内核。著者期望此书"在批判继承我国古代文艺理论遗产方面提供一些新的研究方法",这种方法是应该受到高度重视的。

这里不是全面的书评,提出以上三点,主要出于"龙学"发展的需要。我们的研究工作,如能严谨一点,实事求是一点,而又注意科学的方法,今后是会有更大的发展的。

一部《文心雕龙》,不过三万七千多字,只近三十年的海内论著,就远在千万言以上。有人担心,今后还有多少话可说、有多少题目可做,这不是毫无道理的。现在要好好考虑的正是这个问题。近年来有的论者着意求新,可能正是"龙学"发展至今的必然反映。这些现象也在迫使我们认真考虑,今后怎么办?

事实大致正好相反。在每个"龙学"工作者的头脑里,必然都还装着不少的问题和计划,有的甚至决心要大干终身。就我所知,不少研究者手头都有一些重要的研究项目正在进行。上面所讲许多已经提出而论争未已的新老问题,也恐怕是三五年内所难解决的，何况有不少新问题必将继续发现、不少新领域有待继续开拓？所以，有充分的理由可以肯定，"龙学"是大有可为的。

放眼世界是"龙学"工作者义不容辞的神圣职责，这是《文心雕龙》本身的世界意义所决定的。既要研究其世界意义，就不能不了解世界是怎样认识它的。其实，"龙学"早就越出国界了，英、法、美、日、朝鲜和南洋诸国，都有研究；特别是日本，更以《文心雕龙》为研究中国古代文论的中心，对版本、校注、译释和理论各个方面，进行了长期的研究。过去，我们对这类情况是所知甚微的，这里，不能不感谢《日本研究〈文心雕龙〉论文集》的选编者，此书的适时出版，可谓"龙学"史上一件大事；我们由此才开始知道日本学者研究《文心雕龙》的一些具体情况。粗粗一览，深感他们的研究工作是绝不可忽视的。我们由此更觉不应仅仅把"龙学"视为"国学"，闭门读书的局面必须改变，而放眼世界则是十分必要的。其实，许多研究者早就有识于此了，也早就盼望着了解一点海外情况，只是这种介绍工作难以跟上而已。这也是我们的工作不足的一个方面。可以断言，随着国内新局面的开展，国外反响必将愈来愈大，而介绍海外情况的任务也将会愈来愈重。有的研究者已开始有这方面的考虑，还希望更多有条件的研究者关注这项沟通中外的重要工作。我们不但希望看到日本研究论文集的二集、三集，还希望看到全世界研究《文心雕龙》的论文一集、二集，更希望看到海内论著的英译本、日译本等等，传遍全世界。

校注和今译工作，近年来的成绩十分显著，但问题也还不少。以今译工作来说，现有诸家译本，在原意的转达上出入甚大，不少地方，可说是有多少种译本就有多少种不同的译意。恐怕现在要断言哪一种译文最准确还为时过早。这项工作也还仅仅是一个开始，准确的译文，还有待于整个《文心雕龙》研究的深入。直到今天,甚至还很难说已有一个完备的校本。以校为主而最晚出的《文心雕龙校证》,其取材之丰富,校证之精细,确是前无古人的。但它只能说是现有较好的一个校本,而不是已臻完美的校本。唐写本《文心雕龙》残卷,是现存最早而较有权威性的本子,它自然是校勘家的重要依据。但《校证》对此本的运用,就颇有可疑。仅以《明诗》篇所校来看。其校"两汉之作乎"云:"唐写本、《御览》'两'上有'固'字",而唐写本实为"故";其校"婉转附物"云:"唐写本'婉'作'宛'",而唐写本实为"婉";其校"挺拔而为俊矣"云:"唐写本'俊'作'隽'",而唐写本实作"儁"。这是否排印之误呢?至少51年版的《文心雕龙新书》也是如此。是否有两个唐写本呢?没有。这种误校之所出,从本书的《序录》可知。其谓唐写本"原书系章草"而实非章草;其谓"唐写本便已每段分章另起"而实未分章另起,只全篇正文之末空一字,再继以赞语,文体论中一篇论两体时,也中隔一字。

注释方面当然首推范本。范注也不是十全十美的。早在1937年,杨明照便有《范文澜文心雕龙注举正》发表[1],其后还陆续有人给以补正。但直到现在,其中问题并未全部发现,因而也还被后来注家广泛沿用。范注所引史料,多非严格的原文,如《书记》篇注引《淮南子·道应训》文,把原文"穆公见之,使之求马"改作"秦穆公使九方堙求马",类似这样的引文而为后来注本依样照抄者,举不胜举。《指瑕》篇注引《帝王世纪》所载羿射雀目故事,谓佚文见《史记·夏本纪正义》,实则全部《史记正义》也未引过这个故事。《三国志·王粲传》注引《文章叙录》说应璩"博学好属文,善为书记。文、明帝世,历官散骑常侍"。《书记》篇注却

---

[1] 《文学年报》第3期。

引作"善为书记文"。又如《神思》篇的"博而能一",注引《韩诗外传》论"治气养心之术"的"好一则博"等以证。按后者之"博"乃"抟"(抟)字之误,"抟"通"专",指养心的专一,与艺术构思的"博而能一"毫不相干。著者是史学权威,其于《史传》之注,似乎更无庸置疑了,其实也不尽然。《史传》篇有这样几句:"宣后乱秦,吕氏危汉,岂唯政事难假,亦名号宜慎矣。"范注引《史记·匈奴列传》:"秦昭王时,义渠戎王与宣太后乱,有二子。"则宣后之"乱"就是淫乱了。但何以要谓之"乱秦"呢?淫乱与"政事难假"有何联系呢?和上下文反对为女后立纪而强调"妇无与国"之旨怎能吻合呢?这些疑问,一读《史记·穰侯列传》自明:"穰侯魏冉者,秦昭王母宣太后弟也。……昭王少,宣太后自治,任魏冉为政。"如果这才是"宣后乱秦"的真象,遗憾的是,凡我所见现有注译本,全都从范而误了。

　　校注上既然尚存不少问题,且不说理论认识上的问题更多,译文是否准确就无待细说了。仅从校注译释上的这些情况,已不难找到今后怎么办的回答:要做的工作还很多,只是必须进行一些切实的研究而提高、加深。否则,除了坐享前人的成果或重复其错误,就真会无事可做了。所以,我讲上面这些,非敢妄议前贤,不过意在说明,今后的道路是既宽广又艰巨的。至于理论研究,就更是任重而道远了。如果说,《文心雕龙》的校注工作已有近千年的历史,则理论研究还是相当年轻的;如果校注今译只是龙学的基础工作,理论研究则是其主要任务。校注今译方面,今后固然还要继续提高,而理论研究则势必成为重点而大力加强。

　　但是,"龙学"工作有一个重要特点,它的理论研究和校注译释虽然各别,却又密不可分。《文心雕龙》的文字,本身就是表述理论的文字;而这种文字又必须通过校注译释,才能准确地把握其理论意义。建立在不准确的文字理解基础之上的理论大厦,可能被人轻轻抽掉几块基石而全部倾塌。因词义理解不同而在理论上长期纷争不已的就更多。如对"自然之道"一词的不同理解,而有唯心论、唯物论、二元论,以及儒、道、释等一系列理论上的重大分歧。所以,"龙学"工作者必须充分注意这一重要特点。但是,不仅理论研究者必须以正确的文字理解为基础,文字的解释,也有赖于对其整个理论体系的全面理解。这种相得益彰的关系,过去不少研究者是有所注意的。今后若能有意识地结合进行,必将更加迅速地推动整个"龙学"的发展。

理论研究的新路子、新问题、新突破,都是必要的。如果只能重复前人已有的见解,转述前人已有的结论,"龙学"的历史就该结束了。创新是必须的,也是完全可能的,只是应该和单纯地追新逐异区别开来,而大力提倡扎扎实实的研究风气。这就要求我们必须以认清刘勰的理论原貌为出发点。其理论的本来面目尚未认清,甚至原话的意义还不明白就侈谈"创新",只能是"轻言负诮"而已。西方先进的思想方法只要不是生搬硬套,是应该认真吸取的;国外的"龙学"论著,也能给我们某些启发。随着中西文化交流的日益开展,国际《文心雕龙》研究会的召开,"龙学"的局面必将有很大的开拓,研究者没有比过去站得更高、看得更深的新眼光、新思想、新方法,是跟不上形势的发展的。但无论是新发展、新思想,还是新方法、新道路,都不是为新而新。不知为何而新的新,是虽新无益的。"龙学"的新发展,要在能更精确、更深入地总结文学的传统经验和历史规律,以求更好地发挥古为今用的作用。要建立具有中国特色的社会主义文学理论体系,是须要几代人的努力的。从这个意义上来看,则研究中国古代文论之典型的"龙学",就任重道远,大有可为了。我以为"龙学"的广阔道路,正在于此;"龙学"的求新,亦应于此求新。

第三节　产生《文心雕龙》的时代思潮

《文心雕龙》既是古代文论中稀有的典型,这个典型何以产生在南北朝时期?为什么早在五六世纪之交就出现这样一部"体大虑周"的伟大著作?这是值得研究的。有的研究者以为:"《文心雕龙》是天下奇书"①,就其产生之早和古代鲜有的典型性来看,确是"奇书"。这部"奇书"的产生,固须"有奇人而后有奇书"(同上),但此一"奇人"的出现,却是时代的杰作。总结产生此"奇人""奇书"的历史经验是有重要意义的,亦为正确认识此书所必需。

一

汉代的博士经学,烦琐章句,驱绝大多数士人于利禄之途,形成经学的"极盛时代"②。汉儒的历史贡献固不可没,但博士经学之弊,班固已发现其为"学者之大患":

> 古之学者耕且养,三年而通一艺……后世经传既已乖离,博学者又不思多闻阙疑之义,而务碎义逃难,便辞巧说,破坏形体。说五字之文,至于二三万言,后世弥以驰逐。故幼童而守一艺,白首而后能言。安其所习,毁所不见,终以自

---

① 王更生《〈文心雕龙批评论发微〉序》,联经出版事业公司1977年版《文心雕龙批评论发微》卷首。
② 皮锡瑞《经学历史·经学极盛时代》。

蔽。此学者之大患也。①

经文五字要二三万言来解说,其烦琐可知。无论对作者或读者,这都是极为沉重的负担。所以,汉人自"幼童而守一艺,白首而后能言",也并不是以毕生之力,可通一经。因为死守一艺,无暇旁通,就必然是"安其所习,毁所不见,终以自蔽",实际上是一经也难通的。

更有甚者,是汉儒治经,必须严守师法、家法。汉初的经学博士本有不同流派,如《诗经》之有"鲁诗""韩诗""齐诗""毛诗"等,各家之说,互有同异。但学者必遵师说,既不能互相吸取,也不准自出心裁。否则不能做博士,如《后汉书·孟喜传》载:"博士缺,众人荐喜。上闻喜改师法,遂不用。"做了博士的,也要取消资格,如《后汉书·张玄传》载:"少习《颜氏春秋》,兼通数家法……会颜氏博士缺,玄试策第一,拜为博士。居数月,诸生上言玄兼说严氏、冥氏,不宜专为严氏博士。光武且令还署,未及迁而卒。"至于博士们传授的,也自然是家法:"光武中兴,爱好经术……于是立五经博士,各以家法教授。"②因此,汉儒说经,只能"传先师之言,非从己出"③,不仅使经学的发展受到严重阻碍,也束缚了大量儒生的思想。汉人鲜有理论性较强的著作,这是一个重要原因。

在经学史上,常以经学盛于两汉而衰于六朝。其实,六朝之衰者为儒道,此期经学却有较大的发展。仅从《隋书·经籍志》所录经学著作的数量上看,两汉四百多年只六十种,魏晋南北朝三

---

① 《汉书·艺文志·六艺略》。
② 《后汉书·儒林传序》。
③ 《后汉书·鲁丕传》。

百六十年而又兵燹不断,却多达二百五十二种。这个悬殊的比例是不可否认的史实。又如今存《十三经注疏》,可说是宋人所辑历代经学著作的精华,其出于魏晋人之手者,有《周易注》(王弼、韩康伯)、《尚书注》(王肃)、《左传注》(杜预)、《谷梁传注》(范宁)、《论语注》(何晏等)、《尔雅注》(郭璞)等六种。出于汉人之手者也是六种,但只《毛诗》一种为西汉所传,其他如《三礼注》(郑玄)、《公羊传注》(何休)、《孟子注》(赵岐)五种的传注者不仅是东汉人,且其注都完成于汉末灵帝时期。这时的儒家思想已处于向魏晋过渡之中了。再一点值得注意的,是南北朝时期出现的大量义疏、讲疏,《隋志》著录近五十种,大多是南北朝产品。从今存皇侃《论语义疏》和《十三经注疏》之疏全出唐宋看,南北朝始有义疏,亦为经学史上一大发展。

汉末大乱以来的经学,是从"太学之灰炭"中打扫出来,在"天下分崩,人怀苟且"①的困难环境中时断时续地坚持下来的。其所以能有所发展,并产生"独冠古今"②、"数千载不废"③的《周易注》等,主要原因就是革除了汉代博士经学的弊端。如三国时期的儒者首推王肃,皮锡瑞以此人为"经学之大蠹"④。其负千载骂名,主要就是破坏了汉儒家法。《三国志·王肃传》说他"年十八,从宋忠读《太玄》,而更为之解"。可见他自幼便不守师法了。又云:"肃善贾、马之学,而不好郑氏,采会同异,为《尚书》《诗》《论语》《三礼》《左氏》解,及撰定父朗所作《易传》,皆列于学官。"这

---

① 鱼豢《魏略》,《三国志·魏书·王肃传》注引。
② 孔颖达《周易正义序》。
③ 钱大昕《何晏论》。
④ 《经学历史·经学中衰时代》。

与汉儒之严守一家、专治一经者大异其趣。此外,《魏略》以董遇、贾洪等七人为当时"儒宗",大都"博学有才"。值得注意的是董遇:

> 遇善治《老子》,为《老子》作训注。又善《左氏传》,更为作朱墨别异。人有从学者,遇不肯教,而云:"必当先读百遍";言"读书百遍而义自见"。①

汉儒治经,唯赖"夫子步亦步,夫子趋亦趋"的师传,并俨若法规,上自帝王,下至诸生,严格监督执行。董遇则反其道而行之,"不肯教"而要学者求得"自见"。在经学史以至整个古代学术思想史上,董遇的"百读自见"和王肃的"采会异同",可说是一次具有深远意义的革命。虽然,自魏晋迄今,死抱住家法、师法不放的人并未绝迹,但为学不贵自得,死守门户而敌视异己,经学是断断不能发展的。六朝时期不仅经学有新的发展,其他学术领域也大放异彩,正是师心自见和采会异同的胜利。

晋代儒生,正循着这条道路继续发展。如晋代名儒郑冲:"博究儒术及百家之言"②,不仅不限于儒家一经,更博究百家之言了。《晋书·儒林传》中人物,如范平"遍该百氏";范隆"博通经籍,无所不览";杜夷"博览经籍百家之书";续咸"博览群言";徐邈"博涉多闻";范宣"博综众书"等,举不胜举。在广博的基础上,有的就进行深入综合的研究。如虞喜:"傍综广深,博闻强识,钻坚研微。"刘兆:"博学洽闻……以《春秋》一经而三家殊途,诸儒是非之议纷然,互为仇敌,乃思三家之异,合而通之。"遍该博通

---

① 《三国志·魏书·王肃传》注引《魏略》。
② 《晋书·郑冲传》。

的必然结果，就是引人会通综究，钻坚研微。这是"安其所习，毁所不见"的汉儒未曾梦想的。晋代也不乏"博而能一"的经学专家，自称"有《左传》癖"的杜预便是一例。王隐《晋书》和房玄龄《晋书·杜预传》都说他对《左传》的研究"备成一家之学"，但这种成就是和杜预"大观群典""博学多通"分不开的。正因他以博通为基础，进而"错综微言，著《春秋左氏经传集解》"①，乃成一位《左氏》专家。

在南北朝时期，北方虽重师传，但多重博通诸经以至百家之言。从北方"大儒"徐遵明的治经道路，可以看到此期经学的重要特色：

> 年十七，随乡人毛灵和等诣山东求学，至上党，乃师屯留王聪，受《毛诗》《尚书》《礼记》。一年，便辞聪游燕、赵，师事张吾贵。吾贵门徒甚盛。遵明伏膺数月，乃私谓友人曰："张生名高而义无检格，凡所讲说，不惬吾心。请更从师。"遂与平原田猛略就范阳孙买德。受业一年，复欲去之。猛略谓遵明曰："君年少从师，每不终业，如此用意，终恐无成。"遵明乃指其心曰："吾今知真师所在矣，正在于此。"乃诣平原唐迁，居于蚕舍，读《孝经》《论语》《毛诗》《尚书》《三礼》。②

这和汉人的千里寻师颇有相似之处，其精神实质却正好相反。汉人从师是绝对遵从其师，徐遵明从师，实为"从己"，凡"不惬吾心"者便离去之。在三易其师后，他最后找到"师心"自学的道路，这对魏人"百读自见"的思想是又一新的发展。学固不可无师，但

---

① 王隐《晋书》，见《三国志·魏书·杜恕传》注引。
② 《北史·儒林传·徐遵明传》。

若只知盲从而无自己的主动性或独创性,任何学术研究就只能倒退而不能发展。徐遵明在经学这个传统观念较浓的领域,能发现自我的"真师所在",是魏晋以来新思潮的一个重要反映。

南儒和北儒的显著区别,是南儒多读《老》《庄》,好谈名理。《南史·儒林传》中人物如:伏曼容"善《老》《易》";太史叔明"少善《庄》《老》……尤精三玄";顾越"特善《庄》《老》";龚孟舒"善谈名理"等。魏晋时读《老》谈玄的人虽多,但《儒林传》中善《老》《庄》者,尚未见其人。《南史》不能不以善《老》《庄》者入《儒林传》,是儒学至此已发生重要变化的深刻反映。现以名儒严植之的具体事实来考察其变化的意义:

> 严植之……少善《庄》《老》,能玄言,精解《丧服》《孝经》《论语》。及长,遍习郑氏《礼》《周易》《毛诗》《左氏春秋》……梁天监二年,诏求通儒修五礼,有司奏植之主凶礼。四年,初置五经博士,各开馆教授,以植之兼五经博士。植之馆在潮沟,生徒常数百。讲说有区段次第,析理分明。每当登讲,五馆生毕至,听者千余人。①

严植之既是梁初五经博士,自然是当时儒林代表人物。但此人也"善《庄》《老》,能玄言",这不仅说明当时的儒学已非纯儒,且"善《庄》《老》,能玄言",已似为构成儒者或大儒的条件。从他"每当登讲,五馆生毕至"可知,他的讲授是五馆生共同欢迎的。其原因就在"析理分明"而五馆生均可受益。这既非博通者所不可能,亦必得力于《老》《庄》玄理之助。联系当时的另一五经博士贺玚

---

① 《南史·儒林传·严植之传》。

"所著《礼》《易》《老》《庄》讲疏"①,以及上举《南史·儒林传》诸例,可知南朝儒学由博通五经而及《庄》《老》,已是相当普遍的了。

南朝经学显然已非纯粹的儒家五经之学。这时的博士经学和汉代的"博士经学"大异其趣了。这个变化不是儒学之衰微,而是发展。这种发展是整个六朝学术思想发展的重要组成部分,故与此期总的时代思潮是不可分离的。

二

六朝经学的发展不仅与儒道之衰无矛盾,且在一定程度上是互为因果的。自容不得"异端"思想的独尊儒术局面解体之后,较为自由、活跃的魏晋思潮才得以出现。封建社会的所谓"自由",只能是相对而言。从政治上说,魏晋之际本是历史上一个极为黑暗恐怖的时期。所谓"天下多故,名士少有全者"②,卷入政治漩涡而惨遭杀害的文人甚多。但也正因汉末大乱以来"天下多故",阶级矛盾、民族矛盾、统治阶级内部矛盾十分复杂尖锐,使各种思想学说、宗教迷信有了滋蔓的土壤。当时的社会现实既促使士民寻找新的精神安慰或寄托,统治者也企图利用各种思想来麻醉或愚弄臣民。六朝期间儒、道、玄、佛在同时并存中,既互相斗争又互相融汇的思潮,就是这样形成的。

按照汉人的观点:"舍五经而济乎道者,末也。"③离开五经就没有"道",必须以儒道为一切思想言行的准则;只"非礼勿视,非

---

① 《南史·贺玚传》。
② 《晋书·阮籍传》。
③ 《法言·吾子》。

礼勿听,非礼勿言,非礼勿动"①一条,就没有什么自由活动的馀地了。魏晋时期的何晏、王弼、向秀、郭象等,干脆就"舍五经"而注《老》《庄》,依《老》《庄》以求"道",或者用《老》《庄》来注经。从根本上改变"道"的观念,这是一个极大的自由行动。魏晋思潮便发轫于此,它本身就是一场儒道思想的剧烈斗争,而具有人的自觉的重要意义。嵇康的意见有一定代表性:

> 六经以抑引为主,人性以从欲为欢。抑引则违其愿,从欲则得自然。然则自然之得,不由抑引之六经;全性之本,不须犯情之礼律。故仁义务于理伪,非养真之要术;廉让生于争夺,非自然之所出也。②

嵇康以道家的自然观立论,虽有所偏,但正因他摆脱了儒家传统观念的束缚,从另一角度来思考,发现了"六经以抑引为主"的作用;人性受到礼律的压制,不能养真全性,因而强烈要求听任"人性"的自然发展。这是对儒家礼教的反动,是有其具体针对性的。嵇康的著名论点"越名教而任自然",就是从这种认识提出的。名教和自然的关系是魏晋玄学争论的焦点,其实质是儒家之道和道家之道的矛盾斗争。

这种斗争,不可能以谁消灭谁,谁取代谁告终,只能是互相吸取与融汇。这种作用,仅举东晋袁宏之论可知:

> 夫君臣父子,名教之本也。然则名教之作何为者也?盖准天地之性,求之自然之理,拟议以制其"名",因循以弘其"教",辩物成器,以通天下之务者也。……天地无穷之道,父

---

① 《论语·颜渊》。
② 《难自然好学论》,《嵇康集校注》卷七。

子不易之体。夫以无穷之天地,不易之父子,故尊卑永固而不逾,名教大定而不乱,置之六合,充塞宇宙,自今及古,其名不去者也。未有违夫天地之性,而可以序定人伦矣;失乎自然之理,而可以彰明治体者也。①

这是用道家的自然观来解释名教,亦为论名教和自然的关系。照袁宏看来,二者不仅并无矛盾,且名教本自然之理而定,故完全合于自然之理,这就把人伦名教讲得天经地义、永固不逾了。这种理论,既加强了儒道,也使道家思想有了尊崇的地位。在封建社会,占统治地位的思想,只能是统治者的思想,"自然之理,而可以彰明治体",岂非提高了道家思想的政治地位。六朝期间的玄风大盛,正与此攸关。袁宏虽是历史家而非玄学家,但他的论点既是时代思潮的折射,也可说直接来自玄学家。如王弼的《老子注》所说:"民之难治,以其多智也。当务塞兑闭门,令无知无欲。"(第六十五章)《周易略例·明彖》:"夫众不能治众,治众者至寡者也。"都是为统治者服务的露骨之论。到郭象注《庄子》则云:"君臣上下,手足内外,乃天理自然,岂真人之所为哉……夫时之所贤者为君,才不应世者为臣,若天之自高,地之自卑,首自在上,足自在下,岂有递哉?"(《齐物论》注)这和袁宏的史论就如出一辙了。所以,在适应统治阶级的需要这个根本点上,儒玄合流是其必然结果。

佛入东土之后,盛行于六朝,到梁武帝而正式宣布为国教②,其理盖同。不仅佛教徒认为:"道法之与名教,如来之与尧、孔,发

---

① 《后汉纪》卷二十六。
② 《敕舍道事佛》:"道有九十六种,唯佛一道,是于正道。"《全梁文》卷四。

致虽殊,潜相影响;出处诚异,终期则同……虽曰道殊,所归一也。"①宋文帝也认为佛法汪汪,"若使率土之滨,皆纯此化,则吾坐致太平,夫复何事"②。类似论调甚多。佛道和名教可以统一,都可"助王化于治道"③。

不仅名教与自然、佛道与儒道可以相容并存,老庄思想与佛道本身就有相通相近之处。如慧远在宣讲佛教中,"尝有客听讲,难实相义,往复移时,弥增疑昧。远乃引《庄子》义为连类,于(是)惑者晓然"④。以佛解佛,不懂佛理的人是难以接受的。以《庄》解佛可使"惑者晓然",至少说明二者有某些近似之处。因此,也可反过来以佛解《庄》:

> 《庄子·逍遥篇》旧是难处,诸名贤所可(共)钻味,而不能拔理于郭、向之外。支道林在白马寺中,将冯太常共语,因及《逍遥》。支卓然标新理于二家之表,立异义于众贤之外,皆是诸名贤寻味之所不得。后遂用支理。⑤

《高僧传·支遁传》云:"支遁,字道林……家世事佛,早悟非常之理。"其解《庄》能独标新意于诸贤之外,正得力于深悟佛理。《支遁传》载其解《逍遥》之异,正是如此:"遁尝在白马寺,与刘系之等谈《庄子·逍遥篇》。云各适性以为逍遥。遁曰:'不然,夫桀、跖以残害为性,若适性为得者,彼亦逍遥矣。'于是退而注《逍遥篇》,群儒旧学莫不叹服。"这显然是以佛家所谓"慈善"观提出的

---

① 慧远《沙门不敬王者论·体极不兼应》,《全梁文》卷一六一。
② 见何尚之《列叙元嘉赞扬佛教事》,《全宋文》卷二十八。
③ 《沙门不敬王者论·在家》。
④ 《高僧传》卷六《慧远传》。
⑤ 《世说新语·文学》。

新解，而支注《逍遥》，在沟通佛老的同时，也就使《庄子》染上佛道的色彩了。

儒、道、佛三家的关系，在六朝时期既然如此，虽相互攻击者往往而有，但至晋宋以来，以"周孔即佛，佛即周孔"①，"孔老如来，虽三训殊路，而习善共辙"②之论，形成一股强大的社会思潮，到梁武帝时期，便形成"三教鼎立"的高峰。他自幼信奉道教，"及即位，犹自上章，朝士受道者众。三吴及边海之际，信之逾甚"③。梁武与道士陶弘景的密切关系，更说明他对道教信赖之深："武帝既早与之（陶弘景）游，及即位，恩礼愈笃，书问不绝，冠盖相望……国家每有吉凶征讨大事，无不前以咨询。月中常有数信，时人谓为山中宰相。"④萧衍又是历史上著名的佛教皇帝。他除于天监三年下《舍道事佛》令，以佛教为国教外，又多次于同泰寺舍身，亲制《涅盘》《大品》《净名》《三慧》诸经义记数百卷，躬自讲说，并长期斋戒，很像是一个虔诚的佛徒。至于治国，却以儒术为主。在他《敕舍道事佛》的第二年，便"诏开五馆，建立国学，总以五经教授，置五经博士各一人"。到天监七年，"又诏皇太子、宗室、王侯始就学受业。武帝亲屈舆驾，释奠于先师先圣，申之以宴语，劳之以束帛。济济焉，洋洋焉，大道之行也如是"⑤。六朝儒学至此，竟可说是一个中兴时期了。

萧衍只是一个较为典型的例子，但以其帝王的地位，影响面

---

① 孙绰《喻道论》，《全晋文》卷六十二。
② 宗炳《明佛论》，《全宋文》卷二十一。
③ 《隋书·经籍志》四。
④ 《南史·隐逸传·陶弘景传》。
⑤ 《南史·儒林传序》。

是很大的,他这样一个身为帝王的典型人物,其出现于梁初不可能是偶然的,而是魏晋以来儒道佛并存的发展和集中体现。在这种风气之下,值得注意的是,儒道佛三家虽仍各立门户,却彼此洞开,互通有无。名士以佛老为口实,道俗以执麈为时髦,学以兼通为荣,论以博综为高。这就是魏晋以来的历史潮流。至于齐梁,如徐伯珍,不仅酬答《尚书》滞义为"儒者宗之",且"好释氏《老》《庄》,兼明道术"①。庾承先则"玄经释典,靡不该悉;九流《七略》,咸所精练"②。这种博涉三教的学人,在当时已不足为奇了。值得注意的是"笃好玄言"的张讥而为儒林人物,其所教授者则为《周易》《老》《庄》,而死后又"吴郡陆元朗、朱孟博,一乘寺沙门法才,法云寺沙门慧拔,至真观道士姚绥,皆传其业"③。这就颇为奇特了。一人之学,可为儒生、沙门、道士共同接受,若非各家思想在长期来的相互沟通中有所融会,是不可能的。张讥这样的人物,在当时并不是绝无仅有的。梁代的马枢,更能说明兼通三教的时风:

> 马枢……六岁能诵《孝经》《论语》《老子》。及长,博极经史,尤善佛经及《周易》《老子》义。梁邵陵王纶为南徐州刺史,素闻其名,引为学士。纶时自讲《大品经》,令枢讲《维摩》《老子》《周易》,同日发题,道俗听者二千人。王欲极观优劣,乃谓众曰:"与马学士论义,必使屈服,不得空立客主。"于是数家学者,各起问端。枢乃依次剖判,开其宗旨,然后枝

---

① 《南史·隐逸传·徐伯珍传》。
② 《南史·隐逸传·庾承先传》。
③ 《南史·儒林传·张讥传》。

分派别,转变无穷,论者拱默听受而已。纶甚嘉之。①

能在同日之内,如此应答诸家问难而"转变无穷",令"必使屈服"者,唯"拱默听受而已";其讲论之题,又兼涉儒道佛三家,若非融汇诸学,贯通内经外典者,更是不可能的。

世俗文人如此,卷入时代浪潮中的佛教徒亦往往如此。他们不仅读《老》《庄》,注《老》《庄》,甚至精研六经,讲授《礼》《易》。如《高僧传》中所载:竺昙摩罗刹"博览六经",康僧会"博览六经",支谦"博览经籍,莫不精究"(卷一);慧远"博综六经"(卷六);昙谛"晚入吴虎丘寺,讲《礼》《易》《春秋》各七遍"(卷八);《续高僧传》所载:僧旻"为僧回弟子,从回受五经"(卷六);智琳则"《礼》《易》《庄》《老》,悉穷幽致"(卷十二)。慧始、慧琳都曾注《孝经》传世,僧智有《论语略解》等②。在这种情况下,无论是儒学、佛学或其他,要泾渭分明地保持各家之说的纯洁性是不可能的。而各家学说在此期有程度不同的发展,其主要原因正在于互相融合,从而不断改变自己的面目。所以,应由此得到的重要认识是:老庄思想显然已形成一种新的,与佛儒结合的玄学;佛学则与玄儒相杂而成为一种东方的佛学;儒学自然也不再是秦汉时期的原始儒学了,也可说纯儒已不复存在,但六朝时期仍有国学、有五经博士,有儒学,只不过是兼容了佛道特别是玄学思想的儒学,或当称之为"六朝时期的儒学"。

三

王元化论六朝学术思潮有云:玄佛并用的思潮,当时"在学术

---

① 《南史·隐逸传·马枢传》。
② 《隋书·经籍志》一。

思想上几乎占有支配的地位",而"玄学的一个最大特点,就是使得思辨思维发达起来了。玄学家研究了本体论问题,研究了体用关系问题,进入了纯抽象的哲学领域"①。这是把握六朝学术思潮的根本点。总的来说,六朝学术思想确是进入了一个新的、思辨的时代,玄学在这一进程中所起的作用是具有关键意义的。这不仅是玄学本身具有思辨的特点,它还改造了旧的儒学,声援了新的佛学,在沟通佛道儒三家思想中,处于枢纽的地位。

玄学的萌生,自有其复杂的社会原因,但可断言,并不是在产生玄学之后,才有玄学家的思辨思维,而只能相反,在思辨思维已有一定基础之后,才能形成玄学。自汉末以察举取士,已"天下趋于谈辩"了②。谈辩固不等于思辨,但欲求谈辩之胜,就不能不有其理。所以,专论考核人材的《人物志》特设《材理》一篇,认为"建事立义,莫不须理。……夫辩有理胜,有辞胜:理胜者,正黑白以广论,释微妙而通之;辞胜者,破正理以求异,求异则正失矣"。只有能以"理胜"而又精于论难者,才"可与论经世而理物也"。建事立义,都须要能正黑白、通微妙的"理胜"。这对只以伦常道德的规定和要求为内容的汉学,正是一种反抗。在太平盛世,汉代儒术通过"利禄之途",或可上下相欺而维系人心。当社会现实发展到需要经世理物的人材时,迂阔烦琐的博士经学,就不能不被新的东西所取代。刘劭是看到当时儒学的这种处境了,故分"人流之业"为十二材,第十材才是儒学,其特点是"能传圣人之业,而不能干事施政"③。曹操大胆任用不仁不孝而有治国强兵

---

① 《〈文心雕龙〉札记三则》,《中华文史论丛》1984年第2辑。
② 汤用彤《魏晋玄学论稿·读〈人物志〉》。
③ 《人物志·流业》。

之术的人材,正是这个原因。

汉魏学术思想的变迁,人材学实为其关键。除《人物志》外,如徐幹《中论·智行》所论:"士或明哲穷理,或志行纯笃,二者不可兼,圣人将何取?"这是当时的社会现实提出的尖锐问题。徐幹的明确回答是:"其明哲乎!夫明哲之为用也,乃能殷民阜利,使万物无不尽其极者也。"徐幹是一个十足的正统文人,他这种对儒道的大胆否定,正是时代思潮的深刻反映。不能"干事施政"的儒生确已被历史所淘汰,现实所迫切需要的,则是"明哲穷理"的人材。历史既进入"建事立义,莫不须理"的时期,就势必孕育出一批"明哲穷理"的人材。随着名与实等以人材为中心的究讨,就发展而为"名教"与"自然"之辨的玄学。玄谈的末流,多是理念游戏而已。但从追求"明哲穷理"的角度来考察,它对六朝学术思想的发展,是有深刻意义的。

玄学家们对理的追求确是执著的,对一切事物,都想明其所以然之理。王弼认为:"物无妄然,必由其理"①,"识物之动,则其所以然之理皆可知也"②。他所认识的物理虽未必确,但他注意到一物必有一物之理,没有什么事物是无故形成的;特别是从事物的运动中来考察其所以然之理,说明他对事理的认识已相当深刻了。用这种精神来探求事物之理,就真所谓"宛转关生,无所不入"了③。凡物皆有其理,都是玄学家们企图求其所以然的内容,其范围就无涯无际。虽然玄理以《老》《庄》《易》为主体,玄学家

---

① 《周易略例·明象》。
② 《周易·乾卦·文言》注。
③ 《世说新语·文学》:"旧云王丞相过江,止道《声无哀乐》《养生》《言尽意》三理而已,然宛转关生,无所不入。"

们也不曾辩论穷困者的穷困之理,但儒家五经不止于《易》,儒道之外,又多涉佛理,即使过江之后普遍谈论的所谓《声无哀乐》《养生》《言尽意》"三理",亦非"三玄"所可范围。再如殷浩向谢安提出这样一个问题:"眼往属万形,万形来入眼不?"①这就是玄学"无所不入"的一例。(刘勰的"物以貌求"等论可以作答)所以,玄学的范围不仅空前扩大了,而又"无所不入"地欲穷其理,是为促进本期学术理论发展之一。

刘勰在《论说》篇用"师心独见"评魏晋玄论,确是玄理论难中的一个重要特点。玄谈不仅一扫师法家法的残余,也没有尊卑长幼之别,凡预玄坛,则人人唯理是从。如何晏与王弼的论难:

> 何晏为吏部尚书,有位望,时谈客盈坐。王弼未弱冠,往见之。晏闻弼名,因条向者胜理,语弼曰:"此理仆以为极,可得复难不?"弼便作难,一坐人便以为屈。于是弼自为客主数番,皆一坐所不及。②

何晏(190—249)与王弼(226—249)相差三十六岁,地位又如此悬殊,但何晏以为"极"的"胜理",王弼可不以为然而推翻重来,提出新的道理,又"皆一坐所不及"。在"谈客盈坐"之下展开的这种辩论,是不留情面的。这时的王弼才不过十九岁,而位为吏部尚书的何晏,已是五十五岁的长者了。但在王胜于何时,竟一坐皆服,当众承认王弼的胜利。这充分说明当时的风气,"胜理"之前是人人平等的。又如年"始总角"的谢朗,可以和叔父谢安辈的

---

① 《世说新语·文学》。
② 《世说新语·文学》。

玄坛老手"林公讲论"①而平起平坐。殷浩是东晋玄坛高手,史称"与叔父融俱好《老》《易》。融与浩口谈则辞屈,著篇则融胜。浩由是为风流谈论者所宗"②。谈玄胜于叔父而"为风流谈论者宗",更能说明当时的普遍风气。不顾尊卑,唯理是从,是为促进本期学术理论发展之二。

玄谈不仅没有严格的范围,也没有固定的教条与准则。注《易》或谈《易》,不必限于儒家思想;论《庄》讲《老》,也可杂以佛理。玄学家追求的"胜理",并不以儒、道、佛的至理为准则,可以不顾原意,也可以超越甚至违反原意。玄理既无公认的标准,也没有穷尽,此以为是者,彼可以为非,只要能讲出一定的道理。因此,玄学家们所追求的,是没有止境的"胜理"。即使是"为风流谈论者所宗"的殷浩,仍"自以有所不达,欲访之于遁(支道林)"。殷浩在和刘惔辩论中,理有"小屈",竟被刘惔斥为"田舍儿,强学人作尔馨语"。刘惔固是高手,但一遇初出茅庐的张凭,却使他不能不服:

> 张凭举孝廉出都,负其才气,谓必参时彦。欲诣刘尹(即刘惔,字真长。丹阳尹),乡里及同举者共笑之。张遂诣刘。刘洗濯料事,处之下坐,唯通寒暑,神意不接。张欲自发无端。顷之,长史诸贤来清言。客主有不通处,张乃遥于末坐判之,言约旨远,足畅彼我之怀,一坐皆惊。真长延之上坐,清言弥日……。③

---

① 《世说新语·文学》。
② 《晋书·殷浩传》。
③ 《世说新语·文学》。

这正是"强中更有强中手,能人之后有能人"。玄理既不可穷,掌握玄理的人自然不能穷尽。此例还说明,刘惔虽高傲自负,但对能畅其"不通"的张凭,能够马上改变态度,"延之上坐",并因而荐之为太常博士。这不仅是尊重人材,更是真诚地尊重玄理。玄谈既无明确的是非准则,自然难以形成任何不易的定论。这固然给当时的玄谈造成混乱,多使无聊的议题争论不休,但对时人思辨能力的发展,却有强大的刺激作用。特别是一言可以成名,一理可以升官,把大量文人卷入玄辩之中,有的甚至"以辩论为业"①,"唯谈《老》《庄》为事"②。因而辨理析论,蔚为一代风气。是为促进本时期学术理论发展之三。

此外,在玄学出现之后,不仅它本身是在自为主客,追求"胜理"的大辩论中发展起来的,玄学又和儒道佛理有密切的关系,各家之间的异同,又引起一系列复杂的争论。从名教与自然之辨开始,夷夏之论、本末之争、内外之辨、三教异同,以及言意之辨、崇有与贵无、有君与无君、神灭与神不灭等,错综复杂地布满整个六朝时期。在这些争论中,无论是融汇与排斥,也无论是于己于彼,都具有促进发展的巨大力量。从而使儒、道、佛三家之学,都有了显著的发展。

这样的时代,正是产生伟大理论著作的时代。《文心雕龙》正是由这样的土壤培育的硕果。《文心雕龙》是一部文论著作,文学创作的发展是必不可少的条件,只是向来论述已多,已无必要赘述这些众所周知的历史。而文学创作的盛衰,和文学理论的发展在历史上往往是不平衡的。虽然六朝文学史有其特殊的发展道

---

① 《世说新语·文学》注引邓粲《晋纪》。
② 《晋书·王衍传》。

路,有其亟待澄清和总结的问题,这对此书的出现确有重要作用,但离开当时的时代思潮,是无法解释其后文学创作更加繁荣,文学道路更为分歧,却无相应论著的原因的。本节只讲产生《文心雕龙》的时代思潮,不仅在于说明其书何以儒道佛兼容而理论成就较高的背景,还图为认识刘勰及其书的思想基础提供依据。而这一复杂问题,是离开其复杂的时代思潮所难认清的。

第二章 刘 勰

第一节 刘勰的家世

《梁书·刘勰传》:"刘勰字彦和,东莞莒人。祖灵真,宋司空秀之弟也。"向来对刘勰家世的考索,主要就是根据这一记载,旁稽宋齐诸史所作推算。

《宋书·刘秀之传》:"刘秀之字道宝,东莞莒人,司徒刘穆之从兄子也,世居京口。祖爽,尚书都官郎,山阴令。父仲道……秀之弟粹之,晋陵太守。"又《宋书·刘穆之传》:"刘穆之字道和,小字道民,东莞莒人,汉齐悼惠王肥后也,世居京口。"悼惠王刘肥乃汉高祖刘邦之子。据此,刘勰的祖上便可追溯到刘邦而构成颇为壮观的世系:汉高祖——齐悼惠王……抚(据《刘岱墓志》)——爽——仲道——灵真——尚——勰。至《刘岱墓志》出土[1],不仅确证了刘抚——爽——仲道——粹之——岱一系,亦为刘勰一系的佐证;且刘勰、刘秀之、刘穆之及刘岱均东莞莒人,其同出一宗,似已无疑。故自1936年霍衣仙初制刘爽至刘勰的世系表以来[2],

---

[1] 《文物》1977年第6期。
[2] 见《刘彦和评传》,《南风》第12卷2、3号合刊(1936年5月)。

经杨明照博征诸史而臻完备①,已为中外诸家所普遍接受。我自己在六七十年代写的一些东西,亦从其说。

对此最早提出疑点的是范文澜。他发现:"秀之、粹之兄弟以'之'字为名,而彦和祖名灵真,殆非同父母兄弟。"②据杨明照《笺注》所列刘勰世系表,秀之、粹之兄弟还有恭之、钦之、贞之、式之、虑之等,若灵真为秀之之弟,何独不以"之"字为名?范注对此未予深究。到1979年,王元化发表《刘勰身世与士庶区别问题》③,对杨笺所列世系表提出怀疑,而首次明确论定:"刘勰并不是出身于代表身份性大地主阶级的士族,而是出身于家道中落的贫寒庶族。"其举证甚多,对东莞刘氏为汉齐悼惠王之后提出可疑之点:

> 此说本之《宋书·刘穆之传》,似乎应有一定根据。但是,南朝时伪造谱牒的现象极为普遍。许多新贵在专重姓望门阀的社会中,为了抬高自己的身价,编造一个做过帝王将相的远祖是常见的事。因此,到了后出的《南史》就把《宋书·刘穆之传》中"汉齐悼(惠)王肥后"一句话删掉了。这一删节并非随意省略,而是认为《宋书·刘穆之传》的说法是不可信的。

这种疑点是存在的,而《南史》之删尤为力证。两年以后,程天祜又进一步提出:

> 《梁书·刘勰传》的"祖灵真,宋司空秀之弟也"这句话,

---

① 见《梁书刘勰传笺注》,初刊于《文学年报》第7期(1941年6月),终成于《文心雕龙校注拾遗》。
② 《文心雕龙注·序志》。
③ 《中华文史论丛》1979年第1辑。此文收入《文心雕龙创作论》。

第二章 刘勰

在《南史·刘勰传》中,完全删去了……这正是李氏(《南史》作者李大师、李延寿父子)认为"失实","常欲改正"的地方……在《宋书》中,不仅记载了秀之的儿孙的官爵名位,而且记载了秀之的兄钦之、弟粹之、恭之的名位事迹。按照《宋书》的体例,如果秀之真有一个弟弟灵真,是不可能不记的。(按:《宋书·刘秀之传》未载恭之事迹。)[1]

二说皆有理有据。东莞刘氏确是望族,但南朝五史,特别是《南史》乃以家传为特点,而刘灵真和刘尚父子,皆不见于刘氏其他诸传(齐武昌太守刘灵真乃刘讦之父,平原人,见《梁书·处士传》),就很难以灵真和秀之等为同宗兄弟了。而刘勰与穆之、秀之等刘姓望族的关系,有史可据者,唯《刘勰传》中"祖灵真,宋司空秀之弟也"一句。可是这句话又被晚出的《南史·刘勰传》删去了。因此,《南史》何以删去此话,是研究这一问题的关键之所在。若无此话,则刘勰与刘爽、刘仲道、刘穆之,以及秀之、粹之、钦之、贞之、式之、虑之等的维系线就断了,更无从攀上刘邦、刘肥的远祖。

《南史》是宋、齐、梁、陈诸史的汇集,其中虽有少量增补,但总的篇幅只及原史之半。其所删削,除《宋》《齐》诸《志》,各纪传也多删繁就简,以存大要。"汉齐悼惠王肥后","宋司空秀之弟也",是否以文繁而删呢?按《南史》的家传体例,这两句正是以明家族关系的要害所在,若所记属实,就只能增强而断不可删。《南史》的编例,正如中华书局编辑部的《说明》所说:"它用家传形式,按世系而不按时代先后编次列传,一姓一族的人物,集中在一

---

[1] 《刘勰家世的一点质疑》,《社会科学战线》1981年第3期。

起……凡是子孙都附于父祖传下,因此家传的特征更为突出。"如《王昙首传》下附子僧绰、孙俭、逊三传,又俭子骞、骞子规、骞弟暕、暕子承、训五传,又僧绰弟僧虔、僧虔子慈、慈子泰、慈弟志、志弟子筠、志弟彬、寂等七传,总计祖孙子侄五代十六人,均合为《王昙首》一传。有的不仅将"五世孙""六世孙"合为一传,甚至凡属"宗人"也合为家传(如《刘粹传》附"宗人伯龙",《殷钧传》附"宗人芸"等)。而《宋》《齐》诸史原是分列数传的,《南史》则合为一传了。如《宋书》中的《刘穆之传》《刘秀之传》和《南齐书·刘详传》三传,在《南史》中都合为《刘穆之》一传了。《南史》既以同宗者合为一家传,则原史说明其家族关系的话,如"司空秀之弟"之类就不应删掉。但不删则必列入合传,正因不能列入合传,所以必删。其未以从子从孙的附传形式列刘尚、刘勰于《刘穆之传》中去,盖非同宗甚明。

穆之、秀之和刘详的三个分传,《南史》的合传,都未提到刘灵真、刘尚和刘勰,或可说刘灵真与刘尚的官品不高,不能入传。但《南史》既有《刘穆之传》,也有《刘勰传》,其不容合入家传,就只有二家同姓而不同宗才能解释。此外,是否因《南史》须把《刘勰传》归入《文学传》而未入家传呢?这是容易查明的。如《梁书·文学传》共二十五人,其中到沆等十四人都并入《南史》的家传中去了。这就十分有力地说明,家传是《南史》列传的主要原则,它宁可不顾《文学传》的区界,而必须服从家传的编例原则。则刘勰之未并入《刘穆之》的家传,足证其本非同宗。

由是可知,刘勰乃出身寒门而非世家大族是无疑的。这与本传所述其生平事迹,如"家贫不婚娶"等以及他在《文心雕龙》中表露的思想,正是一致的。

其祖刘灵真的事迹,史传无闻,可能是止于小吏或未曾出仕。

第二章 刘勰

父尚,只《梁书·刘勰传》说他任"越骑校尉"。越骑校尉是汉置五校尉之一。《宋书·百官志》下:"越骑掌越人来降,因以为骑也;一说取其材力超越也。……魏、晋逮于江左,初犹领营兵,并置司马、功曹、主簿,后省。……五营校尉,秩二千石。"由此看来,魏、晋时期的越骑校尉,还是较为可观的中级官吏。至梁天监七年(508),徐勉定官位为十八班,以班多者为贵,五校尉属第七班,秩千石①,也还不算很低(时最低者二百石)。所以,刘勰的幼年,其家境还不减中人。但本传说:"勰早孤。"刘勰既出身寒门庶族,其父的过早去世,就给他的一生带来很大的不幸。

刘尚的卒年,看来是一个难以确考的问题。但这对了解刘勰的一生至关重要,或当试为探测。自范注称"父尚早没"以来,一般皆从其说而未予细究,唯台湾王更生、李曰刚、龚菱诸家,都有刘勰三岁"父尚病逝"之说②,但王、龚二氏定其卒于466年,李氏定其卒于472年,这固然以刘勰生年之异说而有出入。问题在于:何以知刘尚卒于刘勰三岁之年?又何以知其为"病逝"?王、李、龚三说均未提出任何根据,只不过是"早孤"的想当然之说,故难置信。《孟子·梁惠王下》:"幼而无父曰孤。"但古人所说的"幼",尚未见定于三岁的成说。《周礼·秋官·司刺》:"一赦曰幼弱。"郑注:"年未满八岁。"《礼记·曲礼上》:"人生十年曰幼,学。"《仪礼·丧服》:"子幼。"郑注:"谓年十五已下。"《论语·泰

---

① 见《隋书·百官志》上。
② 王更生《梁刘彦和先生年谱》,初刊于《国文学报》1973年第2期,收入王著《文心雕龙研究》(1976年台北文史哲出版社初版);李说见《文心雕龙斠诠》(1982年台北中华丛书编审委员会印行);龚说见《文心雕龙研究》(1982年文津出版社出版)。

伯》:"可以托六尺之孤。"邢疏引郑注:"年十五已下。"以上种种,随刑、学、丧等义而各别。如果按《刘勰传》之谓:"勰早孤,笃志好学",其"孤"与学相应,义近《曲礼》,是则其父之没,当在刘勰八至十岁之间。仅凭这点以为定谳,固然不足,却不失为刘尚卒年的佐证之一。

《文心雕龙·序志》有云:"予生七龄,乃梦彩云若锦,则攀而采之。"刘勰在用来"以驭群篇"的《序志》中,讲述这个幼年奇梦,当不是没有用意的。"序志"者,述己之志也。其力图"弥论群言"以挽救"将遂讹滥"的六朝文风,并不始于"乃始论文"之际,其可上青天揽彩云,显然意在表示自己少有奇志。所谓五彩祥云,自古视为吉祥之兆,刘勰竟能攀而采之,可知七岁时的刘勰是信心十足的。于此可得消息,是刘尚当时必健在人世,其小康之家以及刘尚的教养,足以实现刘勰的凌云壮志。若其父早逝,则家境渐窘,必难生此吉庆之情;若为新丧,则其悲犹在,何能有祥云之梦?其父当卒于刘勰七岁之后,可与上说互证。

宋元徽二年(474)五月,桂阳王刘休范举兵反于寻阳,直入建康朱雀门。右军将军王道隆、领军将军刘勔等战死。在十分危急之中,幸有越骑校尉张敬儿诈降,杀休范,建康才转危为安。《资治通鉴·宋纪十五》对这场激战有如下记载:

> (萧)道成与黑骡(叛将)拒战,自晡达旦,矢石不息。其夜大雨,鼓叫不复相闻。将士积日不得寝食,军中马夜惊,城内乱走。道成秉烛正坐,厉声呵之,如是者数四。丁文豪(叛将)破台军于皂荚桥,直至朱雀桁南;杜黑骡亦舍新亭北趣朱雀桁。右军将军王道隆将羽林精兵在朱雀门内,急召鄱阳忠昭公刘勔于石头。勔至,命撤桁以折南军之势。道隆怒曰:

> "贼至，但当急击，宁可开栅自弱邪！"勔不敢复言。道隆趣勔进战，勔渡栅南，战败而死。黑骡等乘胜渡淮。道隆弃众走还台，黑骡兵追杀之。黄门侍郎王蕴重伤，踣于御沟之侧，或扶之以免。……于是中外大震，道路皆云："台城已陷！"白下、石头之众皆溃，张永、沈怀明逃还。宫中传新亭亦陷。太后执帝手泣曰："天下败矣！"

在这场大战中，建康皇室兵力已全部投入战斗，且从台城、朱雀门、白下门、石头城到羽林精兵，各路守卫者皆溃不成军。越骑校尉张敬儿以伪降挽救了危局，同样身为越骑校尉的刘尚，岂能坐以观战？由是可知，刘尚必战死其中，以职卑而无功，故史所未书也。

这里存在的问题，只在474年刘尚是否在越骑校尉任上。据《梁书·刘勰传》所说："祖灵真，宋司空秀之弟也。父尚，越骑校尉。"可首先判断其为越骑校尉在宋，"宋越骑校尉"承上一"宋"字而省。这可从《刘勰传》前后的许多传文得到旁证。如其前的《谢几卿传》："曾祖灵运，宋临川内史。父超宗，齐黄门郎。"其后的《王籍传》："祖远，宋光禄勋。父僧祐，齐骁骑将军。"谢、王两传之间的《刘勰传》，若非从上而省去"宋"字，则当有"齐"或"梁"的交代。至于为宋越骑校尉于何时，亦可推其梗概。按刘勰的生年，大多以为在465年前后，刘尚的年龄，这时不出二十至三十岁之间。则474年为二十九至三十九岁之间。即使再后推几年到刘尚四十多岁，仍可断定474年必在越骑校尉任上。但不可提前。若以刘勰三岁丧父，则刘尚须在二十三至三十三岁之内为越骑校尉，这是三十岁始能出仕的一般寒门庶族所不可能的。

474年刘尚卒，其时必在刘勰七岁梦彩云之后。则刘尚生前，不仅对刘勰的教养已打下一定基础,且培育了他的凌云壮志。尚卒之后,刘勰的"笃志好学"虽仍坚定不移,却使他的一生,经历了艰苦而曲折的道路。

第二节　刘勰生平考略

《梁书·刘勰传》:"刘勰字彦和,东莞莒人。"《晋书·地理志下》以东莞郡置于太康元年,《宋书·州郡志一》则谓:"晋武帝泰始元年,分琅邪立。"据《晋书·宣五王传》:"武帝践阼,封(司马伷)东莞郡王,邑万六百户。始置二卿,特诏诸王自选令长。"①上引当以《宋书》所说为是。莒,今山东莒县,原为春秋时莒子国,汉置县。永嘉丧乱后,中原人士大批南移,刘勰一家亦于其时移居南方。范文澜《文心雕龙·序志》注云:"秀之、粹之兄弟以'之'字为名,而彦和祖名灵真,殆非同父母兄弟,而同为京口人则无疑。"此说虽未举证,不外以刘穆之、刘秀之皆东莞莒人而又"世居京口"为据。虽如上节所说,刘勰与穆之、秀之等或非同宗,但同姓莒人同时移居京口(今江苏镇江)是可能的。据王仲荦统计:当时"全国侨寓人口中,侨寓今江苏者既(即)有二十六万人。而南徐州(州治丹徒,今江苏镇江市)一州领有侨寓人口二十二万余,几占有全省侨寓人口总数的十分之九"②。又东晋明帝置南东莞郡属南徐州、宋明帝于467年失淮北四州后再置南东莞郡属南兖州,州治都在京口,即使郡县与州治不在一地,当亦相去不远。

刘勰的生年,史无明文,至今仍众说不一。范文澜、杨明照据

---

① 《资治通鉴·晋纪一》亦载:泰始元年(265)十二月,封"伷为东莞王"。
② 《魏晋南北朝史》第五章第二节。

第二章 刘勰

《文心雕龙》成书于齐末的时间所作推断:"彦和自宋泰始初生"(范注),或"当生于宋明帝泰始二三年间"(杨笺),以今所知史料来看是难以动摇的。只是据成书之年来推测,不能不遇到这样一个困难:一部三万七千多字的《文心雕龙》,可以短则数月,长则数年而成,具体时间是不易确定的,所以只能推知刘勰生于泰始初或泰始二三年。可证其说近是并推算出刘勰的确切生年者,是上节所述其父刘尚的卒年。刘尚死于474年的建康激战中,既在刘勰七岁梦攀采云之后,则刘勰在474年至少八岁。按"勰早孤"的记载,这年刘勰不可能在九岁以上。是知474年刘勰正是八岁,则其生年当是泰始三年(467)。

到刘勰十三岁时(479),萧道成代宋进入齐代。"齐高帝(萧道成)少为诸生,即位后,王俭为辅,又长于经礼,是以儒学大振。"①三年后,齐立国学,诏"修建敩学,精选儒官"②。永明元年(483)以后,更进入"家寻孔教,人诵儒书,执卷欣欣,此焉弥盛"③的局面。历史上著名的"永明文学",也在这时展现于刘勰眼前了。从齐建国到永明四年刘勰二十岁的六七年,正是刘勰"笃志好学"之际,当时的"儒学大振"和文学渐兴,对他儒家思想的形成和从事于文学研究,都有直接的深刻影响。

与此同时,佛教传布渐广,并得到帝王的高度重视。如竟陵王萧子良于"永明元年二月八日,置讲席于上邸,集名僧于帝畿……演玄音于六霄,启法门于千载。济济乎,实旷代之盛事

---

① 《廿二史札记·南朝经学》。
② 《南齐书·高帝纪》。
③ 《南齐书·刘瓛、陆澄传论》。

也。"①又如定林寺僧柔:"齐太祖创业之始,及世祖袭图之日,皆建立招提,傍求义士。以柔耆素有闻,故征书岁及,文宣诸王,再三招请,乃更出京师,止于定林寺,躬为元匠。四远钦服,人神赞美。文惠、文宣,并服膺入室。"②佛徒为帝王敬重如此,对早孤家贫而入仕无门的刘勰,是有巨大吸引力的。

二十岁前的刘勰,其"笃志好学"者,固然主要是儒家著作。他既然少有凌云壮志,则不可能在二十岁前致意于佛教经论。但佛门在向他频频招手,则是当时的客观形势。到永明五年(487)刘勰二十一岁时,便显示了历史给他安排的道路:佛学与文学结成的时代因缘。《南齐书·竟陵王萧子良传》:"(永明)五年,正位司徒,给班剑二十人,侍中如故。移居鸡笼山邸,集学士抄五经百家,依《皇览》例为《四部要略》千卷。招致名僧,讲语佛法,造经呗新声。道俗之盛,江左未有也。"萧子良开西邸(鸡笼山在建康西北,故史称西邸),是南朝学术思想领域的大事。他于此既招集文人学士,又招致名僧,形成"竟陵八友"的文学集团:"竟陵王子良开西邸,招文学,高祖与沈约、谢朓、王融、萧琛、范云、任昉、陆倕等并游焉,号曰八友。"③可见所谓"道俗之盛,江左未有",诚非虚言。而集此道俗于一邸,并对佛学与文学的盛行一时都有所促进者,就是身为竟陵王的萧子良。佛教与文学,初不相关。但以萧子良的地位而兼重之,必对时人有重要影响。刘勰后来何以投靠佛门,又何以寄志于论文,固然有多种原因,但他之所以走上"道俗"相兼的道路,时风的影响不能不是一个重要因素。二十一

---

① 沈约《为竟陵王发讲疏》,《广弘明集》卷十九。
② 慧皎《高僧传·僧柔传》。
③ 《梁书·武帝纪上》。

岁的刘勰,可能已埋下在定林寺写成《文心雕龙》的种子。

刘勰之母的卒年已无法确考。范注谓"母没当在(刘勰)二十岁左右",是大抵可从的。刘勰入定林寺必在母没守丧三年之后,以刘勰入定林寺的时间(详下)推算,母没可能正在刘勰二十岁(486)之年。

《高僧传·释僧祐传》云:"永明中,敕入吴,试简五众,并宣讲十诵,更伸受戒之法。"范注据此以为:"彦和终丧,值僧祐宏法之时,依之而居,必在此数年中。"其后多从此说,定刘勰于永明五六年入定林寺。其说之可疑有二:一、刘勰入寺与僧祐入吴并无必然联系,纵有联系,"永明中"未必指永明年间的中期(五六年),"永明中"也可能是"永明间"之意。《晋书·地理志下》既明言"太康元年……分琅邪置东莞郡",又在分志东莞郡时谓"太康中置"。"太康元年"也可称"太康中",是知"中"乃太康年间之意。二、"永明中"若并非永明间之意,就可能是误记。《续高僧传·明彻传》记僧祐入吴的具体时间是:"齐永明十年,竟陵王请沙门僧祐三吴讲律,中涂相遇。"这个记载是可信的,因上引《僧祐传》文之前又云:"祐乃竭思钻求,无懈昏晓,遂大精律部,有迈先哲。齐竟陵文宣王每请讲律,听众常七八百人。永明中,敕入吴……"据此,首先可以肯定,僧祐乃以讲律见赏,而被竟陵王敕入吴讲律,是合情合理的。竟陵王请他讲律的时间,僧祐自己所撰《略实成论记》有明确记载:"永明七年十月,文宣王招集京师硕学名僧五百余人……即坐仍请祐及安乐智称法师,更集尼众二部、名德七百余人(即《祐传》所称"七八百人"),续讲十诵律志……八年正月二十三日解座。"[①]这次讲律后才"敕入吴",则不可能在永明五

---

① 《出三藏记集》卷十一。

六年而应为永明八年之后。是知僧祐于永明十年入三吴讲律的记载是对的。故刘勰入定林寺与僧祐的入吴无关。

《高僧传·释超辩传》：辩"以齐永明十年终于山寺（定林寺），春秋七十有三。葬于寺南，沙门僧祐为造碑墓所，东莞刘勰制文"。据此知刘勰入定林寺的下限为永明十年。其上限则为永明八年正月。从刘勰不可能入寺不久便撰写僧柔碑文来看，其入定林寺依僧祐的时间以永明八年（490）的可能性最大。刘勰之所以投依僧祐，也正因永明七、八年间萧子良请他讲十诵律志而声威大增。大约此年正月僧祐讲律结束不久，刘勰便依之入定林寺了。

刘勰二十四岁入寺，到三十七八岁离寺，历十余年而未正式落发为僧，说明他只是寄身佛门，并非出于对佛教的信仰。他既非出身世家豪门，八岁丧父，二十岁丧母，以至"家贫不婚娶"，只身一人，在三年丧毕之后，便不能不来建康寻求出路。但京城的王侯公卿之府虽多，却不得其门而入。唯佛门大开而为王者所重，尚可托身者，止此而已。《程器》篇所谓"君子藏器，待时而动"是也。

刘勰入定林寺后，大致前六七年以协助僧祐整理佛经为主。《梁书·刘勰传》谓："今定林寺经藏，勰所定也。"如僧祐所撰之《三藏记》《法苑记》《世界记》等，当多出刘勰之手。到入寺第八年，刘勰三十一岁左右，定林寺所存经卷，已基本整理就绪，就在这年前后，刘勰写成了《灭惑论》。关于《灭惑论》的撰年，近年来考论甚多，分歧较大。诸说之中，鄙见以为杨明照《刘勰〈灭惑论〉撰年考》①之说："《灭惑论》写成的时间比《文心雕龙》早"，较为

---

① 《古代文学理论研究》第 1 辑，收入《学不已斋杂著》。

近是。除杨考之外，可作如下补证：

僧祐《法集总目序》有云："少受律学……四十许载。"据《高僧传·僧祐传》《法颖传》及僧祐的《十诵义记序》①等有关记载，僧祐乃十四岁入定林寺，十五六岁从法颖习律。僧祐卒于天监十七年（518），年七十四岁，则从十五六岁（459—460）始习律学，历"四十许载"，约为永元元年（499）至中兴二年（502）。于此可知，《法集总目序》很可能完成于齐末，最晚不出天监二、三年（503、504）。其总目为八部法集，中有《出三藏记集》十卷、《弘明集》十卷等。是知《出三藏记集》十卷必完成于《法集总目序》之前，今存《出三藏记集》为十五卷，其中载有部分梁代的事，显然是入梁后所增订。则隋费长房《历代三宝记》卷十五，唐释智昇《开元释教录》卷六均录《出三藏记集》为齐代著作，就是与史相符的了。如此，则不仅可证成于齐末的《法集总目》中所录《弘明集》十卷同样成于齐代，今存《弘明集》十四卷亦为入梁后所增补；《出三藏记集》卷十二所载《弘明集目录序》，更可确证《弘明集》编成于齐代。其十卷之目共录三十四篇二十九人的文章，这二十九人是：牟子为汉人；孙绰、道恒、孙盛、慧远、何镇南（镇南将军何无忌）、何充、支道林、道标、僧契嵩、僧迁、耆婆、郗嘉宾（郗超）、王该等十三人皆晋人；宗炳、颜延之、慧通、僧愍、罗君章（含）、郑道子（鲜之）、何尚之、道高、法明等九人为宋人；明僧绍、周颙、萧子良、僧崟则是卒于齐代的齐人。唯玄光一人无考。严可均录其文于《全齐文》卷二十六，注云："按论中引陆修静事，修静南齐人。"然《历代真仙体道通鉴》卷二十四《陆修静传》谓修静卒于宋末。则玄光最晚为齐人。此外就是《灭惑论》的作者刘勰。《弘明集》中二十

---

① 《法集总目序》《十诵义记序》均载《出三藏记集》卷十二。

八家的三十三篇文章全是齐以前所撰,唯编入一篇梁代的《灭惑论》是断不可能的。由此可证,《弘明集》之十卷本必成于齐,其中既列"刘勰《灭惑论》"于第五卷之末,则《灭惑论》撰于齐甚明。

按上涉诸史,必先有《灭惑论》始编《弘明集》;必《弘明集》业已编定,才能录其序目于《出三藏记集》之内;又必先成《三藏记》十卷,方可撰成《法集总目序》。不仅如上所考,《总目序》乃成于齐末,它列入梁代增补的《出三藏记集》卷十二,本身就是一条力证:"《出三藏记集》十卷"之目,说明它最多十卷,但却列之为卷十二。这个矛盾只有《总目序》撰于齐末才能解释。《总目序》既成于齐末,《三藏记》《弘明集》《灭惑论》必更在其前。上文说《灭惑论》撰于刘勰三十一岁左右,就一方面估计到编入《弘明集》直到《总目序》的完成,需有一定过程;一方面《灭惑论》虽非巨制,亦势难间入《文心雕龙》的撰写之中。而《灭惑论》又是为反驳托名张融的《三破论》而发,张融在世时,是难以假托其名的。《南齐书·张融传》说他于"建武四年病卒"。建武四年(497)正是刘勰三十一岁之年。可能张融卒后不久,冒其名的《三破论》随之出现,刘勰便即时撰《灭惑论》以反击之。其完成的最晚时间为建武五年刘勰夜梦孔子之前。

《文心雕龙·序志》云:"齿在逾立,则尝夜梦执丹漆之礼器,随仲尼而南行;旦而寤,乃怡然而喜。大哉,圣人之难见也,乃小子之垂梦欤!自生人以来,未有如夫子者也。……于是搦笔和墨,乃始论文。"所谓"逾立",指超过"三十而立"的三十一二岁,刘勰这时因此梦而开始《文心雕龙》的撰写。从其书的完成约需四年计,"逾立"应指三十二岁。本年是刘勰入定林寺后第九年,却做了随孔子南行并引以为荣的美梦,足以说明这九年来虽身在佛门,并做了大量整理佛经的工作,写了维护佛教的《灭惑论》,但其心向往之的仍是儒家圣人。无论此梦是否实有,但写在《序志》篇所表达的思想是明确的:要跟在孔子之后来写《文心雕龙》。这个"梦"不会是偶然出现的,也不可能长期来一心在佛,一梦之后,便可提笔论文。所以,九年来刘勰虽以整理佛经为主,也必深受佛教思想的洗礼,却一直既未忘怀于儒教,也不断在研读古今文学作品。

《文心雕龙》的成书时间,向来是以之为推断刘勰生平系年的关键,故一直为研究者所重而又多有异说。我以为范、杨诸家据清人刘毓崧《书文心雕龙后》所考,定成书于南齐之末的结论是基本正确的。《时序》篇称齐代为"皇齐",不可孤立看待,在某种特定情况下,非汉人而称"皇汉",非齐人而称"皇齐",在史书中是不乏其例的。刘毓崧《书后》已云:"自唐虞以至刘宋,皆但举其代名,而特于齐上加一'皇'字,其证一也。"历叙十代而只称"皇齐",就绝非偶然,只能视为当朝臣民的称谓;何况"魏晋之主,称谥号而不称庙号,至齐之四主,惟文帝以身后追尊,止称为帝,余并称祖称宗"(刘毓崧),更可证其撰于齐末无疑。杨明照又补证以入梁之后刘勰所撰《梁建安王造剡山石城寺石像碑》,则直称齐而不云"皇齐",于梁则称"大梁"而不称梁,尤为力证①。或以《时序》篇"今圣历方兴"以下乃指梁代之兴而言,这不仅使上文之文气不完,且与"蔚映十代"之说不符。全篇叙唐、虞、夏、商、周、汉、魏、晋、宋、齐十代文学之变迁,若以末段写梁,就成十一代了。

"今圣历方兴,文思光被"等语,乃指齐和帝中兴元、二年而言。盖以刘勰正写至此,故称"今"也。和帝虽为时不长,但对

---

① 《〈文心雕龙·时序篇〉"皇齐"解》,《文学遗产》1981年第4期,又见《学不已斋杂著》。

"今"上既不能不予颂扬，其落笔之际，又安知其短祚？虽过甚其辞，但对一个封建文人来说，是不足为奇的。这里须略加证实的是，所颂"今圣"是否确指和帝。刘毓崧谓："所谓'今圣历方兴'者，虽未尝明有所指，然以史传核之，当是指和帝而非指东昏也。"他讲到的具体理由有三：一是沈约在东昏时品位不高，"较诸同时之贵幸，声势曾何足言？"二是若书成于东昏之时，沈约无由不见，"岂非以和帝时书适告成，故传播未广哉"。三是不述东昏，与未叙郁林王、海陵王同，"皆以其丧国失位而已"。虽如范注所云"其说甚确"，犹略嫌其证间接而有伸缩性。还可略予补充的是：按东昏共止三年（499—501），若《文心》成于其初年，则自498年始梦孔子，仅一年多时间是难以完成的。后两年的可能性就更小。这从以下史实可知：

> 帝（东昏侯）既诛显达，益自骄恣，渐出游走，又不欲人见之；每出，先驱斥所过人家，唯置空宅。尉司击鼓蹋围，鼓声所闻，便应奔走，不暇衣履，犯禁者应手格杀。一月凡二十余出……四民废业，樵苏路断，吉凶失时……尝至沈公城，有一妇人临产不去，因剖腹视其男女。又尝至定林寺，有沙门老病不能去，藏草间；命左右射之，百箭俱发。[1]

诛陈显达事在499年12月，则以上所志东昏暴行（仅其一端）正在后二年内。刘勰这时不仅在建康，而且正在定林寺撰写《文心》。亲历目睹甚至险遭其难的刘勰，其能颂"今圣"以"经典礼章，跨周轹汉，唐虞之文，其鼎盛乎"！

综观以上种种，是知"今圣历方兴"以下指和帝时期无疑。按

---

[1] 《资治通鉴·齐纪八》。

和帝于中兴元年(501)三月即位江陵,与建康的东昏政权相对峙。东昏于是年十二月被杀,和帝则于中兴二年三月底东归而禅位萧衍。由此可知《时序》篇的具体撰写时间,必在中兴二年的一至三月之内。中兴元年虽二帝并存,但刘勰身在东昏统治下的建康,纵有憎恨之心,却不敢否定东昏的存在。"东昏"乃以其昏虐而身后追称,在当时仍俨然齐帝,刘勰何敢历述齐代诸帝而略当今之暴君?所以,"今圣历方兴"云云,必然是中兴二年一至三月内所写。

这里存在的问题是:虽可定《时序》篇为中兴二年初所撰,能否据以断定《文心》全书皆成于齐末?入梁之后,刘勰对其书有所润色是可能的,但从未改易"皇齐"及齐代诸帝的特殊称谓可知,刘勰自己是不想改变其书成于齐的史实的。《神思》篇范注有云:"《文心》各篇前后相衔,必于前篇之末,预告后篇所将论者。"此一发凡及全书的整体性是世所公认的。再联系刘勰自己强调"制首以通尾"而反对"尺接以寸附"(《附会》),可以肯定其书五十篇必先有一个总体规划,然后基本上按此规划依次撰写。则《时序》篇既写于中兴二年一至三月,《时序》以下五篇亦必写于这三月之内。由是可推测其大致进度乃三个月完成六篇,平均约每月可成两篇。但前二十五篇难度较大,篇幅较长,估计每月至少可得一篇。这样算来,上篇约费时二十五月,下篇费时约十二三月,全书三年左右可成。但这几年内不可能用其全力从事《文心》的写作,其间难免仍有撰抄佛经等杂事,所以,从498年开始,到502年三月完成,总计费时四年左右。

《梁书·刘勰传》:《文心》"既成,未为时流所称。勰自重其文,欲取定于沈约。约时贵盛,无由自达,乃负其书,候约出,干之于车前,状若货鬻者。约便命取读,大重之,谓为深得文理,常陈诸几案"。据上述《文心》完成的时间,刘勰负书干约之时只能在502年三月之后,亦即入梁天监元年四月之后。刘毓崧《书后》以为:"东昏之亡,在和帝中兴元年十二月,去禅代之期,不满五月,勰之负书干约,当在此数月中。"以后从其说者甚多,但这个计时并不准确。东昏于中兴元年十二月六日被杀,和帝禅梁在中兴二年三月二十八日,实不足四月。刘勰在此四月内负书干约亦无可能。《文心》完成后"未为时流所重",必须相距有时,不会初成数日,便可谓"未为时流所重"。从中兴二年正月开始,萧衍即"内有受禅之志,沈约微扣其端"①了。在整个齐、梁禅代活动中,虽未大动干戈,但毕竟是一场改朝换代的剧烈斗争。所以,这年一至三月的建康是相当紧张的。而沈约又正是这次禅代活动的主谋②,其地位固然重要,但刘勰怎会如此不识时务,而急不可待地要在这时干求沈约?沈约又怎能在此紧急关头取读《文心》?故饶宗颐认为负书干约必在梁武受禅之后③,无论从时间或情理上看,其说甚是。入梁之后,沈约有开国之功,岂不"贵盛"?由是可知,刘勰负书求誉于沈约,当在天监元年(502)萧梁王朝就绪之后。

可能由于沈约之誉,刘勰于天监二年起家奉朝请,这年刘勰已三十七岁了。天监三年,临川王萧宏引为记室。记室为十八曹参军之一,掌文书,定员一人。据《梁书·丘迟传》:天监"四年,中军将军临川王宏北伐,迟为咨议参军,领记室"。大夫萧宏乃天监

---

① 《资治通鉴·梁纪一》。
② 见《梁书·沈约传》。
③ 《〈文心雕龙·声律篇〉与鸠摩罗什〈通韵〉》,《中华文史论丛》1985年第3辑。

四年十月北伐,是知这年十月之前,其记室之职已改由丘迟担任。《刘勰传》谓刘勰任萧宏记室后,"迁车骑仓曹参军"。车骑指车骑将军,当时任此职者为夏侯详。《梁书·夏侯详传》:"天监……三年,迁使持节、散骑常侍、车骑将军、湘州刺史。详善吏事,在州四载,为百姓所称。"夏侯详为湘州刺史在天监三年七月,则刘勰改任车骑将军夏侯详的仓曹参军,当在天监四年十月之前,三年七月之后。

《梁书·武帝纪》中:天监六年"六月庚戌,以车骑将军、湘州刺史夏侯详为右光禄大夫"。由于夏侯详的改职,刘勰于是年六月之后出为太末令。《续高僧传·僧旻传》载天监六年之后(应为七年,详下),"临川王记室东莞刘勰等三十人,同集上定林寺,抄《一切经论》",显然是不足为据的误记。因刘勰此年已早离萧宏之记室,且已在任车骑仓曹参军约两年之后;而刘勰任萧宏之记室,按本传指"中军临川王宏记室",据《武帝纪》,萧宏已于天监六年四月改为骠骑将军,同年十月又迁司徒、行太子太傅了。刘勰参加定林寺这次抄经,据时人宝唱(也是僧祐弟子)的《经律异相序》[1],应为天监七年。隋代费长房《历代三宝记》卷十一所载更为具体:"天监七年十一月,帝以法海浩博,浅识窥寻,卒难该究。因敕庄严寺沙门释僧旻等于定林上寺,缉撰此部,到八年四月方了。"是知这五六个月的抄经活动,是刘勰于天监六年任太末令之后参与的。齐梁之制,县令"以三周为期,谓之小满"[2]。刘勰于天监六年下半年出太末令,到天监九年下半年适为"小满"。本传说他做太末令"政有清绩",在三年或稍多一点的时间内,又

---

[1] 见《全梁文》卷七十四。
[2] 《南史·恩幸传·吕文显传》。

有近半年返定林寺抄经,能有如此政绩,说明刘勰有一定政治才能。

刘勰太末令任满之后,"除仁威南康王记室,兼东宫通事舍人"(本传)。《梁书·南康简王绩传》:"南康简王绩……(天监)十年,迁使持节、都督南徐州诸军事、南徐州刺史,进号仁威将军。"据《武帝纪》,其领南徐州刺史在本年正月,则进号仁威将军亦在同时。刘勰除仁威将军南康王萧绩之记室,即在天监十年(511)正月,本年刘勰四十五岁。其兼东宫通事舍人,亦在此时。唯南徐州治京口,与东宫相距甚遥,正如《隋书·百官志上》所说:"通事舍人,旧入直阁内。梁用人殊重,简以才能,不限资地,多以他官兼领。"是以刘勰兼领之初,并未"入直阁内",而以记室之任为主。大约直到天监十六年,征召萧绩为宣毅将军、领石头戍军事,或十七年二月出为南兖州刺史(见绩传)时,刘勰才离仁威记室之职而入直东宫,继续任通事舍人。

天监十五年,刘勰撰《梁建安王造剡山石城寺石像碑》,其文云:"以大梁天监十有二年,岁次鹑尾,二月十二日开凿爰始,到十有五年,龙集涒滩,三月十五日妆画云毕。"这是现在尚存的刘勰又一作品,载《会稽掇英总集》卷十六。天监十七年,僧祐卒。《高僧传·僧祐传》:"以天监十七年五月二十六日,卒于建初寺,春秋七十有四。因窆于开善路西,即定林寺之旧墓。弟子正度立碑颂德,东莞刘勰制文。"其文不存。

僧祐卒前,曾上启请禁搜捕:"梁高祖武皇帝临天下十二年(《全梁文》卷七十一作十六年),下诏去宗庙牺牲,修行佛戒,蔬食断欲。上定林寺沙门僧祐、龙华邑正柏超度等上启云:'京畿既是福地,而食鲜之族,犹布筌网,并驱之客,尚驰鹰犬,非所以仰称皇朝优治之旨。请丹阳、琅邪二境,水陆并不得搜捕。'"①据《梁书·武帝纪中》:天监十六年四月"初去宗庙牲";十月"去宗庙荐脩,始用蔬果"。僧祐之启,当在天监十六年四月之后。刘勰的类似上表,可能受到僧祐的启示,时在十七年五月僧祐卒前。刘勰本传云:"时七庙飨荐已用蔬果,而二郊农社犹有牺牲,勰乃表言:二郊宜与七庙同改。"乃指十六年十月已用蔬果,而二郊农社犹有牺牲,故其上表当在十六年十月之后,十七年春郊祀之前。

《刘勰传》谓:其上表经"诏付尚书议,依勰所陈。迁步兵校尉,兼舍人如故"。迁步兵校尉在上表之后,常以为乃刘勰迎合梁武所致。这种因素可能或多或少有一些,但若以之论功,刘勰陈表并非创见,不过建议扩大"七庙飨荐已用蔬果"的范围而已。按步兵校尉乃东宫三校之一,掌东宫警卫。天监七年定官阶为十八班,以班多者为贵。东宫三校为七班,而东宫通事舍人却位隆而品卑,属一班②。这并非其职不贵,乃以东宫通事舍人多以他官兼领之故。这就是说,当时的东宫通事舍人,往往不是孤立的专任之职。明乎此,可知萧绩调迁之后,刘勰已离其记室之职,其迁步兵校尉就是必然的了。

《梁书》所说"昭明太子好文学,深爱接之",就在这时。萧统对刘勰的"爱接"是可能的,但是否"深爱接",却有待细究。这两句使宋元以来许多研究者对刘勰的生平(从《文心》的成书时间、卒年,到其一生是否幸运与得志等)产生误解,故有必要予以详考。首先要明确的是,刘勰与萧统接触的时间并不多。刘勰在东宫供职,总计不过两年左右。他虽早在天监十年兼舍人之职,但

---

① 释道宣《叙梁武断杀绝宗庙牺牲事》,《广弘明集》卷二十六。
② 见《隋书·百官志上》。

最早到十六年才进入东宫,十八年就离开东宫了。《刘勰传》所说"有敕与慧震沙门于定林寺撰经"的时间,范注云:"定林寺撰经,在僧祐没后。盖祐好搜校卷轴,自第一次校定后,增益必多。故武帝敕与慧震整理之。"僧祐卒于十七年五月,则刘勰奉敕最晚在天监十八年初。范说是对的。最有力的证据是刘勰的步兵校尉任期只一年左右,天监十八年便已易人。《梁书·谢举传》:"天监十一年,迁侍中。十四年,出为宁远将军、豫章内史,为政和理,甚得民心。十八年,复入为侍中,领步兵校尉。"《隋书·百官志》上载梁代官制:"其屯骑、步兵、翊军三校尉各一人,谓之三校。"既定员一人,则谢举于十八年领步兵校尉之时,岂非刘勰奉敕撰经而免职之日?或以刘勰奉敕撰经在531年萧统卒后,查谢举以后到萧统卒,相继任步兵校尉而见于《梁书》者,有周舍、朱异、到洽(未拜)、谢举(复领)、刘显、王筠、刘杳、裴子野、刘孺、王规、刘之遴、殷均、韦粲等(详见各本传)。由天监十八年(519)到中大通三年(531),凡十三年,而步兵校尉之职十四变。刘勰纵独可一任到底,又岂能容十多年内一职二人?故刘勰于萧统卒后撰经之说难立,而刘勰任职东宫之年甚短。

至于昭明对刘勰的"爱接",在《梁书》以至南朝五史中,除"昭明太子好文学,深爱接之"二句外,别无任何记载。其"爱接"的具体情况,实为无考。然昭明之爱接文士,见于《梁书》者甚多,大量的实例,或为有力的反证。现略举数例如下:

《明山宾传》:"昭明太子闻(山宾)筑室不就,有令曰:'明祭酒虽出抚大藩,拥旄推毂,珥金拖紫,而恒事屡空。闻构宇未成,今送薄助。'并贻诗曰:'平仲古称奇,夷吾昔檀美……'。"

第二章 刘勰

《刘孝绰传》:"时昭明太子好士爱文,孝绰与陈郡殷芸、吴郡陆倕、琅邪王筠、彭城到洽等,同见宾礼。太子起乐贤堂,乃使画工先图孝绰焉。"

《王筠传》:"昭明太子爱文学士,常与筠及刘孝绰、陆倕、到洽、殷芸等游宴玄圃,太子独执筠袖抚孝绰肩而言曰:'所谓左把浮丘袖,右拍洪崖肩。'其见重如此。"

《张缅传》:"卒,时年四十二……昭明太子亦往临哭,与缅弟缵书曰:'贤兄学业该通,莅事明敏……自列官朝,二纪将及,义惟僚属,情实亲友。文筵讲席,朝游夕宴,何曾不同兹胜赏,共此言寄。如何长谢,奄然不追!'"

《庾仲容传》:"除安成王中记室,当出随府,皇太子以旧恩,特降饯宴,赐诗曰:'孙生陟阳道,吴子朝歌县。未若樊林举,置酒临华殿。'时辈荣之。"

《刘杳传》:"大通元年,迁步兵校尉,兼舍人(东宫通事舍人)如故。昭明太子谓杳曰:'酒非卿所好,而为酒厨之职,政为不愧古人耳。'"

这样的记载还很多,不能尽举。以上诸例,是皆曾供职于东宫者。或尚在职,或已离去;或官位较高,或与刘勰全同;或生离死别,或赐诗助财;或图像,或游宴,涉及面甚广。故昭明之"好士爱文",信非虚言。然于刘勰,生无一言可志,别无一语相赠,死亦漠不关心(刘勰必死于昭明之前),则二人之关系以及所谓"深爱接之"的程度,可想而知矣。宋元诸释之《隆兴佛教编年通论》《佛祖统记》《释氏通鉴》《佛祖历代通载》《释氏稽古略》等,以刘勰事迹为萧统之附传,看来是很勉强的。刘勰与萧统的关系不深,可能与他们相处的时间不长有关。但在一二年内,也是可以建立"情实亲友"的深厚关系的。果如此,刘勰或者不会很快就离开东宫,或者是撰经将毕,必任以东宫其他官职,何至于使他愤而落发出家!

刘勰于天监十八年(519)离东宫再返定林寺。这次撰经虽只二人,但非新撰或大规模的编纂,只是对僧祐的补集材料,重加整理与增订,故大约费时一二年可毕,即结束于普通元年(520)。这时刘勰已五十四岁了。他在定林寺,不仅做过随孔子南行的美梦,并写下了这样的心愿和期待:

> 君子藏器,待时而动,发挥事业,固宜蓄素以弸中,散采以彪外,楩柟其质,豫章其干;摛文必在纬军国,负重必在任栋梁。穷则独善以垂文,达则奉时以骋绩。(《文心雕龙·程器》)

刘勰所追求的,显然是"奉时以骋绩"。他自幼壮志凌云,笃志好学,不得已而寄身佛门,仍顽强地"弥纶群言",以图"待时而动"。但入仕以来,经过近二十年的努力,虽然"政有清绩",却难负栋梁之任;步兵校尉之职虽不高亦已解任。这次故地重游,抚今思昔,能无感愧?更以撰经功毕,新的任命渺无消息,便于第二年(521)燔发自誓,决心出家,皈命于空门。出家后改法名慧地。出家既是一切幻想均成泡影后的抉择,出家后的心情是不会很好的,所以未满一年而卒。大约卒于普通三年(522)初,享年五十六岁。

王元化《刘勰身世与士庶区别问题》有云:"刘勰的一生经历正表明了一个贫寒庶族的坎坷命运。他怀着纬军国、任栋梁的入世思想,却不得不以出家作为结局。"[①]这是对刘勰一生的精确概括。

---

① 《文心雕龙创作论》。

总上所述,刘勰的生平事略可简列如下:

宋泰始三年(467)生。

元徽元年(473)七岁,梦攀采云。

元徽二年(474)八岁,父尚卒。

齐永明四年(486)二十岁,母没。

永明八年(490)二十四岁,入定林寺。

建武四年(497)三十一岁,撰《灭惑论》。

建武五年(498)三十二岁,梦随孔子南行,始撰《文心雕龙》。

中兴二年(502)三十六岁,三月前完成《文心雕龙》。

梁天监元年(502)负书干求沈约。

天监二年(503)三十七岁,起家奉朝请。

天监三年(504)三十八岁,任中军将军临川王萧宏记室。

天监四年(505)三十九岁,任车骑将军、湘州刺史夏侯详仓曹参军。

天监六年(507)四十一岁,任太末令。

天监十年(511)四十五岁,任仁威将军南康王萧绩记室,兼昭明太子萧统东宫通事舍人。

天监十五年(516)五十岁,撰《梁建安王造剡山石城寺石像碑》。

天监十七年(518)五十二岁,表二郊宜与七庙同用蔬果。迁步兵校尉,兼舍人如故。

天监十八年(519)五十三岁,奉敕与慧震于定林寺撰经。

普通二年(521)五十五岁,燔发出家于定林寺。

普通三年(522)五十六岁,卒。

第三节　刘勰的思想

怎样认识刘勰的思想，研究者之间尚存较大的分歧，第一章已有概略的介绍。有些问题须结合其"原道"观和"征圣""宗经"思想来探讨，本节只从政治思想、儒家思想、文学思想三个方面，略述其要。刘勰思想是复杂的，但研究其思想，不能离开其生平行事、时代思潮和《文心雕龙》三个方面及其联系。本节即图由此着手，而避架空立说。

一

从上节所考刘勰的一生来看，可用"穷则独善以垂文，达则奉时以骋绩"二句来概括其基本思想。这显然是儒家"穷则独善其身，达则兼善天下"的信条。刘勰的略加改造不单在文字上，而是侧重于表达自我。刘勰撰写此文时，年已三十五六还未入仕途，正是在"穷"中独善垂文。但这并不是他已选定的人生道路，当时的刘勰，正处于"待时而动"之中，其为《雕龙》以垂文，乃为"奉时以骋绩"创造条件，所谓"蓄素以弸中，散采以彪外"是也（均见《程器》篇）。因此，"奉时以骋绩"可说是刘勰一生的主导思想。幼有壮志的刘勰，入定林多年而不落发，虽长期托身佛门而以夜梦孔子为荣，写《文心》而叙其志曰"腾声飞实，制作而已"等等，都是其欲"奉时骋绩"的说明。《文心》问世之后的下半生，就完全是"奉时骋绩"思想的实践了。最后不得已而出家，则是经过最大的努力仍壮志难酬的穷途末路。在最后不到一年的出家生活中，纵使刘勰的思想尽皈于佛，也不过是一点微弱的尾声，其全人一生的主导面，则无疑是积极入世的儒家思想。当然，这个儒家思想是六朝时期的儒家思想。

刘勰所欲奉者是什么"时",所图骋者是什么"绩"呢?对此,首先应该明确的是,刘勰既非政治家,亦非思想家。在他的著作中,虽可从对唐虞之世"德盛化钧""政阜民暇"的向往之中,看出刘勰的某些政治态度或理想,但它本身是论文,而非论政。明乎此,既可注意从其论文中窥其政见,又可力避孤立对待而断章取义。他的"奉时骋绩"论,正是从论文着眼的:

> 观乎后汉才林,可参西京,晋世文苑,足俪邺都。然而魏时话言,必以元封为称首;宋来美谈,亦以建安为口实。何也?岂非崇文之盛世,招才之嘉会哉!嗟夫,此古人所以贵乎时也。(《才略》)

这就是刘勰所理想的"时":一为汉武帝元封时期,一为汉末建安时期。这两个时期之所以可贵而为刘勰所崇尚,就因是"崇文之盛世,招才之嘉会"。显然,其中寄托着刘勰自己的愿望,反映了他积极入世的思想。联系《时序》篇论汉武之时,"征枚乘以蒲轮,申主父以鼎食,擢公孙之对策,叹倪宽之拟奏;买臣负薪而衣锦,相如涤器而被绣"等;建安时期曹氏父子"并体貌英逸,故俊才云蒸:仲宣委质于汉南,孔璋归命于河北,伟长从宦于青土,公干徇质于海隅"等,可进一步明其寄托,知其"贵时"之论出非偶然。所谓古人"贵乎时",与刘勰"奉时骋绩""待时而动"的"时",正是同一"时"也。

刘勰想要骋的"绩",也就是《序志》篇所说"腾声飞实"的"实",即希望在政治事业上干出实绩。《梁书·刘勰传》说他任太末令"政有清绩",虽也属刘勰所骋之"绩",但和他"摛文必在纬军国,负重必在任栋梁"的壮志宏图比起来,却是微不足道的。

出身寒微的刘勰,不幸而生活在世族专政制极严的齐梁时期,他的两个"必在",显然是过高的要求。实际上,这种奢望是"必"不能如愿的。他对当时的现实并非毫无认识,在提出两个"必在"的同一《程器》篇中也曾讲到:"将相以位隆特达,文士以职卑多诮,此江河所以腾涌,涓流所以寸折者也。名之抑扬,既其然矣,位之通塞,亦有以焉。"这种认识虽然还是模糊的,但对一个人的名位不能以自己的意志和才能为转移,已有所察觉了。他对自己的命运并非一无所知:"文士"的途程,只能如涓涓细流,在种种艰难险阻中曲折前进。但刘勰并未因此而丧失其信心,他仍抱着极大的幻想,为肩负国家的栋梁重任而努力。为"树德建言"(《序志》)而撰写《文心》,积极从政而"政有清绩"等,就是这种努力的行动。

但这里存在着不可避免的矛盾。当时的官制是:"甲族以二十登仕,后门以过立试吏。"①刘勰在"过立"之后,才开始撰写《文心雕龙》,到三十七八岁才得到"试吏"的机会。比之"二十登仕"的甲族,守在冷庙中写作的刘勰,岂能无感? 在一定程度上寄望于藉以"奉时骋绩"的《文心雕龙》,当然不敢非议时政,但著者的不平之情仍有隐曲地流露。《史传》篇之论:"勋荣之家,虽庸夫而尽饰;违败之士,虽令德而常蚩。"这是较为明显的一例,说明刘勰对六朝世族政治是深怀不满的。在《文心雕龙》中,虽也偶有肯定"利民之志"(《祝盟》)、"恤民之咏"(《时序》)的作品,但总的来说,下层人民的利益,在其中是没有什么地位的。刘勰的阶级地位决定了他虽有不满现实的一面,但他最关心的还是封建治道。所以,他一再强调各种作品"兴治齐身"(《谐隐》)、"表征盛衰,殷鉴兴废"(《史传》)、"大明治道"(《议对》)的作用。只是他理想

---

① 《梁书·武帝纪》。

的"治道",和六朝时期的腐朽世族政权并不一致。

《议对》篇说:"汉文中年,始举贤良,晁错对策,蔚为举首。及孝武益明,旁求俊义。对策者以第一登庸,射策者以甲科入仕:斯固选贤之要术也。"这里虽提到"汉文中年",乃以"始举贤良"而及,对历史上所谓"文景之治",虽班固已和成康媲美[1],而刘勰却不以为然,他在全书两次讲到"文景"都是如此。如《时序》所论:"爰至有汉……施及孝惠,迄于文景,经术颇兴,而辞人勿用。贾谊抑而邹、枚沉,亦可知已。"这虽与本书性质为论文有关,但刘勰所注重于时政者在人材的使用上是明显的。在他看来,像贾谊、邹阳、枚乘这样一些人尚未得重用,即使是"经术颇兴",而其时可知矣。因此,刘勰更赞赏武帝时期以策试取士的"选贤之要术"。联系上述刘勰所盼望的"崇文之盛世,招才之嘉会",可知刘勰的政治思想以选贤授能,俾能人尽其才为主干,而反对才德不称的"庸夫"却世居高位的世族政治。这种思想虽然表达得并不明显,但散见于各篇甚多,而为其身世经历所必有。这种思想虽与文学理论无关,却不仅是结合论文中表现出来的,更为正确理解其理论所必需。刘勰的文学理论是为封建社会服务的,却不利于少数腐朽的封建统治者。他所期待的"崇文之盛世",只能是广开才路的开明之治,舍此便无理想的封建治道可言。汉末以来对人才学的研究,侧重于什么样的人才更为社会所需。刘勰总结了新的经验,强调"体貌英逸,故俊才云蒸",应该说是一大发展。在封建社会,这是人尽其才的必由之路。能如此,则上利君王,下益臣民。刘勰文论其所以在封建社会具有普遍性、典型性,是与他的这种政治地位和相应思想分不开的。

---

[1] 《汉书·景帝纪赞》:"周云成康,汉言文景,美矣!"

二

　　刘勰的思想属儒家思想,无论就其全人或《文心》全书来看,这都是毫无疑义的。但必须明确,他的儒家思想是六朝时期的儒家思想。如前所述,六朝时期的儒家思想,自有其不同于前的时代特征,忽略了这种特征,对刘勰的儒家思想是难以得到确解的。

　　刘勰和佛教有密切的关系,曾长期生活在佛寺中,从事大量佛经的编撰工作,也写过《灭惑论》等维护佛教思想的论文,且以"为文长于佛理"①称著于时,他不能不有相当浓厚的佛教思想。但这最多只能说他有关佛教的论著是佛教思想,或者说他的儒家思想不纯,却不能说刘勰总的思想属佛教思想,因为支配其一生行事的,是积极入世的儒家思想,而不是视一切为空无的佛教思想。这和当时许多人物一样,虽读《老》《庄》,讲《老》《庄》,注《老》《庄》,仍属儒林而非道家。不少佛教徒读五经、讲五经、注五经,仍为沙门而非儒生。这种实例,前论六朝时代思潮中已列举甚多,现再补一例:雷次宗乃宋代名儒,宋文帝元嘉十五年"立儒学馆于北郊,命雷次宗居之"②,自然是当时儒学代表人物。然《宋书·雷次宗传》云:"雷次宗字仲伦,豫章南昌人也。少入庐山,事沙门释慧远,笃志好学,尤明《三礼》《毛诗》。"他从慧远在庐山住了二十多年,然后被征入京,主儒学馆。既然雷次宗住庐山的时间这样长,仍不失为标准的儒者,刘勰住定林寺十余年,有何不可保持儒家思想?雷次宗事慧远与刘勰事僧祐虽不尽同,但身在佛门而心在儒经却是相似的。雷次宗和刘勰的重要区别是:

---

① 《梁书·刘勰传》。
② 《南史·宋本纪》中。

一为儒生,一为文人。既然当时许多儒生可与佛徒有密切关系而不失为儒生,一个文人就更无不可了。

《文心雕龙》虽写于定林寺,但如《序志》篇所说,刘勰乃以夜梦孔子,"随仲尼而南行",也就是要追随孔子而著此书。他不仅认为"自生人以来,未有如夫子者也",以孔子为人类最伟大的圣人,且具体论证了一切文章和儒家经典的关系:

> 唯文章之用,实经典枝条:五礼资之以成,六典因之致用,君臣所以炳焕,军国所以昭明,详其本源,莫非经典。而去圣久远,文体解散,辞人爱奇,言贵浮诡,饰羽尚画,文绣鞶帨,离本弥甚,将遂讹滥。盖《周书》论辞,贵乎体要;尼父陈训,恶乎异端。辞、训之异,宜体于要。于是搦笔和墨,乃始论文。

这是讲刘勰的著书动机。他认为一切文章的本源都来自经典,后世文章的讹滥,就因离开这个本源愈来愈远所致,于是要根据儒家圣人的教导以论文。这不仅无可辩驳地说明,《文心雕龙》这部书确以"征圣""宗经"为思想依据,也说明久住定林寺的刘勰,最崇拜的还是儒家圣人;欲挽救当时"辞人爱奇,言贵浮诡"的文风,只能依靠儒家经典;而改变这种文风的目的,又以更好地发挥各种文章在军国大政中的作用为出发点。则此时此书的思想为儒家思想,当是不庸置疑的。

此外,还可从《征圣》《宗经》及全书许多论述证明《文心雕龙》的儒家思想,但又是未可简单对待的问题。如《辨骚》篇之辨"同于风雅者"四,"异乎经典者"四,其倾向性甚明;《史传》篇强调"立义选言,宜依经以树则;劝戒与夺,必附圣以居宗";《通变》篇主张"矫讹翻浅,还宗经诰"等,有的地方甚至显示出儒家的偏见,如《杂文》篇:"唯《七厉》叙贤,归以儒道,虽文非拔群,而意实卓尔矣。"《指瑕》篇:"左思《七讽》,说孝而不从,反道若斯,余不足观矣……"这样的见解还很多。可是,此乃人所共知之事,多年来岂研究者视而不见?但对刘勰的思想是否属儒家,仍多有异议。这不是毫无原由的,应该注意到问题的复杂性。

《文心雕龙》中不属于儒家,甚至违反儒家思想之论,亦复不少。刘勰虽然声称他是秉承"尼父陈训,恶乎异端"之旨以论文,但在《诸子》篇,不仅认为诸子百家之作"皆入道见志之书","极睇参差,亦学家之大观",且谓:"鬻为文友,李实孔师;圣贤并世,而经子异流矣。"肯定李耳为孔子之师,又以经书和子书为不同的流派,岂能说这是"征圣""宗经"的儒家观点?《论说》篇更云:

> 魏之初霸,术兼名法;傅嘏、王粲,校练名理。迄至正始,务欲守文,何晏之徒,始盛玄论。于是聃、周当路,与尼父争涂矣。详观兰石之《才性》、仲宣之《去代》、叔夜之《辨声》、太初之《本玄》、辅嗣之《两例》、平叔之《二论》,并师心独见,锋颖精密,盖人伦之英也。

刘勰是反对玄言诗的。从诗着眼,以玄理入诗,必然是淡乎寡味,理当反对。但对玄论则是从论着眼,"论如析薪,贵能破理",就其"辨正然否"的作用说,刘勰对玄论的肯定也是对的。值得注意的是,本篇乃从"聃、周当路,与尼父争涂"的角度,即老庄思想与儒家思想的激烈斗争中,来评论魏晋玄论的。这个背景显然不利于儒家,刘勰仍按照史实,给诸玄论以极高的评价:"并师心独见,锋颖精密,盖论(据《御览》)之英也。"这实为宣布,老庄思想在这场儒道斗争中大获全胜。在这里,是看不见刘勰的儒家立场的,甚至与其说公正,不如说偏爱。纵观《文心》全书,作如此白璧无瑕的完美之评者,实不多见。何况所举五家诸论,怎能都是独到精密的"论之英"呢?

《论说》篇又一众目昭彰的论述是:

> 宋岱、郭象,锐思于几神之区;夷甫、裴𬱖,交辨于有无之域,并独步当时,流声后代。然滞有者,全系于形用;贵无者,专守于寂寥。徒锐偏解,莫诣正理,动极神源,其般若之绝境乎!

崇有与贵无是玄学家们的重要论题之一。刘勰认为坚持"有"与"无"都是"偏解",不能达于"正理",唯佛教思想中的"般若之绝境"才是最正确的。这里没有必要分辨"有""无""般若"之理的是非①,须要明确的只是:"般若"乃佛家专用概念,且是有代表性的佛教思想,这是世所公认的。既如此,刘勰用以作为"有无"之争的思想武器,便可断言并非偶用佛语。这样的专用概念在《文心》中虽不多见,却不能认为是著者有意拒用,更难否认《文心》中杂有某些佛教思想。刘勰既生活在儒道佛鼎立的齐梁时期,佛教为帝王所尊,儒生、名士每以讲佛论道为高,而刘勰又确是"为文长于佛理",所以,在《文心》中避免佛教思想是既无必要,也不可能的。在佛道高涨之际,他既不可能"出污泥而不染",更难在刚刚撰成《灭惑论》之后,便完全换一副头脑,而以纯儒的思想立场来撰写此书。"般若之绝境"论是鲜明的、毫无回避之意的佛教思想,它确切地证明:《文心雕龙》中是杂有佛教思想的。当然,企图据以论证《文心》以佛教思想为主,也是徒劳无力的,这种论点在全书中毕竟是个别的。

---

① 参见拙著《文心雕龙译注·引论》。

此外，如《辨骚》篇论《楚辞》，虽明斥其"异乎经典"者四，却总评以："气往轹古，辞来切今，惊采绝艳，难与并能矣。"这种成就居然是与经典有四异之作，且所谓"轹古"又包括经典在内。这就是说，异乎经典而可超越经典，岂是坚守儒家立场者所能道？嵇康的《与山巨源绝交书》，明明说"每非汤武而薄周孔"，《书记》篇却评此书为"志高而文伟"，也显然不是忠于儒家者之论。

以上种种足以说明，《文心雕龙》虽以儒家思想为主，但并不排斥诸子百家以至佛教思想。以此书"立论完全站在儒学古文学派的立场上"，"严格保持儒学的立场"，是难与其实相符的。《文心雕龙》的思想属儒家思想，或者说以儒家思想为主，这一史实是难以否定的，但不能不正视其复杂性，它不仅兼容有儒家思想以外的某些思想因素，甚至有不利于儒家的思想成分。一定要坚持其为纯粹的、完全的、严格的儒家思想立场，是无助于认清其实质的。王元化对此早已做了精确的论述：

> 刘勰虽然在《文心雕龙》中恪守儒学风范，但是他对于作为当时时代思潮的释、道、玄诸家，也有融合吸收的一面……儒学本身也在发展，甚至变化，当时的儒学跟早期原始儒学以至其后两汉的儒学已经不同了。①

把刘勰的思想隔绝于时代思潮之外，孤立地认为儒必纯儒，是难以认识其真实思想的。在某种时代思潮中，虽难断言当时一切人的思想意识无一例外，人人必合历史潮流，但刘勰这个具体的人是不能例外的。不仅他的经历和著述已充分证实了这点，他自己正是当时儒佛合流时代大合唱的成员之一。其《灭惑论》有云：

---

① 《〈文心雕龙〉札记三则》，《中华文史论丛》1984年第2辑。

"至道宗极,理归乎一;妙法真境,本固无二。……故孔释教殊而道契。"持这种观念的刘勰,当然不可能在崇拜孔儒的同时,视佛道为仇敌而严加防范。

从当时的时代思潮着眼,不仅可以理解《文心》融合释道玄诸家是很自然的,更能认清刘勰的儒家思想是六朝时期的儒家思想。正是这种较前有了很大发展变化的儒家思想,才使刘勰排除门户之见,比较公正地评价了诸子百家的作品;也正因刘勰吸收了释道玄诸家的某些思想因素和资料,而又加以融会贯通,才有其文学理论上的巨大成就,才使《文心雕龙》成为古代文论中稀有的典型。但作公正的铨衡,仅就思想渊源的作用来说,《文心》的成就是和它以儒家思想为主,特别是充分运用一系列儒家文学思想的精华分不开的。但《文心》的保守性、其中的封建糟粕和某些偏见,也主要来自儒家思想。

三

刘勰的文学思想决定于他的政治思想和儒家思想。他的政治思想、儒家思想,又是通过文学思想反映出来的。刘勰既非儒生,亦非政治家和思想家,在《文心雕龙》中,他既未正面阐述自己的政治观点,亦无意于经学研究,以上只是通过一些有关的间接论述,以窥其基本倾向或性质,目的仍在认识其文学思想。但全面研究刘勰的文学思想是本书全书的任务,这里只能就其最基本的、在进探刘勰的具体文学观点之前须要明确的问题略予研讨。

自曹丕《典论·论文》提出:"盖文章经国之大业,不朽之盛事",文学事业开始有了自己独立的社会价值。这种价值是和文学的实用主义密切联系着的。刘勰继承和发展了这一观念,论"文章之用"则云:"五礼资之以成,六典因之致用,君臣所以炳焕,军国所以昭明"(《序志》);论文章典范则是:"写天地之辉光,晓生民之耳目","能经纬区宇,弥纶彝宪,发挥事业,彪炳辞义"(《原道》)。总的来说,就是要求文章在治理种种国家大事中发挥积极的作用,也就是所谓"摛文必在纬军国"。这就是刘勰最基本的文学主张,全书对历代作家作品的评论,对各种文学理论的论述,以及各种艺术技巧的讲求,无不由此出发。

这种基本主张,和儒家崇实重用的文学观,刘勰"奉时骋绩"的积极用世思想等,不仅一致,且是由这些思想熔铸而成的。它贯穿在《文心》全书的各个方面。如论诗肯定"顺美匡恶,其来久矣"(《明诗》)的传统;论乐府强调"务塞淫滥",发挥"化动八风"的作用(《乐府》);论赋则反对"无贵风轨,莫益劝戒"之作(《诠赋》);论谐辞隐语也要求能"兴治济身""弼违晓惑",而不满于"无益时用""无益规补"的文字游戏(《谐隐》);论史传更重"彰善瘅恶,树之风声","举得失以表黜陟,征存亡以标劝戒"(《史传》);至于章表奏议等政治文件,自然尤重其实用价值,反对"舞笔弄文""空骋其华"而强调"辞以治宣""大明治道"(《议对》)。这样的主张举不胜举,总的说明,刘勰所要求的是一切文章在为封建治道服务中发挥较大的作用。因此,在创作论部分虽然讲艺术技巧甚多,却非为艺术而艺术之论。刘勰充分利用儒家的有关主张,如"言以足志,文以足言";"情欲信,辞欲巧"(《征圣》);"言之不文,行而不远"(《议对》《情采》)等,以论文采的重要,都是从"联辞结采,将欲明经"(《情采》)出发,使作品具有较大的社会功能。《周易·系辞上》有云:"鼓天下之动者,存乎辞。"刘勰并不认为一切言辞都能起到鼓动天下的巨大作用,故进而加以发挥:"辞之所以能鼓天下者,乃道之文也。"(《原道》)对"道之文"如何理解,将在第四章细究,这里仅就句意而言,以"文"是"道"的外化,是文理不通的。若以"道"乃儒道,又与上文所说"道之文"由"日月叠璧""山川焕绮"的自然之美而来不合。所以,刘勰的发挥,实指合于自然之美的文辞,才能有鼓动天下读者的艺术力量。这就更能说明,刘勰是从充分发挥作品的社会功能来要求种种形式美的。

《情采》篇说:"言以文远,诚哉斯验",这是儒家文学思想的直接运用;至于为封建治道服务,则是所谓"经典枝条",乃儒家思想的具体运用。从刘勰的积极入世思想来看,他依儒家思想以论文是有其必然性的。加以当时释道玄诸家的思想武库,可以利用来论文的,唯儒家思想最为适宜而有力。要矫正六朝"辞人爱奇,言贵浮诡"的文风,不借重儒家之圣与经,不搬出儒家的"辞尚体要,弗惟好异"(《征圣》)等说,也难找到更有权威的依据了。虽然如此,却未可由是而走上极端,把《文心雕龙》的一切内容都归诸儒道。刘勰和其前的扬雄、其后的韩愈等之标榜儒道、征圣宗经是大不一样的,前人对此已多有论证。在历史上,刘勰不仅谈不到是个诚笃的儒家宗奉者,实质上根本就不是儒生。他对儒家经典的态度也是实用主义者,必要时可以五体投地,也可以对过分"斟酌经辞"而"渐靡儒风"的创作表示不满(《时序》),更可随意断章取义,以六经注我。这些问题,后面还要具体分析,这里只举证一例,以明刘勰宗经之实:

> 夫经典沉深,载籍浩瀚,实群言之奥区,而才思之神皋也……任力耕耨,纵意渔猎,操刀能割,必列膏腴。(《事类》)

刘勰在《文心》中,对浩瀚的经籍确是取"纵意渔猎"的态度,对儒家思想的核心——仁义之道,刘勰是未曾留意的,其操刀所割者,固然是论文的"膏腴",但与其说是为儒家思想,不如说是刘勰自己的思想了。

因此,认识刘勰的文学思想,最根本的途径还不在辨别其属于何家,而是从刘勰自身找答案。后人对诸子百家,往往是各取所需而已。不仅刘勰割取儒家的某些"膏腴"决定于他的需要,其舍释、道、玄而取儒,也是自己的需要。如"温柔敦厚"的儒家"诗教",刘勰岂能不知?但除在《宗经》篇还《诗经》以"温柔在诵"四字外,在《文心》全书中就再也无踪无影了。从刘勰所处的时代和刘勰自己的思想出发,他不仅避而不谈儒家"诗教"的精神,还多与此背道而驰。孔子论诗,主"乐而不淫,哀而不伤"①,正是"温柔敦厚"的具体要求。刘勰在《诔碑》篇却强调"道其哀也,凄焉如可伤";《哀吊》篇则云:"哀辞大体,情主于痛伤。"《辨骚》篇肯定"《骚经》《九章》,朗丽以哀志;《九歌》《九辩》,绮靡以伤情"。这种哀而且伤的观点,即使不是有意和"哀而不伤"唱反调,也是和"温柔敦厚"的精神不协的。如以"温柔敦厚"专指诗教而言,刘勰论诗也大异其旨。《情采》篇的一个重要论点是:"盖《风》《雅》之兴,志思蓄愤,而咏吟情性,以讽其上,此为情而造文者也。"他主张"为情而造文",反对"为文而造情",是要求作品以表达情志为主。表达什么情呢?刘勰认为《诗经》的产生,是诗人积蓄了满腔愤怒而"以讽其上"之情。《情采》篇的"情",实为泛指作品的内容;"为情而造文"的主张,实为对文学创作的普遍要求。这样的作品,就不可能是"温柔敦厚"的了。刘勰此论,既是善用儒经,也发扬了《诗经》中的优良传统,却有违于儒家"诗教"。这样的取舍,就主要是刘勰自己的思想决定的。

---

① 《论语·八佾》。

六朝既矛盾重重而又长期动乱不安,自然是欢乐者少而哀伤者多。刘勰对"崇文之盛世"的再现虽还抱有微弱的幻想,却对其所生之时深怀不满。因此,这位"操刀能割"者,善于从权威性的《诗经》中,找到宜于表达自己文学思想的"膏腴":"芮良夫之诗云:'自有肺肠,俾民卒狂。'夫心险如山,口壅若川,怨怒之情不一,欢谑之言无方。"(《谐隐》)这是用《诗经·大雅·桑柔》中的两句来借题发挥。"肺肠"指统治者的心肠,自然指坏心肠,因而逼得百姓发狂。刘勰则把"肺肠"加以夸大:"心险如山。"但老百姓的口是堵塞不住的。其论巧作安排,上二句说明怨怒之情不能不发,下文的"内怨为俳"从理论上说明"口壅若川"的必然性,内心的怨怒既积,是必然要爆发出来的。只是"怨怒之情不一",因而有种种嘲笑的作品产生。这就把民间文学的愤怒之作解释得颇为合理了。刘勰的思想,这里虽表达得较为隐微曲折,但其倾向是明显的。

刘勰文学思想虽可归属于儒家思想,却不主张为仁义道德服务;他要求文学为封建治道效力,却鼓动作者以自己的作品去"抑止昏暴",倾吐自己的哀伤和怨怒。因此,在刘勰的文学思想中,又有不从属于某一家,更不从属于少数豪门贵族的积极因素。《文心雕龙》的成就,正在著者由此而博取众长,有助于封建社会整体利益的伸张。

第三章 《文心雕龙》的理论体系

王元化在《文艺理论体系问题》中曾特别讲到："《文心雕龙》是在体系上相当完整严密的一部著作……仅就系统的完整严密来说，在我国漫长的封建社会中有哪些文艺理论著作可与之比肩呢？甚至在整个中世纪的世界文学理论著作中可以成为它的对手的也寥寥无几。"这是中外学者所公认的史实，所以他强调："《文心雕龙》的体系是特别值得重视的。"[1]本书特立一章来究其理论体系，正出于此。

我在1964年所讲"有探讨刘勰自己的文学理论体系的必要"[2]，主要从当时特别是自己的研究中有忽于刘勰理论的原貌而提出的。这个想法，可惜以十年大乱而中断了。把古人的理论现代化以至装上洋装的现象，近年来虽也偶有闻见，但研究刘勰的理论体系，现已具有更为深广的意义。不少"龙学"家纷纷发表这方面的专论，足见其确是值得重视与研究的。这自然是一个相当复杂的问题，各家对此有不同见解是必然的，各家之说的互相推进，必有助于对其理论体系的深入认识。笔者自1981年发表

---

[1]《文学沉思录》，上海文艺出版社1983年版。
[2]《近年来〈文心雕龙〉研究中存在的几个问题》，《江海学刊》1964年第1期。

《〈文心雕龙〉的总论及其理论体系》①后,又相继写过几篇有关论文②,从这五六年的反映来看,多数研究者对以"物""情""言"三者的相互关系为其理论体系的主干是同意的,近年来谈到这三种关系的文章渐多,有的专著还有《创作中物、情、辞的关系》一节③。唯于《辨骚》篇是否为总论之一、枢纽论是否即总论等,尚有较大分歧。本章即在原有基础上,兼对一些不同意见作进一步研究。

第一节 《文心雕龙》的性质和篇次问题

《文心雕龙》的理论体系,是否为经学、子学、文学或佛学的理论体系?其书现在通行本的篇次是否刘勰原著的面目?这是探讨其理论体系必须首先明确的问题。

《文心雕龙》的性质,可能在多数研究者看来,并无加以研讨的必要,因为自有中国文学批评史以来,不仅没有一本不讲《文心雕龙》,且无一不以之为中国文学批评史上最重要的著作。早在三十年代,方孝岳就讲到:"《文心雕龙》,是文学批评界唯一的大法典了。这是人人心中所承认的公言,无论哪一派的文家,都不能否认。"④应该说,这是现在和将来也难以否认的。但在新论迭出之后,《文心》的性质就不可不辨了。或以为宣扬儒道之书,或

---

① 《中国社会科学》1981年2期。
② 如《〈文心雕龙〉理论体系初探》(见《雕龙集》),《从刘勰的理论体系看风骨论》(《古代文学理论研究》第4辑),《〈文心雕龙〉创作论新探》(《社会科学战线》1982年1、2期)等。
③ 钟子翱、黄安祯《刘勰论写作之道》,长征出版社1984年版。
④ 《中国文学批评》卷中,三联书店1986年版。

以为主要是讲佛道的书,或以为是子书,或以为是文章论,等等。有关儒佛之说,本书《刘勰的思想》一节,已有所辨,下章析《原道》《征圣》《宗经》等篇,还将具体论及一些有关问题。若能明确《文心》一书的性质,这些问题也容易得到相应的解决。这里先从是否子书谈起。此说初见于刘永济《文心雕龙校释·前言》:

> 刘勰《文心雕龙》一书,为我国文学批评论文最早、最完备、最有系统之作。由今观之,其优点有四:其一……于经注之外,别立一帜,专论文章,其意义殆已超出诗文评之上而成为一家之言,与诸子著书之意相同矣。其二,彦和之作此书,既以子书自许,凡子书皆有其对于时政、世风之批评,皆可见作者本人之学术思想,故彦和此书亦有匡救时弊之意……按其实质,名为一子,允无愧色。

此说虽还有待斟酌,但已开宗明义肯定《文心》乃"文学批评"之作,而"子书"云云,是就此"文学批评"之作的"优点"而言。故刘永济的本意,并非以《文心》的性质为子书。到王更生著《文心雕龙研究》,则发展此说而以《文心》为"子书中的文评,文评中的子书"①。其后,王氏又在《文心雕龙导读》中,特设《〈文心雕龙〉的性质》一节予以详论,但改谓之"文评中的子书,子书中的文评"②。其主要理由,如历史上偶有著录入子部杂家者;《序志》篇的"就有深解,未足立家"之说,"是想成一家之言";从《程器》篇所论和后来任太末令等看,"他自己本身就是一个理论而兼实行的学者,所以这更非一般纯粹的'文学批评家'能够胜任"。这类

---

① 台北文史哲出版社1976年版第3章。1984年重修增订本已删此章。
② 台北华正书局1983年修订本第2节。

理由显然是很勉强的。历史上个别不确的著录,何足为训?《史记·自序》:"为《太史公书》,序略,以拾遗补蓺,成一家之言",岂必子书始可谓一家之言?何况刘勰所说"就有深解,未足立家",本指注经而言,乃未足以成注释五经之一家的意思,与子书初不相干。至于"纯粹的文学批评家",在中国文学批评史上确是难得,又何况刘勰入仕在书成之后。

刘永济谓彦和此书"以子书自许",乃从"于经注家外,别立一帜,专论文章"而言。"专论文章"即为子书,仍于理未安。古代专论文章之书甚多,无一为子书;古代子书亦多,亦无一为专论文章者。至于刘勰是否"以子书自许",只读《诸子》篇的"博明万事为子,适辨一理为论"二句自明。《文心》中并无"博明万事"之论,而是只辨文理一理。《论说》篇云:"论也者,弥纶群言,而研精一理者也。"《序志》篇正称其书乃"弥纶群言"的"论文"之作。文学现象是复杂的,论文不能不涉及种种社会现象,但无一不从论文出发,无一不以明文理为目的。刘勰此书既是"专论文章",而不在"博明万事",其书的性质就只能说是论文之书了。

《文心》为"专论文章"之书,是否其性质为文章论呢?持此说者甚多,但情况比较复杂,有必要略予具体分析。用六朝时期"文学"与"文章"的概念来说,当以"文章论"为是;到近世"文学"与"文章"二义有了很大变化和明确区分之后,如果用今人的观念来说,就只有"文学论"才和六朝时期的"文章论"意近。《文心》全书,唯《时序》篇两度用到"文学"一词。一为"献帝播迁,文学蓬转"。董卓胁献帝西迁,而使中原大乱,造成"白骨露于野,千里无鸡鸣"的惨状,随之"蓬转"的自然不只是文学家。另一处为:

> 唯齐、楚两国,颇有文学:齐开庄衢之第,楚广兰台之宫;

孟轲宾馆,荀卿宰邑,故稷下扇其清风,兰陵郁其茂俗。邹子以谈天飞誉,驺奭以雕龙驰响。屈平联藻于日月,宋玉交彩于风云……。

这个"文学",虽有屈宋的文学活动在内,却是泛指齐、楚两国的文化学术。此外,刘勰不曾再用"文学"一词①,而多用"文"或"文章"指文学作品。全书用"文章"一词,则有二十四次之多,虽不专指今天所说的文学作品,却比刘勰所用"文学"的概念狭小得多。《正纬》篇的"无益经典而有助文章",是就纬书的"事丰奇伟,辞富膏腴"而言,如所举"白鱼赤乌"等神奇的传说,是一般文章所不需的。《序志》篇称:"古来文章,以雕缛成体",这是刘勰对"文章"的基本观点。正因他用这种观点来看纬书,故认为"有助文章";也正因他用这种观点来对待五经,故《征圣》篇一再称五经为"圣人之文章",《宗经》篇则称五经为"文章奥府"。视儒家五经为"文章",一是刘勰认为"圣文之雅丽,固衔华而佩实者也"(《征圣》),一是有他的根据:《论语·公冶长》有"夫子之文章,可得而闻也"之说。故《情采》篇云:"圣贤书辞,总称文章,非采而何?"这就更清楚地显示了刘勰所讲的"文章"之义。五经或"圣贤书辞"是否以"采"为特征,这是不须详辨的。以六经注我的刘勰如此强调,只能是他自己立论角度的说明。于此可见,《文心》所论是当时的"文章",而非"文学",而六朝人所讲的"文章",是和近世的"文学"义近的。今人所讲的"文章",通常是不包括诗歌、乐府、颂赞等韵文作品的。因此,今天仍以《文心雕龙》为"文章论",就与原意不符了。

---

① 《颂赞》篇的"崔瑗文学","文学"二字指《南阳文学颂》。

但是《文心雕龙》确是论及不少在今天看来不是文学的文体。这首先要看它的主旨。古人著述,往往兼及多方面的内容,如《法言》《论衡》《颜氏家训》等,虽也评论诗赋,但不会有人以这些为文论著作。《文心》虽论章、表、奏、议等,却不是一本应用文写作法。《文心》的主旨,是刘勰自己说的:"文心者,言为文之用心也。"而其论"为文之用心"的内容,集中在《神思》以下的创作论部分。虽然这部分中有些论题兼通于文章与文学,却主要是从总结文学经验的角度着手的。如《章句》之论,自然一切文字著述皆有章句,但本篇主要是论文学作品的章句,如开篇便说:"夫设情有宅,置言有位,宅情曰章,位言曰句。"并不是所有的文章都按"设情有宅"来分章立句的,而"因情立体"的文学创作则无一例外。至于置句,则二言以《弹歌》为例,三言以"《元首》之诗"为例,四言则举《五子之歌》,五言则举"《行露》之章","六言、七言,杂出《诗》《骚》"。这就很像是诗歌的句式论了。不仅论章句是这样,创作论各篇的用例,也极少出诗骚辞赋之外,彦和的"用心"所在也就十分明显了。

创作论以《神思》为首,以《总术》为结,更是对文学创作论的精心安排。任何文章的写作,自然都少不了构思,但《神思》篇所讲想象虚构"思接千载""视通万里""规矩虚位,刻镂无形"的特点,却是文学创作才有的。《总术》篇对文学创作提出一个总的要求:"视之则锦绘,听之则丝簧,味之则甘腴,佩之则芬芳;断章之功,于斯盛矣。"这只能是对文学创作的要求,而为章表奏议等文章所不允。从讲文学创作的想象虚构开始,刘勰的创作论就与一般文章写作有了明确的分界。通过各种为文之术的论述,以求创造成有声有色有气有味的形象化作品,则其创作论的性质是不庸置疑的。《文心雕龙》的主旨既是"言为文之用心",则其论"文之枢纽"与"论文叙笔",亦当是为此而设;此书的"研精一理",只能是文理,它的中心正在创作论部分。第五章将具体说明,其论章表奏议等文体,主要是为创作论的建立服务的。何况其"论文叙笔",又以诗、乐府、赋、颂、赞等为先。《文心》既以论文学创作为主,虽兼论及一些非文学的文体,其书的基本性质仍应为文学论,而非文章论。

其次,文章与文学的区分,还应作历史的具体分析。我国古代文史哲不分,文学与非文学的界限也并不明显。由先秦至南北朝,虽然文学已进入自觉的时代,但如《庄子》中的《逍遥游》《秋水》等篇,《论语》《孟子》《左传》《国语》《国策》以至《史记》《汉书》中的部分篇章,诸葛亮的《出师表》、李密的《陈情表》、嵇康的《与山巨源绝交书》、鲍照的《登大雷岸与妹书》、吴均的《与宋元思书》等等,以至地理书的注文《水经注》,至今仍不能不承认其为文学作品。因此,要求刘勰从文体上区分文学与非文学,是既不可能也无必要的。经史百家和各种文体,凡辞采鲜丽,富有情感而描绘生动者,都有可能成为文学作品。因此,文学与文章之别,在古代很难完全据文体而定。《文心》的性质是文学论或文章论,也就不能用现在看来其所论文体有多少属文学或文章来衡量。

要论证《文心》为文学论,还可列举出许多理由,而视此书为文章论者,唯以文体的划分为据。此据既难立,仅按其书主旨,便应该说它基本上是一本文学理论。但也必须看到,刘勰在处理这问题上是有其历史局限的。除对文学的特质尚无准确认识外,论述各种文体而着意求全,造成其理论体系上很不相称的一个臃肿结构,这是容易使人对其书的性质产生误解的。据说黄侃讲授《文心》于北大者即"文章作法"。所谓"解铃还须系铃人",《原道》篇札记对此有明确回答:"即彦和泛论文章,而《神思》篇已下之文,乃专有所属,非泛为著之竹帛者而言,亦不能遍通于经传诸子。然则拓其疆宇,则文无所不包,揆其本原,则文实有专美。"文学与非文学的关系、封域,黄侃是较为清楚的。他明明说《神思》以下之论,"乃专有所属",而非"泛论文章"。黄侃所讲于北大者,又正是《神思》以下诸篇,正是"不能遍通于经传诸子"的"专美"之文。如果今天还视《文心》为"泛论文章"之作,则不仅有违黄侃的原意,且对此书的认识也有违刘勰的原意。

有一部《〈文心雕龙〉之创作论》的专著,全书共四章:《论文章之组织》《论文章之修辞》《论文章之内质》《论文章之外象》。章各四节,首章四节为:《谋篇》《裁章》《造句》《用字》。本书是颇有自己的特色和优点的[①],但就其章节安排可知其基本面貌:典型的文章论。刘勰论创作乃从《神思》开始,是书则据《附会》等篇首论谋篇曰:"名曰附会,即今之谋篇是也。夫工师之筑室,基址初平,间架未立,先筹何处建厅,何方开户,栋需何木,窗需何材,必俟成局了然,始可挥斧运斤。"以文章论观之,此说自有其理,却与刘勰之论创作异趣。甚至其书总貌,若只看章节之目,将不知所论为"《文心雕龙》之创作论"。而著者以文章论着眼,这样处理是未尝无理的。于此可鉴,研究《文心雕龙》的理论体系,不能不首先明确其书的基本性质为文学理论,因而欲求认识的,应是文学理论的体系。

《文心雕龙》的理论体系是通过其篇章结构体现出来的,如前述《神思》篇是否为创作论的第一篇,与整个创作论以至全书的性质都有一定关系。因此,探讨其理论体系,还必须首先明确现在通行本《文心雕龙》的篇次是否原貌。对此,目前尚有不同意见。

[①] 见拙著《台湾文心雕龙研究鸟瞰》,山东大学出版社1985年版。

但从已引起国内外研究者的注意来看①,通过研讨以求其是,应该说是好事。

对现行本《文心雕龙》的篇次,研究者早已提出一些怀疑。如范文澜《文心雕龙注》认为:"《练字篇》与上四篇不相联接,当直属于《章句篇》";《物色篇》"当移在《附会篇》之下,《总术篇》之上"。杨明照《文心雕龙校注》认为:《时序篇》"当在《才略篇》之前,此篇论世,彼篇论人,文本相承。传写者谬其次第,则不伦矣"。刘永济《文心雕龙校释》认为:《物色篇》"宜在《练字》篇后,皆论修辞之事也。今本乃浅人改编,盖误以《时序》为时令,故以《物色》相次"。这类意见只是对个别篇次提出置疑,而以上三家之书,仍按通行本篇次编排。到1963年出版郭晋稀的《文心雕龙译注十八篇》,开始改正著者认为有误的篇次,如移《养气》于《风骨》之后,《物色》于《附会》之下等。其后如周振甫的《文心雕龙选译》(1980)、郭晋稀的《文心雕龙注译》(1982)等,均按著者的不同意见改编成书②。以上各家或论或改只及下篇。1982年出版李曰刚的《文心雕龙斠诠》,不仅下篇篇次所改较大,且又扩及上篇的少数篇次了。为便于总览和研究,现将郭晋稀的《十八篇》和《注译》、周振甫的《选译》、李曰刚的《斠诠》四种改编本(附陈

---

① 讨论这问题的第一篇专论是郭晋稀的《〈文心雕龙〉的卷数和篇次》(《甘肃师大学报》1979年第1期),我在《〈文心雕龙〉理论体系初探》(见《雕龙集》)中提出一些商讨,日本安东谅提出了补充拙文的《〈文心雕龙〉下篇的篇次》一文(原载日本1985年出版的《中国文学语学论集》,译文见《中华文史论丛》1985年第2辑),郭晋稀又撰答安东谅的《关于〈文心雕龙〉下篇篇次》(《中华文史论丛》1985年第2辑)。
② 周振甫在《文心雕龙注释》(1981)中,仍按通行本篇次编列,只在《前言》中说明《物色》应属"剖情析采"的范围,而列于《情采》之后。

书良《〈文心雕龙〉篇次原貌考》①)和通行本的篇次表列对照如下②:

通行本篇次	十八篇	注译	选译	斠诠	原貌考
杂文第十四				谐隐	
谐隐第十五				杂文	
神思第二十六	神思	神思	总术	神思	神思
体性第二十七	体性	体性	神思	体性	体性
风骨第二十八	风骨	风骨	体性	风骨	养气
通变第二十九	养气	养气	风骨	养气	风骨
定势第三十	通变	附会	通变	附会	情采
情采第三十一	定势	通变	定势	通变	熔裁
熔裁第三十二	情采	事类	情采	定势	附会
声律第三十三	熔裁	定势	熔裁	情采	通变
章句第三十四		情采	物色	熔裁	事类
丽辞第三十五		熔裁	声律	章句	定势
比兴第三十六		声律	章句	声律	声律
夸饰第三十七		练字	丽辞	丽辞	练字
事类第三十八	夸饰	章句	比兴	比兴	章句
练字第三十九		丽辞	夸饰	夸饰	物色
隐秀第四十		比兴	事类	事类	丽辞

---

① 《中华文史论丛》1983年第2辑。
② 周振甫的《文心雕龙选译》虽改新的次第成书,仍于各篇标明通行本的篇次。如列《总术》于《神思》之前,但标以"总术第四十四"。

续表

通行本篇次	十八篇	注译	选译	斠诠	原貌考
指瑕第四十一		夸饰	练字	练字	比兴
养气第四十二		物色	隐秀	隐秀	夸饰
附会第四十三	附会	隐秀	指瑕	物色	隐秀
总术第四十四	物色	指瑕	养气	指瑕	指瑕
时序第四十五		总术	附会	总术	总术
物色第四十六	时序	时序	时序	时序	时序
才略第四十七		才略	才略	才略	才略
知音第四十八	知音	知音	知音	知音	知音
程器第四十九		程器	程器	程器	程器
序志第五十①	序志	序志		序志	序志

从这种情形可以看出，著者按照自己的见解来调整或改正篇次，其必然的结果是所改不同而改后的面目互异。毫无疑问，研究者是认为通行本的篇次有误而欲复其原貌，各家的调整与改编都是有自己的根据或理由的。但从改动的结果来看，难免形成各是其所是的局面。以同一位置来说，如第三十三篇，通行本为《声律》，《注译》为《定势》，《选译》为《熔裁》，《斠诠》为《情采》，《原貌考》为《通变》。以同一篇来说，如《物色》篇，《十八篇》列第四十四，《注译》列第四十二，《选译》列第三十四，《斠诠》列第四十三，《原貌考》列第三十九，而通行本为第四十六；还有刘永济《校释》以为当在《练字》之下，则为第四十。是同一《物色》而五家分列六位，其于读者之何去何从，不亦难乎！问题还在于，如果照此下去，著

---

① 《选译》以《序志》为全书总序，故改列首篇。

者各按自己认为应该如何而改编，则《文心雕龙》的新编本将继续出现多少，是难可限量的。

对此不能不考虑到的是：《文心》的组织结构虽素称严密，但一方面不过是在古籍中相对而言，岂必天衣无缝，完美无瑕？一方面又有古今之别，刘勰以为是者，今人未必以为尽是，何况同一《文心》，今人也是言人人殊。对《文心》篇次的调整，各家的依据不外《序志》篇讲其书纲目的一段话和各篇之间的脉络关系。以此为据虽也不无道理，但由于著者的用意和论者的考虑难一，古人的严密与今人的严密有别，欲求其确是困难的。刘勰的论点既有误，其篇章次第的安排又怎能完全合理？今有一人，若恨其论述之不当而图改正原文，是必皆以为非；觉其篇次不当而径行改正，其可乎！所以，调整篇次者虽主观上是图复其原貌，但在客观上很可能远离原貌。

用《才略》《知音》《程器》三篇的次第来说，《才略》篇论文人之才，《程器》论文人之德，却介《知音》论批评鉴赏之理于二篇之间，以今视之，显然是不当的。只因与《序志》篇的"褒贬于《才略》，怊怅于《知音》，耿介于《程器》"，次第正好一致，故迄今无人生疑。但这一事实足以说明，刘勰的次第安排或未必妥，或与今人见解不一。这三篇的次第如此，全书的次第何尝不如此？改编者固以通行本的篇次与《序志》所述不一为据，但下篇二十五篇，《序志》中直接提到的："摘神、性，图风、势，苞会、通，阅声、字，崇替于《时序》，褒贬于《才略》，怊怅于《知音》，耿介于《程器》，长怀《序志》，以驭群篇"，不过十三篇。如果尚未提到的十二篇也以这段话为据，就必须加上自己的见解。上述《物色》篇的多种调整意见就是明显的事实。既然《才略》等三篇的次第说明刘勰与今人的见解不一，又怎能判断今人的改编与刘勰无异？所以，认为今本篇次有误,不过是今人的见解而已。

上述诸家之说,就我看来,适足以反证《文心》篇次未必有误。篇次之误,或需以早于通行本的版本为证,或当以古人引用与今本篇次不一的史料为证,或应明其始误于何时何本,或有古代某人曾见其未误之本。所有这些,自唐宋元明以来,皆无迹可寻,而力图证其篇次有误者却一证未获,岂不是适成反证?篇次有误的史证虽无,篇次不误的史证却甚多。从元刻至正本以下,明清大量刻本的篇次全与通行本篇次一致;今存最早的唐写本虽是残卷,但从《原道》至《谐隐》的十五篇,也与现行本的篇次完全相同。早在唐代《文心雕龙》便已传入日本①,而日本现存最早的刻本尚古堂本和冈白驹本,和通行本的篇次也是一致的。明清时期的大量校本,亦无只字提及尚有不同篇次的版本。这些都只能证其篇次本来无误。

从现在所能看到的元刻本以下,如果国内外所有刻本的篇次皆误,似难解释不误的刻本何以一种没有,而有误的刻本又别无它误,错也错得完全一致。这样的奇迹是不易出现的。《文心雕龙》在唐代,已流传甚广。初唐时期,卢照邻已称:"近日刘勰《文心》,钟嵘《诗评》,异议蜂起,高谈不息。"②没有较多的抄本流传,这种情形是不会出现的。比卢照邻更早的陆德明(约550—630)、孔颖达(574—648)、颜师古(581—645)、李善

---

① 户田浩晓《〈文心雕龙〉小史》:"字多天皇宽平年间(889—897)藤原佐世辑录《日本国见在书目》杂家部与别集部中著录有'《文心雕龙》十卷刘勰撰',再证以弘法大师曾加以引用的事实,可知此书无疑于平安朝初期已传来日本。"(《日本研究〈文心雕龙〉论文集》)。

② 《南阳公集序》,《幽忧子集》卷六。

(630—689)等,在《经典释文》《尚书正义》《毛诗正义》《汉书注》《文选注》中,都曾多多少少因袭沿用《文心》的文句①。此已非熟知《文心》者所能为。而这个时期上距刘勰不过百年左右,刘勰的手稿或自抄本,可能尚存于世,则此时传抄的《文心》,篇次必为原貌无疑。这些篇次不误的手写本,当是公私兼有的,岂能至宋元而全部绝迹?

所幸的是尚有敦煌石窟所藏唐写本保存至今,虽惜其不全,但所存《原道》之赞至《谐隐》篇题,可证其篇次与现在的通行本是完全一致的。它除直接证明李氏《斠诠》更易《杂文》《谐隐》二篇次第之误外,对《神思》以下各篇次第也有重要参考意义。王元化在为上海古籍出版社影印至正本《文心雕龙》的《前言》中曾讲到:"与唐写本残卷本相比,在同样的篇幅内,元至正本的异文有一半与唐写本完全一致。"这一现象是很值得注意的。可由此看到的是,至正本必与唐写本有密切关系。异文的偶有相同自不足奇,但历唐宋而元,仍有半数一致,可见至正本与唐代流传的一般手写本是一个版本体系,其篇次也就应该是一致的。宋本今不可见,是否宋代曾出现过与现行本篇次不同的写本或刻本呢? 第一,从明人校本从未提到篇次有异的本子可知其无;第二,如果有,只能是不足以传世的误抄本;第三,从今存唐写本已逐篇标有篇次(如《明诗第六》《杂文第十四》等)看,无论宋本、元本或明清本、日本本,都不容再有更易。这是今存国内外一切版本篇次一致的根本原因。如《时序第四十五》《物色第四十六》等,既已标定,则不论其前后次第是否适当,后人就无从致误,也无权改动了。

---

① 参见杨明照《文心雕龙校注拾遗》附录《因习第四》。

《文心》篇目所定次第，敦煌残卷虽然只到《谐隐第十五》而止，但原抄本无疑是五十篇全部均已标明了的。至于第十六篇以下篇次与今本是否相同，我以为是肯定无疑的。因必须唐代各种抄本篇次皆同，宋元以后才不致有篇次相异的版本。而各篇的篇名次第，很可能是刘勰自己"位理定名"(《序志》)时便已确定了的。著者自标篇目的第一、第二，并非刘勰首创，汉人著述，自己标明篇次的已相当普遍了。如《史记》的《五帝本纪第一》《夏本纪第二》等，《汉书》的《高帝纪第一》《惠帝纪第二》之类，从《太史公自序》《汉书·叙传》可知，其篇次标目都是著者自定的。又如扬雄《法言》，逐篇标以《学行卷第一》《吾子卷第二》等，和其自撰《法言序》所述篇次完全一致。这样例子汉魏以来甚多。既然汉人著书已自标篇序，而刘勰又研究、评论过这些著作，他何不可自标篇序呢？原著既已标明篇序，后世传写或刻版，篇次的错乱就难以发生了。

　　从以上种种情形来看，通行本《文心雕龙》篇次，当以不改为妥。虽然难以断言五十篇的次第绝对无一错乱，但为对古籍持慎重态度，在没有找到可靠的史证之前，对研究者认为有问题的篇次，可以存疑，可以讨论研究，也可断言应作何种改正，但对原书还是暂不改编为好。鄙见以为，现行本的篇次基本可视为刘勰撰定的原貌。其中少数篇序现在看来似不合理，这主要是如何理解的问题。对待古人的论著，显然不应要求古人就我，而应我就古人。就是说，应从考察古人的用意出发，力求准确地了解其原意。其安排合理的篇次结构，则予肯定；其不合理者，只能指出其不当，而不是予以改编或调整。否则，各以己见改编其书，很可能使之面目全非。若按某种新编本来探讨刘勰的理论体系，就未必是刘勰的理论体系了。

所以,本章要研讨的理论体系,只能据通行本的篇次以求"沿波讨源"。

第二节 《文心雕龙》的总论

一

不少研究者认为,刘勰自称为"文之枢纽"的五篇就是《文心雕龙》全书的总论。这五篇即《原道》第一、《征圣》第二、《宗经》第三、《正纬》第四、《辨骚》第五。所谓"枢纽",指论文的关键。按《序志》篇的说法:"盖《文心》之作也,本乎道,师乎圣,体乎经,酌乎纬,变乎骚:文之枢纽,亦云极矣。"他以这五篇为撰写《文心》的关键,因此,把这五篇视为全书的总论是有道理的。但以首五篇为总论,显然是一个含混不明的说法,作为一本理论著作的总论,只能是全书立论的基本观点,而不是笼统的某几篇。这样,就有必要对这五篇的内容做一些必要的具体研究。

首先要回到"枢纽"二字上来,释为"关键",只是字面上的一般意义。什么关键?《正纬》篇、《辨骚》篇是论文的什么关键?尤其值得思考的是:若为关键,岂容有五?刘勰在《议对》篇也讲到"枢纽",颇有参考意义:

> 其大体所资,必枢纽经典。采故实于前代,观通变于当今;理不谬摇其枝,字不妄舒其藻。

这里说的"枢纽"和《序志》的"枢纽"虽然用法不同,却可给人以重要启示,即所谓"枢纽",按其本意,当是以什么事物为枢纽。如略早于刘勰的崔祖思在《陈政事启》中所说"有耻且格,敬让之枢纽"①,指以孔子的话"有耻且格"为敬让的枢纽。枢纽和枢机义同。《易·系辞上》:"言行,君子之枢机";《国语·周语下》:"夫耳目,心之枢机也"。刘勰也是这样使用枢机一词的。《章表》:"章表奏议,经国之枢机";《神思》:"物沿耳目,而辞令管其枢机"。所以,凡言枢纽、枢机,必指以何物为枢纽或枢机。于此可见,《议对》篇说以经典为枢纽,正是正常的用法。《序志》之论虽略有变化,亦为以本道、师圣、体经、酌纬、变骚为枢纽之意。明乎此,就很容易看清:于《正纬》《辨骚》二篇,虽列"文之枢纽"之内,并非仅以纬、骚为枢纽。实际上,刘勰是为极究"文之枢纽"而酌纬、辨骚。也就是说,《正纬》《辨骚》两篇是为明其"文之枢纽"服务的。

　　刘勰论文究竟以什么为枢纽呢?"必枢纽经典",《议对》此言,从刘勰撰写《文心》的主导思想来看,当非巧合。他只能以儒家经典为枢纽,而不能是其他,这是《序志》篇讲得很明确的:"唯文章之用,实经典枝条……详其本源,莫非经典。而去圣久远,文体解散,辞人爱奇,言贵浮诡,饰羽尚画,文绣鞶帨,离本弥甚,将遂讹滥。盖《周书》论辞,贵乎体要;尼父陈训,恶乎异端:辞、训之异,宜体于要。于是搦笔和墨,乃始论文。"经典是文章的本源,离开这个"本",就愈来愈走向讹滥,所以要以经为本来论文,这就是刘勰自己要以经典为枢纽来论文的具体解释。他一再强调"征圣立言,则文其庶矣"(《征圣》),"熔铸经典之范"(《风骨》),"矫讹翻浅,还宗经诰"(《通变》)等等,都说明他是以儒家经典为论文之枢纽。

---

① 《全齐文》卷二十一。

刘永济《文心雕龙校释》论《正纬》《辨骚》之旨为"翼圣尊经"(《辨骚》释义),基本上是对的。如果"文之枢纽"的实际涵义是以经为文之枢纽,就不可能"翼圣尊经"者也是枢纽。今人分析《文心》的结构,以前五篇为"文之枢纽"是可以的,但细究"文之枢纽,亦云极矣"的用意,本不在区分疆域,只是说探讨论文的枢纽已达于极点,"诬圣而乱经"的纬书,与经书有同有异的楚辞,也加以"辨""正"了。因此,视五篇为一或枢纽有五,都有违原意。也可以说,五篇是一个整体而互有联系。但这个整体是以经为枢纽形成的整体,其联系则是"翼圣尊经"与所翼所尊者的联系。翼与被翼者,尊与被尊者,显然是不能混同的。所以,虽然前五篇都是为枢纽而设,都是围绕枢纽立论,故可统谓之枢纽论,却不能因以模糊枢纽论的实质。

明确了刘勰论"文之枢纽"的真谛,便有助于认识其总论了。我一直认为枢纽并不等于总论,虽然二者在《文心雕龙》中有密切的关系。所谓总论,对一部理论著作来说,应该是贯穿全书的基本观点,或者是建立其理论体系的指导思想。这是从今天的研究者对一部理论著作的要求而言,刘勰只论述了以经典为枢纽,并未明确提出"总论"的观念。所以,"总论"云云,实为研究者从中找出的某些基本观点,把现成的五篇枢纽论简单地拿过来,便视之为"总论",是不可能名符其实的。虽然刘勰之前已有"总论"一词,且非刘勰所未闻,《史传》篇所评"干宝述《纪》"的《晋纪》,就有《晋纪·总论》一篇[1],但当时的"总论"之意,和上述一部理论著作的"总论"还有很大区别。所以,如果今天要讲、要研究《文心》的"总论",就应该探讨其作为一部文学理论著作的总论或构

---

[1] 见《文选》卷四十九。

成其理论体系的总论。

这样看来,《正纬》和《辨骚》就不可能具有总论的性质。《正纬》中有"无益经典而有助文章"一句,《辨骚》中肯定了《楚辞》的"自铸伟辞""惊采绝艳"等,因而被视为"总论"中重视文采或发展变化的组成部分。似乎没有这个组成部分,其总论就不全面、就不成其为总论了。其实,《原道》篇已对"言立而文明"的自然规律进行了专题论述,《征圣》《宗经》两篇对"圣人之文章""圣文之雅丽",也有大量标榜,其重文的观点,何必取之骚纬? 至于文学发展观,如《原道》所论,从"人文之元,肇自太极"开始,到"唐虞文章,则焕乎始盛","逮及商周,文胜其质,《雅》《颂》所被,英华日新"等,明明是肯定文学的发展变化。《征圣》篇的"抑引随时,变通会适,征之周孔,则文有师矣",正是以经典为枢纽的重要内容。所有这些,都比《正纬》《辨骚》两篇讲得更直接而充分。

研究问题,不能不顾著者立论的意图和全篇的主旨,而拾片言只语以证其说。《文心》之有《正纬》一篇,决非为枢纽论须重文而设。刘勰自己讲得很清楚:"前代配经,故详论焉。"他既不是为纬而纬,亦非为文而纬,而是为经而纬。他说:"经足训矣,纬何豫焉。"论文本与纬书无关,只是由于前人以纬配经而乱经,为了宗经,为了以经为论文之枢纽,刘勰才特立此篇而"详论焉"。所以,本篇的主要任务是"按经验纬",以明其伪,为宗经思想扫清道路。置这种主旨不顾,而从中寻取个别字句以为"总论",就实在是勉强无力了。关于《辨骚》篇的归属或性质,拟在下节另作专题探讨,但仅就以上所述,其非总论已很明显。《正纬》第四既非总论,不可能到第五篇又是总论。

二

在"文之枢纽"的五篇中,可以视为《文心》全书总论的,只有前三篇提出的原道论、征圣论和宗经论。此三论和"正纬""辨骚"的根本区别,就在它是贯穿于全书的基本观点,也是全书立论的基本原则。正如杨明照所论:

> 由于刘勰以儒家思想为出发点,所以他用《原道》《征圣》《宗经》三篇来笼罩《文心雕龙》全书,确立了文学的基本原则……。①

《文心雕龙》中评论的作家作品虽然众多,研讨的文理文术虽然多种多样,但其评其论的基本观点,就是本道、师圣、体经。本道即本之"自然之道",师圣是以儒家圣人为师,体经即体法经典,以儒家经典为典范。

上节说《文心雕龙》的理论体系是文学理论的理论体系,三篇总论虽然带有较浓的儒家色彩,却不仅正是文学理论的总论,且可进一步证实其理论体系,实为文学理论体系。《原道》篇主要论"自然之道"。刘勰虽以儒家经典为论文之枢纽,却不以《征圣》或《宗经》列本书之首,而以《原道》为全书的第一篇,这或与讲道、圣、经的传统有关,但又与荀子、扬雄等据儒家的道、圣、经以论文的观念大不相同。如《法言·吾子》所强调的是:"舍五经而济乎道者,末矣。"刘勰却正是舍五经而论道。《原道》篇开篇便是:

> 文之为德也大矣,与天地并生者何哉?夫玄黄色杂,方

---

① 《文心雕龙校注拾遗·前言》。

圆体分，日月叠璧，以垂丽天之象；山川焕绮，以铺理地之形：此盖道之文也。仰观吐曜，俯察含章，高卑定位，故两仪既生矣。惟人参之，性灵所钟，是谓三才；为五行之秀，实天地之心。心生而言立，言立而文明，自然之道也。

这个"自然之道"或"道之文"，和儒家五经是毫不相干的。照刘勰看来，"文"是和天地同时产生的。因为有日月便有日月之美，有山川便有山川之丽，这就是"道之文"。这个"道"显然不是儒家之道，也不是由五经而济乎的道。从本篇所举自然万物的大量例证来看，万物之美都是"夫岂外饰，盖自然耳"。万物皆自有其文，本身就是美的，当然与儒家经典无关。刘勰认为生活在天地之间的人也是这样。人为万物之灵，是"有心之器"，"天地之心"，这是其高于万物之处。但正因为人有思想，就自有表达思想的语言，有了语言，便自有语言文辞之美："言立而文明"。这也是自然而然的道理，不过人类对此发挥与运用更为充分。篇末所说："辞之所以能鼓天下者，乃道之文也。"这个"道之文"和前面讲的"道之文"意同，都指合于自然规律之美。这句话对理解《原道》全文是很有启发意义的。文辞之所以能发挥鼓动天下读者的巨大作用，就因它具有自然之美。《原道》全篇的主旨，正在强调语言文辞的自然美。

以论"自然之道"为总论之首，其意义是很明显的。《文心雕龙》是文学理论，而文学作品首先必须是美的。古人论文辞，不仅刘勰之前，在刘勰之后以至整个封建社会，莫不主张以意为先，刘勰自己也是"志以定言""情固先辞""述志为本"论者，却以论言必有文（本篇"文""章""采"兼用，都指文辞或万物之美）的"原道"论为首，当然不是偏重外形，而既有为本书定性的作用：文学应该是文学,以别于一般的言论著述;也为全书确立一个基本原则:一切文章必有其自然之美。

在今天看来,刘勰对文学与非文学的封域,虽如前说,他还没有明确的认识,但能首先标举"本乎道"以论文,却是很值得注意的。关于"道"这个较为复杂的问题,将在下章另作详究,但《原道》篇强调自然美的主旨已很明确。一般文章著述,虽也讲究文辞华美,但毕竟是次要的。儒家经典对言辞的要求,主要是"辞达而已矣"(《论语·卫灵公》),"辞尚体要,不惟好异"(《尚书·毕命》)等。刘勰处在文学观念尚未完全确立的齐梁时期,而又是秉儒家经典以立论,却首先提出自然美的原则,并以一篇专论,庄严地声称他是"本乎道"来撰写这部著作的。从历史上看,这应该说是古代文学观念发展的一个重要里程。刘勰所讲的"文""采"等,虽然主要指文辞之美,好像与一般文章的要求无异,但在其他著作中,无论是经学、史学、哲学或子学中,是不可能用这样的专论列于全书之首的。从这个意义上,就可发现本篇所论自然之美,已不同于一般的辞采要求,而是刘勰向"文学"这个领域迈出的一大步。所以,《原道》篇既确立了《文心雕龙》的性质基本上是文学论,也为全书评文论文确立一条准则:自然美。

自然美的原则,是《文心雕龙》理论体系的一个重要支柱。它不仅对其整个文学理论体系的构成具有决定性的作用,对全书的理论价值,也有极为重要的意义。如《才略》篇评先秦以来作者近百人,其能"杂而不越"者,就因刘勰有"本乎道"以论文的原则。如评桓谭、王逸二人云:

> 桓谭著论,富号猗顿,宋弘称荐,爰比相如,而《集灵》诸赋,偏浅无才;故知长于讽论,不及丽文也。

> 王逸博识有功,而绚采无力。延寿继志,瑰颖独标,其善图物写貌,岂枚乘之遗术欤!

桓谭是汉代著名学者,王充、宋弘等都对其论著有较高的评价。如《论衡·佚文》称:"挟桓君山之书,富于积猗顿之财。"但在刘勰看来,桓谭却"偏浅无才"。这个"才",就专指文学才能,而且是从桓谭所写的赋着眼的。刘勰并不否认桓谭"长于讽论",但"不及丽文",虽有论才而无文才,其区别在刘勰笔下是明确的,他并不是笼统地肯定或否定其全部论著。王逸也是这样,学识广博,颇有成就①,但"绚采无力",缺乏文学创作才能。王逸的儿子王延寿,如所作《鲁灵光殿赋》等,却表现出独特的文学才能,而善于"图物写貌",也就是以形象描绘见长。此外,如本篇所评"仲舒专儒,子长纯史,而丽缛成文,亦《诗》人之告哀焉",刘勰明知董仲舒是"专儒",司马迁是"纯史",却只着眼于其"丽缛成文"的文学创作,即董仲舒的《士不遇赋》、司马迁的《感士不遇赋》,故谓"亦《诗》人之告哀焉"。这些都说明,《才略》所论之"才"专指文才。如果没有这个明确的界限而泛论百人之才,那就不知所云了。本篇论及人物,除桓谭、王逸、董仲舒、司马迁之外,还有李斯、荀况、班彪、班固、刘向、刘歆、马融、张衡,以至孙盛、干宝、袁宏等,若就诸人之才,按实而书,则所谓"才略",就不成其为文学才略了;《才略》篇也就难以列为《文心雕龙》的五十篇之一了。

《文心》全书各篇能构成一个文学评论的整体,固然是著者心有成书所致,而刘勰首标"自然之道"以为本,则是对这个整体的总方向所作的规定。《才略》篇之所以为《文心》的有机组成部分

---

① 指王逸著《楚辞章句》。《楚辞章句·九思序》云:"逸,南阳人,博雅多览。"

之一者以此,《文心》的其他各个部分亦莫不如此。往往令人生疑的"论文叙笔"部分,至少从总体上看,其为《文心雕龙》文学理论体系的有机组成部分是无疑的。其中总结诗、乐府、赋、颂等体的历史经验自不必说,其他各体也很少离开"言立而文明"的"自然之道"的原则。这里只举《章表》一例可知。其云:

> 曹公称:"为表不必三让,又勿得浮华。"所以魏初章表,指事造实,求其靡丽,则未足美矣。至于文举之《荐祢衡》,气扬采飞;孔明之《辞后主》,志尽文畅;虽华实异旨,并表之英也。

按说章表之体,应该是"指事造实"而直书其事的,但刘勰认为这样的作品就"未足美矣"。照他的解释:"章者,明也。《诗》云:'为章于天',谓文明也。其在文物,赤白曰章。"因此强调章表之作,"循名课实,以文为本者也"。最后又强调:"君子秉文,辞令有斐",用这种观点来要求章表,所以肯定孔融的《荐祢衡表》、孔明《出师表》,称其"气扬采飞""志尽文畅",是"表之英也"。且不说《荐祢衡表》和《出师表》在今人看来,仍不失为文学作品,值得思考的是,刘勰何以有此远见?对这种政治性很强的文体,何以能断然肯定"以文为本"?这种卓识,只能用刘勰乃从文学的角度来论章表才能得到合理的解释,而这种观点与原道论正是相互辉映而成一体的。

"自然之道"的原则,创作论中体现得更为明显。这里只举《情采》一论,以明刘勰所讲自然美的深层含意:

> 若乃综述性灵,敷写器象,镂心鸟迹之中,织辞鱼网之上,其为彪炳,缛采名矣。故立文之道,其理有三:一曰形文,五色是也;二曰声文,五音是也;三曰情文,五性是也。五色

杂而成黼黻,五音比而成《韶》《夏》,五情发而为辞章:神理之数也。

《总术》篇要求文学作品能绘声绘色,有气有味,和这里所讲"立文之道"是一致的,"形文""声文""情文"的结合,就是创造有声有色,情灵摇荡的文学作品的"立文之道"。清人论诗主张:"其言动心,其色夺目,其味适口,其音悦耳,便是佳诗。"[①]"诗有三要,曰:发窍于音,征色于象,运神于意。"[②]这都是刘勰所论"立文之道"的发展。古代文论从"诗言志""诗言情",发展到对形色声味的总体要求,是由朦胧的文学观向清晰的文学观过渡的重要标志,这个过渡虽有一个漫长的历程,但刘勰较早而明确地提出"立文之道,其理有三",是应予充分重视的。而刘勰的这种认识之形成,是和他的原道观分不开的。日本著名龙学家斯波六郎论《原道》有云:

> 彦和从与"天之文""地之文"的关系以及与"声之文""形之文"的关系,说明"人之文与天地并生"。《情采》篇中把"文"的分成"形文""声文""情文"三种,并云由此"发而为辞章者,神理之数也",这种说法和本篇的观点是相同的。[③]

此说是有道理的。《情采》篇的"神理之数",和《原道》篇两处讲的"神理"意同,都指自然之理,也就是《原道》篇讲的"道",自然

---

① 袁枚《随园诗话补遗》卷一。
② 李重华《贞一斋诗说·论诗答问三则》。
③ 《文心雕龙札记》,见王元化选编《日本研究〈文心雕龙〉论文集》。齐鲁书社1983年。

美的"道"。所以,"立文之道"实为"自然之道"原理的发挥。《原道》篇说"性灵所钟"的人,"言立而文明,自然之道也"。《情采》篇则谓人的"综述性灵",必然是彪炳缛采,也是"神理之数也"。所以,"形文""声文""情文"之说,不过是《原道》篇"言立而文明"的具体化。

以上诸例足以说明,原道论确是贯穿于全书,而又指导全书诸论的基本原则。刘勰重文求美,但这个原则是"道之文",是自然美。过分雕饰的文采是违反这个原则的。因此,刘勰又以"自然之道"为武器,对六朝时期"从质及讹""言贵浮诡""采滥辞诡""为文而造情"等不良倾向,进行了一系列批判。"论文叙笔"则以此为衡文的标准,"割情析采"则以此为立文的准则。总之,原道论不仅是全书的总论,更是构成其文学理论体系的一条主线。

三

"自然之道"还只是一个抽象的原则,并不是刘勰论文的目的。文学创作要遵循这一原则而发挥社会作用,以实现其为封建治道服务的目的,还必须"枢纽经典"。所以,《原道》之末提出:

> 爰自风姓,暨于孔氏,玄圣创典,素王述训,莫不原道心以敷章,研神理而设教。……然后能经纬区宇,弥纶彝宪,发挥事业,彪炳辞义。故知道沿圣以垂文,圣因文而明道。

这里的"道心""神理",都指"自然之道"而言。从伏羲到孔子,一切圣人无不按照或研究"自然之道"以进行著述和教化,从而发挥巨大的社会作用。"自然之道"虽然是高于圣人的原则,但必须通过圣人之"文"来发明"自然之道"。这种论点显然是很勉强的,合于自然美的原始诗歌,并非必出圣人之手。但以五经为中国最早的文化典籍,而刘勰又须借重五经以论文,故以"道沿圣以垂文,圣因文而明道",来沟通道、圣、文的关系。这个"文",就是五经。

《征圣》和《宗经》两篇,就是从道—圣—文的关系以论"圣"和"文"两个环节。两篇立论虽有经师与人师之别,但作为文学观来说,两篇所建立的可总谓之儒家文学观。儒家虽无真正的、系统的文学观,但有关见解甚多,这两篇涉及到而在《文心》全书中具有一定程度的总论意者也为数不少。如《宗经》篇论"群言之祖":

> 故论、说、辞、序,则《易》统其首;诏、策、章、奏,则《书》发其源;赋、颂、歌、赞,则《诗》立其本;铭、诔、箴、祝,则《礼》总其端;纪、传、铭、檄,则《春秋》为根。并穷高以树表,极远以启疆,所以百家腾跃,终入环内者也。若禀经以制式,酌雅以富言,是即山而铸铜,煮海而为盐也。

各种文体都源于五经,而五经又为各种文体树立了典范,所以各种文体的写作,都应"秉经以制式,酌雅以富言"。这类论述甚多,如"征之周孔,则文有师矣";"征圣立言,则文其庶矣"(《征圣》);"文能宗经,体有六义"(《宗经》)等。总之,《征圣》《宗经》两篇强调的主要原则,就是无论后世写什么文章,都必须向儒家圣人及其著作学习,以五经为写作的典范。如论楚辞而衡以"同于《风》《雅》""异乎经典"者各四(《辨骚》);论史传则强调"立义选言,宜依经以树则;劝戒与夺,必附圣以居宗"(《史传》);论风格则突出"熔式经诰,方轨儒门者"(《体性》);论风骨则要求"熔铸经典之范"(《风骨》);论通变则主张"矫讹翻浅,还宗经诰"(《通变》);论定势便称"模经为式者,自入典雅之懿"(《定势》);论夸张也要"酌《诗》《书》之旷旨,剪扬、马之甚泰"(《夸饰》)。这样的论点举不胜举。所以,其论议对之作"必枢纽经典",大体上是可移用于《文心》全书的。

除这一总原则之外,《征圣》《宗经》两篇还提到一些具体原则,对全书之论也有一定的指导意义。如《征圣》篇首论三征:"政化贵文之征""事迹贵文之征""修身贵文之征",就是从儒家功利文学观出发,要求文学在社会政治上发挥其作用;次论儒家圣人的"鉴周日月,妙极机神",因而其文能"抑引随时,变通会适"。这就是全书反对"无贵风轨,莫益劝戒""无益时用",而主张"兴治齐身""大明治道",要求"触物圆览""博观""圆照",以及"随变适会""变通趋时""参伍因革"诸论之所本。又如《征圣》篇所讲"陶铸性情",《宗经》篇所讲"开学养正,昭明有融"等对教育作用的要求,《征圣》篇强调的"辞尚体要,弗惟好异",以及《宗经》篇的"六义"等,都对全书的理论有明显的指导作用。

这里出现的问题是:用以上种种观点或原则作为《文心》的总论,用以指导全书的种种评论,无论是"枢纽经典"的总体思想,或重用、适变、博观、体要和教育作用等具体要求,都是未必能使《文心雕龙》成为一部文学理论著作的。这就是刘勰首先提出以"自然之道"为本的必要。但为文既须以周孔为师,以五经为典范,就不能不标举一个文学的典范。五经中的《诗经》自可当之无愧,但《尚书》《周易》等,刘勰虽称之曰"体要与微辞偕通,正言共精义并用,圣人之文章,亦可见也",其实,这种"文章"的文学特征仍是不明显的。于是刘勰利用一个反证提出:

> 颜阖以为:"仲尼饰羽而画,徒事华辞。"虽欲訾圣,弗可得已。然则圣文之雅丽,固衔华而佩实者也。(《征圣》)

从攻击"圣文"过分华丽之词，以证其固然华丽，但不过分。这种论证是巧妙的，也是不得已的。"雅""实"确是五经的特征，"丽""华"就很难视为五经的一般特征了。刘勰以之为五经的典范意义的集中体现，自然是出于论文的需要。从《文心》的理论体系来看，"衔华而佩实"正是全书的纲领。"衔华佩实"作为对五经的评语来看，是不符合实际的。但刘勰的这种称扬，是以树立文学的典范为目的，因而表达了刘勰自己对文学的理想和要求。我们所须注意的，主要是这层用意。从理论上来看，他也有一定的根据。如《礼记·表记》中载有孔子之说："情欲信，辞欲巧"；《左传·襄公二十五年》又载仲尼曰："言以足志，文以足言。不言，谁知其志？言之不文，行而不远"。刘勰在《征圣》篇总结这些圣人之言而提出：

<blockquote>然则志足而言文，情信而辞巧，乃含章之玉牒，秉文之金科矣。</blockquote>

情志要充实而可信，言辞要有文采而巧妙。刘勰认为，这就是文学创作的金科玉律，最高准则。"衔华而佩实"就是这个金科玉律的概括。刘勰论文之所以要征圣、宗经，主要就是确立"衔华佩实"的原则，以指导全书而构筑其文学理论体系。刘勰论文，对儒家的偏爱之情是时有流露的，如《才略》篇所评："荀况学宗而象物名赋，文质相称，固巨儒之情也。"又："马融鸿儒，思洽识高，吐纳经范，华实相扶。"所谓"文质相称""华实相扶"，就是"衔华佩实"的理想之作。其评虽高，荀况毕竟有名为《赋篇》的《礼》《智》《云》《蚕》《箴》之作；马融则有《长笛赋》《广成颂》《上林颂》等文学作品。对根本就没有文学作品的儒者，如郑玄等经学大师，虽然在经学方面比马融成就更高，《才略》篇却无从肯定其文才。有

的问题,以至像《神思》这样重要的篇章,与儒家之圣与经毫不相干,何况刘勰此书还要"弥纶群言",论及许多不是儒家的作品。所以,要作为全书文学理论的总论,刘勰必须在《征圣》《宗经》中抽象出一个更高、更有广泛性的原则:"衔华佩实"。这个原则既是从儒家圣人的言论中总结出来的,又适用于诸子百家的文学作品。

《原道》《征圣》《宗经》三篇所论,虽各有不同的侧重点和具体要求,但三篇所构成的总论,最基本的原则就是:"衔华而佩实"。

第三节 《辨骚》篇的归属问题

上节已明,《辨骚》篇虽为"文之枢纽"的五篇之一,但不是《文心雕龙》的总论。由于这个问题较为复杂,或以属枢纽论,或以属总论,或以属文体论,或以既属枢纽论,又属文体论;或认为"作者通过'征圣''宗经''正纬'来讲道,道的内容就比较落实了;而通过《辨骚》来讲文,文的面貌也就更为突出了",因此,《辨骚》篇不仅是总论,而且"是通过论骚来作为文学总论的"①。由于所见不一,近年来展开了一些认真的讨论,这是应该的。众口如一的问题,有可能反而掩盖了事实的真相,有分歧本身就是好事。相信通过认真地研讨,虽然未必能总归一致,但逐步加深其认识则是无疑的。因此,对这个复杂而众说不一的问题,略予具体研究是有必要的。

---

① 张志岳《〈文心雕龙·辨骚篇〉发微》,《文学评论丛刊》第3辑。

一

关于《辨骚》篇归属问题，就我所知，早在三十年代就出现两种对立的看法了。如刘师培以《明诗》至《谐隐》的十篇为"有韵之文"①，梁绳祎则以《辨骚》至《书记》的二十一篇为"文章流别论"②。范文澜更早在1923年就以"诗之旁出者为骚"，而将《辨骚》篇表列为文体之一③，到1936年，又明确列《辨骚》篇为"文类之首"④。解放后三十年来，这两种不同的认识仍然继续存在。在《文心雕龙》研究中，主此两说的人都为数不少。举其要者，以《辨骚》篇不属文体论的，有刘永济、段熙仲、马茂元、王运熙、周振甫、詹锳、郭晋稀诸家⑤；以《辨骚》篇为文体论的，则有朱东润、黄海章、赵仲邑、陆侃如、杨明照、杜黎均等⑥。

这里存在两点值得注意的情形：第一，两种不同的理解是长

---

① 《中国中古文学史·宋齐梁陈文学概略》。
② 《文学批评家刘彦和评传》，《中国文学研究》。
③ 《文心雕龙讲疏·上篇提要》。
④ 开明书店线装本《文心雕龙·原道》注。现在流行的人民文学出版社排印本同。
⑤ 见刘永济《文心雕龙校释·辨骚》、段熙仲《〈文心雕龙·辨骚〉的从新认识》（《文学遗产》第393期）、马茂元《晚照楼论文集》第40页、王运熙《刘勰为何把〈辨骚〉列入"文之枢纽"？》（《文学遗产》第475期）、周振甫《文心雕龙注释·前言》、詹锳《刘勰与〈文心雕龙〉》第26—27页、郭晋稀《文心雕龙注释·前言》。
⑥ 见朱东润《中国文学批评史大纲》第49页、黄海章《中国文学批评简史》（增订本）第69—70页、赵仲邑《文心雕龙译注·前言》、陆侃如、牟世金《文心雕龙选译·引言》、杨明照《文心雕龙校注拾遗·前言》、杜黎均《文心雕龙文学理论研究和译释》第239页。

期存在的，从三十年代到八十年代，长达六十余年，虽然在一些颇有影响的论著中一直是两说并存，除段熙仲、王运熙二位曾以专文论述《辨骚》篇不属文体论外，长期没有对这问题展开认真的讨论；段、王二文问世后，并无持异议的论文出现，但主文体论者仍相继不绝，互不过问。第二，既然这问题如此长期解决不了，这又说明，《辨骚》篇的属上属下，看似简单，实则是个相当复杂的问题；只按刘勰在《序志》篇所说前五篇为"文之枢纽"而作简单处理，看来是难以解决问题的。

在这个问题的研究中，还存在一种有趣的情况：如郭绍虞的《中国文学批评史》，其1957年版《从文体的辨析到文笔的区分》一节，曾引刘师培《中古文学史》中的"即《雕龙》篇次言之：由第六迄第十五，以《明诗》《乐府》《诠赋》……是均有韵之文也"。郭先生在《明诗》之后加一注云："案应自《辨骚》篇起。"这说明他认为《辨骚》为韵文之一，属文体论。但在1979年此书再版时，《明诗》后的注没有了。这可能是论者对此的看法有了改变，但却没有明言。罗根泽的《中国文学批评史》，在刘勰的《文体论》一节，先列"文""笔"两类的文体表，无"骚"；次列各种文体的渊源表，"骚"却是与"诗""乐府""颂赞"等并列的文体之一。刘大杰的《中国文学批评史》，对此则有三说："刘勰把《辨骚》归入'文之枢纽'，而不属于底下的文体论范围"；"《辨骚篇》也带有文体论性质"；"《文心雕龙》的文体分类也颇繁密。上半部论述文体各篇，在篇名中提到的文体共有三十三类：骚、诗、乐府、赋、颂……"①。这三部《批评史》，应该说是老一辈所留下较为权威性的著作了，为什么在这个具体问题上竟也出现如此不明确，甚或自相矛盾的

---

① 此引文据1979年新一版第154—162页。

现象呢？如果我们再读一下敏泽的《中国文学理论批评史》，同样会感到这个问题是存在的。其论《刘勰的根本文学观点》有云"刘勰特意把《辨骚》和《原道》《征圣》《宗经》《正纬》等放在一起，列为'文之枢纽'——即为文的关键，而不把它归入文体论的范围"，在《刘勰论批评》一节中，则说"刘勰的《文心雕龙》从第五篇《辨骚》起，到第二十五篇《书记》止，就成为我国现存的那个时代研究文章体裁、源流的唯一重要的论述"。这是不是自相矛盾呢？鄙见以为至少是不尽然。无论是对前人或当代的论著，只看现象或枝节而不看实质是不可取的。这里，可借缪俊杰的话来说明：

> 《辨骚》篇既可以尊重刘勰的原意，作为"文之枢纽"即基本文学观的部分来研究，也可以作为文体论的第一篇加以分析。这不是两种意见的折中，而是它本身就兼有这两种特点所决定的。①

此外，王达津也认为《辨骚》篇"兼有纲领与文体两方面意义"②。如果确是"它本身就兼有这两种特点"，则"各执一隅之解"者，虽都有一定理由，都有正确的一部分，就不如那种看似矛盾之论更接近问题的实质。这样，《辨骚》篇的性质，除属上、属下各一说，加上刘大杰、缪俊杰等的"兼有"说，就共存三说了。这就是《辨骚》篇归属问题研究的历史和现状。如不了解这种状况，而简单地抓住"文之枢纽"四字，认为"枢纽"就是"枢纽"，恐怕是解决不了问题的。

---

① 《〈文心雕龙〉研究中应注意文体论的研究》，《古代文学理论研究》第4辑。
② 《论〈文心雕龙〉的文体论》，《文心雕龙学刊》第2辑。

二

以《辨骚》篇为《文心雕龙》的总论之一者,主要理由约有四端:

第一是刘永济在《校释》中提出的"正负"说。其论为:"五篇之中,前三篇揭示论文要旨,于义属正。后二篇抉择真伪同异,于义属负。"即使我们同意此说,则"前三篇揭示论文要旨",不是已经把问题说清楚了?探讨一个文学理论家的基本主张,不也就是要找出他的"论文要旨"?一部文学理论的"论文要旨",不正是它的总论?如果一部文学理论的"总论",除了"论文要旨"外,还应包括"维护"其"要旨"的论述,那又何止《正纬》《辨骚》两篇?刘先生对"属负"的具体解释是:"负者箴砭时俗,是曰破他。"且不说"破他"之论能否构成"总论",我们在《文心雕龙》全书中,还找不出一种文体、一位作家,刘勰曾作过更高于《楚辞》的评价。其热情颂扬如此:"自风雅寝声,莫或抽绪,奇文郁起,其《离骚》哉!……气往轹古,辞来切今,惊采绝艳,难与并能矣!"这能用"破他"二字概括吗?给予这种崇高评价的作品,如果"于义属负",则除五经之外,岂非所评全部作家作品更应"属负"?这样看来,刘说本难成立,何况他主要是说前五篇为"文之枢纽";若把"枢纽"和"总论"等同起来,无论是否以后二篇为"破他",问题就更多了。

《校释》对"属负"的《正纬》《辨骚》两篇详论云:

> 盖《正纬》者,恐其诬圣而乱经也。诬圣,则圣有不可征;乱经,则经有不可宗。二者足以伤道,故必明正其真伪,即所以翼圣而尊经也。《辨骚》者,骚辞接轨风雅,追迹经典,则亦

师圣宗经之文也。然而后世浮诡之作,常托依之矣。浮诡足以违道,故必严辨其同异;同异辨,则屈赋之长与后世文家之短,不难自明……其于翼圣尊经之旨,仍成一贯。

《正纬》和《辨骚》的"翼圣尊经之旨"可否一视同仁,是有待斟酌的。《辨骚》篇充分肯定楚辞的"虽取熔经意,亦自铸伟辞",还很难说本篇的主旨是"师圣宗经"。问题更在于,即使按《校释》之说,两篇之旨皆"翼圣尊经",亦适足以证《正纬》《辨骚》并非总论。因为只有"圣"和"经"才是指导全书的"要旨",若云"翼"云"尊",便无指导全书的独立意义。实际上,所谓"后二篇抉择真伪同异",乃"按经验纬"和依经辨骚,即以"经"为准则来检验、铨衡纬和骚的"真伪同异"。因此,只能视检验诸说的准则为《文心》一书的总论,不可视被检验、受铨衡者也是总论。这在上节已有详论。

"翼圣尊经"论本来是难以成立的,却有人视为珍宝,一次再次重复其说。有的研究者一则认为:"关于刘勰把《正纬》《辨骚》列入'文之枢纽'(总论)的原因……总的说来,就是要维护'宗经'的原则。"[1]再则强调:"《辨骚》篇的宗旨……立足于一个'辨'字,'辨'什么?怎么'辨'?主要是从'宗经'的立场、观点出发辨五经和楚辞的同异……辨其同,就是对楚辞有所肯定;辨其异,就是对楚辞有所否定。"[2]这就可说是真理愈辨愈明了。既然是以"宗经"的原则或立场、观点来评楚辞,这就是"辨骚",则虽欲以证《辨骚》为总论,适成《辨骚》不是总论的力证。持此说

---

[1] 李炳勋《〈文心雕龙〉"总论"辨析》,《中州学刊》1983年第1期。本节所引李炳勋文,未另注者皆出此文。
[2] 李炳勋《也谈〈辨骚〉篇的归属问题》,《中州学刊》1984年第5期。

者自然还有其他理由。如谓:"在刘勰看来,后世淫艳侈丽的形式主义文风,是滥觞于楚辞的。……刘勰著《文心雕龙》的主要目的之一,便是矫正这种形式主义的文风。刘勰在论'义之枢纽'部分立《辨骚》篇,主要原因也就在这里。"这和"破他"说一致,显然和刘勰对楚辞"惊采绝艳"的颂美异趣,并非他的本意。刘勰对楚辞的末流和后世"猎其艳辞""拾其香草"者确有不满,但既非楚辞的罪过,更与《辨骚》篇无关。又如:

> 总之,在刘勰看来,纬、骚与经有异,而它们在当时对文人们的影响很大,大有与经抗衡之势,不"正"不"辨",就不能很好地树立起"宗经"的原则,所以特立《正纬》《辨骚》两个专篇,以之属于"枢纽"部分。

这是比刘说具体多了,也似乎真有特立这两个专篇的必要。只是这段总结性的话,不知论者有何根据。如果刘勰并未如此"看来",实际上也不存在这种"抗衡之势",则"特立"云云,便难以成立了。问题还在于,即使此说可以成立,把"纬""骚"和"形式主义"这三个不同的概念强画等号,仍未足以说明《正纬》《辨骚》二篇就属总论。

第二是王运熙的"酌取"说。王先生除早有专文论述这个问题外,近年又在《〈文心雕龙〉的宗旨、结构和基本思想》一文中做了详细论证[1]。其最主要的论点,就是后文中的如下一段:

> 《辨骚》实际上是酌骚。在对骚赋与《五经》进行具体比较、剖析其异同以后,刘勰认为在不违背《五经》雅正文风的前提下,应当尽量酌取《楚辞》的奇辞丽采,做到奇正相参,华

---

[1] 见《复旦学报》1981年第5期。

实并茂。这……不但是刘勰对文学创作提出的一个总原则或总要求,也是他评价历代作家作品的一个总标准。刘勰把《辨骚》列入"文之枢纽",而不是归于《明诗》《诠赋》一类,正是由于通过《辨骚》,与《宗经》等篇联系起来,完整地表明了他这个基本思想。

这段话很有道理,首先是"酌取"说比"破他"说较为符合刘勰的原意;更重要的是"奇正相参、华实并茂",确是《文心雕龙》的总原则、总要求,因而也是刘勰论文评文的基本观点。其所可疑者有二:一是文体论中提出"丽词雅义,符采相胜","文虽新而有质,色虽糅而有本"(《诠赋》)之类原则的篇章甚多,这类原则也贯穿于全书,和《辨骚》篇有类似之处,却不能说是全书的总原则、总要求。二是这个总原则、总要求前三篇已经提出来了。《征圣》中以"志足而言文,情信而辞巧"为"含章之玉牒,秉文之金科",用现在的话来说,也就是文学创作的最高原则了。接着,刘勰又以"圣文之雅丽,固衔华而佩实者也"为文人立则,而主张"征圣立言"。特别是《宗经》篇提出的"六义",不仅"华实奇正"已概括无余,还有更全面更具体的要求。它不仅提出应该遵循的"情深""风清""事信""义直""体约""文丽",也提出了应该避免的"诡""杂""诞""芜""淫"等,正反两面都全面提到了,何须要到《辨骚》篇才提出"奇正相参,华实并茂"的总原则?

王运熙先生对此有一个具体理由,就是《五经》之文,除《诗经》《左传》外,大都质朴少文。"圣文"的实际不足"雅丽"之称,这是事实,但刘勰的观点是一回事,儒家五经是否"雅丽"另是一回事,犹如其辨骚之"四异"亦非确论,何况他提出的金科玉律与五经本身是否"雅丽"无关。研究的既然是刘勰的总原则、总观点,就应从他提出的原则、观点出发。因此,也不能否认其总原则、总要求在前三篇论文之要旨中已经提出来了,而论《骚》正是从前三篇提出的总原则出发的。认为刘勰以《辨骚》为"文之枢纽",而与《宗经》等篇联系起来,完整地表现了他的基本思想,这是对的。《辨骚》属"文之枢纽"之一,这没有讨论的馀地。但从上述情况看,它并不是表达刘勰"论文要旨"或基本原则的篇章,这样,就不能不考虑刘勰用"枢纽"一词的具体命意。我认为"枢纽"不等于"总论",即在于此。

第三是段熙仲先生的"承先启后"论。其说为:

> 《辨骚》篇则着眼于文学的流变,从诗三百篇的经典转化到《楚辞》。……《辨骚》篇旨在考核其承先启后的关系,"取熔经意,自铸伟辞",……枚贾马扬,皆是追风沿波而得其奇丽,因而也是文之枢纽,故曰"变乎骚"。[1]

李炳勋释"变"说:"就是改变,变化,有弃有取,用今天的术语说,就是'批判继承'。"两说相较,窃以段说为当。"变乎骚"的"变"虽有"变化"之意,却无"批判继承"之旨。但"承先启后"的作用,只能说明《辨骚》的"枢纽"意义和在历史上的地位,既未涉及是否《文心雕龙》的总论,也未区别《辨骚》篇与文体论诸篇的界限。

第四是段熙仲的又一论点:《辨骚》篇与文体论各篇的"结构"不同,也就是李炳勋说的"体例不合"。刘勰在《序志》篇曾提到,其"论文叙笔"部分,由"原始以表末,释名以章义,选文以定篇,敷理以举统"四个方面的内容组成。这自然是考查《辨骚》篇是否文体论的重要依据。段熙仲认为《辨骚》篇只有"选文以定

---

[1] 《〈文心雕龙·辨骚〉的重新认识》,《文学遗产》第393期。

篇"一项"较为符合"。这不是事实。缪俊杰的《〈文心雕龙〉研究中应注意文体论的研究》一文，已对此做过详细分析，认为《辨骚》篇中这四个方面都是有的。我对此也曾略有查核①，《辨骚》篇至少是四有其三。除"选文以定篇"一项"较为符合"外，本篇从屈原首创骚体开始，讲到汉代的"枚、贾追风以入丽，马、扬沿波而得奇"，这岂非"原始以表末"？本篇总结骚体的特点，提出"酌奇而不失其真，玩华而不坠其实"等著名论点，这岂非"敷理以举统"？四项之中，本篇未明确讲到的，只有"释名以章义"一项。不过这四项并不是缺一不可的，如《祝盟》中的"祝"、《封禅》等，也未做释名的工作，仍不失其为文体论。

除以上四说外，主张《辨骚》篇应属"总论"或"枢纽"而不属文体论者，也还提到其他一些理由，或限于见闻，或限于篇幅，这里就不能逐一列述了。从对这四种主要理由的分析来看，要判断《辨骚》篇不属文体论，还是颇有困难的。

三

既难以《辨骚》篇为《文心雕龙》的"总论"，又不能说它不属其论文的"文之枢纽"；《辨骚》的"变乎骚"，既有其不同于文体论各篇的历史地位和特殊意义，又有和文体论的相同之处，这就是问题的复杂性。上引缪俊杰的意见，我认为是很有道理的。从实际出发，而不要抓住概念不放，是解决这个复杂问题的关键和唯一出路。它本身就既是"枢纽"，又是文体论，论者一定要它只归其一，怎不造成六十年来难解难分的局面？

首先是《辨骚》篇是否具有兼属"枢纽"和文体论的双重性。

---

① 见拙著《雕龙集·〈文心雕龙〉理论体系初探》。

这是从《文心雕龙》全书的体例就容易看清的。按《序志》篇所述,其总体结构为:首"文之枢纽",次"论文叙笔",最后是"割情析采"和序跋。按这个结构的脉络,今人多析译为:总论、文体论、创作论和批评论四大部分。这种区分,已为多数论者所习用。其文体论部分由"论文"和"叙笔"两大部分组成,而以《杂文》《谐隐》两篇界于"文""笔"两类之间,也已为不少论者所道及。"割情析采"部分虽已看到包括创作论和批评论两部分,还有一个具体问题不太明确,就是《时序》《物色》两篇的性质。有的认为篇次有误,有的列此二篇为创作论,有的列为批评论。意见不一而难定,就因其内容既有文学批评,也论文学创作。这不正与《杂文》《谐隐》二篇的位置相当?而刘勰也正是把《时序》《物色》置于论创作之末,论批评(包括作家品论)之首。《辨骚》篇的位置,就相当于《杂文》二篇处于"文""笔"两类之间,也相当于《时序》二篇处于论创作与批评两类之间。这样,《辨骚》篇具有"枢纽"和"文体论"的双重性质,也就不足为奇了。

其次,须作相应研讨的,就是"枢纽"一词的含意,具体点说,是要考查刘勰在"文之枢纽"这个特定的语言环境下给予"枢纽"二字的命意。

我同意滕福海的意见,完全用"承上启下"来解释"枢纽"是行不通的[①]。"承上启下"只能用以说明《辨骚》篇的作用,而不适于《原道》《征圣》等篇,因此不能用以解释"文之枢纽"的"枢纽"。李炳勋认为:"'枢纽'者,核心也,关键也,居于支配地位之物也。"窃以为言"关键"则可,言"核心"则不可。如在某种特定环境下,把"枢纽""关键"引申为"核心",也许是可以的,但在"文之

[①] 见《应该重视"通变"观的研究》,《中国社会科学》1982年第3期。

枢纽"这个针对《文心雕龙》全书而言的场合下,就颇有问题了。因为只有论者认为"说得好"的"揭示论文要旨"的前三篇,才能谓之"核心",岂能"要旨"和非"要旨"都是"核心"?岂能"原道""宗经"是核心,"捍卫""维护"这个核心的篇章也是"核心"?至于"支配地位"之说,也只有前三篇有此资格。如果在全书五十篇中落实一下,至少可以说与《正纬》《辨骚》无关的在半数以上;至于这两篇"支配"了其他多少,如果排除前三篇已提出的基本观点,就很难找出它的"支配"意义了。有的研究者认为全书提到《楚辞》的次数较多,但举以证明《辨骚》的观点"贯穿于全书"的实例是:《诠赋》:"殷人辑颂,楚人理赋,斯并鸿裁之寰域,雅文之枢辖也。"《练字》:"重出者,同字相犯者也。《诗》《骚》适会,而近世忌同。"《章句》:"六言七言,杂出《诗》《骚》。"……这样的例子无论有多少,既不是什么"观点"的"贯穿",更谈不上什么"支配"思想。《文心雕龙》全书提到屈宋共三十一次,提到扬马的却有七十三次。可见提到次数的多少,和是否全书的基本观点并无必然联系。

"枢纽"二字既然包括非"核心"观点、不具"支配"地位的《正纬》《辨骚》二篇也在内,我们就应从这一实际情况出发来理解其含义。这就是说,它和"总论""总纲"之类概念是无法等同的。在这一具体情况下,"枢纽"的范围较大,"总论"的范围较小:"枢纽"可以包括"总论",而不能等于"总论"。有人认为"文之枢纽"是"纲","论文叙笔"是"领",这固然是对"纲领明矣"的误解造成的。"枢纽"二字的伸缩性较大,虽然放大缩小都有一定理由,却不能不全面考查其实际含意。刘勰确是称前五篇为"枢纽",但他对这五篇的态度,所谓"本乎道,师乎圣,体乎经",和"酌乎纬,变乎骚"显然是大不相同的。不少论者也明明看到这个区别了,却一定要一视同仁,把五篇都上升为"总论",这是难以理解的。

"总论"一词,自然不是刘勰自己明确提出的。全书下篇,他只用"割情析采"四字概括,也并没有说《神思》以下十九篇是"创作论",《才略》以下三篇是"作家论""批评论"。我们可从实际出发,把"割情析采"分为"创作论"和"批评论",为什么不可从实际出发,把"文之枢纽"中的前三篇划分而为"总论"呢?

四

最后要研究的,是《辨骚》篇是不是"文类之首",是不是文体论之一。

何谓"文体论"?这个名目是后人加上的,其实,这个名称并不是很确切的,只是尚无恰当的名称代替它,而又沿用成习。无论是《辨骚》还是《明诗》以下诸篇,都远不是"文体论"所范围得了的。这二十一篇的主要内容,应该说是分体的作家作品论,由此而涉及文体的名目、特点和发展概况。因此,我们不能用一般的"文体论"来要求《辨骚》篇,而应从"论文叙笔"的实际内容来检验,也就是说,应从"原始以表末"等四个方面来考虑。上文已有具体分析,《辨骚》篇四有其三,和整个"论文叙笔"部分的性质是相同的。如果从分体的作家作品论这个基本点来研究,更能看清问题的实质。赵永纪认为,《辨骚》"可以说是'楚辞论'"[1],这话完全正确。《辨骚》全文都是对楚辞的评论,这是最基本的事实,也是问题的实质之所在。不仅如此,甚至可以说,《辨骚》是历史上第一篇全面评论楚辞的"楚辞论",恐怕这是谁也不会否认的事实,因此,似可作为三种分歧意见讨论的基点。

---

[1] 《〈辨骚〉篇不属于总论吗》,《复旦学报》1981年第5期。

"楚辞论"的实际意义,正是分体的作家作品论之一,它和《明诗》为诗歌论、《诠赋》为辞赋论,并没有什么实质性的区别。一定要说不同,"论文叙笔"各篇都是有所不同的,何况毕竟以此篇为"文之枢纽"。问题是列入枢纽论并不就是全书的总论,"变乎骚"既有由经书发展变化而为文学作品之义,骚和诗、赋等文学作品都处于按经验文的地位,即都是用宗经的原则来评论这些作品。因此,"楚辞论"就与"论文叙笔"部分有其相同的一面。当然,若以此而认为《辨骚》篇完全是文体论而不属枢纽论,这显然是不符刘勰原意的。我的看法是,《辨骚》篇并非总论,却兼有枢纽论和文体论的性质。其枢纽意义何在,下章还要另作具体探讨。其非总论而兼属文体论,除上述"楚辞论"的基本性质外,还可考虑两点:一是《辨骚》虽甚为重要,何以不在《正纬》之前,却列"枢纽"之末?楚辞产生于先秦,确是"接轨风雅,追迹经典"之文,"辨骚"的意义又大甚于"正纬",却列论于东汉才出现的纬书之后。这就是用"亦师圣宗经之文"所难解释得圆满的了。二是《辨骚》篇作为《文心雕龙》的分体论之一是非有不可的。全书论及三十五种文体,还有一些细目。如果我们注意到,其所论文体不仅在当时是应有尽有,相当全面,而且一些并不重要、作品也很少的文体,刘勰尚未遗漏,就很难设想他会不把楚辞作为一种文体来分论了。如果我们从"论文叙笔"中抽去这篇"文类之首",岂非《文心雕龙》一大漏洞?当然,这绝非作者的本意。

　　"骚"或"楚辞"是不是一种文体,这是不少论者提出的问题之一。从当时的实际情况和刘勰的有关论述来看,应该说是肯定的。楚辞是广义的诗,又是辞赋之祖,因此和诗、赋等文体有一定的关系,但这否定不了《楚辞》的独立性。刘勰对种种相关相连的文体,总的处理原则是细分,这也是当时区别文体的一般趋势。

如乐府是诗的一个分支,刘勰特地"略具乐篇,以标区界"(《乐府》),可以视为他处理同类问题的总说明。从《杂文》篇把《对问》《七发》和《连珠》三种形式都当做文体来论述,既说明刘勰分体极细,也说明仿作较多的形式,刘勰就分论其体。这些产生的时间很短、影响还较小的形式,尚被纳入其分体论,如果把《楚辞》摈除于外,岂非怪事!其实,反对《辨骚》为"文体论"者,或许是反对被误解了的"文体论",当看到《辨骚》的"楚辞论"性质时,分歧的距离已缩小到接近消除了,除非论者无视事实,根本不承认《辨骚》是"楚辞论",而是纯粹的"总论"或"枢纽"。

学术上的分歧,有的长期得不到解决是不奇怪的,只要尊重事实,问题便有搞清的可能。而彼此都是有一定的事实根据的,这就有一个论者依据的"事实"是什么性质的问题,如"事实"的全面程度,是现象还是本质等。反对《辨骚》篇既是"枢纽"又是"文体论"的同志提出的问题甚多,这里就不逐一列述了,只举两例作为这种意见的补充说明。

一种意见认为《楚辞》本属赋体,《诠赋》篇既已提到"拓宇于楚辞",可见《辨骚》不属文体论。这也是事实,扬雄早就有"赋莫深于《离骚》"之说(《汉书·扬雄传赞》)。但如把事实掌握得更全面一点,一方面就会看到如上所述刘勰分体较细的事实,一方面还应看到以"骚"为文体已见《文选》。至于后人有不同意见,那是另一个问题。该不该以"骚"为文体是一回事,当时有无以"骚"为文体这个事实是另一回事。而更应看到的是,刘勰在《乐府》篇说过"朱、马以骚体制歌",他自己已承认"骚体"了,论者不承认这个事实,也就不起什么作用了。

又一意见是:"刘勰如果真要想单立一骚体来论述楚辞的话,那他肯定要把它放在《明诗》之后,而不会放在《明诗》之前。"这样说来，刘勰是不"想单立一骚体来论述楚辞"了，也就是说《辨骚》是"楚辞论"的基本事实也不承认了。论者看到的另一事实是，《辨骚》在《明诗》之前，这似乎是明察秋毫之末而不见舆薪。无论《辨骚》篇摆在《明诗》之前之后，它都是"楚辞论"，这是它的全部内容规定了的不容置疑的基本事实。《辨骚》确是在《明诗》之前，这不合理吗？《汉书·艺文志》正是以《六艺略》录经，以《诗赋略》录文学作品；刘勰亦先以《宗经》篇论经，次论骚、诗等文学作品。而《诗赋略》正以"屈原赋二十五篇"列歌诗之前。

第四节 "体大思精"的理论体系

或有评拙著《文心雕龙译注》而谓："作者早在二十年前就卓有见识地提出要重视《文心》理论体系的研究，而且从未懈怠过这种探求。"①或有作《文心》理论体系研究的专题述评而云："最执着于探索《文心》体系的学者当推牟世金。"②有的则称以："《引论》的最大可贵在于，坚持尊重原著的原则，把功夫下在挖掘刘勰的原意上，基于此努力再现其理论体系的原貌。"③对这些鼓励之辞，我是感谢的。但平心而论，对此虽曾长期反复思索，以期于是，却未敢自信其必是。这毕竟是一个相当复杂的问题，无论是谁，一蹴而就是不可能的。虽然前面提到的某些"批评"意见还未足服我，但也说明我的意见亦未足服人。借刘勰的话说："识在瓶管，何能矩矱"？我绝无使人人皆服的奢望，唯觉探知其理论体系

---

① 石家宜《〈文心雕龙〉研究的勃兴》，《读书》1984年第5期。
② 滕福海《〈文心雕龙〉理论体系研究述评》，《语文导报》1985年第7期。
③ 王树村《评〈文心雕龙译注〉》，《文学评论》1984年第3期。

无论对研究《文心》或古代文论,都有极为重要的意义,故明知其难而不避其难,在上述对《文心》的性质、篇次、枢纽、总论等认识的基础上,进讨其"体大思精"的理论体系。这种探讨,仍是作为一己之见提出继续研究而已。

一

对《文心雕龙》全书严密的组织结构,历来称道甚多。如元代钱惟善,曾谓"其立论井井有条不紊"[①];明人叶联芳称此书"若锦绮错揉,而毫缕有条;若星斗杂丽,而象纬自定"[②];清代章学诚,则称其"体大而虑周"[③]。有的论者,也在一定程度上触及《文心雕龙》的体系问题。如清人刘开,曾以近于《史》《汉》的《叙传》方式,列论了全书各主要篇章的安排[④]。明代曹学佺则讲到:

> 《雕龙》上二十五篇,铨次文体;下二十五篇,驱引笔术。而古今短长,时错综焉。其《原道》以心,即运思于神也;其《征圣》以情,即《体性》于习也。《宗经》诎纬,存乎风雅;《诠赋》及余,穷乎《通变》。良工心苦,可得而言。[⑤]

这是企图从上下各篇之间的对应关系来探索刘勰的良工苦心,并想用一个"风"字来统摄全书的论点。这种尝试,显然是想要找出刘勰是怎样安排其理论体系的。这种探讨没有继续进行下去。直到范文澜注《文心雕龙》,在《原道》和《神思》两篇的注中,为上

---

① 王利器《文心雕龙新书》1951年版第139页。
② 王利器《文心雕龙新书》1951年版第142页。
③ 《文史通义·诗话》。
④ 《文心雕龙书后》,《孟涂骈体文》卷二。
⑤ 凌云本《文心雕龙序》。

下二十五篇各立一表①,显示了全书的基本结构,这就给我们探讨《文心雕龙》的理论体系以重要的启示。

结构和体系当然不能等同,但对于理论著作来说,二者不可能互不相关;其理论体系往往是通过其论述的结构体现出来的。正如刘勰所说的"沿波讨源",从《文心雕龙》的组织结构窥其内在的体系,至少是可行的方法之一。从他把什么问题摆在什么位置,先讲什么,后讲什么等,是可以看出一些问题的。

近人研究《文心雕龙》的理论体系,往往从其结构出发,这是必要的。台湾的论著,多有《文论体系》的专章或专节论述,也主要是从理论结构着眼。如龚菱的《文心雕龙研究》、沈谦的《文心雕龙之文学理论与批评》,都有《〈文心雕龙〉文论体系》一章,但都是依次分论几个组成部分的大意:一曰"总论"或"总序"(即《序志》篇),二曰"文原论"或"枢纽论"(即首五篇),三曰"文体论",四曰"创作论",五曰"批评论"。这种论述方式是常见的,也应该说是必要的。需要研究的是,这五个或四个部分是否即其"文论体系"? 或者说划分其全书内容为若干组成部分并分别予以论述,是否已完成研究其"文论体系"的任务?

台湾学者研究《文心雕龙》的理论体系,也有一些值得重视的意见②,如王更生所说:"《文心雕龙》全文有特定的体系,不啻如常山之蛇,击首则尾应,击尾则首应。"③这个比喻颇能说明其"特定的体系",各个组成部分之间是有密切联系的。任何理

---

① 《文心雕龙注》第 4—5、496 页。
② 见拙著《台湾文心雕龙研究鸟瞰》第四章第一节《理论体系》。
③ 《文心雕龙研究》1984 年增订本第 47 页。

第三章 《文心雕龙》的理论体系

论著作,如果由几个互不相关的部分组成,是不可能构成一个体系的,必如常山之蛇,首尾相应,环环相关,才具备构成体系的基本条件。而互有联系的若干组成部分,其所以能结成一个严密的整体,还必须有某种思想、观点或基本原则以统摄全局,它不仅贯穿各个组成部分,而且支配各个部分的一切基本论点。只有如此,才能形成"击首则尾应,击尾则首应"的"常山之蛇"。"体系"云云,如果不是泛泛而谈,就不能对其具体涵义置之不顾。这就是说,必须在某种思想观点的指导之下,有统摄全局的中心论点,由若干互有内在联系的组成部分和一系列相应的具体论证,才能构成一个理论体系。反之,杂乱无章或统绪失宗之论,互不相关或可有可无之理,南辕北辙或互有抵牾之说,是构不成一个理论体系的。

正因如此,一个理论体系的各种成分是互有制约作用的。如刘勰的"原道",就不同于韩愈的"原道",也有别于章学诚的"原道";刘勰的"征圣""宗经",又异于荀子、扬雄的"征圣""宗经"。《文心雕龙》的《原道》《征圣》《宗经》,不仅构成一个独特的"道—圣—文"的整体,且和全书融合成一个不可分割的整体。《文心雕龙》的总论,只能是《文心雕龙》的总论。也就是说,《文心雕龙》的理论体系,只能是它自身具有的"特定的体系"。必须明确这样一个简单的道理,意在避免一种误会:虽然上面强调了"体系"的必要条件,但研究《文心雕龙》的理论体系,绝不是从定义出发,而是要从它自身的实际内容出发。研究《文心》的理论体系,其重要意义之一,就是为了避免把古人现代化,或者凭研究者的主观意图而走失原貌,以利更准确地认识其本来面目和理论成就。王更生的"特定体系"说,我以为是可取的,但他在另一处谈到这问题时却说:"《文心雕龙》论文学与现实,论内容与形式,论风格、论题材、论文藻、论辞气、论通变、论衡文,构成了他全部的理论体系。"①且不说所举内容是不是其"全部的理论体系",这样的"体系",是不是《文心雕龙》的"特定的体系",至少是很不明确的。有的研究者提出,"可从两方面着手"来探讨《文心》的理论体系:一是刘勰自己的理论体系,一是读者所理解的理论体系②。作为一种"着手"研究的途径,这也未尝不可,但若我们想要研究、认识的是《文心雕龙》的理论体系,则它本身只能有一个体系。

照我看来,论"体系",就不能徒具其名;论《文心》的体系,就不能离开《文心》的实际。这两个方面不仅毫无矛盾,且应该在研究中相辅相成,才有可能探得《文心雕龙》的确切的理论体系。

二

从《文心雕龙》自身的实际出发来探讨其理论体系,最重要的依据就是《序志》篇的这段论述:

> 盖《文心》之作也,本乎道,师乎圣,体乎经,酌乎纬,变乎骚,文之枢纽,亦云极矣。若乃论文叙笔,则囿别区分:原始以表末,释名以章义,选文以定篇,敷理以举统。上篇以上,纲领明矣。至于割情析采,笼圈条贯:摛神、性,图风、势,苞会、通,阅声、字;崇替于《时序》,褒贬于《才略》,怊怅于《知音》,耿介于《程器》;长怀《序志》,以驭群篇。下篇以下,毛目显矣。

这段话是否可以视为刘勰对其全书体系安排的说明呢? 应该说

---

① 《文心雕龙研究》1984年增订本第59—60页。
② 贾树新《〈文心雕龙〉的理论体系》,《四平师范学报》1983年第2期。

第三章 《文心雕龙》的理论体系

是可以的。不但这是作者自己的话,文字上还有隋唐间人所编的《梁书》为证①。问题在于如何理解这段话。通常按照这段话划分《文心雕龙》的内容为四大部分:一、《原道》至《辨骚》的五篇为"文之枢纽";二、《明诗》至《书记》的二十篇为"论文叙笔",其中前十篇为"论文",后十篇为"叙笔",一般总称为文体论;三、《神思》至《总术》的十九篇为创作论;四、《时序》至《程器》的五篇有文学评论、批评论(或称鉴赏论)、作家论等,一般泛称为批评论。最后一篇《序志》是全书的序言。这只是一个粗略的划分。文学现象本身是复杂的,论文体不能不涉及创作,论创作不免要联系批评,何况刘勰于此,亦难处理得完全妥当。他的分类编次,使后来的研究者有种种歧议是自然的。从刘勰自己对全书安排的说明来看,他称为"上篇"的二十五篇问题较少。上述枢纽论的前三篇为总论,《辨骚》篇兼有枢纽论和文体论的性质,和原书的次第是一致的。后二十五篇的问题就较为复杂了。虽研究者一致认为这二十五(实为二十四)篇包括创作论和批评论两大部分,但哪几篇是创作论,哪几篇是批评论,却有种种不同见解;也有少数研究者把这二十四篇细分三至四个部分。如罗根泽即说:"下篇二十五篇,则除了《时序》《知音》《程器》《序志》四篇,都可以算是创作论。"又说:"《文心雕龙》全书五十篇……止有《指瑕》《才略》《程器》《知音》四篇是文学批评。"②刘大杰则认为二十四篇中,《知音》《才略》《物色》《时序》《体性》《程器》《指瑕》七篇是批评论,除《隐秀》未计外,其余十六篇为创作论③。但由他主编的《中

---

① 由姚察、姚思廉父子相继编撰的《梁书·刘勰传》录有《序志》篇全文。
② 《中国文学批评史》第 1 册第 235、236 页。
③ 《中国文学发展史》上卷第 303 页。

国文学批评史》却说:"下半部自《神思》至《总术》十九篇加上《物色》共二十篇是创作论,……《时序》《才略》两篇是文学史和作家论……《知音》《程器》两篇,讨论了文学批评方面的重要问题。"①有的认为:"从《神思》到《隐秀》十五篇是发挥作者对创作过程的见解和对创作的要求。……从《指瑕》到《程器》九篇则着重论述文学批评的方法与标准。"②有的又以《通变》《时序》《才略》《知音》四篇,"属于文学史和批评论",《神思》《情采》等八篇为创作论,以《体性》《风骨》等四篇属风格学,以《声律》《章句》等八篇为修辞学③。此外,个别不同的说法还多,这里难以尽举。

　　异说虽多,但从上述产生分歧的原因来看,既不足为奇,也是容易解决的。由于文学现象本身的复杂性和刘勰自己在认识处理上的局限性,我们就不能要求著者做科学的分类,更不应用今人的观念要求刘勰,只能就他已作的处理而论其得失。刘勰自己的区分已很明显:"摘神、性,图风、势,苞会、通,阅声、字"四句为一组;"崇替于《时序》,褒贬于《才略》,怊怅于《知音》,耿介于《程器》"四句为另一组,不同的叙述方式把两种不同的内容划分得清清楚楚。甚至最后一篇,刘勰也不言"长怀于《序志》",而要特意用"长怀《序志》,以驭群篇",以示此篇有别于前两组。因此,我们不应违反刘勰的用意,改作适应自己见解的分类。照《序志》篇的说法,则是《时序》以上诸篇为一类,《时序》以下诸篇为一类。前一类主要是论文学创作,故通称为创作论;后一类以文学评论为主,故通称批评论。这样区分,个别篇章似有问题,如创作论中

---

① 《中国文学批评史》上册第 148 页。
② 文学研究所《中国文学史》第 1 册第 306 页。
③ 詹锳《刘勰与〈文心雕龙〉》第 22 页。

的《指瑕》篇,是否应属批评论。"指瑕"是指摘作品的毛病,从评论者的角度来说,自然是文学批评;从作者应如何避免种种瑕疵来说,又是创作上的问题了。因此,《指瑕》篇的性质取决于刘勰自己,他自己是从创作的要求提出的,谁也无权改属批评论。即使有的篇章分类不当或先后失序,对于其理论体系的研究者来说,也只有指出其失误之责,而无改正或调整之权。

至于《文心雕龙》现行本的篇次,似与"摛神、性,图风,势"等说不完全一致。如果我们无法否定《序志》篇的这段话和现行本的篇次,就只存在一个如何理解的问题。据目前所知,只能认为《文心》的篇次是刘勰自定的原貌,《序志》篇亦为刘勰自己所撰定,二者不可能自相矛盾。研究者的任务,唯有在这一既定事实的基础上,如何正确地认识它,理解它。

明人王文禄有云:"古文之妙者……三国六朝得八人焉:曹植、祢衡、张协、陆机、刘峻、江淹、庾信、刘勰是也。"①清代刘开则称:"至于宏文雅裁,精理密意,美包众有,华耀九光,则刘彦和之《文心雕龙》殆观止矣。"②这类评价古来甚多,《文心》是当之无愧的。刘永济也说:"盖论文之作,究与论政、叙事之文有异,必措词典丽,始能相称。然则《文心》一书,即彦和之文学作品矣。"③显然,《文心雕龙》不仅是古代文论的奇构,亦为六朝艺坛的佳品,这也是不能不承认的客观事实。研究《文心雕龙》的组织结构,不能不注意到这种特点。《序志》所叙,也是在做文章,它作为全书五十篇之一,也必须和全书统一,而不可能用死板的记账方式,开列

---

① 《文脉》卷二,《杂论》。
② 《孟涂骈体文》卷二,《与王子卿太守论骈体书》。
③ 《文心雕龙校释·前言》。

从"原道第一"到"序志第五十"的清单。要把文章写得错落有致而"繁略殊形，隐显异术"，就自然有省略、有倒叙等变化。加以《文心雕龙》既是文学理论，它的《序志》主要是说明理论上的处理，不是讲篇次的排列。只因理论的结构体系和篇次安排有密切联系，所以二者又是基本一致的。注意到这些情况，问题就容易认清了。

其实，只要稍加寻究，不难发现《序志》中对后二十五篇内容的说明，只省略了可以省略的两篇：一是《总术》。按刘勰的意思，《总术》虽单成一篇，但并未提出新的论旨，不过将前面所论各种问题，"列在一篇，备总情变"，因而不必在《序志》中和其他论题相提并论；再就是《总术》列《时序》之前，是创作论的总结，篇中已有交代，《序志》中就没有重复提出的必要。再一篇是《物色》。《时序》以下的几篇，按内容来说，《时序》《才略》《程器》的性质相近，都是分别从时、才、德三个方面纵论历代作家作品，似应连在一起的，但其中却插进《物色》《知音》两篇，既以横的论述为主，性质也和评论历代作家的三篇不同。因《物色》省去未提，所以引起怀疑较多，如果《序志》中未逐篇讲到《时序》以下几篇，那会更要引人怀疑其篇次。但刘勰这样处理却有他自己的用意。他不是着眼于论述的形式来归类，而主要是从理论上的内在关系来处理的。以《程器》篇殿后，显然和他重视作家品德，特别是"摛文必在纬军国，负重必在任栋梁"的用世思想有关。而《知音》篇作为文学批评理论的总结，自然应在《才略》篇之后。至于《物色》在《时序》之后，则是虽省犹明的。其他诸篇都各有专题，《时序》《物色》则是一个问题的两个方面，这正是《序志》篇未提到《物色》的主要原因。诸家对此篇怀疑最多，但从《时序》《物色》位于创作论和批评论之交，又是分别就"时序""物色"两个方面来论述客观事物对文学创作的影响来看,又何疑之有? 如果认为刘勰的认识水平还不可能有意把这两个方面联系起来论述,那就首先应该怀疑《原道》篇的内容。《原道》篇就明明是从"天文""人文"两个方面来论述"自然之道"的规律了。其实,《时序》《物色》两篇,正是以《原道》思想为指导,对"天文""人文"两个方面所作的论述。

刘勰对其他诸篇的论述是明确的,"摘神、性,图风、势"二句,留下一篇《通变》,就从《附会》以上,用"苞会、通"以包举之;再从《声律》到《练字》,用"阅声、字"以细说之。这就把后二十五篇全部概括了。刘勰这样一倒一顺,一包一举,不过是为了做文章,竟使人以为是对篇次安排的机械说明,恐怕是他始料所不及的。如果要严格地按照《序志》的文字来改正全书篇次,则其中对"论文叙笔"部分的具体说明,是以"原始以表末"为第一句,"释名以章义"为第二句,而这部分各篇的具体论述,又多是先"释名以章义",后"原始以表末",岂不要对很多篇的内容也要加以调整?

根据以上所述,《文心雕龙》的组织结构,基本上可作如下表示:

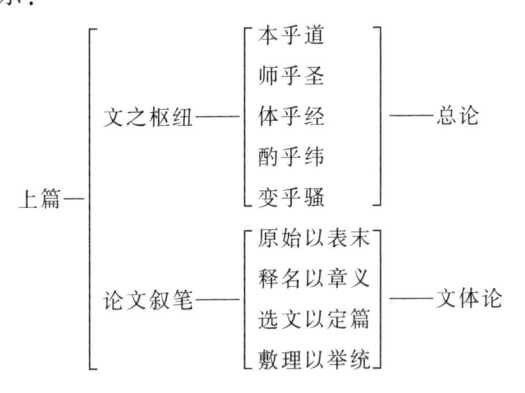

上篇 ─┬─ 文之枢纽 ─┬─ 本乎道
      │   ├─ 师乎圣
      │   ├─ 体乎经 ─── 总论
      │   ├─ 酌乎纬
      │   └─ 变乎骚
      │
      └─ 论文叙笔 ─┬─ 原始以表末
                   ├─ 释名以章义
                   ├─ 选文以定篇 ─── 文体论
                   └─ 敷理以举统

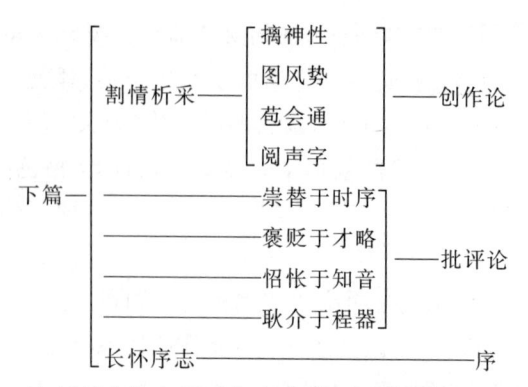

```
           ┌                ┌ 摘神性 ┐         ┐
           │ 割情析采 ───────┤ 图风势 ├── 创作论 │
           │                │ 苞会通 │         │
           │                └ 阅声字 ┘         │
   下篇 ───┤──────── 崇替于时序 ──────          │
           │──────── 褒贬于才略 ──── 批评论     │
           │──────── 怊怅于知音 ──────          │
           │──────── 耿介于程器 ──────          │
           └ 长怀序志 ──────────────── 序       │
```

这就是《文心雕龙》全书体系的骨架。首先，在"文之枢纽"中总论全书的基本观点；其次，以总论中提出的基本观点为指导来"论文叙笔"，总结前人创作经验；第三，以前人的实际经验为基础来"割情析采"，提炼出文学创作和批评的一些理论问题；最后的序跋，说明著者的意图、目的和全书内容的安排。根据这样的体系安排，是有助于我们从《文心雕龙》的实际出发，来研究其理论上的成就的。

三

研究《文心雕龙》的理论体系，不能脱离其自身的组织结构，但还须由此进探其内在联系，了解各个部分是怎样构成一个整体的，才能真正认识其理论体系。

这个体系的主导思想为儒家思想，前已多有论及。必须重申的是，所谓"儒家思想"，绝非狭义的仁义之道，用这种思想是无法作为其整个理论体系的主导思想的。刘勰用以统领全书的儒家思想，首先是六朝时期的儒家思想（详见第二章第三节），它已兼融释、道、玄诸家的某些因素，而无狭隘的门户之见。其次是用于

《文心》的儒家思想，主要不是儒家的具体教义，而是被高度抽象出来的、比较广泛的为封建治道服务的思想。第三，从对《征圣》《宗经》等篇具体内容的分析可知，《文心》中的儒家思想，又侧重于儒家的文学思想（下章《刘勰的"征圣""宗经"思想》一节，还要再予详究）。不注意这些具体问题而泛称"儒家思想"，就无法解释其何以能作为评论诸子百家之文而又能公允对待的主导思想。

由是可知，《文心》中的儒家思想，不仅表现为"依经以树则""附圣以居宗"（《史传》），"熔式经诰，方轨儒门"（《体性》）之类直接主张，更大量体现在如何使作品充分发挥"兴治齐身"作用的种种具体论述中。如论诗而强调："诗者，持也，持人情性。三百之蔽，义归无邪，持之为训，有符焉尔。"（《明诗》）其对文体名称的解释，是从儒家思想出发的，特自称与孔子论《诗》的观点一致。又如论赋则反对"无贵风轨，莫益劝戒"（《诠赋》）之作，这种崇实重用的思想在全书各种论述中触目皆是。至于论诸子百家之作，虽然分别肯定各家的不同成就和特色，如"庄周述道以翱翔""列御寇之书，气伟而采奇"等，却认为"述道言治，枝条五经，其纯粹者入矩，踳驳者出规"。仍是以儒家的规范来衡量和要求诸子之作。刘勰论创作的基本观点是文质并重。其重质，固然是为了有益于时用；其重文，实际上仍是出于用。《情采》篇说："联辞结采，将欲明经""言以文远，诚哉斯验"。这里讲的"经"，是"情者文之经"的"经"，一作"理"，都指作品的内容，而非儒经。但运用辞采既是为了表达内容，言辞又需有文采才能流传久远，仍是为了充分发挥作品的作用。所以，虽然创作论部分论为文之术较多，但总的来说，仍是在儒家实用观思想的支配下所作论述。

用六朝时期的儒家思想是可以统领《文心》全书的。这里存在的问题是，既以这种思想为全书的主导思想，何以能肯定佛教的"般若"之理,甚至大力赞扬道家的玄论?六朝时期的儒家思想,虽然在总体上兼融释、道、玄的某些成分,同一作者的不同著作虽可或释或玄,但在同一人的同一著作中,儒、道、释明显地并存之作,在当时亦为少见。今天读《文心雕龙》并不觉其思想的混乱,这就是个奇迹。刘勰是怎样创造出这个奇迹的呢?鄙见以为,除了时代思潮的作用,主要是他巧妙安排了全书的总论。

《文心雕龙》虽以儒家思想为主导思想,却首标"自然之道"以为宗,并自称是"本乎道"以论文。而他所本之"道"并非儒道。道家、佛家和儒家都讲"自然之道"(详见下章第一节),但刘勰所讲的"自然之道",既非道家之道,亦非儒道或佛道。如前所述,《原道》篇提出的"自然之道",实为自然美的原则,此说即使曾受当时的玄学或佛学思想的影响,然其主旨却是刘勰的独创。无论儒家、道家、佛家或玄学家,都不曾以自然美的原则为立论之本,更不会以这样的"道"为自家之道。儒生、佛徒、道徒,岂能以追求自然美为立教持论之本?文论家的刘勰则不然,其所论对象是文,而又"勒为成书之初祖"①,他就有必要首创一个文论家的"道",以冠于《征圣》《宗经》之前。既然以"自然之道"为本,便可超越狭义的儒家思想而放手评论诸子百家之文了。这样看来,《文心》中对玄佛之作时有肯定,是不足为奇的。

"原道"观和"征圣""宗经"的主张,不仅并不矛盾,而且是一个有机的统一体。这也是刘勰从文论家的立场而妥为处理的结果。一方面,他认为一切圣人"莫不原道心以敷章",因此儒家经书是合乎"自然之道"的典范;另一方面,其所征之"圣",止于"贵文"能文之圣,"征圣"的目的唯在为文有师,所谓"征之周孔,则

---

① 章学诚《文史通义》卷五《诗话》。

第三章 《文心雕龙》的理论体系

文有师矣"是也。其所宗之"经",止于经书的"雅丽"与"衔华佩实","宗经"的目的唯在"文能宗经"。既非为了从政治国或传道立德而征圣宗经,只是为了论文或为文而征圣宗经,就和他的"原道"一致而互为补充了。

"道—圣—经"是刘勰构筑的一个整体。这个整体提出的基本观点就是"衔华佩实"。从儒家经典中提炼出来的"衔华佩实",既是《文心》全书文论的基本原则,又是贯穿于整个理论体系的中心论点。刘勰既以此来"论文叙笔",也用之于"割情析采"。综观全书,强调"舒文载实"(《明诗》)、"华实相胜"(《章表》)、"华实相扶"(《才略》),要求"玩华而不坠其实"(《辨骚》);反对"华不足而实有余"(《封禅》)、"华实过乎淫侈"(《情采》)、"有实无华"(《书记》)或"务华弃实"(《程器》)的意见,比比皆是。主张"文虽新而有质,色虽糅而有本"(《诠赋》)、"文不灭质,博不溺心"(《情采》)、"文质相称"(《才略》),而批判"为文造情""繁采寡情"(《情采》),不满于"义华而声悴""理拙而文泽"(《总术》)的作品,也举不胜举。

从《文心》几个组成部分来看,总论提出"衔华佩实"的基本观点,"论文叙笔"部分则以之作为衡量历代作家作品的准则;刘勰自称其创作论部分为"割情析采",更是从华与实两个方面来进行种种理论研究,以求创造出"衔华佩实"、文质并茂、"情采芬芳"的理想作品。从上举《才略》《程器》诸例可知,其批评论亦以"衔华佩实"为标准。而刘勰虽把"衔华佩实"奉为"圣文"所具有的典范,但这一要求,主要是从"论文叙笔"中汇总各种文体的共同要求而提出的;"论文叙笔"部分又有分别总结各种文体的实际写作经验的意义,创作论部分正是以此为基础而进行各种专题研究的。可以说:没有"论文叙笔",就没有创作论;有文体论、创作论而无批评论,《文心雕龙》就不成其为"体大虑周"的古代文论的典型。至于枢纽论或总论,更是维系全书各个部分的灵魂。以上种种说明,《文心》各论是围绕一个中心而互有内在联系的整体,它确已构成一个完整而严密的理论体系。

四

《文心雕龙》的理论成就集中在创作论部分,这部分的理论体系也更为精密。

创作论的第一篇,是刘勰称为"驭文之首术"的《神思》篇。王元化首先提出:"《神思篇》是《文心雕龙》创作论的总纲,几乎统摄了创作论以下诸篇的各重要论点。"[1]此论问世不久,我曾断言:"这是很有见地的,《神思》的确是刘勰整个创作论的总纲。"并在这一启示下从理论体系的角度做了一些初步探讨[2]。《神思》篇本身是论艺术构思,但以艺术构思为中心,从作者的平素修养、生活、学习等,一直讲到怎样把构思所得,用语言文辞表达出来。这样,本篇就可以说概括了文学创作的全过程,因此有可能构成刘勰创作论的总纲。这个总纲,主要体现在:

> 故思理为妙,神与物游。神居胸臆,而志气统其关键;物沿耳目,而辞令管其枢机。枢机方通,则物无隐貌;关键将塞,则神有遁心。……是以意授于思,言授于意,密则无际,疏则千里。

刘勰论艺术构思的核心论点是"神与物游",也就是讲"物以貌求,

---

[1] 《文心雕龙创作论》1979年版第191页。
[2] 《文心雕龙译注·引论》。

心以理应"的心物交融活动。在这个构思活动中,由客观的物象和主观的情志相结合而形成某种"意象"。有了这种"意象",当然还远不是创作活动的完成,在刘勰看来,也还不是构思活动的结束。要把"意象"变成作品,就应"窥意象而运斤"。这就存在两个方面的问题:一是"物沿耳目,而辞令管其枢机"。作者的情志,是通过艺术形象,也就是借助于物象来表达的,要把出现于作家耳目之前的物象描绘出来,主要就靠优美的文辞了。二是"意授于思,言授于意"。艺术创作中对物象的描绘,目的终在表情达意,序志述时,因此,更要求语言文字能准确地表达作者的思想感情,做到"密则无际",而不要"疏则千里"。在实际创作中,构思是心物相融,作品也往往是情景不分的。但抒情状物既各有不同的侧重点,从理论上析而论之就更有其必要。

上述《神思》中这段话,集中论述到文学艺术创作的三个基本问题:一是情和物的结合问题,二是以言写物问题,三是以言达情问题。而文学创作在理论上所要研究的全部问题,就是情和物、情和言、物和言三种关系。

物、情、言是文学艺术的三个基本要素,三者缺一,就不能成其为文学艺术。《神思》篇能集中谈到三者及其基本关系,这绝不是偶然的。这和刘勰的"深得文理"固然有关,但更主要的,仍是如上所述,是广泛总结前人创作经验,从丰富的实际经验中提炼出来的。文学创作本身既然主要是处理这样三种关系,全面研究了古代大量作品的刘勰,正所谓"观千剑而后识器",认识到这种基本关系就完全是可能的了。这可用大量事实来证明,如论情与物的关系:

《辨骚》:山川无极,情理实劳(辽)。

《明诗》：人禀七情，应物斯感，感物吟志，莫非自然。

《诠赋》：至于草区禽族，庶品杂类，则触兴致情，因变取会。……原夫登高之旨，盖睹物兴情。情以物兴，故义必明雅；物以情观，故辞必巧丽。

如论情与言的关系：

《辨骚》：叙情怨，则郁伊而易感；述离居，则怆怏而难怀。

《明诗》：《古诗》佳丽……婉转附物，怊怅切情，实五言之冠冕也。

《哀吊》：隐心而结文则事惬，观文而属心则体奢。奢体为辞，则虽丽不哀。必使情往会悲，文来引泣，乃其贵耳。

如论物与言的关系：

《辨骚》：论山水，则循声而得貌；言节候，则披文而见时。

《乐府》：师旷觇风于盛衰，季札鉴微于兴废，精之至也。

《诠赋》：拟诸形容，则言务纤密；象其物宜，则理贵侧附。

这样的例子甚多。《神思》篇集中讲到这三种关系，就是在以上种种论述的基础上汇集起来的。这反映了刘勰论创作所取得的巨大成就。更值得注意的是，刘勰对这三种关系的论述，并不到此为止。这三种基本关系中，还存在很多复杂问题有待深入细致地进行研究，而刘勰的创作论，正以大量篇幅，分别从不同角度作了具体的探讨。所谓"创作论的总纲"，正是从这个意义上说的。

在刘勰的创作论中，这个"总纲"的具体体现是很清楚的。如《体性》篇从"情动而言形，理发而文见，盖沿隐以至显，因内而符外"的基本原理，来论述作者的个性与他的艺术风格的关系。这显然是情言关系所要研究的一个重要侧面;刘勰对艺术风格有较为正确的认识,正和他能从情言关系着眼有关。《风骨》篇说:"结言端直,则文骨成焉;意气骏爽,则文风清焉。若丰藻克赡,风骨不飞,则振采失鲜,负声无力。"言辞要有骨,情意要有风,但又不能"风骨乏采",或"采乏风骨",这就涉及情和言(文、采)的复杂关系。《定势》篇又从"因情立体,即体成势"的基本道理来论文章体势。文之体、势,也属于言,但体势决定于情,所以,《定势》中探讨的是又一种情和言的关系。《情采》篇就可说是情言关系的专论了。此篇主要讲内容和形式的关系,从"情者文之经,辞者理之纬;经正而后纬成,理定而后辞畅"等基本论点可见,刘勰也主要是从情言关系着眼的。《熔裁》篇所论"规范本体",属情;"剪截浮词",属言;要求"善删者字去而意留,善敷者辞殊而意显",也是如何处理情与言的关系问题。《熔裁》以后,从《声律》到《附会》的十一篇,主要讲修辞技巧,也就是说,以论述"言"的方法技巧为重点。但一切表现形式是为内容服务的,论形式技巧,不是探讨如何抒情写志,就是研究怎样状物图貌。所以,这些论述,也大都不出言与情、言与物两种关系。如《章句》篇说:"夫设情有宅,置言有位;宅情曰章,位言曰句。"全篇就根据这个观点来论章句的安排。《比兴》篇提出:"起情,故兴体以立;附理,故比例以生。比则畜愤以斥言,兴则环譬以记(托)讽。"反对"刻鹄类鹜",而主张"以切至为贵"。《夸饰》篇最后指出:"饰穷其要,则心声锋起,夸过其理,则名实两乖。"《练字》篇说:"心既托声于言,言亦寄形于字。"语言文字本来就是表达思想的符号,因此,用字要"依义弃奇",避免"诡异""联边"等毛病。最后,《附会》篇更明确提出:"夫才量学文,宜正体制,必以情志为神明,事义为骨髓,辞采为肌肤,宫商为声气",以此为"附辞会义"的基本原则。在作品中,把"情志""事义""辞采""宫商"各放在什么位置,让它在作品中起到什么作用,这又是情和言所必须研究的另一重要关系。

《时序》《物色》两篇,则集中探讨了物和情、物和言的关系。"物"不外两个方面:一是社会现象,一是自然现象。刘勰把《时序》《物色》两篇连在一起,正符合其理论体系,分别论述了物言和物情两个方面的关系。这两个方面和作家、作品都有着密切而复杂的关系。如:"姬文之德盛,《周南》勤而不怨;大王之化淳,《邠风》乐而不淫""文变染乎世情,兴废系乎时序",从王化或世情对作品的影响来看,这是物与言的关系。"物色之动,心亦摇焉""情以物迁,辞以情发",讲客观的物色对作者的影响,这主要是讲物与情的关系。但王化和世情首先是影响到作者的感情,感情的变化又必须通过文辞来表达,这就有其错综复杂的关系。因此,《物色》篇讲的"情以物迁,辞以情发"二句,就比较概括地说明了物、情、言三者基本关系。在实际创作中,虽然物、情、言三者关系十分复杂,如刘勰所讲到的:"'皎日''嘒星',一言穷理;'参差''沃若',两字穷形。并以少总多,情貌无遗矣。""观其时文,雅好慷慨,良由世积乱离,风衰俗怨,并志深而笔长,故梗概而多气也。"这都有着物、情、言三者相交织的关系。但是,最基本的关系,就是"情以物迁,辞以情发";一切文学创作,都是由外物制约或引起作者某种思想感情,再运用一定的文辞来表达其思想感情。由此可见,"情以物迁,辞以情发"八字,不仅进一步说明刘勰对物、情、言三者的关系有明确的认识,也说明他对这三者关系的理解,基本上是正确的。

总上所述可以看出,刘勰的创作论,主要是由对物与情、物与言、情与言三种关系的论述构成的,这三种关系又以情和言的关

系为主体。这就是刘勰创作论的理论体系及其基本特点。根据上述对刘勰创作论理论体系的理解,列表于下:

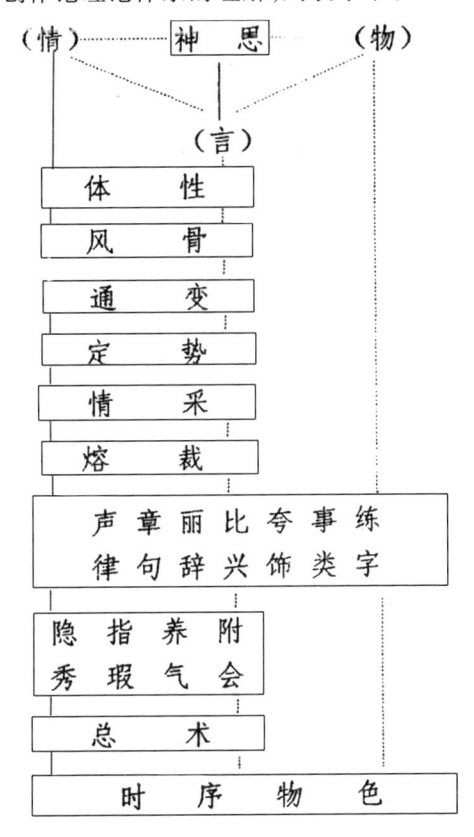

```
    (情)┄┄┄ 神 思 ┄┄┄(物)
              │
             (言)
          ┌───────┐
          │ 体  性 │
          ├───────┤
          │ 风  骨 │
          ├───────┤
          │ 通  变 │
          ├───────┤
          │ 定  势 │
          ├───────┤
          │ 情  采 │
          ├───────┤
          │ 熔  裁 │
      ┌───┴───────┴──────┐
      │声章丽比夸事练     │
      │律句辞兴饰类字     │
      └───────────────────┘
        ┌─────────┐
        │隐指养附 │
        │秀瑕气会 │
        └─────────┘
          ┌───────┐
          │ 总  术 │
          └───────┘
      ┌───────────────┐
      │ 时  序  物  色 │
      └───────────────┘
```

这个表充分显示出,"割情析采"正是刘勰创作论体系的基本组成部分。它虽全面论到物与情、情与言、物与言的关系,但对物与情的关系,只有《神思》《物色》《时序》等篇讲到;物与言的关系,除《时序》《物色》两篇作了较为集中的论析外,"阅声、字"各篇中还有部分论述。至于情和言的关系,不仅"阅声、字"中论述较多,也不仅刘勰所讨论的一些重要理论问题多属情言关系,甚至从《神思》到《物色》,全部创作论都和情言关系有关。因此,刘勰用"割情析采"来概括其理论体系,是完全适宜的。

"割情析采"部分的理论和体系,当然都不是游离于整个《文心雕龙》的理论和体系之外的。这部分既是在全书总论中提出的基本观点指导之下写成的,也是在"论文叙笔"中总结了前人丰富经验的基础之上,进而所作理论上的提炼和概括。因此,"割情析采"的理论体系,应该是《文心雕龙》全书的缩影。虽然,有的以研究文学理论为主,有的以总结历史经验或评论作家作品为主,因而各有其不同的表述方式,但各个部分都围绕一个中心而论述,都为了使一切作品达于一个总的目标。这个中心或目标就是"衔华而佩实"。所谓"割情析采",就是为了使作品能"衔华佩实"而进行的种种具体研究。

总上所述,可以作这样的概括:《文心雕龙》由"文之枢纽""论文叙笔""割情析采"和批评鉴赏论(包括作家论)四个互有联系的组成部分,构成一个严密而完整的文学理论体系;这个体系以儒家思想为主导,以"衔华佩实"为轴心,以论述物与情、情与言、言与物三种关系为纲领,把全书五十篇结成一个有机的整体。这样的文学理论体系,不仅在中国古代文论中是稀有的,在世界古代文论中也是罕见的。《文心雕龙》之可贵,这是一个重要方面。

《文心》诸论,出自著者"师心独见"的固然不少,但此书被公认是一部集大成之作,其论物、情、言三者相互关系,也不是纯粹的创新。在我国古代最初出现有关文论的点滴意见中,如"诗言志"①;"言以

---

① 《尚书·尧典》。

足志,文以足言"①;"质胜文则野,文胜质则史"②;"文犹质也,质犹文也"③;"人心之动,物使然也"④等等,就开始对物、情、言三者的关系有所论述了。其后数千年的文论诗话,则抒情言志、咏物写景、情景交融之类,就成为论者的家常便饭;物、情、言三事,几乎是无书不写,无人不谈。要写要谈的,就不外是如何以言抒情、以辞状物,或如何使情与景会、物与心合。因此,对物、情、言三者关系的研究,在我国古代文论中,是具有较大的普遍性的。刘勰的作用,主要是把先秦以来有关点滴意见集中起来,不仅明确论述"情以物迁,辞以情发"的基本关系,且以这三种关系为全书理论的纲领,从各种角度做了相当深入而细致的探讨。这一巨大的成就和贡献,是值得大书特书的。

古人称《文心》"体大虑周",范文澜改谓"体大思精",近人则多云"全面系统"。从上述体系,可知其书确是当之无愧的。

---

① 《左传·襄公二十五年》。
② 《论语·雍也》。
③ 《论语·颜渊》。
④ 《礼记·乐记》。

第四章　文之枢纽

第一节　"原道"论的实质和意义

今人讲文学理论，往往首先为文学立界说，下定义，以明研究的对象和范围。刘勰的《文心雕龙》并非这样开始，而以论文原于道的《原道》为第一篇。其《序志》云："盖《文心》之作也，本乎道，师乎圣，体乎经，酌乎纬，变乎骚，文之枢纽，亦云极矣。"则本篇是论述他为什么要"本乎道"以及所本何道。若究其实质和意义，虽古今有别，也还是有某些共通之处的。但此论历来众说纷纭，不首先略予检讨，便莫衷一是而实质不清，意义难明。所以，本节试图就一己之见，从已有诸说中探其"一是"。

一

有关《原道》篇的专论，迄今已发表约五十篇论文和一部专著[1]，中外学者在《文心雕龙》的其他论著中，兼论及"原道"问

---

[1] 论文包括港台地区的十余篇。专著指石垒的《文心雕龙原道与佛道义疏证》，1971年香港云在书屋出版。此书于1979年合并为《文心雕龙与佛儒二教义理论集》，由云在书屋再版。

题的更不计其数。其中分歧最大的,首先是刘勰所本之"道"是什么道,不仅有儒道、佛道、老庄之道、自然之道、绝对精神、宇宙本体、自然规律以及兼包数道等说,且即使同主儒道或他道者,也每每各有不同理解,几乎是有一家之论,便有一家之"道"。为研究"原道"论而进行多方面的探索,这自然是好现象,但同时也说明,问题确是较为复杂的。以刘长恒的《略论〈文心雕龙·原道〉的"道"》①为例来说,著者声称:"不能认为'众说纷纭''尚无定论',便忽略对它的深入探讨。"这种精神是很好的,但也不能认为有谁在"众说纷纭""尚无定论"面前,便已"忽略"了。此文著者自然是未"忽略对它的深入探讨",其"深入探讨"的"道"是什么"道"呢?此文一则说:"刘勰所'原'的'道',是带有普遍规律性的'公相'的'大道',而不是像牟世金同志所列举的'天道''王道''儒道''神道'或'孝道''文道'等等这类复合词中具体有所指的'私相'的道。"②再则说:"对刘勰《原道》的'道',用某一学派的现存的解释去乱套一番是不行的。"三则说:"《原道》的'道',绝不限于为文的'形式方面'而着重强调的是儒家济世为用之道。"四则说:"'太极'在儒家的宇宙构成论中与'道'相通,'道'作为天地万物的根本,可以说是'太极'的同义语。"五则说:"刘勰的'道',就其整个体系说,毫不含糊地属于儒家之道。"这种"深入探讨",或可借本文评他人的话

---

① 见《古代文学理论研究》第8辑。
② 拙论的原话是:"'道'这个概念在我国古代确是比较复杂的,不仅各家有各家的'道',《文心雕龙》中讲的'道'就多种多样,如'天道''王道''常道''儒道''神道''至道'等。"(见《文心雕龙译注》第27页)这里并非讲刘勰所"原"何"道"。

来说:"把本来可以搞清楚的问题,弄得自己也'莫明其妙'起来"了。既不是"儒道",又是"毫不含糊的儒家之道";既反对用"某一学派的现存的解释去乱套一番","儒家之道""孔孟之道",就不是"某一学派",就可以"乱套一番","道"既是"万物之根本",是"太极",是"公相",又如何以之作为"儒家济世为用之道"?

这样的"深入"只能说明,"原道"论的研究的确还有待"深入"。不过,无论持儒道论、佛道论或其他,钻牛角尖式的"深入"是很难认清真相的;这样"深入"下去,深则深矣,却是越钻越狭窄的死胡同。真理固应坚持,不能轻易放弃自己的观点,但也不妨把眼界放开一点,客观冷静地、实事求是地考虑一下各方面的意见,试探一下还有新的出路没有,或者跳出微观的研究,从宏观上找一下刘勰写《原道》篇的用意等等,或许是有益的。

鄙见以为,各家之说都并不是毫无道理的,都各有其一定的合理因素。上举《略论》一文也不例外。如谓刘勰所原的"道"是带有普遍规律性的"大道"而不是"儒道",不能"用某一学派的现存的解释去乱套"等,就是较为合理的。当然,这只是我个人的见解。现在要研究的,正是怎样确定各家之说的合理因素。另创新说也是可以的,如王运熙和刘建国论《原道》的新著[1],一从"自然与名教"的关系立论,一从"不同的文与不同的道"着眼,虽都归结于儒道,却为"原道"论开辟了新的途径。这种新的探讨应该说是有益的。我们希望有新的创见不断出现,但在当前来说,回顾一

---

[1] 王运熙《〈文心雕龙·原道〉和玄学思想的关系》,《文学评论丛刊》第18辑;刘建国《〈原道〉臆说》,《湘潭大学学报》1984年第2期。

下已经走过的途程,既珍视已有的大量成果,又找出其中存在的问题,进而总结或吸取其正确的、合理的成分,可能是更为必要的。这个工作要大家来共同努力,这里只能就浅见所及,略举其要。

《诗》云:"伐柯伐柯,其则不远。"《略论》的"深入研究",便是难得的一例。其云:"只要不是置'全篇'于不顾、置'全人'于不顾、置整个'社会状态'于不顾,那么弄通《原道》的'道'的内涵,进而取得一致的看法,该是比较容易的事情。"此说完全正确。能如此,"原道"问题就真是容易解决了。不幸的是,往往东向而望者,自谓已得其"全";西向而望者,也自谓已得其"全"了。更不幸的是,持此高论者,自己却反其道而行之。除上举五说其"道"外,如谓:"说它是'与天地并生',正是要突出强调儒家的地位非同一般,从而引起人们对儒家之道的极端重视。"这个"它"当指"文"而言,是含糊不得的。用"文""与天地并生"来"强调儒家的地位"等等,是任何强词夺理也无能为力的。可是论者公然置大段原文于不顾,编造出这样一套理由:"通观全篇,由文的起源谈起,先是说明儒家圣哲及其著作来路非凡,受之于天,堪为万世师法的经典;继则把'道'由神秘的天上降到人间具现为儒家圣贤之道。"如果《原道》篇真是要强调儒家之道,却只能靠什么"来路非凡""受之于天"来抬高其地位或引人极端重视,岂不帮了倒忙,正好贬低了它的地位而引人极端不重视儒道?幸好这只是研究者自己的奇思妙想,与原文无关。既如此置原文不顾,还谈得到什么"全篇""全人"?

至于所谓"整个社会状况",其云:"不能想当然地从魏晋南北朝'逐步形成了儒佛不二的普遍思潮'就断定刘勰写《文心雕龙》便是'以佛统儒'达到'儒佛一家'了。"有谁曾做过这样的"断定"

呢？如果对照一下其所评原文①，也许会为这种颠倒是非的"深入研究"大吃一惊：原意明明是否定，竟可评以"想当然"的"断定"。但这与本文论旨无关，不必细说。魏晋南北朝逐步形成儒佛不二的普遍思潮，是否也是"想当然"呢？虽然这是略具历史知识的人便很清楚的，且原著已列举大量史实，这里仍有略加说明的必要。不明乎此，对"一个佛教徒为什么能宣扬儒家之道"，"一个人，信仰是一套，著书立论又搞了另一套……这又怎么可能呢"等等当时实际存在的史实，仍会感到大惊小怪。

梁武帝是历史上著名的佛教皇帝，他一生三次舍身同泰寺，固然有很大的虚假成分，但《梁书》说他长期吃素，"日止一食，膳无鲜腴，惟豆羹粝食而已"；《南史》说他，"虽在蒙尘，斋戒不废，及疾不能进膳，盥漱如初"，一直坚持到死。这就未必全是虚假的了。其信佛既如此，又"制《涅盘》《大品》《净名》《三慧》诸经义记，复数百卷"。但是，他不仅"尤长释典"，也"洞达儒玄"，著有《孝经义》《周易讲疏》《毛诗问答》《春秋问答》《尚书大义》等，凡二百馀卷②。这是不是在"信仰一套"，"又搞了另一套"呢？以今度古，好似奇怪，但在当时，这种怪事并不是个别的。如果一读颜延之、沈约、萧统、萧纲等人的集子，就会发现，当时一面讲佛、一面讲儒是不足为奇的。这是历史，任何研究者既不能回避它，也不能篡改它，只能先承认它，然后去认识它，研究它。

为什么一个人可以信仰一套又另搞一套呢？"当时逐步形成了儒佛不二的普遍思潮"就是其主要原因。在这种思潮之下，不

---

① 原文是批判佛徒编造孔子为佛门弟子等奇谈怪论而谓："这就真所谓'以佛统儒'，儒佛一家了。"见拙著《文心雕龙译注·引论》第18页。
② 见《梁书·武帝纪》。

仅大量的儒生拜佛读经,著论宏法,佛教徒中如慧远"博综六经"、康僧会"博览六经"、支谦"博览经籍,莫不精究"①者也为数众多;有的佛徒更进而讲解儒经,注释儒经,如昙谛"晚入吴虎丘寺,讲《礼》《易》《春秋》各七篇",僧旻"为僧回弟子,从回受五经"②;慧始、慧琳都有《孝经注》,僧智有《论语略解》等③。这些也是史实。既然许多高僧都可"另搞一套",刘勰为什么不可呢?不过,所谓"另搞一套",只有在"儒佛不二"的思潮之下才能出现;既然"儒佛不二",就不存在什么"另搞一套"的问题了。

应该说明的是,所谓"儒佛不二",只是当时一些佛徒和信众的观点,并非儒佛二教已完全等同。但也必须看到,儒佛二教并不完全是水火不容的。加以佛入东土之后,不能不有一定程度的汉化。而儒学自汉末以来,早就斯道不纯了;经魏晋至南北朝,在儒玄佛的密切交往中,互为影响实为难免,本书第一章已有详说。佛徒讲、注儒经,不能不渗入一定的佛理,儒生译、论佛书,也不能不加上自己的观念。儒道玄佛的互相交融,正是促进六朝学术思想大发展的重要因素。在这种思潮之下,各家思想体系虽仍有其独立性,对立性却相对地大为削弱了。这样的史实前已大量列举。

据我"想当然"看来,有的研究者不会是"无知",而是"偏见"。有了偏见,虽已举出大量史实,他仍可视而不见。只要尊重历史,而又知刘勰生当南朝佛教鼎盛之际,他既长期托身佛门,"博通经论"而"为文长于佛理",我们就很难找到什么理由说他

---

① 见《高僧传》各本传。
② 见《高僧传》各本传。
③ 见《隋书·经籍志》。

写《文心雕龙》一定要拒绝佛教思想了。所以,对于"东向而望,不见西墙"的研究者来说,首先应该全面研究当时的历史,并尊重这种历史。

二

任继愈曾说:

> 从中国的佛教历史上所表现的事实看来,佛教对于佛教以外的儒家孔子的伦理学说不但不互相排斥,反而可以互相补充,他们认为有益于"教化",有助于"治道"。当东晋时,正统的儒家封建伦理思想,是通过玄学的方式表现出来的。所以佛教思想与玄学思想的互相结合,正是说明佛教的宗教思想与儒家的封建伦理思想的结合。①

这段话是论东晋佛教的发展情况,也正确地概括了东晋至南朝期间儒玄佛三者的基本关系。在这三者之间,玄学虽然起着较为重要的枢纽作用,而其实质则是儒与佛的相互关系。正因儒佛二教在当时有"互相补充""互相结合"的一面,而作为佛教信徒的刘勰,又对孔圣儒经十分崇拜,这就使《文心雕龙》思想的研究者,无论是持儒论或持佛论,都可提出自己的充分理由。这就是研究"原道"之"道"所面临的难题。

中国古代思想家、文学家的研究者,一直保持一种传统的、似乎是不可或无的方式,必须首先判断其研究对象属于哪一家,无法入家的,也必归于杂家。不如此,好像就不可谓"深入"、不可谓"研究"了。这对古代思想家的研究或有必要,对文学家、文学评

---

① 《汉唐佛教思想论集》1981年版第25页。

论家,就不尽然。有的文学家可能受某一家的影响较多一些,但和思想家、哲学家之属何家的性质是不同的。把李白尊为法家而抬高、把杜甫贬为儒家而打倒的沉痛教训,早该让我们清醒一点了,但少数研究者仍死抱住汉儒的"家法"观念不放,施之刘勰,儒必纯儒,而拒绝其他;佛必"以佛统儒",一切文学现象"都是佛随顺世间所示现的深浅不同的迹"或"佛道的假名"。对于这点,只要认清刘勰所处的时代背景,了解到当时并无严格的儒佛界限,问题是不难解决的。《文心雕龙》中明明征儒家之圣、宗儒家之经,刘勰又自称是"师乎圣,体乎经"来写此书,岂能与儒家思想无关?它明明肯定"般若之绝境",又屡言"神理""神道""神源"等,岂能以纯儒视之?"纯儒"的观念已早被历史所淘汰,博通兼综才是当时的潮流。善于"弥纶群言"而重"师心独见"以立论的刘勰,其书"陶冶万汇,组织千秋"[①],诸子百家都多所取资,何能轻儒或拒佛呢?

根据这种情形,则刘勰所原之"道",无论儒道、佛道或老庄之道,都是不可能的。既是兼采众说而不主一家,当然就不存在属何家之道的问题了。不过,凡谓之"道",在传统观念中更有其牢固的地位,好像只有儒道、佛道之类才能叫做"道"。这就必须从"道"的传统观念上来考其实质了。

什么是"儒道"或"佛道"呢?既然当时儒佛二道有其可通的一面,持儒道论或佛道论者都各有一定的理由,根据什么来判断其是不是儒道或佛道呢?根据《原道》篇引用过什么史料和古代典籍,是无法断定其"道"为何家之道的。《神思》篇首引《庄子》以释"神思"二字,不能据以谓"神思"论为老庄思想;《定势》的

[①] 原一魁《两京遗编后序》。

"势"源于《孙子》,亦不得以"定势"论属兵家思想,这是很明显的。《原道》篇有"太极"一词,出《易传》。刘勰所用"太极"虽出儒典,但在《易传》之先的《庄子·内篇》已有"太极"之说了,而且正是在论"道"中讲到的:"夫道……在太极之先而不为高,在六极之下而不为深。"(《大宗师》)其后,用"太极"一词的很多,以至王巾的《头陀寺碑文》,也有"万象已陈,悟太极之致"①的话。儒、道、佛都可用这个词,当然不能仅据"太极"二字以定《原道》之"道"属何家。再从"太极"二字的含义来看,《易·系》所谓"易有太极,是生两仪",即"太极生两仪"之意,和《老子》之谓"道生一,一生二"并无实质区别。而"人文之元,肇自太极",并不是讲"太极生人文",却是指"人文始于太极",与《系辞》和《老子》迥异。这样,仍未可以"太极"定《原道》之"道"属何家。

有的研究者并不是单纯依据用语或出典,也对其内容的探讨作了多方面的努力,但对企图论证其"道"为儒道或佛道者来说,其理由仍是令人怀疑的。就我闻见所及,主佛道论最力者无出石垒,主儒道论最力者无出刘长恒,今试以二家之力证各一略予分析,也就可知其大概了。先看石书,其第一章第一节首论"自然之道"云:

> 在《原道》篇中,刘勰所说的"自然之道",是跟人"为五行之秀,实天地之心,心生而言立,言立而文明"这几句话,连在一起说的。如果我在这里把它们解释为:心是言产生的根源,言是文产生的根源。心是因,言是果;言是因,文是果。那末,由这几句话所引生的"自然之道"的意义是什么呢?它

---

① 见《文选》卷五十九。

恰是佛教所说的因缘，或者说是一切有为法生起所经由或依循的自然的道路、道理、关系或法则，也正是《无量清净平等觉经》或《阿弥陀经》中佛所说的"自然之道"。①

《楞严经》有云："彼外道等常说自然，我说因缘。"讲"因缘"确是佛教的要义，从"因缘"出发来讲"自然"也确是佛教的特点；"心生而言立"的语言形式也确有因果关系；而佛经中也真有讲"自然之道"的。但这能说明什么呢？佛教重"因缘"，目的在于宣扬三世轮回、因果报应的宗教思想，能据此论证《原道》篇或"自然之道"是在宣扬因果报应吗？形式上的因果关系和用以说明的内容并不等同；有心便有言，有言便有文的道理，和佛理佛道毫不相干。佛书可以称因果关系为"自然之道"，外典何尝不可呢？《法言·君子》："有生者必有死，有始者必有终；自然之道也。"王弼《老子注》："夫晦以理物则得明，浊以静物则得清，安以动物则得生；此自然之道也。"阮籍《达庄论》："夫山静而谷深者，自然之道也。"这些自然之道也有因果关系，却并非佛道。刘勰的"自然之道"旨在论证天地万物都自然有文。"心生而言立，言立而文明"二句，不过说人亦有文而已，和佛说因果之旨完全各是一回事。究其实质，刘勰讲万物都自然有文的"文"，是物自身具有的；"夫岂外饰，盖自然耳"，既是物自有文，就排除或扬弃因果关系的形式了。所以，我们研究的如果不是刘勰所原之"道"的形式，而是其实质，就很难说"自然之道"是佛道了。

刘勰所原之"道"虽非佛道，但不能认为《文心雕龙》中绝无佛教思想的因素，"原道"论也是如此。至少在刘勰看来，他讲的

---

① 《文心雕龙与佛儒二教义理论集》第3页。

"道"和佛道并不矛盾。无论《灭惑论》写于早期或晚期,"内圣外圣,义均理一"①的思潮,晋宋以来早就普遍存在了。我相信刘勰的脑袋不是绝缘体,也不是可以严格控制的机械,能够使他的《文心雕龙》一尘不染。所以,石垒也好,饶宗颐、马宏山、兴膳宏也好,诸家对《文心雕龙》中佛教思想的研究②,都是有益而值得欢迎的。他们的论点虽各有不同,但对改变以《文心雕龙》为纯粹儒家著作的传统观点,推进对此书作合于实际的研究是有好处的,惟觉有的论述矫枉过正,走向了另一个极端而已。

向来主儒道论的理由,《略论》一文差不多都讲到了,除了用词出典和概念辨析之类,也有两点新意,一是前述儒家之道的"来路非凡",已毋庸重复;一是拙著引用时予以省略而使之"感到诧异"的几句原文:"取象乎《河》《洛》,问数乎蓍龟,观天文以极变,察人文以成化,然后能经纬区宇,弥纶彝宪,发挥事业,彪炳辞义。"这似乎是一大发现,所以强调:"要知道,这几句话恰恰能说明刘勰的'道'是本乎儒家之道的见解提出来的。"因而对这几句做了长篇大论。其中仍多出自经、源于《易》的老话题,但也有新得出奇的:"儒家认为黄河、洛水所代表的天和地具有阴和阳的属性,儒家也正是用阴阳、五行之说解释宇宙万物

---

① 沈约《均圣论》,《全梁文》卷二十九。
② 饶宗颐有《文心雕龙与佛教》(陈新雄、于大成主编《文心雕龙论文集》,香港木铎出版社 1975 年版)、《刘勰文艺思想与佛教》(香港大学《文心雕龙研究专号》,1965 年龙门书局出版)。马宏山有《文心雕龙散论》(新疆人民出版社 1982 年版)。兴膳宏有《〈文心雕龙〉和〈出三藏记集〉》(《中国中世纪的宗教和文化》,日本京都大学人文科学研究所 1982 年出版,译文见《兴膳宏〈文心雕龙〉论文集》,齐鲁书社 1984 年出版)。

和万事的发展与变化的。"以黄河、洛水代表天地并具有阴阳的属性,大概是两千年来儒学史上的新发现。此说自然是有根据的,那就是著者所引纬书中的这样两句:"河以通乾出天苞,洛以流坤吐地符。"孔颖达明注此乃"《春秋纬》云",论者改为"儒家认为"似欠严肃。问题还在于,《春秋纬》中这两句,能否作如上解释?强作这种解释者,是否忽略了刘勰自己对"河图"的态度:"昔康王河图,陈于东序,故知前世符命,历代宝传,仲尼所撰,序录而已。于是伎数之士,附以诡术,或说阴阳,或序灾异。"(《正纬》)孔子对河图的传说只是"序录而已",利用它来说"阴阳"的,是"伎数之士"的"诡术",怎能把这种"诡术"说是"儒家认为"而强加给刘勰呢?这个例子在研究"原道"论中虽是极个别的,但却可由此说明一个重要的、有普遍意义的问题:这种研究也可说是颇为用力了,但未抓住实质而牵强附会地去求"深",必然是徒劳无益的。

这里也提到一个较有研讨意义的问题。该文据"经纬区宇,弥纶彝宪,发挥事业,彪炳辞义"几句提出:"按刘勰的观点:只有实施儒家之道才能正确地制定法典,写好辞章,发挥事业,治理天下。这里,同样说明《原道》的'道',绝不限于为文的'形式方面'而着重强调的是儒家济世为用之至道。"这话有待研究之处甚多,如此点是否为"刘勰的观点","道"是否限于"形式方面","济世为用"是否即儒家之道等。这些问题的集中点就是《原道》的"道"是什么。不能不首先考虑的是,《原道》中讲到"道之文""道心"各两次,"自然之道"一次,还有"道沿圣以垂文,圣因文而明道"的"道";《原道》的"道"如果是"济世为用"之道,又怎样解释上述诸"道"呢?其次,"济世为用"本身是不是儒家之道?一切宗教和诸子百家,如果不讲"济世为用",根本就不能存在。慧远曾说:佛教乃"助王化于治道者也"①,如果这只是佛教徒的观点,宋文帝作为最高封建统治者也认为:"若使率土之滨皆纯此化,则吾坐致太平,夫复何事!"②佛教尚且如此,刑名墨法等就更不待言了。其实,汉末以来的儒学,早就不被视为济世良策了。刘劭《人物志·流业》论人材,便以为儒者"能传圣人之业,而不能干事施政"。杜恕上书也称:"今之学者,师商韩而上法术,竞以儒家为迂阔,不周世用。"③至于曹操要任用"不仁不孝而有治国强兵之术"的人材,更充分说明,"济世为用"者不必儒家,而儒家未必能"济世为用"。

儒家讲"修身齐家治国平天下",所以,说儒家重视"济世为用",本来是对的。这个例子值得研究正在于此。在"原道"论研究中,往往被这种情形搅混了。《原道》中讲到"太极"、周孔、六经、河洛、儒家圣贤、"经纬区宇"等,说这些属于儒家或儒家思想是可以的,但这些并不就是儒家之道。而有的研究者别无所据,又非说其"道"为儒家之道不可,就只好在这些表面现象上不遗余力地探索其微言大义。这种努力,可能也是徒劳无益的。"济世为用"说就是一个很好的说明。各家学说无不主张"济世为用",即使一般来说儒家更重视这点,但在儒学不振的六朝时期,儒家思想并不享有"济世为用"的盛誉。而问题的关键,还在用什么东西来"济世为用"。各家用世的方式、道路、主张是各不相同的,以儒法二家相对而言,一主仁政,一主法治,这才是儒法二家的实质。舍实质而谈现象,"济世为用"也好,河图洛书也好,虽多

① 《沙门不敬王者论》,《全晋文》卷一六一。
② 见何尚之《列叙元嘉赞扬佛教事》,《全宋文》卷二十八。
③ 《三国志·杜恕传》。

奚益？

　　韩愈的《原道》，开宗明义提出："博爱之谓仁，行而宜之之谓义，由是而之焉之谓道。"他所"原"的就是这种儒家独有的仁义之道。实质明确了，谁也不再怀疑韩愈所"原"之"道"为儒道。研究刘勰的"原道"论，无论持儒道或佛道说者，正缺乏这种实质性的论证，所以虽各有其理而终莫能定。凡是一种影响较大的学派或宗教，无不著述浩繁而涉及的问题十分广泛，要从中找到任何自己所需要的近似论点和词语，都是不难的，何况经论特多而关系密切的儒佛二教。这就是我们研究"原道"论不能不强调其实质的原因。所谓实质，不仅不是各家都可得而用的词语、概念或思想观点，也不是某家专有的一般词语、概念或思想观点。如前所述，产生在齐梁时期的《文心雕龙》，并不拒绝采用各种词语、概念，也不独尊一家而排斥"异端"。所以要判断刘勰所原之"道"是什么道，首先必须找出其不同于它道之处，若是某家某教之道，就应看它是否提出了某家某教最基本的主张或教义。同时，既以"原道"名篇，便应与篇中所论诸"道"一致而符合全篇的主旨；既谓"《文心》之作也，本乎道"，则其"道"必为全书的指导思想，而不能与书中某些论述相抵牾。只有这样才能避免种种表面现象的纠缠，探得"原道"论的实质。

　　如果不能否定这个实质，则儒道论或佛道论都将被它所否定了。显然，《原道》中并未提出儒佛二家的基本主张作为其所原之"道"，它既无文以载儒佛之道的论点，更未把儒佛的基本教义用于全书。《文心雕龙》中运用儒家的典籍和文学观点较多，也可说《文心雕龙》以儒家思想为主，但这并不等于其所原之"道"为儒道。除《原道》篇本身所论并非儒道外，全书所论也不乏非儒观点。如《奏启》篇不满于"墨翟非儒，目以豕彘；孟轲讥墨，比诸禽兽",认为这种互相谩骂都是"躁言丑句,诟病为切"。《论说》篇明知正始时期处于"聃周当路,与尼父争涂"的激烈斗争之中,刘勰却热情地肯定了老庄的胜利,评王弼、何晏等人的玄论为:"师心独见,锋颖精密,盖人伦之英也。"以"六经为芜秽"的嵇康,在《与山巨源绝交书》中公然声称:"每非汤武而薄周孔",《书记》篇却评此文为"志高而文伟"的佳篇。这都充分说明,刘勰并未本儒道来写此书。

三

刘勰在《文心雕龙》中兼综百家之说,却又不受一家之教的束缚,这正是其"深得文理"而成"体大思精"之作的重要原因。他可以肯定"般若之绝境",也可以评"孙绰规旋以矩步,故伦序而寡状"①;他可以称"自生人以来,未有如夫子者也",也可以用"躁言丑句"批评孟轲;既可以称玄论为"人伦之英",也可以评玄言诗赋乃"柱下之旨归""漆园之义疏"。这种情形虽不能说已做到他自己主张的"无私于轻重,不偏于憎爱"(《知音》),却至少可以说是严守一家之道者所不可能的。

刘勰所原之"道"既不属任何一家一教之道,则据儒道、佛道的本体论以证其"道"为精神本体或宇宙本体者,也就无所依附了。把"原道"理解为文的本源是"道",可能受纪昀"文原于道"说的影响;其实纪说仍是"文本于道"之意。刘勰自谓:"盖《文心》之作也,本乎道,师乎圣,体乎经,酌乎纬,变乎骚",其"本"

---

① 《文心雕龙·才略》范注:"孙兴公《游天台山赋》多用佛老之语,不甚状貌山水;与汉赋穷形尽貌者颇异。"按孙绰为东晋著名佛教信徒,《弘明集》载有他《喻道论》。

第四章 文之枢纽

"师""体""酌""变",全是动词,改"原"为"本源""根源""源泉",就成了名词,显然与原意不符。然则"原道"之"道"究竟是什么道呢?这是从定义出发所难解决的,必须从原文所论的实际问题来研究。这可先看黄侃之论:

> 案彦和之意,以为文章本由自然生,故篇中数言自然。一则曰:"心生而言立,言立而文明,自然之道也。"再则曰:"夫岂外饰,盖自然耳。"三则曰:"谁其尸之,亦神理而已。"寻绎其旨,甚为平易。盖人有思心,即有言语,既有言语,即有文章;言语以表思心,文章以代言语,惟圣人为能尽文之妙,所谓道者,如此而已。此与后世言文以载道者截然不同。①

这是近人论"道"之始。鄙见以为,此论已基本上概括了原文的主旨,"所谓道者,如此而已"。说这个"道"及其"原道"论"甚为平易",并不神秘,按其本意,确是如此。从讲文"与天地并生"开始,到"有心之器,其无文欤",这一大部分不过讲一个极为明显而简单的论点:物必有文。人"为五行之秀",是"有心之器",因而更应有文。文,《说文》:"错画也。"《考工记》:"青与赤,谓之文。"以交错相画或色彩相杂为文,也就是花纹、文采之意。物之有文,亦即物之有美。《原道》篇的第一段就是论证物自有其美。这种美,并不是上帝的安排,也不是由什么宇宙本体派生出来的。"夫岂外饰,盖自然耳。"天地万物之美,都是它本身自然就有的。刘勰列举大量例证,就是为了说明这点。首先解释文为什么"与天地并生":"夫玄黄色杂,方圆体分,日月叠璧,以垂丽天之象;山川焕

---

① 《文心雕龙札记·原道》。

绮，以铺理地之形：此盖道之文也。"这就是说，有天地就有天地之美，"日月叠璧"是天之美，"山川焕绮"是地之美。这话还进而说明，有日月就有日月之美，有山川就有山川之美。刘勰就叫这种文为"道之文"。这个"道"，紧承上文而来，是对天地、日月、山川自身就有美的说明，不能离开上文而凭空加给儒道、佛道或精神本体的解释。下面进而论人亦有文的"自然之道"，同样是意在说明，人有心思便有语言，有语言便有文采，也是自然而然的，这个"道"就是"自然之道"。以上讲天地人皆有文之"道"，下面再具体到龙凤、虎豹、云霞、草木以至林籁、泉石，无不自有其美，并总结为："故形立则章成矣，声发则文生矣。"无论是天地人或动植万品，有其物就自有其形其声，有其形其声就自有其美，这就是第一大段全部内容所要说明的主旨。天地万物自然有文，这种"文"，就是"道之文"；这个"道"，就是"自然之道"。

只要遵循刘勰所论原旨来理解，既无须探究某个词语的微言大义，也不劳借助任何内经外典，其论旨确是"甚为平易"的。若置大量原文于不顾，只图抓住少数用词的出典以证其为儒佛之道，则虽古人无言，也会遭到无言的抗拒。其云："日月叠璧""山川焕绮""云霞雕色""草木贲华"等等为"道之文"，如果强解"道"为儒佛之道，这些话每句的严密逻辑都将予以彻底地否定。其逻辑便是："日月"本如"叠璧"，"山川"自身"焕绮"，"云霞"即似"雕色"，"草木"自然"贲华"。物皆自有其文，文是物的属性，与儒道、佛道何干？所以，这些话本身的逻辑力量是强大的，它使儒道或佛道皆无隙可乘。反之，只要如实地承认原意：文"与天地并生"，人也"言立而文明"；推及万物，"动植皆文"，"有心之器"的人，"其无文欤？"天地万物都自然有文，这就是"原道"论的实质了。

刘勰之所以要"本乎道",既不是为了明儒道、宏佛法,也不是为了探究哲学上的宇宙本体,正是为了论文。《原道》篇中所讲之"文",其含意虽随其所论的对象不同而略异,但始终未离其本义。其自然现象之"文",则近于自然美;其论社会现象——"人文"之"文",则近于艺术美。这两种"文"又是相通的。故首论日月山川之美为"道之文",篇末又说:"辞之所以能鼓天下者,乃道之文也。"言辞何以能产生鼓动天下读者的巨大力量呢?就因为这种言辞是合于"道之文"的言辞,也就是说,这种言辞具有艺术美。通观全篇,从"文"与"天地并生"开始,讲到"有心之器,其无文欤";进而推论"人文",一则曰:"言之文也,天地之心哉";再则曰:"谁其尸之,亦神理而已"(二句与前段"夫岂外饰,盖自然耳"意同),故"人文"必日益发展;最后论道、圣、文的关系,强调圣人也必须"原道心以敷章",只有"道之文"才有"鼓动天下"的艺术力量。其一贯到底的主旨,就是论证要有文、有美、有艺术力量。这就是刘勰要"本乎道"以论文的主要原因。为什么他不把《征圣》《宗经》放在首位而首标《原道》,就因为《文心雕龙》不是论圣论经,而是论文。周振甫在六十年代初曾说:"刘勰的《原道》,完全着眼在文上。"①这是符合原意的。兴膳宏认为"文章的生命在于美"是构成《文心雕龙》"全书的基调",我认为也是对的。又说:"刘勰的理论尽管首尾一贯地点缀着《易》中文句,它却形成了与《易》相去甚远的独特范畴。刘勰为了使所谓包含天地自然一切美在内的自己的美学得以成立,才引用了《易》中的文句以资佐证。"②对此,可补充

---

① 《〈文心雕龙〉的〈原道〉》,《光明日报》1962年12月30日。
② 《〈文心雕龙〉的自然观》,《日本研究〈文心雕龙〉论文集》第192页。

一例:"言之文也,天地之心哉。"这个"天地之心",迄今还未引起注家留意,它和前一个"天地之心"是大不一样的。前者指"两仪既生"之后,人处在天地之间的位置;后者则是用以说明"言之文"的必然性。按前句出《礼记·礼运》已见范注,后句出《易·复》:"复其见天地之心乎。"王弼注:"复者,反本之谓也,天地以本为心者也。"这个"心"是"本"的意思,刘勰是借以指言辞必有文,乃是天地的本性,仍承上文论天地万物自有其文而来,却把自然有文的必然性更为推进一步。这既和《易》的原意"相去甚远",又有力地证实了"文章的生命在于美"的观念。《文心雕龙》以"文章的生命在于美"为基调,则首标"原道"以为宗,以"为文必美"作为研究文学理论的出发点,岂非理所当然?

"原道"论的实质,主要就是《原道》篇所论物自有文、言必有美的内容决定的。认清了"原道"论的实质,则其所原何道就很明确了。刘勰以天地万物都自然有文为"道",这个"道"就只能是指概括这种普遍现象的规律。文学创作必须遵循这个规律,文学理论也必须以这个规律为本,所谓"盖《文心》之作也,本乎道",即在于此。因为这个"道"是万物自然有文的规律,所以不少研究者常常就用刘勰的话称这个规律为"自然之道"。这个"道"既是天地间的普遍规律,一切圣人也只能遵循它,而不能违反它,所以说:"玄圣创典,素王述训,莫不原道心以敷章,研神理而设教。"正因为儒家圣人能遵循自然有文的规律来写成文章和进行教化,所以,这个规律能通过圣人而写成文章,圣人又以他们的文章来阐明自然有文的规律:"道沿圣以垂文,圣因文而明道。"这样,刘勰以《原道》第一而次以《征圣》《宗经》,"道""圣""经"就可结合成一个整体而不矛盾。

道,路也,理也。《说文》:"所行道也。"必走的路,必遵的理,就是古人心目中的规律,并称这个规律为"道"。《庄子·知北游》:"天不得不高,地不得不广,日月不得不行,万物不得不昌,此其道与。"这种"不得不然"的现象就是"道"。刘勰所总结的"形立则章成矣,声发则文生矣",正是一种"不得不然"的道,一种有普遍性的规律。刘勰在《文心雕龙》中,不仅屡言"文律""文则",总结了许多文学艺术的规律,也注意到一切自然现象的发展变化是有规律可寻的:"阴阳盈虚,五行消息,变虽不常,而稽之有则也。"(《书记》)这说明他写此书时,首先总结"文"的基本规律以笼罩全书,也是理所当然的。

《文心雕龙》全书正是着眼于"文"来立论的。刘勰以《雕龙》名书,他自己的解释就很能说明这点:"古来文章,以雕缛成体,岂取驺奭之群言雕龙也。"(《序志》)即使《征圣》《宗经》,也是着眼于"夫子文章",强调"政化贵文""事迹贵文""修身贵文";认为经书"极文章之骨髓",是"文章奥府",因而要求"文能宗经"。《情采》篇谓:"圣贤书辞,总称文章,非采而何!"这似乎是对"圣贤书辞"的曲解,其实正反映了刘勰此书立论的着眼点是"文"。兴膳宏对此有一段很好的论述:

> 刘勰所谓的"道",意指天地自然满呈美艳文采的"宇宙原理"。圣人、尤其是孔子,以敏锐的感觉攫摄这种"宇宙原理",并将其著录为有"文"之文。所以孔子删述的五经文章就成为首屈一指、最值得尊重的美的典范。韩愈是为了弘扬儒教之"道"才重视五经的价值;刘勰与他不同之处在于刘勰认为文学在本质上说来是美的表现,而经书文章正是这种理论的具体化的典型,因而应当给予高度的评价。……所以刘

勰尽管敬爱孔子、尊重经书,但对于至关重要的儒教思想却几乎一言也未提及。①

以"道"指"宇宙原理",但不是抽象的、包罗万象的"宇宙原理",而是天地万物自然呈现其美的原理。这对刘勰的"原道"论是一个深刻的认识。正因以万物皆自然有美为"宇宙原理",则儒家经书亦必在内,只是更能充分体现这个"宇宙原理"而已。笔者一直以"原道"之"道"为规律,可谓海外遇知音。"规律"和"宇宙原理",我以为名虽异而实同,至少在天地万物必有其自然之美这个基本点上是一致的。就是说,"原道"的"道"不是别的,而是天地万物皆有自然之美的"规律"或"宇宙精神"。刘勰既以此为"自然之道",为"本乎道"以论文之"道",他就建立了崭新的"道—圣—文"观念,特别是新创了有别于诸子百家之道的文家之道,在中国文学批评史上是有其重要意义的。

中国古代文学发展到建安时期,摆脱了经学的附庸地位而进入"文学的自觉时代""为艺术而艺术"的时代。陆机的《文赋》初步总结并巩固了这一胜利成果②。但魏晋以后,一方面盘根错节的儒家保守思想依然残存未绝,一方面追逐华丽的文风日盛,文坛上出现了尖锐复杂的斗争。我曾用传统的"文与道"观念("文"泛指文学,"道"专指儒道)表述过这种斗争情况:

道要使文为自己服务,成为载道之器;文则力图按照自己的特点发展,不愿做道的附属品。这样,它们之间就必然

---

① 《〈文心雕龙〉与〈出三藏记集〉》,《兴膳宏〈文心雕龙〉论文集》第103页。
② 详见拙著《〈文赋〉的主要贡献何在》,《雕龙集》第123—129页。

要发生矛盾和斗争。道的胜利,文就有被吞没的危险;文的胜利,就存在排斥道的倾向。但道离不开文,必须通过文才能明道;文也离不开道,离开道的文,很容易走进形式主义的死胡同。所以,文和道有矛盾,又要求统一。①

刘勰虽处于儒学衰微、文胜于道,华艳的文风渐趋严重的齐梁时期,但在整个文学史上,这个时期尚处于文学进入独立发展道路的初期,文学艺术的自觉性并不是十分巩固的。淫丽的文风起着破坏文学自觉道路的作用,潜在的儒学势力则企图把文学拉回汉代的老路。和刘勰同时的裴子野就激烈反对淫丽的文风:"摈落六艺,吟咏情性。学者以博依为急务,谓章句为专鲁。淫文破典,斐尔为功,无被于管弦,非止乎礼义。"(《雕虫论》)如果死抱住"六艺"来"吟咏情性",重振汉儒的章句之学而"非礼勿言",那就无异是取消了文学的独立性。所以,"文"与"道"的斗争在齐梁之际仍尖锐而复杂地进行着。刘勰的"原道"论正是这种背景下的产物,我们也应从这种历史意义上来考察其必然性。

刘勰面临的历史任务,就是既要巩固并发展建安以来文学艺术的独立性,又要反对"言贵浮诡""将遂讹滥"(《序志》)的危险倾向。明确了上述"原道"论的实质,就很容易理解他是相当正确地处理这个复杂问题的。把必须有"文"作为一个最基本的、圣贤也必须遵循的规律提出来,就从根本上维护并确立了文学艺术的独立性。"原道"论本身虽然没有这样大的意义和作用,但既是"本乎道"来论文,刘勰就从这个原则出发来评论历代作家作品;论创作则从想象虚构开始,论"立文之道"则据自然有文的规律

---

① 拙著《从文与道的关系看儒家思想在古代文学发展中的作用》,《雕龙集》第55页。

("神理之数"),提出"其理有三:一曰形文,五色是也;二曰声文,五音是也;三曰情文,五性是也"(《情采》)。要求文学创作应该是形象美、声韵美、情感美的结合。因此,其论创作的总要求,是能写出这样的作品:"视之则锦绘,听之则丝簧,味之则甘腴,佩之则芬芳;断章之功,于斯盛矣。"(《总术》)这种视之色美,听之声美,食之味美,佩之芳香的"文",就是刘勰所谓"善弈之文",也就是他对"文"的最高要求。这个要求是刘勰在他的创作论中研究了各种创作理论和技巧之后提出的,于此可见其创作论,正是论述如何写出优美的文学作品。这就充分说明,《文心雕龙》继《文赋》之后,在文学艺术独立发展的道路上,取得了更为重要的成就。

另一方面,刘勰的"自然之道"又是和当时淫丽之风进行斗争的有力武器。刘勰所强调的美是自然美,过分的雕琢华艳就违反自然美的规律,因而刘勰对汉魏以来"从质及讹"的倾向进行了一系列的批判。他重视形式,但更重视内容。按照"形立则章成,声发则文生"的规律,是有其物才有其文。所以《情采》篇据此理提出:"水性虚而沦漪结,木体实而花萼振:文附质也。""盼倩生于淑姿""辩丽本于情性",都是"文附质"的深刻说明。形式是由内容决定的,因此,他主张"为情而造文",强调"述志为本"。正因重内容,所以在《原道》之后,继以《征圣》《宗经》二篇。但刘勰在"文"与"道"的关系上,仍是坚持了"文"的独立性,他没有让"文"成为载道之器,重新变成经学的附庸,而把儒家圣人改造成文章的祖师,把五经视为文章的典范,实际上是使之为刘勰的文学主张服务。这样看来,刘勰的"原道"论可谓建安以来文学自觉道路的新胜利,是具有重要的历史意义的。

第二节　"征圣""宗经"思想

"征圣""宗经"是《文心雕龙》全书的指导思想。其所征之"圣"为儒家圣人，所宗之"经"是儒家的五经，这是很明确的。既如此，它和不属儒家之道的"原道"观，怎样构成一个文学观的整体呢？主张"征圣""宗经"，是否要求文学作品应当宣扬儒家思想呢？评论文学有何"征圣""宗经"的必要呢？这些问题，虽过去还未展开具体的讨论，但在许多论著中，是存在着相当歧异的认识的。这既影响对刘勰"原道"论的理解，更有碍对刘勰整个文学思想的认识。本节即试图对此做点具体研究。

一

《原道》篇所说"道沿圣以垂文，圣因文而明道"，就概括了"道""圣""经"三者的基本关系。圣人所垂之"文"就是"经"，这不仅因为"五经含文"，且"圣贤书辞，总称文章"（《情采》）。所以，《征圣》中屡称经书为"圣人之文章""圣文之雅丽"等。就"言立而文明"的"自然之道"来看，圣人的著作是必然成为"文章"而可"总称文章"的，何况一切圣人"莫不原道心以敷章"？《征圣》《宗经》两篇对此有具体说明：以圣人来说，他能"鉴周日月，妙极机神"；"妙极生知，睿哲惟宰"。"性灵所钟"的人，本是"五行之秀"，具有超越常人智慧的圣人，更能全面鉴察自然万物而洞晓事物的深微奥妙。所以"道心惟微，圣谟卓绝"，自然之道的精神无论怎样精微，卓越的圣人都能"精理为文"而体现自然之道。刘永济《文心雕龙校释·征圣》云："圣人之心，合乎自然，圣人之文，明乎大道"，正是道、圣、文完全一致的说明。再以经书来说，既然圣人能"因文而明道",其"文"(即经)又无不是"原道心以敷章",则"道"和"经"自然是统一的。

从根本上看,什么是"经"？刘勰的解释是:"三极彝训,其书言经。""三极"就是天、地、人,经书就是讲天、地、人的恒常之理,刘勰又称之为"恒久之至道"。《原道》中讲的"道",也是天、地、人之"道",不过从论文的角度着眼,而认为"言之文也,天地之心哉"。两种"道"虽不等同,却都是天、地、人的"恒久之至道"。所以,在刘勰的理论体系里,这两种"道"是相通的。正因如此,《文心雕龙》的研究者很容易据后者以断前者,认为《原道》是论"文学要宣扬儒家的道"。这只要认清"征圣""宗经"的本来面目,自可进一步认清《原道》篇的论旨。

"征圣"和"宗经"的关系,基本上是明确的。《征圣》篇的"论文必征于圣,窥圣必宗于经",就不仅说明了二者的关系,也分别说明了既须"征圣",也须"宗经"的必要性。但纪昀评《征圣》篇提出:"此篇却是装点门面,推到究极,仍是宗经。"这就引来孙德谦①、黄侃②、刘永济③、李曰刚④等人的相继反对。如黄侃谓:

> 此篇所谓宗师仲尼以重其言。纪氏谓为"装点门面",不悟宣尼赞《易》、序《诗》、制作《春秋》,所以继往开来,唯文是赖。后之人将欲隆文术于既颓,简群言而取正,微孔子复安归乎？

刘永济不同意纪昀对《征圣》篇的评论。他说:

---

① 见《太史公书义法·宗经篇》。
② 《文心雕龙札记·征圣》。
③ 《文心雕龙校释·征圣》。
④ 《文心雕龙斠诠·征圣》。

> 盖《征圣》之作,以明道之人为证也,重在心。《宗经》之篇,以载道之文为主也,重在文。圣心合天地之心,故繁、简、隐、显,曲当神理之妙。经文即自然之文,故详略先后,无损体制之殊。二义有别,显然可见。

二家之说都是对的。一为圣、为人,一为经、为文,岂能无别?借重孔圣的声威,用"圣人之文章"来"隆文术于既颓",在当时是确有必要的。但圣人之文的繁简隐显与详略先后,就"人"说,都是圣人为之;就"文"说,都见之于经。刘勰论"征圣"也说:"圣人之情,见乎文辞。"因此,不仅"窥圣必宗于经",也可说,无论征圣、宗经,"微经复安归乎"?这样看来,纪昀所谓:"推到究极,仍是宗经",并不是没有道理的。而"装点门面"云云,实与黄侃"宗师仲尼以重其言"同旨。纪说要在"究极",并未否定"征圣""宗经"之别,只是其评既略,"装点门面"又似不恭,易为后人误解。

肯定纪氏此评的也有,如王更生:"我倒觉得纪氏'装点门面'的说法,也许容得商量;而'推到极处(应为"究极"),仍是宗经'之语,又何尝不对?"① 周振甫:从圣人的写作讲,"就同'宗经'一样。所以纪昀评它是'装点门面','仍是宗经',从这点说是对的"。又说:"他(刘勰)提出的《征圣》《宗经》实际上是一回事,只是分开来说罢了。"② 祖保泉:"纪氏就《征圣》篇说'推到究极,仍是宗经',这是符合刘勰原意的。"③ 这些意见,也是对的。综合两种不同的意见,可使我们对"征圣""宗经"的关系看得更全面一些,这是显而易见的。

---

① 《文心雕龙研究》,台北文史哲出版社1976年版第217页。
② 《文心雕龙注释·前言、征圣》。
③ 《〈文心雕龙〉纪评琐议》,《文心雕龙学刊》第2辑。

1981年我曾提到过:《文心雕龙》的总论,"只有《原道》《征圣》《宗经》三篇。其中《征圣》和《宗经》,实际上是一个意思,就是要向儒家圣人的著作学习"①。有的反对者认为这是"否定了'征圣'"②。这和纪评并未否定《征圣》《宗经》之别一样,原话绝无否定"征圣"之意,只是说《征圣》《宗经》两篇讲的是"一个意思"而已。这样说,自然是有局限的。从《文心雕龙》的基本观点来说,"征圣""宗经"确是一个观点;从"推到究极"来看,确也"仍是宗经"。但也不应忽略二者毕竟有别,而在文风日颓的六朝时期,"装点门面"实有必要。只是"征圣""宗经"二者,并不是在任何情况下都要等量齐观的。

二

纪氏"装点门面"之评,固然不在怀疑或否定刘勰的宗儒思想。但对刘勰之于论文来说,不仅《征圣》,有的研究者认为:"推究纪氏的意见,可知《原道》《征圣》都是'装点门面',只有《宗经》云云,才是刘氏论'文'指导思想的实质所在。"③这可能是以"原道"之"道"为儒道而言。若从儒道的角度来考察,对于论"文"来说,所谓"宗经",也不过是"装点门面"而已。

清人李家瑞有云:"刘彦和著《文心雕龙》,可谓殚心淬虑,实能道出文人甘苦疾徐之故;谓有益于词章则可,谓有益于经训则未能也。"④此说完全正确。在《文心》一书中,不仅《原道》篇未论

---

① 《〈文心雕龙〉的总论及其理论体系》,《中国社会科学》1981年第2期。
② 马宏山《也谈〈文心雕龙〉的理论体系》,《学术月刊》1983年第3期。
③ 《〈文心雕龙〉纪评琐议》,《文心雕龙学刊》第2辑。
④ 《停云阁诗话》卷一。

儒道,《征圣》《宗经》二篇,虽也抽象地颂扬过"恒久之至道,不刊之鸿教",而于圣道或经学,不仅无只字发明,且根本没有研讨什么儒学。其所论述,全在于"文",怎会"有益于经训"呢?然则刘勰是怎样"征圣"、怎样"宗经"的呢?两篇原文都很清楚。

先看《征圣》。一曰:"政化贵文之征""事迹贵文之征""修身贵文之征"。此可谓之"三征"。日本学者斯波六郎认为"篇名《征圣》当亦来自三个'征'字"①,其说虽欠全面,但"三征"都是"贵文之征",《征圣》篇名的由来已可得而明。二曰:"繁略殊形,隐显异术;抑引随时,变通会适:征之周孔,则文有师矣。"这个"征",仍是"文有师"之"征"。三曰:"体要与微辞偕通,正言共精义并用:圣人之文章,亦可见也。"这里虽无"征"字,显然仍是在征验"圣人之文章"。总起来说是:"然则圣文之雅丽,固衔华而佩实者也。……若征圣立言,则文其庶矣。"这就是《征圣》篇的全部内容了。"征圣立言"可说是篇末点题,全篇论旨,四字已概括无余。"征圣"的目的在于立言,则圣人之当"征",自然就是他们的文章具有典范意义,就在"文有师矣"。

再看《宗经》。一曰:五经"义既极(埏)乎性情,辞亦匠于文理;故能开学养正,昭明有融"。二曰:五经"根柢槃深,枝叶峻茂,辞约而旨丰,事近而喻远"。三曰:各种文体皆源出五经,"并穷高以树表,极远以启疆;所以百家腾跃,终入环内者也"。所有这些,都是着眼于文,讲经书的文章有各种好处,值得师法。和《征圣》一样,本篇也是篇末点题,提出"文能宗经,体有六义:一则情深而不诡,二则风清而不杂,三则事信而不诞,四则义直而不回,五则体约而不芜,六则文丽而不淫"。这不仅概括了《宗经》篇的主旨,

---

① 《文心雕龙札记》,《日本研究〈文心雕龙〉论文集》第53页。

也是刘勰"征圣""宗经"思想的集中体现。他反对"建言修辞,鲜克宗经",而大力主张"文能宗经"云云,可见其宗经的意图是极为明确的。

根据《征圣》《宗经》的全部内容,就不难判断刘勰主张"征圣立言"也好,"文能宗经"也好,是否要用文学来宣扬儒家思想、来明儒家之道了。刘勰的儒家思想是较浓的,《文心》评作家作品,偏重儒家之处也不在少数,但他并未以儒家思想为衡量作家作品的绝对标准。而刘勰的"征圣""宗经",也不是从征验圣人和宗法五经的儒家思想出发。细检《征圣》《宗经》两篇可知,并无一字一句明确提出文学要宣扬儒家思想的主张,而反复强调与论证的,是儒家圣人的文章如何写得好,如繁略隐显之各得其宜,"体要与微辞偕通,正言共精义并用",以及"详略成文""先后显旨"等。

刘勰的"征圣""宗经"思想,显然主要是强调儒家圣人的著作在写作上值得学习。他是否"并不赞成用儒家思想来写作",虽然尚待研究,但认为:"他的宗经,既不是要用儒家思想来写作,也不要用经书语言来写作,主要是要六义,即写出思想感情具有感化力量的,引用事例真实而涵义正直的,文辞精练而富有文采的作品。"[1]这基本上是对的。日本著名汉学家吉川幸次郎以为:"《征圣》全篇都在于赞美圣人即孔子的文章。"[2]吉川曾就学于铃木虎雄[3],虽未过多地致力于《文心》研究,然其言不失为有识之见。台湾的《文心》研究者对此颇有歧议。如黄春贵之论:"惟有

---

[1] 周振甫《文心雕龙注释·宗经》。
[2] 见《日本研究〈文心雕龙〉论文集》第33页。
[3] 见日本《支那学研究》1928年第1卷《黄叔琳本〈文心雕龙〉校勘记》。

发挥儒家思想之文章,始能符合《征圣》《宗经》之要求"①;王更生论《宗经》则谓:"事实上,他是先言五经的内容,再比较《尚书》《春秋》二经行文的特殊风格,处处从文学的观点,去透视五经,较之两汉经生以名物训诂说经的方式,自是大有不同。我们如果勘破他这一点,便发觉他处处释经,却处处言文。"②就上述刘勰所论具体内容来看,显然以王说为近是。其处处崇圣,处处宗经的实质,正是在处处言文,处处论文。

折衷诸说,刘勰主张"征圣立言""文能宗经",本是为文而"征圣""宗经",不是研究经学以发扬儒道,这是不容置疑的。他并未主张文章非儒不言,非道不立。但若走向另一个极端,视之为艺术而艺术、为文章而文章论者,或者不赞成用儒家思想来写作,也不符合《文心》的实际情况。《征圣》《宗经》中既无此说,全书亦无此论。周振甫论《宗经》有云:"在《时序》里,他认为后汉作品'渐靡儒风','文章之选,存而不论'用儒家思想来写的作品,都不加评论。可见他并不赞成用儒家思想来写作。"③此说和刘勰的原意或有出入。《时序》篇的原话是:"自安、和已下,迄至顺、桓,则有班、傅、三崔,王、马、张、蔡;磊落鸿儒,才不乏时,而文章之选,存而不论。然中兴之后,群才稍改前辙,华实所附,斟酌经辞,盖历政讲聚,故渐靡儒风者也。"这里说的"存而不论",很难视为由"渐靡儒风"使然。所谓"存而不论",明指《时序》篇对班固、傅毅等人的作品不逐一列论,但在《文心》全书中,不仅多次论及他们的作品,且常从儒家的角度予以肯定。如《史传》篇评班固

---

① 《文心雕龙之创作论》,台北文史哲出版社1978年版第106页。
② 《文心雕龙研究》,台北文史哲出版社1976年版第218页。
③ 《文心雕龙注释·征圣》。

《汉书》以"儒雅彬彬"和"宗经矩圣之典";《才略》篇称"马融鸿儒,思洽识高,吐纳经范,华实相扶";特别是《杂文》评崔瑗《七厉》说"唯《七厉》叙贤,归以儒道,虽文非拔群,而意实卓尔矣儒"。这很能说明,"存而不论"并非由于他们的作品是用儒家思想写的。杨明照谓《时序》篇的"盖历政讲聚,故渐靡儒风者也"等语,"正指章帝会诸儒白虎观而言,其文亦作'讲聚'"①。而《论说》篇却说:"石渠论艺,白虎讲聚,述圣通经,论家之正体也。"这更说明,刘勰不可能一方面奉之为"论家之正体",一方面却以其"渐靡儒风"而"存而不论"。

《论说》篇对正始玄论的肯定,虽能说明刘勰并非主张只能用儒家思想来写作,却难以证明刘勰反对用儒家思想来写作。除上举"论家之正体"是典型的汉代儒家思想外,又如:

> 若夫注释为词,解散论体,杂文虽异,总会是同。若秦延君之注《尧典》,十余万字;朱普之解《尚书》,三十万言。所以通人恶烦,羞学章句。若毛公之训《诗》,安国之传《书》,郑君之释《礼》,王弼之解《易》,要约明畅,可为式矣。

这段话说明两个重要问题:一、并非凡是有关儒家思想、阐发儒家思想的著作,刘勰都予以赞扬;二、无论用何种思想来写,凡是写得好的,"要约明畅",都可肯定。这就充分说明,刘勰并无某家某教的门户之见,而主要是从文章的好坏出发。从这种意义上来看刘勰的"征圣""宗经",就都可谓之"装点门面"了。

---

① 《文心雕龙校注拾遗》第157页。

三

这里，就有略究一下所谓刘勰之"经学"的必要了，只有辨清其"经学"的究竟，才能更准确地认识其"装点门面"和"征圣立言"的本来面目。上引李家瑞之论已足说明，在经学史上，刘勰是没有容身之地的。自范文澜提出："刘勰撰《文心雕龙》，立论完全站在儒学古文学派的立场上。"①其后论者甚多，以至王更生有《〈文心雕龙〉之经学》的专章研究②，从经学的角度，对刘勰的写作动机、"文之枢纽"、文体论、修辞观和批评论则进行全面系统地论述，最后得出结论："刘彦和是古文经家。"这种研究试图说明什么呢？《文心雕龙》并不是一部经学论著，王更生当是清楚的，但不遗余力地考论其作者"是古文经家"，全书各个部分无不由"经学衍生"或"从经学出发"，岂不是要证明《文心》乃经学著作？不然，"古文经家"又从何而来？王氏自谓他是"惟求抉发彦和经学思想的真相"，只是如此做来，适足以模糊事实的真相。《文心》中取古文学派之说较多，确是事实，王更生以"群经次第"补证刘勰乃取古文学派之说，亦不失为力证之一，但刘勰绝不是什么"古文经家"，《文心》也绝非经学著作，不明确这点，刘勰的"宗经"思想便真相难明。

刘勰自己有清楚的交代："敷赞圣旨，莫若注经，HJ而马、郑

---

① 《中国通史简编》第二编，1961年版第422页。
② 见王更生《文心雕龙研究》第六章，共七节：一、赞圣述经的写作动机；二、百川汇海的宗经篇；三、以卫道为主的正纬与辨骚；四、由五经衍生的文体论；五、依经树则的修辞观；六、从经学出发的批评理则；七、刘彦和是古文经家。

诸儒,弘之已精,就有深解,未足立家。唯文章之用,实经典枝条……于是搦笔和墨,乃始论文。"(《序志》)这段话往往被视为《文心》与经学联系的说明,其实正说明了经学和"论文"的区别。刘勰试图建言立家的思想,在这篇《序志》里是毫不掩饰的,所谓"岁月飘忽,性灵不居,腾声飞实,制作而已",显然表现出一定的急切心情;他这时已三十开外,是很可理解的。但怎样来立家而"腾声飞实"呢?本篇做了充分的自我表白:

> 予生七龄,乃梦彩云若锦,则攀而采之。齿在逾立,则尝夜梦执丹漆之礼器,随仲尼而南行;旦而寤,乃怡然而喜。大哉,圣人之难见也,乃小子之垂梦欤!

这两个梦是否实有,我们不必管它,但在叙说己志中讲到二梦,其用意何在?是要借以表达何志?却是研究者不可不究的。李曰刚的解释,或可作为进一步探讨的基础。他说:

> 舍人所以大书特书其七龄梦攀彩云之事者,乃在暗示一己之文学素养得自天授,创作才华异乎常人。至于垂梦仲尼,凡堪注意者三事:一、作梦之年龄是"齿在逾立",由此一梦之启示,改变舍人述造之方向,遂于佐僧祐整理经藏之同时,又转而从事文学评论。《文心》之著作年代于焉推定。二、舍人祖籍山东莒县,侨居京口,京口位于山东曲阜以南,故"执丹漆礼器随仲尼而南行",有圣道南矣之预兆,亦正代表舍人对至圣孔子之倾慕。三、(略)①

七岁得彩云之解可能是刘勰的用意。但若这是表示他幼有文才,

---

① 《文心雕龙斠诠》,台北"国立编译馆"中华丛书编审委员会1982年版第2—3页。

何以会用第二梦表示改变"述造之方向"？这不仅上下脱节，且刘勰著《文心》，不可能是一梦而定。这样一部体大虑周的巨著，没有长期的准备和谋虑是无从捉笔的。较合理的解释是日有所思，夜有所梦，正因刘勰虽身在佛门，而长期研读和思考儒家经典和大量的文学作品，才有可能夜有其梦而搦笔论文。这就和前梦一致而不是改变方向了。联系刘勰"腾声飞实"的迫切思想来看这两个梦就更为清楚，既然早有"文学素养"，自然会梦寐以求其实现；孔子是伟大的圣人，就自然应跟着他走了。

刘勰在梦中只能充当捧礼器随行的角色，而不是闻孔子之道、传圣道之统的人物，这和他根本就未曾有传夫子之道的念头有关。因为刘勰衡量自己的才能素养，明知这条道路对自己是不适宜的，主要问题就是"未足立家"。刘勰既无注经的才能和素志，因此明确表示，他不走"敷赞圣旨"的经学道路，而从事扬己之长、足以立家的文学评论。只因圣经之伟大，必须"征圣""宗经"，正如梦境之"随仲尼而南行"。所以，"注经"和"论文"虽可以有一定的共同点，但却是截然不同的两条道路。经学和文学虽非水火不容，本身却是矛盾的，至少不能混为一谈。即便是后世古文家主张"文以明道""文以载道"，自命为儒家道统的继承者，也只能是古文家而不是经学家，并不"敷赞圣旨"的刘勰，怎能谓之"古文经家"呢？

中国古代的所谓"经学"，不外就是注经释经，敷赞圣旨；不究圣人之旨，不问经书之意，而只是"处处言文"的经学家，在经学史上是不存在的。必须明确这点，才不惑于刘勰处处称圣，篇篇言经的表面现象，才能认清其"宗经"思想的实际意义。刘勰自己既已明言其书不是"敷赞圣旨"，我们就没有理由把"明儒家之道"或"宣扬儒家思想"之类强加给他，无论《原道》或《征圣》《宗经》

都是如此。明确了刘勰对儒家圣人和经书的态度,就更容易认清其"征圣""宗经"的真面目了。刘勰所宗的"经"是什么经呢?他说:

> 三极彝训,其书言经。经也者,恒久之至道,不刊之鸿教也。故象天地,效鬼神,参物序,制人纪,洞性灵之奥区,极文章之骨髓者也。

这是一个十分精巧的解释。因为是"三极彝训",便合于自然之道;是"不刊之鸿教",便与儒经相应;又能"极文章之骨髓",正适"文能宗经"之经。更妙之处,还在这种"经"不仅儒家能接受,道家、佛家也是可以接受的;从这个定义中,我们看不到任何儒经所必有的特点。用刘勰的话来说:"至道宗极,理归乎一"(《灭惑论》),不仅各家均可视自家的道为永恒的"至道",在当时的思想家们看来,"儒佛不二""三教同源",各家之道是本同而未异的。刘勰所释之"经",可能正是这种时代思潮的产物,何况他自己就既奉佛又崇儒。高度的抽象以求其本同而避其末异,是当时思想家的重要手段之一,刘勰对"经"的这种解释,正妙在于此。经者,常也,刘勰的解释并没有错,且以"三极彝训""恒久之至道",把经书拔高为宇宙间永恒的真理,似乎表示了对儒经的极端崇拜。但这是须作具体分析的。

皮锡瑞谓经学"自汉以后,暗忽不章。其尊孔子,奉以虚名,不知其所以教万世者安在;其崇经学,亦视为故事,不实行其学以治世,特以为历代相承,莫之敢废而已"①。我们还不能简单地说刘勰的"征圣""宗经"是"莫之敢废"而"奉以虚名",但"不知其所

---

① 《经学历史》,中华书局1981年版第26页。

以教万世者安在"之说，却是值得留意的。略略比较刘勰以前的解说就可发现其中的区别。较早的如《礼记·经解》："温柔敦厚，《诗》教也；疏通知远，《书》教也；广博易良，《乐》教也；洁静精微，《易》教也；恭俭庄敬，《礼》教也；属辞比事，《春秋》教也。"这种对经的解释不是抽象的，主要是示以"其所以教万世者安在"。汉儒的解释，《白虎通·五经》最有代表性："经所以有五何？经，常也，有五常之道，故曰五经：《乐》仁、《书》义、《礼》礼、《易》智、《诗》信也。人情有五，性怀五常，不能自成，是以圣人象五常之道而明之，以教人成其德也。"《汉书·艺文志》："《乐》以和神，仁之表也；《诗》以正言，义之用也；《礼》以明体，明者著见，故无训也；《书》以广听，知之术也；《春秋》以断事，信之符也。五者盖五常之道，相须而备。"这些解释自然是牵强附会的，但"必知孔子作经以教万世之旨，始可以言经学"①，则不论古文经学或今文经学，都是不能例外的。刘勰论五经，也重视其教育作用，却与儒家者言大异其趣。《宗经》篇对"经"的总释既如彼，分论则如此：

> 《易》张"十翼"，《书》标"七观"，《诗》列"四始"，《礼》正"五经"，《春秋》"五例"，义既极（埏）乎性情，辞亦匠于文理，故能开学养正，昭明有融。

> 夫《易》惟谈天，入神致用，故《系》称旨远辞文，言中事隐。韦编三绝，固哲人之骊渊也。《书》实记言，而训诂茫昧，通乎尔雅，则文意晓然。故子夏叹《书》："昭昭若日月之明，离离如星辰之行"，言昭灼也。《诗》主言志，诂训同《书》，摛风裁兴，藻辞谲喻，温柔在诵，故最附深衷矣。《礼》以立体，

---
① 《经学历史》，中华书局1981年版第27页。

据事制范，章条纤曲，执而后显，采掇生（片）言，莫非宝也。《春秋》辨理，一字见义，五石六鹢，以详略（备）成文；雉门两观，以先后显旨：其婉章志晦，谅以邃矣。

这种五经论，显然不是"敷赞圣旨"，无论是"言中事隐""藻辞谲喻"，或"章条纤曲""婉章志晦"等，都是讲它们的文章写得好，各有其不同的写作特点；其"旨远"是什么"旨"，"志晦"是什么"志"；用什么来"教人以成其德"等，均未涉及，亦非其"宗经"论的论题范围。所以，这不是儒家的五经论，而是文家的五经论。其中的"旨""志""义""理"，"开学养正"等，都没有具体的规定性，而被抽象为泛指的"旨""志""义""理"了。

这种情形，有两点是须做进一步探讨的。一、"征圣""宗经"既是论"文能宗经""征圣立言"，并非儒学专著，就无必要，也不应该写成五经论而大讲儒家的仁义道德；二、既是征儒家之圣、宗儒家之经，则所讲"旨""志""义""理"，就自应是合于儒家思想之"旨""志""义""理"，似可不言自喻。

在《文心雕龙》研究中，这两种观点是很容易产生且相当普遍的。一般来说，这样看也是对的，论文的《征圣》《宗经》，确无大讲仁义道德的必要，其"旨"其"义"，自然是儒家思想之"旨"之"义"。但若停留在这种认识上而不加深究，便难全面和准确；如果过分看重这点甚至夸大这点，就难恰当地估计其所谓"指导思想"。首先，以上两点置之马郑诸儒的著作中也许是对的，在《文心》中便不尽然。刘勰既非地道的儒生，《文心》又非经学著作，特别是南朝的儒学，已早非汉代的博士经学了。其次，刘勰如果是虔笃的孔门弟子，他确是企图以文学来振兴儒道，他就不会含糊其辞，至少在关键处要对儒道有所强调。但他却只讲抽象的"至道"、抽象的"旨""义";所谓"文能宗经,体有六义",也是抽象的"情深""风清"等,所以,周振甫曾说:"在情深风清里,他只要求情感的深挚,思想感情的能够感动人,至于表达的是不是儒家思想,他没有说。"①刘勰自己既未明说,就有他不说的原因,推论是很难完全准确的。第三、"征圣""宗经"的确是《文心雕龙》指导思想的重要组成部分,唯其如此,就不能专用一家的狭隘思想来指导全书。文的范围是十分广阔的,其所涉及的思想更无涯无垠,把"征圣""宗经"限死为儒家思想,若以之为衡文之准,又如何评论诸子百家之文?就更不用说"每非汤武而薄周孔"之类魏晋之作了。黄侃《札记》有云:"夫堪舆之内,号物之数曰万,其条理纷纭,人鬓蚕丝,犹将不足仿佛,今置一理以为道,而曰文非此不可作,非独昧于语言之本,其亦胶滞而罕通矣。"(《原道》)此论可谓发刘勰《原道》《征圣》《宗经》三篇之秘奥。正因刘勰所论是极其纷纭繁富的文,而"弥纶群言"的《文心雕龙》,又可谓"按辔文雅之场,环络藻绘之府,亦几乎备矣"(《序志》),则其在思想上不定于一尊而作高度的抽象,"深得文理"的刘勰,当是不得已也。

四

必须明确的是,刘勰对儒家思想作抽象的表述,并不是否定儒家思想;从《文心》并非"敷赞圣旨"而是论文来说,好像是没有用儒家的圣人和经书来"装点门面"的必要,其实,论文而"征圣""宗经",在当时又是必不可少的。对此,我们必须辩证地看待。

《序志》有云:"唯文章之用,实经典枝条……详其本源,莫非经典。而去圣久远,文体解散;辞人爱奇,言贵浮诡,饰羽尚

---

① 《文心雕龙注释·征圣》。

画，文绣鞶帨，离本弥甚，将遂讹滥。"离圣人的时间愈久远，文风愈益走向浮华诡丽，这种现象至少从先秦到南朝时期确属事实。这并不是偶然的，六朝文风的日趋卑下，确与此期的儒道不振有一定的联系。由于儒家崇实尚用，五经之文多朴质无华，所以，无论从思想上或文风上以五经为典范，在当时都是有实际意义的。孔圣儒经的声望，当时虽远逊于汉代，但如刘勰所说，"励德树声，莫不师圣"，仍是六朝的时风；而儒家五经"根柢槃深，枝叶峻茂"，对古代思想文化影响之深广，是其他任何学术思想所不及的。所以，刘勰在当时所能运用的最好思想武器，只能是孔圣儒经。借圣人之文以神其说，特别是对毫无社会地位的刘勰，绝不是可有可无的。

但一方面由于刘勰面临的任务是"弥纶群言"，他不能不抽象地肯定圣文的教育意义，如"陶铸性情，功在上哲""开学养正，昭明有融""致化归一，分教斯五"等等；也不能不抽象地要求把文章写得"情深""风清""事信""义直"等等。另一方面，刘勰对儒家的思想主张并非原封照搬，全面自不可能，也无必要；即使是儒家的重要观点或最基本的主张，刘勰不取的也很多。刘勰所选用或强调的，主要是一些他认为有益于文的儒家言行，如"言以足志，文以足言""情欲信，辞欲巧""辞尚体要，弗惟好异"等。而这些既有所选择，就必有刘勰的主观意图，如不选"非礼勿言"而多次讲"言以文远"，就和刘勰自己的文学主张有关。即使所用经书上的话，又往往断章取义，不必尽合原意。因此，《征圣》《宗经》两篇虽字字句句颂圣称经，其实是刘勰利用有关资料以表达自己的文学主张。不难想象，从另一个角度，用另一种观点来进行抽象、选择或突出强调儒家的某些观点，是完全可以出现另一种"征圣""宗经"观的。历史上不乏其例。与刘勰同时的裴子野慨叹"圣人不作,雅郑谁分",反对"摈落六艺"而主张"止乎礼义"①,也是"征圣""宗经",却与刘勰大异其旨。研究者多谓刘勰的"征圣""宗经"思想来自扬雄,刘勰可能曾受扬雄之论的某些影响,但二家"征圣""宗经"的性质是各不相同的。《法言·吾子》谓"舍五经而济乎道者,末矣"。刘勰论"道",则正是"舍五经"的"道"。《吾子》又云:

> 或曰:人各是其所是,而非其所非,将谁使正之? 曰:万物纷错,则悬诸天;众言淆乱,则折诸圣。或曰:恶睹乎圣而折诸? 曰:在则人,亡则书,其统一也。

这和刘勰的"征圣""宗经"虽有某些近似,但刘勰是"征之周孔,则文有师矣",五经只是文章的典范;扬雄则是以圣人和五经为判断一切是非的准则。因此,扬雄的征圣宗经观是定于一尊而容不得诸子百家:"委大圣而好乎诸子者,恶睹其识道也?"(《吾子》)刘勰的征圣宗经观,不仅容得诸子百家,认为诸子之作也是"入道见志之书"(《诸子》),"师心独见"之玄论、"般若之绝境"的佛理(《论说》)等,都可予以肯定,而不致违背其"征圣""宗经"的基本文学观点。

这就足以说明,刘勰的"征圣""宗经",主要是借以提出自己的基本文学主张,而不在宗奉儒家思想。明乎此,则其中对圣人和五经的大量颂扬之辞,也就不难理解了。其目的并不是简单的尊儒颂圣,他必须把圣人的高明伟大,"鉴周日月,妙极机神"及五经的至善至美,"衔华佩实""渊哉铄乎"讲得无以复加,使人确信其为文章的宗师或典范,才能增强刘勰的"征圣宗经观"的力量。

---

① 《雕虫论》,《全梁文》卷五十三。

这种颂扬，自然不无刘勰对孔圣儒经的崇敬心情，但把它仅仅视为尊儒或儒家思想的佐证，那就本末倒置了。刘勰所列举或赞扬的内容，有的难免是勉强一些，如为了说明五经在写法上各有特点，《诗》的特点自然有足称道者，但"《易》惟谈天""《礼》以立体"等，即使用"采掇生（片）言，莫非宝也"之类高度评价，却是缺乏说服力的；从文学的角度来讲，《礼》的特点也确有难言之苦。有的赞辞显然是过分一些，如谓"禀经以制式，酌雅以富言，是仰（即）山而铸铜，煮海而为盐也"。把五经视为取之不尽的文学源泉，虽然刘勰并未忽视文学的其他源泉，此说仍是过甚其辞而反映了刘勰的局限。但从《征圣》《宗经》两篇总的来看，刘勰针对六朝文学的实际，利用五经或有关史料提出的见解，大多是有益的。

　　《征圣》《宗经》中提出的文学主张，有三点是较为重要的。第一是文学的教育作用。文学的教化作用，一向为儒家所重视。六朝名教废弛，文学创作也"习华随侈，流遁忘反"（《风骨》）。刘勰重视诗文的风教意义，认为"怊怅述情，必始乎风"，既是时代的要求，也和儒家的传统观点一致。所以《征圣》篇提出的"三征"，第一项就是"政化贵文之征"。并在"三征"之前，首论圣人之可征验者是："陶铸性情，功在上哲，夫子文章，可得而闻。"则夫子文章之足征，就首在其能"陶铸性情"。《宗经》篇同样是首论"经"乃"不刊之鸿教"，再分论五经，"义既埏乎性情，辞亦匠于文理，故能开学养正，昭明有融"。五经之所以能发挥良好的教育作用，就因辞义俱佳。则其后所论五经的"辞约而旨丰，事近而喻远"，便可视为论五经教育作用的补充说明。刘勰以这样的"圣"和"经"为宗师或典范，其为论文的目的是明显的。但值得注意的是，陶铸什么"性情"，养什么"正"，他未作具体规定。如果对照一下汉人的有关意见,其区别就很能说明问题了。《毛诗序》:"风,风也,教也……先王以是经夫妇,成孝敬,厚人伦,美教化,移风俗。"《史记·乐书》:"夫淫佚生于无礼,故圣王使人耳闻雅颂之音,目视威仪之礼,足行恭敬之容,口言仁义之道。故君子终日言而邪辟无由入也。"刘勰没有要求进行教化的这些具体内容,对"弥纶群言"的指导思想来说,显然比汉儒站得更高而更具普遍意义。应该说他这样做在当时是正确的,因为它无损于儒而有益于文。

第二是"矫讹翻浅,还宗经诰"。对圣人的"精理为文,秀气成采";经书的"藻辞谲喻""五经之含文",刘勰都是肯定的,只是要求做到"文丽而不淫",这是全书一贯的思想。《征圣》《宗经》中虽谈表现方法的较多,但主要是着眼于如何表达思想内容,如:"或简言以达旨,或博文以该情,或明理以立体,或隐义以藏用",行文的繁简隐显,圣人可"变通适会",都是表现内容的需要,各随其"旨""情""理""义"的不同而"抑引随时",灵活运用。所以,《征圣》《宗经》两篇虽兼论形式,主旨却在强调有教育意义的内容以及如何表现这种内容。这种强调的另一作用就是"矫讹翻浅",反对汉魏以后由丽而淫的趋向。《宗经》篇末提出:"建言修辞,鲜克宗经,是以楚艳汉侈,流弊不还。正末归本,不其懿欤。"刘勰主张"宗经"的主要意图就是"正末归本",扭转后世的"流弊",使之回到经书"衔华而佩实"的正确道路上来。

第三是以经典为榜样,树立"衔华佩实"的规范。上一义主要是"正末",此义主要是"归本"。刘勰认为"圣文之雅丽,固衔华而佩实者也";又说五经"义既极(埏)乎性情,辞亦匠于文理""辞约而旨丰,事近而喻远"。五经之文是否真是这样华实并茂,辞旨俱胜呢?大都不堪其誉是无须细说的。即使从"文丽而不淫"的观点和反对"楚艳汉侈"的倾向来考察,刘勰也未必真就以五经之文为文学的最高标准。从《文心》全书可以清楚地看到，他理想中的文学作品不可能停留在儒家的经书上。所以，在这点上最足以说明其"征圣""宗经"，主要是借重儒家圣人的声望以表述自己的文学主张。《征圣》篇所论，"然则志足而言文，情信而辞巧，乃含章之玉牒，秉文之金科矣"，自然是根据孔子的"言以足志，文以足言""情欲信，辞欲巧"等话提出来的，但把"志足而言文，情信而辞巧"，奉为文学创作的金科玉律，则是刘勰的意见。联系上述"衔华佩实"等说，可知这是刘勰"征圣""宗经"论的结晶，也是他用以论文的基本文学观点。

从《征圣》《宗经》两篇以至《文心》全书可知，刘勰的文学思想和儒家经典是较为密切的，他从中吸取了很多有益于文的因素，这是有助于《文心雕龙》在文学理论上的成就的。但刘勰不是以"敷赞圣旨"为目的来对待儒经，且借重或利用某些儒家的文学观点，也非严守师说而是有所改造、有所发展，这是刘勰能取得较大成就的更重要的原因。刘勰未能完全凌驾儒家之上，则是造成其不足之处的原因之一。

第三节　《正纬》和《辨骚》的枢纽意义

刘勰自己把《正纬》和《辨骚》两篇列入五篇"文之枢纽"之内，则这两篇属"枢纽"论是不容置疑的。但所谓"枢纽"，是"《文心》之作也"的枢纽，关系全书的论述。从这个角度看，前三篇显然如刘永济所说，是"揭示论文要旨"，和后两篇的"枢纽"意义是不能等量齐观的。《文心雕龙》全书的篇次安排都井然有序，《正纬》和《辨骚》列"枢纽"之末，已明显地说明这两篇的枢纽意义是较为次要的。一般研究者都认为《辨骚》篇意义较《正纬》篇大，这主要是因为《正纬》与《宗经》的关系密切，而《辨骚》兼有文体论的性质。因此，对五篇"枢纽"一视同仁是不符合事实的，但既是"枢纽"之一，就有其不可忽视的"枢纽"意义，必须加以具体探讨。

一

《正纬》篇谶纬并论，而谓"通儒讨核，谓（伪）起哀平"。实际上谶、纬有别，产生的时间也先后不一。谶或称图谶，是一种诡为隐语，预言凶吉的迷信文字，源于先秦方士之说，较早见诸史籍的，如《史记·赵世家》载公孙支书扁鹊之言而藏之，"秦谶于是出矣"。纬则是伪托释经的神学著作。故汉儒以七纬配七经①。这里须略予辨正的是"伪起哀平"之说。刘勰说的"通儒"指张衡。《后汉书·张衡传》所载张衡之说有二：一为"成、哀之后，乃始闻之"；一为"则知图谶成于哀、平之际也"。一"闻"、一"成"，与刘勰之"起"，基本上是一致的。范文澜注引徐养原《纬候不起于哀平辨》谓："迨《李寻传》始有'六经六纬之文'。按寻说王根，在成帝之世，是时纬已萌芽……以为始于哀平之际，王莽之篡，亦未必

---

① 《后汉书·方术列传》："樊英……又善风角、星算，河洛七纬"。李贤注："七纬者，《易》纬《稽览图》《乾凿度》《坤灵图》《通卦验》《是类谋》《辨终备》也；《书》纬《璇玑钤》《考灵耀》《刑德放》《帝命验》《运期授》也；《诗》纬《推度灾》《记历枢》《含神雾》也；《礼》纬《含文嘉》《稽命征》《斗威仪》也；《乐》纬《动声仪》《稽耀嘉》《汁图征》也；《孝经》纬《援神契》《钩命决》也；《春秋》纬《演孔图》《元命包》《文耀钩》《运斗枢》《感精符》《合诚图》《考异邮》《保乾图》《汉含孳》《佑助期》《握诚图》《潜潭巴》《说题辞》也。"

然也。"其后,有的研究者也照录此文,并谓徐说"确凿可从"①。查《汉书·李寻传》,原文乃"五经六纬,尊术显士",而"五经六纬"之说,又是从颜师古注而误,实与经书谶纬无涉②,则"不起于哀平"之辨,便失其据了。

汉儒说经,多言灾异,其与方士之言凶吉祸福,是很容易合流的,只是在西京之末,王莽之前,谶纬才成书而大量出现。至光武应图谶兴汉,尤为笃信其术,赵翼《廿二史劄记》之《光武信谶书》条有详细记载。汉代以经义断事③、以《春秋》决狱④的必然结果,就是以谶纬断事、以谶纬决狱、按谶纬施政、据谶纬用人,史家谓"多以决定嫌疑"⑤,一切难定的国家大事,皆取决于谶纬。这里只略举二例:

> 有诏会议灵台所处。帝谓谭曰:"吾欲(以)谶决之,何如?"谭默然良久,曰:"臣不读谶。"帝问其故,谭复极言谶之

---

① 李曰刚《文心雕龙斠诠》第120—122页。
② 王先谦《汉书补注》:"刘攽曰:正言星宿,何故忽说五经? 盖谓二十八舍。……官本考证云:刘攽驳颜,其论甚合。但所云天文六纬名目,刘亦未尝指实。姚鼐云:言天文当为人主所取法……与经书谶纬何涉哉。先谦案:《天文志》:太微廷掖门内六星,诸侯;其内五星五帝坐。五帝者,《晋志》,黄帝坐在太微中,四帝星夹黄帝坐。盖即五经。六纬者,六诸侯。《天官书》同,盖汉世天文家说如此。……术士,有道之士,少微士大夫,在太微星西,故以尊显言之。"(国学基本丛书本第4717页)
③ 见《廿二史劄记》卷二《汉时以经义断事》条。
④ 《汉书·艺文志·六艺略》有"公羊董仲舒治狱十六篇"。王先谦补注:"钱大昭曰:《后汉·应劭传》,故胶西董仲舒老病致仕,朝廷每有政议,数遣廷尉张汤亲至陋巷,问得失,于是作《春秋决狱》二百三十二事。"
⑤ 《后汉书·桓谭传》。

非经。帝大怒曰:"桓谭非圣无法,将下斩之!"①

帝尝问(郑)兴郊祀事,曰:"吾欲以谶断之,何如?"兴对曰:"臣不为谶。"帝怒曰:"卿之不为谶,非之邪?"兴惶恐曰:"臣于书有所未学,而无所非也。"帝意乃解。兴数言政事,依经守义,文章温雅,然以不善谶,故不能任。②

这两条实例能说明许多重要问题:首先是兴建灵台的地址和郊祀之类重大抉择要"以谶断之";其次是不善谶的人不能任用,反对谶的便要杀头;更重要的是"言谶之非经"者,其罪为"非圣无法",由此可见谶纬在当时的神圣地位。据《光武帝纪》,灵台建成于中元元年(56),"是岁,初起明堂、灵台、辟雍及北郊兆域,宣布图谶于天下"。这就使谶纬正式具有国家法典的性质了。所谓"上有所好,下必甚焉",其后,弥漫东汉的谶纬神学就自不待言了。荒诞不经的谶纬神学,能够在汉代获得国宪之尊,固然出于统治者的需要,但关键则在以纬配经。董仲舒取《春秋》"大一统"之义而独尊儒术,自然是堂堂正正的,但五经的原文并不能为所欲为地发挥以经义断事的作用,而杂糅图谶以伪托圣人的纬书,就取得了任意解释经义的特权。这样,东汉的儒术虽因此而更为兴盛,其实则在以纬配经的过程中,使经学愈来愈庸俗化、宗教化,以至丧失威信而不能不走向衰颓。

黄侃《札记》说:"西汉之儒说经,不过非圣意,而犹近人情;东汉之儒则直以神道代圣言,以神保待孔子,以图谶目圣经。"实际上是"纬之力超越于经",孔圣儒经已成了庸俗神学的工具。刘勰

---

① 《后汉书·桓谭传》。
② 《后汉书·郑兴传》。

论文而必正纬,就是这个原因。他要"征圣""宗经",自然不能征之于被汉人丑化了的"圣"①,或宗之于被汉人神化了的"经"。要清除长期笼罩儒经的浓雾,树立起足以令人信服的文章典范,刘勰就须正纬。这是他自己讲得很明确的:"前代配经,故详论焉。"

所谓"正纬",就是正谶纬之伪,以明与经书无关,而重振儒经之声誉。《正纬》篇的主要内容,正是围绕这个中心思想展开的。其论纬书之伪,是"按经验纬":

> 盖纬之成经,其犹织综,丝麻不杂,布帛乃成;今经正纬奇,倍擿千里,其伪一矣。经显,圣训也;纬隐,神教也。圣训宜广,神教宜约,而今纬多于经,神理更繁,其伪二矣。有命自天,乃称符谶,而八十一篇,皆托于孔子,则是尧造绿图,昌制丹书,其伪三矣。商周以前,图箓频见,春秋之末,群经方备,先纬后经,体乖织综,其伪四矣。

这里从奇正不一、广约不合、天人不符、前后矛盾四个方面论证纬书之伪,除第二点欠说服力外,其余三点都抓住了纬书之伪的要害。因此,最后得出的结论:"伪既倍摘,则义异自明。经足训矣,纬何豫焉",这就十分有力地完全否定了以纬配经的做法。《正纬》篇的另一重要内容是论图谶与经无关。在上述纬书四伪中,其三、四两点已说明图谶之伪了,那是因图谶为纬书的重要内容,而刘勰之论,也侧重在以谶纬释经之伪。对图谶来说,又不止于真伪问题,所以刘勰认为:

> 原夫图箓之见,乃昊天休命,事以瑞圣,义非配经。故河

---

① 《春秋演孔图》《孝经钩命决》等纬书中说孔子首类尼丘山,长十尺,大九围,海口,牛唇,虎掌,龟脊等。

> 不出图,夫子有叹,如或可造,无劳喟然。昔康王河图,陈于东序,故知前世符命,历代宝传,仲尼所撰,序录而已。

这里的"图箓"和上文所说"符谶"是一回事。刘勰并不否定图谶、符命,也与其"宗经"观点有关,因经书中这类记载甚多,第一,他认为这是一种表示祥瑞的自然现象,不能人为地制造,孔子讲到这些,不过是对历代相传的东西加以"序录而已";第二,符瑞与经无关,它的产生"义非配经"。至于后来的伎数之士,假托孔子,"或说阴阳,或序灾异",编造种种千奇百怪的神话,甚至用以"通经""定礼",就更是"乖道谬典,亦已甚矣"。所以,图谶对经书来说,根本不存在"配经"的问题。

以上就是《正纬》篇的基本内容。从其"按经验纬"到"义非配经"的全部论证,清楚地说明"前代配经,故详论焉",目的是在宗经。刘永济《校释》谓:"盖《正纬》者,恐其诬圣而乱经也。诬圣,则圣有不可征;乱经,则经有不可宗。二者足以伤道,故必明正其真伪,即所以翼圣而尊经也。"这就是《正纬》篇的主要意义,同时,也就是"正纬"在全书中的枢纽意义。"征圣""宗经"既是刘勰写《文心雕龙》的指导思想,自然就要"恐其诬圣而乱经",便有必要以此篇来翼圣尊经。

二

有的研究者注意到刘勰"正纬"在当时的现实意义,这完全是应该的。如果谶纬在晋宋以后已经绝迹,在文人中已毫无市场,大家都认清了谶纬的诡伪面目,又何正纬之必要呢?黄侃《札记》有云:"刘氏生于齐世,其时纬学犹未尽衰,故不可无以正其失。"范注也有类似说法,这是对的。但为了强调其现实意义,而说谶纬在当时"大有与经抗衡之势",或谓"比之东汉,有过无不及",这就很难符合当时的历史实际了。无论是上述东汉据谶纬断定国家大事,或用人施政的史实,还是《正纬》篇所说"风化所靡,学者比肩,沛献集纬以通经,曹褒撰谶以定礼"的盛况,在刘勰的宋齐梁陈时期是无可比拟的。《隋书·经籍志》载谶纬盛行于东汉之后的情况是:

> 魏代王肃,推引古学,以难其义。王弼、杜预,从而明之,自是古学稍立。至宋大明中,始禁图谶,梁天监已后,又重其制。及高祖受禅,禁之逾切。

很明显,谶纬之风在整个六朝时期是愈来愈衰微,而不是更加昌盛。至于《宋书》之有《符瑞志》,《南齐书》之有《祥瑞志》,其中利用图谶甚多,这既是历代帝王少不了的一套骗术,且符瑞之与配经的谶纬,也还有其不同的性质。明乎此,我们可进一步认清刘勰的"正纬",主要意义还是宗经。

但谶纬在宋孝武之后,虽禁未绝,"正纬"的现实意义还是存在的。不过,这种意义主要不在政治思想方面,而在文学方面。作为"文之枢纽"的《正纬》篇,其"枢纽"意义虽不能和当时的政治思想无关,但其目的不可能在于批判政治思想上禁而未绝的谶纬余风。离开文学意义,《正纬》篇就游离于"文之枢纽"之外了。很多研究者都已注意到这点,但又往往引起一种误解,以为《正纬》篇的枢纽意义,主要在篇末讲到的这样几句话:

> 若乃羲农轩皞之源,山渎钟律之要,白鱼赤乌之符,黄金紫玉之瑞,事丰奇伟,辞富膏腴,无益经典而有助文章。是以后来辞人,采摭英华。

谶纬中的奇事腴辞有助文章,确是刘勰的卓识。但这绝不是"赞尝纬",因为从文章的角度来"采摭英华",已脱离了"纬"的本义,因此,其"目的"更不是要"对当时封建统治阶级所拥有的'皇权'发生巩固的作用"[①]。《正纬》的"枢纽"意义是否即在文学上采取这类奇事腴辞呢?研究者常据"酌乎纬"之说以证此篇意在酌取纬书中的奇事腴辞。如果训"酌"为"取",则此篇之可取者,自然只有奇事腴辞。这就出现一个明显的矛盾,置上述《正纬》篇的主要内容于何地?全篇主要论谶纬之伪而附及其文辞有助文章,舍其主而求其次,岂非正如刘勰所讥"猎其艳辞"或"拾其香草"?如果仅仅以"有助文章"的文辞为"枢纽",和其他几篇的"枢纽"之义就太不相称了。《文心雕龙》中用"酌"字,往往不是单纯的"取"义。如《通变》:"数必酌于新声";《练字》:"善酌字者";《熔裁》:"酌事以取类";《知音》:"酌沧波以喻畎浍"等。《神思》篇的"酌理以富才,研阅以穷照","酌""研"并用意同。可见"酌乎纬"应该是斟酌纬、研究纬,而不是酌取纬。只有这样理解,"正纬"和"酌乎纬"才能统一。"酌乎纬"也不排除研酌而取的意思,只是不能违背"正纬"的主旨,应把"正"和"酌"统一起来考虑。"正纬"和"酌纬"必非两种命意,一指正纬书之伪,一指取纬书之文。

"正"与"酌"结合起来研究,有的认为是先正其伪,再取其真,虽然把二者联系起来了,但所谓"取"的内容,并不存在真伪问题,"白鱼赤乌"等既非真纬,亦非真事,刘勰只不过认为这类传说的故事和文辞有助文章而已。李曰刚论纬有云:"所谓正纬,不仅正纬书之不可乱经,同时亦是'芟夷谲诡,采其雕蔚',以正视纬书

[①] 马宏山《文心雕龙散论》第24页。

在文学上之意义，而可辅翼群经之所未备。"①此说较为全面，且从文学意义着眼，这是对的，只是未能具体论证正伪与助文的内在关系，"正纬"的枢纽意义就难免仍有模糊之感。

刘勰的"文之枢纽"，是针对六朝文学的实际状况提出来的。因此，要准确地认清《正纬》篇的枢纽意义，不能离开六朝文学的实际。六朝文学发展的总趋势是，"去圣久远，文体解散，辞人爱奇，言贵浮诡"（《序志》）。因此，"征圣""宗经"是很有必要的。但诬圣乱经的纬书，宋齐之际禁而未绝，这从《隋书·经籍志》所录纬书多梁代尚存可以得到明证。这是论文而必"正纬"的一个方面。另一方面是谶纬与六朝文学创作的关系。王达津、毕万忱等对此已做了一些有益的工作，列举出左思、颜延之、王俭、王融、任昉、庾信等人作品中运用谶纬的情况②。了解这种情况，对"正纬"的研究是很有价值的。因此，有在他们的基础上作进一步查究的必要。

仅就《文选》对六朝作品略予考查，可知谶纬对此期文学的影响是相当大的。此期许多重要作家，如孔融、王粲、何晏、曹丕、曹植、李康、阮籍、嵇康、成公绥、张华、潘岳、张协、左思、陆机、陆云、木华、郭璞、干宝、孙绰、袁宏、颜延之、谢灵运、谢惠连、鲍照、谢庄、王俭、谢朓、王融、沈约、江淹、任昉、刘峻等人的诗、赋、文、论，无不或多或少地留下一些谶纬的烙印。以下从三个方面来"征言"。

有的完全袭用谶纬成句或略予变化。如左思《蜀都赋》中的

---

① 《文心雕龙斠诠》第 128 页。
② 王达津《论〈文心雕龙·正纬〉篇写作意义》，《古代文学理论研究论文集》；毕万忱、李淼《〈文心雕龙·正纬〉探微》，《文心雕龙论稿》。

"岷山之精，上为井络"，用《河图括地象》之"岷山之地，上为井络"；曹植《上责躬应诏诗表》中的"刻肌刻骨"，用《孝经钩命决》之"削肌刻骨"；王融《三月三日曲水诗序》中的"延喜之玉攸归"，用《尚书璇玑玉铃》之"延喜之玉"；沈约《齐故安陆昭王碑》中的"帝出于震，日衣青光"，用《春秋元命苞》之"长大精翼，日衣青光"；潘岳《西征赋》中的"自开辟而未闻，匠人劳而弗图"，用《尚书考灵耀》之"天地开辟，劳而不图"；木华《海赋》中的"颅骨成岳，流膏为渊"，用《春秋元命苞》之"积骨成山，流血成渊"；谢朓《和伏武昌登孙权故城》中的"江海既无波"，用《礼斗威仪》之"江海不扬波"；江淹《诣建平王上书》中的"青云浮洛，荣光塞河"，用《尚书中侯》之"荣光并出幕河，青云浮洛"等。

大量作品的文词出自谶纬。如何晏《景福殿赋》中的"丰侔淮海，富赈山丘，丛集委积，焉可殚筹？虽咸池之壮观，夫何足以比仇"，出《春秋汉含孳》之"咸池生五谷"和《春秋元命苞》之"其星五者，各有职以蓄积，为作恃五谷"；郭璞《江赋》中的"禀元气于灵和"，出《春秋元命苞》之"水者，五行始焉，元气之凑液也"；谢惠连《雪赋》中的"烂兮若烛龙，衔耀照昆山"，出《诗含神雾》之"有龙衔火精以照天门中"；谢朓《始出尚书省》中的"青精翼紫軑"，出《春秋元命苞》之"五星聚房，房者苍神之精，周据而兴。然青即苍也，齐木德，故苍精翼之"；阮籍《为郑冲劝晋王笺》中的"吕尚磻溪之渔者"，出《尚书中侯》之"王即回驾水畔，至磻溪之水，吕尚钓于崖"；陆机《汉高祖功臣颂》中的"皇阶授木"，出《春秋保乾图》之"运极而授木"等。

更值得注意的是，有的诗文连取数纬之说，或综合数纬而用。如鲍照《舞鹤赋》中的"凉沙振野，箕风动天"，综取《易通卦验》之"大风扬沙"、《春秋纬》之"月失其行，离于箕者风"、《易纬》之"箕风飘石折树"诸说；应贞《晋武帝华林园集诗》中的"五德更运，膺箓受符"，兼用《春秋命历序》之"五德之运，同征合符，膺箓次相代"、《春秋汉含孳》之"天子受符，以辛日立号"之说；任昉《宣德皇后令》中的"祥光总至，休气四塞；五老游河，飞星入昴"，连用《尚书中候》之"荣光出河，休气四塞"，和《论语比考谶》之"有五老游渚……飞为流星，上入昴"；王融《三月三日曲水诗序》中的"天瑞降，地符升，泽马来，器车出，紫脱华，朱英秀，佞枝植，历草孳，云润星晖，风扬月至，江海呈象，龟龙载文"，则用了《诗纬》之"天瑞降，地符升"、《孝经援神契》之"德至山陵，则泽出神马"、《礼斗威仪》之"远方神献其朱英紫脱"、《尚书帝命验》之"舜受命，蓂荚孳"、《礼斗威仪》之"镇星黄而多晖"、《礼含文嘉》之"月至风扬"、《礼斗威仪》之"江海著其象，龟龙被文而见"等。

  以上种种，只是举例而已，在六朝作品中，受谶纬的影响或有意无意取谶纬之说者，这是极少的一部分。但仅就这些具体实例已足说明，谶纬与文学的关系在当时是不能不予关注的。六朝文人不仅在各种各样的作品中广泛而大量地使用谶纬，甚至不少作者在诗文中往往是信手拈来，运用自如。有的文词，可能是暗与纬合，作者未必是有意袭取谶纬，这就更能说明谶纬之说在当时已在文人中习以为常了。用一个"基"字来说，嵇康《琴赋》云："涉兰圃，登重基"；陆机《挽歌诗》云："结辔顿重基"；张协《杂诗》云："重基可拟志"；谢灵运《过始宁墅》云："筑观基曾巅"等。这些"基"字，是从字书中找不到解答的，但六朝诗赋却运用得颇为普遍。它与谶纬迷信显然无关，作者们也并非有意识地取之谶纬，但它却出自纬书《春秋运斗枢》："山者，地基也。"六朝人据此把"基"字当做"山"的同义词来使用，以至约定成俗了。所以，这一字之例就能深刻地说明，谶纬与六朝文学的关系是值得注意的。

刘勰论文而必"正纬",于此可明其大概。但怎样认识这种现象,还有作进一步认真研究的必要。上述情形说明,谶纬的"有助文章",早已成为六朝文学的事实了,刘勰不能不承认这种事实,并正视这种事实,所谓"后来辞人,采摭英华",正是对这种事实的说明。但从上举诸例可知,"后来辞人"所"采摭"的,并非全是"英华",谶纬中的某些糟粕,也在六朝作品中泥沙俱下了。所以"采摭英华"之说,含有刘勰对此现象的态度。他对上述事实,既不能不承认,又不是消极地承认,而是因势利导,主张"芟夷谲诡,糅(采)其雕蔚"。所以,刘勰所论"有助文章"的,只是谶纬中"事丰奇伟,辞富膏腴"的描写。这里虽有研酌而取的意思,却非本篇枢纽意义之所在。因为以奇事腴辞为"枢纽"之一,和其他四篇的"枢纽"意义很不相称。纵然刘勰重文采,要强调这是论文的枢纽,何必借助于威信扫地、他自己又大力反对的谶纬呢?而"文之枢纽"所针对的文学现实,正是"辞人爱奇,言贵浮诡"的严重倾向,用奇事腴辞来反对"爱奇"与"浮诡",岂不正相矛盾?因此,"有助文章"云云,不过和刘勰评论一般作家作品不作全面否定一样,在论证其伪之余,附论其亦"有助文章"的作用而已。以谶纬之文辞"有助文章"为《正纬》篇的主旨,或与正纬书之伪的意义等同并列,都是本末倒置而不符刘勰原意的。除本篇所论两大主要内容已至明外,就在篇末讲"有助文章"之后,复申以"前代配经,故详论焉"之义,更可证其目的是在论证谶纬不能与经书相混。

"文之枢纽"和《正纬》篇的宗旨是在论文,为什么"有助文章"和正纬书之伪两义还不能并立呢?这就须要细审刘勰的初衷,形虽两义,其实一也。盖纬书之在宋齐,虽禁而未绝,尚可施以政令；其于文学影响之深，就无法可禁。特别是文辞采藻方面，不仅如上所述，长期以来就深入人心而为文人习以为常，刘勰自己在《文心雕龙》中也屡用谶纬。如《原道》篇的"日月叠璧"，来自纬书《易坤灵图》"日月若联璧"；《明诗》篇的"诗者，持也"，取自《诗含神雾》"诗者，持也。在于敦厚之教自持其心，讽刺之道可以扶持邦家者也"。《诔碑》篇的"纪号封禅"，出于《孝经钩命决》"禅于梁父，刻石纪号"。《封禅》篇称"成、康封禅，闻之《乐纬》"等①。这就说明，谶纬之于文学，在当时的实际情况下，刘勰是深知其既不可禁，也不能禁的。为了宗经，对于在文学中已运用得势不可遏的谶纬，唯一可取的办法就是因势利导，其云"事丰奇伟，辞富膏腴"；"后来辞人，采摭英华"；"芟夷谲诡，采其雕蔚"，无不用意在此。至于"无益经典而有助文章"之说，更显然是从"配经"的角度着眼而引人注意谶纬的辞采。

这样做的必要性，正是当时的客观现实决定的：一方面是宋武的虽禁未绝，一方面是六朝文学所受的深刻影响。这两个方面的结合，不能不对刘勰的"宗经"主张构成严重的威胁。纬是用来配经的，若不"正纬"，则在文学上提倡"宗经"，不仅不力，且文学中谶纬的潜在势力必将随之而兴。历史事实正是如此。天监时期颇重经术，《梁书·儒林传序》称"济济焉，洋洋焉，大道之行也如是"，可说是汉末以来的儒学兴盛时期，而纬学之再起也正在这个时期。除前引《隋志》可证，刘永济《校释》亦谓"盖谶纬之说，宋武禁而未绝，梁世又复推崇"，这绝不是偶然现象。《文心》虽成书于天监之前，但刘勰深知经纬攸关之理，既要"论文必宗于经"，就不可忽视妥为处理纬与文之间的关系。由是可知，无论是正纬

---

① 《乐动声仪》："成康之间，郊配封禅。"

书之伪或论其"有助文章",都是为了"宗经"。如此,《正纬》篇的"枢纽"意义始明。

三

《辨骚》和《正纬》两篇从内容到结构形式都有某些近似之处。《正纬》是按经验纬,《辨骚》是依经辨骚,都是以经为据而验其真伪同异,然后肯定其奇辞异采。能否据此对两篇的枢纽意义作同样的理解呢?这是要做具体分析的。最明显的区别是:"正纬"的目的在于宗经,"辨骚"的任务则是论骚,任务和目的不同,决定了两篇各不相同的性质。因此,虽都是"文之枢纽",也都有一些近似的现象,却不能一视同仁而等同对待。

《辨骚》是一篇楚辞论,这是研讨其枢纽意义必须首先明确的一点。徐季子说得好:"《辨骚》篇引人注意,不仅在于刘勰将它列为'文之枢纽',更值得重视的,恐怕还在于它是根据文学特征,来评论作家作品的第一篇专论。"①而这篇专论所评对象又是我国古代极为重要的一部文学作品,其品其论又确为前人所不及,所以,"更值得重视的",正在此篇是从文学的角度来论骚。其内容是如此,历来研究者之所以看重此篇,亦在于此。刘勰对楚辞的评论,将在下章另节详述,这里主要是明确《辨骚》的性质,以便探讨其"枢纽"意义。

《辨骚》的性质既然基本上是楚辞论,我们就不能离开这种性质来空谈其"枢纽"意义,更不能与《正纬》篇一概视为"师圣宗经之文"。王更生用《以卫道为主的正纬与辨骚》为题并论二篇,便以为:"刘彦和《辨骚》篇与《正纬》篇的行文方式相同,首先都是

---

① 《〈辨骚〉之辨》,《宁波师专学报》1982年第2期。

贴着五经立说,到最后再由经学拓展到文学……他对屈、宋的推崇,可说是无微不至了。但如果我们了解他辨骚的目的,在辨解《诗经》《楚辞》、汉赋三者的承传统绪,以及《楚辞》与经典之异同以后,便知道他的目的仍然是放在宗经上。"①这就是只看到《辨骚》与《正纬》形式上的相同处,而忽略了《辨骚》的实质是楚辞论,因此,虽也看到"他那惊人的辞藻,绝代的风华";注意到刘勰对楚辞"无微不至"的推崇,却未暇思及这种推崇的用意安在。既作"无微不至"的推崇,岂可不究推崇的内容、目的是否宗经?

　　王更生的这种理解,问题仍在如何对待"辨骚"与"变乎骚"的关系上。既以宗经为目的,便认为"重点当然放在骚辞与经典之同异上"(同上),则是以辨经骚之异同为《辨骚》篇的主旨。此说本于范注:"彦和以辨名篇,辨者,辨其与经义之同异"②,而源于刘永济:"《辨骚》者,骚辞接轨风雅,追迹经典,则亦师圣宗经之文也"③,自然是言之有据的。但从刘勰以此篇为"枢纽"之一来看,如果只是重复"宗经"之义,"辨骚"就无独立成篇的必要了。所以近年来不断出现种种新的见解:或以为"《辨骚》就是辨析屈原创作的成就与局限"④;或以为"《辨骚》主要的目的并不在于辨别骚体和其他文体的异同,而是在于评论屈、宋作品的艺术价值和在文学史上的地位"⑤;或以为《辨骚》"表面上是承接《宗经》辨别楚骚和经书的同异,实际是经过这种辨别来研究文学的新

---

① 《文心雕龙研究》第 221—222 页。
② 《文心雕龙注》第 59 页。
③ 《文心雕龙校释》第 10 页。
④ 郭晋稀《文心雕龙注译》第 43 页。
⑤ 赵仲邑《文心雕龙译注》第 44 页。

变,只有经过辨别才能认识它的新变,'辨'和'变'是结合的,而以'变'为主"①等等。这些"辨骚"论的新发展都是有益而值得注意的,应该在这种新发展的基础上来认识《辨骚》篇的"枢纽"意义。

这里就存在着以辨别骚经之异同为主或论楚骚的新变为主的问题,二者是否应该结合,是否有主次的关系、表面和实际的关系等。上引诸家新论虽各有不同的侧重点,其共同处是都能从《辨骚》篇的整体着眼,这是值得肯定的。很难设想,刘勰以"辨骚"名篇而只取全篇内容之一端,称之为"变乎骚",又只取全篇内容的另一端。因此,"结合"说虽较合理,但"辨"之与"变"本不可分,就很难从"辨""变"二义上去区别"表面"与"实际",主要或次要了。《辨骚》篇的枢纽意义不止一端,固然可据其实际意义区分主次,但不应以"辨""变"定主次。问题是很明显的,不知经骚之别,又从何看出骚辞的新发展呢?作为一篇完整的楚辞论,刘勰首论汉人的"鉴而弗精,玩而未核",其次通过征言核论,由四同四异的实际考察中,得出如下结论:

> 固知楚辞者,体慢(宪)于三代,而风雅(杂)于战国,乃《雅》《颂》之博徒,而辞赋之英杰也。观其骨鲠所树,肌肤所附,虽取熔经意,亦自铸伟辞……故能气往轹古,辞来切今,惊采绝艳,难与并能矣。

没有四同四异的具体分析,这段话就成了无稽之谈,因有四同,故可称"体宪于三代""《雅》《颂》之博徒""取熔经意"等;因有四异,故可谓"风杂于战国""辞赋之英杰""自铸伟辞"等。当然,这

---

① 周振甫《文心雕龙注释》第42页。

也是强为分析,实际上这段总评,都是以四同四异为基础作出的。也只有在此基础上说明了楚辞的成就与不足,才能进而论述其对后世的影响等。在这样一篇完整的楚辞论中,四同四异之论辨,"取熔经意,自铸伟辞"等品评,都是其有机的组成部分,别为表里主次尚有未安,又怎能割裂为二而舍此存彼呢?这说明:"辨"与"变"都是概括全篇的,至少应概括其主旨。"辨"者,既辨经骚之异同,也辨楚辞成就的高低;"变"者,从楚辞与五经之异而明其发展,都可概括全篇的基本内容。

以上说明,《辨骚》篇的枢纽意义,必须从全篇的实际内容出发,而不能据被片面理解的"辨"或"变"字来确定。《辨骚》既是一篇楚辞论,刘勰以之作为"文之枢纽"之一,其"枢纽"意义就不可能和楚辞论的特殊性质无关。照刘勰的观点,《诗经》是五经之一,是"不刊之鸿教",不能当做文学作品来评论。因此,作为文学作品来说,以《离骚》为代表的楚辞,就是文学史上的第一部作品了。文学作品和儒家经典自然是不同的,所谓"辨"与"变",其命意的关键,正应从这里去察考;刘勰以《辨骚》为"文之枢纽"之一,正由此中透露出重要消息。

这里必须注意到的最基本的事实是,刘勰所论乃"文"之枢纽。无论《原道》《征圣》《宗经》还是《文心》全书,刘勰对"文"是重视的,而"深得文理"的刘勰所得之"文理",主要是文学艺术之理,他把楚辞论的《辨骚》篇列入"文之枢纽"之末,正是他"深得文理"的重要表现。因此,我们用文学的眼光,按文学的特征来看《辨骚》篇,就有可能和刘勰的视线一致而得其秘奥。

其实,此篇开宗明义,第一句就接触到问题的实质了:"自《风》《雅》寝声,莫或抽绪,奇文郁起,其《离骚》哉!"这表明,刘勰在本篇讨论的,就是产生在《诗经》之后的"奇文"。既是《风》

《雅》绝响之后出现的"奇文",自然有别于《风》《雅》;既然是《风》《雅》之后首先出现的"奇文",是"奋飞辞家之前"的作品,当然要首先"辨骚";既然是论文之枢纽,当然要分析这篇"奇文",并找出它"奇"在何处。总起来说,《辨骚》的开篇就提出了楚辞在文学发展史上的特殊地位。这种特殊地位决定了刘勰不能不以"辨骚"为他论文的枢纽。因此,揭示其特殊地位的意义以及它的特殊性,就是本篇的枢纽意义了。

楚辞在历史上的特殊地位,就是它上继《诗经》而下开辞赋,在经——骚——辞赋的发展过程中处于枢纽的地位,所谓"轩翥诗人之后,奋飞辞家之前"即指此。这种地位的意义是巨大的,就是继承经书而发展为文学作品了;它"取熔经意""亦自铸伟辞",这就给后来的文学创作以典范作用,既要宗经立言,又要能创造出"惊采绝艳"的作品。《辨骚》之论骚,与《明诗》之论诗,《诠赋》之论赋等,有一个显著的不同之点,就是不仅详辨与《诗经》的同异,还着重讲到其"衣被词人,非一代也",这是文体论诸篇所少有的。于此可见,刘勰确是以楚辞(主要指屈宋之作)的特殊历史地位为枢纽。不过,这种历史地位体现为"文之枢纽",还在它的文学意义。作为论文的"枢纽",主要是楚辞在文学发展上的典范意义。

楚辞的特殊性,正在它是一部"奇文",具有充分的文学特征。刘勰虽然认为楚辞是"《雅》《颂》之博徒",但评以"气往轹古,辞来切今,惊采绝艳,难与并能",则不仅是全书所评作品之无以复加者,即使对《诗经》,也没有作如此之高的具体评价。这样热情颂扬楚辞的意图,不外是为后世文人立则:文学创作就应如此。楚辞高度艺术成就的获得,刘勰没有也难以作正面的论述,但其论述却给人以明显的启示:他不承认汉人"依经立义""皆合经术"之评,而一定要通过具体比较,找出四同四异来;虽有四异,却不仅给以极高的评价,且所谓"气往轹古"等,主要得自四异,其用意也就很明显了。这样来看,似乎与刘勰的"宗经"观点有矛盾,但如上节所述刘勰"宗经"思想的实质并不在经而在文,联系一切圣人也"莫不原道心以敷章"的最高原则来看,是并不矛盾的。当然,评四异的"诡异之辞""谲怪之谈""狷狭之志""荒淫之意",应该说都是贬辞。刘勰总称为"语其夸诞则如此",企图论证其并非贬辞是徒劳的,也不可能对这四异有的是褒,有的是贬。刘勰绝不会公开地、直接地和自己的"宗经"主张唱反调。应该研究的是实质,而不是用了什么辞语。

总上所述,刘勰在本篇试图通过对楚辞的评论,为文学创作树立一个标,而由此转入对文学作品的评论,这就是其论文的枢纽意义。这个标给人以多方面的启示,因此,不是《辨骚》中的某一局部观点或某几句话所能范围的。

第五章　论文叙笔

第一节　概　说

　　《文心雕龙》的"论文叙笔"部分,从《明诗》到《书记》共二十篇,加上兼属"文类之首"的《辨骚》则为二十一篇,在全书中是比重最大的一个组成部分。这个部分的每一篇均非凭心结撰,任意发挥,都必须根据大量史实来按实而书。所谓"逐物实难,凭性良易"(《序志》),确是著者的甘苦之言。作者既费了较大的力气来"论文叙笔",这个部分自然不是可有可无的。研究者对此日渐重视,专题研究的论文,近年来渐多,这是应该的。不过,这个部分何以值得重视,还是有待具体探讨的。必须实事求是,而不能勉强立说,或以其论及"谱籍簿录""符契书券"(按原文为"谱籍簿录""符契券疏"),"不仅不是缺点,倒是一个突出的优点"①。这就可谓过犹不及了。无论是从文学论或文章论的角度来看,"论文叙笔"部分可讲的"优点"甚多,何必抓住原文尚未看清的芝麻就视为西瓜呢?其实,论及"谱籍簿录"在这部分的"优点"中芝麻也算不上。所以,"论文叙笔"部分虽值得重视,应作充分肯定,

---

① 李炳勋《评刘勰的文体论》,《郑州师专学报》1982年第3期。

但必是其所是，找出它应该肯定的地方。这是本章将要研究的内容之一。

一

研究刘勰的"论文叙笔"，首先有一个正名问题。他自称这二十篇为"论文叙笔"，指分别对"文""笔"两大类作品进行评论。按《总术》篇之说："今之常言，有文有笔，以为无韵者笔也，有韵者文也。"刘勰就是依照这种"常言"，首论骚、诗、乐府、赋、颂、赞等有韵之"文"，次论史、传、诸子、论、说、诏、策等无韵之"笔"。各篇的基本内容，则如《序志》篇所说，略有四个方面："原始以表末，释名以章义，选文以定篇，敷理以举统。"在具体论述中大都是首先简释文体的名称以说明其意义，然后以主要篇幅叙述该体的发展始末，结合评论历代有代表性的作品，最后总结这一文体的基本特征和写作要领。由此可见，所谓"论文叙笔"，主要是分体总结前人的各种写作经验。不少研究者认为这部分具有分体文学史的性质，是很有道理的。须由此进而考虑的是，刘勰不惜篇幅和力气撰此分体文学史，或按他自己的说法，《文心》之需有"论文叙笔"一大部分，意图何在？我以为其主要意图，既不在写史，也不在辨析文体，而是为了全面总结前人的各种写作经验。《总术》篇在论文笔之后，强调"研术"的必要，"术"显然指文学创作之术。怎样"研术""晓术"呢？他说："才之能通，必资晓术。自非圆鉴区域，大判条例，岂能控引情源，制胜文苑哉？"此说是不可失之交臂的。"圆鉴区域"者，就是要全面考察文笔两大类的各种作品。刘勰把"圆鉴区域"提到"晓术"的如此重要地位，其"论文叙笔"的意图可知矣。何况"论文叙笔"的诸篇之末，都实际上是归结于该体的写作经验。这是认识"论文叙笔"部分的意义必须首先明确的。下面还将对此做进一步论证。

今人多称"论文叙笔"部分为文体论,这和称第四部分为批评论一样,并不是很确切的。但以习用既广,一般研究者也并未视之为狭义的文体论,则泛称为文体论也未尝不可。只是必须明确,这个"文体论"既不仅仅局限于作品体类的区分与辨析,也不以研究文章体裁为主要目的。在研究《文心雕龙》的过程中,"论文叙笔"部分长期未能引起足够的重视,近年虽已引起一定的重视,仍然是"龙学"的薄弱环节之一,除詹锳有"文体风格论"的新说外①,还鲜有其他突破。我想,这与尚未完全摆脱"文体论"观念的约束是有关的。

台湾学者对《文心雕龙》的文体论做了颇为深入的研究,认为"《文心雕龙》一书,实际便是一部文体论"。但此所谓"文体"是另一概念,即"形相";而诸家所说《文心雕龙》的文体,"实际只是文类"。论者认为:"自曹丕以迄六朝,一谈到'文体',所指的都是文学中的艺术的形相性;它和文章中由题材不同而来的种类,完全是两回事。"因此,《文心雕龙》的"文体论",应该称为"文类论",有的著作,真也从而改称"文体论"为"文类论"了。此论涉及许多复杂问题,因非本节所要研讨者,故略而不论。这里须要提出的,只是论者力主"文类论"之称,对研究刘勰的"论文叙笔"有何必要? 姑无论在刘勰的时代,是否已用"文类"这个概念指今

---

① 见《〈文心雕龙〉的风格学》,人民文学出版社1982年版。

人所说的"文体"①,即使可称"文类",欲正其名又有何必要呢? 其论云:

> 因有实用性的文学,在客观上都有它所要达到的一定目的;而这种所要达到的目的,便成为文体的重大要求,也成为构成文体的重大因素之一;于是某类的文章,要求某种的文体,也便成为文体论的重要课题。体和类相合的,便是好文章;体与类不相合的,便不是好文章;这便是《文心雕龙》上篇"圆鉴区域"的最大任务。②

这里有必要略予说明的是,此文主要是论述所谓"形相性"的"文体论",因而企图界定古代"文体"和"文类"之别,乃有以上诸论。本来"文体"也好,"文类"也好,今天看来都不过是称用时间的先后而已,刘勰自己既未称之为"文体论",也未谓之"文类论"。徐氏必欲正其名为"文类论",可能主要从有别于"形相性"的"文体论"出发,而未遑考虑刘勰"论文叙笔"的实际内容。其论"体"和"类"的关系,以为相合者为好文章,不合者便不是好文章。这样的论述,"论文叙笔"中确是有的,如《颂赞》篇之评:"班、傅之《北

---

① 徐复观说:"'类'名之建立,今日可考者,似始于萧统之《文选序》。"《文选序》的原话是:"诗赋体既不一,又以类分。类分之中,各以时代相次。"此说适为反证,明明谓"诗赋体"之外,"又以类分"。这个"类"即赋体又分为京都、郊祀、畋猎、纪行等类,诗体又分为补亡、述德、献诗、咏史、游仙等类。如赋体"游览"类选三篇:首王粲《登楼赋》,次孙绰《游天台山赋》,末鲍照《芜城赋》,是即"类分之中,各以时代相次"。若以此"类"指文体,则鲍照赋之后,继以王延寿《鲁灵光殿赋》,其后尚有宋玉、贾谊、班固诸赋,则与"以时代相次"之说不符。
② 以上所引均见徐复观《〈文心雕龙〉的文体论》,《中国文学论集》,台北学生书局1985年版。

征》《西巡》,变为序引,岂不褒过而谬体哉!马融之《广成》《上林》,雅而似赋,何弄文而失质乎!"这可说是典型的文体论了。且不说"谬体"与"失质"并非不合于"形相",即使这样的论述,在"论文叙笔"中也是极为少见的。若以"体""类"是否相合为上篇的"最大任务",一是刘勰并未完成这一"最大任务",一是大大缩小了"论文叙笔"的实际意义。

相对而言,"文体"之义,还可容文章体制、体式、体裁等较宽的内容;"文类"则主要是区分文章类别,其义更狭。"文类论"似乎是更明确了,却沿着专论文章体裁的牛角尖越钻越深而远离"论文叙笔"的原意。如前所述,用"文体论"称"论文叙笔"尚名实不符,"文类论"就更是失之远矣。这样说,并不是完全否定"论文叙笔"部分有论文体的内容和意义,它不仅对历代各种作品进行了分体评论,也对各种文体的始末和特征做了较详的探讨,所以,泛称为文体论是可以的,但不能仅仅用论文体的观念、局限于文体的范围来研究它。所谓"论文叙笔",其中有对各种文体的"叙",有对各种作品的评,更有对各种写作经验的"论"(总结)。正因如此,其丰富的内容是远非一般的文体论所能范围的。刘勰的诗歌理论、辞赋理论、散文理论,史学观、子学观、民间文学观等等,都可由此得其梗概。若仅仅拘限于辨别文章体裁的文体论,就很难拓开视野,认识其丰富内容和重要意义。

二

"论文叙笔"部分论及三十多种文体:骚、诗、乐府、赋、颂、赞、祝、盟、铭、箴、诔、碑、哀、吊、杂文、谐、隐、史、传、诸子、论、说、诏、策、檄、移、封禅、章、表、奏、启、议、对、书、记等。有的一体内还分若干小目。这里存在一个不可回避的问题,是其中部分文体是不是文学的文体。《文心雕龙》的研究者，或对此避而不谈，或抓住某些"非文学"的文体不放，从而断言《文心》全书的非文学性。所以，这是一个须要具体研讨的重要问题。对此倘无明确认识，则欲求无损于这个部分犹不可能，又怎能充分认识其价值和意义呢？当然，对其千秋功过，我们应有实事求是的态度，必是其所当是，非其所当非者，从而对它有一个如实的了解。

　　刘勰著《文心》一书的目的，是要想改变当时"言贵浮诡""将遂讹滥"的文风，而使文学发挥"经纬区宇，弥纶彝宪，发挥事业，彪炳辞义"的作用。而当时的文风，正如《通变》所说："楚汉侈而艳，魏晋浅而绮，宋初讹而新"，至于齐梁，尤有甚焉。积习既久，要扭转一代文风，谈何容易！刘勰对此，当是深有认识的。仅仅改变诗风、赋风，或某几种文风，就既不可能，即使改变了部分文体的文风，也无法持久和巩固。陶渊明的诗风是质朴的，却"世叹其质直"，不受欢迎；当时的一些轻薄之徒，甚至"笑曹、刘为古拙，谓鲍照羲皇上人"。借钟嵘的话说，在这种情况下，只变诗风也是"彼众我寡，未能动俗"的。诗、赋等文体，在当时的三十多种文体中，也是"彼众我寡"；如果只改变诗、赋之风，也必然是"未能动俗"的。刘勰对各种文体的论述，虽然都从"自然之道"的原则出发而重视文采，然如《议对》之论，却反复强调"字不妄舒其藻"，反对"穿凿会巧，空骋其华"；更特为搬出买椟还珠等历史之教训："昔秦女嫁晋，从文衣之媵，晋人贵媵而贱女；楚珠鬻郑，为薰桂之椟，郑人买椟而还珠。若文浮于理，末胜其本，则秦女楚珠，复在于兹矣。"这并非放空炮，而是针对本篇所讲"魏晋以来，稍务文丽"的议对写作实际情况提出的。议对文乃是向帝王陈说或对策的政治实用文体。议对文的写作既如此，整个六朝文风也就可知了。所以，当时并不仅仅是"诗赋欲丽"，浮华淫丽之风，已遍及一

切文词,以至短札小启,鲜有例外。试举庾信《谢滕王赍马启》
一例:

> 某启:奉教垂赍乌骝马一匹。柳谷未开,翻逢紫燕;陵源犹远,忽见桃花。流电争光,浮云连影。张敞画眉之暇,直走章台;王济饮酒之欢,长驱金埒。谨启。①

全文不过五十多字,只讲收到赠马,至为珍爱而已,却也广用典故,大骋铺陈骈俪之能事。庾信虽略晚于刘勰,刘勰也并不一概反对用典和骈俪,但此启对说明六朝文风是有一定代表性的。上自陈帝王的议对,下至日常生活中的应酬小启,都存在着追逐藻饰之风,这就是刘勰所面临的现实。所谓文风,无论文制巨细,无论何种文体,均非孤立存在,而是互有影响的。这可能是刘勰欲实现其论文的目的而不能不全面论述一切文体的原因之一。

这种推想,虽难断言必为刘勰全面论述各种文体的主观意图,但其客观事实是存在的。李谔《上隋高帝革文华书》有云:"开皇四年,普诏天下,公私文翰,并宜实录。其年九月,泗州刺史司马幼之文表华艳,付所司治罪。……臣既忝宪司,职当纠察。若闻风即劾,恐挂网者多,请勒诸司,普加搜访,有如此者,具状送台。"②这段话充分说明,当时"公私文翰"的华艳之风确是普遍的,虽已"普诏天下"并加治罪,仍由隋而唐,长期未能奏效。封建帝王的如此严令禁绝,"普加搜访",显然是由于华艳之文不利于封建治道。强调"对策揄扬,大明治道"的刘勰,其能无意于此?

又一个值得考虑的问题,是《序志》篇评"《流别》精而少功"。

---

① 见《庾子山集注》卷八倪璠注。
② 《隋书·李谔传》。

挚虞的《文章流别论》,强调文章的教化作用是很突出的,刘勰何以评之"少功"?《流别论》今不全,向来对其佚文有所误解,以为"全书分类繁富,接近于后来的《文选》"①。不知这类说法是否有据,就我不久前所作探测,除严可均所辑十二条之外,失传的已不可能很多了。已辑得的十二条佚文,论及诗、赋、颂、七、箴、铭、诔、哀辞、哀策、对问、碑铭等体,全属"文"类;"笔"类诸体一字未曾辑得。范文澜《文心雕龙·序志》注补辑二条,亦属赋体。不可能是《流别论》所论"笔"类诸体全部失踪了,而只能是它本身并未论及"笔"类。最有力的证据就是今存《流别论》的首段:

> 文章者,所以宣上下之象,明人伦之叙,穷理尽性,以究万物之宜者也。王泽流而诗作,成功臻而颂兴,德勋立而铭著,嘉美终而诔集。祝史陈辞,官箴王阙。《周礼》太师掌教六诗:曰风,曰赋,曰比,曰兴,曰雅,曰颂。言一国之事,系一人之本,谓之风。言天下之事,形四方之风,谓之雅。颂者,美盛德之形容;赋者,敷陈之称也;比者,喻类之言也;兴者,有感之辞也。后世之为诗者多矣,其称功德者谓之颂,其余则总谓之诗。②

这段话既是《流别论》的序言,也是其文体论的论纲。这个论纲,以诗为中心是很明显的。因此,由诗而论及的文体:诗、颂、赋、铭、诔、祝、箴等,全属"文"类。《流别论》无"笔",于此可明。今辑佚文无"祝",与《艺文类聚》《太平御览》无"祝"类有关,这可能是其失传之一。但《类聚》与《御览》分立"笔"类文体甚多,其无

---

① 复旦大学刘大杰等主编《中国文学批评史》,1964年版第110页。
② 《艺文类聚》卷五十六。

《流别论》一条，可为其本未论"笔"的又一力证。刘勰认为"《流别》精而少功"，或为指此而言。因此，《文心》论文体，虽多取《流别论》之说，却也吸取其"少功"的教训，对"文""笔"两大类的各种文体做了全面论述。

以上种种情况，总的来说，是为了改变弥漫整个时代的文风，刘勰便有必要全面论述一切文体，借《附会》之说，是想"驱万涂于同归，贞百虑于一致"。无论从刘勰论文的目的、当时的客观实际来看，或从其后唐宋古文运动的历史经验上考察，刘勰这样做对改变文学风气是必要的，正确的。既然如此，则"论文叙笔"中虽论及一些非文学性的文体，就应该是可以理解的了。我们研究刘勰的文体论，不能不注意到这一方面。但是，这并不足以否认刘勰的历史局限。处在他那个时代，能够意识到文学艺术的某些特征，已属难能可贵了，要明确区分文学与非文学的文体是绝不可能的。

所以，区分"论文叙笔"中哪些文体是文学或非文学的界限，对研究其文体论的实际意义是不大的。最主要的是考察刘勰怎样论述各种文体，他对各种文体的具体要求是什么。若裴子野的《雕虫论》，所论止于"赋诗歌颂"，却反对"摈落六艺，吟咏情性"，耿耿于章句之学，而强调"止乎礼义"。则其所论文体虽属文学，其观念却是非文学的。

刘勰的文学观念并不很明确，从他对各种文体的具体论述和要求中，可以看得更为清楚。如《颂赞》篇论颂体，其云："颂者，容也，所以美盛德而述形容也。"这已接触到颂体本身所具有的文学特征，就是通过形象描绘来歌颂美德。但在具体论述中，虽也"褒德显容"并提，却侧重于"褒德"而有忽于"显容"，其"敷理以举统"则云："原夫颂惟典雅，辞必清铄，敷写似赋，而不入华侈之区；

敬慎如铭,而异乎规戒之域。"对于"显容"的艺术特点,并未有意识地稍加突出。更能说明刘勰这方面之不足的是《史传》篇。此篇向为研究者所重视,如王更生的《文心雕龙研究》,全书十一章(增修本),便有《文心雕龙之史学》一个专章。王氏以《文心》的性质属子书,对《史传》篇则完全从史学着眼,而此篇在史学史上又确有其重要地位,论以专章,固有其理。但从文学的角度看,本篇就没有什么可称道了。自《左》《国》《史》《汉》以来,史传文学在叙事写人方面,本来有很高的成就,有十分丰富的文学经验值得总结,《史传》篇却完全从史学着眼,详论其源流、史官的建置、史书的体例、史家的职责,以及"表征盛衰,殷鉴兴废"的作用,"文非泛论,按实而书"的写作要求等。用今天的眼光来看,刘勰的文体论之失,莫逾于此。文学性不强的文体,刘勰自难从文学的角度来总结,文学性已很鲜明的作品,他却视而不见。这就充分说明,刘勰对文学艺术的特征,还并无明确认识;文学与非文学的界限,也是较为模糊的。

刘勰的历史局限是存在的,也必然会有这些局限,问题是怎样看待。若据此以否认《文心》全书为文学论,而是子学或文章学,显然是以偏概全。即使据以断言"论文叙笔"为一般的文体论,也是有违其实的。

三

这里存在的一个关键问题,是古今文学观念之别。虽然建安时期已进入文学的自觉时代,到齐梁之际又有新的发展,刘勰标"自然之道"以论文,其文学的自觉性则更为明确了。但刘勰时代的"文学",和现在还有很大的距离。萧统编《文选》,强调"以能文为本",而他所认识、要求的"文",也不过是"事出于沉思,义归乎翰藻"而已(《文选序》)。这就是当时所理解的"文学"。而其最显著的标志,即同序所讲的"综缉辞采""错比文华"。《情采》篇之谓:"圣贤书辞,总称文章,非采而何?"其义盖同。其"藻""采"云云,固非单纯的文采辞藻,却与近世"文学艺术"的观念不可同日而语。但居今而研究齐梁时的文学论著,又不能否认当时已有文学观;既有当时的文学观,就不能不承认,是即"沉思""翰藻"之谓也。应该看到这是古人的历史局限,也应指出这种局限,却不能超越时代,提出古人所无法达到的要求。

《文选序》从"沉思""翰藻"的基本观点出发,其论所选文体的用意,很值得参考:

> ……诏诰教令之流,表奏笺记之列,书誓符檄之品,吊祭悲哀之作,答客指事之制,三言八字之文,篇辞引序,碑碣志状,众制锋起,源流间出。譬陶匏异器,并为入耳之娱;黼黻不同,俱为悦目之玩。

这是由赋、诗、颂论及诏、诰、教、令等各种文体,文体虽异,其娱耳悦目则同,所以《文选》要选入这些文体的作品。这就是刘勰时代的观点:各种文体都可写成赏心悦目的文学作品。明确了"文学"观念的这种时代差距,认识到当时文论家所理解的"文学",主要就是沉思翰藻之作,对刘勰的"论文叙笔",就易于作出切合实际的评价了。

《文心》和《文选》的异同,向来多有详究者。这里也接触到其同异:对"文学"的基本理解是一致的;对"文学"的处理方式则有别,一为选录其沉思翰藻之作,一为评论诸作之是否为沉思翰藻和如何写成沉思翰藻之作,也就是总结沉思翰藻的写作经验。明乎此,就可进而对刘勰的"论文叙笔"予以具体检验了。所谓举重贱轻，只就其对几种实用性较大的文体的论述，可以看出其"论文叙笔"的基本倾向：

《诔碑》：详夫诔之为制，盖选言录行，传体而颂文，荣始而哀终。论其人也，暧乎若可觌；道其哀也，凄焉如可伤。此其旨也。

《哀吊》：原夫哀辞大体，情主于痛伤，而辞穷乎爱惜……隐心而结文则事惬，观文而属心则体奢。奢体为辞，则虽丽不哀。必使情往会悲，文来引泣，乃其贵耳。

《诏策》：故授官选贤，则义炳重离之辉；优文封策，则气含风雨之润；敕戒恒诰，则笔吐星汉之华；治戎燮伐，则声有洊雷之威；眚灾肆赦，则文有春露之滋；明罚敕法，则辞有秋霜之烈：此诏策之大略也。

《檄移》：故分阃推毂，奉辞伐罪，非唯致果为毅，亦且厉辞为武。使声如冲风所击，气似欃枪所扫。奋其武怒，总其罪人；惩其恶稔之时，显其贯盈之数；摇奸宄之胆，订信慎之心；使百尺之冲，摧折于咫书；万雉之城，颠坠于一檄者也。

《章表》：表体多包，情伪屡迁，必雅义以扇其风，清文以驰其丽。然恳恻者辞为心使，浮侈者情为文使。繁约得正，华实相胜，唇吻不滞，则中律矣。

这类要求，显然比沉思翰藻之说更为具体了。按照刘勰总结的经验来写作，则无论诔、碑、哀、吊、诏、策、檄、移、章、表或其他文体，都可写出很好的文学作品。把诔文写得所诔之人如睹其面而引人哀伤，岂非成功的人物描写？诔是"传体而颂文"，具有人物传记的特点，是可以把人物写得"暧乎若可觌"的。于此可见《史传》之失，很可能是刘勰过于拘守儒家致用思想造成的，未必是他根本不懂史传文学写人的特点。又如论哀辞和表文,不仅抓住表达感情的特征,还要求以情驭文,做到"华实相胜""文来引泣"。这就是刘勰所理想的文学作品。《文心》的总论,以"衔华佩实"为基本原则,并要求作品起到鼓动天下读者的作用。"华实相胜""文来引泣",正是这种要求的具体发挥。文学作品的艺术性,主要应从它对读者所起的作用来检验。刘勰要求用一纸檄文,摧毁敌人的战车和万雉之城,这对任何文学家来说,都是极高的要求。至于主张根据不同的对象和要求,把文章写得或如"风雨之润",或如"星汉之华",或有"浉雷之威",或如"春露之滋",或似"秋霜之烈",就不仅是诏策的佳品,也可视为对多种文学创作的通论。

从以上这些实际考察来看,要否定《文心》及其"论文叙笔"的性质为文学论是困难的。上引诸例,都是各体的"敷理以举统"部分,它足以说明,至少各体所总结的,是文学的经验,或者说,刘勰的"论文叙笔",是从文学的角度着手的。它虽有某些不足之处,但改变不了其总的性质。因以上所举,多是实用性较强的文体,何况刘勰所论,毕竟以骚、诗、乐府、赋等为重点,这些文体不仅列在最先,且一篇专论一体,到《颂赞》之后,便是一篇兼论两体或两体以上了,其轻重之别是很明显的。可以肯定,刘勰对文学与非文学的界限,虽还不很明确,但他确已有所意识了。他正是从这种认识出发来"论文叙笔",从各种文体中总结文学经验的。

以上所述,还可提供一点佐证,就是鲁迅的《汉文学史纲要》。既是"文学史"的纲要,所论对象为文学作品是无疑的。如果对照一下《纲要》和"论文叙笔"中论及的秦汉作品,《文心》的怀疑论者,可能受到一定的启发。这里只略举一例:

> 对策者,应诏而陈政。……汉文中年,始举贤良,晁错对

策,蔚为举首……证验古今,辞裁以辨,事通而赡;超升高第,信有征矣。仲舒之对,祖述《春秋》,本阴阳之化,究列代之变,烦而不恩者,事理明也。公孙之对,简而未博,然总要以约文,事切而情举……(《议对》)

这种应诏陈政之作是不是文学作品呢？鲁迅论晁错则说:"晁错之《贤良对策》《言兵事疏》《守边劝农疏》,皆为西汉鸿文,沾溉后人,其泽甚远。"(第七篇)董仲舒和公孙弘的《对策》,鲁迅在第九篇也曾提到。所评晁错的《言兵事疏》,刘勰在《奏启》篇亦称为"殊采可观"之作。于此可见,鲁迅并没有按文体来区定文学与非文学的性质。试读近数十年来的各种文学史,何尝不都是这样。因此,唯独苛求于一千五百年前的刘勰,是没有必要的。

四

"论文叙笔"部分的性质既明,便可进而探讨这部分的意义或价值了。从"论文叙笔"的基本意义,又可更清楚地理解其性质。

从《文心》的整体来说,"论文叙笔"是构成这个整体的有机组织,它使《文心雕龙》的理论体系形成一个完密的整体,因此,对其意义的探讨,必须从这个整体着眼。所谓"论文叙笔"的意义,主要应考察它在构成这个理论整体中的作用。如果把它孤立起来,仅仅视为一般的"文体论""文类论",则不仅很难找出它有什么重要意义,勉强找出来的,也未必是它的实际意义。

前已提到,刘勰的"论文叙笔"主要是为了分体总结各种作品的写作经验。《文心雕龙》之所以能在文学理论上取得一系列重要成就,能够总结出一些具有普遍意义的艺术规律或艺术方法,它的许多论点能具有较大的永久性,以至现在看来仍不失其正确性，这固然是多方面的因素造成的，但最重要的一条，就是它相当全面地总结了前人的写作经验。所谓文艺理论，本身就是文艺创作、文艺实践的总结，离开创作实践，任何伟大的文艺理论家是无所作为的，谁也不能凭空发明创造出任何正确的文艺理论。《文心雕龙》的显著特色，就是它的理论是联系实际的理论，是从实际出发的理论。许多研究者注意到它是文学史、文学批评、文学理论的结合，这正是其联系实际的论述方式。儒家思想虽然是《文心雕龙》的主导思想，但著者更尊重作品的实际。如论楚辞，虽然并非"皆合经术"，刘勰却据其实际成就给以崇高的评价。又如论诗，对玄言诗做了严厉的批评，但在评"论说"时，却对魏晋玄论做了充分的肯定。能从实际作品出发而客观地总结各种文体的写作经验，则是总结得愈全面、愈丰富愈好。

如果要说《文心雕龙》的突出优点，则当以总结实际创作经验为其一。无论是上篇或下篇，全书之中是鲜有离开实际创作的架空之论的。以文体论和创作论两个主要组成部分来说，前者是分体作纵向总结，后者是按专题作横向总结，二者有明确的分工，又有密切的配合。而全书五十篇，没有一篇是离开实际的空论。所以，这确是其突出的优点。更值得注意的，是文体论和创作论的密切关系，亦即二者是如何配合的。

文体论和创作论并不是两个平行的组成部分。说创作论是创作经验的横向总结，除它本身各论都没有脱离具体的作家作品外，更由于它是在文体论部分提供的基础之上所做的理论总结。二者的关系是：文体论从历史发展上分别总结各种文体的具体经验，创作论则以这些具体经验为基础，提升为一般的、各体皆宜的共同法则或规律。这种相对的一实一虚、一纵一横、从个别到一般、从基础到提高的内在关系，充分说明，《文心》的理论体系是精密的。

这种关系的具体论述,只要稍加留意,《文心》中比比皆是。就其要者略举数例:

《情采》篇论情和采的关系,如前所述,"割情析采"是全书理论体系的轴心,因此,情采论和全书其他部分的关系更值得注意。这个轴心的形成,既不决定于刘勰的主观意图,亦非由儒家五经的"衔华佩实"所造成,而是从大量实际创作的经验中总结出来的。"文附质""质待文";"情者文之经,辞者理之纬;经正而后纬成,理定而后辞畅",是文学创作的一般规律,就因为"五言之冠冕"的《古诗十九首》是"婉转附物,怊怅切情";建安诗人之作则是"造怀指事,不求纤密之巧;驱辞逐貌,唯取昭晰之能"(《明诗》)。辞赋的写作,又提供了这样的经验:"丽辞雅义,符采相胜,如组织之品朱紫,画绘之著玄黄;文虽新而有质,色虽糅而有本。"(《诠赋》)屈原的《橘颂》写得"情采芬芳"(《颂赞》),郭璞的《客傲》"情见而采蔚"(《杂文》),确是好作品。"文举之《荐祢衡》,气扬采飞;孔明之《辞后主》,志尽文畅:虽华实异旨,并表之英也。"(《章表》)这就为文质相称的创作提供了正面经验。至于"陈思《客问》,辞高而理疏;庾敳《客咨》,意荣而文悴"(《杂文》);曹丕的《剑铭》,"器利辞钝";潘岳的《乘舆箴》则"义正体芜"(《铭箴》)等,又提供了反面的经验。"文附质""质待文"的规律,就是从这些大量的实际经验中总结出来的。

《情采》还总结了《诗经》以来文学创作的两条道路:一是"为情而造文",一是"为文而造情"。刘勰主张前者而反对后者,提出的重要理由是:"为情者要约而写真,为文者淫丽而烦滥。"这种认识,也是从"论文叙笔"中提炼出来的。如《哀吊》篇的:"隐心而结文则事惬,观文而属心则体奢";《章表》篇的:"恳恻者辞为心使,浮侈者情为文使"等,都是《情采》之论的张本。

又如《体性》篇论艺术个性和艺术风格的关系,是"气以实志,志以定言",因而"各师成心,其异如面"。这也是作家作品的普遍规律。刘勰对这一规律的深刻认识,也由"论文叙笔"的具体经验而来。如《明诗》之论:"若夫四言正体,则雅润为本;五言流调,则清丽居宗,华实异用,惟才所安。故平子得其雅,叔夜含其润,茂先拟其清,景阳振其丽……然诗有恒裁,思无定位;随性适分,鲜能通圆。"这里已初步接触到才性和风格的关系,为"体性"论奠定了基础。至于不同作家有不同的特色,在论文叙笔中涉及大量事实,如《诠赋》:"仲宣靡密,发端必遒;伟长博通,时逢壮采";《诸子》:"孟、荀所述,理懿而辞雅;管、晏属篇,事核而言练;列御寇之书,气伟而采奇;邹子之说,心奢而辞壮"等。不同的作家表现出不同的艺术特色,这种特色无不由作者不同的才性而定。刘勰根据这些具体经验,便总结而成艺术风格的专论——《体性》篇。

《时序》篇论文学发展与社会盛衰、政治隆替、学术思想的关系,更是"论文叙笔"中有关论述的集中概括。如《诏策》所论:

> 武帝崇儒,选言弘奥,策封三王,文同训典,劝戒渊雅,垂范后代……逮光武拨乱,留意斯文,而造次喜怒,时或偏滥……暨明帝崇学,雅诏间出。和、安政弛,礼阁鲜才,每为诏敕,假手外请。建安之末,文理代兴,潘勖《九锡》,典雅逸群;卫觊《禅诰》,符命炳耀,弗可加已。

这段话本身就和《时序》之论无异,只是专就诏策为言而已。其中政治、社会、学术与诏策文的关系都有涉及。"崇儒"或"崇学","政弛"或"文理代兴"之时,诏策文便有不同的相应变化,岂非"文变染乎世情,兴衰系乎时序"的道理? 此外,如《明诗》篇论诗的发展:"自王泽殄竭,风人辍采"为一变,"春秋观志,讽诵旧章"为一变,"逮楚国讽怨,则《离骚》为刺"为又一变,到"正始明道,诗杂仙心""江左篇制,溺乎玄风"等,则是"歌谣文理,与世推移"之所本。又如《议对》篇所说"自两汉文明,楷式昭备,蔼蔼多士,发言盈庭",由于人材和文风之盛,因而出现许多优秀的议对之文。至于"汉文中年,始举贤良",在这一政治措施的推动下,晁错、董仲舒、公孙弘、杜钦等人的对策相继出现,而成了"前代之明范"。这种兼及时代文风以至政治措施之论,就比《时序》篇更为具体了。所以,《时序》之论,正是"论文叙笔"的集中概括,从而上升为"文变染乎世情,兴废系乎时序"的著名理论。

王达津论《物色》篇曾说:"这一篇阐述如何描写自然景物的理论,实际上也就是在《明诗篇》所提出来的'人禀七情,应物斯感,感物吟志,莫非自然'诗歌理论纲领在具体问题上的发挥。"[1]这就是他所说《物色》篇"同其他篇的有机联系"之一。《物色》篇的"物色之动,心亦摇焉……情以物迁,辞以情发"等基本论点,的确是"应物斯感,感物吟志"论的发挥。《物色》篇论自然景色四季变化的感人之深,正是从理论上阐发"人禀七情,应物斯感"的必然性。此外,《物色》篇也汇聚了骚、诗、赋诸体的丰富经验。如"瞻言而见貌,即字而知时",总结了骚体的经验:"论山水,则循声而得貌;言节候,则披文而见时"(《辨骚》)。"写气图貌,既随物以宛转;属采附声,亦与心而徘徊";"体物为妙,功在密附……物色虽繁,而析辞尚简"等论,则来自诗歌的创作经验:"婉转附物,怊怅切情";"造怀指事,不求纤密之巧;驱辞逐貌,唯取昭晰之能"

---

[1] 《刘勰论如何描写自然景物》,《古代文学理论研究论文集》,南开大学出版社1985年版。

(《明诗》)。"巧言切状,如印之印泥,不加雕削,而曲写毫芥"之论,则是辞赋经验的提高:"拟诸形容,则言务纤密;象其物宜,则理贵侧附"(《诠赋》)。

这样的例证还很多,如由文体论的"原始以表末"酝酿成"通变"论,由对各体作品的繁略之评总结为"熔裁"论,由大量诗文创作(特别是建安文学)提炼为"风骨"论,由骚、赋、诸子的夸张描写而提出"夸饰"论等等。总之,大量事实足以说明,刘勰的"论文叙笔",其要旨是分体总结历代文学的实际写作经验,从而为他的创作论奠定了坚实的基础。这就是"论文叙笔"部分的重要意义。当然,这部分不仅是分体的文学评论,它对古代文体的研究,是曹丕、陆机、挚虞等人之后的一大发展,对后世文体论的发展,是有其深远影响的。这方面的贡献,也是刘勰"论文叙笔"的重要意义之一。以其义既明而又向来论者已多,故从略。

第二节　楚辞论

自六十年代初迄今,研究《辨骚》篇的论文,已发表四十余篇。略检诸论,主要集中在三个问题上:一、本篇的性质为枢纽论、总论或文体论;二、对屈宋浪漫主义特色的态度和评价;三、有关"四同""四异"的理解和意义。这些研讨是必要的。本书第三章对其归属问题,第四章对其枢纽意义,已费辞不少,这里主要是研究刘勰对楚辞的评论。《文心雕龙》全书论及屈宋及其作品者,多达二十余篇,但大都是从不同角度作点滴之评,比较集中而系统的楚辞论,则是《辨骚》篇。

对上述几个有歧议的问题进行深入研究,对明其体系,识其意义,固有必要,却不应忽略《辨骚》是一篇相当完整而有系统的楚辞论。刘勰撰写此篇的意图,本来是很明显的。他首先列举汉人诸评而详予辨析,目的正是要对楚辞作出正确的评论。既然汉代诸家之评,都"褒贬任声,抑扬过实",刘勰的楚辞论,就面临着不破不立的特殊任务。但其破其立,都是为了做好楚辞论,则是毫无疑义的。特别是本篇在先破之后的立,即对楚辞的正面评论,既有对楚辞的总评,又有对各种作品不同特色和成就的分论;既强调其开创性,又注意到它深远的影响;既肯定其思想性,更称扬其突出的艺术成就;既指出作者的主观因素,更看到作品的客观作用,等等。刘勰把这些内容井然有序地构成一个整体——《辨骚》,岂不是一篇完整而系统的楚辞论?对楚辞的这种精心之论,在《文心雕龙》中应该说是独一无二的,岂容限于某些局部问题的纷争而视而不见?

  以上种种,《辨骚》的原文可案。其开篇便云:"自《风》《雅》寝声,莫或抽绪,奇文郁起,其《离骚》哉!"这种热情洋溢的称赞,突兀而起,便开始了对以《离骚》为代表的楚辞的总评。它不仅是"奇文郁起",而且是放在"《风》《雅》寝声,莫或抽绪"的历史条件下来作权衡。刘勰以为《诗经》以后莫之或继者,乃指有较大影响的文学创作。所以,从文学发展的历程来看,又以楚辞为继《风》《雅》而郁起的"奇文",这个评价就很高了。但对楚辞作具体而确切的评论,还必须改变汉人已相当普遍的不当之评,刘勰通过征言核论,然后得出自己的总评:"故能气往轹古,辞来切今,惊采绝艳,难与并能矣。"这样高的评价,在《文心》中也是独一无二的。所谓"轹古",是超越往古;所谓"切今",是断绝当今。二句互文,指楚辞的气概和文辞是空前绝后的,故云"惊采绝艳,难与并能"。值得注意的是,说"切今",不会有什么问题;但讲"轹古",包括《诗经》以至全部儒家圣人的著作在内,就是十分不寻常的评论了。征圣、宗经以论文的刘勰,对楚辞竟有这样的评价,似难令人置信。若联系《时序》之论,便可释然。其云:"屈平联藻于日月,宋玉交采于风云。观其艳说,则笼罩《雅》《颂》。"这就更为直截了当,毫不含糊了。"笼罩"即笼盖其上,也就是楚辞的艳丽在《诗经》之上。

这个总的评价,自然不是凭空产生的。刘勰的原文是:

> 故《骚经》《九章》,朗丽以哀志;《九歌》《九辩》,绮靡以伤情;《远游》《天问》,瑰诡而惠巧;《招魂》《招隐》,耀艳而深华;《卜居》标放言之致,《渔父》寄独往之才。故能气往轹古,辞来切今,惊采绝艳,难与并能矣。

这里列举的作品,有的作者尚有问题,有的篇名可能有误。如《招隐》当是西汉淮南小山(一作刘安)所作,唐写本《文心》残卷作《大招》。《大招》的作者传为屈原或景差,仍疑莫能定。刘勰在此,只是总的作为楚辞中的作品来评论,也就没有辨别其作者或真伪的问题。值得注意的是,刘勰是对各种作品具体分析之后,才加以总的评论的。则其"气往轹古",乃由这些作品哀伤的情志,奇伟的内容,旷达的旨趣,高洁的才情融汇而成;加以这些作品的"朗丽""绮靡"(唐写本作"靡妙")、"惠巧""耀艳"等,便成为"惊采绝艳,难与并能"之作了。

在这些分别评论中,刘勰既注意到不同作品的不同特点,又多从内容和形式两个方面并论。"朗丽""绮靡""惠巧""耀艳"等是评其形式上的特色,"哀志""伤情""瑰诡""深华"等则是论其内容的特点。须略予说明的是,在一般情况下,"瑰诡"与"深华"可能指表现形式而言,但从这里所评四组作品的整体来看,"瑰诡"显然指《远游》《天问》的雄奇内容而言,"惠巧"才是说表达的机智巧妙。"耀艳"和"深华"也不可能是重复之评,而是以"深华"指其深刻的内美。这样区分只是为了说明刘勰的楚辞论,并不偏于某一方面,而是兼顾内容和形式的全面评论。这和全书总论中提出"衔华而佩实"的基本原则是一致的。但刘勰的评论,是把作品当做一个整体看待的,"朗丽"和"哀志""瑰诡"和"惠巧"等,本身既密不可分,刘勰也未视为二事。他深知"文附质""质待文"之理,则"朗丽"是表达"哀志"的"朗丽","瑰诡"是通过"惠巧"的手段表现出的"瑰诡"。因此,"耀艳而深华"实不易分;"惊采绝艳"之评,虽侧重于楚辞的艺术成就,却并不仅仅指艺术形式而言。

正因这样,刘勰论楚辞的客观效果是和作者的主观感情联系起来讲的:

> 故其叙情怨,则郁伊而易感;述离居,则怆怏而难怀;论山水,则循声而得貌;言节候,则披文而见时。

这是从表情与状物两个方面来论楚辞的客观效果或艺术力量。表达哀怨之情、流放之恨,便使读者深受感动,情难为怀。描绘山水景物、季节气候,就使人如见其貌,如临其时。这是对楚辞善于抒情状物的高度评价。虽非正面论述主客观的关系,但它本来就是统一的。"郁伊而易感""怆怏而难怀"的客观作用,决定于作者的"情怨""离居"。至于"论山水""言节候",自然是刘勰论赋所说的"体物写志"。《物色》篇曾讲到:"屈平所以能洞监风骚之情者,抑亦江山之助乎!"这就说明,"江山之助"不仅使屈原能写好山水景物,对他深刻地体察风骚之情,实即对屈原的全部创作都是有益的。

《辨骚》篇末若司马迁在《屈原贾生列传》中历述屈原"忧愁

幽思而作《离骚》"等情况，也没有像王逸的《楚辞章句》那样，介绍"屈原放逐，忧心愁悴，彷徨山泽，经历陵陆"等遭遇，这或许是其不足之处。但《辨骚》篇既与作家传记不同，也与作家论有别，它主要是一篇楚辞论，因此，它的基本任务是评论作品，而且是以楚辞为文学作品，是从文学评论的角度着笔的。所以，其中虽也涉及楚辞的作者，也是紧紧联系文学创作而讲的文学家。如本篇开始讲"奇文郁起"，就联系到"奇文"的作者，"岂去圣之未远，而楚人之多才乎？"这个"楚人"显然指楚辞的作者，主要是指屈原。屈原本来是楚国杰出的政治家、外交家，但在《辨骚》篇中，他只是一个"多才"的文学家。篇末的赞辞说："不有屈原，岂见《离骚》？惊才风逸，壮志烟高。山川无极，情理实劳。金相玉式，艳逸锱毫。"首二句似乎不言而喻，却非常重要，就是明确强调作家和作品的关系。此言《离骚》，与《辨骚》的篇题一样，仍以《离骚》代表楚辞。没有屈原，就不会有整个楚辞，突出了作家的决定性作用。而这位作家之所以能写出"金相玉式，艳溢锱毫"的作品，是由于他有惊人的才华和壮志凌云。"山川无极，情理实劳"二句，意味尤为深长。从上下文意看，当是以江山无尽喻屈原思想感情的高深，但在悠悠山川之中，却显现出屈原"被发行吟泽畔，颜色憔悴，形容枯槁"①的形象。联系刘勰所作"江山之助"的评论，便感到"山川无极"二句具有深刻而丰富的含意。但这两句也好，全部赞词也好，总的来说，都是写屈原何以能写出"金相玉式"的作品，这就颇近于作家论了。"赞"者，助也。这个"赞"对《辨骚》全篇确有重要的辅助作用。

《辨骚》篇的"赞"及其全篇，没有直接讲到屈原的崇高品德

---

① 《史记·屈原贾生列传》。

和政治遭遇,我以为这不可能是刘勰的疏忽,或对屈原不够理解。如《程器》篇专论文人品德,对古来文人兼及将相皆批判多而鲜有肯定,其略举几位值得称道者,首先就是"屈、贾之忠贞"。《明诗》篇有云:"逮楚国讽怨,则《离骚》为刺。"《比兴》篇则说:"楚襄信谗,而三闾忠烈,依《诗》制《骚》,讽兼比兴。"从这类有关论述中,可知刘勰对屈原的"忠贞""忠烈",以及因"楚襄信谗"而写《离骚》为刺等,都有深刻的理解。《辨骚》篇没有写到这些,主要就因为它是一篇楚辞论。所以,即使论及屈原和楚辞的密切关系,也仅限于楚辞的作者和楚辞的关系这个具体范围。

作为一篇全面的楚辞论,刘勰更注重其历史地位和对后世文学创作的影响。楚辞的历史地位是:"轩翥诗人之后,奋飞辞家之前";"楚辞者,体慢(应为"宪")于三代,而风杂于战国,乃《雅》《颂》之博徒,而辞赋之英杰也"。这也是对楚辞的总评,只是从文学发展史的眼光来考察其价值。楚辞产生在《诗经》之后,辞赋之前,是《诗经》的发展,汉赋的先声。这是史实,即使现在看来,刘勰的分析仍是对的,楚辞在文学发展史上,确有承先启后的作用。"博徒"与"英杰"之喻,很值得玩味。"博徒"即赌徒,常用指低贱者,和"英杰"相比,更是一个强烈的对照。但刘勰在《诠赋》篇不仅引用了班固的话,赋乃"古诗之流也",自己也说赋是"受命于诗人"。既然赋和楚辞都是《诗经》的发展,何以会有如此悬殊的贵贱之别?尤觉可疑的是,既以楚辞为《雅》《颂》之"博徒",继而谓楚辞"虽取熔经意,亦自铸伟辞",评以"气往轹古,辞来切今"等,岂非自相抵牾?如果"取熔经意"不致成为"博徒",岂"自铸伟辞"而为"博徒"?这个有趣的疑问,似难直接从这段论述找到确切的解答,只好且听下回分解。

楚辞对后世的影响,特别是怎样正确对待它的影响,刘勰有较详的论述：

> 自《九怀》以下，遽躅其迹，而屈、宋逸步，莫之能追……是以枚、贾追风以入丽，马、扬沿波而得奇，其衣被词人，非一代也。故才高者菀其鸿裁，中巧者猎其艳辞，吟讽者衔其山川，童蒙者拾其香草。若能凭轼以倚《雅》《颂》，悬辔以驭楚篇，酌奇而不失其贞，玩华而不坠其实，则顾盼可以驱辞力，欬唾可以穷文致，亦不复乞灵于长卿，假宠于子渊矣。

对作家作品的"衣被词人，非一代也"之评，在《文心》全书中还没有第二家，且对其他，很少从影响作用上置辞①。而于楚辞，《时序》又云："虽世渐百令，辞人九变，而大抵所归，祖述楚辞；灵均余影，于是乎在。"这都说明，刘勰对楚辞深远而广泛的影响是相当重视的。

《宗经》篇有"楚艳汉侈，流弊不还"之论；《通变》篇也说"楚汉侈而艳"；《定势》篇更说："模经为式者，自入典雅之懿；效骚命篇者，必归艳逸之华。"这些是否指楚辞的不良影响，甚至是对"楚艳"的否定，并反对"效骚命篇"呢？少数研究对此可能有所误解。楚辞对后世单纯追求华艳之风的影响确乎存在，刘勰也看到了这一面，所以不满于后人只知"猎其艳辞""拾其香草"。但刘勰既大力称扬楚辞的"惊采绝艳"，又怎会反对"楚艳"呢？他论楚辞的影响所说"枚、贾追风以入丽，马、扬沿波而得奇"，也显然不是否定，而是肯定。其实，刘勰对华、艳、采、奇等，都是赞同的，甚至多有提倡，只是反对缺乏内容的、违反正常的华艳采奇，所以提出

---

① 《宗经》篇有"泰山遍雨，河润千里"之论，《事类》篇有"群言之奥区，而才思之神皋"等说，都指五经的作用，而非作家作品的文学影响。

"酌奇而不失其贞,玩华而不坠其实"的原则。明确了这点,便知刘勰不会一般地反对"楚艳",更不可能反对"效骚命篇"。效骚的结果不过是"必归艳逸之华",既不反对华艳,对高逸、卓越的艳丽,更是提倡;何况《定势》篇讲这两句,本在说明形成体势之理,而又明明指出不能执"爱典而恶华"的偏见。《宗经》中的话,也不能孤立起来理解。原文是:"建言修辞,鲜克宗经。是以楚艳汉侈,流弊不还。"这种流弊,主要是"鲜克宗经"造成的。反对这种流弊的目的,并非不要艳、侈,而是要宗经立言,走上"衔华佩实"的道路。

以上几个方面说明,《辨骚》篇对楚辞既有总评,也有分论;既重形式,又重内容;既注意到楚辞的客观效果,也未忽略作者的主观因素;既确立了楚辞地位,又详究其影响并提出学习楚辞的基本原则。所以,《辨骚》确是一篇全面的楚辞论。比之汉代诸家之论,不仅是大为全面了,而且有一个根本性的转变,成为历史上对楚辞所作第一篇文学评论。

不少研究者认为:刘勰论楚辞,仍走汉人的老路,即按经验骚,以是否合于儒家经典来评论楚辞。这不仅是事实,且《辨骚》篇以此为主要内容。但对这种事实还须作具体分析,不能不问:其征言核论,详辨楚辞与儒家经典"四同""四异"的目的何在?《辨骚》既如上述,确是一篇不折不扣的楚辞论,虽然"四同""四异"之辨也是楚辞论的内容,但有何内在联系?是不是以按经验骚所得结论来评论楚辞?

刘勰是不满于汉代"四家举以方经,而孟坚谓不合传",才进行自己的具体辨析的,其详辨的结果,就是"同于《风》《雅》者"四,"异乎经典者"四。这里必须认清的是:刘勰特地要推翻汉人之论,认为他们"褒贬任声,抑扬过实,可谓鉴而弗精,玩而未核者也",几乎是彻底否定了,则刘勰所作重新考核与汉人之论,区别何在?从表面上看,汉人论楚辞,或以为"非经义所载",或以为是"依经立义""皆合经术""体同《诗·雅》"等;刘勰之辨,也不过是"同于《风》《雅》""异乎经典",并无实质性的差异。其别唯汉人"四家举以方经,而孟坚谓不合传",也就是说,汉人多以为楚辞"皆合经术",而刘勰则认为楚辞并非"皆合经术",却是同异各半。这似乎只是五十步与百步之别,却未可忽视。若无此别,或非为此别,刘勰何须煞有介事地大做文章。若论实质与现象,我倒觉得刘勰强调楚辞的"异乎经典"并非现象,而是其楚辞论的实质。前有不破不立之说,刘勰要破的,正是汉人多以楚辞与经无异或"皆合经术"的观念。这种观念不破,刘勰的楚辞论就无法立,历史上对楚辞作文学评论的第一篇楚辞论就不能产生。

刘勰的主观意图,是否在于区分楚辞与经典的文学与非文学性?是否明确地肯定楚辞的成就在于"异乎经典"?这是不应作简单片面的论断的。须要注意的、研究的,是《辨骚》篇在有关问题上的实际论述。他找出的"四同""四异",既是反驳汉人之评的证据,也是"辨骚"的结果,但不是"辨骚"的目的。本篇的目的是对楚辞作出正确的评论,"四同""四异"之辨,正是为这个目的服务的。根据"四同""四异"的结果,由于楚辞并不如汉人所说"皆合经术",按刘勰力主"宗经立言"的常理,他对楚辞不会作过高的评价。事实却与此相反。前已详论,刘勰对楚辞确是做了极高的评价。他在详辨"四同""四异"之后是这样说的:

> 故论其典诰则如彼,语其夸诞则如此。固知楚辞者,体宪于三代,而风杂于战国,乃《雅》《颂》之博徒,而词赋之英杰也。观其骨鲠所树,肌肤所附,虽取熔经意,亦自铸伟

辞……故能气往轹古，辞来切今，惊采绝艳，难与并能矣。

这就是刘勰所作的评论。他以"典诰"二字概括"四同"，以"夸诞"二字概括"四异"，这是显而易见的。从这段话的逻辑来考察，刘勰对楚辞的评价之高，就因为它既有"典诰"的一面，也有"夸诞"的一面。则"典诰"者自是"取熔经意"的，"夸诞"者就只能指其"自铸伟辞"而言了。"故能气往轹古"以下之评，就必然是既有"典诰"，又有"夸诞"；既有"取熔经意"，又能"自铸伟辞"的总合。

由此看来，"四同""四异"之辨，刘勰本无尊此卑彼之意，以楚辞为《雅》《颂》之"博徒"，也不可能有低贱之意，此其一。刘勰论楚辞的历史地位既云"轩翥诗人之后，奋飞辞家之前"，这里毫无贬意，就不可用"博徒"与"诗人"之作相比，此其二。在上引一段原文中，"夸诞""伟辞""惊采绝艳"既不可分割，怎能在其间插进一个极不协调的"博徒"，而与"气往轹古"等评自相矛盾？此其三。因此，"博徒"一词，用以与"英杰"相对而言，或与《雅》《颂》乃儒家经典有关，但不可能有低贱之意。从《辨骚》篇讲经典与楚辞之别，而又充分肯定其异于经典的文学意义来看，很可能指楚辞的文学性有违于经典而言。"博徒"和"夸诞"，以及"四异"的"诡异""谲怪""狷狭""荒淫"等，应该说都是贬辞。这些概念是互相关联的，它已形成一个不可分割的总体，要分辨其中有的是褒，有的是贬，可能是徒劳无益的。要从字面上解释"博徒""荒淫"等词为褒而非贬，是很困难的。我以为对此只能从总体上究其实质，把握住刘勰论楚辞的实质，这些词就都是对楚辞的肯定，不过是贬而实扬，是贬其局部而肯定由这些局部构成的整体。

这里无疑存在一定的矛盾。褒其实而贬其表，毕竟不是一种正常的论证方式。但研究者的任务不在于仅仅是承认这种矛盾，指摘这种矛盾，而是要寻其成因，究其实质。刘勰论文的旗帜是征圣、宗经，对"异乎经典"的内容，他不可能直接予以肯定或赞扬，这是理所当然的。但其征圣、宗经思想既非狭隘的儒家思想，而刘勰的征圣、宗经，本身就是从论文出发的。《文心雕龙》的主导思想，是"道圣经"统一之下的儒家思想，并不是一般的儒家思想。因此，在征圣、宗经思想的具体运用中，也就是说，在按经验骚之中，还必须兼顾"自然之道"的原则。《正纬》中既已明证纬书之伪，甚至"乖道谬典"，自然是"异乎经典"的了，但刘勰仍以纬书"无益经典而有助文章"，这就仅仅是取其"事丰伟奇，辞富膏腴"了。刘勰对他大力反对的纬书尚且如此，何况是热情颂扬的楚辞？《文心雕龙》乃以论文为宗旨，一切皆从论文出发，因此，无论是"乖道谬典"或"异乎经典"之文，只要"有助文章"就可赞同，何况构成"惊采绝艳"的"夸诞"之词。只是刘勰不能和自己过不去，对"异乎经典"者不便直接称赞，故其贬而实扬，盖不得已也。

再就是刘勰既尊重经典，也尊重事实。在《文心》全书中，不符合儒家思想，甚至违背经典之作，但文章写得确是好的，刘勰仍尊重事实而予以肯定，前面已举过很多实例（见《刘勰的思想》等节）。楚辞中有许多"惊采绝艳，难与并能"的佳篇，这也是事实，刘勰不仅尊重这一事实，且由衷地爱好这些作品。但他又遇到一个不可回避的难题：必须先破汉人之论，据楚辞"异乎经典"者并不少的实际，从而对楚辞作出新的高度评价。这就使他既重经典又重事实的原则形成直接的矛盾。刘勰要冲淡这种矛盾而又二者兼顾，就只能采取名抑实扬的办法。这种苦心孤诣，曾使人长期迷惑不解，或强释褒贬，或确信此篇"亦师圣宗经之文"。若究其详，虽曰矛盾，义亦明矣。

刘勰论骚，实际上是不恭于圣，不过，他可能并非自觉地这样处理。但有一点他是相当明确的，并对全篇做了精心安排，就是"变乎骚"。这个"变"，是发展变化的变，而其实质则是由经典之文变为文学艺术之文。他不惜篇幅，首先详列汉人诸论而予以明辨，以证楚辞并非"皆合经术"，就是要突出这种性质的"变"。根据"四同""四异"的考核结果对楚辞所作全面评论，更如前所述，完全是文学评论，"惊采绝艳"的概括，性质尤明。值得细品的是"虽取熔经意，亦自铸伟辞"二句。《事类》篇也讲到："观乎屈、宋属篇，号依诗人，虽引古事而莫取旧辞。"两说不仅精神一致，语气也极为相似，"虽……亦……"和"虽……莫……"的表述方式也好，强调的重点也好，都在说明楚辞有自己的独创性。这种独创性，就使楚辞成为郁起的"奇文"。刘勰热情地赞扬和强调这种"变"，甚至认为撰写《辨骚》篇的意图就是"变乎骚"，即为了说明楚辞的变化。这种变化既是对儒家五经而言，新变而成的又是"惊采绝艳"的文学作品，则不必"皆合经术"，或不须完全"依经立义"，就是自然而必然的了。不仅如此，《征圣》有云："抑引随时，变通会适，征之周孔，则文有师矣。"则"变乎骚"的论述，本身也是"征圣立言"是否"皆合经术"的矛盾，在"文"的大旗下统一起来了。因为宗经是论文的宗经，变则是文的必然规律，而"变乎骚"又是讲由经典之文变为文学之文，都是从"文"出发，矛盾就不存在了。

以上种种既明，刘勰对楚辞的浪漫主义持何态度，也就显而易见了。刘勰当然不懂何谓浪漫主义，因此也谈不到他对浪漫主义有何见解与论述。只是就今天看来，屈原的作品具有浓厚的浪漫主义特色，而刘勰对其"惊采绝艳"的高度赞扬，按理说是不能排除其浪漫主义的特色在外的。在刘勰的具体评论中，不仅"夸诞"的"四异"近于浪漫主义的表现方法,"四同"中的"虬龙以喻君子,云霓以譬谗邪",何尝不近似浪漫主义。所以,从"四同""四异"来区别刘勰对浪漫主义的态度是不必要的。"夸诞"的"四异",虽然浪漫主义的气味较浓,却也难说《招魂》中"士女杂坐,乱而不分"等具体描写是浪漫主义。所以,从总体上说,刘勰对屈原的浪漫主义特色是赞扬的,但这种"浪漫主义特色",只是就今人的眼光而言,刘勰不仅并不知道何谓浪漫主义,《辨骚》篇也没有着眼于浪漫主义的评论。从刘勰总的文学观来看,我觉得他的理论体系与后世的现实主义较为接近。他对"奇""夸诞"之类的肯定,主要是从文学的艺术性上讲的。刘勰并没有意识到"奇""诡""夸诞"等是构成浪漫主义的因素。"酌奇而不失其贞,玩华而不坠其实"二句,确是《辨骚》篇的名言,是刘勰提出的文学创作的重要原则。因为是从楚辞的创作经验中总结出来的,故不能否认它在客观上含有现实主义和浪漫主义相结合的含义。但究其实质,我以为不过是"衔华而佩实"的翻版,至少可以说,它和"衔华佩实"的基本观点是一致的。

第三节　论　诗

我国古代文学以诗歌称著于世。在古代文论中,不仅诗歌理论最丰富,且一切文论亦以诗论为主体。《文心雕龙》中除《明诗》《乐府》等专篇外,全书论及诗歌的有三十多篇;其整个理论体系,也主要是以诗歌理论为基础建立起来的。其论及内容甚多,本节只略述几个较为重要的问题。

一

从《尚书·尧典》中提到"诗言志"以后,"诗言志"成了两千多年来论诗的基本观点。刘勰在《明诗》篇中,首先就用"诗言志"来阐释诗的特质。《宗经》篇也说:"诗主言志。"但《情采》篇又主张"为情而造文",认为《诗经》的优良传统,就是"吟咏情性,以讽其上,此为情而造文也"。这说明刘勰论诗,既主"言志",又重"言情"。

情志二字有联系,也有区别。当"诗言志"在文学史上形成一个传统观点之后,它和"诗言情"往往是一个意思。一般情况下讲情与志,也没有什么区别。先秦时期就有人称"好、恶、喜、怒、哀、乐"六情为"六志"[1]。《明诗》篇说的"民生而志,咏歌所含",这个"志"也和"情"基本相同。但在先秦时期,"诗言志"这个特定概念中的"志",主要是指志意或抱负[2],和表示一般思想感情的"情",不是同一概念。汉儒论诗主讽谕说,如郑玄:"诗者,弦歌讽谕之声也"[3],仍把诗当做为封建政教服务的工具。所以,在汉人的文学观中,"诗言志"仍占统治地位。汉代虽偶有人讲过"诗以言情"[4],但要从儒家思想统治下解放出来,认识到可以用诗来任意抒发诗人的情感,当时的历史条件还不成熟。

到汉末儒家思想退居次要地位之后,建安时期出现了自觉的

---

[1] 见《左传·昭公二十五年》。
[2] 如《左传·襄公二十七年》中的"诗以言志",孔颖达释为:"诗所以言人之志意也。"
[3] 《六艺论》,《全后汉文》卷八十四。
[4] 刘歆《七略》,《全汉文》卷四十一。

文学创作活动,晋代陆机才在《文赋》中提出"诗缘情而绮靡"的明确主张。从此,"言情"说大量出现,且成了众多诗人创作实践的指导思想。正如和刘勰同时的裴子野所说,当时诗人"罔不摈落六艺,吟咏情性"①。"六艺"即儒家六经。只有摈除儒经的牢笼,诗歌创作才能任意驰骋于"吟咏情性"的广阔天地。但是,六朝时期的言情之作,又如脱缰野马,很快就滑向一条邪路:或如《乐府》篇所说:"艳歌""淫辞"大量出现;或如《明诗》篇所评:"嗤笑徇务之志,崇盛亡机之谈",讥笑人家过于关心时务,而推崇那种忘却世情的空谈;或者是过分追求形式,而写些"无贵风轨,莫益劝戒"(《诠赋》)的作品;或者是虚情假意,"真宰弗存"(《情采》)等等。应该看到,这种情形的出现,主要是当时垄断文坛的世族地主造成的。但"言情"说的流行,不仅成了他们的理论根据,从文学创作的一般规律来看,放松了对思想内容的严格要求,则出现脱离现实或单纯追求形式的倾向,也是很自然的。

　　文学史上"言情"说的提出,本来是一个进步。刘勰的思想虽以儒家为主导,又极力反对上述种种不良倾向,但他论诗歌创作却并未忽视这一新的发展而放弃它。这就因为,离开了情,就不可能有诗。所以,刘勰仍一再强调"吟咏情性""辞以情发"(《情采》)、"情动而言行"(《体性》)、"文辞尽情"(《定势》)、"情信而辞巧"(《征圣》)等。可是,在当时的情况下,单讲"情"对诗歌创作的形式主义倾向是没有约束力的;且如《史传》篇所说:"任情失正,文其殆哉!"齐梁时期的诗歌创作,正是"任情失正"的危险时刻。这就是刘勰论诗必须情志并重的客观原因。他不仅常讲"言以足志"(《征圣》)、"志以定言"(《体性》)、"感物吟志"(《明

---

① 《雕虫论》,《全梁文》卷三十五。

诗》）、"述志为本"（《情采》）等，有时还情志并提而无别。如说："志足而言文，情信而辞巧"（《征圣》）、"以情志为神明"（《附会》）等。

有待研究的是，在刘勰的诗歌理论中，情和志是怎样得到统一的。《明诗》篇说："人禀七情，应物斯感，感物吟志，莫非自然。"具有思想感情的人，当他有感于物而吟咏其志时，这个"志"显然不一定是某种意志、抱负，或是什么讽谕，而是泛指一般的"情"。刘勰可以把情称为志，也可把志称为情，就因为他所说的诗歌创作的"情"，是有一定要求的。首先在于什么是"诗"。他说："诗者，持也，持人情性。"就是说，诗歌必须能扶持陶冶好人的情性。由此可见，表达在诗中的无论是情或志，都应该是"无邪"的。因此，刘勰对"情"提出了种种要求："怊怅述情，必始乎风"（《风骨》），表述之情，首先要有教育作用；"为情者要约而写真"（《情采》），思想感情要表达得简要而真诚；"情深而不诡"（《宗经》），感情要深厚而不虚假等等。这样的"情"，就既非狭义的志，也不是漫无边际的情，而是情志合一的情了。

刘勰所讲的无论是情或志，自然都有一定的局限，他对情志的全部主张，都是从有利于封建政教出发的。但我们一方面应看到，在当时的历史条件下，在古代诗歌发展到齐梁之际的历史进程中，他强调"言志"而不废"言情"说，是很有必要的。另一方面，古代诗歌发展的这段历史经验，刘勰的初步总结是可取的。固守原始意义的"言志"说，势必扼杀诗的生命力，阻碍诗歌的新发展；放任"言情"说而没有必要的约束，就正如刘勰在《序志》篇所说：在"去圣久远"之后，由于"辞人爱奇，言贵浮诡"，就有"离本弥甚，将遂讹滥"的危险。所以，刘勰情志并重的诗歌主张，不仅在当时不失为补偏救弊的良方，在整个封建社会中，也有一定的普遍意义。

二

刘勰用"持人情性"来释诗,虽是企图用正当思想来培养或影响读者的情性,但"持人情性"是诗歌艺术的特点所起的作用,它既可以熏陶人的善良之性,也可以诱发人的邪恶之情。《乐府》篇就讲到这种情形的客观存在:"韶响难追,郑声易启。""韶"是借古代传说中的舜乐来泛指优秀的乐章;"郑"是借《郑风》来泛指不好的乐歌,也就是本篇所讲的"艳歌""淫辞"之类。郑声的容易流传,就因为它也有诗的艺术力量,甚至常常发生这样的情形:"雅咏温恭,必欠伸鱼睨,奇辞切至,则拊髀雀跃。"雅正的乐府诗是温和严肃的,但人们听了厌烦得打呵欠、瞪眼睛;奇异的乐府诗却使人听来十分亲切,甚至喜欢得拍着大腿跳起来。这也是诗歌艺术"持人情性"的作用。正因如此,刘勰特别强调:"乐心在诗,君子宜正其文。"乐府的核心是诗,所以应该把诗写得有良好的教育意义。

刘勰论文,以"征圣""宗经"为主导思想,这固然给他的文学理论带来一定局限。但如他认为包括《诗经》在内的儒家经典能够"开学养正",有利于启发学习,培养正道,用这种思想来要求诗歌的内容,在靡靡之音充斥文坛的六朝时期,还是有其可取之处的。从刘勰对玄言诗的批判中,更能看出它的历史意义。写得"淡乎寡味""平典似道德论"[1]的玄言诗,为历来论者所反对,这是很自然的。值得注意的是,刘勰一再批判的还不在它的索然乏味,而主要是玄言诗违反现实的内容。如《明诗》篇批判的是"嗤

---

[1] 钟嵘《诗品序》。

笑徇务之志，崇盛亡机之谈"；《时序》篇则评其"世极迍邅，而辞意夷泰"。偏安江左的东晋王朝，确是内忧外患，困难重重，但产生于当时的玄言诗，却是平平淡淡，安然无事，甚至还要嘲笑他人的从政之志，大写其忘却世事的玄虚之理。刘勰从这个角度来反对玄言诗，反映了他的一个重要观点：诗人应关心现实，诗歌应有益于国事。无论什么朝代，当国家社会处于极度困难之际，一个真正的诗人，是不会无动于衷，反而去嘲笑他人急于国事的情志的。

所以，对一个封建社会的文论家，对他为封建政教服务的主张，应作具体分析，而不应一概否定。出身寒微以至"家贫不婚娶"的刘勰，和当时豪门世族专政的社会现实并不是没有矛盾的。但他在《程器》篇论文人的道德品质仍说："岂无华身，亦有光国。"对一个文学家来说，文学创作虽可使他个人显耀，但为国争光更是主要的。所以，他特别强调："摛文必在纬军国，负重必在任栋梁。"这就是主张写作要有益于军国大业，作家对社会应负起栋梁的重任。和刘勰论历史家的任务在于"彰善瘅恶"一样，诗歌创作的光荣使命就主要是"顺美匡恶"。《明诗》篇说：大禹治水成功，因而得到歌颂；夏帝太康荒淫失国，就有《五子之歌》发出怨恨。刘勰据此提出："顺美匡恶，其来久矣。"就是说，歌颂美德和匡正过失，他认为是古代诗歌的优良传统。诗歌创作的"持人情性"和"亦有光国"，主要就是通过"顺美匡恶"来实现的。无论抒情言志、图貌状物，凡是写诗，就应以深厚的感情对事物有所歌颂或批判；"虚述人外"或"辞意夷泰"之作，毫无爱憎之情的诗，无论盛世或衰世，都不会成其为好诗。刘勰不满于"体情之制日疏"，而主张"为情者要约以写真"（《情采》），正是这个原因。

对"顺美"和"匡恶"两个方面，刘勰虽是相提并论，但由于当

第五章　论文叙笔

时可赞美的东西不多,他很少讲歌功颂德。值得注意的是《颂赞》篇,即使论"美盛德而述形容"的"颂"体,也说:"民各有心,勿壅惟口。晋舆之称'原田',鲁民之刺'裘鞞',直言不咏,短辞以讽。"晋国人用"原田每每(即莓莓)"的歌谣来赞扬晋军美盛,能立新功;鲁国人用"麛裘而鞞"的歌谣,来讽刺孔子无功于鲁,却穿上鹿裘的礼服。刘勰把这两种作品都列为"颂",而没有拘泥于他自己对"颂"所下的定义是"美盛德而述形容",就因为"民各有口",要堵住他们的口既然不可能,则或颂或刺,决定于作者的思想感情,是强求不得的。

至于何者应颂,什么该刺,刘勰虽未直接说明,但在他的有关论述中是表达得很明确的。除《明诗》篇说的"大禹成功"被颂,"太康德败"生怨之外,《时序》篇讲的更多。如说虞舜时"政阜民暇",政治昌明,百姓安闲,因而产生了《南风诗》《卿云歌》等作品。刘勰认为,这些作品"尽其美者何?乃心乐而声泰也。"他讲的虽是传说中的事,《南风诗》《卿云歌》又都是后人伪托,但他用以讲的道理是对的。作者的心情舒畅,诗歌就能表现出"治世之音安以乐"了。而这种心情,又主要是由"政阜民暇"的客观现实所决定的。刘勰曾多次讲到这个道理。如《明诗》篇的"应物斯感,感物吟志";《诠赋》篇的"情以物兴";《物色》篇的"情以物迁";以及《时序》篇的"文变染乎世情,兴废系乎时序"等。诗是情的流露,诗人的情又决定于客观现实,则"政阜民暇",自然要产生颂歌,"太康德败",当然就会出现怨诗了。但无论是讽与颂,都有一个总的要求:"为情者要约而写真。"既然情来自物,则客观的物确是美的,就应颂其美;客观的物真是丑的,就应讽其丑。刘勰最反对的是"采滥忽真"。他说的"滥",指形式上的"淫丽而烦滥"(《情采》);过分的繁辞采饰,是"无贵风轨,莫益劝戒"的。他说的"真"，就是要写真情实感，而不是虚情假意地"虚述人外"，违反现实。诗歌要能起到"顺美匡恶"的作用，文辞的"要约"和内容的"写真"是两个最基本的要求。

三

刘勰认为诗就是"持人情性"，这是根据诗歌艺术的特点所作的解说。诗之所以具有这种特点，首先在于它是情的结晶，再就是必须通过特殊的方式把它表达出来。可以说，诗歌艺术的特点，主要是由表情的特点形成的。《明诗》篇评述历代诗歌发展概况，认为《古诗十九首》是"五言之冠冕"。其主要优点是："婉转附物，怊怅切情。"这是指物和情能紧密结合而表达哀感动人的情志，正体现了借物言情、"体物写志"的诗的特征。

任何哀乐之情，本身是不能成其为诗的。必须把情融化于物象之中，把主观的情形象化、具体化，也就是通过鲜明可感的生动形象，透露出作者内心的思想感情，使读者如亲历身受，才能在潜移默化中起到"持人情性"的作用。诗歌艺术的这种特点，《文心雕龙》是作了精辟的论述的。

早在两千多年前的《礼记·学记》中就讲到："不学博依，不能安诗。"唐代孔颖达解释这两句说："博，广也；依，谓依倚也，谓依倚譬喻也。……若不学广博譬喻，则不能安善其诗，以诗譬喻故也。"不善于广泛地运用譬喻就不能作好诗，说明古人早就认识到诗歌创作不能直陈实录的重要特点了。这种特点逐步具体化，就形成了赋、比、兴三种诗的特殊表现方法。从《毛诗序》讲诗的"六义"提出这三种方法后，赋比兴就形成为古代诗歌创作普遍运用的传统方法。《文心雕龙》中的《比兴》篇，则是文学史上对"比兴"方法所作的第一次专题论述。《诠赋》篇虽是论辞赋，但本篇一开始就说:"诗有六义,其二曰赋",又认为赋是"受命于诗人,拓宇于《楚辞》"。既然赋是诗的表现方法之一,赋体又起源于《诗经》,发展于《楚辞》,赋体和赋这种诗的表现方法,就必有其共同之处。实际上,本篇所总结赋的特点,如"体物写志""情以物兴""物以情观"等,也和赋比兴的赋是一致的。所以,刘勰对赋比兴都作了全面的论述。

赋比兴作为诗的三种表现方法,当然是各有其不同的侧重点的,但三者之间又有其共同之处。照刘勰的看法,赋是"体物写志",比是"写物以附意,飏(即扬)言以切事",其基本特点都是通过物象来表达情感。这里的"附"和"切",和上述"婉转附物,怊怅切情"的用意相同,都指情依附物,物切合情。二者的密切结合,基本上还是借物以抒情。"兴者,起也……起情者依微以拟议。"起兴,仍是借物起兴,不过是借事物的隐微之处来寄托某种意义。这也就是刘勰所说"称名也小,取类也大"的意思。要用隐微细小的事物来表明深远的情意,在艺术处理上虽比较复杂一点,但离不开个别的、具体的事物,只有借助于个别具体事物,才能以小喻大。刘勰举《关雎》诗用夷禽来象征后妃之德的例子,正可说明这点。由此可见,赋比兴在"体物写志"这个基本点上是一致的。而用生动具体的形象来抒情言志,就正是诗歌艺术的主要特征。诗之所以能"持人情性",除了它是"本于情性"之外,主要就是这种艺术特点决定的。

《比兴》篇作为文学史上第一个专题论述,有几点是值得注意的。

第一,刘勰以前释比兴的很多,虽众说不一,但有一个共同点:都是把比兴视为一种表现手段或写作技巧。这种认识在刘勰以后,甚至直到今天也还存在。但从刘勰开始,就逐步认识到它不单纯是一种表现手段,而和表达内容有一定联系了。到唐代陈子昂、白居易等人之后,比兴已成为一种要求诗歌具有较大现实意义的艺术方法①,并逐渐向以"兴"为主的趋向发展。这种变化,是古代诗歌发展的一个重要痕迹。刘勰的《比兴》篇就标志着这一变化的开始。其中说:"比则畜(蓄)愤以斥言,兴则环譬以记(托)讽;盖随时之义不一,故诗人之志有二也。"这不仅直接说明比兴是两种表达情志的方法,且规定了它"蓄愤""托讽"的具体内涵。和这种认识密切关联的,是对"兴"的更为重视。刘勰不满于"比体云构"的汉代辞赋,认为当时"诗刺道丧,故兴义销亡",说这是"习小而弃大"。其大小轻重之别,在于刘勰认为用"兴"更具有强烈的思想意义。从诗歌史上的这一重要转折点来看,刘勰对"比兴"的论述,是有一定历史意义的。

第二,由于汉魏以来作者用"比"的较多,《比兴》篇也以总结"比"的经验为主。对"比"的论述,刘勰也有其新的贡献。首先是总结了"比"的运用范围:"或喻于声,或方于貌,或拟于心,或譬于事"等,声、色、状、貌,以至某种抽象的道理,都可用"比"的方法得到很好地表达。如贾谊的《鹏鸟赋》,其中有"祸之与福,何异纠缠"两句,刘勰认为这就是"以物比理"。祸与福的关系,古人常觉得是纠缠在一起的,这个"理"就很难用简要的艺术语言表达清楚。但说它与"纪缠"无异,好像绳索绞在一起,这就形象而易明了。其他各种类型,刘勰都举实例作了说明。经他这样全面的总结,对扩大"比"的应用范围,充分发挥"比"的作用,都是有益的。

其次是肯定运用"比"在诗赋创作中描绘形象的作用。如说:

---

① 详见拙著《文学艺术民族特色试探》中的《诗学之正源,法度之准则》一文。

"至于扬(雄)班(固)之伦,曹(植)刘(桢)以下,图状山川,影写云物,莫不纤综比义,以敷其华,惊听回视,资此效绩。"对山川云物等形象的描绘,是依靠用"比"来获得艺术效果的,这就说明了"比"和形象描绘的密切关系。而这种形象又能产生使人"惊听回视"的巨大力量,就进一步说明,要能写出"持人情性"的好诗,不通过比兴方法、"不学博依",确是"不能安诗"的。

第三,刘勰对形象描写,提出了两个重要要求:一是"以切至为贵",一是"拟容取心"。前者是要求形象描写的真实性、准确性,后者是强调表现物象的精神实质,而不应停留于表面的形似。两者的关系,和古代文学艺术的形神关系相近。

任何形象描写,首先是求真。如果"刻鹄类鹜",刘勰认为这就"无所取焉"。金代王若虚论诗曾说:"画而不似,则如无画。"①所以,画虎类犬或画牛作马,都是古代艺术家所一贯反对的。刘勰"以切至为贵"的主张,是符合艺术规律的。但如《物色》篇所说,由于"物貌难尽",仅仅从形似上去"模山范水",只会写得"丽淫而繁句",而不可能"情貌无遗"地表现出事物的神态。怎样使形真和"取心"统一起来呢?晋代画家顾恺之曾提出过一个著名的论点:"以形写神。"②在刘勰的文学理论中,虽还没有明确提出和"形"相对应的"神"的概念,但他的"拟容取心",和"以形写神"是有相通之处的。"拟容取心"是和"切至为贵"同时提出的观点,则其所拟之"容",和"切至"的要求应该是一致的;只是不能满足于容貌的真切,还要进一步取其"心",表现出事物的精神实质。这就涉及诗歌创作上的一个重要问题:怎样做到既能真实地

---

① 《滹南诗话》卷二。
② 《历代名画记》卷五。

描绘形貌,又能表达其精神实质。本节的最后一个部分,就拟探讨刘勰对这方面的论述。

四

《物色》篇总结了《诗经》中形象描写的如下经验:

> 故"灼灼"状桃花之鲜,"依依"尽杨柳之貌,"杲杲"为出日之容,"瀌瀌"拟雨雪之状,"喈喈"逐黄鸟之声,"喓喓"学草虫之韵。"皎日""嘒星",一言穷理;"参差""沃若",两字穷形;并以少总多,情貌无遗矣。

这都是《诗经》中的一些实例。《周南·桃夭》中的"灼灼"二字,是形容桃花盛开的样子;《小雅·采薇》中的"依依"二字,是形容柳条轻柔的样子……有的用一个字就道尽物理,有的用两个字就写完形貌。用字虽少,却能"情貌无遗",把所写之物的神情状貌完全表达出来了。这就是"切至"而又"取心"的典范。

刘勰用"以少总多"四字,总结了全部例句的特点。这是古代诗论的一个卓越成就。为什么一两个字能够把事物写得"情貌无遗"呢?主要就因为这一两个字是从众多物象中概括出来的,它表达了所写之物的共同特征。如"杨柳依依"的"依依"二字,确是把一般柳枝共有的轻柔状貌表达出来了。《诗经·氓》中的"桑之未落,其叶沃若","沃若"是形容桑叶鲜美茂盛的样子。刘勰认为"沃若"是"两字穷形",这两个字也确是概括了"桑之未落"时的普遍特点。后来苏轼也讲到过这首诗:"诗人有写物之功:'桑之未落,其叶沃若',他木殆不可以当此。"①这是对的。"沃若"只

---

① 《评诗人写物》,《东坡题跋》卷三。

能用以形容桑叶,"依依"只能用以形容杨柳,而绝不能说"杨柳沃若"或"桑之未落,其叶依依"。这就说明,对某种物象的描写,越是广泛的概括,就越具有所写之物的特点,也越具备这种物的真实性。这种"以少总多"的描写,就能"情貌无遗",而使写真和传神得到了统一。

在刘勰之前,虽然《周易》《孟子》《淮南子》《史记》《汉书》等著论中,已有"其称名也小,其取类也大"①,"托小以苞大,守约以治广"②等说法,但不是讲艺术形象的描写方法,而多指以小喻大的道理。《物色》篇讲的"以少总多",则是综合概括艺术形象的方法。所以,在诗歌理论史上,刘勰的论述是具有重要价值的。

《物色》篇不仅总结了"以少总多"的基本经验,还总结了怎样"以少总多"的具体经验:"《诗》《骚》所标,并据要害。"所谓"要害",就指事物的主要特征。艺术创作须要通过"少"来表现"多",用个别来反映一般,这就决定艺术形象的描绘,不可能面面俱到地去"曲写毫芥";它所选取的"少"其所以能"总多",主要就因为它概括了"多"的特点。所以,离开捕捉物象"要害"的具体途径,就很难做到"以少总多"。

这问题的重要意义还在于:诗歌艺术的生命力,很大程度上取决于形象描写能否抓住要害。诗必借物言情。任何景物,虽经前人千百次反复描绘,仍可写出新的面目,原因何在?袁枚论诗就探讨过:"何以唐、宋、元、明,才子辈出,能各自成家而光景常新耶?"他认为主要就是诗人能"即情即景,如化工肖物,着手成春,

---

① 《周易·系辞下》。
② 《淮南子·原道》。

故能取不尽而用不竭"①。这是有道理的。能够"即情即景",直写诗人所触发的具体情景,自然就有不同于前人所见所写之物的特点。如同一枝梅花,不仅远看近看、左看右看,其形不同,诗人在悲欢离合的不同心情下看到它又会不同。"即情即景"写梅,就是要写出诗人在一定环境、一定心情下所感所触之梅的具体特点。只有这样,才能不同于前人而"光景常新"。所以,关键就在能否抓住事物的具体特点。刘勰正注意到这点。他说:"善于适要,则虽旧弥新矣。"所谓"适要",就是上述从《诗经》《楚辞》中总结出来的"据要害"。"善于适要"虽讲得很简单,但不能孤立看待。联系刘勰论"诗人感物"的全过程,问题是很清楚的。《物色》篇就讲到"情以物迁",《诠赋》篇说过"物以情观";所以,诗人在"感物吟志"时,他所感所触之物,是诗人所独有的。"善于适要",正是要表现出这种特点,才能"虽旧弥新"。《物色》篇最后讲到历代诗人的"因革以为功"。"因"是继承,"革"是新变。要继承的,就是《诗经》以来"善于适要"的优点。而"善于适要"就能"虽旧弥新",这本身就是发展变新。他说"古来辞人,异代接武,莫不参伍以相变,因革以为功",正说明诗歌创作就是继承了"善于适要"的传统而不断发展的。

　　要能抓住物象的特点而以少总多,还必须建立在对事物的深刻认识的基础上。刘勰对这点是很重视的。他曾多次强调"博观""博见"的必要,要求作者"触物圆览"(《比兴》),对所写之物进行全面观察。《物色》篇论诗人写物,更一再讲到"流连万象之际,沉吟视听之区",要"流连"于万物之中,就不是走马观花,而是深入其间,仔细研究其所见所闻。刘勰认为:"山林皋壤,实文思

---

① 《随园诗话》卷一。

之奥府"，自然万物是诗歌创作取之不尽的府库，屈原的成就，就在一定程度上"得江山之助"。因此，诗人必须"窥情风景之上，钻貌草木之中"，以各观景物作深入地观察研究，才能"善于适要"和"以少总多"。

以上从四个方面介绍了刘勰论诗的一些基本观点。情志并重和"顺美匡恶"的主张属内容方面，赋比兴和"以少总多"属艺术方法方面。四个方面都论述了一些诗的特点，但存在这样一个问题：论诗歌艺术的表现方法，对自然景物方面讲得较好，而联系社会人事来论艺术方法不够。刘勰主张诗歌要"持人情性"，要"顺美匡恶"，但未具体讲怎样表现人事的善恶。这是一个矛盾。自然景物的描写，虽也能因物达情，起到"持人情性"的作用，但却有一定的限度，从理论上看也不够全面。当然，要求刘勰全面正确地解决诗歌理论上的一切问题是不可能的，从古代诗歌理论的发展情况看，以上四个方面都是各有其可取之处的。

第四节　论　赋

赋是古代重要文体之一。照《汉书·艺文志》所说："春秋之后，周道寖坏，聘问歌咏不行于列国，学《诗》之士逸在布衣，而贤人失志之赋作矣。"则赋的渊源甚早而又有其优良传统。特别是汉魏六朝期间，不仅"致名辞宗"，以赋名家者甚多，且多数文人都有赋作问世。刘勰在"论文叙笔"部分，只以《明诗》《乐府》《诠赋》三篇专论一体；《颂赞》以下，则是每篇合论二体或数体。这说明他对赋是较为重视的。《诠赋》篇的首二句便是："《诗》有六义，其二曰赋。"作为艺术方法之一的"赋"，既具有较大的普遍意义;楚汉以来的大量赋作,又提供了丰富的文学经验和教训。所有这些,都和刘勰的整个理论体系有着密切的联系。因此,在上节探讨了刘勰的诗歌理论之后,还有必要略究其辞赋理论。在《文心雕龙》中,除《诠赋》为论赋的专篇外,《辨骚》《杂文》《夸饰》《才略》等二十余篇,都有一些相关的论述。本节以《诠赋》篇为主,联系其他论述,以求对刘勰的赋论有较为全面的认识。

一

《诠赋》篇讲赋的发展:"繁积于宣时,校阅于成世,进御之赋千有余首。讨其源流,信兴楚而盛汉矣。"班固《两都赋序》曾说:"故孝成之世,论而录之,盖奏御者千有余篇,而后大汉之文章,炳焉与三代同风。"仅西汉成帝时进献入宫廷的赋作就有千余篇,则两汉辞赋之盛,可以想见。所谓"汉赋",赋确是汉代的主要文学样式。刘勰论赋,虽然追溯到荀况的《赋篇》,宋玉的《风赋》《钓赋》等,下及魏晋时期王粲、左思、袁宏等人的作品,但无论其所评"辞赋之英杰",还是赋的体制或特点,都以汉赋为主。因此,要研究刘勰的赋论,就有必要首先对汉赋有一个明确的认识。

这里存在两种情形有待研讨:一是近人对汉赋的评论,一是汉人对汉赋的评论。

近人论赋,多以汉赋乃歌功颂德、形式主义之作。果如此,《诠赋》篇对汉大赋的代表作家作品,几乎全部作了肯定:从"枚乘《兔园》,举要以会新;相如《上林》,繁类以成艳",到"子云《甘泉》,构深玮之风;延寿《灵光》,含飞动之势"等,刘勰认为都是"辞赋之英杰",就很有问题了。这是一个不可回避的矛盾。如黄

海章论《诠赋》,就以如何评价汉赋为主。他说:

> 其实这些大篇辞赋的产生,是由于封建帝王在大统一局面之下,思有以点缀升平,因利用一批帮闲的文人为他来歌功颂德,夸张其宫室园囿之美,田猎之盛,和都市表面的繁荣,并以此作为一种精神上的娱乐;而作者主观的意图,也在于对封建帝王的贡谀献媚,以期获得恩宠,博取一官半职之荣,并以此卖名于天下。①

照此说来,汉赋就没有什么值得肯定了。因不仅内容如此,形式上也是"板重堆砌的文章,难道也有什么感人的魅力吗?"所以,黄文对刘勰论汉赋部分未予置评(显然是不赞同),而肯定《诠赋》篇末之说:"逐末之俦,蔑弃其本。……遂使繁华损枝,膏腴害骨。无贵风轨,莫益劝戒。扬子所以追悔于雕虫,贻诮于雾縠者也。"刘勰不满于"逐末之俦"的赋作"无贵风轨,莫益劝戒",固然出于其"衔华佩实"的基本观点,但把"佩实"具体化为"风轨"与"劝戒",则无疑是上承汉人论赋的"风谕"说。黄文论汉赋,亦多据汉人之说,认为汉赋的作者并非"志在讽谏",而是"竞为侈丽宏衍之词,没其风谕之义"②。于此可见,汉人的"风谕"说,不仅影响到刘勰,也影响到今人对汉赋的评论,故不可不略予检讨。

以"风谕"论赋,始见于《史记·司马相如列传》:"太史公曰:《春秋》推见至隐,《易》本隐之以显,《大雅》言王公大人而德逮黎庶,《小雅》讥小己之得失,其流及上。所以言虽外殊,其合德一

---

① 《读〈诠赋〉》,《中国文学批评论文集》,岳麓书社1983年版。
② 《汉书·艺文志·诗赋略论》。

也。相如虽多虚辞滥说，然其要归引之节俭，此与《诗》之风谏何异？"①其后，扬雄对赋的风谕作用提出怀疑："或曰：赋可以讽乎？曰：讽乎？讽则已；不已，吾恐不免于劝也。"②到班固又进一步强调赋的风谕意义："或以抒下情而通讽谕，或以宣上德而尽忠孝，雍容揄扬，著于后嗣，抑亦《雅》《颂》之亚也。"③马、扬、班三家之说虽异，但以有无风谕论赋则一。这就是汉人论赋的基本观念。所谓"风谕"，指对帝王作某些规谏。按汉赋的实际情况，确是"曲终奏雅""劝百风一"，即使多少有些讽谏，其意义也是十分有限的。

但对汉人以风谕论赋，又不应简单地作全盘否定。扬雄、班固二人，虽一主"赋劝而不止"④，没有风谕作用；一主赋可"通讽谕""尽忠孝"，而为"《雅》《颂》之亚"，但从儒家观念出发是一致的。把赋的风谕纳入汉代儒术的范畴，其献力效忠于封建帝王的意义就较为浓厚了。向帝王进谏虽然都在一定程度上，或者说基本上具有这种性质，但汉人持风谕说者，并不是完全一致的。《汉书·扬雄传》有云：

> 雄见诸子各以其知舛驰，大氐诋訾圣人，即为怪迂，析辩诡辞，以挠世事，虽小辩，终破大道而或众，使溺于所闻而不

---

① "此与《诗》之风谏何异"之下有"扬雄以为靡丽之赋，劝百风一，犹驰骋郑卫之声，曲终而奏雅，不已亏乎"数句，与《汉书·司马相如传赞》同（唯"亏"字作"戏"）。据《史记会注考证》，扬雄晚于司马迁甚久，不可能引入其语，乃后人以《汉书》赞附益之。
② 《法言·吾子》。
③ 《两都赋序》，《文选》卷一。
④ 《汉书·扬雄传》。

> 自知其非也。及太史公记六国,历楚汉,记(讫)麟止,不与圣人同,是非颇谬于经。故人时有问雄者,常用法应之,撰以为十三卷,象《论语》,号曰《法言》。

显然,扬雄撰《法言》的目的,就是要维护儒家圣人的"大道",而驳斥诸子之非,特别是"是非颇谬于经"的《太史公书》。而《太史公书》中认为司马相如的赋,"其要归引之节俭,此与《诗》之风谏何异",正是扬雄认为"不与圣人同"者。《法言·吾子》中的"赋可以讽乎?"则无疑是针对司马迁之说而发。《吾子》篇继而提出:"如孔氏之门用赋也,则贾谊升堂,相如入室矣。如其不用何!"可见扬雄既否认"赋可以讽",也反对赋,完全是从儒家立场出发,因为"孔氏之门"是用不着赋的。

"是非颇缪于圣人"[1]的司马迁,认为司马相如之赋的"要归""与《诗》之风谏何异",就和扬雄的立足点不同了。从根本上说,司马迁并不认为《诗经》是"经夫妇,成孝敬,厚人伦,美教化,移风俗"[2]的工具,而认为:"《诗》三百篇,大抵贤圣发愤之所为作也。"[3]既然《诗》本身就如此,则"与《诗》之风谏"无异者,虽不必等同,但司马迁讲的"风谕",有别于扬雄、班固所说的"风谕"则是无疑的。于此可见,对汉人的以风谕论赋,进行一些具体分析是必要的。

司马迁的"引之节俭"之评,乃对司马相如的《子虚上林赋》而言。此赋设子虚言楚国的田猎之盛;乌有先生讲齐国之大,珍奇之多;无是公夸天子上林苑的巨丽,游猎的壮阔等,都极尽夸张

---

[1] 《汉书·司马迁传赞》。
[2] 《毛诗序》。
[3] 《史记·太史公自序》。

铺陈之能事。但对这些极乐与豪华，天子却"芒然而思，似有所亡"。乃曰："嗟乎，此泰奢侈！朕以览听馀闲，无事弃日，顺天道以杀伐，时休息于此，恐后世靡丽，遂往而不反，非所以为继嗣创业垂统也。"这虽是宣扬汉天子之德，也着眼于帝业的继嗣垂统，长治久安，但却未必是汉天子的真实思想，更非所有帝王都乐于听取的风谕。而赋的最后却说：

> 若夫终日暴露驰骋，劳神苦形，罢车马之用，抏士卒之精，费府库之财，而无德厚之恩，务在独乐，不顾众庶，忘国家之政，而贪雉兔之获，则仁者不由也。从此观之，齐楚之事，岂不哀哉！地方不过千里，而囿居八百，是草木不得垦辟，而民无所食也。夫以诸侯之细，而乐万乘之所侈，仆恐百姓之被其尤也。①

这些话教训的虽是"诸侯"，而赋乃"奏之天子"，其针对性是明显的。反对帝王"不顾众庶"的"独乐"，而"恐百姓之被其尤"，就不是儒生的微讽谲谏了。这样的"引之节俭"，固难使汉天子一读而舍其豪奢，这样的文学作品是古来未闻的。但至少可以说，这种指向当朝帝王而反对"独乐"的大胆风谕，是未可和汉儒的风谕说一起否定的。而汉赋中具有这种风谕意义的作品，并不是个别的。因此，对汉赋及其风谕意义，虽不能作过高的估价，也是不应一笔抹煞的。《诠赋》篇反对"无贵风轨，莫益劝戒"，既有继承汉人风谕说的一面，又有针对晋宋以来创作实际而发的一面。从刘勰强调赋乃"睹物兴情""体物写志"来看，风谕是由表达作者情志而产生的作用。这种作用就属于一般文学作品的作用了，其性

---

① 《史记·司马相如列传》。

质与汉儒以诗赋为经学附庸大异。因此,刘勰对汉代的风谕说已有一定的发展。

二

实际上,刘勰论赋和汉人走的路子大不相同。如《诠赋》所评:"枚乘《兔园》,举要以会新;相如《上林》,繁类以成艳;贾谊《鵩鸟》,致辨于情理;子渊《洞箫》,穷变于声貌。……凡此十家,并辞赋之英杰也。"在这些评论中,刘勰并没有以有无风谕为论赋的主要尺度,他所反对的,只是"逐末之俦"的作品"无贵风轨,莫益劝戒"而已。这是不是一种矛盾,或怎样看待这种矛盾呢?这就又有必要回到对汉赋的认识上来。

某些辞赋的风谕意义虽略有可取,或者抒发了作者的某些情怀,或者是"振大汉之声威",但以风谕论赋的路子毕竟是狭窄的,而汉赋的内容又主要局限在以帝王为中心的京殿苑猎之类。所以,走汉人论赋的老路,或者仅仅从汉赋的政治思想意义上考察,虽也有"体国经野,义尚光大"(《诠赋》)之处,却难以把握汉赋的重要成就。从汉赋诞生开始,就被视为"童子雕虫篆刻"而"壮夫不为"[1]之事,被斥为"侈丽闳衍之词,没其讽谕之义"[2]的作品。这种观念相沿近两千年而无根本性的改变,主要就是风谕说的幽灵不散。龚克昌近年撰《汉赋研究》[3],便抛弃传统而对汉赋作全面评论,特别是以文学发展史的眼光,充分注意到汉赋的艺术成就,对汉赋的认识,才开始出现一个新的局面。

---

[1] 扬雄《法言·吾子》。
[2] 《汉书·艺文志·诗赋略论》。
[3] 《汉赋研究》,山东文艺出版社1984年版。

从古代文学发展的历史进程来考察,汉赋就有其不可忽视的历史地位。我在 1980 年曾初步讲到这点:

> 长达四百多年的汉代,文学创作是应该继《诗经》、楚辞之后而有新的发展的。"极声貌以穷文"的汉赋,已开始运用大量艺术创作的手段:夸张、虚构、想象以及"拟诸形容"的描写;"赋家之心"在创作中也是经过一番"控引天地,错综古今"的艺术构思过程的。可见在创作实践上,汉赋在文学艺术的道路上,已迈出一个不小的步子了。①

汉人对辞赋的想象、虚构、夸张等,只能认为是"虚辞滥说"而有损于风谕之义。甚至到晋代左思论赋,亦反对"虚而无征",强调:"美物者贵依其本,赞事者宜本其实。匪本匪实,览者奚信!"②完全从征实出发而排斥想象、虚构、夸张,就不仅没有汉赋,其他文学艺术还能有多少呢?任何文学艺术的产生,虽不可能是纯主观的产物,却离不开艺术家的主观创造。而这种创造的本质特征,必须是主观的艺术创造。离开艺术家的想象、虚构、夸张等的按实而书,就很难成其为艺术创造了。汉代的辞赋家,虽然由于帝王的牢笼,儒术的制约,而使他们的作品具有浓厚的宫廷色彩,却不能不承认,他们是两千年前的艺术创造大师。他们大胆而充分地运用想象、虚构、夸张等艺术方法,在古代文学发展史上,确有不可忽视的重要意义。

值得思考的是,没有汉赋的大量艺术创造,会不会出现汉末建安时期"文学的自觉"?甚至可以更大胆一点设想,汉代辞赋家

---

① 《〈文赋〉的主要贡献何在》,《文史哲》1980 年第 1 期,又见《雕龙集》。
② 《三都赋序》,《文选》卷四。

的艺术创造,虽然尚未达于"为艺术而艺术"的境地,但在艺术创造这个基点上,是否已有一定的"自觉"因素?所谓"自觉",就我的理解,主要指艺术创造的自觉,即有意识地进行艺术创造。在总体上,汉人以诗赋为经学附庸或政治工具,故非自觉的艺术创造。"赋者,将以风之"①,也是被视为一种政治工具来要求的,但"讽一劝百,势不自反"(《文心·杂文》),讽谕的作用十分微弱,而作者们着意追求的却在艺术创造方面。所谓"必推类而言,极靡丽之辞,闳侈钜衍,竞于使人不能加也"②,以及"虚辞滥说"等,虽批评了"丽以淫"的一面,但汉赋的艺术创造性正在其中。这方面既是辞赋家们着意追求的重点,所以,说汉赋创作已具有一定的"自觉"因素,是并不为过的。

《汉书·司马相如传》说:"相如以'子虚',虚言也,为楚称;'乌有先生'者,乌有此事也,为齐难;'亡是公'者,亡是人也,欲明天子之义。故虚藉此三人为辞,以推天子诸侯之苑囿。"这就是典型的"虚辞滥说"了。从文学艺术的特质来看,如果没有这种想象虚构的描写,则无论是为君为臣为民而作,艺术创作的发展是不可思议的。现在看来,汉赋"板重堆砌"的弊病确是严重的,前引黄文提出:这样的文章"难道也有什么感人的魅力吗?"如果不能感人,则"艺术创造"云云就毫无意义了。但这问题只能历史地看待。今人读汉赋,自然大多会感到味同嚼蜡,汉代的读者就未必如此。黄文中就举到一个很好的例子:"往时武帝好神仙,相如上《大人赋》欲以风,帝反缥缥有凌云之志。由是言之,赋劝而不止明矣!"能使武帝读赋而"缥缥有凌云之志",这正是赋的巨大感

---

① 《汉书·扬雄传》。
② 《汉书·扬雄传》。

人力量。赋家既是曲终奏雅,意不在讽,而着力于"虚辞滥说"的艺术创造,则其感人之处亦不在讽,就是很自然的了。汉赋的读者对象是汉人而非今人,故刘勰《练字》篇有云:

> ……且多赋京苑,假借形声。是以前汉小学,率多玮字,非独制异,乃共晓难也。……及魏代缀藻,则字有常检,追观汉作,翻成阻奥。故陈思称:"扬、马之作,趣幽旨深,读者非师传不能析其辞,非博学不能综其理。"

魏人读汉代作品,文字上已成阻奥,何况今天。但前汉小学盛行,作者和读者(主要是帝王和文人)都共晓难字,因此,辞赋家(也多是小学家)们的作品"率多玮字",就不足为奇了。这种情形虽不足以释汉赋的堆砌之弊,但也不无关联,而时移事异之理则同。须知汉赋的读者首先是帝王,帝王犹不厌其烦而受到感染,则汉赋的时代性可知矣。

值得注意的是,汉武帝读《大人赋》的故事,至今仍被视为"赋劝不止",即赋无讽谕作用的力证。而刘勰的认识却与此相反,他在《风骨》篇所举"风力遒"的唯一例证就是:

> 相如赋仙(即《大人赋》),气号"凌云",蔚为辞宗,乃其风力遒也。

"气号'凌云'",自然指汉武帝的"缥缥有凌云之志"而言;"风力遒"则指强有力的感人力量。刘勰竟抛开以讽谕论赋的传统,并反其道而行之。他在这里大力肯定的,正是前人共同反对的"劝百讽一"的"劝"。刘勰以"风骨"为文学创作的最高要求,却许《大人赋》为"风力遒"之作,其评价之高可知。扬雄以为:"相如上《大人赋》,欲以风,帝反缥缥有凌云之志",从而断言"赋劝不止明矣",刘勰所高度评价的,正是"帝反缥缥有凌云之志"的作用。从上述汉赋的历史意义和艺术创造性来看,这不能不说是刘勰的卓识。

刘勰对汉赋的历史意义,还未必有明确的认识,那是须要到今天才能看清的。他之所以不囿陈说,"有异乎前论者,非苟异也,理自不可同也"(《序志》)。这个"理"就是文理。沈约评刘勰以"深得文理"四字[①],确是知音。按照"不可同"的"文理"来立论,也就是以文学艺术自身的特征为本。其论楚辞,论诗,论赋等,无不如此。《诠赋》篇说:

> "赋"者,铺也,铺采摛文,体物写志也。……及灵均唱《骚》,始广声貌。然赋也者,受命于诗人,拓宇于楚辞也。于是荀况《礼》《智》,宋玉《风》《钓》,爰锡名号,与诗画境;六义附庸,蔚成大国。遂客主以首引,极声貌以穷文。斯盖别诗之原始,命赋之厥初也。

这段话的开头,是"论文叙笔"的"释名以章义";其下则是"原始以表末"的"原始"部分。但两个方面互相发明,总起来表达了刘勰对辞赋特征的基本认识。赋本身的特点就是"铺采摛文",非"铺采摛文"者便非赋体。因此,刘勰的辞赋理论,就是以此为核心展开的。一方面,"铺采摛文"并不仅仅是文辞采饰的讲求,罗列堆砌辞藻的积习,刘勰是反对的,所以《物色》篇对汉赋的"模山范水,字必鱼贯",大量聚积"嵯峨""葳蕤"之类提出了批评。而"铺采摛文"的基本要求,是对事物极力进行形象描绘,做到"写物图貌,蔚似雕画"。因此,刘勰讲赋的形成过程,特别强调《离骚》

---

① 见《梁书·刘勰传》。

的"始广声貌",到赋体"蔚成大国",即发展而为一种独立的重要文体时,就以"极声貌以穷文"为自己的特点了。这种特点是"别诗之原始"。

另一方面,赋"与诗画境",虽有其不同的特点,又有其相同之处。诗以言志,赋则是"体物写志"。《明诗》篇说:诗的产生是"应物斯感,感物吟志",因而能"婉转附物,怊怅切情"的《古诗》"实五言之冠冕"。这说明诗的创作,也须寓情于物,借物言情,则"诗言志"实际上也是"体物写志"。因此,刘勰强调赋的创作"情以物兴,故义必明雅",而反对辞采过乎淫侈,"使繁华损枝,膏腴害骨,无贵风轨,莫益劝戒"。

以上两个方面,可说是刘勰辞赋理论的基本架构。他对二者是无所轩轾的,但《诠赋》所论却以赋的特点为主。诗与赋都有言志抒情的要求,赋之所以"与诗画境"而成一种重要的文体,就因为它有不同于诗的表现特点。刘勰紧紧围绕赋的特点来立论,不仅是应该的,更是其赋论能超越前人的重要原因。如果沿着汉人论赋的老路,一开口便问:"赋可以讽乎?"或首立前提:"赋者,将以风之。"然后衡之以有无,则自汉赋以下的许多艺术成就,很可能将长期埋没而得不到理论上的总结。

三

汉赋以"写物图貌"为主要特色,汉人却视而不见。刘勰揭示了其"蔚似雕画"的审美意义,应该说是一个新发现。这一发现,从文学艺术的形象描绘上来看,就更为重要而值得注意了。刘勰论形象描绘的重要成就,是《总术》篇提出的:"视之则锦绘,听之则丝簧,味之则甘腴,佩之则芬芳。"能够把艺术形象描写得有色、有声、有气、有味,就确如刘勰所说:"断章之功,于斯盛矣。"这就是艺术创造了,只有能创造这样的形象,才有文学艺术的发展可言。刘勰能明确而突出地提出这种主张,就主要是从"写物图貌,蔚似雕画"的辞赋创作经验中总结出来的。于此可见刘勰论赋能把握住形象描绘的特点,是其义非小的。

刘勰是否认识到"写物图貌"对文学艺术的重要意义,不必遽为断言,但他对此已有相当的注重,却是无疑的。《文心》全书有关论述甚多,这里只就其论赋而言。如《才略》所云:"王褒构采,以密巧为致,附声测貌,泠然可观。"这和《诠赋》"子渊《洞箫》,穷变于声貌"之评一致。《才略》又云:"延寿继志,瑰颖独标,其善图物写貌,岂枚乘之遗术欤!"这和《诠赋》"延寿《灵光》,含飞动之势"之评也是一致的。所谓"枚乘之遗术",主要指枚乘《七发》的描写方法。《杂文》篇说:"及枚乘摛艳,首制《七发》,腴辞云构,夸丽风骇。"同篇又说:"观枚氏首唱,信独拔而伟丽矣。"这所谓"摛艳""伟丽"等,均指"其善图物写貌"而言。《七发》中所写音乐、饮食、车马、宫苑、田猎、观涛等,正是一系列鲜明生动的形象描绘。从《诠赋》《才略》《杂文》诸篇评论的一致性,可见刘勰对"写物图貌"的注重不是偶然的;前后甚至当篇的重复称扬,尤其是注意到"写物图貌"的继承关系,都反映了形象描绘在刘勰心目中的地位;自如"泠然可观""瑰颖独标""独拔而伟丽"等评价之高,甚至仅以"写物图貌"的成就论定一个作家的文才。这都充分说明,刘勰对辞赋的形象描绘的重视是有意为之。

这种有意为之,还不止于注重或强调,更在于有意总结"写物图貌"的经验。刘勰既拳拳于此,当必有所获。如《诠赋》篇论小赋云:

至于草区禽族,庶品杂类,则触兴致情,因变取会。拟诸形容,则言务纤密;象其物宜,则理贵侧附。斯又小制之区畛,奇巧之机要也。

这是讲小赋在"写物图貌"上如何出巧致奇的"机要"。因为是"小制",虽不离"铺采摛文"的辞赋写作特点,却与大赋"极声貌以穷文"的表现方法略有不同。除了篇幅较小而不容大肆铺陈外,更因小赋多是"触兴致情,因变取会",也就是在触物起情之际,作者的情是随事物的变化而与之会合的。这个"会",实指情与物的结合。小赋又谓之抒情赋,正是这个原因。要用较少的形象描绘以表达鲜明的情感,这就对"写物图貌""体物写志"提出了更高的要求。刘勰此论,就是针对这种要求而发。怎样才能表现物之所"宜",是能否"体物写志"的关键。任何"物"都可从不同侧面、不同角度去描绘,则所谓"宜"者,就是既要切合物象,又能通过物象透露出相应的情理。"象其物宜,理贵侧附"的"侧附"二字,就是"奇巧之机要"了。这两个普普通通的字,长期不是被强为曲解,就是被轻轻放过了。清人王芑孙于此似独具慧眼,其云:

  莽莽古直,罗罗清疏,泯其锤炼之形,愈是精能之至。《诠赋》曰:"拟诸形容,则言务纤密;象其物宜,则理贵侧附。""侧附"二字,可谓妙于语言,唐人尤得其法①。

此说虽仍"明而未融",总是发现了"侧附"二字之妙;从"泯其锤炼之形,愈是精能之至"可知,虽从古朴自然的传统观念着墨,但独拈"侧附"二字,便有不露形迹,不落言筌之意了。若以直陈实录"写物图貌",则画犬便止于犬,画虎便止于虎,虽然形象逼真,

---

① 《读赋卮言·造句》,《渊雅堂外集》。

而别无言外之意,即虽"体物"而不能"写志"。欲以小赋"体物写志",就必选取某种角度作侧面描绘,使之显示出一定的言外之意。这就是所谓"象外之象"。《诗人玉屑》有专论《句法》的一卷,其《象外句》条云:"唐僧多佳句,其琢句法比物以意,而不指言一物,谓之象外句。"①王芑孙谓"唐人尤得其法",其论亦为《造句》,当即指此。

孙联奎释司空图《诗品》中的"不着一字,尽得风流"二句说:"纯用烘托,无一字道着正事,即'不着一字',非无字也。'不着一字'即'超以象外';'尽得风流'即'得其环中'。"又释"超以象外,得其环中"云:"人画山水亭屋,未画山水主人,然知亭屋中之必有主人也。是谓'超以象外,得其环中'。"②刘勰时代的艺术水平虽还没有发展到如此精细,他所认识到的"理贵侧附",也还远不如"不着一字,尽得风流"等说深刻,但"侧附"的艺术经验,和"超以象外""不着一字"等说的基本原理是一致的。所谓"侧附",正是描绘形象"无一字道着正事",不直写其形而从侧面表现,又须结合物象而附以情理。《比兴》篇说:"比者,附也……附理,故比例以生。"这个"附"和"侧附"的"附"意近。"附理"即同篇所说的"写物以附意",其不同于"比"者,只在从侧面去"写物以附意"。又如《隐秀》篇对"隐"的论述:"隐也者,文外之重旨者也。……夫隐之为体,义生文外,秘响傍通,伏采潜发,譬爻象之变互体,川渎之韫珠玉也。"这里讲的"文外之重旨",也就是"象外之象"的意思;"义生文外"则近于"不着一字,尽得风流"之理。"义"在文辞的表面含意之外,不显露的意义反而可以使人触类旁

---

① 《诗人玉屑》卷三。
② 见《司空图〈诗品〉解说二种》,齐鲁书社1980年版。

通,是对写物经验的深刻总结。要能"义生文外",就必须用"侧附"的方法;有了"文外之旨",自有"秘响傍通"之效。清人谭献在《复堂词录叙》中进一步论述此理云:"又其为体,固不必与庄语也;而后侧出其言,旁通其情,触类以感,充类以尽,甚且作者之用心未必然,而读者之心何必不然。"刘勰的"侧附"说虽还只是十分简略地触及此理,却不仅抓住了"象外"说的要害,且在谭复堂、司空图等千数百年之前提出描绘物象的"侧附"说,确是其辞赋论的一大收获。这也充分说明,他对"写物图貌"的辞赋特点,是有较为深刻的理解的。

《文心雕龙》中有关辞赋的论述还很多,也大都以汉赋为主而不乏精彩之论。如《夸饰》篇对夸张的论述就是如此。本篇虽讲到一些"《诗》《书》雅言"中对夸张的运用,不过是为他的夸张论找依据,以明"自天地以降,豫入声貌,文辞所被,夸饰恒存"。既然汉赋以"极声貌以穷文"为特征,在刘勰之前,"豫入声貌"的夸饰,自然以汉赋为主。而刘勰的夸饰论,就必然是从汉赋的经验中总结出来的。《夸饰》中所论汉人诸赋,唯不满于扬雄和张衡的《羽猎》二赋,因扬赋中讲到"鞭宓妃以饷屈原",张赋中讲到"困玄冥于朔野"。二例均非夸张过分,而是有违于事理:"义睽剌也。"至于司马相如在《上林赋》中所写"奔星与宛虹入轩",扬雄的《甘泉赋》"言峻极则颠坠于鬼神"等,写楼高则高到流星与宛虹进入其门窗,甚至鬼神也会在半途跌下来,刘勰评这类夸张描写为:"验理则理无可验,穷饰则饰犹未穷矣。"验之事理是不可能有的事,但这样的夸张,刘勰认为仍未尽夸张的能事。于此可见,即使是极度的夸大,刘勰也是赞成的。因此,篇末提出这样的鼓励:"倒海探珠,倾昆取琰。"夸张的方法之可贵,犹如珍贵的珠宝或美玉,但艺术家要得到它,就必须翻倒大海,推垮昆仑。这就需要勇气,也是得之不易的形象说明。

刘勰对夸张这种艺术方法能有以上认识和态度,主要源于"莫不因夸以成状,沿饰而得奇"的汉赋。刘勰总结"因夸以成状"的艺术经验,有些是颇有价值的。首先是:"神道难摹,精言不能追其极;形器易写,壮辞可得喻其真。"这几句是互文见义,指无论是难写的"神道"或易写的"形器",都是"精言不能追其极",都可用"壮辞"以"喻其真"。"壮辞"即夸张之辞;"真"则是高于现实的真,艺术的真。夸张的描写虽不能验之常理,却能高度揭示事物之真。因此,"夸饰在用,文岂循检?"鼓励作者不必遵循常规而进行大胆的艺术创造。刘勰的理论,总的来说是有一定的保守性的,是否论夸张便一反常态呢?有些论述,他确是用夸张的手法来论夸张,如说夸张的艺术效果:"信可以发蕴而飞滞,披瞽而骇聋矣。"能使盲人睁眼、聋人受惊的夸张描写真的存在吗?其实也是"壮辞可得喻其真"而已。不过,刘勰能讲出这些道理,必然是他对辞赋的艺术特征有了深刻的认识。大量辞赋以夸张的手法来"气貌山海,体势宫殿",把艺术形象描绘得"光采炜炜而欲然,声貌岌岌其将动",确有其强大的艺术力量。"深得文理"的刘勰只是如实地总结了这些艺术经验而已。

四

以上所述"写物图貌"的特点,"体物写志"的要求,"理贵侧附"的方法,以及"壮辞喻真""披瞽骇盲""文岂循检"等理论,虽然主要是从汉赋的经验中总结出来的,但所有这些,无不具有一定文学艺术的普遍意义。一切文学艺术都要求表现事物高度的真,艺术的真,也无不要求有巨大的艺术感人力量,更必须通过一定的艺术形象以表情达意。刘勰对这些问题的论述,自然有一定

的限度,却都有其前所未有的贡献,这就是其辞赋论的重要历史意义。毕万忱曾很有见解地讲过:

> 《文心雕龙》全书有二十篇文体专论,对三十余种文体进行评论总结,按其体例对每一种文体几乎都提出了创作的原则、要求。经过比较,我们发现《诠赋》中提出的赋体的创作原则涉及到文学创作中最基本的理论问题,最有普遍性,这是《文心雕龙》中其他的文体专论所不及的。①

从以上所论,足证此说是很有道理的。毕文后来收入和李淼合著的《文心雕龙论稿》②,笔者在该书序言中已提出:"这是一个很值得重视的见解。"其所以值得重视,一方面是研究者向来偏重于创作论部分而有忽于文体论,其实文体论中有待发掘的珍品也为数不少;另一方面则是其赋论的普遍意义。虽然赋只是一种文体,但又是由"六义"发展起来的一种艺术方法,这种方法再发展而成"极声貌以穷文"的赋体,于是在形象描绘上极尽铺陈扬厉之能事,就必然积累一些不限于赋体的艺术经验。除怎样"写物图貌"外,还必然涉及文学理论上物、情、词的一系列关系,而研究这些关系,就是文学理论上具有根本性的重要问题了。《诠赋》篇所总结的,正是这样的理论:

> 原夫登高之旨,盖睹物兴情。情以物兴,故义必明雅;物以情观,故词必巧丽。丽词雅义,符采相胜,如组织之品朱紫,画绘之著玄黄;文虽新而有质,色虽糅而有本:此立赋之大体也。

---

① 《体国经野,义尚光大——刘勰论汉赋》,《文学评论》1983年第6期。
② 《文心雕龙论稿》,1985年齐鲁书社出版。

这段论述正是《文心》全书理论体系的缩影。本书第三章论《文心雕龙》的理论体系，认为这个体系是"以'衔华佩实'为轴心，以论述物与情、情与言、言与物三种关系为纲领，把全书五十篇结成一个有机的整体"。《诠赋》篇的上引"敷理以举统"一段，自然可为这个体系的佐证：其"丽词雅义，符采相胜"等说，显然即"衔华佩实"的轴心论；"睹物兴情"等说则是情物关系论；"物以情观，故词必巧丽"，就兼及物情、物词、情词三种关系。这说明，《文心》全书的基本理论，在刘勰的辞赋论中都有一定的论述。这不仅充分证明了它的普遍意义，更可由此看出，刘勰是从艺术规律的高度来论赋的。"睹物兴情""情以物兴"，是物决定情的基本规律，刘勰据此而认为辞赋的"义必明雅"。因为辞赋创作既然是由某种事物引起作者的感情而为，不是无中生有或"为文而造情"，其内容就必然是明显而雅正的。另一方面，"物以情观"，所写之物并非无动于衷的纯客观事物，而是注入作者的主观情绪的物，是情物结合之物。作者在描绘这种物象时，就不会是冷漠地直陈实录，故"词必巧丽"。刘勰主张的"丽词雅义"就是这两个方面的结合。

"情以物兴"和"物以情观"的结合，不仅可以构成"丽词雅义"的作品，且这种结合是一切文学创作的必由之途。没有因物而起的情和注入作者情感的物，便不可能有文学创作，所以，这是文学艺术最基本的规律。刘勰把这两个方面联系起来谓之"立赋之大体"，其实也可视为一切文学创作的立文之大体。这里特别值得注意的，是"物以情观"的提出。《礼记·乐记》中已有"人心之动，物使之然也"等说，刘勰只是继承和发展了这一传统观点，而有"情以物兴""情以物迁""物色之动，心亦摇焉"诸论。但"物以情观"之说不仅未之前闻，且更具艺术特征。古人在理论上阐明此理是很晚的事了。如王国维讲"以我观物，故物皆着我之色彩"①，就是此理。刘熙载论赋讲得更为透彻："在外者物色，在我者生意，二者相摩相荡而赋出焉。若与自家生意无相入处，则物色只成闲事，志士遑问及乎？"②此说虽由前代情景相融论发展而来，但重在"物色"何以进入作品之理。宇宙万物都可成为艺术创作的对象，但艺术家并不是随便把什么事物写进他的作品。客观事物要能成为作者描写的对象，就必须和作者的思想感情有一定的联系，不然，万事万物对艺术家来说，就"只成闲事"，了不相干。所以，作为文学创作的"物"，是有其特定含义的，它只指那种有感于作者，或与作者思想感情有某种联系的"物"。作者在写这样的"物"时，就必然把自己的情注入物象之中，这就是"物以情观"了。这种近代人才能说清的道理，刘勰早在一千多年前便已揭其要义，是很值得珍视的。

以上种种说明，刘勰以汉赋为主的辞赋理论，是较为深入而富有成就的，但还存在一种似有矛盾的现象有待研究。在《诠赋》以外许多篇章的论述中，刘勰对汉赋，特别是对汉赋的一些代表作家，往往是否定的，且多沿汉人旧说以论赋，相当明显地表现了刘勰的保守观点。这是不是他的自相矛盾呢？如：

《宗经》：楚艳汉侈，流弊不还。

《杂文》：虽始之以淫侈，而终之以居正，然讽一劝百，势不自反。子云所谓先"骋郑卫之声，曲终而奏雅"者也。

《情采》：昔诗人什篇，为情而造文；辞人赋颂，为文而造情……为情者要约而写真，为文者淫丽而烦滥。而后之作

---

① 《人间词话》。
② 《赋概》，《艺概》卷三。

者,采滥忽真,远弃《风》《雅》,近师辞赋,故体情之制日疏,逐文之篇愈盛。

《物色》:及长卿之徒,诡势瑰声,模山范水,字必鱼贯;所谓诗人丽则而约言,辞人丽淫而繁句也。

类似批评在《才略》《程器》等篇还有一些。正因这类评论并非偶然出现,很容易引起读者或研究者的一种误解:刘勰对汉赋基本上是否定的。从上引诸条来看,这种理解并非无据,但势必形成一种矛盾:一方面是高度评价,大力肯定,并加以深入地研究;一方面又完全否定,凡赋颂之作,都是"为文而造情",都是"丽淫而烦句",似乎一无可取。

这种现象是须要进行具体分析的。片面地抓其只言片语或某一方面,而不作全面考察,要正确地认识这一复杂问题是不可能的。从刘勰所处的时代来看,反对淫丽的文风是当时的迫切任务;《文心》之作,也正是由于当时"辞人爱奇,言贵浮诡",为挽救文学创作的"将遂讹滥"(《序志》)而为。而汉赋的"铺采摛文"已确开淫丽之风,刘勰对此并非无识,故《诠赋》已云:"宋发巧谈,实始淫丽",《通变》更说:"夸张声貌,汉初已极"。"楚艳汉侈"之论,盖由于此。既然这样,他在《杂文》《情采》《物色》等篇,批评辞赋的"丽淫繁句"等,就既有必要亦并不矛盾。《诠赋》篇则与此有别,它是要对赋这种文体作历史评论,就不能不根据赋的艺术特点来立论,也不能不对赋的艺术成就作公正的论断。这应该说是一个文艺评论家的正确态度。但是否《诠赋》之撰便忘掉了时代任务呢? 这确是一个难题,本篇也处理得并不理想,但在"敷理以举统"部分,既强调"义必明雅""丽词雅义",又批判了"逐末之俦"的"繁华损枝,膏腴害骨"等。因此,总的说来,这种现象不仅不矛盾,刘勰能兼顾汉赋的艺术成就和当时的时代要求两个方面,反能显示其精心安排是自有其理的。如果参考刘勰的楚辞论,会有助于理解他的这种安排。《宗经》篇已有"楚艳汉侈"之说,《通变》篇也有"楚汉侈而艳"之评,《定势》篇则云:"效《骚》命篇者,必归艳逸之华。"而《辨骚》篇论楚辞却颂以:"惊采绝艳,难与并能矣。"角度不同,目的有别,立论自异。

第五节　论民间文学

在刘勰的时代,还不可能形成"民间文学"的观念,《文心雕龙》中也没有论民间文学的专篇,但在《明诗》《乐府》《颂赞》《谐隐》《诸子》《书记》《时序》等篇,都有一些论述。民间文学既非一种文体,分论于各有关篇内是自然的。其中论及神话、民歌、民谣、谚语、谜语和笑话等,内容相当广泛。刘勰不分民间创作和文人创作而分体合论,本来是对的,之所以要对此作集中考察,主要是便于了解刘勰对人民群众创作的认识和态度。而一千五百年前的《文心雕龙》,就对民间文学有如此广泛的论述,也是不容忽视的。

一

首先探讨刘勰对《诗经》的认识。

《诗经》中虽有部分庙堂乐章和上层人士之作,但以民歌为主则已是定论。刘勰以《诗经》为儒家圣人的经典之一,主要是放在《征圣》《宗经》中论其典范性,并称之为"圣人之文章"(《征圣》),就与民间文学了不相关了。这自然反映了他对《诗经》认识的历史局限。在他所处的时代,《诗经》的神圣地位和性质,是很少有人怀疑而不可动摇的,刘勰自难超越时代的观念。但无论怎样尊之为经,崇之为典,《诗经》本身的性质,它的实际内容是谁也改变不了的。所以,刘勰在论其具体的典范意义时便说:"盖《风》《雅》之兴,志思蓄愤,而吟咏情性,以讽其上:此为情而造文也。"(《情采》)总结《诗经》的比兴方法则说:"比则畜愤以斥言,兴则环譬以托讽,盖随时之义不一,故诗人之志有二也。"(《比兴》)所谓"下以风刺上",固然是汉人论诗的旧说,而"以风其上"的"诗人",又是"蓄愤以斥言"的"下"人,则刘勰心目中的《诗经》作者就值得注意了。《时序》篇说:"幽、厉昏而《板》《荡》怒,平王微而《黍离》哀。故知歌谣文理,与世推移,风动于上,而波震于下者。"这是作为诗歌创作的规律来总结的。王政的昏暗或衰败必产生愤怒哀怨之诗,这种诗的作者是时代的反映者,显然具有广泛的代表性。在这类论述中,刘勰对《诗经》虽然仍是尊之崇之,却架空甚至排斥了经典和"圣人之文章"的性质。

　　刘勰虽不能不尊《诗三百》为经,他对《诗经》的具体内容并非不知,对《诗经》的成书亦并非无闻。《汉书·食货志上》载周代之制:"孟春之月,群居者将散,行人震木铎徇于路以采诗,献之大师,比其音律,以闻于天子。故曰:王者不窥牖户而知天下。"刘勰对这种说法是相信的,故《明诗》篇有"自王泽殄竭,风人辍采"之论。《诗经》中既有"徇于路"而搜辑起来的作品,这种作品自然是来自民间的。而刘勰对此是有明确认识的:

　　　　匹夫庶妇,讴吟土风,诗官采言,乐盲被律,志感丝篁,气变金石。是以师旷觇风于盛衰,季札鉴微于兴废,精之至也。(《乐府》)

据《左传·襄公二十九年》所载,吴公子季札到鲁国所观之周乐,正是《诗经》的十五《国风》及《雅》《颂》之乐。其所以能"觇风于盛衰""鉴微于兴废",就因这些作品来自民间,是各地的"匹夫庶妇"吟唱的"土风"在音乐中的反映。这里,刘勰不仅再一次讲到"诗官采言",且明确认识到所采的是"匹夫庶妇"之言。这就清楚地说明,刘勰已确认《诗经》的主要内容来自民间。《文心雕龙》中作为儒家经典之一来列论,不过是接受孔子删诗的传统说法。《原道》篇所谓:"至夫子继圣,独秀前哲;熔钧六经,必金声而玉振";《宗经》所谓:"自夫子删述,而大宝咸耀"等,就是误信孔子删诗的说明。

刘勰虽相信孔子删诗之说,却确认《诗经》的主要内容为"匹夫庶妇"之作。正是由于后者,所以刘勰一再强调《诗经》"畜愤以斥言",和"志思蓄愤,而吟咏情性,以讽其上"的传统。而这种传统,显然与《雅》《颂》中的庙堂乐章无涉。刘勰所总结的"为情而造文"的创作道路和种种诗歌创作的优良传统,就主要以《诗经》民歌为据;甚至《文心雕龙》中对《诗经》的全部论述,也主要是着眼于《诗经》的民歌部分。这里只举一例:

> 是以诗人感物,联类不穷……故"灼灼"状桃花之鲜,"依依"尽杨柳之貌,"杲杲"为出日之容,"瀌瀌"拟雨雪之状,"喈喈"逐黄鸟声,"喓喓"学草虫之韵。"皎日""嘒星",一言穷理;"参差""沃若",两字穷形:并以少总多,情貌无遗矣。(《物色》)

形象描绘的"以少总多",是刘勰从《诗经》中总结出来的一条重要艺术经验。对此,后面还将另作具体分析。这里须要注意的是,刘勰所精选的这些例子,绝大多数都出于《诗经》的民歌。如"灼灼"出自《周南·桃夭》:"桃之夭夭,灼灼其华";"依依"出自

《小雅·采薇》:"昔我往矣,杨柳依依"。"杲杲"出自《卫风·伯兮》;"瀌瀌"出《小雅·角弓》;"喈喈"出《周南·葛覃》;"喓喓"出《召南·草虫》;"皎日"出《王风·大车》;"嘒星"出《召南·小星》;"参差"出《周关·关雎》;"沃若"出《卫风·氓》。于此可见,刘勰所说的"诗人"(《诗经》的作者。《文心》全书凡十七见),主要是指《诗经》民歌部分的作者而言。

刘勰对《诗经》的论述,的确没有从民间文学的角度着墨,因而一向被研究者所忽。若对有关论述予以探幽发微而究其实,不难发现其《诗经》论,至少是不能和民间文学无关的。从以上初步的探讨来看,刘勰虽然是扛着"征圣""宗经"的大旗来论《诗经》,毕竟揭示了它有来自"匹夫庶妇"的重要组成部分;且无论是有意或无意,正以这部分为《诗经》的精华,而总结其经验,树立其典范,强调其优良传统。所以,研究刘勰的民间文学论,这是应予充分注意的一个重要方面。

二

上述刘勰论《诗经》的观念,还可从他对其他民间文学的论述中得到印证。主张以作品表达愤怒之情,在《文心雕龙》其他文体的论述中是不多见的。如《檄移》篇有"奋其武怒,总其罪人"之说,乃对敌人或罪人而言;《奏启》篇的"陈蕃愤懑于尺一",更是对汉末吏制腐败的愤恨,与疏奏这种文体并无联系。可是论《诗经》民歌,却一再强调"蓄愤斥言",并以此为"为情而造文"的优良传统:"昔诗人什篇,为情而造文;辞人赋颂,为文而造情。何以明其然?盖《风》《雅》之兴,志思蓄愤,而吟咏情性,以讽其上,此为情而造文也。"(《情采》)这里的"蓄愤"以"讽上",就不是个别的、偶然的现象了,而是通过对两条创作道路的比较,从而总结出来的《诗经》民歌的特点。这种特点在文人作品中也可能偶然出现，但文人文学和民间文学相较，只有在民间文学中才能构成一种特点。这种必然性，刘勰在《谐隐》篇已有所揭示：

> 芮良夫之诗云："自有肺肠，俾民卒狂。"夫心险如山，口壅若川；怨怒之情不一，欢谑之言无方。昔华元弃甲，城者发"睅目"之讴；臧纥丧师，国人造"侏儒"之歌。并嗤戏形貌，内怨为俳也。

这是《文心雕龙》中有关民间文学的一段重要论述。所谓"芮良夫之诗"，指传为周厉王时的芮良夫所作《大雅》中的《桑柔》。"自有肺肠"二句，只是借用，它所表达的是刘勰的观点。按《桑柔》的原意，"自有肺肠"指统治者自有其心肠，这种心肠是险恶的，所以使得百姓发狂。刘勰利用这两句而继以"心险如山，口壅若川"，就十分有力地揭示了人民大众从事文学创作的基本特点。"心险如山"与"自有肺肠"，"俾民卒狂"与"口壅若川"相对应，深刻地说明人民创作的产生，是由于统治者有险恶的坏心肠，而逼得百姓不能不讲话。"心险"是"口壅若川"的原因。当老百姓忍无可忍的愤怒之情爆发出来时，就如汹涌奔腾的川流，是不可遏止的。至于人民创作的表现形式，则由于"怨怒之情不一"，因而"欢谑之言无方"，或嘲笑，或讥讽，是由不同的"怨怒之情"决定的。

以上虽是论"谐"（笑话）、"隐"（谜语）的产生，但可视为刘勰论民间文学的基本原理。它涉及民间文学的战斗性、必然性、人民口头创作的不能制止、形式决定于表达感情的需要，以及以愤怒之情为主的特点等重要问题。《颂赞》篇所说："夫民各有心，勿壅惟口。晋舆之称'原田'，鲁民之刺'裘鞸'，直言不咏，短辞以讽"，就是上述基本原理的发挥和补充。老百姓的口之所以堵不住,就因为他们有思想感情,有了"怨怒之情",也就是"蓄愤"在心,就必然像川流一样倾泻出来。《国语·周语》中的"防民之口,甚于防川",刘勰从不同的角度两用其意而互相发明,把人民群众必然要开口、要战斗的道理,讲得十分有力。人民群众的创作,不仅大多是口头文学,更主要的是"为情造文",而非"为文造情"。所以,"直言不咏,短辞以讽"二句,概括了民间文学在表达方式上的一般特点。刘勰所举两个"短辞以讽"的例子之一是"鲁民之刺'裘鞸'",典出《吕氏春秋·乐成》:孔子始用于鲁,其政未显,鲁国老百姓便讽刺他说:"麛裘而鞸,投之无戾,鞸而麛裘,投之无邮。"意为孔子对鲁国没有功劳,还穿上鹿皮的朝服,故抛弃孔子是没有罪过的。以此作为"短辞以讽"的例子自然是恰当的,它确是单刀直入,锐利而明快。但其嘲讽的对象却正是刘勰所崇拜的孔子,虽不能认为这是有意和孔圣人过不去,至少可以说,为了论证民间文学"直言不咏,短辞以讽"的特点,刘勰是不为尊者讳的。亦犹他以夸张的方法论夸张,这里也用民间文学的方法论民间文学了。

《书记》篇论谚语:"谚者,直语也……廛路浅言,有实无华。"《谐隐》篇论谐辞:"谐之言,皆也;辞浅会俗,皆悦笑也。"至于论古代民谣,更如《通变》篇所说:"黄歌《断竹》,直之至也。"把这些视为刘勰对民间文学的贬抑或蔑视,是不太确切的。所谓"浅"与"俗",自然有别于高雅之作,但刘勰在这些话中并非评其高低,而是论其特征。谚语就是流行于民间的浅显言辞,"有实无华"。谐辞即笑话,如果含意深奥,不合流俗,就难以引人"皆"笑,达不到嘲讽的目的。而谚语、谐辞的"辞浅会俗""有实无华",也是民间文学"直言不咏,短辞以讽"的特点决定的。"直言不咏",就势必"有实无华";"短辞以讽",也要求"辞浅会俗"。所以,这和刘勰

"论文叙笔"中对各种文体特点的论述一样,也是对谚语、谐辞等民间文学的特征的总结。这些总结虽还是初步的,并不全面,但从上述思想内容和表现形式两个方面来看,不仅基本上是正确的,且能得其大要。

三

刘勰在《正纬》《辨骚》《诸子》《夸饰》等篇,论及古代神话甚多,但《正纬》中的谶纬迷信之说,《辨骚》《夸饰》中的文人夸饰之作不属民间文学的范围。只《辨骚》和《诸子》中论及的一些上古神话,当是始民口头创作流传后世的记录。刘勰能突破"不语怪力乱神"①的禁忌,而讲到大量神话,这已是他论文学的一大胜利。他对神话的意义和艺术特色虽还不可能予以正确的总结,却未必是以反对的态度来否定神话。如《辨骚》篇之评:"《远游》《天问》,瑰诡而惠巧……故能气往轹古,辞来切今,惊采绝艳,难与并能矣。"《天问》的"瑰诡而惠巧",就指其对古代神话的处理而言。所以,在具体论及《天问》中的"康回倾地,夷羿弊日"时,认为这是"谲怪之谈也"。前后联系起来看,显然是赞同而非否定(参见本章第二节《楚辞论》)。

《诸子》篇论到的神话更多:

> 若乃汤之问棘,云蚊睫有雷霆之声;惠施对梁王,云蜗角有伏尸之战;《列子》有移山跨海之谈,《淮南》有倾天折地之说:此踳驳之类也。是以世疾诸(子)混同(鸿洞)虚诞。按《归藏》之经,大明迂怪,乃称羿弊十日,嫦娥奔月。殷汤如

---

① 《论语·述而》。

兹,况诸子乎!

这里把愚公移山、共工怒触不周山等神话故事称为"踳驳之类",往往被视为对这些神话的批判,引为刘勰反对神话的证据。其实,从上引整段话的意图来看,正是在为神话作辩护。世人疾其"虚诞"不仅不是刘勰疾其"虚诞",下面几句更是对这种观念的否定。《归藏》经尚可大讲迂怪,为什么诸子之作就不能讲呢?这种说法的理由显然是不足的。刘勰对上古神话的认识既不深,他也还无力理直气壮地论证神话的文学意义,但他确已朦胧地意识到神话的文学特征。上面提到的一些神话故事,大都出自《庄子》《列子》《淮南子》等子书,刘勰在《诸子》篇对这些著作的评论是:"庄周述道以翱翔";"列御寇之书,气伟而采奇";"淮南泛采而文丽"。这些评论当然不是专指其神话故事的特点,但既是在同一篇《诸子》之内,同是对《庄子》《列子》《淮南子》之评,岂能无关。若以"气伟而采奇"与"移山跨海之谈",以"泛采而文丽"与"倾天折地之说"等互为印证,更可看出这些艺术上的肯定正是以其中的神话故事为重要内容而言的。

由是可知,所谓"踳驳之类",并不是对神话描写的否定与批判。刘勰不过说:"纯粹者入矩,踳驳者出规。"联系其夸饰论"夸饰在用,文岂循检",他是鼓励作家运用夸张手法而不要遵循常法的,又怎能对"出规"之作抱另一种态度呢?当然,《诸子》中的"入矩"与"出规",是就"枝条五经"而言,即是否入儒经之矩、出儒经之规。但这也是指写作方法上的规矩,而非儒道思想的规矩。在《庄子》《列子》和《淮南子》等子书中,异于儒家之说者甚多,刘勰只举其神话描写为"出规"者(思想上的"弃仁废孝",是作另一类型评论的),当然是就艺术方法而言。而艺术上的"出规",就有了"气伟而采奇"等成就。其实,刘勰论诸子和他的整个文学思想是一致的,即反对因循而重视独创,故云:"夫自六国以前,去圣未远,故能越世高谈,自开户牖。两汉以后,体势漫弱,虽明乎坦途,而类多依采。"既不满于依傍前人而肯定先秦诸子能"自开户牖",则对"踳驳出规"的神话,也应该是肯定的。

在刘勰所讲到的上古神话中,如愚公移山、共工折不周山、羿射十日等,多是古代人民在生产劳动中和大自然斗争的产物。他所论及的不少古谣谚,如《葛天氏乐辞》(《明诗》《乐府》)、《伊耆辞》(《祝盟》)、《弹歌》(《通变》《章句》)等,也是古民进行生产斗争的记录。但刘勰对民间文学与生产劳动的关系还缺乏明确的认识,所以大都没有从生产劳动的角度来进行论述,略有涉及的是:

> 天地定位,祀遍群神。六宗既禋,三望咸秩,甘雨和风,是生黍稷,兆民所仰,美报兴焉。……昔伊耆始蜡,以祭八神。其辞云:"土反其宅,水归其壑,昆虫毋作,草木归其泽。"则上皇祝文,爰在兹矣。(《祝盟》)

刘勰所论古代歌谣,很少录其原文,这首载于《礼记·郊特牲》的《伊耆辞》,是《文心》全书中唯一录其全文的作品。这首祝辞虽见之载籍较晚,确是反映了上古人民在生产活动中最朴实的愿望。他们还缺乏控制水土和虫害的能力,却相信祝辞的力量而寄望于神明。刘勰仍未能超越这种认识,所以说"祀遍群神",便可"甘雨和风,是生黍稷"。他的可贵之处,是指明了这种祝祷活动乃出于"兆民所仰"。这是史实,《伊耆辞》所表达的,正是广大生产劳动者的普遍愿望。

四

刘勰对民间文学的态度，以上所述已可见其大略了。还有一个较为重要的问题，是他对乐府民歌的忽视。晋宋以来，南北朝乐府民歌已相当流行，《文心雕龙》中却一字未及。汉代的乐府民歌，不仅为数不少，且多优秀之作，刘勰也略而不论，偶有所及也只是批判。这和刘勰对其他民间文学的态度颇不一致。古代神话、歌谣、谚语以至笑话都或多或少地有所论述，总的来看，刘勰对一般民间文学是有一定认识的，何独于乐府民歌的态度大不相同呢？这是有待研究的。《乐府》篇说：

> 自雅声浸微，溺声腾沸……至宣帝雅颂（诗），诗（颇）效《鹿鸣》。迄及元、成，稍广淫乐。正音乖俗，其难也如此。……若夫艳歌婉娈，怨志诀（诀）绝，淫辞在典，正响焉生！然俗听飞驰，职竞新异，雅咏温恭，必欠伸鱼睨，奇辞切至，则拊髀雀跃。诗声俱郑，自此阶矣。

刘勰对乐府民歌的态度，就主要反映在这段论述中。他所批判的"淫乐""淫辞""郑声"，就是针对乐府民歌而发。《汉书·礼乐志》："今……内有掖庭材人，外有上林乐府，皆以郑声施于朝廷。至成帝时……郑声尤甚，黄门名倡丙彊、景武之属，富显于世。贵戚五侯、定陵、富平外戚之家，淫侈过度，至与人主争女乐。"这就是刘勰所说"迄及元、成，稍广淫乐"的史实。自汉武帝立乐府开始收集民歌，所谓"郑声"渐入于宫廷，到了元帝、成帝时，"郑声"之盛就遍及贵戚王侯之家了。这种"郑声"或"淫乐"的具体内容，就是"艳歌婉娈，怨志诀绝"之类。汉乐府相和歌有《艳歌行》《艳歌何尝行》等，如后一首的歌词："飞来双白鹄,乃从西北来……五里一返顾,六里一徘徊。吾欲衔汝去,口噤不能开。吾欲负汝去,毛羽何摧颓。乐哉新相知,忧来生别离。踌躇顾群侣,泪下不自知。念与君离别,气结不能言。各各重自爱,远道归还难。妾当守空房,闭门下重关。若生当相见,亡者会黄泉。"确是缠绵婉娈之辞。相和歌中有《白头吟》:"皑如山上雪,皎若云中月。闻君有两意,故来相决绝。"写男女决别之怨。又如《铙歌》中的《有所思》,写女方"闻君有他心"之后,决心"从今以往,勿复相思,相思与君绝!"《上邪》写女方指天为誓,要"山无陵,江水为竭,冬雷震震,夏雨雪,天地合,乃敢与君绝!"但对已"有他心"的人来说,这仍是"怨志决绝"之辞。总之,这些都是哀怨的情歌。

汉代乐府民歌不仅并非都是表现男女之情的作品,即使上述诸作,亦非淫辞艳语。刘勰一概视之为"淫乐""郑声"而予以否定,自然是错误的。按照这种观点,南朝乐府民歌就更是等而下之了。南朝的吴声、西曲,不仅绝大多数是情歌,且确有一些色情较浓的妓女、婢妾之辞。持儒家偏见的刘勰,自然不屑置论。不过,上引"自雅声浸微,溺声腾沸……诗声俱郑,自此阶矣"一段话,是可以概括南朝民歌在内的。整个乐府诗在汉魏六朝期间的发展大势,确是"雅声浸微,溺声腾沸"。而温良恭俭的"雅咏"使人昏昏欲睡,新奇的"郑声"却使人感到亲切之至,听得拍着大腿跳跃。这种描绘入神的景象,和刘勰所作"韶响难追,郑声易启"等判断,则显然是生活在齐梁之际的刘勰的切身感受。

《乐府诗集》引《晋书·乐志》云:"吴歌杂曲,并出江南。东晋以来,稍有增广。其始皆徒歌,既而被之管弦。盖自永嘉渡江之后,下及梁陈,咸都建业,吴声歌曲起于此也。"又以《子夜歌》四十二首、《子夜四时歌》七十五首等,皆"晋宋齐辞"①。是知吴歌的产地既在建康一带,产时亦多在刘勰撰写《文心》之前,生当其时其地的刘勰,多有所闻是必然的。这种新兴于都市的乐歌,不仅为其保守的儒家偏见所难接受,当时"腾沸"的"郎歌妙意曲,侬亦吐芳词"②,本身也确有不健康的成分。值得注意的是,自东晋以还,这种都市音乐的兴盛,除了商业的发展,市民的兴趣等因素外,更与偏安江左而日趋腐化的统治阶级密不可分。他们不仅特意采集情歌,为之"拊髀雀跃",且大量自制,广为流布,以至佛门弟子释宝月,也应齐武帝之命,唱起"郎作十里行,侬作九里送"的情歌来了③。其推波助澜的作用自不待说。

东晋桓玄曾问羊孚:"何以共重吴声?"羊孚曰:"当以其妖而浮。"④这一问一答说明两层意思:一是当时已有人看到吴声歌的弊端,一是上自帝王,下至市民以至佛徒的"共重吴声"确是事实。《南齐书·萧惠基传》也说:"自宋大明以来,声伎所尚,多郑卫淫俗,雅乐正声,鲜有好者。"这里讲的"郑卫淫俗"即指吴声、西曲而言。按《萧惠基传》所说已是齐永明年间的情况了,这时的刘勰已二十余岁,是必对所谓"郑卫淫俗"有切身的感受。对吴声、西曲,无论是斥之为"妖而浮""郑声淫俗",或视为"淫乐""淫辞"而置之不论,都有正统文人的偏见成分在内,这是毫无疑问的。但若细究其所以然,问题并不如此简单。从上述史实来考察,在刘勰

---

① 均见《乐府诗集》卷四十四。其所称引《晋书·乐志》,与今本《晋书》略异。
② 《子夜歌》,见《乐府诗集》卷四十四。
③ 《估客乐》,《乐府诗集》卷四十八。
④ 《世说新语·言语》。

所处的具体历史时期,"共重吴声"者,闻"郑声淫俗"而"拊髀雀跃"者,甚至鼓吹"郑声"、自制情歌者,未必比反对者、置之不理者更为正确。

刘勰的理论批评是有较强的针对性的。他不仅主观上反对"郑声""淫乐",齐梁文坛的客观现实也需要反对"郑声""淫乐"。"共重吴声"的趋势,就不单纯是乐府民歌的问题,从南朝文学的总体上看,这并不是一种良好趋势。当时的诗歌创作,正在向宫体的邪路滑行。纪昀评《乐府》篇"艳歌婉娈"数句云:

> 此乃折出本旨,其意为当时宫体竞尚轻艳发也。观《玉台新咏》,乃知彦和识高一代。

《文心》成于齐末,与宫体诗的正式形成还有一段距离。然其评虽欠确切,亦不失为高见。至少可说,刘勰所论是为当时(宋齐)之"竞尚轻艳"而发。宫体诗不是孤立现象,也不是突然在一二人手下出现的,它既是齐梁时期的时代产品,又有一个较长的发展过程。士族文人的"共重吴声"就正是其前奏。从鲍照、谢朓以来,就公然写起《夜听妓》之类诗歌了。到沈约则有《携手曲》《夜夜曲》《六忆诗》《梦见美人》等露骨的色情之作。如《六忆诗》四首之一:"忆眠时,人眠强未眠。解罗不待劝,就枕更须牵。复恐傍人见,娇羞在烛前。"[1]现存于《玉台新咏》中的这类作品甚多。纪氏谓:"观《玉台新咏》,乃知彦和识高一代。"其"识高"之处,正是从晋宋以来已实际呈现出来的诗风,看到其必然的发展趋势。所以,刘勰对乐府民歌的贬抑,既有儒家思想作祟的一面,也有从现实出发,反对六朝淫艳文风的一面。他从汉魏以来"溺声腾沸"的

---

[1] 《玉台新咏》卷五。

总趋势着眼,批判"艳歌婉娈"是对的,甚至可以谓之"识高一代"。这里面确有他的局限或偏见,不仅把所有民间表达纯朴爱情的诗歌一概斥为"郑声""淫辞",且忽略了汉魏以来一些斗争性很强的乐府民歌。但不能据此而认为刘勰轻视民间文学。《文心》的主旨既在力图改变当时势不可遏的靡靡之音,就只能强调"务塞淫滥""君子宜正其文"等,则其对此期乐府民歌的不当之评,也就势所难免了。

判断刘勰对民间文学的态度,必须对《文心雕龙》中各有关论述作全面考察。除乐府民歌之外,如前所述,他对上古神话的"踳驳出规"是赞同的;对谐辞隐语,则认为是老百姓表达其"怨怒之情不一"的不同形式,且据《礼记》中载有"蚕蟹""狸首"等而谓:"故知谐辞隐语,亦无弃矣。"又说:"文辞之有谐隐,譬九流之有小说,盖稗官所采,以广视听。若效而不已,则髡、祖而入室,旃、孟之石交乎!"(《谐隐》)以"九流之有小说"为喻,虽非"蔚为大国"的文学品种,亦视为不可或无的文学样式之一。对谜语、笑话这类作品来说,也可说是得其所宜了。对古代歌谣的论述,如《乐府》篇的"涂山歌于'候人',始为南音;有娀谣乎'飞燕',始为北声"等,涉及文学的起源;《祝盟》篇对《伊耆辞》的论述,联系到始民的生产活动(已见前说);《明诗》篇论五言诗的形成过程,也注意到民歌民谣的地位:"按《召南·行露》,始肇半章;孺子《沧浪》,亦有全曲;《暇豫》优歌,远见春秋;《邪径》童谣,近在成世。阅时取证,则五言久矣。"所有这些,虽然还并不是明确的正面论述,但不仅涉及面较广,更说明各种民间文学创作,在刘勰心目中是有一定地位的,他并未忽视,更不鄙视民间文学。

或以刘勰称"文辞鄙俚,莫过于谚"为轻视民谚之说,这要看《书记》篇论谚语的完整用意才能作出判断。其文云:

  谚者,直语也。……廛路浅言,有实无华,邹穆公云:"囊满储中",皆其类也。《太誓》曰:"古人有言,牝鸡无晨";《大雅》云:"人亦有言,惟忧用老",并上古遗谚,《诗》《书》可引者也。至于陈琳谏辞,称"掩目捕雀";潘岳哀辞,称"掌珠""伉俪",并引俗说而为文辞者也。夫文辞鄙俚,莫过于谚,而圣贤《诗》《书》,采以为谈,况逾于此,岂可忽哉!

如果把"文辞鄙俚,莫过于谚"二句孤立起来,确是讲谚语为文辞之中的最鄙俚者,但上引整段话的本意,却是大费气力以图说明谚语的"岂可忽哉"! 刘勰所最敬重的,莫过《诗》《书》,这里把他心目中的最高权威搬出来,强调圣贤尚且如此,故民间谚语虽是"廛路浅言",却不可忽视。则所谓"文辞鄙俚",不过用以反逼出不可小看而已,岂是意在贬抑? 而谚语本身就是一种"直语",确是"有实无华"。如果华而有实,就不成其为"直语"之谚了。因此,"鄙俚"云云,虽觉不雅,却未可易以雅言。这里有必要顺便提到对"况逾于此,岂可忽哉"二句的理解,我原译作:"何况不如谚语鄙俗的种种书记,岂能忽视呢?"这样理解,不可忽视的就不是谚语,而是其他了,显然不确。此外,或译为:"何况文雅跨过了这个界限,难道可以忽略吗!"或译为:"何况比'谚语'更美好的东西,难道作文还可忽略吗!"均有未安之感。近读李曰刚《文心雕龙斠诠》①,译此二句为:"况其价值尚不止乎此,岂可忽视之哉!"似为近是。盖谓谚语之不可忽,尚不止于《诗》《书》可引也。明乎此,更知刘勰对谚语不是轻视,而是重视。

  当然,刘勰对谚语也好,对其他种种民间文学也好,其重视程

---

① 台北"国立编译馆"中华丛书编审委员会1982年版。

度是非常不够的。对民间文学的产生、作用、意义等,都未能作正确深入的论述。且由于阶级、历史的局限,特别是浓厚的儒家保守思想,使他不仅不能高度重视民间文学,反而往往带有一定的阶级偏见,不敢正视先秦以来大量把斗争锋芒直指地主阶级的优秀作品。但从历史上看,刘勰是较为全面论及多种民间文学的第一人。民间文学确是一向为正统文人所轻视,与之同时的《诗品》不评民间五言诗;《文选》各体具选,唯不选民间作品。刘勰则不仅论及神话、歌谣、谚语、笑话、谜语等,也不仅都有一定肯定,且从根本上认识到"民各有心,勿壅惟口",老百姓既有思想感情,就堵不住他们的口。产生各种各样的民间文学作品,就是理所当然的了。所以,刘勰对民间文学的态度,总的看来,应该说是较好的;《文心雕龙》对此虽无专题研究,却正如《论说》篇所说:"杂文虽异,总会是同",在民间文学研究史上,是有其重要贡献的。

第六章 创作论

第一节 创作论的体系

客观的"物",主观的"情",和抒情状物的"辞",是文学创作的三个基本要素。文学创作论所要研究的,主要就是如何处理这三者之间的相互关系:物怎样制约情,情怎样来自物,情与物怎样结合而构成艺术形象,如何用语言文辞来抒情状物,以及如何处理文与质的关系等。这些问题在我国古代最早出现的一些有关文艺理论中就接触到了。如《尚书·尧典》中的"诗言志,歌永言";《论语》中的"文质彬彬";《乐记》中的"人心之动,物使之然也";《左传》中的"言以足志,文以足言";《毛诗序》中的"情动于中而形于言"等等,都是讲物情言三者的关系。刘勰在前人有关论述的基础上,相当系统而全面地论述了这三种关系。《物色》篇说的"情以物迁,辞以情发",就可说是他对这三种关系的基本观点。

文学理论是文学创作经验的总结。而文学创作所要处理的,主要就是物情言三者的关系。离开物情言三要素的文学创作是不存在的;独立的、分割的物情言,就不能构成任何文学作品。直陈实录的物不表达任何情志,虽有物不能成其为文学作品;赤裸裸地说喜道哀,不通过一定的物象,虽有情,也不成其为文学作品;情物结合的形象,不经语言文辞表达出来,也无法形成为文学作品。所以,文学创作本身,主要就是如何处理物情言三者的关系,使之以一定的方式结合而成文学作品。文学创作论以探讨物情言三者的关系为主,正是文学创作本身决定的。

刘勰的创作论体系,是以《神思》篇为纲,以论述物与情、物与言、言与情三种关系为主构成的,第三章已有总的说明。以下即对这三种关系进行分别剖析。

一

明人陈嗣初有云:"作诗必情与景会,景与情合,始可与言诗矣。"①这个"景",就是"物"的泛指。不仅必须物与情的融合才谈得上诗,一切文学艺术无不如此;没有一定程度的物与情的结合,就不能产生任何文学艺术。凡是艺术形象,无论是人物或景物,都是经过作者选择加工创造而成的。《原道》篇有"傍及万品,动植皆文"之说,龙凤虎豹、花鸟草木,都有其自然之美,虽然它们"有逾画工之妙",却并不是艺术作品。要变客观物象为意识形态的艺术品,就必须通过艺术家主观的思想感情,使物与情结合而成妙合无垠的艺术形象。

艺术创造必不可少的重要步骤是艺术构思。艺术构思是完成物情相融的艺术形象的重要手段。《神思》篇说:"神用象通,情变所孕。"在构思过程中,作者的思想感情和客观物象相沟通,相融会,就孕育出作品的种种内容。这正揭示了艺术构思的基本要领。刘勰论艺术构思,主要就是沿着物情结合的关系来论述的:

---

① 都穆《南濠诗话》引。

>文之思也,其神远矣。故寂然凝虑,思接千载;悄焉动容,视通万里。吟咏之间,吐纳珠玉之声;眉睫之前,卷舒风云之色:其思理之致乎! 故思理为妙,神与物游。

在构思过程中,作者可以任意驰骋其想象,不受任何时空的限制。但其思绪虽可纵接千载,横通万里,却并不是要把千载万里之物全部纳入作者的思考之内。因此,在构思过程中出现于作者耳目之前的"珠玉之声""风云之色",只是作者选取或联类所及的某些事物。这和作者在构思中想什么,怎么想是分不开的;至于"珠玉之声""风云之色"等等,是壮丽、悦愉还是悲凉的,就更和作者的主观感情有着密切的联系。所以,刘勰明确指出,在艺术构思中,作者的"神居胸臆,而志气统其关键",这是对的。物与情怎样结合,结合成什么样的形象,作者的气质情志是起着关键性的作用的。这就相当准确地概括了艺术构思的基本特点,在于情与物的结合。这种特点,刘勰曾多次讲到。如《神思》篇说的:"登山则情满于山,观海则意溢于海,我才之多少,将与风云而并驱矣。"这就进一步说明,情与物的结合是艺术构思的特殊规律。无论作者才气大小,当他想象到登山、观海或风云景色时,作者的情志都将与物并驱,"神与物游"。

"神与物游",也就是《物色》篇所说"随物以宛转"之意。刘勰认为思理之妙,就在"神与物游";作者的精神随着所写之物共同活动,把结合形象进行构思的形象思维的基本特征,作了简要的概括,也确是总结了艺术构思的妙处。"神与物游"四字是刘勰论艺术构思的核心论点,也是他论情物关系所取得的重要成就。但要达于"神与物游"之妙,却并不是很容易的,还必须对情与物一系列复杂的关系作进一步研究。作者的情从何来、客观的物何以能影响主观的情、物和情是怎样发生联系的、怎样才能做到物与情的统一等等，都是物情关系所要研究的重要问题。刘勰还不可能正确地全面解释这些复杂现象，但有一个基本点在他的理论体系中是明确的，这就是他一再讲到的："睹物兴情""情以物兴""情以物迁""物色之动，心亦摇焉"等。这些都明确肯定了一个根本问题：作者的情是由外物引起，并随外物的变化而变化的；也就是说，情来自物，物制约着情。这是情与物最基本的关系。《物色》对此有较详细的论述：

> 献岁发春，悦豫之情畅；滔滔孟夏，郁陶之心凝；天高气清，阴沉之志远；霰雪无垠，矜肃之虑深。岁有其物，物有其容；情以物迁，辞以情发。

春暖花开的景色，使人悦愉舒畅，秋高气爽的气象，则引人遐思远想。不同的季节和景物，使人产生不同的思想感情；景物变化，人的思想感情也随之变化。自然现象如此，社会现象更是如此。《时序》篇讲到各种社会现象对文学创作的影响，政教的得失，引起作者不同的哀乐之情："风动于上，而波震于下"；东汉经学的盛行，使多数作品"渐靡儒风"；建安时期"世积乱离，风衰俗怨"的现实生活，使作者"志深而笔长，故梗概而多气也"；东晋的玄风独扇，就出现"诗必柱下之旨归，赋乃漆园之义疏"的情形。刘勰总结这种现象说："故知文变染乎世情，兴废系乎时序。"这些虽然是讲种种社会现象对文学创作的影响，但首先是这些现象影响了作者，然后才反映其哀乐之情于作品的。所以，这些情形同样说明了客观的物和主观的情的密切关系。

《时序》《物色》两篇以大量事例，分别从社会现象和自然现象两个方面，论证了情来自物、物决定情这个基本原理。刘勰论

物与情的其他关系,就是在这个基本原理指引之下进行的。物之所以能制约情,是物具有一种巨大的感召力量。刘勰认为:

> 春秋代序,阴阳惨舒;物色之动,心亦摇焉。盖阳气萌而玄驹步,阴律凝而丹鸟羞;微虫犹或入感,四时之动物深矣。若夫珪璋挺其惠心,英华秀其清气,物色相召,人谁获安?(《物色》)

这种看法,自然并不科学。节气的变化对虫鸟的影响,和人的"情以物迁"是不同的,但刘勰借以说明"物色相召,人谁获安"的道理是对的。古代有"见一叶落而知岁之将暮"[1]、"趋织鸣,懒妇惊"[2]之类说法,所以刘勰认为:"一叶且或迎意,虫声有足引心;况清风与明月同夜,白日与春林共朝哉!"一张叶落,几声虫鸣,都能触动人心,更何况清风明月和春光明媚的花晨月夕呢?

刘勰又注意到,外物其所以对人能产生巨大的感召力量,还因为"性灵所钟"的人,不同于一般的"无识之物",而是"有心之器"(《原道》)。只有对有知觉、有思想感情的人,物色才具有其特殊的召感力量。正如《明诗》篇所说:"人禀七情,应物斯感;感物吟志,莫非自然。"这个"人禀七情",是就人的本能说的,也就是说,人是有情感的动物[3]。唯其如此,他才能"应物斯感,感物吟志"。所以,刘勰在《物色》篇论物动心摇之理,也特别讲到,对于"珪璋挺其惠心,英华秀其清气"的人来说,更要在"物色相召"之

---

[1] 《淮南子·说山训》。
[2] 陆玑《毛诗草木虫鱼疏》卷下。
[3] 《礼记·礼运》:"何谓人情?喜、怒、哀、惧、爱、恶、欲,七者弗学而能。"刘勰据以认为七情是人所独具的禀赋,这和人的具体思想感情是不同的概念。

下产生相应的思想感情。

　　认识到物和情的基本特点及其相互关系，就有可能进而接触到文学创作中物情结合的特殊规律了。《物色》篇说"目既往还，心亦吐纳""情往似赠，兴来如答"；《神思》篇说"物以貌求，心以理应"。在文学创作过程中，物与情的往还交织，情况是很复杂的。刘勰的这些话虽然比较简朴，却表明了情物相交的一些基本情况。首先是必须目有所见，才能心有所吐。目所往还的对象是物，心所吐纳的就是情了。这个"情"既是触物兴起的"情"，自然是不能离开具体物象的情。但文学艺术家的以目接物又和一般人有所不同。冷漠的旁观者，虽触物万千，却未必就"兴来如答"。"情往"的对象，要投赠的对象，也是物；必须对物投之以"情"，受赠的物才能答之以"兴"。艺术家不以饱满的情怀来对待事物、观察事物，是很难产生旺盛的创作兴致的。但作者的情又是客观事物所引起的，所以，情与物的交融是一个往返赠答的复杂过程。在这个过程中，物以其貌召感作者，作者则"心以理应"，从而使情与物交织成种种生动的意象。

　　从刘勰以上论述可见，所谓文学创作，它本身就是由一个物情相融的过程组成的。文学创作的特点，就是如何使物与情高度融合而铸造成艺术形象。物情结合的必要，也就于此可见了。文学创作中物情结合的这种关系，决定了文学创作的具体途径必须是"体物写志"。"体物写志"也就是古人常说的借物抒情，这是文学创作的一个重要特征，也是研究物情关系的一个重要内容。照刘勰的说法，文学创作应以"述志为本"，但无论作者要述什么志，要抒什么情，对文学创作来说，就必须通过对某种事物的描述来实现；也就是说，必须创造一定的形象，让形象来显露其志，来体现其情。刘勰对文学艺术的这一特点虽还未能作深入细致的论述,但在我国古代文论史上,他却是较早明确讲到这个重要问题的。陆机已注意到文学创作的形象性,提出了"穷形尽相"的主张,并要求写得"情貌之不差",却未从情物关系着眼,提出借物达情的明确论点。从所谓"悲落叶于劲秋,喜柔条于芳春"等说法来看,在陆机的思想中,也可能朦胧地有所意识,但他在《文赋》中,毕竟没有正面提出因物达情的观点。

刘勰在《诠赋》中说:"赋者,铺也,铺采摛文,体物写志也。"这虽是论赋,却是借物抒情的明确观点。赋以状物为主,而刘勰又反对"无贵风轨,莫益劝戒"之作,因而提出"体物写志"的主张,这是符合刘勰的基本观点的。而《诠赋》篇所总结赋的创作经验:"情以物兴,故义必明雅;物以情观,故辞必巧丽",也有着较大的普遍意义。所谓"物以情观",指物是为了表达情而加以描写的;"辞必巧丽",则是为了更好地写物以达情。这种要求当然不限于赋,也适用于其他文学样式。

再如论诗,《明诗》篇推为"五言之冠冕"的《古诗》(即《古诗十九首》),刘勰认为其主要优点,就是能"婉转附物,怊怅切情"。生动而逼真地描绘物象,必须深刻而确切地表达出作者的思想感情,才能成为优秀的诗歌;如果单纯追求形似,"诡势瑰声,模山范水",则是刘勰所一再反对的。他在《物色》篇总结这种认识,就是为了更好地表达情志:"是以四序纷回,而入兴贵闲;物色虽繁,而析辞尚简;使味飘飘而轻举,情晔晔而更新。"描写繁杂多变的物色要有法度,用辞须简,就是要求通过适当的景物描写,鲜明而生动地表达作者的情趣,把作品写得"物色尽而情有余",即以有限的物象,表达丰富的思想感情。唐宋以后的文学艺术家,常讲"言有尽而意无穷",盖源于此。其实,文学创作要能做到"物色尽而情有余",只是语言文辞的含蓄、简练是不可能的,关键仍在是不是"体物写志"。不把丰富的思想凝聚到一定的物象之中,离开"体物写志"这一基本途径,"情有余""意无穷"之境是难以创造出来的。由此可见,刘勰论物情关系在这个问题上虽还只是初步涉及,却为古代文学理论的发展做出了重要的贡献。

情来自物和情物结合在文学创作中的意义既如此重要,在物情关系上有待进而研究的重要问题,就是怎样培养作者的情志,和怎样才能使物与情高度结合起来。这是互为因果的两个方面。情主要决定于物,则艺术家对物的接触、观察、认识,既能丰富作者的情志,又可更准确地表现其事物,在这点上是一致的。但一个作者情志的培养陶冶是一回事,为了写其物其事而深入观察研究其物其事又是一回事,等同二者或忽略其一,都是不利于物与情的结合的。刘勰对这两个方面,既有其不同的论述,又有其共同的要求。

从物决定情的关系来看,一个作家的情志,或愤世嫉俗,或怆怏满怀,或狂放,或狷狭,无不来自作者所接触、所经历的客观事物。一个优秀的作家,不仅要有高尚的情操,饱满的激情,而且要能洞察千变万化的复杂现象,才不致惑于某些表面现象而作不当的判断和描写。这种情况是极为复杂的。文学艺术家的情志虽然决定于客观的物,但不是由他生活中所触及的某一孤立现象决定的。一个文学艺术家一生的环境和遭遇,各种因素都对他的情志有不同程度的影响。在这个过程中,当作者在某一新的具体事物之前触物起情时,这个"情"是和他以往的全部生活经历有着千丝万缕的联系的。刘勰在《神思》篇提出"研阅以穷照"作为艺术构思的必备条件之一,这确是他的卓见。所谓"穷照",指对事物的彻底理解。要准确地认识事物,不仅不能止于目之所见,还要联系作者过去的生活阅历,而且对自己的某些直观感受和生活经验,也不应不加思索、毫无择抉而随意轻信,还要经过认真地思考和研究,以求做到"穷照"。这个要求显然很高,也显然是正确的,必要的。对一个作家来说,只有在他真正认识物、熟谙物之后,才可能心与之会,情与之合,也才能在深刻的触物、识物过程中,培养锻炼其情志。而文学家所须认识的物,又是无穷无尽的,正如陆游所说:"诗岂易哉!一书之不见,一物之不识,一理之不穷,皆有憾焉。"①所以《文心雕龙》中多次强调"博观""博见""博学"等,认为"博观足以穷理"(《奏启》)、"博见为馈贫之粮"(《神思》)、"将赡才力,务在博见"(《事类》)、"非博学不能综其理"(《练字》),所有这些,都是旨在全面提高、充实作者的主观因素,从而丰富其情志,增强其识别事物的能力。

刘勰对这个重要问题,除不断提出一些原则性的要求外,还一方面强调:"安有丈夫学文,而不达于政事哉?"(《程器》)一方面指出:"山林皋壤,实文思之奥府……屈平之所以能洞监风骚之情者,抑亦江山之助乎!"(《物色》)政事和山林皋壤,都是作者所应博观博研的"物",不通晓政事,就谈不到"学文";没有"江山之助",就难有屈原的文学成就。以自然山水为文学创作的府库,当然不全面,但刘勰是在对"时序""物色"两个方面分别论述中提出的。刘勰确有偏重自然现象的一面,但从情物关系的角度来看,他强调江山之助,又有其正确的一面。"文章得江山之助"一语,成了后世诗人画家的通论,在漫长的封建社会中,不少文学艺术家深入接触山河之美,对陶冶和丰富其情趣,并不是没有好处的。清人黄子云曾说:"登临遍宇内,自然心目张开。"②这是古代

---

① 《何君墓表》,《渭南文集》卷三十九。
② 《清诗话·野鸿诗的》。

众多文学艺术家共有的实际体会。从理论上说,这是情与物相融合的必然结果,在长期的生活实践中,大量的物象融会于心神,使情丰富而具体化,自然就要"心目张开"了。

文学艺术家以物情相融的特殊方式来增强其情志,是一个延续不断的长过程。这个总过程中的某些段落,将会有所侧重,其方式不再是广泛地博观博见,其直接目的不再是培养作者的情志,主要是为了写其物而知其物。这种认识,对创造物情结合的文学艺术,也是十分重要的。作者对所写具体事物没有深入细致的认识,不从形貌的准确掌握到熟谙其物理物性,以至与山水通情趣、共忧乐,则作者之情,与所写之物扞格不入,要情与物高度结合起来是不可能的。刘勰对此还缺乏足够的认识,但在他的某些论述中,也在一定程度上接触到这个问题。如《比兴》篇说:"诗人比兴,触物圆览;物虽胡越,合则肝胆。"这里说的南越北胡,不是物与物的距离,而是指所写之物与作者企图用以体物写志的"志",即物与情的距离。要相距甚遥的物和情结合得像肝胆一样密切,就必须"触物圆览",即全面接触、观察、研究所写之物。这虽讲的甚简略,但把问题的实质提出来了。《物色》篇曾提出"窥情风景之上,钻貌草木之中"的具体要求:

> 是以诗人感物,联类不穷;流连万象之际,沉吟视听之区。写气图貌,既随物以宛转;属采附声,亦与心而徘徊。

这里所讲的"感物"过程,就不是一般的走马观花。所谓"流连万象",首先是要对"万象"有深厚的情怀而依恋于其中;进而对所见所闻、所感所恋之物,进行深思默想,使心与物发生密切的联系;然后心随物以宛转,物随心而徘徊,从形貌的描绘到声采的安排,都是情物无间的共同活动。这样,就可能创造出情物相融的艺术形象了。

　　刘勰的这些论述,虽还没有明确提出使物情融为一体的主张,但他要求在深入观察认识的基础上做到物与情"合则肝胆",其基本精神是一致的。特别是他对作家深入地观察物、认识物的重视,这就为情物相融提供了重要的基础。由于刘勰认识到文学创作的特点是"体物写志""情以物迁",从物情结合的必要来说明深入认识物、观察物的必要,是有力的。但刘勰对文学艺术的对象——"物"的本质还认识不够,因而他所讲的"物"多侧重于种种自然现象,这就给他的创作论带来了严重的局限。对文学艺术更为重要的对象——社会现实,刘勰并不是毫无认识,《时序》篇甚至用了比《物色》篇大得多的篇幅,详论了各种社会现象对文学创作的影响。但刘勰既看不到六朝时期更广阔、更本质的现实生活,对反映这种生活的作品也缺乏认识,因而在物情关系的理论上,就远不如他对自然之物与作者之情的关系论述得深刻。

二

　　物与言的关系,在文学理论上要研究的,主要就是怎样"驱辞逐貌"的问题。刘勰没有专论物言关系的篇章,除《物色》篇有较为集中的论述外,散见于各篇的有关意见也不少。总的来看,主要论及这样两个方面的问题:一是文学语言应该"写物图貌",一是怎样"驱辞逐貌"。《神思》中的"物沿耳目,而辞令管其枢机;枢机方通,则物无隐貌",已经提出这样两个问题了:作为文学语言的"辞令",既要把在构思中出现于作者耳目之前的物象鲜明地表达出来,做到"物无隐貌",则"写物图貌"自然是文学语言的重要职司;至于如何使得"枢机方通",怎样发挥语言在"写物图貌"中的关键作用,这就是怎样"驱辞逐貌"的问题了。下面就分别探讨刘勰对这两个方面的论述。

(一)文学创作必须"写物图貌"

如前所述,"体物写志"是文学艺术的重要特征,不通过一定的物象,是很难把作者的情志表达得生动感人的。如以表达哀伤之情为主的诔文,只用"呜乎哀哉"之类空话是没有感人力量的。所以刘勰在《诔碑》篇总结这种文体的写作经验说:"至于序述哀情,则触类而长。"他举傅毅《北海王诔》中的"白日幽光,雰雰杳冥"二句,来说明"触类而长"的方法。意为北海王死后,好像白日的光辉为之暗淡失色,暴雨下得天昏地暗。这就是借有关事物的形象,来表达哀伤的感情。刘勰对诔文的写作,总的要求是:"论其人也,暧乎若可觌;道其哀也,凄焉如可伤";"观风似面,听辞如泣"。要能产生"可伤""如泣"的效果,就必须描绘出使人如见其面、如闻其声的具体形象。不通过一定的形象,是很难具体表达作者的哀乐之情的。所以,刘勰常常强调"驱辞逐貌""写物图貌""文贵形似""极声貌以穷文"等等。

《物色》篇说:"自近代以来,文贵形似。窥情风景之上,钻貌草木之中;吟咏所发,志惟深远;体物为妙,功在密附。"这是刘勰对文学艺术发展到晋宋时期创作情况的叙述。这和刘勰对晋宋时期的文学创作常持批判态度不同,而是正面总结"文贵形似"的经验:首先是对所写之物的深入观察,其次是"功在密附"的写物要领。"密附"即逼真地描绘出所写之物的状貌,这是"写物图貌"最基本的要求。刘勰对"近代以来,文贵形似"独持肯定态度,就因为它符合"体物写志"的艺术规律。这很能说明,刘勰对文学创作必须"写物图貌"的特点,是有明确认识而又相当注重的。

"文贵形似"虽盛于晋宋,却并不始于晋宋,刘勰对此是心中有数的。《物色》篇就说,《诗经》中已出现"参差、沃若,两字穷形。并以少总多,情貌无遗"的精彩描写了。后来逐渐发展:"灵均唱骚,始广声貌"(《诠赋》);到建安作家,就有了"驱辞逐貌,唯取昭晰之能"(《明诗》)的共同特点。汉魏以后的作家,"图状山川,影写云物,莫不纤综比义,以敷其华,惊听回视,资此效绩"(《比兴》)。这说明,文学创作"驱辞逐貌"的特点,在逐步发展的过程中,运用日广,收效日显,这也是刘勰已注意到的。在"写物图貌"的发展过程中,如"长卿之徒,诡势瑰声,模山范水,字必鱼贯"(《物色》),是刘勰所反对的,这和他批判"刻鹄类鹜"(《比兴》)一样,并不是反对"写物图貌"本身,而是不满于它有损于物貌的描写。司马相如等人的赋,大量堆砌有"山"字旁、"水"字边的字,把赋写得如"字林""鱼贯",这和把天鹅描绘成家鸭一样,虽写物形而非其形,当然是应该反对的。正因为"体物写志"是文学创作的一般规律,所以"写物图貌"在文学创作中得到普遍的运用而日益发展。"写物图貌"之必需,此其一。

《诠赋》有云:"写物图貌,蔚似雕画。枿滞必扬,言庸无隘。"这虽是讲辞赋的创作经验,也无疑道出了文学创作的一般特点。它说明两个重要问题:一是"写物图貌"的美学意义。文学创作不同于其他著作的重要标志,在于它是一种艺术的创造,它能给人以美感的享受。而这种美的产生,"蔚似雕画"的审美意义,就在于它生动鲜明的形象性。美感作用当然不全由形式产生,但也很明显,离开形式,就没有任何美的存在。二是"写物图貌"在文学创作中的作用。要"析滞必扬,言庸无隘",使不明显的东西显扬出来,使平凡的事物发出异彩,就必须借助于"写物图貌"来实现。这除了说明"写物图貌"产生的审美作用并不仅在形式,也和内容的表达有密切联系外,还更深刻地说明了"体物写志"的必要。人的情志是抽象的、无形的,不借助一定的物象,直陈其哀伤之情,必然是既沉闷而又无法表达得鲜明感人的。文学创作必须"写物图貌",此其二。

刘勰在《总术》篇对文学创作提出一个总的要求,是很值得注意的:

> 数逢其极,机入其巧,则义味腾跃而生,辞气丛杂而至。视之则锦绘,听之则丝簧,味之则甘腴,佩之则芬芳:断章之功,于斯盛矣。

末二句说明,这是刘勰对文学创作的最高理想。一千五百年前的刘勰,对文学创作提出了这样明确而全面的要求,说明他对文学艺术的特征,是有其深刻的理解的。这种绘声绘色、义味横生的作品,自然是会合多种因素的结果,但铸造鲜明生动的艺术形象,则是其最重要的条件之一。不仅不通过一定的形象,无从给人以具体的视觉、听觉、味觉之感;一般的形貌描写,未经高度凝炼的艺术形象,也是难以产生这样的艺术效果的。

刘勰在总结其创作论的《总术》篇提出如上理想,这意味着他的创作论,就是从各种不同角度来探讨如何创造出这样的作品。这里只以《比兴》为例,略予具体分析。《比兴》篇的重点是论"比",认为可以用于比声、比貌、比心、比事、比物、比理。无论用于比喻什么,其共同的特点都是借助于具体的形象,使要说明的问题由隐而显,从而发挥较大的艺术效果。所以本篇说扬雄、班固、曹植、刘桢等的作品能取得"惊听回视"的巨大艺术效果,都是"资此效绩"的。

早在两千年以前,古人就总结了"不学博依,不能安诗"[①]的

---

① 《礼记·学记》。

重要经验。所谓"博依",就是广博的譬喻。孔颖达解释说:"此教诗法也……若不学广博譬喻,则不能安善其诗,以诗譬喻故也。"①不善运用比喻就不能做好诗,可见诗歌创作和比喻的密切关系。这说明诗不能直说的特点,我国古代是认识得很早的。不直说、用比喻的实质,就是要用形象化的语言来写诗。刘勰所举各种类型的具体例子,很能说明比喻的作用。如宋玉《高唐赋》中的"纤条悲鸣,声似竽籁",刘勰认为是"比声之类也"。枝条的悲鸣之声,不用具体的比喻,是很难表达出来的。用竽籁的声音来形容树枝的"悲鸣",自然就觉具体而有实感了。又如贾谊《鵩鸟赋》中说:"祸之与福,何异纠缠?"刘勰认为这是"以物比理者也"。祸福关系之理,在文学作品中是难用简明的文字说清楚的。以"纠缠"为喻,说祸福相交错就像绳索绞缠在一起,就使抽象复杂的"理",得到形象具体的说明。至如张衡在《南都赋》中用"白鹤飞兮茧曳绪"来比喻优美的舞蹈,就使翩翩舞姿如在目前了。这些实例说明,不仅事物的声色状貌,即使抽象复杂的道理,也可通过具体的形象,创造出栩栩如生的鲜明形象,从而发挥文学作品的艺术力量。文学创作必须"写物图貌",此其三。

"写物图貌",不仅是为了"体物写志",为了把作品写得更美,或借以表达某些抽象的情理,而且是文学艺术本身的特点决定的。《情采》篇有一段重要论述可以说明这点:

> 若乃综述性灵,敷写器象,镂心鸟迹之中,织辞鱼网之上,其为彪炳,缛采名矣。故立文之道,其理有三:一曰形文,五色是也;二曰声文,五音是也;三曰情文,五性是也。五色

---

① 《十三经注疏》,世界书局影印阮刻本,第1522页。

杂而成黼黻,五音比而成韶夏,五情发而为辞章,神理之数也。

刘勰把这段话总括为"神理之数",因此有必要首先说明"神理"一词的含义。《文心雕龙》中共用"神理"七次,用意基本一致。如《原道》篇讲河图洛书的出现说:"谁其尸之,亦神理而已。"意为河图洛书的出现,是一种自然现象,并非上帝的主宰。也就是说,这是一种自然而然的道理。这个"神理",和《原道》中讲的"自然之道"略同,因含有自然而必然的意思,所以,也就是刘勰所认识、理解的一种规律。如《丽辞》篇所说:"造化赋形,支体必双;神理为用,事不孤立。"这显然是说:大自然赋予万物的形体是成双成对的,这种自然规律使得事物不可能孤单出现。《情采》篇说的"神理之数",也指自然规律的定数。就是说,文学创作的基本原理,不外"形文""声文""情文"三种途径。他认为这三个方面会总而成文学艺术,是文学创作本身的规律决定的。

上引《情采》这段话,有两层意思:前讲抒情状物的文学创作,通过语言文字表达出来,必然是光采鲜美的;后讲文学创作必由"形文""声文""情文"构成作品的规律。两层意思互为因果,既说明要使作品彪炳华美,必遵表形、表声、表情相结合的规律,也说明形、声、情相结合的规律,决定了文学作品必然是华美的。这就从文学艺术的本质特点上说明一个重要问题:文学艺术的美,是由形、声、情三者的统一而产生的。形、声、情的结合,实质上就是通过形象描绘来抒情言志,使"综述性灵"和"敷写器象"两个方面"妙合无垠"。但这种物情结合而成的形象,还必须通过"镂心鸟迹之中,织辞鱼网之上",才能成为文学作品,也就是说,这仍是个"驱辞逐貌"问题,只是这种必要,是文学艺术的特点所决定的。此其四。

以上诸项,总的说明了"写物图貌"对文学创作的必要性。刘勰对这几个方面,当然不是集中的论证,而是分别在各种有关文学创作的问题中涉及的。这正能说明,刘勰对文学创作"写物图貌"的特点,是在多方面都有所注意的,且是本着文学艺术的这一基本特点,来论述有关问题的。应该说,这是刘勰在创作论上取得的重大成就。因为它不仅涉及文学艺术的基本规律、基本特点,以及如何发挥这些特点或规律的作用等重要问题,并有相当明确的认识和深刻的理解。刘勰除以"驱辞逐貌"等精炼的语言概括了物与言的关系,表明了文学创作的特点外,《物色》篇提出的"物色尽而情有余",更能表明他对这问题认识的深度。"尽而有余"的说法,古代类似者甚多。刘勰之前,刘桢说过"辞已尽而势有余"①;张华评左思的作品曾说"读之者尽而有余"②;与刘勰同时的钟嵘则说"文已尽而意有余"③;其后的这类说法就举不胜举,但以苏轼、严羽所谓"言有尽而意无穷"④为定格。值得注意的是,刘勰前后的论者所讲"有尽"的,都指"言""文""辞",而刘勰独指"物色"。这点区别虽小,却正显示了刘勰的卓绝之处。这就是他论物言关系所取得的成就。在文学创作中,语言文字主要是用以"写物图貌",从这个特定意义上看,言之与物,可说是二而一的东西;则文学作品的"言

---

① 刘桢原文已佚,引见《文心雕龙·定势》。
② 《晋书·左思传》。
③ 《诗品序》。
④ 姜夔《白石诗说》引苏轼语。

有尽"和"物有尽"就有其共通之处。但要做到"情有余"或"意无穷",有限的"物"则可,有限的"言"则未必可。有限的物象,是有可能包容无限的情意的;离开物象的功能,要用"有尽"的语言表达"无尽"的情意,只能是句空话。刘勰独称"物色尽",这正是他的"深得文理"之处。

(二)怎样"驱辞逐貌"

"写物图貌"既为文学创作所必须,则怎样"驱辞逐貌",自然是创作论应该研究的重要内容。这个问题涉及面很大,只能就几个主要论点略予分析。

1. 体物为妙,功在密附。

描写物象的要求,首先是准确逼真。既是"写物图貌",如果所写之物和原貌相去太远,甚至了不相关,那就正如王若虚所说:"画而不似,则如勿画。"①所以,刘勰反对"刻鹄类鹜",而主张"功在密附"。《物色》篇说:"体物为妙,功在密附。故巧言切状,如印之印泥,不加雕削,而曲写毫芥。故能瞻言而见貌,即字而知时也。"写物之妙,在能"密附"。怎样才算是"密附"、才能做到"密附"呢?刘勰认为要如用印章印在印泥上一样,用巧妙的言辞写得完全切合事物的状貌。

优秀的文学作品,应该有巨大的认识意义,这也是物与言的重要关系之一。"能瞻言而见貌,即字而知时",正是要求言与物的"密则无际",只有准确、逼真地描绘了事物的状貌,才能通过其"言"其"字"而认识其"貌"其"时"。这正是上述刘勰有关言物统一的认识的反映。从言和物的这种关系,进而认识到文学作品的认识意义是很自然的,如《辨骚》篇论《楚辞》"论山水,

---

① 《滹南诗话》。

则循声而得貌；言节候，则披文而见时"，这就是指文学作品的认识作用。

刘勰在论述种种艺术技巧时，也往往从写物之真的要求出发，提出一些具体的主张。如《夸饰》篇说："自天地以降，豫入声貌，文辞所被，夸饰恒存。"夸张手法既运用得如此普遍，凡是描写声貌的文辞都有夸饰，夸饰的必要何在呢？刘勰认为其目的是在求得更高度的真，所谓"形器易写，壮辞可得喻其真"，就是这个意思。"壮辞"即夸张之辞。具体的形器虽易写其形貌，但用夸张的方法，就能更有力地表达其真义。刘勰举到很多古书上的实例，如"言峻则嵩高极天，论狭则河不容舠，说多则子孙千亿，称少则民靡孑遗……辞虽已甚，其义无害也。"这种夸张，虽言过其实，但无害其义，反而可更深刻、更有力地表达其义旨。此外，如论声律则强调"器写人声"，论比兴则主张"切至为贵"等，都是要求言必称物，言物一致。

2. 拟容取心，断辞必敢。

对"写物图貌"，刘勰不仅坚持必真的原则，甚至要求"曲写毫芥"，即使细微末节，也不能违背事物的原貌。这是不是一种"自然主义"观点？是否意味着刘勰对物象描写的要求只是简单地直陈实录？《比兴》篇"拟容取心，断辞必敢"的主张正可回答这个问题。这两句也是刘勰对物言关系的精彩之论："拟容取心"指如何写物，"断辞必敢"论如何用言。敢，似非谓勇敢、果敢。《说文》："进取也。"两句一贯，是说驱辞逐貌不应止于外表的形似，而应力求拟其容而取其心。

古人称画肖像画为"传神写真"。既是画像，当然必求其"真"，但如不传神，就不是"写真"的高手，也算不得"传神写真"了。传神和写真是怎样统一起来的呢？清代画家邹一桂说得好：

"耳目口鼻须眉，一一俱肖，则神气自出；未有形缺而神全者也。"①必须在形真的基础之上才能求得传神。刘勰既主张"曲写毫芥"，又要求"拟容取心"，正是这个道理，正是以"切至为贵"为基础而提出的。王元化论"拟容取心"，颇多创见。他认为"心和容亦即神和形的异名"②。鄙见以为"心"和"神"两个概念虽不等同，但"拟容取心"和顾恺之的"以形写神"③，和王夫之的"体物而得神"④一类说法，其精神实质是相同的，都指通过逼真的形貌描写而表现其精神特征。"拟容取心"是对比兴方法提出的要求，目的在于使比拟之物，能更有力地表达作者的思想感情。因此，要求不停止于物象表面形貌的描绘，而应捕捉某种物象的精神特点，从而起到"体物写志"的作用。忽略了这点，所状之物虽然毫发不差，却物自为物，必与比兴方法无涉，与"体物写志"异趣。

这样看来，"曲写毫芥"是应该的，细节的真实绝不能忽视，但必须"拟容取心"。在《文心雕龙》中，崇实主真的观点是突出的，但并不主张机械的、绝对的真实，也不反对不实的虚构。《神思》篇的"规矩虚位，刻镂无形"等说，便是明证。又如刘勰肯定"庄周述道以翱翔""列御寇之书，气伟而采奇"（《诸子》），并未因《庄子》《列子》中的大量虚构不实之谈而否定其形象描写。枚乘的《七发》，无论其中的楚太子与吴客，还是"龙门之桐""伯牙之歌"等等，虽全属虚构，刘勰却赞以"腴辞云构，夸丽风骇"（《杂文》），而未只字责其不实。《才略》篇称王延寿"瑰颖独标，其善图物写

---

① 《小山画谱》卷上。
② 《文心雕龙创作论》第54页。
③ 见《历代名画记》卷五。
④ 《薑斋诗话》卷下。

貌,岂枚乘之遗术欤!"可见刘勰的所谓"图物写貌",并不是非真不可的。而善于"图物写貌"者,正是对物貌的艺术创造。因此,在某种特定情况下,是允许和事物相反的。《鲁颂·泮水》有云:"翩彼飞鸮,集于泮林,食我桑黮,怀我好音";《大雅·绵》中曾说:"周原膴膴,堇荼如饴"。这都是不泥于真的艺术描写。猫头鹰的叫声,本来是难听的;苦菜的味道实在是苦的,但《诗经》中却写其声美,其味甘。刘勰在《夸饰》篇讨论这两例说:"鸮音之丑,岂有泮林而变好? 荼叶之苦,宁以周原而成饴?"必求其真,似乎是不尽情理的。但刘勰却认为,这种写法是"意深褒赞,故义成矫饰"。就是说,为了更好地表达作者的褒赞之情,这样写能更有力地突出其教育意义,发挥其"体物写志"的作用。这种写法不仅无悖于真,且是"壮辞可得喻其真"。因为在周人看来,在他们祖先开拓肥美的国土上,其苦菜就应如蜜糖;虽然"鸮恒恶鸣",但"今来止于泮水之木上,食其桑黮,为此之故,故改其鸣,归就我以善音"[①]。照郑玄这种说法,鸮鸣就是一曲美妙的颂歌了。刘勰所谓"意深褒赞",殆即指此。郑玄的解释是否符合原意,那是另一问题。但在文学创作中,用拟人化的方法把主观的情加于客观的物,却是古今常用的。刘勰对此虽然未必认识到了,但他能从"体物写志"的观点出发,肯定了这种写物的方法,还是有一定意义的。

3. 以少总多,情貌无遗。

怎样才能既真实地写物图貌而又可"拟容取心",这要涉及很多艺术理论和艺术方法。刘勰的创作论,虽不能很深很细地探讨种种复杂问题,却往往抓住一些问题的关键之所在,作了简要而

[①] 《十三经注疏》第612页。

精辟的论述。《物色》篇提出的"以少总多,情貌无遗",就不仅指出了形神统一的重要途径,还总结了一条重要的艺术规律。

"写物图貌"必将遇到的问题是:"物貌难尽。"四序纷回,纷纭杂沓之物,自然难以尽言;即使写一时之景,状一物之貌,要详尽地描写下来,是既无必要,也不可能的。因此,以少总多,就成了驱辞逐貌的必然规律。对难以尽写的物象来说,"略语则阙,详说则繁",要不缺不繁而又把所写之物的神情状貌描绘出来,就必须遵循"以少总多"的艺术规律。刘勰从《诗经》的创作经验中,相当精辟地总结了这样一条规律:

> "灼灼"状桃花之鲜,"依依"尽杨柳之貌,"杲杲"为出日之容,"瀌瀌"拟雨雪之状,"喈喈"逐黄鸟之声,"喓喓"学草虫之韵。"皎日""嘒星",一言穷理;"参差""沃若",两字穷形;并以少总多,情貌无遗矣。

这些描写,其所以能够"一言穷理""两字穷形",主要是它概括了所写物象的共同特征。"灼灼"二字,写尽桃花盛开的共同状貌;"依依"二字,表达了众多杨柳的共有姿态。同是写形,"依依"不能用于桃花,"灼灼"不可施之杨柳;同是绘声,既不能说"喈喈学草虫之韵",也不能说"喓喓逐黄鸟之声"。这说明其以"少"所总的"多",是不同事物的不同特征。桃花的"灼灼"、杨柳的"依依",正因是从大量桃花或杨柳中概括出来的共同状貌,它就更具有桃花或杨柳所独有的特点;也正因它是桃花或杨柳最基本的特点,所以能够"以少总多"。因此,刘勰所总结的"以少总多"的具体道路,就是"善于适要"。这个"要",也称"要害",就指物象的基本特点。他认为《诗经》《楚辞》在写物图貌上的主要经验,就是"并据要害"。如果继承这种善于抓住物象特点的优良传统,就可把前人虽已反复多次写过的物象描绘得更为新颖,这就是《物色》篇说的:"善于适要,则虽旧弥新矣。"

袁枚曾说:"自古文章所以流传至今者,皆即情即景,如化工肖物,着手成春,故能取不尽而用不竭。不然,一切语古人都已说尽,何以唐、宋、元、明,才子辈出,能各自成家而光景常新耶?"①这里说的"光景常新",显然和刘勰所讲"虽旧弥新"同旨。袁枚提出的这些问题,一千五百年前的刘勰,已经作了很好的回答,就是:善于适要,以少总多。

三

刘勰对辞赋中的某些形貌描写,是持反对态度的。如《物色》篇评"长卿之徒,诡势瑰声,模山范水,字必鱼贯"等。这类描写,无论是"循环相因",或者罗列辞藻,都有悖于"体物写志"的艺术规律。任何文学创作,写物图貌都是一种手段,并不是目的。即使以表现形貌为主的绘画,亦无不如此。这样看来,从"诗言志""言为心声"到"体物写志",其所以成为我国古代两千多年来的传统文学观点,并不是偶然的。

刘勰认为"万趣会文,不离辞情"(《熔裁》),正是把"情"的表达和"言"的运用,视为文学创作的两个基本环节。刘勰的创作论,也正以如何处理言与情的关系为主要内容;他把文学理论上的一些重要问题,如风格论、风骨论、通变论、情采论等,都纳入言情关系的范畴来论述,就是这个原因。因此,这里有必要首先探讨刘勰对情志和整个文学创作的关系的认识,然后考察他对言情关系的具体论述。

---

① 《随园诗话》卷一。

《情采》篇说："繁采寡情，味之必厌"；又说："文采所以饰言，而辩丽本于情性"。不仅没有充实情志的作品会使人厌烦，且作品的美好，本于情性，离开情性，无论什么文辞采饰，是不能构成"辩丽"的作品的。这说明，"情"是构成文学艺术的基本因素，也是决定作品优劣的主要成分。《情采》篇中的所谓"情"，刘勰用作和"采"相对应的概念，已具有文学艺术的内容的含义。但本篇不仅一再强调"吟咏情性""述志为本""文质附乎性情"等，且直接解释了"立文之道"的"情文"为"五性是也"。所以，用"情"来概括作品的内容，正好说明文学作品的内容主要是情，不表达任何情志的内容是没有的。

　　刘勰的这一重要观点，当然不是偶见于《情采》篇。在他看来，所谓文学创作，本身就是抒情写志。《知音》篇论文学鉴赏和文学创作的区别曾说："缀文者情动而辞发，观文者披文以入情。"可见，文学创作的特质，就是"情动而辞发"，就是以辞写情。刘勰在论诗歌创作时，曾讲到造成这种特质的基本原理："人禀七情，应物斯感；感物吟志，莫非自然。"（《明诗》）对"有心之器"的人来说，本是一种有思想感情的动物，他受到外物的影响而吟咏其情志，进行文学创作，刘勰认为这是一种自然规律。这种规律，也就是《原道》篇说的："心生而言立，言立而文明，自然之道也。"有了思想感情，就要产生表达思想感情的语言；表达思想感情的语言，必然有一定的"文"，这就是所谓"自然之道"。所以《明诗》篇又说："民生而志，咏歌所含。"咏歌其志，抒发其情，这就是文学创作的特质。情志和整个文学创作的密切关系，也就于此可见了。

　　从刘勰在《才略》篇对作家才华的论述，可进一步看到他对情与文的关系的深刻认识。《才略》中所讲的"才"是什么才呢？这是值得注意的。其中讲到一些不以文学创作为主的作者，如："桓谭著论，富号猗顿……而集灵诸赋，偏浅无才，故知长于讽论，不及丽文也。"又如："王逸博识有功，而绚采无力。"桓谭、王逸等在其他方面是很有才能的，但于文学创作却"偏浅无才"。这说明本篇所论之"才"，是专指文学创作的才力。有待进一步研究的是：什么样的"才"，才是文学创作之才？他说："仲舒专儒，子长纯史，而丽缛成文，亦诗人之告哀焉。""诗人告哀"是借《小雅·四月》中"君子作歌，维以告哀"之意。这两句正表达了刘勰认为文学创作必须抒情写志的思想。作为"专儒"的董仲舒和"纯史"的司马迁，却能以《士不遇赋》《悲士不遇赋》等，抒发他们怀才不遇的哀情。董仲舒、司马迁和桓谭、王逸的不同，就在于他们能运用"丽缛"的文辞来抒写其悲哀之情。这就接触到文学才略的具体内容了。

能否"丽缛成文"，固然是文学"才略"所不可忽视的一个重要方面，但关键在于，其丽缛之文，是否"维以告哀"。有无文学创作之才，这是一个根本问题。《才略》篇讲到的另一作者，可进一步说明这点："敬通雅好辞说，而坎壈盛世，《显志》自序，亦蚌病成珠矣。"刘勰在《论说》篇也讲到此人："敬通之说鲍、邓，事缓而文繁，所以历骋而罕遇也。"这位"雅好辞说""历骋而罕遇"的冯衍，在文学创作上还有所成就，正由于他坎壈于盛世的不幸，而在《显志赋》中表达了这种不幸之情。所以，刘勰用"蚌病成珠"来喻其文学成就。冯衍以能写其不幸而"成珠"，这就有力地说明，所谓文学才华，主要是指作者抒写情志的才能。《才略》篇主要是论作家的文学创作之才，具体说明了这种"才"的实质是抒情言志之才；这很能说明，刘勰对文学创作以抒情言志为主的认识，是渗透在他整个文学思想之中的。

在刘勰的整个创作论中，从不同角度论述"为情而造文""述志为本"等问题，总其大要，就是以辞写情。这是言辞和情志的总的关系。从这一总关系出发，刘勰在他的创作论中，分别从"志足而言文""志以定言"和"言以足志，文以足言"三个主要方面，论述了言和情的种种具体关系。现分别剖析如下：

（一）志足而言文

文质并茂是我国古代的传统文学观点。从上述文学创作的基本特点来看，这个传统观点是重要的。既然"万趣会文，不离辞情"，对情和辞两个基本方面没有统一的要求，没有并重的观点，是不能指导作者写出优秀的文学作品的。刘勰在他的文学总论中提出："然则志足而言文，情信而辞巧，乃含章之玉牒，秉文之金科矣。"（《征圣》）这是他在先秦以来传统思想的基础上总结出来的重要观点。刘勰把"志足""情信"和"言文""辞巧"两个方面的高度统一，视为文学创作的金科玉律，可见这是他对文学创作提出的最高准则。所以对古代作品，刘勰赞扬"情采芬芳"的《橘颂》（《颂赞》）、"志高而文伟"的《与山巨源绝交书》（《书记》）等，而不满于"有实无华"（《书记》）或"务华弃实"（《程器》）的作品。刘勰在总结其创作论的《总术》篇，集中论述了掌握写作方法的重要，认为有的作品其所以"或义华而声悴，或理拙而文泽"，就是没有掌握正确的写作方法。这说明其创作论的重要任务之一，就是要解决如何使作品写得辞情兼善而避免文质不称。

《风骨》就是论情辞并善的一个重要篇章。本篇首先提出："怊怅述情，必始乎风；沉吟铺辞，莫先于骨。"述情以"风"为首，铺辞以"骨"为先；如何使作品"风清骨峻"，这是文学创作的首要任务。这就为文学创作既要"析辞必精"，又要"述情必显"，作了有力的说明。所以，刘勰在本篇最后总结说："蔚彼风力，严此骨鲠；才锋峻立，符采克炳。"这里，"符采"二字很值得注意。旧注多指"玉之横文"①,刘勰虽沿旧说,但还有其具体命意。"符",信也,本是合以取信的意思;用"符采"指玉纹,正取玉的花纹和玉合而为一之义。《文心雕龙》中多次用到"符采"二字,正取此义。如《宗经》篇说的"四教所先,符采相济";《诠赋》篇说的"丽辞雅义,符采相胜"等。"四教"指孔子提出的"文、行、忠、信"。刘勰认为,虽然"文"列其首,但必须像玉与其纹那样,和其他三项紧密地结为一体。"丽辞"和"雅义"的关系也是如此。由是可见,《风骨》篇的"符采克炳",正指"蔚彼风力"与"严此骨鲠"两个方面的统一。刘勰认为,能使这两个方面高度统一、兼善并美的作者,才是"才锋峻立"。联系上述论"才略"的意见更可看出,这里正是强调,有才华的作家,就应使"风"与"骨"、情与言能"密则无际"地结合起来。

《风骨》篇为历来论者所重视,是不是它提出或解决了什么重大问题?概念上的不同理解曾引起一些不同的争议,显然不能视为本篇引人关注的主要原因。一个无足轻重的概念,就不会为众多研究者进行长期的争论。所以,"风骨"论的价值何在,这是个不能不考虑的问题,忽略了这点,势必流于盲目的概念之争,而概念也就难以得到确解。作为一己之见,我以为这个问题应从刘勰总的理论体系上来考察②,才有可能准确地把握其概念和价值之所在。黄侃曾有这样一段论述:

> 综览刘氏之论,风骨与意辞,初非有二。然则察前文者,欲求其风骨,不能舍意与辞也;自为文者,欲健其风骨,不能

---

① 如《文选》曹植《七启》、左思《蜀都赋》注。
② 详见本章第四节。

无注意于命意与修辞也。①

这里提出一个不能不加以思考的问题：文学史上是否有离开命意与修辞两个基本方面而存在的所谓"风骨"呢？历史上著名的"汉魏风骨""建安风骨"，是不是单指风情与事义等内容方面的特征呢？没有"端直""必精""坚而难移"的言辞，还能否成其为"风骨"呢？这些虽简单但却不可回避的问题，只能说明黄侃的意见是对的。正因为辞与情是构成文学作品的基础，而遣辞命意又是文学创作的根本，刘勰按照其旨远辞文、情信辞巧的论文宗旨，在《风骨》篇对这两个密不可分的问题分别提出具体的要求，他的"风骨"论，才有其较为重要的历史意义。正由于刘勰不仅对"情"提出"风"的要求，而且对"辞"提出"骨"的要求，他"无务繁采"的主张才不是空话，对改变六朝"习华随侈"的文风，才具有更大的现实意义。也正因刘勰风骨并重，并概括了汉魏时期文学创作辞意两个方面的基本特征，"风骨"说才具有较大的普遍意义，而使"汉魏风骨"成为后世可资利用的一个响亮口号。也正因为刘勰同时要求"情之含风"和"辞之待骨"，他的"风骨"论才成为其整个理论体系的中心而有其重要地位。

《风骨》以下的许多篇章，正是围绕着如何创造"风清骨峻"的作品所作的具体论述。紧接在《风骨》之后的《通变》篇，则可说是《风骨》篇的续论。《风骨》篇讲炼风骨的方法是：

> 熔铸经典之范，翔集子史之术；洞晓情变，曲昭文体，然后能孚甲新意，雕画奇辞。昭体，故意新而不乱；晓变，故辞奇而不黩。若骨采未圆，风辞未练，而跨略旧规，驰骛新作，

---

① 《文心雕龙札记》第99页。

虽获巧意,危败亦多。

这段话除进一步说明刘勰所论"风骨"的主旨是试图解决"意新"和"辞奇"两个方面的问题外,也提出了如何对待"通"与"变"、"旧"与"新"的问题。可以说,这段话就是《通变》篇的论纲。"曲昭文体"的"体",就是《通变》篇所谓"诗赋书记,名理相因,此有常之体也"的"体";"洞晓情变"的"变",就是《通变》篇所谓"文辞气力,通变则久,此无方之数也"的"数"。"体必资于故实",即所谓"通",就是要"熔铸经典之范";"数必酌于新声",即所谓"变",就是要"翔集子史之术"。整个《通变》篇,也就是论述如何处理这种通与变,旧与新的关系。刘勰认为从黄唐以来"九代咏歌"发展总的趋势是"从质及讹,弥近弥澹";造成这种趋势的原因则是"竞今疏古"而"风末气衰";针对这种现象,刘勰提出具体的主张是:"矫讹翻浅,还宗经诰。斯斟酌乎质文之间,而隐括乎雅俗之际,可与言通变矣。"由此可见,刘勰的通变论,虽也接触到"文律运周,日新其业""变则其久,通则不乏"的文学发展规律,但全篇重点,不在从理论上探讨继承与革新的关系,而是从当时文学创作上存在的实际问题出发的。

明确了刘勰"通变"论的意图,是在纠正当时文学创作"从质及讹"的倾向,而要求做到"斟酌乎质文之间",就很容易看到:本篇所讲古与今的关系,实际上就是质与文的关系。反对竞今疏古,要求酌古参今,目的是在调整质与文的正确关系。所以,"通"与"变"的结合,也就是"质"与"文"的兼顾。

这里有待研究的是"质文"的"质",其具体含义应如何理解。"文质论"是我国古代文论中一个相当重要的问题,古今论者甚多,情况比较复杂,这里只能略述本篇所讲"质"字的命意。从"黄歌断竹,质之至也",到"斯斟酌乎质文之间",本篇共用五个"质"字,都是质朴的意思。但如仅仅理解为表现形式的质朴,是很难符合刘勰的原意的。这不能不考虑以下几个问题:首先是用"还宗经诰"来"矫讹翻浅",不能割裂刘勰的整个"宗经"思想,而简单地理解为用经典的质朴文风来"矫讹翻浅"。其次,刘勰用桓谭的话来论证"青生于蓝,绛生于茜,虽逾本色,不能复化"的道理,很能说明刘勰主张"通"的原意。桓谭的话是:"予见新进丽文,美而无采;及见刘、扬言辞,常辄有得。"所比所喻,虽觉勉强,但刘勰的用意是明确的。事物可以向华丽的方向发展变化,但不能超越或改变它的本质。近文虽美,却一无可取,这就是离本;刘向、扬雄的作品使人读后能有所得,就因为它不是徒有其表,而有其实,它才符合文学作品的根本性质。《情采》篇有所谓"贵乎反本",殆谓此也。再次,刘勰认为商周以前的作品,是"序志述时,其揆一也",则他反对后世作者"竞今疏古",自然是要求学习古人的"序志述时"。最后再从刘勰论"通变"的目的来看,他要求"昭体,故意新而不乱;晓变,故辞奇而不黩"。所谓"昭体",是要明确诗、赋、书、记等各种文体的基本写作原理:"凡诗、赋、书、记,名理相因,此有常之体也。"这是应"通"、应继承的。诗,应"言志";赋,应"体物写志";书,"所以记时事也";"记之言志,进己志也"。可见"名理相因"的"通",主要是在内容方面。这样,把"斟酌乎质文之间"的要求,仅仅理解为调配朴质与华丽的文风,显然就远离刘勰论"通变"的原意了。"质",固可训"朴",也有"实""质地"之义。在实际运用中,有时各有侧重,但又是常常互有联系的。在"质文"对举联用时,虽仍不离朴质之意,却往往侧重于"实"的含义。从以上分析可见,刘勰在本篇所讲的"质",其直接意思虽是朴质,但他主张的通古之"质",是和要求有"序志述时"

的内容分不开的。"朴"和"实",本来就难以截然分开,空洞无物的"质朴"是不存在的。所以,怎样理解有异议的"文质论",或可从本篇得到一些启发。

刘勰论"通",目的在于要求作品有充实的内容;论"变",则指"文辞气力"应有新的发展。因此,通古与变新的关系,仍是情言关系的一个方面,它实际上是从古今结合的角度,来研究质与文、情与言的结合。可以认为《通变》是《风骨》的续论,即在于此。正确处理法古与变新的关系,正是为了写出风清骨峻的理想作品。

"风"与"骨"、"通"与"变"、"文"与"质"的必须密切结合,这是文学艺术的必然规律决定的。刘勰在《情采》篇从理论上对这种必然性作了精辟的论述:

夫水性虚而沦漪结,木体实而花萼振,文附质也。虎豹无文,则鞟同犬羊;犀兕有皮,而色资丹漆,质待文也。

对文学艺术来说,"质"与"文"必须密切结合,就因为二者有一定的相互依存性:"文"必依附于一定的"质"而存在,"质"必有待于"文"才得以表现出来。只有通过"沦漪"的形式,才能表现出"水性虚"的特点;只有通过"花萼"的形式,才能表现出"木体实"的特点。但也只有"水性虚""木体实"这种特定的质,才能产生与之相应的"沦漪""花萼"的形式。当然,不同的水或木,又将产生不同的形式,《定势》篇讲的"激水不漪,槁木无阴",就说明了内容决定形式的必然性。

理论上阐明了文与质的关系,刘勰在《情采》篇便据以提出一条文学创作的基本原则:"情者文之经,辞者理之纬;经正而后纬成,理定而后辞畅:此立文之本源也。"前已提到,刘勰认为"立文之道,惟字与义",这里就是对"立文之道"的具体论述,也就是提出了处理字与义的关系的原则。首先是文学创作必须情与辞经纬相成,质文相交;其次是要先确立经而后织以纬,也就是先确立内容,然后用文辞来表达其内容。关于内容对形式的决定作用,这就涉及下面要探讨的情与言的另一种关系:志以定言。

(二)志以定言

"文附质""质待文"的关系,说明二者不可偏废;但立文之道的经纬关系又说明情与辞有主次之别。《情采》篇用一个生动的比喻,说明了二者不能等量齐观的道理:"铅黛所以饰容,而盼倩生于淑姿;文采所以饰言,而辩丽本于情性。"文学作品如果内容不好,任何文辞采饰也改变不了作品的实质。这就犹如妇女的容貌虽可借助脂粉加以修饰,但若她生的本来很丑,则任何铅黛也不可能使之产生"巧笑倩兮,美目盼兮"的美态。因此,刘勰在本篇明确提出"述志为本"的主张,并大力肯定《诗经》以来"为情而造文"的优良传统,反对汉魏以后"为文而造情"的不良倾向。因"为情而造文",虽有文采,但能"要约以写真",文质关系可以得到兼顾;"为文而造情",则主要是从追求辞采出发,必然写得"淫丽而烦滥",这就不能正确处理情和辞的关系,出现"繁采寡情"的现象。

文学创作以"述志为本",就必然涉及情言关系的另一重要问题:"气以实志,志以定言,吐纳英华,莫非情性。"(《体性》)文学作品的内容,无不出自作者的情性,也无不决定于作者的情性。在文学创作中,既是"志以定言",则不同的个性和情志决定作者有不同的语言特点,这就是我们今天所说的艺术风格问题。《体性》就是从个性与风格的关系来探讨艺术风格的一篇专论。本篇一开始就讲到:

夫情动而言形,理发而文见,盖沿隐以至显,因内而符外者也。然才有庸隽,气有刚柔,学有浅深,习有雅郑,并情性所铄,陶染所凝;是以笔区云谲,文苑波诡者矣。故辞理庸隽,莫能翻其才;风趣刚柔,宁或改其气;事义浅深,未闻乖其学;体式雅郑,鲜有反其习:各师成心,其异如面。

"志以定言"的道理,这段话作了充分的发挥。因为文学创作是"情动而言形",语言是用以表达情志的,言与情当然应该表里一致,内外相符。这是构成艺术风格的基本原理,也是情和言的基本关系。刘勰沿着这种基本关系,对情和言分别作了具体探讨。"情"决定于作者的才能、气质、学识、习性等,这些因素汇合起来,就构成作家各不相同的艺术个性,刘勰称之为"性"。"言"的具体表现,有庸与隽、刚与柔、浅与深、雅与郑等不同特点,所谓"笔区云谲,文苑波诡",是多种多样,变化无穷的;这种不同的特点,刘勰称之为"体"。但从"志以定言""因内而符外"的原理来看,"体"的任何表现,无不与"性"密切联系着,这就是刘勰所具体分析的"辞理庸隽,莫能翻其才"等等。"性"的千变万化,决定了"体"也无穷无尽,"各师成心,其异如面"。各种不同的艺术风格,就是这样形成的;艺术风格的多样化,也就是这种形成原因所决定的。

古人论艺术风格的很多,如刘勰之前的曹丕、陆机等,之后的皎然、司空图等;或失之太简,或失之过泛,或流于天才决定论,或流于玄虚抽象,难于捉摸。刘勰的风格论之所以讲得较为准确而具体,主要就因为他是从情言关系的研究着手的。从"志以定言"的关系,自然就进而把握住"因内符外"的道理。从"性"决定"体"的关系,就既能找出不同作家的艺术风格形成的原因,又能准确地认识艺术风格的本质特点。

由于不同的作者,其才、气、学、习,千差万别,所以,刘勰虽把艺术风格大体上概括为"典雅""远奥""精约""显附""繁缛""壮丽""新奇""轻靡"八种类型,却又注意到艺术风格的多样性是因人而异的。如所举贾谊的"文洁而体清",司马相如的"理侈而辞溢"等实例,就不局限于"八体",而是从"性"与"体"的关系来论证其各异和"表里必符"。且刘勰所讲这种风格,不是"虽在父兄,不能以移子弟"①,而是"八体屡迁,功以学成"。他虽也认为"才有天资",但可"因性以练才";只要"学慎始习",仍可取得"功在初化"的作用。所以,刘勰的风格论,虽有儒家思想带来的某些局限,如偏重"熔式经诰,方轨儒门"的"典雅"风格等,但他讲的艺术风格,不仅把握住了艺术风格的本质意义,且不是模糊不清的,而是具体明确的,可以掌握的。

《体性》篇用"志以定言"的原理论艺术风格,《定势》篇则用志以定"势"的原理论"文章体势"。《定势》篇开宗明义提出:"夫情致异区,文变殊术,莫不因情立体,即体成势。"由于作者的情志多种多样,作品的写作方法也就各不相同;但有一个共同点,都是根据作者所要表达的情志来选择适当的文体,不同的文体就形成不同的体势。对"势"这个概念,曾经出现过多种不同解释,或以为指"法度",或以为指"标准",或以为指"姿态",或以为指"局势"等,近年来多数论者则认为是"风格","体势"就是"文体风格"。不同文体的特点可否称作"风格",这只是个概念问题。我们要把文体的特点叫做文体风格,是未尝不可的,但必须明确的是,《体性》篇中的"体",和《定势》篇中的"势",是有着显著区别

---

① 《典论·论文》。

的两个概念。风格的形成是"气以实志,志以定言",体势的形成则是"因情立体,即体成势"。这种区别很明显:

性——情——体(风格)
情——体(文体)——势

从情与言的基本关系来看,风格是由情性直接决定的,体势则直接决定于文体,所以刘勰一再说"即体成势""循体而成势"。这一根本区别就决定了:

1. 风格是由作家个性决定的独具的艺术特色。体势则是不同文体所形成的不同特点,它不是作家个人独有的东西,反而要求"渊乎文者,并总群势",然后根据不同的文体以"随时而适用"。

2. 由于人的性情各异,风格也是"其异如面"。艺术风格可以,也应该多样化;"势"则有定,"虽无严郛,难得逾越"。如"章、表、奏、议,则准的乎典雅……史、论、序、注,则师范于核要"等,这是不能因人而异的。

3. 对作品来说,风格是无定的,同一作品可以因人而异其风格;"势",则有定,已如上述。对作家来说就正好相反,风格是有定的,一个作家的风格一经形成,就"难可翻移"了;"势"则无定:"奇正虽反,必兼解以俱通;刚柔虽殊,必虽时而适用。"

这些区别说明,风格和体势是不能混为一谈的。在刘勰的论述中,体势的概念是很清楚的:"势者,乘利而为制也。如机发矢直,涧曲湍回,自然之趣也。圆者规体,其势也自转;方者矩形,其势也自安:文章体势,如斯而已。"这已清楚地说明,体势是文体本身固有的特点所决定的,就如圆者自转,方者自安一样。如章、表、奏、议之类作品,它本身要求用"典雅"的特点来写,"典雅"就是这类文体的"势"。这个"势",和由作家个性决定的艺术风格自然不同。

风格与体势虽然有别,也有一定的共同性。总的来说,二者形成的基本原理,都是"志以定言"。"势"虽直接受文体的制约,但文学创作必须"因情立体"。文体决定于"情",则体势必然要受到"情"的支配。所以,《定势》篇说:"绘事图色,文辞尽情,色糅而犬马殊形,情交而雅俗异势。"和绘画必须着色一样,文辞必须表达情志;绘画调配各种色彩就画成犬马的不同形状,各种情志交织而成的文学作品,就形成雅俗不同的体势。所谓"文辞尽情",这是文学创作的根本任务;一切文辞都是为了"尽情",可见"情"不仅决定文体,也必然决定一切文辞,仍不出"志以定言"的原理。

"势"和风格一样,都属于表现形式的范畴,在情言关系中,都属于"言"。刘勰对这两个问题不是孤立地论其形式,而从情言关系入手,用"志以定言"的道理来论证应该如何正确对待这两种表现形式,这正是他的理论能取得一定成就的重要原因。刘勰论"势",除要求体与势一致,避免"雅郑而共篇,则总一之势离"以外,其主要目的,仍在正确处理文学创作中情与言的关系。他说:

> 陆云自称:"往日论文,先辞而后情,尚势而不取悦泽;及张公论文,则欲宗其言。"夫情固先辞,势实须泽,可谓先迷后能从善矣。

"先辞而后情",就违背了"志以定言"的原理。辞与情的正确关系是"情固辞先";文学创作必须在以"情"为主的前提下,同时要求"势"的润泽华美,才能循着文体的特点而"因利骋节,情采自凝"。

由以上所述可见,在"志以定言"这个基本点上,风格和体势是有其深刻的联系的,但刘勰在论述这两个问题中,又精细地区分了二者在形成和表现上的各异。这也是他的"深得文理"之处。

（三）言以足志

文学创作是"辞以情发"，因此，言辞以充分表达情志为目的，这是刘勰反复论证的基本观点。问题在于怎样运用语言文辞以充分表达思想感情，这是文学创作上具有普遍意义的问题，也是情言关系所应研究的一个重要方面。《文心雕龙》以创作论为全书主要内容，而所谓创作论，除探讨有关创作的基本原理之外，主要就是研究以言达情的具体方法，这几乎是其创作论各篇都有所论述的普遍问题。这里只简析以下三点：

首先是"言以足志"的基本要求。《情采》篇有云："联辞结采，将欲明经；采滥辞诡，则心理愈翳。"这就是形式必须为内容服务的明确主张。"经"者，情也。文辞采饰的运用，是为了表明情理，违背这个要求而"采滥辞诡"，就必然妨碍内容的表达。刘勰反对"为文而造情"，就是这个原因。为了贯彻这一基本要求，刘勰提出了一系列相应的主张。如《熔裁》篇的三准："履端于始，则设情以位体；举正于中，则酌事以取类；归余于终，则撮辞以举要。然后舒华布实，献替节文。""三准"是"隐括情理"的三条准则，用以权衡"设情"能否确立主干，"酌事"是否和主题思想联系密切，"撮辞"能否突出要点。总的来说，都是要求言辞能更好地表达内容。又如《附会》篇对正体制的要求："夫才量学文，宜正体制：必以情志为神明，事义为骨髓，辞采为肌肤，宫商为声气；然后品藻玄黄，摛振金玉，献可替否，以裁厥中。"这是意在确立构成文学作品各种因素的适当地位，虽然不是直接论述如何以言写志，却是正确处理情言关系所必须首先明确的原则。犹如人体构造，只有把情志当做统领作品的主脑，才能给构成它的骨髓、肌肤、声气等以适当的位置，以便更有利于情志的表达。

其次是"言以足志"的方法、技巧。刘勰在《声律》以下的七篇中,对用字谋篇、比兴、夸张、声律、对偶和用典等问题,分别进行了具体探讨。其中部分论及如何以言写物,已如前述。怎样以言达情,更是这些内容中探讨的主要问题。刘勰认为"心既托声于言,言亦寄形于字"(《练字》)。语言文字是表达思想感情的符号或工具,则文学作品从字句到篇章以及各种修辞技巧,无不以达情为目的。即使是不能直接表达情意的声律,也必须从有助于情的表达出发。《声律》篇说:"故知器写人声,声非学器者也。故语言者,文章神明枢机,吐纳律吕,唇吻而已。"这里说的"神明",也就是"以情志为神明"①之意;"枢机"则是"辞令管其枢机"之意。"文章神明枢机",即语言是文章中表达情志的关键。这是刘勰论声律的出发点。据此,他主张讲求语言的声律,应以合于唇吻为原则。又如要求"声转于吻,玲玲如振玉;辞靡于耳,累累如贯珠"等,都是旨在加强语言的音乐性,以更有力地发挥其"神明枢机"的作用。

又如论比兴,刘勰不仅认为用"比"可以起到"惊听回视"的作用,用"兴"可以发挥"称名也小,取类也大"的艺术效果,而且认为这种方法本身是和思想内容的表达直接联系着的。如说:"比者,附也;兴者,起也。附理者切类以指事;起情者依微以拟议。起情,故兴体以立;附理,故比例以生。比则畜愤以斥言,兴则环譬以记(托)讽。"这就不仅仅是把比兴当做"起情""附理"的方法,还具体要求表达愤激之情,讽刺之意。古人论比兴,往往视为一种单纯的艺术技巧或修辞手段。较早的解释如郑众:"比者,

---

① 《黄帝内经·灵兰秘典论》:"心者,君主之官也,神明出焉。"又《荀子·解蔽》:"心者,形之君也,而神明之主也。"

比方于物也；兴者，托事于物。"①后来朱熹的解释，是有一定代表性的，他也认为："比者，以彼物比此物也"；"兴者，先言他物以引起所咏之词也"②。这都仅仅是指表现手法，和用这种手法来表达什么情志没有联系。刘勰给比兴方法以表达内容的规定性，这和他注意言与情的联系和强调"言以足志"的观点是分不开的。

刘勰论艺术技巧的这种特点，在《夸饰》篇尤为突出。他认为夸张手法运用得好，"谈欢则字与笑并，论戚则声共泣偕，信可以发蕴而飞滞，披瞽而骇聋矣"。夸张的描写，可以起到使盲人睁眼，聋人受惊的艺术效果，其妙就在使言与情高度结合："字与笑并""声共泣偕"。这实在是情言关系的精彩之论。

第三是"文以足言"。文与言的关系，也就是《情采》篇说的"文采所以饰言"。《征圣》篇引孔子的"言以足志，文以足言"③等话，并据以提出"志足而言文，情信而辞巧"的金科玉律。所以，"文以足言"虽然不直接论述情与言的关系，但属于所谓金科玉律的"言文"或"辞巧"。要是"言之无文"，一则"行而不远"，不能充分发挥言志的作用；一则"志足而言文"这个金科玉律就根本不能实现。所以，"文以足言"虽讲言与文的关系，却是研究情言关系不可分割的一个组成部分。

在《声律》以下的七篇中，有的就主要是讲"文以足言"的。如《丽辞》篇论对偶，就基本上是从审美要求出发的。刘勰认为："若气无奇类，文乏异采，碌碌丽辞，则昏睡耳目。"没有奇特的文采，只能引人昏昏欲睡，是难以发挥作品的作用的。这样的观点，

---

① 《周礼·春官·大师》注引。
② 《诗集传》卷一。
③ 《左传·襄公二十五年》。

在刘勰的创作论中并不是个别的。他虽大力反对采滥辞诡的不良倾向,但认为"圣贤书辞,总称文章,非采而何!……若乃综述性灵,敷写器象,镂心鸟迹之中,织辞鱼网之上,其为彪炳,缛采名矣"(《情采》)。古代圣贤的著作都有文采,则专以抒写情志的文学作品,其文采就更应是光辉灿烂的了。

言必有文,刘勰认为是天经地义的,《原道》篇就提出:"言之文也,天地之心哉!"但如《情采》篇所说,必须"文不灭质,博不溺心"。怎样才能做到文质彬彬,恰到好处呢?刘勰所论甚多,总其大要,就是要正确处理情—言—文三者的关系,基本原则即:"言以足志,文以足言。"只要把握住文为言服务,言为志服务这个准则,就合于刘勰论创作的金科玉律,就有可能创造出"衔华而佩实"的理想作品。

从情、物、言三种关系可以清楚地看到,刘勰的创作论是相当全面的,文学创作理论上的一些基本问题,都有了程度不同的论述。当然,刘勰未必是明确地、有意识地按照这三种关系来建立其创作论的,但无可否认的是:物、情、言是文学创作的三个基本要素,而文学创作理论所要研究的,也不外这三者的关系。刘勰在他的创作论中,正全面探讨了这三种关系。这说明,刘勰的创作论,确是抓住文学创作理论上的一些根本问题了。从物、情、言三者的关系来考察刘勰的创作论,不仅可发现一些为我们过去注意不够的问题,也可更准确地铨衡其理论的成就与不足之处。总的来看,刘勰的创作论是详于情言关系而略于物言关系,精于物情关系而深于情言关系。物言关系是其薄弱环节,这与中国古典文学以抒情诗为主的创作实践有关。因此,这正反映了我国古代文论体系的一个显著特点。

第二节　艺术构思论

　　《文心雕龙》的创作论部分，各篇为一相对独立的专论，如《神思》篇是艺术构思的专论，《体性》篇是艺术风格的专论等。但各篇之间又有一定的内在联系。上节所述物、情、言三者的关系，就是各篇之间横的联系。由《神思》《体性》《风骨》至《总术》，各篇先后有序，不可移易，其论层层推进，是为各篇之间纵的联系。如《神思》篇论"驭文之首术"，又是创作论的总纲，故列首篇。因文家思路不一而"情数诡杂，体变迁贸"，便继以《体性》之论。在艺术构思中，作者的"志气统其关键"；由"气以实志，志以定言"而形成不同的艺术风格；风格可以因人而异，但必须有一个总的要求，既然构思与风格都决定于作者的气志，则"化感之本源，志气之符契也"，故以《风骨》篇论之。怎样实现"风骨"的理想或要求，是本篇不能尽论的，除"熔铸经典之范（《征圣》《宗经》），翔集子史之术（"论文叙笔"诸篇）"外，就须"洞晓情变，曲昭文体"，即由以下《通变》《定势》等篇予以详论。这种纵横交织的联系，把《文心雕龙》的创作论组成一个相当完密的整体。涵汇在这个整体中的文学理论是十分丰富的，本章只能略究其中的部分专论。这里仍按原著的次第先讲艺术构思论。

一

　　一切文章论著的写作，无不先有构思，然后下笔，这是刘勰的创作论以《神思》篇为首的原因之一。但本篇所论，有别于一般的写作构思，而是艺术构思的专论。黄侃早已有识于此了，他很明确地讲道："即彦和泛论文章，而《神思》篇已下之文，乃专有所属，非泛为著之竹帛者而言,亦不能遍通于经传诸子。"①其不能通用而"专有所属"者,就是文学创作。我们用今天的观念称"《神思》篇已下之文"为创作论,并为当今研究者普遍认可和采用,就因其所论,确"非泛为著之竹帛者而言"。所谓"创作",就是艺术创造,而非直陈实录或起承转合之作。在艺术创造中,构思的任务、方法、性质,都有其独特的要求而迥异于一般文章的写作构思。刘勰在本篇所论,正是具有艺术创造特点的艺术构思论:

> 古人云:"形在江海之上,心存魏阙之下",神思之谓也。文之思也,其神远矣。故寂然凝虑,思接千载;悄焉动容,视通万里。吟咏之间,吐纳珠玉之声;眉睫之前,卷舒风云之色:其思理之致乎! 故思理为妙,神与物游。

文学创作是一种凭虚构象的精神生产。这种生产的完成,必须通过特殊的精神活动:想象。没有必要的想象,就不可能有艺术创造。刘勰所论,就是完成这种艺术创造的想象。身在此而心在彼,是想象活动的简单说明。但"文之思也,其神远矣",文学创作中的精神活动就辽阔无际了,它可以"思接千载""视通万里",不受任何时间、空间的限制而无所不及。驰神运思的自由性,是艺术构思与其他种种写作构思的不同特点之一。

但艺术构思亦非漫无边际的胡思乱想,除了"神居胸臆,志气统其关键"的主观因素外,客观上必以完成艺术创造为目的,离开这一目的的随意想象,便非艺术构思的想象。艺术创造所须完成的,自然不是视之无形、听之无声的虚无缥缈,而是绘声绘形的具体艺术形象。本篇所讲"物无隐貌",就是要求把物象清清楚楚地

---

① 《文心雕龙札记·原道》。

描绘出来。文学创作自然是为了抒情言志,但刘勰已认识到:"神用象通,情变所孕。"这个"象"即物象,各种各样的情意,是作者在精神活动中与物象相沟通、结合而孕育出来的。离开物象的精神活动,即空洞无物的想象,就无从表情达意。因此,艺术构思的任务,决定了其有别于其他的特点:为了创造艺术形象,就必须紧紧结合具体的物象来进行想象。当作者在升天入地的想象过程中,或"吐纳珠玉之声",或"卷舒风云之色";想到登山"则情满于山",想到观海"则意溢于海",作者的想象始终是"与风云而并驱"的。刘勰总结这种艺术构思的特点为:"故思理为妙,神与物游。"以精神与物象相结合的活动为"思理"之妙,确是揭示了艺术构思的基本特征,这是刘勰论艺术构思所取得的重要成就。

艺术构思的过程,其实质就是一个心物交融的过程。要在艺术构思中完成艺术创造的任务,这个过程是相当复杂的。无论是"珠玉之声"或"风云之色"等等,最初进入作者头脑的物象,并不就是作者要创造的艺术形象;何况世间万物,纭纭众生,它怎样入人之心,又怎样使之心物同一而成具体鲜明的艺术形象,其微妙之理,是古来许多高明的文学理论家所难得而言的。刘勰是否堪当"深得文理"之誉,这可能对他是一个极为严峻的检验。

《神思》之论,和《文心》全书以至绝大多数古代文论一样,是一种描述性的理论,不是用严密的逻辑推理构筑而成的。另一方面,本篇又非叙述艺术构思的过程。因此,检验其理,只能就其已涉及或分别论到的观点来考察。这样,不难从以下三点发现刘勰对艺术构思的过程,是有相当精深的认识的。首先是心物接触交融之理。"物以貌求,心以理应。"心与物之所以能相触相融,就因客观的物能以其形貌影响作者,主观的心则是按照一定的情理相应接。是必物能动心者,才能成为作者构思中的"物";打动作者心思的,又是物的形貌。而作者之所以能接受某种形貌的影响,又因作者有某种相关的情思。正如《物色》篇所说"情往似赠,兴来如答",是作者投赠给物色以深情,才能产生相应的兴致。因此,"情以物兴"和"物以情观"的结合,本身就是一种心物相融的活动。在把一定的物象纳入作者的思维过程之后,"写气图貌,既随物以宛转;属采附声,亦与心而徘徊"(《物色》),心与物就在不可分离的状态中运行了。虽然艺术构思一开始就是心物交融的,但这种交融必有一个发展阶段,仅仅是心物交融,还不能完成艺术创造的任务。

刘勰提到的第二个重要论点是"窥意象而运斤",它标志着艺术构思进入一个新的阶段。其论云:

> 积学以储宝,酌理以富才,研阅以穷照,驯致以怿(绎)辞。然后使玄解之宰,寻声律而定墨;独照之匠,窥意象而运斤。

"积学以储宝"等四项,研究者一般视为刘勰所论艺术构思的准备或基础,固然是对的,但却未究这种准备或基础,何以不在篇首,何以不和想象论相联系,却以"然后"云云而为"定墨""运斤"的前提?刘勰虽未明言其秘,但从"玄解之宰""独照之匠"可以看出,"积学以储宝"等更是"定墨""运斤"的必要条件;而刘勰对这一步骤更为重视,也就显而易见了。至于纵接千载、横通万里的想象,虽不能说与构思者的学识才力无关,却不如"定墨""运斤"之际更为重要。

若细加辨别,《神思》篇多次运用的"物"字是略有区异的。如"神与物游"的"物"是泛指,"物以貌求"的"物"则指客观存在的物,"枢机方通,则物无隐貌"的"物",就是已写到作品中的物象了。刘勰自己可能并未有意作这种区分,但这是论艺术构思过程所必然涉及的问题。在由客观存在的物到铸造成作品中的艺术形象之间,还必有一个"意象"的阶段。"意象"论是中国古代文论的一个重要课题,刘勰不仅第一次提出这个概念,且明确显示了艺术构思过程中这一新的重要进程:意象的形成。当作者开始驰神运思之际,思接千载,视通万里,涌进作者脑海的众多物象,虽已带有一定程度的感情色彩,但尚未构成"意象"。所以刘勰论云:"夫神思方运,万涂竞萌;规矩虚位,刻镂无形。"在"万涂竞萌",也就是万象齐生之际,作者是无法"定墨"或"运斤"的,因此必有一个艺术加工的过程,即"规矩虚位,刻镂无形"。使杂乱无定的想象形成具体的形象,对尚未成形的意念进行精雕细刻。经过作者头脑中的这样一番工作之后,想象中的形象已渐趋明确、具体、固定,这就是"意象"的形成。从刘勰所讲"窥意象而运斤"可知,他并不是对构思过程中一切进入作者头脑的形象都谓之"意象",而专指作者下笔之前已在头脑中完成了的意中之象。从刘勰的原文来看,"独照之匠"既取《庄子·天道》"得心应手"之意;"运斤"之说亦出《庄子·徐无鬼》:"郢人垩慢其鼻端,若蝇翼,使匠石斫之。匠石运斤成风,听而斫之,尽垩而鼻不伤。"更是看准然后下手之意。

"意象"既已形成,一般说来构思的任务已经完了。刘勰提出艺术构思过程的第三点卓见,是怎样"窥意象而运斤",就是说艺术构思的过程要到作品完成为止。他讲到文学创作中普遍存在的一个实际问题:

> 方其搦翰,气倍辞前;暨乎篇成,半折心始。何则?意翻空而易奇,言征实而难巧也。是以意授于思,言授于意,密则

无际,疏则千里。

由构思而形成"意",再由"意"而表达为言辞。"思—意—言"就是刘勰所论艺术构思的三个阶段或步骤。"意"和"意象"虽是不同的概念,却是构思过程中地位相当的中间环节。刘勰把这三个环节视为艺术构思的完整过程,就因为动笔之前的"意"或"意象",往往在写成之后"半折心始"。所以,如何做到"言"与"意"二者"密则无际",不能不作为艺术构思的整体来统一考虑。

语言是思维的工具,任何思维都必须运用语言而进行,离开语言的思维是不存在的。当然,这种"语言"不是口头语言,而是思维中运用的语言符号。当人们想到飞鸟的形象时,他的头脑中是离不开"飞鸟"之类言词的。但思维并不等同于语言。思维的飞驰更为活跃,有可能出现某种意念尚未被语言捕捉住,它就一闪而逝,迅速发展到其他种种意念了。再就是思维、想象是无限的,语言的功能则是有限的,艺术想象中莫可言状的情形是存在的。因此就有"意翻空而易奇,言征实而难巧"的矛盾。正因刘勰意识到语言与思维既有一致性,又有矛盾性,因而希望在艺术构思的最后阶段缩小或避免这个矛盾,以求做到"密则无际",这并不是不可能的。刘勰在《练字》篇明确讲到过语言文字和思想的基本关系是:"心既托声于言,言亦寄形于字",可见他已认识到语言文字是表达思想的符号。因此在他的艺术构思论中提出:"物沿耳目,而辞令管其枢机;枢机方通,则物无隐貌。"则在构思过程之中,当物象出现在作者耳目之前时,语言文辞就起着重要作用了。刘勰认为,只要辞令用得畅通无碍,就可把物象鲜明地表现出来。这样讲,除说明构思和文辞的密切关系外,更在强调运用"辞令"的重要,以期避免"疏则千里"之失,而求做到"密则无际"。

二

刘勰对艺术构思的论述,从公元五世纪末的历史条件来看,其对艺术构思的特征及其复杂过程的把握,应该说有其惊人的成就。不仅在中国的齐梁时期,即使欧洲以至全世界的文艺理论,当时对想象虚构、心物交融等重要问题的认识,都是望尘莫及的。对此,自然要提出的问题是,刘勰何以能取得如此巨大的成就?这是须要加以探究的。只有认清其所以然,才有可能更确切、深入地理解刘勰论艺术构思的成就和意义。

章学诚之说是对的:"古人论文,惟论文辞而已矣。刘勰氏出,本陆机氏说而昌论文心。"[1]陆机的《文赋》,是古代第一篇以艺术构思为中心的创作论,在古代文论发展史上有其重要的贡献[2]。刘勰虽然一则评以"昔陆氏《文赋》,号为曲尽,然泛论纤悉,而实体未该"(《总术》),再则谓"陆《赋》巧而碎乱"(《序志》),这是不太公允的。其实,《神思》篇的一些重要论点,正是"本陆机氏说"而来。如论想象,陆云"精骛八极,心游万仞""观古今于须臾,抚四海于一瞬";刘云"寂然凝虑,思接千载;悄焉动容,视通万里"。两相对照,虽文字上有所变化,其实质并无大异。又如论虚构,陆云"课虚无以责有,叩寂寞而求音";刘云"规矩虚位,刻镂无形"。也是大同小异地讲构思中把无形的想象加工虚构成具体的形象。又如《文赋》讲"恒患意不称物,文不逮意",试图解决物、意、文三者的关系;《神思》中的"意授于思,言授于意,

---

[1] 《文史通义·文德》。
[2] 见拙著《雕龙集·〈文赋〉的主要贡献何在》。

密则无际,疏则千里",则是希望处理好思、意、言的关系。角度略异,主旨则同。《文赋》讲:"辞程才以效伎,意司契而为匠。"《神思》中的"神居胸臆,而志气统其关键;物沿耳目,而辞令管其枢机",显然是上引《文赋》二句的发展。《文赋》的篇末说:"或言拙而喻巧,或理朴而辞轻,或袭故而弥新,或沿浊而更清……是盖轮扁所不得言,亦非华说之所能精。"《神思》篇末也说:"拙辞或孕于巧义,庸事或萌于新意……伊挚不能言鼎,轮扁不能语斤。"这就从措辞到命意都相去不远了。

《神思》之论受到《文赋》明显的影响和启发是无疑的。但《文赋》不仅确有"泛论纤悉"的一面,它对一些关键性的理论还只是模糊地接触到而已。由《文赋》到《神思》,在对艺术构思把握的深度上,还有很大的距离。所以,《神思》篇的重要成就,并不仅仅是"本陆机氏说"而得。但刘勰的艺术构思论可以大大超越西方的认识水准,却不能逾越六朝的文坛艺苑。对艺术构思的特征来说,从天而降的天才发现是不可能的,它必有其生根、发芽、开花的肥沃土壤。这种土壤,就只能是六朝时期的文坛艺苑。实际上,比文坛艺苑的范围还要广得多,如言和意能否"密则无际",显然和魏晋玄学中的"言意之辨"有一定联系,有的则可远溯到秦汉以来逐渐积累的认识。这里只是就其关联较为直接的情况而言。

自建安时期进入"文学的自觉时代"之后,整个文艺领域也相继走上了艺术的自觉时代。不仅如此,六朝时期在文学艺术的各个方面都取得了突出的成就,以至被视为古代"最富有艺术精神的一个时代"[①]。《神思》之论能够相当精到地阐明一些艺术构思

[①] 宗白华《论〈世说新语〉和晋人的美》,《美学散步》,第177页。

的特殊规律,正是从这个最富艺术精神的时代所得到的滋养。上一章的第四节曾说:"所谓'自觉',就我的理解,主要指艺术创造的自觉,即有意识地进行艺术创造。"而艺术创造必须通过艺术构思来实现,在最富艺术精神的六朝时期,艺术构思自必有大的发展,甚至可以说,此期是一个特重艺术构思的时代。这可从时人对艺术构思的重视和理论上的成就两个方面得到说明。

使洛阳纸贵的《三都赋》乃"构思十年"而成,相传左思在这十年中,"门庭藩溷,皆著笔纸,遇得一句,即便疏之"①,可见其用思之勤。东晋戴逵是一位博学能文,工书画,善雕刻的艺术家,尝造一高六丈的佛像,"积思三年,刻像乃成"②。著名画家顾恺之画人,"或数年不点目精,人问其故,顾曰:'四体妍蚩,本无关于妙处,传神写照,正在阿堵中'"③。这就是说,人体四肢画得好坏无关紧要,可以随手画成,而人的眼睛则是整个人物画的传神之处,不能轻易下笔,必须经过长期周密地思考。虽然"数年不点目精"之说有所夸张,或非每画一人都是如此,却说明当时艺术家严肃认真的创作精神,就主要表现在艺术构思上。到了南朝,萧统编《文选》,就以是否"事出于沉思,义归乎翰藻"④为选文标准,也就以是否经过认真地艺术构思为区别文学与非文学作品的界限了。在文学创作上,萧子显认为"属文之道,事出神思"⑤,明确认识到文学创作产生于艺术构思。又如南齐谢赫评画,认为刘绍祖之

---

① 《晋书·左思传》。
② 《历代名画记》卷五。
③ 《世说新语·巧艺》。
④ 《文选序》。
⑤ 《南齐书·文学传论》。

作,"善于传写,不闲其思",因而"时人为之语,号曰'移画'"①。不能通过自己的构思而进行艺术创造,只善于传移模写,就不承认其为创作,而只能谓之"移画"。既为"时人"之语,就至少不是评论者个别人的观点,这充分说明当时艺术家对艺术构思是何等重视。

艺术构思既为当时文学家、画家、书法家、雕塑家等较为普遍地重视,是必总结其经验而在理论上有所建树。如陆机之后不久的著名书法家王羲之所论:

> 夫欲书者,先干研墨,凝神静思,预想字形大小偃仰,平直振动,令筋脉相连,意在笔前,然后作字。若平直相似,状如算子,上下方整,前后齐平,此不是书,但得其点画尔。②

这不是讲一般的写字,而是论书法艺术的创作。所以说把字写得方整齐平,便"不是书",即不是一种艺术创作的书。写字要成为书法艺术,必须"凝神静思",对字形的创造进行艺术构思,然后下笔。"意在笔前"就是这种艺术创作的概括或总结。这个"意",是把字形纳入作者的头脑经过艺术加工而成的,和刘勰所讲的"意象"相近。由"凝神静思"形成的"意",也就是刘勰所说,由"陶钧文思,贵在虚静。疏瀹五藏,澡雪精神"而产生的"意象"。所以,"意在笔前"的认识是此期艺术构思论的一大收获。"意在笔前"源于晋人《卫夫人笔阵图》的"意前笔后"说③,后来成了诗文书画的通论。如宋代韩拙论画:"凡未操笔,当凝神著思,豫在

---

① 《古画品录》,《历代名画记》卷七。
② 《题卫夫人笔阵图后》,《法书要录》卷一。
③ 见张彦远《法书要录》卷一。

目前,所以意在笔先,然后以格法推之,可谓得之于心,应之于手也。"①这和上引王羲之书论之理颇近。到清初王原祁则云:"意在笔先,为画中要诀。"②又如刘熙载论文:"古人意在笔先,故得举止闲暇;后人意在笔后,故至手脚忙乱。"③陈廷焯论词也说:"所谓沉郁者,意在笔先,神馀言外。"④这样的用例举不胜举。后世的普遍宗用其说,可见这确是晋人论艺发现的一条重要的艺术规律。

又如顾恺之论画提出的"迁想妙得":

> 凡画,人最难,次山水,次狗马;台榭,一定器耳,难成而易好,不待迁想妙得也。⑤

他认为描绘台榭之类建筑物,因为是固定的器物,所以较为容易。但山水、狗马,特别是人,就须"迁想"才能"妙得"。就是说,只从表面上观察、思考其色彩、状貌、高低、大小之类,是不能得其神态的。艺术家必须把自己的思想感情迁入他所描写的具体对象,去深入体察、把握其独具的神情特征,才能得其妙趣,创造出传神的艺术形象。只有掌握了所写对象内在的精神特征,才有可能进行真正的艺术创造。如顾恺之为裴楷画像:"颊上益三毛。人问其故,顾曰:'裴楷俊朗有识具,正此是其识具。'看画者寻之,定觉益三毛如有神明,殊胜未安时。"⑥一般来说,人物画像必求其真。

---

① 《山水纯全集・论用笔墨格法气韵病》,《历代论画名著汇编》。
② 《雨窗漫笔・论画十则》,《历代论画名著汇编》。
③ 《文概》,《艺概》卷一。
④ 《白雨斋词话》卷一。
⑤ 《魏晋胜流画赞》,《历代名画记》卷五。
⑥ 《世说新语・巧艺》。

裴楷颊上本来无毛而益以三毛,反而更加传神逼真了,就因表达了人物内在"俊朗有识具"的精神特征。这是一毫不失地传移模写其外形所不能做到的。而要写其内在的精神特征,就必须"迁想"才能"妙得"。

顾恺之提出的这一宝贵艺术经验,也在后世艺论中得到广泛的运用和发展。如唐代韩幹画马,要自己"身作马形,凝思之极,理或然也",然后据自身所体验的马,下笔作画①。宋人包鼎画虎也是这样,要自己"脱衣据地,卧起行顾,自视真虎也",然后挥笔②。它如李渔论戏剧创作提出的"梦往神游""设身处地"之说③,金圣叹评《水浒》,主张写淫妇、偷儿者,自己也要"实亲动心而为淫妇,亲动心而为偷儿"④。刘熙载论诗则云:

> 代匹夫匹妇语最难,盖饥寒劳困之苦,虽告人人且不知,知之必物我无间者也。杜少陵、元次山、白香山不但如身入闾阎,目击其事,直与疾病之在身者无异。⑤

这样的例证,在古代艺论中也是举不胜举的。所谓了解人物、体验生活,古人的这些经验已做了有力的说明。要写"饥寒劳困"的人,一般的观察、体验是不够的,因为他人的心情感受是"虽告人人且不知"的,必须自身"直与疾病之在身者无异",才能代人立言、代物立言。但艺术家并非马虎,亦非偷儿淫妇等,这就是艺术创作的"迁想妙得"之必要。

---

① 王又华《古今词论·贺黄公词论》,《词话丛编》本。
② 陈师道《后山谈丛》卷二。
③ 《闲情偶寄》卷三。
④ 《第五才子书水浒传》卷六十。
⑤ 《诗概》,《艺概》卷二。

画论的"迁想妙得",书论的"意在笔前",加上文论的"神与物游",可说是六朝艺术构思论的三绝,或者说是三大成就。而提出"神与物游"的神思论,既是集六朝艺术构思论之大成者,也是出现"迁想妙得""意在笔前"等论的时代产物。虽然"迁想妙得""意在笔前"诸论到后世还有不同的发展变化,但史实已作确证,它们的产生之初,便已揭示了艺术思维的特殊规律。值得注意的是,对艺术创作没有相当深入的认识,是不可能提出"迁想妙得"等重要论点的。尤足说明问题的是,王羲之和顾恺之的上述论点,并非出自研究艺术构思的专论,能在一般的评画论书中提出这些卓见,更充分说明当时的艺术家对艺术构思的特点,已相当普遍地既重视又有较为深刻的理解了。这就是《神思》产生在齐梁之际的沃土。既然六朝多数文学艺术家已能掌握艺术构思的特殊规律,并在理论上取得重要成就,"深得文理"的刘勰之总其大成,就是自然而必然的了。

三

刘勰以"神思"二字为其艺术构思论的篇题,就与当时的画论有较为直接的联系。如宋代画家宗炳在《画山水序》中所论:

> 夫以应目会心为理者,类之成巧,则目亦同应,心亦俱会;应会感神,神超理得……峰岫峣嶷,云林森眇,圣贤映于绝代,万趣融其神思。①

宋炳的"应目会心"之论,正是讲心物交融之理的艺术构思论,《神思》篇的所谓"物以貌求,心以理应"等,则是"目亦同应,心亦俱

---

① 《历代名画记》卷六。

会"说的发展。则"万趣融其神思"的"神思",虽有别于《神思》篇的题旨,但刘勰所用"神思"二字源于佛教居士宗炳的画论则是无疑的。

宗炳之前的诗文中曾用"神思"二字者已不少,如曹植《陈审举表》:"又闻豹尾已建,戎轩骛驾;陛下将复劳玉躬,扰挂神思。"①陆凯论姚信等"皆社稷之桢干,国家之良辅,愿陛下重留神思,访以时务"②。《吴鼓吹曲辞·从历数》:"建号创皇基,聪睿协神思。"谯周:"此虽己所推寻,然有所因,由杜君之辞而广之耳,殊无神思独至之异也。"③管辂:"吾与刘颖川兄弟语,使人神思清发,昏不假寐。"④范晔:"人厌淫诈,神思反德。"⑤以上诸例,显然都和艺术创作无关,更非就艺术构思为言。曹植《宝刀赋》有这样两句:"规圆景以定环,摅神思而造象。"所云"造象",当指赋序"以龙、虎、熊、马、雀为识"之象。则此"神思"应为艺术创造之神思,或以为此即刘勰《神思》之所本。然可疑有二:一是同一曹植的"扰挂神思"既非艺术创作之语,其后长期运用"神思"二字,亦多就一般的思考之义而言;二是《宝刀赋》的"神思"二字本身有问题。据赵幼文校:"思,《铨评》:'《艺文》作功。'按作功是。摅神功,谓发挥卓绝之技巧。"⑥查《艺文类聚》卷六十录《宝刀赋》,确是:"规圆景以定环,摅神功而造像。"则"神思"二字之用于艺论,当以宗炳的《画山水序》为先。刘勰以之名篇,虽与魏晋以来

---

① 《曹植集校注》卷三。
② 《三国志·吴书·陆凯传》。
③ 《三国志·蜀书·杜琼传》。
④ 《晋书·刘寔传》。
⑤ 《后汉书·光武帝纪赞》。
⑥ 《曹植集校注》卷一。

习用的"神思"二字不能无关,却与宗炳论画的关系较为直接。自刘勰之后,"神思"就成为艺术构思的专用语而普遍运用于古代的诗论、文论、画论之中了①。

刘勰的艺术构思论和六朝艺论的关系虽然密切,但如"神思"的命意较明显地源于画论者并不多。各种艺论之间的相互融汇与影响虽也有迹可寻,但并不都是明显或直接的。如刘勰所说的"心定而后结音,理正而后摛藻"(《情采》)等,和"意在笔前"之理是相通的;"必使情往会悲,文来引泣"(《哀吊》),"拟容取心"(《比兴》),"神与物游"(《神思》)等,和"迁想妙得"之理也有某些共同之处,但它们之间未必有直接、具体的联系。《神思》和《文赋》的关系自然较为明显,不仅二者都是论文,且《文赋》以艺术构思论为中心,《神思》则是艺术构思的专论。但由"巧而碎乱"、点点滴滴的艺术构思论发展成一篇完整而精深的艺术构思专论,则不能没有六朝书画艺论诸因素的作用。如有关想象虚构的论述,是艺术构思过程中最难把握而又十分重要的步骤,直到近代刘熙载才认识到:"按实肖象易,凭虚构象难。能构象,象乃生生不穷矣。"②所以,能否凭虚构象,是完成艺术创作的关键。六朝时期文学艺术家们对这一重要问题的认识,经历了一个漫长的过程:

曹植《七启》:"予闻君子不遁俗而遗名,智士不背世而灭勋。今吾子弃道艺之华,遗仁义之英,托(一作耗)精神乎虚廓,废人事之纪经。譬若画形于无象,造响于无声,未之思乎?"③

---

① 见拙著《文心雕龙译注·引论》。
② 《艺概》卷三《赋概》。
③ 《曹植集校注》卷一。

> 陆机《文赋》:"伊兹事之可乐,固圣贤之所钦。课虚无以责有,叩寂寞而求音,函绵邈于尺素,吐滂沛乎寸心。"①
>
> 王僧虔《书赋》:"情凭虚而测有,思沿想而图空。心经于则,目像其容,手以心麾,毫以手从。"②
>
> 刘勰《神思》:"夫神思方运,万涂竞萌,规矩虚位,刻镂无形;登山则情满于山,观海则意溢于海,我才之多少,将与风云而并驱矣。"

曹植的话,《文选》李善注出扬雄《解难》中的"画者放(《全汉文》作画)于无形,弦者放于无声"二句。扬雄与曹植的"画形于无象,造响于无声",都是借喻其理,与艺论初不相干。故李善注曹植这两句云:"言像因形生,响随声发,今欲无声而造响,图像而无形,岂有得哉!"③本来是讲于无中求有而不可得之理,但文艺创作正是无中生有,"妙解情理,心识文体"的陆机,受其启发,便将前人的否定之说改造成肯定之论:"课虚无以责有,叩寂寞而求音。"④文学创作正是要从无形创造成有形、从无声创造成有声来,并通过这种创造而"吐滂沛乎寸心",也就是刘熙载所说,能够凭虚构象,"象乃生生不穷矣"。虽然陆机还未能认识得这样深刻,但他确是第一次接触到艺术创作中想象虚构的特点,在艺术理论史上是一大贡献。

南齐王僧虔的《书赋》,受《文赋》的影响之迹甚明。如《书赋》中的:"或具美于片巧,或双兢于两伤;形绵靡而多态,气陵厉

---

① 《文选》卷十七。
② 《艺文类聚》卷七十四《巧艺部·书》。
③ 《文选》卷三十四《七启》注。
④ 《文选》卷十七《文赋》注引臧荣绪《晋书》。

其如芒。故其委貌也必妍,献体也贵壮。"这和《文赋》中的"或辞害而理比,或言顺而义妨,离之则双美,合之则两伤";"其会意也尚巧,其遣言也贵妍"等,从句式到用意都有明显的相承之迹。"情凭虚而测有,思沿想而图空"二句,也自然是由"课虚无以责有,叩寂寞而求音"发展而来。两两相较,除论文与论书有别,故论书者不言"求音"之外,王论点出"思沿想而图空",不仅想象虚构的特点更为明确,因而比陆论二句具体明白,且"图空"二字揭示了艺术创造的微妙。想象虚构不仅是为了完成艺术创作,它本身就是在进行艺术创作,亦即所谓"凭虚构象"。"图空"二字正是在想象过程中"凭虚构象"。所以,王僧虔在这方面,是在陆赋抽象要求的基础上向前发展一步了。更值得注意的是,刘勰本陆机氏说而畅论"神思",在想象虚构上,王僧虔《书赋》则是《文赋》与《神思》之间的桥梁。

  刘勰的"规矩虚位,刻镂无形"二句,就是"图空"二字的发挥,自然是又前进了一大步。所谓"规矩""刻镂",就是"图";"虚位""无形",就是"空"。在"神思方运,万涂竞萌"之际,对涌现在作者头脑中纷纭杂遝的物象进行艺术加工,就是对无定位者使之规矩定形,对尚未成形的物象加以精雕细刻,其重要作用已如前述。由此可见,从陆机开始对想象虚构较为朦胧的认识,到刘勰已可谓基本上完成了。陆机只提出了艺术创作中从无到有的笼统要求,刘勰则把虚构和创造艺术形象结合起来,发现了凭虚构象的具体道路。

四

  以上说明,刘勰论艺术构思能取得较大的成就,和当时的画论、书论以至整个富有艺术精神的时代是分不开的。有的论点即使明显地本于陆机,但也经此期多种艺论有形或无形地融汇而加以发展了。刘勰吸取多种艺术构思论的成果而注以己见,就必然有其新的成就;较之《文赋》就必然是后来居上了。刘勰对陆赋以来有关论述的新发展,除想象虚构以外,还有以下几点是值得提出的:

首先,《神思》不仅是历史上第一篇相当全面而系统的艺术构思专论,在刘勰以后一千多年的古代文论、艺论中也极为罕见。其全面性和系统性,虽还有不足之处,但在先秦以来的有关论著中,相对而言,它对艺术构思的基本原理、想象虚构和形象思维的特点、艺术构思的必备条件和方法,总之,从开始驰神运思,到如何用文辞表达出来,都有所论述,也就可算是全面而系统的了。

其次,"神与物游"四字是刘勰论艺术构思所取得的成就的重要标志。它明确地概括了艺术思维的特殊规律:艺术想象是和具体的物象联系起来进行的。这种特点,《文赋》也有所触及,如云"情曈昽而弥鲜,物昭晰而互进"等,也表明在艺术想象中情和物的一定关系,感情的逐渐明晰和具体,和物象的清晰出现是互相结合的。但陆机只是客观地描绘了这种现象,还未明确表达出心物同一之理。刘勰则对此做了理性的概括,认为这是艺术构思的"思理",是从运思中"眉睫之前,卷舒风云之色",或"与风云而并驱"等现象总结出来的。

第三,注意到并强调语言文辞在艺术构思中的重要作用,已如前论,这是刘勰论艺术构思的又一贡献。《文赋》中也有"辞程才以效伎"等说,还主要是讲写作中对文辞的运用,未如刘勰所论"物沿耳目,而辞令管其枢机;枢机方通,则物无隐貌",文辞和艺术构思,和艺术形象的创造,是密切结合的。

第四,艺术构思并不是随意乱想,艺术家不具备必要的条件,腹内空空,是构想不成任何有价值的艺术形象的。陆赋对此也已有所注意,如说:"伫中区以玄览,颐情志于典故,遵四时以叹逝,瞻万物而思纷。"要深察四时万物的变化,凭借古代典籍以陶养自己的情志,这是进行艺术构思所必需的。至如刘宋时期的画家宗炳,知所画乃"身所盘桓,目所绸缪"之物,王微乃写其"盘纡纠纷,咸记心目"之貌①。刘勰则继承前人之论而提出:

> 积学以储宝,酌理以富才,研阅以穷照,驯致以绎辞。然后使玄解之宰,寻声律而定墨;独照之匠,窥意象而运斤:此盖驭文之首术,谋篇之大端。

显然,刘勰所论艺术构思的必备条件,不仅比前人更全面,对此认识更深刻,因而也更为重视,强调其为"驭文之首术"。但所谓"全面",这里有一点必须说明。从《文心雕龙》全书看,讲"观天文""察人文""博观""博见""流连万象之际,沉吟视听之区"等甚多,《神思》篇所讲四个方面,没有重复这些要求,主要是从艺术构思的角度考虑的。一般理解这四项为刘勰对文学创作总的要求,自然是可以的,但对文学创作和艺术构思的要求,既有共同的一面,也有不完全相同的侧重点。刘勰的"此盖驭文之首术",则主要是针对艺术构思的要求而发。《神思》篇也曾讲到"博见为馈贫之粮",说明广泛的观察对艺术构思也是必要的。但丰富的学识,辨析事理的才力等,更为艺术构思的特殊需要。至于对事物的观察、了解,在艺术构思上却有更高的要求,即"研阅以穷照"。要对作者已有的生活经验、阅历加以研究,以求能彻底地认识它,掌握它,才有可能在构思中"垂帷制胜"。此外,培养自己的情致,使之

---

① 均见《历代名画记》卷六。

适应文辞的表达,也是艺术构思的特殊需要,那种朦胧模糊的思绪,往往是难以用文辞表达出来的。所有这些要求,多是前人所未及的创见。

最后,陆机颇感困惑的思路"开塞之所由",刘勰作了基本上正确的解决。《文赋》的最后说:"或竭情而多悔,或率意而寡尤。虽兹物之在我,非余之所勠;故时抚空怀而自惋,吾未识夫开塞之所由。"为什么在构思中有时费尽心思而毛病甚多,有时随意写来却轻而易举呢?陆机不理解造成这种思路开塞的原因。《神思》篇对这个玄妙的难题回答如下:

> 人之禀才,迟速异分。……若夫骏发之士,心总要术,敏在虑前,应机立断。覃思之人,情饶歧路,鉴在疑后,研虑方定。机敏故造次而成功,虑疑故愈久而致绩,难易虽殊,并资博练。若学浅而空迟,才疏而徒速,以斯成器,未之前闻。是以临篇缀虑,必有二患:理郁者苦贫,辞溺者伤乱。然则博见为馈贫之粮,贯一为拯乱之药,博而能一,亦有助乎心力矣。

也可说《神思》全篇所研究的,都是为了找出构思的"开塞之所由",只是上引这段话,更是直接对此而发。"机敏故造次而成功,虑疑故愈久而致绩",显然是针对陆机"竭情""率意"之思,效果正好相反的疑问而发,说明了思路开塞的原因在于"敏在虑前"则开,"情饶歧路"则塞。找出了原因便进而对症下药:"难易虽殊,并资博练。"所谓"博练",就是要对"积学以储宝"等四项进行全面的培养训练。若非"博练",则无论构思是难易或迟速,都是不能"成器"的。在"博练"的基础上,刘勰进而提出"博见"和"贯一"两种具体办法。"博而能一",即既有广博的见识,又能把思路集中到一条主线上。两方面结合起来,思绪就不会由于心中无物而"苦贫",也不会因"万涂竞萌"而"伤乱",开和塞的问题,就能得心应手地顺利解决了。

第三节 风格论

今人所说的"风格",是一个使用极为广泛的概念。除作家的艺术风格之外,还有时代风格、民族风格,以至一切著之竹帛的篇章,尚未形诸文辞的言论,亦可得而言"风格"。不仅人物的形态神情、举止服饰、工作作风、生活习惯等可以形成风格,家具的陈设、市容的格局、长江、黄河、松竹兰梅等,无不各有其风格。今人的使用既如此,古人则更无明确的"风格"概念。《文心雕龙》中虽曾两用"风格"一词(《议对》《夸饰》),但都与今天所说的"风格"毫不相干。而我们现在要研讨刘勰这方面的理论,无论是谓之"风格论"或"体性论",都不能不从今天的观念出发。在《文心雕龙》中,和今人所讲风格相近的概念是"体",但刘勰所用"体"字,又有文体、主体、体现、体制、形体、人体、实体、体法、体统等多种含义,全书多达一百七十多次。这就是研究刘勰的风格论所遇到的困难。仍用"体"这个概念,则不仅混淆不清,还很难说明其理论意义;若用今天的概念,则不仅它本身的含义太广,还难免产生以今套古之弊,走失了刘勰的原意。既能发其意蕴而又不失原貌,是为笔者探讨此论的主观意图。

一

古代风格论的渊源,可上溯到《周易·系辞下》的这样几句:"将叛者其辞惭,中心疑者其辞枝,吉人之辞寡,躁人之辞多,诬善之人其辞游,失其守者其辞屈。"孔颖达疏:"凡此辞者,皆论《易经》之中有此六种之辞,谓作《易》之人述此六人之意,各准望其意而制其辞也。"既然是讲《易经》的辞意关系,当然并非风格论,而言辞的"惭""枝""寡""多"等,亦非风格。但此说显示了人与辞的关系,不同的人其辞有相应的不同,这和作家风格的;形成就有一定联系了。《孟子·公孙丑上》作了相反而理同的说明:"诐辞知其所蔽,淫辞知其所陷,邪辞知其所离,遁辞知其所穷。生于其心,害于其政;发于其政,害于其事。"朱熹注:"四者亦相因,则心之失也。人之有言,皆出于心,其心明乎正理而无蔽,然后其言平正通达而无病。"所以,从人的言辞可以推知其心,同样说明了人和辞应该一致的关系。《礼记·乐记》从另一个角度说明了这种关系:

> 子贡见师乙而问焉,曰:"赐闻声歌各有宜也,如赐者,宜何歌也?"师乙曰:"乙贱工也,何足以问所宜。请诵其所闻,而吾子自执焉。宽而静,柔而正者宜歌《颂》;广大而静,疏达而信者宜歌《大雅》;恭俭而好礼者宜歌《小雅》;正直清廉而谦者宜歌《风》;肆直而慈爱者宜歌《商》;温良而能断者宜歌《齐》。"

歌唱实际也是一种再创作,以乐者歌忧,喜者歌悲,是难以表达其情的。不同性格的人适宜于演唱不同的乐歌,也从旁证明,演唱者的性情对他的创作或表演有一定制约作用,人和歌也应该是一致的。

到了扬雄便进一步提出:"故言,心声也;书,心画也;声画形,君子小人见矣。声画者,君子小人之所以动情乎。"[1]语言文字是

---

[1] 《法言·问神》。

"心声""心画",即表达人的思想感情的符号。因此,这种符号必然反映出人的品德。扬雄又具体分析这种必然性说:"是故文以见乎质,辞以睹乎情。观其施辞,则其心之所欲者见矣。"①他所讲人和文的关系,虽然侧重于人的品德方面,但从理论上把这种关系讲得更为明确了。特别是"心声""心画"之说,对后世有相当深广的影响。汉代有关这方面的论述还多,如王充论文才:"实诚在胸臆,文墨著竹帛,外内表里,自相副称,意奋而笔纵,故文见而实露也。"②虽然对人文关系的传统观点并未提出新的见解,但把这种关系概括为"外内表里,自相副称",还是值得重视的。刘勰《体性》篇的"因内而符外""表里必符"等说,正是王充之说的发展。

以上诸说,大都是就人的品德和言辞的必然一致作理论上的探讨,司马迁则对屈原的为人与其作品的关系,做了较为具体的评论:

> 其文约,其辞微,其志洁,其行廉,其称文小而其指极大,举类迩而见义远。其志洁,故其称物芳;其行廉,故死而不容自疏。③

汉人论屈原者甚多,纵褒贬不一,但能联系其人品与创作而指出屈原作品的特点者,还不可多得。司马迁之论,不仅是从泛论其理发展到具体的人物论,且是对一位重要的文学家所作的文学评论。虽然重点是在论人,却较具体地说明了屈原在文学上的独特

---

① 《太玄经》卷七。
② 《论衡·超奇》。
③ 《史记·屈原贾生列传》。

成就决定于他的人品。所以,上引司马迁之论,是向文学风格论迈出的一个重要步子。

以上诸论说明,古代风格论的源头是很早的,而且一开始就抓住了风格的要害,即人和文的一致性。这对魏晋以后文学风格论的形成,奠定了良好的基础。诸论所涉,无不就人与文的关系而言,这是认识古代风格论的关键。虽然秦汉以前经史子书中的点滴之说并非文学风格论,但魏晋以后的文学风格论,正是沿着人文关系这个关键延伸的。

文学风格论的形成,是文学发展里程的一个重要标志。只有大量文人自觉地从事文学创作,并各自成家之后,才能在相互异趣之中,呈现出不同的文学风格来;只有在这样的基础上,才能有风格论产生。所以,文学风格和风格论的出现,是作家文学已相当繁荣的重要标志。没有文学家,自然就没有文学风格可言。屈原的时代之所以未能产生文学风格论,固然与整个时代的文学发展水平有关,但却是由当时还没有出现多种不同的作家风格决定的。如本节开始所列举,无论"风格"一词的运用如何广泛,都是就其主体所表现的有异其他的特色而言。如讲"松树的风格",自然是就其独具的傲霜之性、苍劲之姿而言。如果讲作家风格,也只能是就其作品所表现的特色而言。没有众多较为成熟的作家,又从何发现和认识其各不相同的风格?

文学风格论只能产生在建安时期之后,就因为文学史上这时才第一次出现大批较为成熟的作家。钟嵘《诗品序》写当时文坛盛况:

> 降及建安,曹公父子,笃好斯文;平原兄弟,郁为文栋;刘桢、王粲,为其羽翼。次有攀龙托凤,自致于属车者,盖将百

计。彬彬之盛,大备于时矣!

在这样的文学集团中,"人人自谓握灵蛇之珠,家家自谓抱荆山之玉"①,其能"成一家之言"者②,何止徐幹一家?在这种情况下,"夫人善于自见,而文非一体,鲜能备善,是以各以所长,相轻所短"③,不仅不同的文学风格显示出来了,且当时的形势要求对风格的差异作出理论上的解说。曹丕的《典论·论文》就是在这种时代要求之下产生的。《典论·论文》自然并非文学风格的专论,但它不仅论及作家的不同风格,如"徐幹时有齐气""应玚和而不壮,刘桢壮而不密""孔融体气高妙"等,还论及形成文学风格的主观因素:"文以气为主,气之轻浊有体,不可力强而致";客观因素:"夫文本同而末异……此四科不同,故能之者偏也"。于此可见,曹丕对文学风格的认识虽还不可能完全正确,也不可能对文学风格作全面论述,但他确是在前人的基础上,从当时的创作实践出发,对文学风格做了初步的论述。

此外,曹植的意见也很值得注意。他说:"世之作者,或好烦文博采,深沉其旨者;或好离言辨白,分毫析厘者,所习不同,所务各异。"④此说与曹丕之论略异,是从作者"所习不同,所务各异"来说明形成不同风格的原因,既排除了"文气"说的先天决定论,又明确接触到文风"各异"的特点。两论角度不同,互为补充,说明建安时期确已有了产生文学风格论的历史条件。这种历史条件,除了同时涌现出大批作家而"俊才云蒸"(《时序》)之外,还和

---

① 曹植《与杨德祖书》,《文选》卷四十二。
② 曹丕《与吴质书》,《文选》卷四十二。
③ 曹丕《典论·论文》,《文选》卷五十二。
④ 《文心雕龙·定势》转引。

当时进入了文学的自觉时期有密切关系。而文学的自觉,则与汉末儒术衰微以来人的自觉、人性的自觉互为表里。嵇康有这样一段论述:

> 六经以抑引为主,人性以从欲为欢。抑引则违其愿,从欲则得自然。然则自然之得,不由抑引之六经;全性之本,不须犯情之礼律。故仁义务于理伪,非养真之要术;廉让生于争夺,非自然之所出也。①

在汉代烦琐经学的抑引约束之下,听任人性的自然发展是不可能的。嵇康主张"越名教而任自然"②,就是这个原因。魏晋玄学家所强调的"任自然",主要就是"任性""适性""顺性""全性"等,要在求得人性的自然,自我的自然。他们认为:"自然生我,我自然生,故自然者,即我之自然。"③"我之自然"即任我之性之自然,阮籍的"傲然独得,任性不羁"④,其所"得"者,就是"我之自然"。在这种思想意识的发展过程中,人的自我意识越来越强烈了,人的个性也随之突出,对艺术风格的发展和理论认识,都是一个重大的推动。如被称为"晋代书画第一"的王廙自谓:"画乃吾自画,书乃吾自书。"⑤"自画""自书",就是自有其独具的书画艺术风格。王廙自己这样讲,说明他是有意识地创造自己的独特风格,它标志着此期已进入艺术风格的自觉时代了。又如南齐张融:

---

① 《难自然好学论》,《嵇康集校注》卷七。
② 《释私论》,《嵇康集校注》卷六。
③ 郭象《庄子·齐物论》注。
④ 《晋书·阮籍传》。
⑤ 《历代名画记》卷五。

融善草书,常自美其能。帝曰:"卿书殊有骨力,但恨无二王法。"答曰:"非恨臣无二王法,亦恨二王无臣法。"……永明中遇疾,为《门律自序》云:"吾文章之体,多为世人所惊……夫文岂有常体,但以有体为常,政当有其体。丈夫当删《诗》《书》,制礼乐,何至因循寄人篱下。"①

反对"因循寄人篱下",而强调自我的独特风格,是张融论书论文的主要精神。"二王"指晋代著名书法家王羲之、献之父子。虞和论云:"晋末二王称英……同为终古之独绝,百代之楷式。"②张融则以"二王无臣法"为恨,自我的地位比王廙更为突出了。张融所讲的"文章之体",就是文章风格。不仅"体"的概念明确了,且提出不应有固定不变,共同遵循的"常体",但应有必须"有体"的理论。必"有体"而无"常体",就是应有自己的独具风格。《门律自序》撰于永明中,正值刘勰青年时期,其对刘勰的风格论是不能没有影响的。从曹丕、曹植之论,中经陆机、葛洪③等,发展到张融,已为刘勰提出完整而系统的风格论创造了成熟的条件。

二

研究刘勰的风格论,是无法从定义出发的。因为刘勰既未给

---

① 《南史·张邵(附融)传》。
② 《论书表》,《法书要录》卷二。
③ 陆机《文赋》:"夫夸目者尚奢,惬心者贵当,言穷者无隘,论达者唯旷。"葛洪《抱朴子·辞义》:"夫才有清浊,思有修短,虽并属文,参差万品。或浩瀁而不渊潭,或得事情而辞钝;违物理而文工,盖偏长之一致,非兼通之才也。暗于自料,强欲兼之,违才易务,故不免嗤也。"

风格或"体"以明确的界定,今人所讲的"风格"又其义太广而诸说不一。西方的有关理论固然值得参考,但为了探得中国古代风格论的本来面目,则以不掺入其说、更不受其支配为好。如果说从中国古代文论的实际出发是唯一可取的途径,则上述刘勰以前的有关论述是不能忽视的。刘勰的风格论虽有新的发展或提高,却是在先秦以来大量论述形成的基本线索的基础上的发展或提高。这个基本线索,简单说来,就是"文如其人"。

《体性》篇开端四句可说是其风格论的论纲:"夫情动而言形,理发而文见,盖沿隐以至显,因内而符外者也。"这也就是刘勰的风格论的基本原理。任何文学创作都是"情动而言形",其内心之情为"隐",形之笔端,用文辞表达出来就是"显"。既然用文辞表达的是作者内心的情,内外相符就是必然的了。"因内而符外"的必然性,就是产生风格的必然性。因此,风格本身就是由人与文的关系构成的,没有人(作者)就不存在"因内而符外"的问题,也就没有什么风格可言了。此说不仅和王充的"外内表里,自相副称"是一致的,和扬雄的"心声""心画"说,曹丕的"文气"说,王廙的"自画""自书"说等,无不相通。我们从这里应得到的基本认识是:所谓风格,就是人的风格。正由于人各不同,才有风格的不同。刘勰对此作进一步的具体论证说:

> 才有庸俊,气有刚柔,学有浅深,习有雅郑,并情性所铄,陶染所凝,是以笔区云谲,文苑波诡者矣。故辞理庸俊,莫能翻其才;风趣刚柔,宁或改其气;事义浅深,未闻乖其学;体式雅郑,鲜有反其习:各师成心,其异如面。

这段话从正反两个方面来论证,由于人各不同,因而风格各异,这更是沿着秦汉以来人和文的关系的论述发展而来的。对人的不同,扬雄只讲到君子、小人之别,曹丕只讲到人的气质有清、浊之异,曹植只有"所习不同"之说,葛洪所论"才有清浊,思有修短,虽并属文,参差万品",已较前有了明显的发展,仍不如刘勰全面和深刻。刘勰提出才、气、学、习四个方面的不同,自然是继承诸家之说而较为全面了。这段论述的新发展更在于:

一、刘勰以作者不同的才力、气质、学识、习染四个方面为风格的决定因素,这是他论风格的一大贡献,也是其风格论的核心。从"因内而符外"之理,到"表里必符"的结论,已在总的理论上做了正确的判断,这也是前人早已认识到的。"表里必符"的具体内容、具体理由是什么呢?刘勰不止于列举"才有庸俊"等四项便形成"笔区云谲,文苑波诡"的现象,而且做了进一步的反证:"辞理庸俊,莫能翻其才。"这除具体指出了作者才的庸俊形成其作品的辞理之庸俊,作者气质的刚柔形成其作品的风趣之刚柔等以外,还以"莫能""宁或""未闻""鲜有"等词,断定人的才、气、学、习对风格的决定性作用。这四种决定因素虽较前人所论为全面,但现在看来是有其严重局限的,就是忽略了人的社会经历和生活环境等重要因素。只是从历史上看,它确是一大发展;从理论上看,明确了形成风格的原因及其决定因素,是古代风格论的重要贡献。

二、在以上论述的基础上,刘勰得出的结论是:"各师成心,其异如面。"这是刘勰论风格的突出成就。"成心"二字,语出《庄子·齐物论》:"夫随其成心而师之,谁独且无师乎?"郭象注:"夫心之足以制一身之用者,谓之成心。"刘勰正取此意而略有变化。要足以制约或支配一个人的"一身之用"者,始可谓之"成心",是必人的思想意识、情性志趣等,已凝结成一种集中的、相对稳定的状态,这种人对事对物已形成一定的主见了。刘勰借此以指作家的主观因素,则是才、气、学、习四者的总合。这个由四者的总合构成的"成心",显然就是"体性"的"性"。有的研究者称之为作者的"个性"或"艺术个性",当然是可以的,只是不应忽略其具体内容为才、气、学、习的组合。"其异如面"的就是"体性"的"体",即通常的所谓"风格"或"艺术风格",这也是可以的,只是不应忽略它是由人的"成心"所决定的。风格的千变万化,其异如面,正是由于每个人的才、气、学、习各不相同。在众多的作家之中,可能有的才力相若,气质相近;或学识相等,习染相同,因而形成某种近似的风格。但才的庸俊,气的刚柔,学的浅深,习的雅郑,其庸与俊之间,刚与柔之间,浅与深之间,邪与郑之间,各有无穷大的伸缩幅度,要各个方面都完全相同是很难的,因而风格的多样化才有其必然性。所谓"文如其人""其异如面",就是这个道理。

这里有必要对上述两个不可"忽略"稍加说明。近年来对刘勰风格论的研究分歧较大,就可能和这两点有关。一是"体"决定于"性","性"既是人的"成心",则离开人的"成心"或"性"就无从产生"体",也就是说,没有离开人的风格。现代的研究者,或可找到许多理由或根据以论证确有不依附于人、不由人的才、气、学、习而产生的风格,这就未必是刘勰的风格论了。刘勰既然认为由于作家"各师成心",因而形成"其异如面"的风格,也明确地强调风格与人"表里必符"等,则我们研究刘勰的风格论,就不应忽略其原意。二是"性"或"成心"乃才、气、学、习的总合。这是一个较为复杂的问题,也是往往容易忽略的问题。才、气、学、习四种因素,在实际创作中所起的作用一般是不等同的,对作家风格的形成,有时以才或气为主,有时又以学或习为主。这就容易产生一种误解,以为单方面的才或气,学或习,便可构成作家的某种风格。其实，虽然某一种因素可能构成某种风格的主导因素，但必有其他种种因素的综合作用。正如上文所说，在众多作家之中，学识相同的人是很可能有的，甚至才力、气质等，也可能有十分相近的人，其风格仍然各异，就由于还有其他诸因素的作用。以《事类》《才略》等篇为风格论者，正是忽略了风格的形成是多种因素的综合。刘勰的高明，就在于他已意识到作家风格的总体性，故于分论四种因素之后提出："各师成心，其异如面。"孤立的才或气，学或习，是谈不到什么"成心"的。《事类》篇的"才自内发，学以外成"，适足以证一个作家的"成心"，是由内外多种因素综合而成的，这和《体性》篇屡言："八体屡迁，功以学成；才力居中，肇自血气""才有天资，学慎始习"等一致，都说明刘勰心目中的风格，是内与外、先天与后天诸因素的统一体。

刘勰称这个统一体为"性"或"成心"，其确切的含义，可以从《体性》篇列举大量作家的实例得知。其云：

> 吐纳英华，莫非情性。是以贾生俊发，故文洁而体清；长卿傲诞，故理侈而辞溢；子云沉寂，故志隐而味深；子政简易，故趣昭而事博；孟坚雅懿，故裁密而思靡；平子淹通，故虑周而藻密；仲宣躁锐，故颖出而才果；公幹气褊，故言壮而情骇；嗣宗俶傥，故响逸而调远；叔夜俊侠，故兴高而采烈；安仁轻敏，故锋发而韵流；士衡矜重，故情繁而辞隐。触类以推，表里必符。

上列汉晋作家十二人：贾谊的"俊发"，司马相如的"傲诞"，扬雄的"沉寂"，刘向的"简易"，班固的"雅懿"，张衡的"淹通"，王粲的"躁锐"，公幹的"气褊"，阮籍的"俶傥"，嵇康的"俊侠"，潘岳的"轻敏"，陆机的"矜重"等，就是他们的"成心"或"性"。虽然要用两个字来概括一位作家的基本特点,难免受到一定的局限,但都能抓住各家的主要特点。如司马相如:"长卿慢世,越礼自放。犊鼻居市,不耻其状。托疾避官,蔑此卿相。乃赋《大人》,超然莫尚。"①由此可见,刘勰用"傲诞"二字,确是概括了司马相如一生的基本特点。又如扬雄:"雄少而好学,不为章句,训诂通而已,博览无所不见。……默而好深湛之思,清静亡为,少耆欲,不汲汲于富贵,不戚戚于贫贱,不修廉隅以徼名当世。"②可见"沉寂"二字也概括了扬雄其人的主要特点。其他各家也大致相同。明乎此,则所谓"俊发""傲诞""沉寂""矜重"等的实质便很清楚了,就是各家的基本个性特征。这种个性特征,就既非才或气,亦非学或习,而是各种因素综合起来升华而成的"成心"。我们于此庶可确信:篇题"体性"二字的深义,正是就人的个性和风格的关系立论的;而《体性》全篇正是围绕这种基本关系,相当精深地阐明个性决定风格和风格多样化的必然规律。

三

除以上所述,刘勰的风格论还有两点新的发展:一是第一次提出风格的类型,一是风格的"功以学成"。刘勰以前有关风格的论述,除了笼统的清浊刚柔之说,还没有人进行风格的分划归类工作。刘勰是第一次归纳风格为八种基本类型:

> 若总其归涂,则数穷八体:一曰典雅,二曰远奥,三曰精约,四曰显附,五曰繁缛,六曰壮丽,七曰新奇,八曰轻靡。典雅者,熔式经诰,方轨儒门者也。远奥者,馥(复)采典文,经

---

① 嵇康《圣贤高士传赞》,《嵇康集校注》附录。
② 《汉书·扬雄传》。

理玄宗者也。精约者，核字省句，剖析毫厘者也。显附者，辞直义畅，切理厌心者也。繁缛者，博喻酿采，炜烨枝派者也。壮丽者，高论宏裁，卓烁异采者也。新奇者，摈古竞今，危侧趣诡者也。轻靡者，浮文弱植，缥缈附俗者也。

这种归类，现在看来自然意义不大，但从历史发展上来看，由模糊的清浊刚柔之辨，到明确归纳各种风格为八种基本类型，是对风格认识的一个重要发展。首先，必须是创作实践中已出现大量不同的风格，才能从实际出发加以归类；其次，必须对风格的成因和各种特色有全面的认识，才能作较为准确的概括和解说。刘勰自信他所归纳的这八类（即"八体"），"文辞根叶，苑囿其中矣"，就是说，各种不同的风格，都已概括其中了。风格既是因人而异，其量无穷，刘勰能概括为八种基本类型，就当时的创作实际来说，已基本上可谓全面了，这应该说是难能可贵的。其后，如《文镜秘府论·论体》，分风格为"博雅""清典""绮艳""宏壮""要约""切至"等类，司空图《诗品》分诗的风格为"雄浑""冲淡"等二十四类，都是刘勰风格论的发展。

刘勰的风格分类，既以六朝时期的实际创作为基础，也是针对当时文坛上存在的实际问题而发的。因此，就既有其时代意义，也有其时代局限。如"远奥"一体，刘勰释为"复采典文，经理玄宗者也"。这就是六朝玄风盛炽之中的时代产物，因而其概括性受到很大的限制。至于六朝文学尚未出现的风格，当然是"八体"所不能及的，因而"数穷八体"之说，"文辞根叶，苑囿其中"之论，也只能说在当时是可以成立的。甚至当时已大量出现并为时人所重的风格"自然"，也很难归入八体之一。

至于刘勰对八种风格是否有所轩轾，论者多有不同见解。黄侃以为:"彦和之意,八体并陈,文状不同,而皆能成体,了无轻重之见存于其间……略举畛封,本无轩轾也。"①对此疑信杂陈,迄无定论。鄙见以为,单以辞意的褒贬窥测刘勰的态度有一定的困难,因"繁缛""轻靡"等可以作多种解释。"八体"的列论次第,以"典雅"为首,以"轻靡"为末,似合于刘勰的一贯思想,但列"远奥"于"精约"之前,列"壮丽"于"繁缛"之后,就较为费解。所以,列论次第亦难作为判断优劣的绝对依据。此外,还有两点可供考虑:一是风格决定于作者的才、气、学、习,除气之刚柔外,"庸"与"俊","浅"与"深","雅"与"郑",都有高低之别,优劣之分,由这些因素构成的风格,能不能修短无异?显然,风格本身是良莠不齐的。二是正因刘勰深知风格有别,故于篇末特地告诫初学者:"童子雕琢,必先雅制……摹体以定习,因性以练才。"这里的"雅制"和"体",都只能是指良好的风格而言。不然,何虑"器成采定,难可翻移"?又何必在赞语中强调"雅丽黼黻,淫巧朱紫。习亦凝真,功沿渐靡"?这样看来,刘勰对八种风格类型,就不可能是一视同仁的。明确了这点,其次第与释辞就并非毫无可据了。结合以上几个方面的情形,至少可以断言:列"典雅"为首,释以"熔式经诰,方轨儒门",必有推重和提倡之意;列"新奇""轻靡"于尾,释以"摈古竞今,危侧趣诡""浮文弱植,缥缈附俗",必有轻视或不满之意。而这种轻重之别,正是由当时文学创作的实际决定的。面对现实的刘勰,就不可能不提倡典雅,也不可能不反对新奇与轻靡。而无论是强调"熔式经诰"的"典雅",或不满于"摈古竞今"的"新奇"等,都既有在当时不得不尔的一面,也有受儒家思想影响的保守的一面。

---

① 《文心雕龙札记·体性》。

刘勰的风格类型论虽然有一定的倾向性,但也不能机械地视"八体"为八个品级,对其中多数风格类型,他确是无所轩轾的。刘勰既深知风格多样化的必然之理,他又并非顽固的儒教卫道士,因此,他绝无驱众家于"典雅"一途的企图。从他对贾谊、司马相如等十二家的具体分析中可以看出,即使都是儒家的扬雄、班固,也各有其不同的风格:一是"志隐而味深",一是"裁密而思靡";对于具有道家思想的阮籍、嵇康,仍肯定其各不相同的特点:一是"响逸而调远",一是"兴高而采烈";除对司马相如的"理侈而辞溢",陆机的"情繁而辞隐"略有微辞外,其余诸家,大都是指出其各不相同的风格特点而无所谓褒贬。这些实例和上述刘勰的观点、态度,是完全一致的。

《体性》篇说:"若夫八体屡迁,功以学成。才力居中,肇自血气;气以实志,志以定言。"汉晋十二家的具体风格特点,都不能直接划归于"八体"中的任何一体,但又都是由八种风格类型衍化而成的,这就是"八体屡迁"的结果。造成这种变化的原因,刘勰讲到两个方面:一是"功以学成",一是才和气的决定作用。这两个方面就是决定作者个性的才、气、学、习。联系本篇"才有天资,学慎始习"等说可知,大体上是以才和气属先天性的,学和习为后天性的。后天性的学和习,亦为决定作者个性和风格的两种因素,这比曹丕的文气说自然是一大发展。《典论·论文》断言:"文以气为主,气之轻浊有体,不可力强而致。譬诸音乐,曲度虽均,节奏同检,至于引气不齐,巧拙有素,虽在父兄,不能以移子弟。"这自然是所谓天才决定论。不过曹丕所论止于"气",和前引曹植之论止于"习"一样,是就形成风格的某一角度而言。刘勰的发展是较全面的风格专论,故兼及才、气、学、习诸因素。若单就"气"而言,曹丕既非全错,刘勰亦无新的发展。《风骨》篇便引述"不可力强而致"等原话,而称之为"重气之旨",并未提出疑义或异论。《养气》篇所论,也主要是保养人的神气而已。《体性》篇则以气为人的"血气",讲"气有刚柔",仍是沿袭前说。从"才力居中,肇自血气"和"才有天资"等论可知,才和气同样是天生的。

但刘勰的发展,并不仅仅是增加了后天的学和习两种因素,值得注意的是这两种因素对形成风格的作用。在"风格"这个整体中,才、气、学、习四种因素既非同等并列,亦非简单组合。任何一种因素在作家身上,都起着改变其整个人的作用。当一个作家已有一定的才或气时,学或习的积累,又在不断充实或改变其才或气。如果截取作者的某一方面而言,则才并非单纯的才,气不是孤立的气,学识的高低和才、气不可分,习染的雅郑和才、气亦不能无关。正因如此,刘勰以才、气、学、习四者为个性的决定因素,就不仅是增加两种而较为全面了,才和气的性质也不能不有别于前人所说的才和气了。也许刘勰并未明确意识到这点,但他一再强调"功以学成""学慎始习""功在初化",要求作者"摹体以定习,因性以练才"等,则不仅是重视学、习的能动作用,且明明是认为,良好的文学风格是可以通过学、习来培育的。如果坚持"文以气为主……不可力强而致"的观点,就不可能"功以学成"了。本篇赞语的最后两句是不可忽略的,其云"习亦凝真,功沿渐靡",就使上述明而未融之理较为清晰了。范文澜注:"上文云'陶染所凝',此云'习亦凝真'。真者,才气之谓,言陶染学习之功,亦可凝积而补成才气也。"其说甚是。所谓"因性以练才",才是可以练的。《神思》篇说:"酌理以富才";《事类》篇说:"将赡才力,务在博见";《总术》篇说:"才之能通,必资晓术"。这些都说明,刘勰并不认为作者的才气是"不可力强而致"的。在《体性》篇,并无风格天生难移之意,一再强调的"功以学成""习亦凝真",说明他对曹丕的文气说不是量的增加,而是质的提高。

四

近人研究刘勰的风格论,往往还兼及《风骨》《通变》《定势》《事类》《时序》《才略》诸篇,而以《风骨》篇为刘勰的理想风格论,《通变》篇为风格演变论,《定势》篇为文体风格论,《时序》篇为时代风格论,《才略》篇为作家风格论等。这里须要略予说明的是,本节只以《体性》一篇为刘勰风格论的专章立论而鲜及其他,是出于下述考虑。

《文心雕龙》中涉及风格的问题确是十分广泛而复杂,作家风格、作品风格、时代风格等,即使不是遍及全书,也可断言大部分篇章都多多少少涉及一些风格的有关评论。这是一章一节的篇幅所难以尽言的。而风格的概念古今中外不一,各家的理解有异,广狭的范围亦难以界定;就以刘勰所涉及的问题来说,他对大量作家作品得失成败的分析、评论,用质、文、华、艳、雅、丽、诡、奇之类词语甚多,这些是否指风格而言,情况是很复杂的。要求得这些疑难的解决,一字一词,逐家逐论地辨析是不可能的,唯一可行的办法,只有从根本上认清刘勰对风格的基本观念,即什么是风格,也就是风格是怎样形成的,风格的决定因素是什么? 这类根本问题明确了,考虑其他便有所依据,也就容易得到符合刘勰原意的正确认识。这就只能以《体性》篇为研究的重点。事实上,这些问题如前所述,基本上已得到了明确的认识。

再一点考虑是,刘勰的创作论各篇,虽范围有大小,论旨有主次,同是一篇,其分量悬殊,但总是一篇为一相对独立的专题论述。其篇与篇之间,以至整个创作论,都有一定的内在联系,这是事实;但每篇都各有其不同的主旨,各有其欲解决的不同问题,这也是事实。因此,研究刘勰的风格论,不应只看到前者而忽略后者。从联系上看,《体性》篇的风格论不是孤立的存在,而是整个创作论的一个组成部分,故不仅必与它篇协调一致,也必与它篇相呼应或互相补充,《神思》与《养气》的关系就是明显的例证。但从各篇的独立性上看,刘勰论艺术构思的只有《神思》一篇,艺术构思论的次要内容之一是保养作者的精气,《养气》篇对此有一定的补充,但它却有自己的独立任务:论证在整个文学创作上养气的必要和方法。所以刘勰的艺术构思论不是两篇,而是一篇。同样,刘勰的风格论也只有一篇,而不是两篇、三篇或多篇。其他如《风骨》《定势》《时序》《才略》等篇,虽各与《体性》有某些相关的论述,或对风格论的局部内容(也只能是某些次要内容)作一定的补充,但《风骨》《定势》等篇又各有自己的重要任务,并非都是风格论。

关于《风骨》,下节将另作专题讨论。《定势》与《体性》的关系是较密切的,除本章第一节已谈到一些外,这里略加补充。《定势》篇是文章体势的专论,讲不同的文体各有其不同的自然之势,因此在写作中应"循体而成势",避免体与势不协调。其论云:

> 章、表、奏、议,则准的乎典雅;赋、颂、歌、诗,则羽仪乎清丽;符、檄、书、移,则楷式于明断;史、论、序、注,则师范于核要;箴、铭、碑、诔,则体制于弘深;连珠、七辞,则从事于巧艳。

这里对二十二种文体分类提出"典雅""清丽""明断""核要""弘深""巧艳"等六种规范的体势,不少研究者称这种体势为"文体风格",因之《体势》篇也被视为刘勰的风格论之一。"文体风格"是一个运用已广的概念,用以专指刘勰讲的"体势"也未尝不可,但这个"风格",如果应与上述刘勰的风格观念一致,就只能是广义的风格。因刘勰所讲的风格,是由人的才、气、学、习决定的,而"文体风格"是不同文体的不同要求,这样,"文体风格"和《体性》篇讲的风格,就各有所指而不能混为一谈了。但文体和风格的关系是密切的,凡人为文,必取一定的文体,既取某一文体,就必受某种文体的制约,就要"循体而成势"。如写章表,不"准的乎典雅"而"从事于巧艳",那就危败必多了。因而任何作家写成的任何作品,它所呈现出来的风格,都必有一定的文章体势的因素在内。从这个意义上讲"文体风格",就有一定的道理了。所以,如下说法是大致可从的:作者的个性是风格的主观因素,"体势"是风格的客观因素,但二者不能等量齐观。第一,讲作品风格时,"体势"的因素可能明显一点,但仍非主导因素或决定因素;如果成了决定因素,便有消失风格的可能,使天下文章只有"典雅""清丽"等六种"体势"。至于作家风格,"体势"的因素更微乎其微了。第二,不同作家采用同一文体时,仍各有其不同的风格,就是人的个性决定风格的力证;而作者乐于写诗,长于写赋,善于为文等,他选用什么文体,本身就是由作者的性格决定的。刘勰讲"随性适分,鲜能通圆"(《明诗》),告诫作者要"摹体以定习,因性以练才"(《体性》),更在论"体势"时开宗明义地提出:"夫情致异区,文变殊术,莫不因情立体,即体成势也。"(《定势》)"因情立体"可谓一语道破,作者选用什么文体,决定于他主观的情。所以,归根结底,风格是由人决定的,风格是人的风格。

第四节 风骨论

刘勰的风骨论,是《文心雕龙》研究中的一个难以解决的问题。"风骨"这个概念,不仅在我国古代源远流长,且遍及诗文书画等多种艺论,反映了我们民族文艺的一个重要审美特点,故为研究文学艺术者所重视。而古来说"风骨"者虽多,不仅只刘勰以《风骨》一篇做了专题论述,亦因此篇而为后世多种艺论之重风骨奠定了基础。再就《文心雕龙》本身来说,风骨论既是全书的一个重要组成部分,集中突出地表达了刘勰论文的美学观点,也涉及全书其他篇章的许多论述。凡此种种,都为众多研究者所共睹。故虽众说蜂起,未曾知难而退,实为"龙"学的一大好气象。

近读香港陈耀南《文心风骨群说辨疑》一文[1],深佩其用力之勤。该文辑黄侃、范文澜以下海内外六十余家之说,大别为十类而辨其短长,以求一是。这自然是一件有益的工作,也不失为研究风骨论的一种可行之策。在研究风骨论的方法上,近数十年来诸家曾进行过多种探讨,或以释义,或以探源,或着眼于《风骨》全篇诸论,或致力于《文心》全书的"风""骨"之说,或考察于理论术语与非术语之别,或从理论体系以究其宜等。所有这些,都各有所获,使"风骨"之义渐趋于是。居今为论,虽然仍是未可言易,但已有了良好的基础。

一

释"风骨"之难,主要在于它是以物为喻,涵义丰富而无明确界定,加以"风骨"二字在《文心雕龙》全书中往往随事设喻,并无严格的统一命意。因此,仅仅是训诂的道路固然走不通,即使从整句整篇,也难确切地把握其非此不可的内涵。《风骨》篇本身自然是释"风骨"的根本,但不能不借助其他种种途径以求旁证,探其源流便是不少研究者所取的方法之一。不过,有的研究者认为

---

[1] 香港《明报月刊》1987年10月号。

刘勰的"风骨"论和汉魏以来品藻人物的"风神骨相"等一脉相承，而有的却认为了不相干，且无论是认为前后有关或无关，其结论又各各不同。所以，这是一个有待详查的复杂问题，虽不可能据此而使刘勰的风骨论大白于天下，但知其来龙去脉，对文艺史上这一重要观念也是必要的。

　　作为美学范畴的"风骨"，可说在很大程度上出自刘勰的新创，但不仅"风""骨"二字，凡篇中所云"风骨""风力""骨力""骨髓""骨鲠"等，都已屡见于前代典籍，则至少是刘勰袭用了大量前代的有关思想资料，它就和前人用以表达的意念不能毫不相关。如"骨鲠"一词，战国时吴人专诸之言："方今吴外困于楚，而内空无骨鲠之臣，是无奈我何"①；西汉鲍宣之谏："朝臣无有大儒骨鲠，白首耆艾，魁垒之士"②；东汉来歙之表："夫理国以得贤为本，太中大夫段襄，骨鲠可任，愿陛下裁察"③；三国魏明帝之诏："夫骨鲠之臣，人主之所仗也"④；西晋齐王冏之奏："孙秀逆乱，灭佐命之国，诛骨鲠之臣"⑤；以至韩愈的《争臣论》："朝廷有直言骨鲠之臣"⑥等，其义尽同。正如上引《后汉书》李贤之注："骨鲠，喻正直也。《说文》曰：'鲠，鱼骨也。'食骨留咽中为鲠。"上举诸例，皆指人臣之"直言""正直"者而言。而《风骨》篇说"蔚彼风力，严此骨鲠"，这个"骨鲠"，虽可说乃骈文设字，赞语协韵之需，但若取人臣之德的原意，即使泛指一般人的"正直"，仍与本篇所论"文骨"

————————
① 《史记·吴太伯世家》。
② 《汉书·鲍宣传》。
③ 《后汉书·来歙传》。
④ 《三国志·魏书·蒋济传》。
⑤ 《晋书·张华传》。
⑥ 《韩昌黎文集》卷二。

无关,刘勰是断不致用词如此不伦的。可是,刘勰对"文骨"的要求正在于"结言端直,则文骨成焉"。用古来喻人臣正直的"骨鲠"以表结言之"端直",就既很自然,也容易理解了。这个例子说明,刘勰之于辞义,是既有承袭,也有创新的。

但也并非古书中所有的"骨"字,都和"风骨"的"骨"有必然联系。为"风骨"溯源者,常提到刘邵《人物志》中"骨植而柔者,谓之弘毅"等语。夷考其实,《人物志·九征》中所讲的"骨",乃鉴别人物的"九征"之一。其云:

> 平陂之质在于神,明暗之实在于精,勇怯之势在于筋,强弱之植在于骨,躁静之决在于气,惨怿之情在于色,衰正之形在于仪,态度之动在于容,缓急之状在于言。其为人也,质素平淡,中睿外朗,筋劲植固,声清色怿,仪正容直,则九征皆至,则纯粹之德也。

"筋"决定人的"勇怯之势","骨"决定人的"强弱之植",则其所谓"骨",主要指人的筋骨而言,并无它喻。"九征"之一的"骨",不仅与刘勰所论"文骨"无涉,与秦汉以来的"骨相"说也有所不同。"骨相"又称"骨法",早在宋玉的《神女赋》中,就有"骨法多奇,应君之相"之说①。《史记·淮阴侯列传》则有"贵贱在于骨法"之语。王充《论衡·骨相篇》则云:

> 人曰命难知。命甚易知。知之何用?用之骨体。人命禀于天,则有表候于体。察表候以知命,犹察斗斛以知容矣。表候者,骨法之谓也。

---

① 《文选》卷十九。

"骨法""骨相"固然是算命先生的事,但古人以为占其表候可以知人贵贱之命,便波及魏晋人物品藻,如《世说新语·赏誉》之:"王右军目陈玄伯,垒块有正骨";《品藻》之:"时人道阮思旷,骨气不及右军""蔡叔子云:韩康伯虽无骨干,然亦肤立"等,这里讲的"正骨""骨气""骨干"之类,就远非筋骨之骨,而是"骨相""骨法"的发展了。值得注意的是,无论是讲"正骨""骨气"或"骨干",虽然还未形成一个固定的美学范畴,却都是对人的美称。与之相反的"无骨",就含有明显的贬意了。"骨气不及右军""无骨干""无风骨"等,都是这种观念的反映。《轻诋》篇的"旧目韩康伯,将肘无风骨",其实就是"无骨"。刘义庆注引《说林》曰:"范启云:韩康伯似肉鸭。"余嘉锡《世说新语笺疏》析之甚详:

《方言》一云:"京、奘、将,大也。秦、晋之间,凡人之大谓之奘,或谓之壮。燕之北鄙,齐、楚之郊,或曰京,或曰将,皆古今语也。"据此,则"将"为"壮"之声转。康伯为人肥大,故范启以肉鸭比之。凡人肥则肘壮……故时人讥其有肉无骨。

韩康伯的肥大无骨,可能是事实,但人的肥壮何以致讥?若仅仅是一种无聊的"轻诋",《世说》又录之何义?从时人的品藻("韩康伯虽无骨干,然亦肤立")中,则可分明看出,"无风骨""无骨干"云云,未必是单纯品其有肉无骨。这种隽永的双关之辞,正深刻地反映了时人崇尚"正骨""骨气"之"骨"的观念。

就在这个时期,顾恺之的《魏晋胜流画赞》问世了,其云:

《周本纪》,重迭弥纶有骨法,然人形不如《小列女》也。

《伏羲》《神农》,虽不似今世人,有奇骨而兼美好,神属冥芒,居然有得一之想。

《汉本纪》,季王首也,有天骨而少细美。至于龙颜一像,超豁高雄,览之若面也。

《孙武》,大荀首(手)也,骨趣甚奇……

《醉客》,作人形骨成而制衣服慢之,亦助醉神耳,多有骨俱……

《烈士》,有骨俱……

《三马》,隽骨天奇……①

在一篇短短五六百字的画评中,大量用到"骨法""奇骨""天骨""骨趣""骨俱""隽骨"等词,当不是一种偶然现象。这些词义虽所指不一,但不仅大都是对人物画而言,且是对所画人物之美的不同评价。品鉴人物之重"骨",与评论人物画之重"骨",都大量出现在东晋时期,二者就有明显的关系了:人物画自应体现时人对人物品格的理想;品评人物和品评人物画,虽对象有别,品评者的理想却是一致的。这样,二者之间的互为影响就是完全可能的了。

这里有必要略予探究的,是评《周本纪》所用"骨法"一词。它已不再是相术之士所谈的"骨相"了,而成为绘画艺术的一个专用术语。顾恺之虽仍用以评人物画,但到谢赫在《古画品录》中提出的"六法"之一:"骨法,用笔是也"②,就不完全限于人物画了。其后如评画马,可称"骨法劲快"③;画山,可称"得山之骨法"④等,所用更广。"骨法"这个概念,在脱离了筋骨之骨的本意之后,也并不是和本意毫无关系了。骨肉相较,骨有坚硬之性,强健之

---

① 《历代名画记》卷五。
② 见钱锺书《管锥编·全齐文》卷二十五。
③ 刘道醇《五代名画补遗·走兽门》,《画品丛书》。
④ 汤垕《画鉴·宋画》,《画品丛书》。

力,而人体的构成有赖骨架,故以"用笔"为"骨法",便非一般的绘事用笔,而强调了骨的坚硬有力或骨架之意。

在书法理论中常讲的"骨"或"骨力",就更明显地侧重于"力"的含意。书法理论中讲究"骨力"早于画论,这是不能不注意到的。刘熙载《艺概·书概》有云:"卫瓘善草书,时人谓瓘得伯英之筋,犹未言骨;卫夫人《笔阵图》乃始以'多骨丰筋'并言之。"传为晋人卫夫人《笔阵图》之言曰:"昔秦丞相斯见周穆王书,七日兴叹,患其无骨。"又说:"善笔力者多骨,不善笔力者多肉。多骨微肉者谓之筋书,多肉微骨者谓之墨猪。多力丰筋者圣,无力无筋者病。"①很明显,这里讲的"无骨",就是"无力"。或疑《笔阵图》乃出王羲之之手,即使是这样,仍早于顾恺之的画论。且《晋书·王献之传》亦云:"时议者以为羲之草隶,江左中朝莫有及者,献之骨力远不及父,而颇有媚趣。"其后书论,言"骨""筋骨""风骨""骨气"者甚多,而以"骨力"为最。现略举数例。南齐王僧虔《论书》:"郗超草书亚于二王,紧媚过其父,骨力不及也。"②《南史·张融传》:"融善草隶,常自美其能。帝曰:'卿书殊有骨力,但恨无二王法。"梁武帝《答陶隐居书》:"肥瘦相和,骨力相称。"③唐太宗:"今吾临古人之书,殊不学其形势,唯在求其骨力;及得其骨力,而形势自生耳。"④清朱和羹《临池心解》:"字以骨力为主。《书谱》所云'众妙攸归,务存骨气'也。"⑤近人刘熙载《艺概·书

---

① 张彦远《法书要录》卷一。
② 《法书要录》卷一。
③ 《法书要录》卷二。
④ 《唐朝叙书录》,《法书要录》卷四。
⑤ 《历代书法论文选》。

概》:"骨力形势,书家所宜并讲,必欲识所尤重,则唐太宗已言之曰:求其骨力而形势自生。"由后三条可知,"骨力"实为书法艺术最基本的要求。其云"骨气""筋骨""风骨"等,纵有微别,亦不出以力为核心之本。

以上所述说明,书论中以"骨"为力而谓之"骨力",其义至明且始终一贯。"骨力"一词不仅出现在书论中早于画论,更在书论之前早见于《论衡·物势篇》了。其说为:

> 夫物之相胜,或以筋力,或以气势,或以巧便。小有气势,口足有便,则能以小而制大;无骨力,角翼不劲,则以大而服小。

这不仅不是论书评画,亦非品人。但这里的"骨力"之义,和后世艺论中讲的"骨力",只有对象之异,而无实质之别。《物势篇》的"骨力"与《骨相篇》的"骨法",虽同出王充《论衡》,但"骨力"与"骨法"二者初不相关,这是很明显的。到了魏晋以后"骨法"多用于画论,"骨力"多用于书论,其义便基于"骨"的本意而有较大的近似之处,则如上文所述,"骨法"已发展成一个新词,而"骨力"仍保持着它的原意。因此,早于画论讲求"骨力"的书论,就未必与六朝以人物画为主的画论之讲求"骨法",同是源于汉魏品鉴人物之风。固如康有为所说:"书若人然,须备筋骨血肉"[1],历代书论以人为喻,骨、肉并论对举者甚多。正因如此,"骨"本身就是"力"的象征,以之为喻是很自然的。因此,晋人所讲"骨力"不必出于《论衡》,亦不必源于汉魏以来之人物品鉴。

至于"风骨"一词,就现在所知史料,最早出现在晋宋之际。

---

[1] 《广艺舟双楫》卷四《余论》十九。

韩康伯的"将肘无风骨",前已说明,主要是说无骨。此外,《世说新语·赏誉》注引《晋安帝纪》,有"羲之风骨清举也"一句。这个"风骨"的含意,结合同篇注引《文章志》所说"羲之高爽有风气,不类常流也"、王隐《晋书》所说"王羲之幼有风操"①,以及《世说·品藻》中的"骨气不及右军"、《晋书·王羲之传》中的"以骨鲠称"等来看,或可说是"风气""风操""骨气""骨鲠"的总合,但终归是对其为人的品格而言。其后如《宋书·武帝纪上》,"风骨"一词凡两见:一谓武帝"身长七尺六寸,风骨奇特";一谓刘裕"风骨不恒,盖人杰也"(桓玄语)。两说都是对其人的风貌而言。在刘勰的《风骨》篇之前,"风骨"一词不仅未见于文论,亦未见于书论或画论。

谢赫《古画品录》评三国时画家曹不兴云:"不兴之迹,殆莫复传,唯秘阁之内,一龙而已。观其风骨,名岂虚成。"这可能是以"风骨"论画之始,但却在刘勰论文之后。早在1963年初,王伯敏在《古画品录》的注译中,便有如下考证:

> 查此书所品之画家,以陆杲为最晚。据《梁书》卷二十六所载,陆杲于"中大通元年,加特进,中正如故。四年,卒,时年七十四。"(引文据中华标点本,与王引略异)又据此书所评陆杲云:"传于后者,殆不盈握。"足见谢完成此书时,最早在陆杲去世之后,即中大通四年之后。②

此说甚是。现行《古画品录》皆题"南齐谢赫撰",当是后人追题。《历代名画记》卷七列谢赫为南齐画家,除录姚最《续画品录》对

---

① 见《太平御览》卷八六〇。
② 人民美术出版社《古画品录、续画品录》合注本,1963年1月第2版。

谢赫的评语外，已不能增置一辞，可见唐人已对谢赫所知甚微，到宋代的《百川学海》丛书始收入《古画品录》，就只有以《历代名画记》为据了。张彦远以谢赫为南齐画家，即使属实，也是就其为画家而言，谢赫传世的画作不多，其创作时期主要在南齐亦或可能。但除上录王考之外，《续画品录》评谢赫所云："然中兴以后，象人莫及"①，还有重要参考价值。这两句评语的文字，各本略有出入。《历代名画记》卷七录作"然中兴已来，象人为最"②。这是抄录《古画品录》最早的文字，当以此较为可信③。"中兴"乃齐和帝年号，只501年3月到502年3月共一年，502年4月便改元为梁代天监元年。谢赫既是"中兴已来，象人为最"的画家，则无疑是梁代的人物画家。由此可证，谢赫虽生于齐代，但主要是梁代画家；其《古画品录》既写于陆杲卒后，自然更是梁代之作。《文心雕龙》完成于齐末，则只能谢赫的"风骨"之说受到刘勰的影响，不可能刘勰的"风骨"论受到谢赫的影响。

据以上所述，刘勰的风骨论实为文学艺术史上的首创。在《文心雕龙》之前，不仅文学艺术评论中尚无"风骨"一词，《世说》和《宋书》中虽偶有用及，但既为时较晚④，又是对人物的品格风

---

① 《丛书集成》本第7页，名《续画品》。
② 《四库全书总目提要》卷一一二《古画品录》条录《续画品录》，亦作"然中兴以来，象人为最"。
③ 细较《历代名画记》所录姚最评谢赫全文，亦较今通行本《古画品录》为是。如今本作"点刷研精，意在切似。目想毫发，皆无遗失。"便不如《名画记》作"写貌人物，不俟对看，所须一览，便归操笔，目想毫发，皆亡遗失"为顺。
④ 刘孝标注《世说新语》在入梁之后。沈约《宋书》的纪传部分到永明六年始毕（见《宋书·自序》），诸志及全书的完成，也可能在入梁之后（见中华本《宋书·出版说明》）。故其广为流传，均在《文心》成书之后。

貌而言，和刘勰所讲"风骨"的内涵还相去甚远。因此，由汉魏人物品鉴而评人物画，由品评人物画而刘勰的风骨论之间，尚难找出其一脉相承的历史根据。前代的人物品藻和论书评画等，都可能对文学风骨论的形成有直接或间接的作用，但若注意到艺论中较早强调"骨力"的书论，很可能如前所述是就其本义而言，就很难对各种理论之间的承传关系作简单判断。鄙见以为，与其说风骨论和前代有某种一脉相承的关系，不如说有数脉相承的复杂关系；与其看重风骨论和人物品藻或画论的关系，不如看重风骨论和书论的关系。

《风骨》篇屡言"风骨不飞，则振采失鲜，负声无力"；"捶字坚而难移，结响凝而不滞，此风骨之力也"；"骨髓峻""风力遒"；"骨劲而气猛""蔚彼风力，严此骨鲠"等，对"力"的要求最为突出是很明显的。而晋宋以后，下迄近代的书论，凡所云"骨"者，都是"骨力"之意。不仅二意相近，且如前述，《文心》之前的书论如《笔阵图》、王僧虔《论书》和《晋书》所载对王献之书法的"时议"、《南史》所载齐高帝对张融书法的评论等，已对书法艺术的"骨力"有广泛的要求。其影响及齐末提出的风骨论，就有较大的可能性。

自刘勰在文艺领域首创风骨论之后，"风骨"这个概念在历代文论、画论、书论中的运用甚广。仅就随手所得，检其大势，则不仅对把握"风骨"之义不无助益，亦可以知刘勰创立此说的意义之所在。但须说明，笔者对此所知既有限，也不容罄其所知，逐一罗列，只能视其所需而讨其梗概。

"风清骨峻"本是对文学创作的要求，在后世的诗文评中自然更受重视。初唐陈子昂以"汉魏风骨"为旗帜，来反对"采丽竞繁"的创作倾向①,和刘勰的用意是一致的。殷璠的《河岳英灵集》,以"风骨"为评选作品的重要标准之一,如评陶翰"既多兴象,复备风骨",评崔颢晚年之作"风骨凛然"等②。其后如胡应麟的《诗薮》,沈德潜的《说诗晬语》等,以有无"风骨""气骨"评论作家作品者更多。自钟嵘《诗品》提出"建安风力"之说,到严羽《沧浪诗话》明确推崇"建安风骨""盛唐风骨"等;于是讲论"建安风骨""汉魏风骨""盛唐风骨"者,不绝于史,并一直沿用至今。不止论诗,屠隆还以之论文,谓五经之文"绝无后世文人学士纤秾佻巧之态,而风骨格力,高视千古"③。王芑孙以之论赋,反对"徒骋鲜妍,罔寻风骨"④。张炎以之论词,"秦少游词,体制淡雅,气骨不衰"⑤。"风骨"的要求在古代文论中范围之广,时间之长,已于此可见。至于"风骨"之义,从以上诸例中或径称为"风力",或与"格力"并举,或为"采丽竞繁""徒骋鲜妍""纤秾佻巧"的反义,便可知其大要了。为了明确认清这点,还可补举数例:

  尝以龙朔初载,文场变体,争构纤微,竞为雕刻……骨气都尽,刚健不闻。⑥

  王维以诗名开元间……词虽清雅,亦萎弱少气骨。⑦

  宋、齐诸子,大演五言,殊寡七字,至梁乃有长篇。陈、隋

---

① 《与东方左史虬修竹篇序》,《陈伯玉文集》卷一。
② 《唐人选唐诗十种》。
③ 《文论》,《由拳集》卷二十三。
④ 《读赋卮言·小赋》,《赋话六种》,香港三联书店1982年版。
⑤ 《词源·杂论》,人民文学出版社1981年版。
⑥ 杨炯《王勃集序》,《杨盈川集》卷三。
⑦ 《诗人玉屑》卷十五。

浸盛,婉丽相矜,极于唐始,汉魏风骨,殆无复存。①

　　王摩诘依仿渊明,虽运词清雅,而萎弱少风骨。②

这些评论更充分说明,与"纤微""萎弱""婉丽"等相对而言的"风骨"或"气骨",主要就是刚健有力之意。在某种特定情况下所用"风骨",可能另有命意,但后世所讲"风骨",在多数情况下,和《风骨》篇强调的"风骨之力"是一致的。

　　书论和画论相对而言,画论中运用"风骨"这个概念较少。除谢赫所讲"观其风骨,名岂虚成"之外,唐沙门彦悰《后画录》评王仲舒有云:"北面孙公,风骨不逮。精熟婉润,名辈所推。"此所言"孙公",当是同书所评孙尚孜,此人则是"师模顾、陆,骨气有余"。是知"骨气"与"风骨"亦意近。再参以同书所评王定"骨气不足,遒媚有余"③,则此"骨气"与"风骨",仍与上述文论之"风骨""骨气"略同。但张怀瓘《画断》佚文则说:"夫象人风骨,张亚于顾、陆也。张得其肉,陆得其骨,顾得其神。"④这是对顾恺之、陆探微、张僧繇三家人物画的评论。可得"风骨"之"肉""骨""神",则"风骨"本身的内涵就较为丰富,而与主要指"骨力"者有别了。书论中用"风骨"之论虽多,但其大旨仍不外上述二义。如:

　　宋帝有子敬风骨,超纵狼藉,翕焕为美。⑤

---

① 胡应麟《诗薮》内编卷三。
② 宋濂《答章秀才论诗书》,《宋文宪公全集》卷三十七。
③ 《画品丛书》,上海人民美术出版社1982年版。
④ 《历代名画记》卷六引。
⑤ 李嗣真《书品后》,《法书要录》卷三。

以风骨为体,以变化为用。①

(虞世南)族子纂书,有叔父体则,而风骨不继。②

兼风骨,总礼法……风骨巨丽,碑版峥嵘。③

不见其风骨,而毫素相适,笔无全锋。④

本六朝妙处酝酿,风骨自然超逸也……悉出上圣规摹,故风骨意象皆存,在识者鉴裁,而学者悟其趣尔。⑤

务须结字小疏,映带安雅,筋力老健,风骨洒落;字虽不连而气候相通,墨纵有馀而肥瘠相称。⑥

晋书神韵潇洒……元、明厌宋之放轶,尚慕晋轨,然世代既降,风骨少弱。⑦

凡字每落笔,皆从点起。点定则四面皆圆,笔有主宰,不致偏枯草率。波折钩勒一气相生,风骨自然遒劲。⑧

以上诸例足以说明,自刘勰以后,书论中对"风骨"的要求是相当普遍的。这些要求虽仍以"遒劲"之力为核心,正如朱履贞所说:"书贵峭劲。峭劲者,书之风神骨格也。"⑨这和前述"字以骨力为主"是一致的。值得注意的是,这些"风骨"的要求,大都有了更为丰富的含义。或以"超纵狼藉,翕焕为美",或称"风骨巨丽""风

---

① 张怀瓘《书议·草书》,《法书要录》卷四。
② 张怀瓘《书断·妙品》,《法书要录》卷八。
③ 窦臮《述书赋》下,《法书要录》卷六。
④ 李煜《书述》,《历代书法论文选》第299页。
⑤ 赵构《翰墨志》,《历代书法论文选》第368—369页。
⑥ 宋曹《书法约言·论行书》,《历代书法论文选》第570页。
⑦ 梁巘《评书帖》,《历代书法论文选》第581页。
⑧ 周星莲《临池管见》,《历代书法论文选》第728页。
⑨ 《书学捷要》,《历代书法论文选》第604页。

骨超逸""风骨洒落";而"风骨洒落"不仅与"筋力老健"并举,且同时求其"肥瘠相称";"风骨不继"者,是虞世南的"内含刚柔";"风骨少弱"者,是晋人书法的"神韵潇洒"。

除了劲健之力,还有"禽焕""超逸""洒落""神韵"之美等多种要求,这是书法艺术本身的特质决定的。但从这些要求和"风骨"的联系中,可以认为这是在一定程度上受到文学"风骨"论影响的事实。如前所述,刘勰的风骨论既然和它以前书论关系较为密切,则刘勰之后的书论,和文论中的风骨论有更为密切的联系,就是很自然的了。唐代书法家徐浩有云:

> 近世萧、永、欧、虞颇传笔势,褚、薛已降,自《郐》不讥矣。然人谓虞得其筋,褚得其肉,欧得其骨,当矣。夫鹰隼乏彩,而翰飞戾天,骨劲而气猛也。翚、翟备色,而翱翔百步,肉丰而力沉也。若藻耀而高翔,书之凤凰矣。欧、虞为鹰隼,褚、薛为翚翟焉。①

此说产于盛唐,从北宋朱长文的《续书断》②,到近代刘熙载的《书概》③,皆称引其说,足见其理为书家所重。而鹰隼、翚翟之喻,乃径取刘勰《风骨》篇原文,书论的风骨论来自文论的风骨论,这是一个有力的明证。按徐浩以得其筋、骨的欧、虞二家为鹰隼,以得其肉的褚、薛二家为翚翟,则筋、骨约当于"骨劲而气猛"的风骨,肉约当于"肌丰而力沉"的藻采;"书之凤凰"则是风、骨、采皆善的理想之作。这和一般文论、书论以刚健之力为主而备采饰,其

---

① 《论书》,《历代书法论文选》。
② 见《历代书法论文选》第331页。
③ 《艺概》卷五。

理是相通的。

总上所述,风骨论的来龙去脉可得而言:文学艺术的风骨论始于刘勰;其渊源虽早,但与东晋以后的书论才有较明显的关系;刘勰的风骨论对后世的文学理论、书法理论、绘画理论都有深远的影响,故有其重要的历史地位;纵观文学艺术各种评论的发展概况,刚健之力的审美要求,是"风骨"最基本的内涵;但其含义极为丰富,在不同的情况下可以有千差万别的不同命意;这种复杂性使之可以广泛地适用于多种文艺评论,但却难以对它作统一的简单的界定。

二

"风骨"的"风",也是以物为喻,所谓"风鹜东则东靡,风鹜西则西靡"①,以这种作用喻教化而谓之"风化",或径称为"风",其源更远,其流更长。如《尚书·说命下》:"咸仰朕德,时乃风。"传:"风,教也,使天下皆仰我德,是汝教。"《毛诗序》:"风,风也,教也;风以动之,教以化之……上以风化下,下以风刺上,主文而谲谏,言之者无罪,闻之者足以戒,故曰风。"在刘勰以前,以"风"为教化之义不仅已相当普遍,也相当明确、固定了,教化已成为"风"字的本义之一。正因如此,和"骨"的喻意相对而言,较为易于把握。特别是《风骨》篇开章明义已讲到:"《诗》总六义,风冠其首,斯乃化感之本源,志气之符契也。"既已明言所讲是化感之"风",故在历来风骨论的研究中歧议较少,这就不必多说了。因此,在进探《文心雕龙》中的风骨问题时,仍以"骨"的概念为主。

对刘勰风骨论的研究,其意义主要是在明其基本含义,而知

---

① 《刘子·从化》。

其在当时的理论价值和历史地位。从刘勰一再强调"风骨之力""骨劲而气猛",以图确立"文明以健"的"正式",其理论意义本来是很明显的;上述大量史实对此已有充分说明。还须对"骨"的含义作深入探讨,并不单纯是个别概念的理解问题。大而言之,"风骨"既是唐宋以后文学艺术评论中相当普遍的要求,对其创始者的原意,自当求得至少是接近正确的理解。刘勰既多以"风""骨"分论,从钟嵘评刘桢"真骨凌霜,高风跨俗"①,到刘熙载谓"太白长于风,少陵长于骨"②,"词有尚风,有尚骨"③,历代风、骨分论或单讲风、骨者甚多,故有必要明其分别含义。小而言之,风骨论在《文心雕龙》中不是孤立的,全书分言风、骨之处既多,又与针对"习华随侈,流遁忘反"的时风,和其总的理论体系密不可分。实际上,研究风骨论之难,关键就在一个"骨"字。

《文心雕龙》中用到的"骨""文骨""风骨""骨鲠""骨髓"等词,共有三十二处。虽然同在一书之内,但刘勰并未给这些"骨"字以统一的命意,论者不察,往往给"风骨"论的研究带来一些不必要的纠纷。如《奏启》篇云:"世人为文,竞于诋诃,吹毛取瑕,次骨为戾";《祝盟》篇云:"蒯聩临战,获佑于筋骨之请。"这里讲的"骨""筋骨",都是它的本义,与《议对》《风骨》等篇的"文骨""风骨"等显然无关。又如《檄移》篇所评:"相如之《难蜀老》,文晓而喻博,有移檄之骨焉。"这个"骨"字,或译为"神髓""事义",或释为"风骨""骨力"等,就是由于把《文心》中的"骨"字视为一个统一的概念。这样做仅在同一个《檄移》篇内,就会遇到一定的困

---

① 《诗品》卷上。
② 《艺概·诗概》。
③ 《艺概·词曲概》。

难。如王礼卿既释"移檄之骨"为"移文檄文之骨力",又释同篇的"壮有骨鲠"为"宏壮而有骨力"①,把"骨"和"骨鲠"都统一为"骨力"了。又如李曰刚释"移檄之骨"为"移檄之风骨",释"壮有骨鲠"为"文笔雄壮而有风力"②,就是"风""骨"互释而"风""骨"为一了。其实,本篇所讲的"骨鲠"和"骨"是大不相同的。就原文来看:

> 陈琳之《檄豫州》,壮有骨鲠。虽奸阉携养,章密太甚;发邱摸金,诬过其虐;然抗辞书衅,皦然曝露矣。敢指曹公之锋,幸哉免袁党之戮也。

评陈琳的《为袁绍檄豫州》"壮有骨鲠",乃与此文能"抗辞书衅""敢指曹公之锋"等有关,故解"骨鲠"为"骨力"可谓近是。但刘勰论"移檄之骨"为:

> 移者,易也,移风易俗,令往而民随者也。相如之《难蜀老》,文晓而喻博,有移檄之骨焉。及刘歆之《移太常》,辞刚而义辨,文移之首也。陆机之《移百官》,言约而事显,武移之要者也。故檄移为用,事兼文武;其在金革,则逆党用檄,顺命资移,所以洗濯民心,坚同符契,意用小异而体义大同,与檄参伍,故不重论也。

这是《檄移》篇论"移"的全部文字。文末讲得很明白,因檄、移两种文体大同小异,故不重论;其大同小异之处,这段话已揭其大要。这是正确理解"移檄之骨"的基础。其次,说《难蜀父老》一

---

① 《文心雕龙通解》,台北黎明文化事业公司1986年版,第392—396页。
② 《文心雕龙斠诠》,台北"国立编译馆"中华丛书编审委员会1982年版,第891—899页。

文"有移檄之骨"，只因其"文晓而喻博"，从这五个字中，是找不到释"骨"为"神髓""事义""风骨"或"骨力"的必然联系的。"神髓"与"事义"，似觉相去更远；即使释为"风骨"或"骨力"，则移檄的"风骨"或"骨力"又所指何意？《风骨》篇讲的"风骨"或"骨"力，是对一切文体的总的要求；此处若言"移檄之风骨""移檄之骨力"，就应该是移、檄二体的特殊要求。这样看来，向长清译此句为："已有移檄的骨架"①，便不无道理。因这段话主要是论移文的体制及其与檄文的比较，刘歆的《移太常博士书》才是"文移之首"；刘歆之前的司马相如所撰《难蜀父老》，还并非移文，只是初具移文的"骨架"而已。唯觉"骨架"仍拘于"骨"字而有较大的局限性，难以表达"文晓而喻博"的实质。这就不免要敝帚自珍，以拙译为是："司马相如的《难蜀父老》，文辞明白而比喻广博，已具有移和檄的（基本）特征。"②以"特征"释"骨"，似乎相去万里。但这里所讲"移檄之骨"，《难蜀父老》既非移文或檄文，其实质就只能是移、檄的基本特征。而"骨"乃骨体之义，只是译作"骨体"其义不明，不泥于字面而究其实，说某种文体之"骨"，也就是这种文体的基本特征了。

由此可见，"移檄之骨"的"骨"，和"壮有骨鲠""次骨为戾""筋骨之请"的"骨"，都是有别的；和《风骨》篇的"沉吟铺辞，莫先于骨"的"骨"自然各异。这样的例子在全书甚多，视之为一个统一概念，在许多具体论述中是碍难通行的。这里有必要进而探讨的是"骨髓"一词在《文心》全书中的使用情况。《风骨》篇云："昔潘勖《锡魏》，思摹经典，群才韬笔，乃其骨髓峻也。"这个"骨髓

---

① 《文心雕龙浅释》，吉林人民出版社1984年版，第207页。
② 《文心雕龙译注》上册，齐鲁书社1981年版，第271页。

峻"乃和下句的"风力遒"相对而言，明明是刘勰所举"风""骨"较为典型的各一例证。则"骨髓"一词，无疑是风骨之"骨"的不同说法，和本篇的"文骨""骨鲠"加一"文"字、"鲠"字相似，其实一也。但无论是讲"骨""骨髓"或"骨鲠"，都不易确知其含义，不少研究者便从《附会》篇寻求旁证："必以情志为神明，事义为骨髓，辞采为肌肤，宫商为声气。"根据此说，认为"骨髓""骨"就指"事义"。以刘注刘，以《文心》证《文心》，虽是可取的重要途径之一，却非简单地施之一切都能行之有效。正如前述史料，文学艺术中讲的"风骨"，是很难用简单的界定以概括其丰富的内容的。刘勰的风骨论也是如此。"骨"既是以物为喻，就可在不同情况下有不同的喻意。就以"骨髓"一词来说，除《附会》篇的"事义为骨髓"、《风骨》篇的"乃其骨髓峻"之外，《文心》中还用到三处：

> 经也者，恒久之至道，不刊之鸿教也。故象天地，效鬼神，参物序，制人纪，洞性灵之奥区，极文章之骨髓者也。（《宗经》）
> 才性异区，文辞繁诡。辞为肌肤，志实骨髓。（《体性》）
> 夫铨序一文为易，弥纶群言为难。虽复轻采毛发，深极骨髓，或有曲意密源，似近而远，辞所不载，亦不胜数矣。（《序志》）

"极文章之骨髓"，指儒家经书乃一切文章之根本；"志实骨髓"和"辞为肌肤"联系起来看，显然指文章的内质；"深极骨髓"与"轻采毛发"相对为言，则是刘勰自谓其书深入论述了种种重大的理论问题。不仅这三个各有所喻的"骨髓"不能互训，全书的五个"骨髓"，亦难互训，至少是绝不等同。据"事义为骨髓"一喻，以解全书其他四个"骨髓"，无疑是窒碍难通的；同样，也不能据"文章之骨髓"，或"深极骨髓"以解其他。"辞为肌肤，志实骨髓"，似与"事义为骨髓，辞采为肌肤"之喻相类，却与"情志为神明"无法统一，不能既以志为"骨髓"，又为"神明"。

不能以同词异喻相混同，这是风骨论研究中必须明确的。参证全书其他有关论述是应该的，也可说是必要的，但若不具体分析，慎重对待，简单的文词类比与互证，只能徒增混乱而无补于实。在风骨论的研究过程中，已经走过的很多弯路正与此有关；而以"事义"释"骨"是流行较广、持说较众者之一。因此，除综观全书"骨髓"之喻，以明《附会》篇的"事义为骨髓"，不能移用于《风骨》篇外，还须具体研究持"骨"为"事义"说者的具体理由。

以"骨"为"喻文之事义"说出自刘永济：

> "骨"者，树立结构之物，以喻文之事义也。事义者，情思待发，托之以见者也。就其所以建立篇章而表情思者言之为"骨"。①

但此说不是以《附会》之喻为根据，而是从"三准"论的研究中得来。刘永济认为，"舍人论文，不出三准"，"三准"之说"已尽文家之能事"②。"三准"所论，"乃是指从作者内心（到）形成作品的全部过程中所必然有的三个步骤"③。刘永济的研究就从这种认识出发进行如下推论："三准"既是文学创作"全部过程"的"三个步骤"，自然就可谓"三准"之论已"尽文家之能事"，也就可说刘勰的全部理论"不出三准"；《风骨》篇既是刘勰的创作论之一，其

---

① 《文心雕龙校释》，中华书局上海编辑所1962年版，第107页。
② 《文心雕龙校释》，中华书局上海编辑所1962年版，第106、5页。
③ 《释刘勰的"三准"论》，《文学研究》1957年第2期。

中所用"风""气""骨""辞""采""藻"等概念,就都可以"统归三准"了。因而得出这样的结论:

> 由此观之,"情""事""辞"三名,从其用言之,则为"风"为"骨"为"采",而采又以风骨为其根本。①

所谓"情""事""辞",就是"三准"的"设情以位体""酌事以取类""撮辞以举要"三项。这里首先要研讨的是,"三准"之论,是不是讲文学创作的"全部过程"?刘勰的原话是:

> 凡思绪初发,辞采苦杂,心非权衡,势必轻重。是以草创鸿笔,先标三准:履端于始,则设情以位体;举正于中,则酌事以取类;归馀于终,则撮辞以举要。然后舒华布实,献替节文。绳墨以外,美材既斫,故能首尾圆合,条贯统序。(《熔裁》)

刘永济正是引出这段原文而论曰:"在他这段话中,我们可以知道从作者的'思绪初发'到作品的'首尾圆合',其全部经过中,所涉及的有三件事。"②这话完全是对的,上引全文确是讲到文学创作的全过程,"三准"也确是这全过程中的三件事。但这三件事并不就是全过程,而是全过程中的一部分,这是很明显的。原文明明是在讲完"三准"之后,再说"然后舒华布实"等等,继之又说"故三准既定,次讨字句"。所以,"三准"既定之后,到作品"首尾圆合"地完成,还有许多工作要做。"熔裁"本来包括"檃括情理,矫揉文采"两个方面,所谓"规范本体谓之熔,剪截浮词谓之裁"(《熔裁》),"三准"只是"檃括情理""规范本体"方面的事,当然

---

① 《文心雕龙校释》第 108 页。
② 《释刘勰的"三准"论》,《文学评论》1957 年第 2 期。

谈不到文学创作的"全过程",因而也就难以说"三准"已"尽文家之能事",更不能把"辞""采""藻"等都"统归三准"。"三准"中虽有"撮辞以举要"一条,但不应孤立起来,仅仅视之为"辞"。"三准"乃"橐括情理"的三条准则,"撮辞以举要"则是用辞以能表达"情理"之要为准。"设情""酌事""撮辞",只是指示"情、事、辞"三个方面,能否"位体""取类""举要"才是准则。因此,"撮辞以举要"的一"准",仍为"橐括情理"所必需。而刘永济释"撮辞以举要"则云:

> 有了与"情"相类的"事",然后方能依据这些"事"的内容和性质来"属采附声"。这里所说的"采"与"声",就是作品中的词藻。凡是美的文学作品必然具有采色与声音之美。……必然是作品中所敷设的词句都最精炼,都是"事"与"物"的最主要的部分。所以说"撮辞以举要"。①

查《熔裁》篇并无"属采附声"的话。《物色》篇所说"属采附声,亦与心而徘徊",就与"三准"论无涉了。纵就其"采""声"即"词藻"之论,仍与"三准"了不相关。由这段论述,可更知其说是难以成立的。无论对"风骨"作何解释,"风""骨""采"和"情""事""辞",根本就不能类比。

既然"风""骨""采"和"情""事""辞"无法类比,"骨"和"事"的关系就失去了依据。但刘释《熔裁》又讲到:

> 舍人之"情""事""辞",亦即孔子之"志""言""文",孟子之"志""辞""文"也。辞或变而称事者,辞乃说事之言,诗人之所咏歌,文家之所论列,史氏之所传述,必有事而后有

---

① 《释刘勰的"三准"论》,《文学评论》1957年第2期。

言也。①

这里出现的问题是:既以"情""事""辞"比"风""骨""采",又以"情""事""辞"比"志""言"("辞")"文",则"志""言""文"是否相当于"风""骨""采"呢?这样推论,"骨"就亦即"言"或"辞"了。这个推论能否成立,关键在"事"与"言"是否相通。刘永济认为,"辞乃说事之言""必有事而后有言",因此,"辞"也可变而称"事"。这种说法不仅将造成"情""事""辞"也可称之为"情""事""事"的矛盾,且抹杀了"事"与"言"的区别。"辞乃说事之言""必有事而后有言"固然是正确的,但"辞"或"言"并不等于所说之"事"。"骨"既不是"辞","辞"又不是"事",因此,"事"就更不是"骨"了。

以风骨之"骨"为"事"或"事义",无论是据《附会》篇的"事义为骨髓",或据《熔裁》篇的"情""事""辞",都无法回避一个实际问题,即所谓"事"或"事义",其具体含义是什么?泛指作品的内容显然是不行的,因为它与《附会》篇的"情志为神明"、《熔裁》篇的"设情以位体"是矛盾的,"情"或"情志"正是构成作品的基本内容;在《文心雕龙》中,"情"往往是内容的同义词。其实,"事"即"用事",也就是"事义",其特定含义即《事类》篇所说:"事类者,盖文章之外,据事以类义,援古以证今者也。"自然,这只是构成作品内容的一个方面,可以和"情志"并存而不矛盾,但第一,在《风骨》篇还找不出"骨"是要求"事义",或"骨"可以解作"事义"的根据;第二,刘勰虽重用事用典,但他还不至于不知道,历来许多不用事用典的作品(特别是诗歌),亦

---

① 《文心雕龙校释》第120页。

不失为优秀的佳作；他是否竟认为不用"事义"之作便无"风骨"可言？第三，《事类》是论"事义"的专篇，如果刘勰真是以"骨"为"事义"，何以在"事义"的专论中反而与"骨"的要求毫无联系？全书评许多作家作品有"骨"，何以《事类》篇论及不少善于"据事以类义""捃摭经史"的作者，却避而不许以"骨"？特别是《风骨》篇以潘勖《册魏公九锡文》为"骨髓峻"的典型，在《事类》篇却名落孙山了，反而以崔骃、班固、张衡、蔡邕等的"因书立功"，为"后人之范式"。所有这些，只能说明"风骨"的"骨"并不是"事义"。虽不能认为"事义"与"骨"在任何情况下绝无关系，但只从没有"事义"的作品也可以有"骨"，便知二者并无必然联系。

对此，刘勰前后大量画论、书论、文论中对"骨"和"风骨"的运用情况，是很有参考意义的。各种艺论虽所指有别，但如前述，"骨"或"风骨"在历史上的长期运用中，无论是文论、书论或画论，都有其共通之处，都未离其最基本的含义。以"骨"为"事义"，就堵塞了"风骨"与其他多种艺论的通道，割断了"风骨"论的源、流。我们从这里得到的重要启示是：企图用某种狭窄的、单一的、板滞的界义来限定"风骨"的丰富含义，必然是徒劳无益的。这既是中国古代文化大量理论术语的特点，也是整个古代文论的一般特点。

三

考察了历史上和《文心》全书讲"风骨"的有关情形，注意到它的特点和基本含义，便可缩小范围，进而研讨《风骨》篇本身了。从总体看局部是应该的，但容易以一般代个别，忽视具体论点的具体意义。所幸以上考察已知"风骨"这一概念在不同情况下有多种不同喻意,欲得《风骨》篇中的"风骨"之义,就不能不以《风骨》篇为最根本的研究对象。以六经注我的方法解"风骨"之喻是容易的。正因如此,就更需多一点客观和慎重。最起码的要求,我以为一是必须词义可通。文字训诂虽不是唯一的方法,却不能不问原文有无其义而凭主观武断。二是不应孤立地抓住一言半语不放而不计其他,无论作何解说,必须能贯通其全篇。如以"事义"释"骨",当问在"结言端直,则文骨成焉""练于骨者,析辞必精"等各句之中,是否言之成理。舍此而架空立说,虽高论宏裁,亦难服人。

再就是必须有一个正确的研究角度,角度不同,就各有其理而是非难明。此所谓"角度",主要指研究的对象是论创作或评作品。若为对已完成之作品的评论,则其内容和形式已熔成一个整体,每一个字都为内容而设,都表达了作者一定的情志,"风"与"骨"便难截然分判为二。在一篇已完成的作品中,不可能有无"骨"之"风",也不可能有无"风"之"骨"。在古代的作品评论中,如钟嵘《诗品序》谓东晋诗作"建安风力尽矣",李白《宣州谢朓楼饯别校书叔云》所评"蓬莱文章建安骨"等,虽单言"风"或"骨",却已概括了"风骨"的基本含义,就因为在已完成的作品中是"风""骨"相融的。但《风骨》篇是刘勰的创作论之一,它所论述的是怎样使作品有"风",如何写作才有"骨"。明乎此,便既知探其分义实为必要,亦可省"辞为言事之辞"而"辞""事"不分之类不必要的纠缠。因此,应避免研讨角度的混淆,首先明确《风骨》篇是刘勰的创作论。

刘勰的论述虽然仍是"风""骨"并举,且时有合论"风骨"者,但其义各别是很明显的。为了明其分义,就必须对"风"和"骨"作分别探讨。其论"风"者,有以下句子:

《诗》总六义,风冠其首;斯乃化感之本源,志气之符契也。是以怊怅述情,必始乎风。
　　情之含风,犹形之包气。
　　意气骏爽,则文风清焉。
　　深乎风者,述情必显。
　　捶字坚而难移,结响凝而不滞,此风骨之力也。
　　思不环周,索莫乏气,则无风之验也。
　　相如赋《仙》,气号"凌云",蔚为辞宗,乃其风力遒也。

这就是《风骨》篇论"风"的全部句子,舍此而释"风",便非"风骨"之"风";所解不符此全部句子,便非确解。这虽是一个非此不可的严格要求,但倘能如此,只从原话中究其原意,而不加入任何主观要求,问题就反而化险为夷了。上列七个句子所讲不外两种情形:一是"风"和作者的"情""志""意""气""思"等主观因素的关系,一是作品的客观作用。"捶字坚而难移,结响凝而不滞"二句,虽然都是对作品的客观作用而言,但乃兼论"风骨之力";前句既非"情""志""意""气"等所生之"力",就非"风力"而为"骨力"甚明。"结响凝而不滞"和"相如赋《仙》,气号凌云",都指作品对读者的作用(或谓之"感染力")而言。综合诸句可见,这种作用绝非来自文辞采饰,而是由作者的"情""志""意""气"等生发出来的。由作者的"志气"等主观因素所决定的作品对读者的鼓动力量,就是所谓"风力"或"风"。"意气骏爽,则文风清焉",便是最直接的说明。

　　本篇一开始就提出的,"风"是"化感之本源,志气之符契",不仅对"风"是定性之说,也为以下论"风"提供了理论根据。正因化感之风与作者的"志气"合若"符契",是完全一致的,因而这就是"怊怅述情,必始乎风"的原因。从篇首到"情之含风,犹形之包气",都是论"风"("骨")在文学创作上的必要性。其所述之情必须具有"风",就像人的形体不能不具有神气一样重要。这也是文学创作"必始乎风",即把"化感之本源"的"风"放在首要位置的原因。其次论怎样才能有"风"。既然"风"是"志气之符契",所以"意气骏爽,则文风清焉"。"深乎风者,述情必显",即要求能鲜明地表达感情,才是善于使作品有"风"的高手。再次是论"风骨之力",即风骨的作用。不过,对"结响凝而不滞"的理解有略加说明的必要。

各家对"响"字的注释和翻译,或为"声律",或为"声调",或为"语调"。其可疑者,文字用得"坚而难移","声调"的"凝而不滞",这两个方面合起来具有什么"风骨之力"呢?此说出于黄侃。他释"结响凝而不滞"句云:"此缘意义充足,故声律畅调,凝者不可转移。声律以凝为贵,犹揵字以坚为贵也。不滞者,由思理圆周,天机骏利,所以免于滞涩之病也。"[1]此说之可疑者,是"意义充足""思理圆周、天机骏利"等固可形成作品的"风",但不仅"意义充足"未必可使"声律畅调",且从原句"结响凝而不滞"中,根本找不出"意义""思理""天机"的内容。而黄侃以后的注译者,我随手翻检了范注本以下十余种[2],竟千篇一律,尽取黄说。因此,虽其说难立已甚为明显,然还须作进一步研探。《风骨》篇有云:"若丰藻克赡,风骨不飞,则振采失鲜,负声无力。"这里的"采""声",无疑与"丰藻"同类而非"风骨"之属。按照黄说,则

---

[1] 《文心雕龙札记》,中华书局1962年版,第100页。
[2] 包括台湾张立斋《文心雕龙注订》、李曰刚《文心雕龙斠诠》、王礼卿《文心雕龙通解》、龙良栋《语解详注文心雕龙·风骨》等。

"结响"之"响"、"负声"之"声",殆为一物。如赵仲邑译"声"与"响"均为"声律"①,王礼卿释"声"与"响"均为"声调"②。无论"声律"与"声调",在《风骨》篇都属与"风骨"相对应的"采"的范畴。"声律"或"声调"的"凝而不滞",是不可能构成"风骨之力"的。王礼卿斥"《札记》中此篇为最误"③,自己却沿用《札记》此篇之说,岂非"误"中之误?

其实,"响"指回声,乃"影之随形,响之应声"的"响",即作品对读者的影响。其影响作用能凝结牢固而不停滞,这就正是"风"之力了。这和司马相如的《大人赋》使武帝读后"飘飘有凌云之气"④一样,同是"风力遒"之谓也。最后,"思不环周,索莫乏气,则无风之验也",这是以反证说明,要使文章有"风",必思想周密,富有生气,和上述"情之含风,犹形之包气"诸说相呼应。

由以上分析可见,《风骨》篇对"风"的全部论述,都指作者的主观因素所造成作品的客观作用而言。"风"的这种含义不仅可贯通其全部文句,且是其严密的内在逻辑揭示出来的。据此,自然不能简单地以"风"即"文意";"风"也不等于作品的内容,而是通过"文意"或作品的内容所形成的感人力量。"风"和"风教"的关系是难以截然分割的,《风骨》篇的"风",按照篇首的"化感之本源"论,和刘勰的基本文学观念,"风教"仍应是其主要含义,但又绝非其全部含义。"风骨"的"风"也不等同于"风教",这正是刘勰论文的高明之处。扬雄认为:"往时武帝好神仙,相如上《大

---

① 《文心雕龙译注》,漓江出版社1982年版,第261页。
② 《文心雕龙通解》第556页。
③ 《文心雕龙通解》第551页。
④ 《史记·司马相如列传》。

人赋》，欲以风，帝反缥缥有陵云之志，繇是言之，赋劝而不止，明矣。"①而刘勰却以武帝"有陵云之志"为《大人赋》的"风力遒"之所在，这是"风骨"之"风"不限于"风教"的明证。征之全篇所论，所谓"文风清""述情显""风力遒"和"文明以健""风清骨峻"等，只是要有鲜明、突出、健劲的感人之力，故称"风力"，刘勰并未给"风"划定一个具体的、狭小的范围。"风骨"这个要求其所以能为后世多种艺论广泛运用，盖由于此。

同样，对"骨"字的理解也既不能离开《风骨》篇的原文，也不能抽出个别句子而曲解为某种具体规定。"骨"非"事义"，前面已作详析，其他解释虽然还多，但只要本其原意，正如《知音》篇所说："况形之笔端，理将焉匿？"其实质仍可"沿波讨源，虽幽必显"。其论"骨"者有：

> 沉吟铺辞，莫先于骨。
> 故辞之待骨，如体之树骸。
> 结言端直，则文骨成焉。
> 故练于骨者，析辞必精。
> 捶字坚而难移……此（风）骨之力也。
> 若瘠义肥辞，繁杂失统，则无骨之征也。
> 昔潘勖《锡魏》，思摹经典，群才韬笔，乃其骨髓畯（峻）也。

这就是《风骨》篇论"骨"的全部句子。其文理结构和上述论"风"诸句相同，亦为首二句论"骨"的必要性，次二句论怎样使作品有"骨"，第五句论"骨"的作用，第六句为反证，末句为举例。和刘

---

① 《汉书·扬雄传》。

勰对"风"的论述相较，其论"骨"诸句，除了没有篇首定向性的提示外，还似觉更为抽象，有的句意也容易引起误解。但只要把这些论述当做一个整体来看，从各种论述的共通处着眼，就确是"虽幽必显"的。除末句之外，各句讲的都是"辞""言""字"与"骨"的关系，这是最明显的事实。"辞""言""字"，其实一也，都指作品的语言文辞。刘勰论"骨"，既然句句都是就"辞""言""字"而言，便可首先断言，"骨"与"辞"的关系是密切的，离开"辞"而言"骨"，就未必是"风骨"的"骨"。当然，从"辞之待骨"等句可见，"辞"与"骨"是并不等同的。

"辞"和"骨"是什么关系呢？如果说"风"是对"情""志"等的要求，与此相提并论的"骨"则是对"言""辞"等的要求，也就是说："情""志"要有风力，"言""辞"要有骨力。风力要由"意气骏爽""述情必显"等诸因素构成，同样，骨力也要由"结言端直""析辞必精"等构成。其具体论证程序，也是首先提出，考虑作品文辞的铺设，最重要的是有"骨"。这个"骨"的含义虽不明确，但"沉吟铺辞"已定其方位，是用"辞"的"骨"，而非其他。实际上，此句和"怊怅述情，必始乎风"一样，也有为本篇论"骨"定性的作用。故继而论"骨"的重要性，是"辞之待骨"的重要性，"如体之树骸"就是说明其重要性的。这个比喻可以作多种解释，从整个作品的需要"树骸"来看，自然就是要树立主干，或如骨架以确定作品的结构之类。对此，窃以为最忌望文生义。"树骸"二字，很容易引人误解，其实和与之对应的"包气"一样，只在比喻"风"或"骨"的必要性，不可割断其"辞之待骨"的前提。"骸"，亦骨也。文辞必须有"骨"，就像人体必须有骨骸一样重要。刘勰的喻意只此而已。若以其所喻再加它喻，就会求之弥深，失之弥远了。刘勰于此，并未就整个作品立论，他所讲的"辞之待骨""如体之树骸"只

第六章　创作论

是为此设喻。因此,喻外之喻,"主干""结构"等,都是刘勰始料所未及者。

什么是"骨"呢?"结言端直,则文骨成焉",是较为直接的说明。和"意气骏爽,则文风清焉"一样,都是理解"风""骨"含义的关键句子。其前只是讲"风""骨"的必要性,最多只能从而了解"风""骨"的属性,须到三四句论怎样创造"风""骨"时,才能透露出什么是"风""骨"的消息。"骨"既是对言辞的要求,"结言端直""析辞必精",就是其基本要求。"结言端直,则文骨成焉"二句,已讲得非常明确,不容作其他解释,只憾有的研究者视而不见。下二句本来也是很明确的,但或有抽出"练""骨"二字而谓之"练骨"者,其句意就甚为机动灵活了。以精辞"练骨",这个"骨"就不再是对辞的要求,很像是指"意"了。不过,这既与上下文不统一,"练于骨"的原意也迥非"练骨"。"捶字坚而难移"指"骨力"而言,已说如上。用字(亦即辞)准确不可移易,正是"结言端直""析辞必精"的表现与作用。所谓"端直"和"精",就是要求做到"坚而难移"。

第六句的"瘠义肥辞"之说,往往被视为"骨"即"事义"或"义"的重要根据。这种理解或可谓之"断句取义"。原话分明是:"若瘠义肥辞,繁杂失统,则无骨之征也。"割断全句的完整性,单取"瘠义"为"无骨之征",显然不是实事求是的方法。对此句的理解,不仅不应"断句取义",也不能断章取义。只要从本篇论"骨"的全部文句着眼,承认刘勰不可能在同一篇、同一段的论述中自相矛盾;只要否定不了"结言端直,则文骨成焉"等明确的论断,就不难发现,"瘠义"二字在原话中是不应孤立起来的,更不应只看到这两个字而置"肥辞"与"繁杂失统"于不顾。从本篇各句和本句的完整意义来看,就只能理解为"瘠义之肥辞"而又"繁杂失统",便是"无骨之征"。和以上各句一样,此句重点仍在论"辞",而"瘠义肥辞,繁杂失统",正是"结言"不"端直"、"析辞"不"精","捶字"亦非"坚而难移"的集中反映。任何"字""辞"是不能脱离"义"而存在的。《练字》篇说得很好:"心既托声于言,言亦寄形于字。"语言文字本是表达思想感情的符号,则刘勰主张"辞之待骨",要求"析辞必精",岂能是与"义"无关之"骨"、辞不达意之"精"? 其实,他所谓"端直""精""坚而难移"等,都是以达意为标准而言的。但不能以此而导致"辞"、"义"不分,从创作论的角度来说,刘勰对"骨"的论述,主要是对言辞的创作要求,则反对含义贫乏的"肥辞"是完全正确而必要的。

　　一篇作品的"繁杂失统",通常是与内容有关的,有的甚至主要是内容决定的。但这四字也绝不能孤立看待。更应明确,这里不是对已经完成的作品进行评论,而是讲创作中要避免的"无骨之征"。从全句来考虑,"繁杂失统"与大量的空话有关。肥者,多也,文辞过多而又空空洞洞,就不"精"不"坚",岂能不"繁杂失统"? 刘勰的所谓"繁杂",一般也多指文辞繁杂而言。如《熔裁》篇所说:"趋时无方,辞或繁杂";"凡思绪初发,辞采苦杂";"游心窜句,极繁之体"等,均指文辞的繁杂。

　　在最后一句的例证中,"思摹经典"也可作不同的理解。若是摹经之义而"依经立义",则"骨髓峻"便由经义而生;若是摹经之辞,则"骨髓峻"便由经辞而生。只就"思摹经典"四字来说,两种可能性都是存在的。《定势》篇说:"模经为式者,自入典雅之懿",这和《诏策》篇的"潘勖《九锡》,典雅逸群"一致。但"典雅"只是一种体势、风格,"模经为式"也是总体上以儒家经书为法式;刘勰既讲过"虽摹《韶》《夏》"(《乐府》),也讲过"结言摹《诗》"(《哀吊》)。所以,无论在整体上或言辞上,都可谓之"摹"。要判断"思摹经典"之所指，厥唯二途：一是参证刘勰论骨的全部文句。"骨髓峻"也就是有"骨"力，从"捶字坚而难移"为"骨力"的表现，以及他所论之"骨"都是对"辞"的要求，可以推知所指为经典之"辞"。一是考察《册魏公九锡文》的实际情况。然此文何以谓之"骨髓峻"，却难免见仁见智，各有其理。或以其"有事实根据"，或以其"纲领昭然""意脉清楚""事理清晰"，或以其"用经典中的辞义来写"，或以其"以功德植一篇之骨"，或以其"作意模仿《尚书》典诰的文字""事义条畅"等，这是举不胜举的。就潘勖册文本身来看，以上诸说都不无道理，但就刘勰评以"骨髓峻"而论，就难以尽是了。

　　这里的症结是：必须刘勰的用意与册文的实际一致。册文本身虽可由多种角度论其成就，但它所实有的并不都是"骨"的特征。杨明照校"骨髓峻"当为"骨鲠峻"，就因"骨髓峻""未尽'结言端直'之义"[①]。这对研究潘文之"骨"是很有启发的。因"结言端直"则"文骨"可成，其意至明，《册魏》之文，刘勰既举为典型，岂能非"结言端直"之文？"端"，正也。"直"，《荀子·修身》："是谓是，非谓非，曰直。"《征圣》篇云："《易》称'辨物正言，断辞则备。'《书》云：'辞尚体要，弗惟好异。'故知正言所以立辩，体要所以成辞。"这可说是刘勰自己对"结言端直"的解释。因为这几句既是讲为文必须"宗经"的具体内容，又是讲文辞方面的基本要求："正言""体要""弗惟好异"，这就是"端直"。《风骨》篇末亦引《周书》"辞尚体要，弗惟好异"二句，可见这是刘勰对文辞的基本要求。这和潘勖册文的"思摹经典"就完全符合了。是知册文对经典的摹仿，乃指文辞方面的摹仿。方向既明，取证便易，《册

[①] 《文心雕龙校注拾遗》，上海古籍出版社1982年版，第243页。

魏公九锡文》的实际正是如此：

《册魏》："即我高祖之命,将坠于地,朕用夙兴假寐,震悼于厥心。"——《论语·子张》："文武之道,未坠于地。"《诗经·卫风·氓》："夙兴夜寐,靡有朝矣。"

《册魏》："君有定天下之功,重以明德。"——《左传·昭公八年》："舜重之以明德,寘德于遂。"

《册魏》："敦崇帝族,援继绝世。"——《尚书·皋陶谟》："惇叙九族"①；《论语·尧曰》："兴灭国,继绝世。"

《册魏》："虽伊尹格于皇天,周公光于四海,方之蔑如也。"——《尚书·说命下》："佑我烈祖,格于皇天"；《孝经·感应》："通于神明,光于四海。"

《册魏》："永思厥艰,若涉渊水,非君攸济,朕无任焉。"——《尚书·大诰》："予惟小子,若涉渊水,予惟往求朕攸济。……肆予冲人,永思艰。"

《册魏》："君翼宣风化,爰发四方。"——《尚书·益稷》："予欲左右有民,汝翼；予欲宣力四方,汝为。"《诗经·大雅·烝民》："赋政于外,四方爰发。"

《册魏》："君秉国之均,正色处中。"——《诗经·小雅·节南山》："秉国之均,四方是维"；《尚书·毕命》："正色率下。"

《册魏》："简恤尔众,时亮庶功,用终尔显德,对扬我高祖之休命。"——《尚书·文侯之命》："简恤尔都,用成尔显德"；《尚书·舜典》："钦哉,惟时亮天功"；《尚书·说命下》：

---

① 《史记·夏本纪》作"敦序九族"。

"说拜稽首曰,敢对扬天子之休命。"

像这种明显的径用经书成句者还多,至于运用诸经的单词单字或化用词句者,更举不胜举。只以上数例,已足充分说其文善用经辞的突出特点了。这篇册文几乎可说是辑儒家经典的辞句而成,且大都运用切贴而如出其口,其使"群才韬笔",盖有以也。"潘勖《锡魏》"之"思摹经典",其所摹者,正是经典的辞句。这既是该文的实际,亦符"结言端直"之义。

据以上对《风骨》篇论"骨"的全部文句所作分析,只能认为"骨"是对言辞的要求。能"结言端直""析辞必精""捶字坚而难移",而非"瘠义肥辞,繁杂失统"者,便是有"骨"。这样的"骨",当然不等同于言辞。要求"结言端直""捶字坚而难移"等,自然是对表达情志或义理而言,离开文意,就无从论其是否"坚而难移"。但"骨"并非文意,刘勰所论,是对文学创作中达意的工具的要求。怎样运用这个工具,是六朝时期文学创作面临的一个迫切问题。《宗经》篇说:当时"建言修辞,鲜克宗经,是以楚艳汉侈,流弊不还"。刘勰之所以要撰写《文心》一书,正是这个原因。故云:

> 而去圣久远,文体解散,辞人爱奇,言贵浮诡,饰羽尚画,文绣鞶帨,离本弥甚,将遂讹滥。盖《周书》论辞,贵乎体要;尼父陈训,恶乎异端。辞训之异,宜体于要。于是搦笔和墨,乃始论文。(《序志》)

刘勰正是为了改变这种不良倾向而主张"辞之待骨"的。《风骨》篇再引"辞尚体要"的古训,反对"空结奇字"而"习华随侈",本有其强烈的针对性。"结言端直""捶字坚而难移"等,岂不正是"言贵浮诡""空结奇字"等的对症下药?刘勰的"风骨"论主要是对六朝文风而发,这是人所共知的,但若抽去刘勰对"建言修辞"的要求,则所谓"风骨"云云,也就是"空结奇字"了。

以上对"风""骨"的论证能否成立,还有待于回到《文心》全书中来加以检验。但如前所述,"风""骨"皆以物为喻,在不同的条件下可以有不同的喻意。全书所用"风""骨"二字虽多,但除《风骨》篇之外,既无"风骨"二字连用成词者,与《风骨》篇的"风""骨"之义等同者亦不多,为减少不必要的征言释义,故不取文字类比之途,而从易于把握和较能说明问题的理论体系着眼,把"风骨"论放到全书的理论体系中去衡量,看它和总的理论体系是否吻合。

《文心雕龙》的理论体系,第三章已有详说。"衔华佩实"为整个理论的主线,已属公认;"割情析采"更是创作论部分的纲领,殆无疑义。"实"与"情"、"华"与"采",是支撑其全部理论并贯穿于各个篇章的两大柱石。不仅全书无超越其范围的论述,放弃或偏侧其一,就可说不是刘勰的理论。在具体论述中,虽时有角度不同而各执一端者,但其主旨无不在求文质相称、华实相符。"风骨"论是《文心雕龙》的重要组成部分,自不能游离于这个体系之外,它只能符合这个体系,而不容违反这个体系。倘有不合,就必然是研究者的理解有出入,而不可能是刘勰自身有矛盾。这样看来,由"意气骏爽""述情必显""结响凝而不滞"等形成的"风",便属"佩实"的要求;由"结言端直""析辞必精""捶字坚而难移"等形成的"骨",便属"衔华"的要求。也可说,"风"是对"情"的要求,"骨"是对"采"的要求。这里存在的问题是,《风骨》篇中的"采""藻"等,是和"风骨"相对而言的,"骨"与"华""采"并不相等。其论为:

> 夫翚翟备色,而翾翥百步,肌丰而力沉也。鹰隼乏采,而

第六章 创作论

> 翰飞戾天,骨劲而气猛也。文章才力,有似于此。若风骨乏采,则鸷集翰林;采乏风骨,则雉窜文囿。唯藻耀而高翔,固文笔之鸣凤也。

这是"风骨"论研究中最容易引起误解的一段论述。翚翟所备之"色",鹰隼所乏之"采",显然指其有无华丽的外形。以之喻文,而谓"风骨乏采"或"采乏风骨",同样是以"采"指其外形之美,则以"风骨"为作品的内质,就似为正常的理解了。由是而推,便以"采"属形式,"风骨"属内容,和全书理论体系的"衔华佩实""割情析采"之说也似乎一致了。这是单纯地进行文字类比所造成的一大误解。

"衔华佩实"为贯穿其全部理论的主线是不容置疑的,但此所谓"华"与"实",以及"割情析采"的"情"与"采",是就文学创作的总体而言,刘勰用以分指内容和形式两个方面是实,但在这一命题下的"华"与"采",并不单指华丽或采饰,这是不必细说的。刘勰自称其创作论为"割情析采",岂是"割情"之外,只研究文采而已?因此,这个"采"和《风骨》篇所论"风骨乏采"之"采",不可同日而语。《风骨》篇所讲的"采",最确切的解释是:"文采所以饰言"之"采":

> 夫铅黛所以饰容,而盼倩生于淑姿;文采所以饰言,而辩丽本于情性。故情者文之经,辞者理之纬。经正而后纬成,理定而后辞畅:此立文之本源也。(《情采》)

这是刘勰论情采关系的著名论点。他所强调的"立文之本源",就是文学创作的根本原则,是情经辞纬,组织而成。显然,构成作品的基本成分是情和辞,文学创作就是把这两种基本成分正确地组织起来。而文采的作用虽不可忽,但只是"所以饰言"而已。"文采"的作用既然是在"饰言",则"采"便是"言"的附属成分,是为"言"服务的。《风骨》篇强调:"若丰藻克赡,风骨不飞,则振采失鲜,负声无力。"这是针对时风,突出对情、辞两个基本方面的要求,亦犹上引"情采"论所喻,若无"淑姿"与"情性",涂脂抹粉是作用不大的。于此可见:"风""骨"和"采"的关系,与《情采》篇的"文""质"(即"情""采")关系大异,而近于"本源"论中所讲"情""辞""采"的关系。

以"情"和"辞"为文学作品的基本组成部分,并不仅见于《情采》篇,刘勰既以"衔华而佩实"为全书之纲,又如本书第三章所论:"刘勰的创作论,主要是由对物与情、物与言、情与言三种关系的论述构成的,这三种关系又以情和言的关系为主体。"则刘勰对"情"和"辞"这两个基本成分的认识必明,论述亦多。如《熔裁》篇的"万趣会文,不离情辞",《指瑕》篇的"立文之道,唯字与义"等,都是最明确的论断。《风骨》篇主要是论"风""骨",即主要是讲对"情"和"辞"的要求,盖由于此。所以说"风骨"论是全书理论体系的重要组成部分,也自然和总的体系完全一致。

值得注意的是,刘勰理论体系中"情""辞""采"三者的关系,来自儒家文学观的"志""言""文"。儒家的文学观的结构是:

　　志有之,言以足志,文以足言。不言,谁知其志?言之不文,行而不远。①
　　情欲信,辞欲巧。②
　　故说诗者不以文害辞,不以辞害志。③

---

① 《左传·襄公二十五年》。
② 《礼记·表记》。
③ 《孟子·万章上》。

先秦儒家还没有形成真正的文学观,他们的要求,主要是"言以足志",辞能达意;对于言辞的运用,主要是"辞达而已矣"①。因此,情志和言辞,是构成作品的基本成分。但他们又开始注意到"言之不文,行而不远";在"说诗"中,又感到"文""辞"有别,因而要求"文以足言""辞欲巧"。这就形成了"志""言""文"三种关系:用言辞表达情志是基本的,"文"只是用以修饰言辞而已。主张"征圣立言"的刘勰,正是根据儒家的这些观点,在他的总论中提出:"然则志足而言文,情信而辞巧,乃含章之玉牒,秉文之金科矣。"(《征圣》)刘勰既以此为文学创作的金科玉律,也是按照"志足而言文,情信而辞巧"的准则来建立全书的理论体系的。《风骨》篇中"风""骨""采"的关系,就是这个体系的一部分。它源于儒家的"志""言""文",也相当于儒家的"志""言""文"。其实际结构则是:

志——言、文
风——骨、采
（佩实）　（衔华）

于此可见,以"风"为对情志的要求,以"骨"为对言辞的要求,不仅验之全书理论体系是符合的,且从其理论体系,更进一步确证了"风骨"之义。明乎此,便知"风骨"之喻甚为平易,"风骨"的要求有极大的普遍性,故能为后世多种文艺理论所接受,并产生了深远的影响。

---

① 《论语·卫灵公》。

第五节　通变论

刘勰的"通变"观,近年来受到研究者的高度重视,并不断提出一些新的见解,突出了它在《文心雕龙》全书中的重要地位。这些新认识、新发展,是很值得重视的。范文澜早在1923年就提出:"读《文心》当知崇自然,贵通变二要义;虽谓为全书精神也可。"[1]从《文心》"枢纽"论之"变乎骚",到《知音》篇之"三观通变",以及全书有关大量论述,知"贵通变"确是全书的"要义"之一。这是应该重视"通变"论的主要原因。此外,刘勰的"通变"观虽源于《周易》,但在文艺理论批评方面实为首创;其所总结的"文律",更为千古不易之论,至今仍不失其正确性。

一

对刘勰"通变"论的正确理解,还存在一些有待研讨的问题。首先是"通变"之义,是否论继承革新;次为《通变》篇的主旨是复古或新变;由此而涉及本篇论"九代咏歌"的意图何在、评汉人"夸张声貌"的"五家如一"是否"通变之术"等,可以说《通变》篇各个部分的论旨,研究者之间都还存在一些不同见解。《通变》篇是一个整体,各个组成部分都有其紧密的内在联系;而本篇又是《文心》全书的一个组成部分,它和其他有关论述、和刘勰的基本文学思想,也是不可分割的。因此,必须从全篇和全书的总体上来探讨上述诸问题。只注意到他反对"竞今疏古"的一面固然不对,只看到他讲"趋时必果"的一面亦未得

---

[1]　《文心雕龙讲疏序》,天津新懋印书局1925年版,第4页。

其全。是复古与革新、"通"与"变"等量齐观,无所轩轾,抑有所侧重? 这是相当复杂的问题,刘勰的用意虽然并不含糊,却难作简单的回答。

《通变》篇是对唐虞到宋初的文学发展概况所作的历史总结,又是针对魏晋以来的文学发展趋势而提出的文学主张,故考察"通变"之旨,不能离开这一历史背景。从建安时期开始,文学艺术逐渐摆脱经学的束缚而独立发展,进入了"文学的自觉时代"。建安文学的空前繁荣,不仅涌现出"盖将百计"的大批文人,且产生了大量"以情纬文,以文被质"①的优秀作品。诗文的艺术创造性,成了此期文人的一大发现。这种发现对他们的创作兴趣有很大的刺激作用。《文赋》中"伊兹事之可乐,固圣贤之所钦",正是这种兴趣高涨的反映。文学艺术的自觉,创作兴趣的激发,本是文学发展的一大进展,但好景不长,自西晋以降,文学创作在士族文人手中,虽创作兴趣继续高涨,却在形式上日趋浮华,内容上愈益空虚。钟嵘《诗品序》有云:

> 故词人作者,罔不爱好。今之士俗,斯风炽矣。才能胜衣,甫就小学,必甘心而驰骛焉。于是庸音杂体,人各为容。至使膏腴子弟,耻文不逮,终朝点缀,分夜呻吟。独观谓为警策,众睹终沦平钝。次有轻薄之徒,笑曹、刘为古拙,谓鲍照羲皇上人。

萧子显说南齐诗文之"雕藻淫艳,倾炫心魂"②者出于鲍照,钟嵘《诗品》称鲍照"善制形状写物之词",则鲍照已可谓元嘉时期的

---

① 《宋书·谢灵运传论》。
② 《南齐书·文学传论》。

时髦作家了,而齐梁"轻薄之徒"却视为老朽的"羲皇上人"。至于建安时期的代表作家曹植、刘桢,岂不被嘲以"古拙"?这就是由建安至齐梁三百年间文学观念的巨大变化。刘勰和钟嵘基本上是同时的评论家,"竞今疏古"的时风,二人都有同样的感受。这就是刘勰写《通变》篇所面对的现实。

建安文学之所以能进入"自觉时代",重要原因之一,是汉代儒术失去了控制文学的力量。曹子建诗云:"滔荡固大节,世俗多所拘。君子通大道,无愿为世儒!"①这可说是当时文人告别儒学的宣言。文学摆脱了儒学的附庸地位而独立自由发展,确是古代文学发展的里程碑。但在文学不再是政教的工具,不再为儒家的伦理道德服务之后,新的统治思想一时还建立不起来,玄学和佛学虽曾盛极一时,但对多数文人来说,只不过是求得暂时的自我麻醉。晋人之不得已而寄情老庄者虽多,亦如《诗品序》所说:"于时篇什,理过其辞,淡乎寡味。爰及江表,微波尚传。孙绰、许询、桓、庾诸公诗,皆平典似道德论,建安风力尽矣。"到了"宋初文咏",不能不"庄老告退,而山水方滋"。其时之寄情山水者,在诗歌史上固有一定贡献,但从他们的思想感情上看,仍是不得已也。故山水诗的流行,为时更短,最后就只有在"俪采百字之偶,争价一句之奇"(《明诗》)上下功夫了。"笑曹、刘为古拙"等,便是这种思想状况之下的时代产物。

六朝时期的思想虽较活跃,但以上情形说明,在否定两汉儒道之后,当时还处于新的探索之中。在新的权威思想尚未建立之前,相对而言,时人的思想是空虚的,信仰是游移而混乱的。当时也有少数儒学世家、道教世家等,但都力微势孤,难以形成强大

---

① 《赠丁翼》,《曹植集校注》卷一,人民文学出版社版。

的、足以左右整个社会思想的稳固力量。处在这种状况下的文人,诗何以言志,赋何以体物？一般来说,他们既不可能把眼光移向灾难深重中的人民大众,就只有躲进象牙之塔,去享受他们新发现的创作之乐,致力于"俪采百字之偶,争价一句之奇"了。《通变》篇所说："魏晋浅而绮,宋初讹而新；从质及讹,弥近弥澹",就是这样造成的。其不满于这种发展倾向,态度十分鲜明；且特撰《通变》一篇,就是力图改变这种不良倾向。

刘勰认为,"从质及讹"的原因是"竞今疏古""近附而远疏",因此主张"矫讹翻浅,还宗经诰"。这种主张,既是刘勰的宗经思想决定的,也是魏晋以来"从质及讹"的文学现实决定的,二者几不可分。因刘勰以"征圣""宗经"的观点立场来论文,正是当时"矫讹翻浅"的现实之所需。虽然如此,刘勰并不是全盘否定六朝文学发展的总趋势,亦非站在魏晋以来文学新潮流的对立面。

从建安文学开始的文学新时期,的确存在着趋新与守旧两种对立的势力。守旧者就往往是凭藉圣教儒经以立说,这种力量虽较薄弱,但"根柢槃深"的儒家思想在整个六朝期间还是相当顽强的。如《抱朴子·尚博》所云：或以为"德行者本也,文章者末也。故四科之序,文不居上"；或以为"今世所为,多不及古,文章著述,又亦如之"；甚至认为"今山不及古山之高,今海不及古海之广,今日不及古日之热,今月不及古月之朗"。这可能是当时较为突出的守旧思想了。一切都今不如古,文章著述,自不例外。不仅如此,"文章"和"德行","文章"是微不足道的,这正是典型的儒家保守思想。按照孔子的"有德者必有言"论[①],就没有致力于文章

---

① 《论语·宪问》。

的必要,而六朝文学却是"自曹氏膺命,主爱雕虫,家弃章句"①开始的。这里,儒和文之间显然存在一定的矛盾。其后论者为了调和这个矛盾,不外二途,一是反对文采,一是使诗文服从于儒教。如:

> 作者不尚其辞丽,而贵其存道也;不好其巧慧,而恶其伤义也。故夫小辩破道,狂简之徒,斐然成文,皆圣人之所疾矣。②

> 赋者,铺陈之称,古诗之流也。古之作诗者,发乎情,止乎礼义。情之发,因辞以形之;礼义之旨,须事以明之,故有赋焉。③

桓范虽非专论文学,但只要"存道"而反对"辞丽""巧慧"与"斐然成文",其论又出于建安之后,则其针对者,正是文学性的描写。挚虞论赋而强调"礼义之旨",重弹"发乎情,止乎礼义"的汉儒老调,其欲赋作何为,也就很明显了。到了齐梁时期,文学创作对形式美的追求尤甚,反对者的意见也更为激烈了。如:

> 自是闾阎年少,贵游总角,罔不摈落六艺,吟咏情性。学者以博依为急务,谓章句为专鲁。淫文破典,斐尔为功,无被于管弦,非止乎礼义。……荀卿有言:"乱代之征,文章匿而采",斯岂近之乎!④

这就更是以旗帜鲜明的儒家观念,反对抛开六经而吟咏情性,轻

---

① 《宋书·臧焘传论》。
② 桓范《世要论·序作》,《全三国文》卷三十七。
③ 挚虞《文章流别论》,《全晋文》卷七十七。
④ 裴子野《雕虫论》,《全梁文》卷五十三。

视章句而看重诗文；认为超越礼义而尚淫邪的文采，是乱世的表征。因此，斐氏之意，是要加以彻底禁绝的。这种主张如果得逞，文学艺术势必回到经学附庸的地位，人守章句而言准礼义了。他们的批判也是对六朝讹滥的文风而发，却是要使文学发展退回到两汉的不自觉状态，所以是处在六朝文学新潮流的对立面。

从先秦到齐梁，文学发展的总趋势确是"从质及讹"。批判或扭转这种趋势是完全必要的，但绝不能一笔抹杀六朝文学的新发展。就文学艺术本身的特征来说，此期文人确有许多新发展，新贡献，它使中国古代文学沿着自己的独立道路，向前迈进了一大步。刘勰所面临的，就是这样一个关键性的历史时刻：由建安时期开始的文学艺术的独立发展道路不能停止，"从质及讹"的倾向必须扭转；有益于文学艺术的新发展既应坚持下去，又不能习华随侈而推波逐流；征圣、宗经既是挽救时风的唯一可用旗号，又不能像苏绰那样，主张"一乎三代之彝典，归于道德仁义"[①]，把文学引向复古倒退的道路。刘勰的《文心》之撰、《通变》之论，正是这样来努力的。

刘勰虽是"师乎圣，体乎经"以论文，却主要从文学的角度，取其"衔华佩实"之义。其所本之"道"又非儒道，而是言必有文的"自然之道"。他不仅对纬书的"无益经典而有助文章"也予以肯定，更大力赞扬"自铸伟辞"而"惊采绝艳"的楚辞。其列论楚辞的《辨骚》篇为"枢纽"论之一，主要就是取"变乎骚"之义。这个"变"，就指对儒家经典的"变"。楚辞由儒家五经发展变化而为文学作品，在刘勰看来，这并不违背儒家圣人的旨意。《征圣》篇

[①] 《大诰》，《全后魏文》卷五十五。

曾明确讲到:"抑引随时,变通会适,征之周、孔,则文有师矣。"既然随时适变是圣人之文的特点,既然要师圣宗经,当然就不能固守五经而无所发展变化。于此可见,刘勰虽强调征圣、宗经,但非为了坚守儒道,而是从文学本身的特征出发;他不是为了复古倒退,而是注重于文学的发展新变。其必借重于儒经者,主要就是为了"矫讹翻浅",以图遏制"从质及讹"的发展趋势。这就是刘勰论文的基本思想。在他的创作论部分,这种思想尤为突出。从《神思》《体性》《风骨》,到《声律》《丽辞》《事类》以至《物色》等篇,大都是六朝时期最新创作经验的总结。特别是永明时期才兴起的声律论,下距《文心》之撰不过十年左右,刘勰就以《声律》篇做了及时的总结。全书以大量篇幅详论形式技巧,强调文辞采饰的必要,或以为是对六朝形式主义的推波助澜,虽尚待斟酌,但刘勰并非保守派,却是无疑的。他难免有某些保守思想,但总的来说,更接近于六朝文学的新思潮。不过,当时一味追逐新奇的"膏腴子弟"是把文学推向只供少数人玩乐的死胡同,刘勰则力图探索能骋"万里之逸步"的文学发展规律。

二

了解六朝文学发展的大势和刘勰的基本态度,对《通变》篇的研究是很有必要的。本篇所论,不可能和全书总体思想背道而驰,刘勰也不可能离开当时的文学实际而无的放矢。因此,在进而探讨其具体论述时,便有了重要的依据。

何谓"通变"?刘勰自己没有明确的解释,研究者至今仍存在着两种不同的理解:一为继承与革新,一为贯通变化。这一分歧和《通变》全篇的性质和基本内容密切相关,很难作简单的判断。"通变"一词来自《周易》:

> 参伍以变,错综其数,通其变,遂成天下之文。
> 一阖一辟谓之变,往来不穷谓之通。①
> 变通者,趣时者也。
> 易穷则变,变则通,通则久。②

此所谓"变则通""通其变"等,"通"和"变"的关系是辩证的,"通"也就是"变通"。从"往来不穷谓之通"的孔疏看:"往来不穷谓之通者,须往则变来为往,须来则变往为来,随须改变,不有穷已,恒得通流,是谓之通也。"它是一种不停的运动,永恒的"通流"。所以,"通"和"变"是分不开的。《周易》中讲的"通变",显然与继承革新之义各别。当然,刘勰借用其辞可加以引申而赋以新义,是否如此,这须讨其原文:

> 夫设文之体有常,变文之数无方。何以明其然耶?凡诗、赋、书、记,名理相因,此有常之体也;文辞气力,通变则久,此无方之数也。名理有常,体必资于故实;通变无方,数必酌于新声:故能骋无穷之路,饮不竭之源。

诗、赋、书、记指各种文体。王礼卿谓:"诗赋为文体之首,书记为文体之终,用以统诸体也。"③各种文体的名称及其基本原理是比较稳定的,故称为"有常之体"。照刘勰的说法,如:"诗言志……诗者,持也,持人情性";四言诗"以雅润为本",五言诗"以清丽居宗"(《明诗》)。赋则是"铺采摛文,体物写志";"丽辞雅义,符采相胜……文虽新而有质,色虽糅而有本:此立赋之大体也"(《诠

---

① 《周易·系辞上》。
② 《周易·系辞下》。
③ 《文心雕龙通解·通变》,台湾黎明文化事业公司1986年版。

赋》)。文体的名称和它的基本原理既不能混淆,也不能改变。如颂体和诗赋相近,但不能相混。刘勰论颂说:"颂者,容也,所以美盛德而述形容也。"但曹植和陆机的颂却"褒贬杂居,固末代之讹体也"。颂的基本写作原理是:"颂惟典雅,辞必清铄,敷写似赋,而不入华侈之区;敬慎如铭,而异乎规戒之域。"但"班、傅之《北征》《西巡》,变为序引,岂不褒过而谬体哉!马融之《广成》《上林》,雅而似赋,何弄文而失质乎!"(《颂赞》)中国古代文论中文体论占有相当重要的地位,于此可见。文体的种类既多,而又区界甚严,颂不能写成赋,短不能写长,褒不能杂贬,否则诗、赋、颂、赞不分,文体就难以独立存在了。刘勰特别要指出各种文体的"名理"为"有常之体",只能"相因"而"必资于故实",这是一个重要原因。

另一方面,"文辞气力"就没有固定不变的方法了。同是"诗言志",但不同的作者表达不同的感情,可以用不同的文辞,形成不同的文气,产生不同的力量。这就必须"通变则久"。王安石有云:"世间好语言,已被老杜道尽"[1],这就是语言文辞"通变则久"的明显道理。古人的文辞虽好,但不能表达自己的、新的思想感情,刘勰强调"凭情以会通,负气以适变",正是这个原因。"有常之体"既必遵循,则文学的长远发展,主要就在"通变则久"了。正因文学创作的"文辞气力"千变万化,没有固定不变的、统一的准则,所以说,"通变无方,数必酌于新声"。

以上两个方面,一讲"有常之体"的"相因",一讲"无方之数"的"通变",则"通变"之义甚明,主要是指"文辞气力"方面的发展创新。"通变"二字本身并无继承与革新之义,这和《周易》的"通

---

[1] 《陈辅之诗话》引,见郭绍虞《宋诗话辑佚》。

变"说正好相通。刘勰所说"通变则久""变则其久",很可能来自《周易》中的"变则通,通则久"。再参以《议对》篇的"采故实于前代,观通变于当今";《熔裁》篇的"刚柔以立本,变通以趋时。立本有体,意或偏长;趋时无方,辞或繁杂";《风骨》篇的"昭体,故意新而不乱;晓变,故辞奇而不黩"等,足证"通变"之义,主要是"文辞气力"的表达方法的变新。《通变》篇接《风骨》篇之后,其论"设文之体有常,变文之数无方",正是继"昭体"与"晓变"两个方面所作详论。若以"通变"为继承与革新,就会面临一个难以解释的问题。刘勰是深知"文辞气力"也应有所继承的,如《物色》篇所论:

> 是以四序纷回,而入兴贵闲;物色虽繁,而析辞尚简。使味飘飘而轻举,情晔晔而更新。古来辞人,异代接武,莫不参伍以相变,因革以为功。物色尽而情有余者,晓会通也。

既然在描绘物色上"古来辞人"都是"异代接武",前后相继,在因与革中取得成就的。何以在《通变》篇只讲"文辞气力"方面"数必酌于新声"呢?刘勰也明明讲过文体亦有发展变化,如《诠赋》篇所述:

> 然赋也者,受命于诗人,拓宇于楚辞也。于是荀况《礼》《智》,宋玉《风》《钓》,爰锡名号,与诗画境,六义附庸,蔚成大国。

赋乃"古诗之流也",经过楚辞,才逐渐"与诗画境",发展成一种独立的文体。何以在《通变》篇只讲"诗、赋、书、记"为"有常之体",只能"名理相因",而不能发展变化呢?这都只有依赖《通变》篇并非继承与革新的专论,才能得到合理的解释。

《通变》虽非继承与革新及其相互关系的专论,但全篇所论,亦非绝无继承与革新之意。不过它只是讲"有常之体"的"相因",和"文辞气力"的"通变"。"因"就近于继承,"通变"就近于革新。不过,刘勰不是一般地论述继承与革新,而是从当时文学创作的实际情况出发,专论其文体之必"相因",文辞之必"通变"。古代所谓"因革","因"与"革"的关系和继承与革新的关系是大致相同的。刘勰在《明诗》篇说过"体有因革",在《物色》篇说过"因革以为功",《通变》篇也说"参伍因革,通变之数也"。"通变"的方法是"参伍因革",虽然不等于"因革"就是"通变",但"参伍因革"地"通变",则即使是创新、发展,也应是有"因"有"革"的。这里值得思考的是,刘勰既习用"因革"一词,且以"因革"为"通变之数",何以不题本篇为《因革》论,却以《通变》名篇?他这样做,只能是有意突出文学创作的发展创新。本篇赞词可说是全文的总结,刘勰的"通变"思想在这里表达得最为集中和明显:

> 文律运周,日新其业。变则其久,通则不乏。趋时必果,乘机无怯。望今制奇,参古定法。

不断发展的文学规律,就是"日新其业",这是刘勰对文学发展的最可贵的认识。倒退是一条绝路,也不可能倒退,"日新其业"是客观存在的、必然的文学规律,而"通变"就是使文学创作能长远发展的必然道路。因此,刘勰鼓励作者大胆果敢地去创新,只是不要忽略"有常之体"的基本原理,在"望今制奇"的同时,还应结合"参古定法"。"变通者,趣时者也","趋时必果"的主张显然仍是《周易》之论的发展。于此可见,发展创新确是刘勰"通变"论的主要思想。

《通变》篇中的"通变"一词，虽指"文辞气力"的"酌于新声"和"通变则久"而言，但当刘勰以"通变"二字名篇时，就不仅仅是指"文辞气力"的发展了。作为篇题的《通变》，实为对整个文学创作的总体而言，只是借"通变"的发展变化之义，以论整个文学创作怎样才能"日新其业"。

三

纪昀、黄侃对《通变》篇的论断，曾产生过较大的影响。如范文澜初释《通变》之旨为：

> 《易·系辞》曰："化而裁之谓之变，推而行之谓之通。"又曰："变通者，趣时者也。"……"易穷则变，变则通，通则久。"彦和以《通变》名篇，盖本于此。……按事穷则变，自然之理，抱持腐朽，危败实多。方今世界大通，言语思想，视古益繁，旧有文学，实难应付。夫言语为思想之声，文字为言语之符，六马竞驰而欲一辔驭之，其能免于倾蹶之祸乎？①

按前述《通变》篇的基本思想，范氏此说是符合原意的。其后则尽革前说，而以"纪氏之说是也"。纪昀之评为："盖当代之新声。既无非滥调，则古人之旧式，转属新声，复古而名以通变，盖以此耳。"继而引证黄侃《通变札记》全文。《札记》的有关论点是：

> 此篇大指，示人勿为循俗之文，宜反之于古。其要语曰："矫讹翻浅，还宗经诰，斯斟酌乎质文之间，而櫽括乎雅俗之际，可与言通变矣。"此则彦和之言通变，犹补偏救弊云尔。……彦和此篇，既以通变为旨，而章内乃历举古人转相

---

① 《文心雕龙讲疏·通变》注一。

> 因袭之文,可知通变之道,惟在师古,所谓变者,变世俗之文,非变古昔之法也。……彦和云:"夸张声貌,汉初已极,自兹厥后,循环相因,虽轩翥出辙,而终入笼内。"明古有善作,虽工变者不能越其范围,知此,则通变之为复古,更无疑义矣。①

黄、范以后,海内外研究者从其说的就相当普遍了。近年来疑其说者渐多,唯觉主"通变"论之旨为变新虽言之在理,欲破黄氏之论却匪易。"还宗经诰"几句是否《通变》篇的"要语",本篇"历举古人转相因袭之文",其用意是否"惟在师古",汉人"循环相因"之作,刘勰是否举以明"虽工变者不能越其范围",这些问题不明确,则如刘勰所云:"将以立论,未见其论立也。"而上举数端,实已涉及对《通变》篇全文的理解。本篇除首段简论"相因"与"通变"之必要,末段略申"通变之数"以外,其主要篇幅(亦即其主要内容)是详论"九代咏歌""从质及讹"的发展趋势和"矫讹翻浅"的办法,再就是对汉代作品"循环相因"而"五家如一"的评论。必知刘勰所主张的相因相变,以至他的整个"通变"论,既建立在这两大部分的基础之上,其针对性和企图解决的实际问题,也在这两大部分之内。而黄侃的论断正以这两大部分为据。故对他所提出的论据或轻描淡写,一笔略过,或避而不谈,则新的见解即使正确,仍是"未见其论立也"。

从近年来"通变"论的研究情况来看,虽部分研究者否定纪、黄以"通变"为"复古"的结论,却未能触及更未动摇其对《通变》篇的总体认识。这可能是新的见解尚未普遍确立的关键所在。因此,要确认"通变"论的主旨及其精义,很有必要重新考虑《通

---

① 《文心雕龙札记·通变》。

变》全篇的基本内容。

首先是刘勰于开篇提出"有常之体"必"名理相因","无方之数"必"通变则久"两个方面,其后大量论述和这两个方面有何关系,这是从来无人问津因而一直较为模糊的。刘勰主张为文应"制首以通尾"(《附会》),其"通变"论不可能是"前驱有功,而后援无(本作"难")继"(《总术》)。实则其后两大部分,正是对必须"名理相因"和"通变则久"两个方面的分论,不过两个方面都是从实际创作中吸取教训以反证非相因相变不可。先看论"九代咏歌"部分:

> 是以九代咏歌,志合文则。黄歌《断竹》,质之至也;唐歌《在昔》,则广于黄世;虞歌《卿云》,则文于唐时;夏歌《雕墙》,缛于虞代;商周篇什,丽于夏年。至于序志述时,其揆一也。

这段话即沿"诗、赋、书、记,名理相因"而来。所谓"志合文则",指九代的诗歌都应该合于"诗言志"的基本"文则"。这个"文则",就是"名理相因"的"理"。唐、虞、夏、商周的诗歌,由"质"到"丽",逐代发展,但"序志述时"之"理"(即"揆")不变,这就是"名理相因"了。刘勰论"九代咏歌",何以把商周以前和商周以后分开,且论述的方法、角度也不相同呢?就因在是否"名理相因"方面,前后有所不同;而合于"序志述时"之"文则"者,只指商周以前。"商周篇什"主要指《诗经》,这里虽有刘勰的宗经思想,且如此划分也过于绝对,但《诗经》确是唐、虞以来诗歌发展的高峰,自楚辞、汉赋以后,文风也确有明显的转变。按刘勰的基本文学思想,以《诗经》为分界线是理所当然的。商周以后的文学发展形势就不同了:

> 暨楚之骚文,矩式周人;汉之赋颂,影写楚世;魏之篇制,顾慕汉风;晋之辞章,瞻望魏采。榷而论之,则黄唐淳而质,虞夏质而辨,商周丽而雅,楚汉侈而艳,魏晋浅而绮,宋初讹而新。从质及讹,弥近弥澹。何则?竞今疏古,风末气衰也。

这段话看来是讲文风世降,"从质及讹",一代不如一代,且原因就在"竞今疏古",因此很容易使人误以为刘勰的"通变"论是主张复古。理解这段话的实质,离开上文而断章取义是不可能的。造成"从质及讹"的原因固然是"竞今疏古",但不可不究,"今"何所指?"古"何所指?其所"竞"所"疏"者,又是何物?刘勰虽未明言细陈,但已讲得很清楚:唯商周以前"志合文则",楚汉以后向"侈而艳"的方向日益发展,则是离开"文则",未能"名理相因"。其所谓"古",实指"诗、赋、书、记"的"名理"。而"名理有常",本无古今,无论古人今人,"诗言志"的原则都不能违背。"古"的实质既明,其所"疏"者自不待言。不究其实而遽言"复古",失之远矣。刘勰果欲"复古",何不上复唐虞?何以对唐虞至商周的从"质"及"丽"又充分予以肯定?其实,刘勰对商周以前的发展变新是赞成的,对楚汉以后的发展变新也是赞成的,只是反对违反"有常"的"名理",而单纯在文辞采饰上追新逐异。刘勰也并不一般地反对新奇,如前所述,他的文学思想既然更趋向于发展变化,正当的新奇,他反而是提倡的。《风骨》篇对此已有说明:"昭体,故意新而不乱;晓变,故辞奇而不黩。"两个方面密切配合,就是正常的新奇了。必须这样的新奇以至"惊采绝艳",文学的发展才能真正"日新其业"而"变则其久"。

论"九代咏歌"之末,刘勰还有一段值得注意的论述:

> 夫青生于蓝,绛生于茜,虽逾本色,不能复化。……故练

青濯绛,必归蓝茜;矫讹翻浅,还宗经诰。斯斟酌乎质文之间,而櫽括乎雅俗之际,可与言通变矣。

黄侃谓"矫讹翻浅"以下几句为本篇"要语",这样说是可以的,但不是"反之于古"的"要语",而是要"通变"的"要语"。同样,这段话仍不能割断上下文意。孤立看"矫讹翻浅,还宗经诰"二句,似有"反古"之意,但此话是由"青生于蓝"等喻所得出的结论,其文意甚明。这就不能不问"青生于蓝,绛生于茜,虽逾本色,不能复化"所喻何理。对此,诸家注释多只注其出典而直译其意,唯范注谓:"此言习近略远之弊。"王礼卿更申其说:"再以青蓝绛茜之喻,明近新而不能复化于古,是徒变而不能远通,明其乖适变之道也。"①这和刘勰的喻意相去实远。"虽逾本色,不能复化"者,谓青色、绛色虽超越蓝、茜之本色,但青与蓝、红与赤终属一类,故云"练青濯绛,必归蓝茜",是不可能再化为他色的。若以喻远近古今,按其"必归"的本意,就是必返于古了。所以,"不能复化于古"云云,正和原意相反。这种南辕北辙之解,李注尤为显明。其云:"案舍人以青绛喻当世齐梁学者,蓝茜比晋宋先贤,齐梁之作虽竞学晋宋之浅绮新讹,而踵事增华,采滥辞诡,离本弥甚,欲归宗经诰,复还风惟(雅?),不可得矣。"②此说除"不可得"与"不能复化"迥异之外,又以"蓝茜比晋宋先贤",则刘勰主张"必归蓝茜",岂不是要求"学晋宋之浅绮新讹"?

李氏乃黄侃门人,台湾"龙"学泰斗,其解蓝茜之喻如此,是知"音实难知,知实难逢"矣。但若不离刘勰论"九代咏歌,志合文

---

① 《文心雕龙通解·通变》。
② 李曰刚《文心雕龙斠诠·通变》注28,台北"国立编译馆"中华丛书编审委员会1982年印行。

则"之旨,从全篇总体着眼,此喻仍在说明"志合文则"之理。"九代咏歌"之所以出现"从质及讹"的倾向,既由于楚汉以后之作背离"文则",不能像商周以前那样遵循"序志述时"的准则,则针对这种弊端提出的解救之策,自然是强调遵循"文则"及"名理相因"的必要。而"练青濯绛,必归蓝茜",正以喻楚汉以后之文,无论怎样发展变化,仍不应离其"本色"之理,也就是诗必准诗、赋必准赋的"文则"。"矫讹翻浅,还宗经诰"亦同此理。《宗经》篇说:

> 故论、说、辞、序,则《易》统其首;诏、策、章、奏,则《书》发其源;赋、颂、歌、赞,则《诗》立其本;铭、诔、箴、祝,则《礼》总其端;纪、传、铭、檄,则《春秋》为根。并穷高以树表,极远以启疆,所以百家腾跃,终入环内者也。

这种前呼后应之论,当不是偶然巧合,而是由刘勰的文学思想决定的。各种文体皆源于经,故应"还宗经诰"。因此,这里所说的"宗经",和一般意义的"宗经"略异,而和"必归蓝茜"理同,侧重于文体上的"宗经"。故"还宗经诰"的目的并不是复古,而是"斟酌乎质文之间,櫽括乎雅俗之际"。刘勰最后特地指出,只有如此,才"可与言通变"。

四

上面讲九代咏歌中楚汉以后未能"名理相因",下面讲汉人之作的"文辞气力"方面未能"通变则久":

> 夫夸张声貌,则汉初已极。自兹厥后,循环相因;虽轩翥出辙,而终入笼内。枚乘《七发》云:"通望兮东海,虹洞兮苍天。"相如《上林》云:"视之无端,察之无涯,日出东沼,月生西陂。"马融《广成》云:"天地虹洞,固无端涯,大明东出,月

生西陂。"扬雄《校猎》云："出入日月，天与地沓。"张衡《西京》云："日月于是乎出入，象扶桑于（与）濛汜。"此并广寓极状，而五家如一。诸如此类，莫不相循。

按刘勰明明主张"诗、赋、书、记"应"名理相因"，"文辞气力"要"通变则久"，而汉代辞赋家们的作品，却在"夸张声貌""广寓极状"的文辞描写上"循环相因""莫不相循"，以至"五家如一"。显然，这和上面讲应该"名理相因"而未"相因"，却"从质及讹"，愈变愈坏一样，汉代五家却于应该"通变则久"的未加新变，反而"循环相因""五家如一"。两个方面都是向反向发展，刘勰都是吸取反面教训，批判其"从质及讹"或"五家如一"的恶果，而图扭转其不良倾向。其所不同的，只在一为论"有常之体"，一为论"无方之数。"这是《通变》篇严密的逻辑结构决定的。它既不可能在开篇提出"有常之体"和"无方之数"两个相关的问题之后置之不理，更不可能只讲"有常之体"必循，而遗"无方之数"必变。

按上述情形，其理至显，并不难明，但自纪氏一人误解，其后论者亦"莫不相循"，以至于今。纪昀评曰："此段言前代佳篇，虽巨手不能凌越，以见汉篇之当师，非教人以因袭，宜善会之。"[1]黄侃继之，谓此乃"明古有善作，虽工变者不能越其范围"，其论已详引如前。范注则引据《札记》而谓："彦和虽举此五家为例，然非教人屋下架屋，模拟取笑也。"直到1986年出版的两种最新著作，仍一云："纪说甚善。此一举为通变法例之一，其他通变之法尚多，至通神变貌，尤其高者"[2]；一云：刘勰"认为为了救弊，与其崇尚

---

[1] 《文心雕龙十卷》，道光十三年两广节署本卷六《通变》评语。
[2] 王礼卿《文心雕龙通解·通变》。

新奇而陷于讹浅,还不如谨守规矩而不妨相袭"①。于此可见,纪氏以后诸家之说,仍是"虽轩翥出辙,而终入笼内",总的来说都是视为"当师"的正面例子来对待的。无论是"非教人以因袭",或"不妨相袭",都和刘勰的原意相悖。他对这些"循环相因"的描写,本来是批判,是否定,是请"反面教员"以证必须创新,根本就不存在"非教人屋下架屋"的问题。

从本篇的逻辑上说,刘勰对文辞方面的"循环相因"是否定的;从所用语意上看,对"夸张声貌"而又"五家如一"是批判的;从"通变"论的主旨看,是要求"骋无穷之路,饮不竭之源",而"循环相因"者,不过是"庭间之回骤,岂万里之逸步哉",更难允许"不妨相袭";刘勰何须出此下策而违背自己立论的主旨?诸家之误的长期存在,当非出于对纪、黄的盲目信赖,很可能与紧接在此段论述之后的两句话有关:"参伍因革,通变之数也"。刘永济说:"至举后世文例相循者五家,正示人以通变之术,非教人模拟古人之文也。"②"通变之术"即"通变之数",长期来的误解,就是这样造成的。且不说刘勰这两句本身是讲交相因革才是"通变之数",关键在于这两句是上文的总结,还是下文的领句。据以上所述,刘勰评汉人"五家如一"既是否定的,就不可能以之为"通变之数"。而对"通变之数"的具体论述,正在下文。刘永济自己也认为:这部分"中分二节:初举例以证变今之不能离法古,次论通变之术"③。后句是对的(但与上引说法自相矛盾),且看刘勰的原话:

---

① 周振甫《文心雕龙今译·通变》,中华书局1986年12月版。
② 《文心雕龙校释·通变》。
③ 《文心雕龙校释·通变》。

参伍因革，通变之数也。是以规略文统，宜宏大体。先博览以精阅，总纲纪而摄契；然后拓衢路，置关键，长辔远驭，从容按节，凭情以会通，负气以适变；采如宛虹之奋鬐，光若长离之振翼，乃颖脱之文矣。若乃龌龊于偏解，矜激乎一致，此庭间之回骤，岂万里之逸步哉！

首二句之意当是：既因且革，相互结合而不可偏执，才是"通变之数"。前述"从质及讹"和"五家如一"，是就"有常之体"和"无方之数"两个方面从反面立论，而主"有常之体"当"因"，"无方之数"应"革"。此段则是从正面立论，针对以上两个方面作出结论："参伍因革，通变之数也。"若欲知全篇"要语"，就应首推这两句。怎样掌握因革之术呢？必须从总体着眼。首先是博览精阅，以求抓住需要"因"的主体或根本。"拓衢路"以下，就主要是讲"革"的方法了。刘勰突出了两个要点：一是文学的长远发展，"拓衢路，置关键，长辔远驭，从容按节"等是其具体方法；一是从作者自己的情志意气出发，"凭情以会通，负气以适变"。他认为能如此，便可写出光采夺目，出类拔萃的文章。此所谓方法，自然只是原则性的、纲领性的方法，怎样谋篇布局、运辞敷采，那是刘勰创作论各篇总的任务。可以断言的是，即使他概括得并不全面、不理想，但这一段所论为"通变之数"，则是没有可疑的。既如此，就不应以"循环相因"之评，误为"通变之数"了。

"文律运周，日新其业"，是刘勰"通变"论的基本思想。他不仅主张新变，也以有高超的光采为理想："采如宛虹之奋鬐，光若长离之振翼"，这是一种刚健而卓越的美。刘勰不满于"讹而新"，就因为这种"新"是"弥近弥澹"，愈新愈乏味。其实质是在文学事业能否真正的发展、长远的发展。因此，不能背离最基本的"文则"，而要"参伍因革"，才是文学发展的正确道路。

第六节　情采论

刘勰不仅自称其下篇为"割情析采"，且在总论中以"志足而言文，情信而辞巧"为论文的金科玉律，情采论无疑是《文心雕龙》全书的理论中心。情采论集中在《情采》篇，则本篇在全书中的重要地位是很明显的。但相对来说，情采论的研究在"龙学"史上是较为沉寂的。这自然并非情采论不值得研究，可能与对本篇的内容向来鲜有歧见有关。除个别研究者以《情采》篇的主旨是论文学语言外，几乎一致认为是论内容和形式的关系。主旨既明，话题就不多了。正因如此，至今对情采论的研究，仍觉是较薄弱的一环，研究的深度和它的重要性不太相称。

一

在《情采》篇的研究中虽无大的争议，小的分歧还是不少的。这里就从一个小的分歧谈起。"为文而造情"既为刘勰所耻，没有问题而找问题更非当今所宜。本节之所以要从一个小小的分歧谈起，实以其既普遍存在，又为理解刘勰的情采论之所必须。《情采》篇有云：

> 故立文之道，其理有三：一曰形文，五色是也；二曰声文，五音是也；三曰情文，五性是也。五色杂而成黼黻，五音比而成《韶》《夏》，五情发而为辞章，神理之数也。

这段话有两种相关的不同理解。一为"立文之道，其理有三"二句，关键是何谓"立文"。现举诸家译释以见其异：1."构成文采的方法,共有三种";2."构成文采的原因,可以分为三方面";3."构成文采的方法有三种";4."构成文采风格的方法,可以分三方面来说";5."从艺术创作的道理来说,其文理可分三种";6."建立文章之道法,其原理有三";7."文的形成有三种途径";8."文学创作的道路,按它的文理应有三种"。前四家对"立文"二字的理解是一致的,都指"构成文采"。后四家之说有相近之处,但也有不小的区别。

现在首先研究"立文"二字是否指"构成文采"。此说不可避免的问题是,下面所讲"形文""声文""情文"三者并非全属"文采"范畴。所谓"三曰情文,五性是也","五性"的理解虽也有异,但无论解作喜怒哀乐怨、仁义礼智信,或静躁力坚智,都不能"构成文采"。再就是本篇又说:"经正而后纬成,理定而后辞畅,此立文之本源也。"这个"立文",就与"构成文采"了不相干,且"立文之道"和"立文之本源",本是上下文的互相配合之论,不可能两个"立文"各有不同的含义。《指瑕》篇也讲过:"立文之道,惟字之与义。"这个"立文之道"和《情采》篇的"立文之道"并无区别,只是其"道"各有所指而已。又如《事类》篇的"属意立文,心与笔谋","立文"之义尽同,都没有"构成文采"的意思。以上四个"立文",和《征圣》篇的"征圣立言,则文其庶矣"的"立言"义近,实为写作或写文章之意。故译为"创作"是可以的,但非"艺术创作",而是文学创作。

多以"立言"为"构成文采",可能与这段话的上文有关。其云:"若乃综述性灵,敷写器象……其为彪炳,缛采名矣。"继之所论"立文之道",似乎是具体讲"构成文采"的方法。这是误解。原意虽是强调述情写物之作必有文采,却并不是说整个"综述性灵"的创作活动唯在"构成文采"。这就涉及对刘勰情采论总的理解了。《情采》篇论文采的必要性确是十分突出的,但毕竟以"述志为本",不可能仅以"构成文采"为其"立文之道"。但译"立文"为"构成文采"仍有一定的合理性。不过以"情文"指某种"感情色采",或以其"情"为情物相融之情,故有文采,似觉勉强。若据"五情发而为辞章,神理之数也",以追《原道》之论:"心生而言立,言立而文明,自然之道也",便可从中得到重要消息。"神理之数"就是"自然之道"。人有思想感情就要"立言","立言"就必然有文采,这就是"五情发而为辞章"的刘勰自注。据此,可以理解"情文"为表情的文采,并接触到刘勰对文学特征的根本认识,但"立文之道"是否即"构成文采"的方法,还须作具体研究。

与此相关的另一不同理解,是何谓"形文""声文""情文"。范文澜注:"形文,如《练字篇》所论;声文,如《声律篇》所论。"《练字》篇有"字形单复""字形肥瘠"等说,显然与刘勰所说"一曰形文,五色是也"不符。其后,或以"形文"为"礼服""刺绣""花纹""绘画",或以"声文"为"音乐""乐曲""乐章",或以"形文""声文"为"自然美",以"情文"为"社会美"等,就呈百花齐放之势了。这种不同理解,是和上述对"立文之道"的不同认识互为因果的。如以"立文之道"为"艺术创作的道理",便以"形文""声文""情文"为"刺绣""音乐""文章"。种种不同认识可大别为二:一以三"文"皆指文学创作,而分指文学的表形、表声、表情三个方面;一以三"文"分指三种艺术形态:绘画(或礼服、刺绣)、音乐、文辞。这也就是各种分歧的关键之所在了。

据说孔子认为《韶》乐是古代"尽美矣,又尽善也"①的典范,故《乐府》篇称"《韶》响难追"。于此可知,所谓"五音比而成《韶》

---

① 《论语·八佾》。

《夏》",并非实指,只不过以《韶》《夏》喻乐。古代诗乐不分,自《诗经》、汉乐府以来,诗和乐的关系一直是很密切的;永明以后对声律的讲究更为普遍,声律便成了文学创作本身的要求之一,故刘勰特立《声律》一篇做了专题论述。则范注谓"声文,如《声律篇》所论",应该说是对的。无论是"声文"或"韶夏",并非指独立于文学之外的音乐。如《神思》所云:"吟咏之间,吐纳珠玉之声";"玄解之宰,寻声律而定墨";"刻镂声律,萌芽比兴";直到《知音》六观,也有"观宫商"一条。足见"声文"是文学创作本身所不可无的。故以"声文"为音乐,也可从文学本身的音乐性来理解。

至于"形文",情况略为复杂。刘勰谓"五色杂而成黼黻",按《考工记》:"画缋之事……白与黑谓之黼,黑与青谓之黻",后以"黼黻"指礼服上所绣之花纹。则以之为绘画、礼服、刺绣、花纹等,莫不有据,都是各取一端为说。"五色杂而成黼黻"本是设喻,并非实指绘画、礼服、刺绣等,这是很明显的;他何必论"立文之道"要以礼服、刺绣之类为"其理有三"之一?若实指"礼服""刺绣",又"其理"安在?故刘勰以"黼黻"为喻,直译为"绘画""礼服""刺绣"等,仍以喻五色交织之"文",虽有生硬不明之嫌,还是未尝不可的。问题在于,不少研究者并非以之为喻,而对"形文""声文""情文"本身的理解,就是实指绘画、音乐、文学三种不同的艺术形态。这就有略予讨论的必要了。

刘勰受六朝书画艺术的一定影响是无疑的,前面的《艺术构思论》《风格论》《风骨论》诸节已有详述。但《文心雕龙》只是一部文学评论专著,书法绘画虽偶有涉及,亦出论文的需要而设喻,并无意于论书画本身。《练字》篇的"字形肥瘠"等,是从"心既托声于言,言亦寄形于字"出发,不是为书法艺术立论。故本篇赞云:"声画昭精,墨采腾奋。"这两句很容易误解为论书法。其实,"声画"二字出《法言·问神》:"言,心声也;书,心画也。""心既托声于言"二句,正是此说的发展。故"声画"之"昭精",乃谓用字能明白而精确地表达作者的思想感情。"墨采腾奋"则是"声画昭精"的结果,岂是指书法艺术的"墨采"?《文心》中有关绘画的论述较多,如:

《诠赋》:写物图貌,蔚似雕画。

《定势》:是以绘事图色,文辞尽情;色糅而犬马殊形,情交而雅俗异势。……譬五色之锦,各以本采为地矣。

《比兴》:至于扬、马之伦,曹、刘以下,图状山川,影写云物,莫不纤综比义,以敷其华,惊听回视,资此效绩。

《附会》:夫画者谨发而易貌,射者仪毫而失墙,锐精细巧,必疏体统。

《物色》:写气图貌,既随物以宛转;属采附声,亦与心而徘徊。

《才略》:延寿继志,瑰颖独标,其善图物写貌,岂枚乘之遗术欤!

类似论述还很多,仅以上所举,足以说明两个相关的问题:一、所论虽"绘事""画者"的图物写貌,设色敷采,但无一不是以画理喻文理;所有这些,都是文论,而不能谓之画论。此外,要在《文心》中找出为绘画而论绘画的论述是不可能的。二、论文而多以画为喻,强调"画者"的"图物写貌"之功,固与"自近代以来,文贵形似"(《物色》)之风有关,其实质则是文学艺术的形象性特点决定的。刘勰对"图物写貌"的重视,多以形象描绘的画理论文,正是他对文学的形象性特征有了较深的认识。

和文学本身须讲求声律一样，形象描绘更是文学艺术所固有的基本特征。《文心雕龙》既是一部文学专论，《情采》篇就不可能讲与文学无关的画论、乐论、书论等。而本篇之所谓情采论，主要就是论"情"和"采"的关系，为说明"情"与"采"在文学创作中不可偏废，都有其必要性，故"立文之道"不可没有"形文"与"声文"，本是理所当然的。若论文学创作的情采关系，而旁及绘画、音乐之"理"，便是走题而与上下文不协，这是断不可能的。文学艺术的所谓绘声绘色，刘勰是早有深刻的认识了。不仅用"极声貌以穷文"（《诠赋》）概括赋的特点，更认为："自天地以降，豫入声貌，文辞所被，夸饰恒存。"（《夸饰》）这就是对所有的文学创作而言了。既然凡是用文辞描绘声音状貌便有夸饰，则其所夸饰者，就是声音状貌了。因此，刘勰对具体作品的分析，就很注意其绘声绘形的艺术效果。如论楚辞：

> 故其叙情怨，则郁伊而易感；述离居，则怆怏而难怀；论山水，则循声而得貌；言节候，则披文而见时。（《辨骚》）

这就"情文""形文""声文"都有了。对一部作品的全面分析而兼及三"文"，也是自然的。"情""声""形"虽可析而为三，但在实际创作中，往往是交织在一起的，"循声而得貌"就直接涉及这种情形。这里要略加说明的是，"声文"有"声律"和"声貌"之"声"的不同，按《情采》篇的"五音比而成《韶》《夏》"之说，当以"声律"之"声"为主。但其"神理之数"既本于"原道"观，便与《原道》篇的"形文""声文"之说同理。其云："至于林籁结响，调如竽瑟；泉石激韵，和若球锽。故形立则章成矣，声发则文生矣。""声发则文生"的"声"既是"声貌"的"声"，则"声文"便应包括"声貌"之"声"在内。故刘勰除多"声貌"并称外，专论其"声"的也不少。

如《比兴》篇的:"纤条悲鸣,声似竽籁。此比声之类也";《物色》篇的:"喈喈逐黄鸟之声,喓喓学草虫之韵"等。

总之,刘勰对文学艺术的形象性(包括"声貌")特征是有深刻认识的,《总术》篇的"视之则锦绘,听之则丝簧,味之则甘腴,佩之则芬芳",更能充分证明他的这种认识(对此,前已数次论及,可以参看)。故"形文""声文""情文"之说,正是就文学艺术本身的特征提出的"立文之道"。清人李重华论云:"诗有三要,曰:发窍于音,征色于象,运神于意。"①袁枚又说:"诗者,人之性情也,近取诸身而足矣。其言动心,其色夺目,其味适口,其音悦耳,便是佳诗。"②想来不可能有人以李、袁之说是分论绘画、音乐等,但"三文"与"三要"的区别是不大的,"动心""夺目""适口""悦耳",与"视之""听之""味之""佩之"亦相差无几。虽难断言李、袁二论源于刘勰,却可肯定,一千多年前的刘勰已先有此论,确是"深得文理"者的卓见。

二

正因刘勰对文学的特征有如上认识,他又是本着这种特征来进行情采论的,所以,刘勰虽一贯主张文学创作以内容为主,本篇同样坚持"述志为本"的基本原则,却一开始就大力论证文采的必要:

> 圣贤书辞,总称"文章",非采而何?夫水性虚而沦漪结,木体实而花萼振:文附质也。虎豹无文,则鞟同犬羊;犀兕有皮,而色资丹漆:质待文也。若乃综述性灵,敷写器象,镂心

---

① 《贞一斋诗说》,《清诗话》下册。
② 《随园诗话·补遗》卷一。

鸟迹之中,织辞鱼网之上,其为彪炳,缛采名矣。

这段诂中固然有论义质关系的名言,向来为研究者所重,是完全应该的。但就这段话的总体来看,实质是在论证文采(华美的表现形式)之必不可少。首先提出"圣贤书辞"都有文采;继以"文附质""质待文"的相互依存关系,说明文采(形式)之不可无;而归于"综述性灵,敷写器象"的文学创作,更应有"彪炳"的"缛采"。其论证逻辑,和《原道》篇论"自然之道"颇为近似。

《论语·公冶长》载子贡的话:"夫子之文章,可得而闻也。"刘勰认为圣贤之作皆总称"文章",即本此说。显然,这个根据是不足的。他不过是借题发挥,强调文采的重要。值得注意的是,刘勰把"采"提到突出的高度之后,便由"采"过渡到文质论。按他所讲"文附质""质待文"之理,其文质论就是内容和形式的关系。而文质之"文"就约当于文学的形式。这个"文"既承"采"而来,则"采"或合之为"文采",就有别于一般的文辞采饰,而成为与"质"相对应的文学形式了。这和篇题"情采"二字的命意一致,"情"与"采"、"质"与"文",成了内容和形式的专用术语。以"文""采"为文学形式,这在文学史上是一个十分重要的发展。本章第四节已论及儒家"志、言、文"的文学观,到刘勰以前,这种基本认识并无明显改变,且刘勰自己亦多承其说以立论,仍认为"情"与"辞"是构成文学作品的基本成分。如《指瑕》篇的"立文之道,惟字与义";《熔裁》篇的"万趣会文,不离辞情";《知音》篇的"缀文者情动而辞发"等。这些说法也是对的,文学创作主要就是用言辞以表达思想感情。但文学创作所用的语言文字有别于其他,文学创作既非单纯的直陈实录,亦非纯粹的逻辑推理,而主要是通过形象描绘来表达思想感情。因此,文学的表现形式应该是形象化的文学语言。从这个角度来看,有的研究者认为《情采》是"专门讨论文学艺术语言问题的篇章"①,是否这样的专篇虽还可继续研讨,但本篇确是论及文学语言这个重要问题。虽然刘勰还并未明确认识到这点,而只是初步地有所接触。

"文附质""质待文"之论,是不是谈内容和形式的关系?有人提出这个疑问,我以为是有益的,但不能作简单论定。如前所论,刘勰的"文质"之喻,主要是在说明华美之形的必要性,但这种必要性是通过文质相依相存之理,即内容和形式的关系,来说明文采之必要的。"水性虚而沦漪结,木体实而花萼振",也就是《原道》篇"形立则章成矣,声发则文生矣"的道理。事物的外形是由其内质的特性决定的,有其物就必有其相应的形式。"水性虚"的特性便有"沦漪"的形式,"木体实"的特性便有"花萼"的形式;亦犹"日月"呈"迭璧"之美,"山川"有"焕绮"之形,"龙凤"有"藻绘"之采,"虎豹"有"炳蔚"之姿。若虎豹之皮无其花斑之文,就"鞟同犬羊"了。没有相应的形式,亦难表现事物的内质。所以,"文附质""质待文"之理,既是内容和形式的关系的精彩之论,又正是借其密切的关系,有力地说明美好的形式是必要的。而此所谓形式,就是"文""采"。

刘勰在这里不用语言文辞以表形式,而用"文""采",这就是他已接触到文学语言的事实。刘勰虽未明确提出文学语言的形象问题,而只能沿用由来已久的现成词汇,"文"与"采"也难以承担它须要表达的新内容,但这应从它所表明的实际理论意义着眼,并注意到刘勰借用旧词所创造的理论术语,其含义通常是不同于原词的本义的。特别是刘勰据"文附质""质待文"之理进而

---

① 郭外岑《释〈文心雕龙·情采〉》,《文学评论丛刊》第 16 辑。

提出的"立文之道",在这里不再是"惟字与义"了,而是"形文""声文"和"情文"。如果不割断文质论与"立文之道"之间的联系,便很容易发现,刘勰对文学艺术的形象性特质虽还只有初步的认识,但已不是偶然地、不自觉地接触其表层现象了。他是在力图证明,文学创作不仅不能用一般的语言文字来完成,亦非一般的施以丽藻,饰以文采,而是绘形绘声的形象描写。在六朝时期,这种认识应该说是相当深刻的。

以上以论"采"为主而兼"情",以下则以论"情"为主而兼"采"。由于"情"与"采"本身有密切联系,所以《情采》全篇所论,虽前后各有侧重,但总是兼顾二者的关系,或就文学艺术的整体来立论。故由以论"采"为主到以论"情"为主,便以二者的关系为过渡。其云:

> 夫铅黛所以饰容,而盼倩生于淑姿;文采所以饰言,而辩丽本于情性。故情者文之经,辞者理之纬;经正而后纬成,理定而后辞畅:此立文之本源也。

这里讲的"情"与"文"、"理"与"辞"的关系,不过是用辞上的变化,从其所论"经纬"关系看,"情"与"理","文"与"辞",其实一也。这个"立文之本源"和上面的文质论,都是从不同角度来论证内容和形式的基本关系。文质论是设喻以强调内容和形式互相依存之理;经纬相织而成文,同样有内容和形式互为依存的关系,却突出了必先以情为经,然后织以文辞之纬;仍是二者缺一不可,却强调了内容的主导地位。"经""纬"之喻是相当确切的,它不仅说明文学创作必先"经正",然后才能"纬成"的道理,且突出了文学创作的中心是"情""理"。"文""采"虽不可无,却是根据"情""理"所确立的"经"而织的"纬",故形式必服从于内容。非经纬相织不能成文,但作品的"辩丽本于情性",这便是其"情采"论所阐明的基本原理。但这主要是就"情"与"采"的相互关系及其主次而言,既然古来圣贤之作都"非采而何",文学创作何以必须以"情"为主,而不能以"采"为主?尚待进一步研究的,是文学创作的目的何在。刘勰总结历史上的创作情况而提出:

> 昔诗人什篇,为情而造文;辞人赋颂,为文而造情。何以明其然?盖《风》《雅》之兴,志思蓄愤,而吟咏情性,以讽其上:此为情而造文也。诸子之徒,心非郁陶,苟驰夸饰,鬻声钓世:此为文而造情也。故为情者要约而写真,为文者淫丽而烦滥。……夫以草木之微,依情待实,况乎文章,述志为本,言与志反,文岂足征?

这里,仍是兼论情采,但主旨转为强调文学创作以"述志为本"。文学创作并不是为文采而文采,运用文采是为了述志言情,本篇所谓"联辞结采,将欲明经(理)",已明确指出辞采是为内容服务的。文学创作本是"感物言志"或"体物写志",目的是为了表达作者的思想感情。因此,文采虽然重要,但必须"为情而造文"。如果颠倒这种关系,"为文而造情",以追求文采为主,势必造成"为文者淫丽而烦滥"的后果。"为文而造情"之作,纵然有某种"情",但"采滥辞诡,则心理愈翳",这就是形式的反作用,过分的辞采,会使内容更加模糊不清。更主要的是,"为文而造情"则情不真。文学创作本是"情动而辞发",既无情可发,就是"苟驰夸饰"以沽名钓誉而已。

《情采》篇对"采"的论述,在当时是有重要贡献的;对"情"的论述,亦不同寻常。在刘勰看来,要"志思蓄愤,而吟咏情性,以讽其上"者,才是"为情而造文"。则他的所谓"情",既不抽象,亦非一般文人雅士的闲情逸致,而是饱满的愤激之情;不是无病呻吟或无的放矢,而有强烈的针对性:"以讽其上。"刘勰对"情"的另一要求是"写真"。他反对"志深轩冕,而泛咏皋壤;心缠几务,而虚述人外",认为虚情假意之作,就毫无文学的意义了:"言与志反,文岂足征!"刘勰的"述志为本",就是以表达这种积蓄在胸,不吐不快的真实的愤激之情为文学创作的根本任务。以这样的"情"为"经",为这样的"情"而"造文",则虽以"彪炳"的"缛采",亦可为"彬彬君子",写成文质兼备,情采并茂的优秀作品。

刘勰以"衔华而佩实"为全书的理论纲领,情采论可说是对其必要性的有力论证。

三

《情采》篇提出了"文附质""质待文"的文质论,这是古代文论中较普遍而又相当复杂的一个问题,故有必要略予探讨。

除《情采》篇外,《文心雕龙》中讲到"文质""质文"之处还不少,如《原道》篇的"文胜其质",《诠赋》篇的"文虽新而有质",《议对》篇的"质文不同",《时序》篇的"质文代变""质文沿时",《史传》篇的"文质辨洽",《才略》篇的"文质相称"等。这些词不一定作专门术语用,其含义不尽相同,有的指质朴与华丽,有的指内质与外形,随文各异。《情采》篇的文质论,既以"文""质"为专用术语,又以"虎豹无文,则鞟同犬羊"等为喻,则知其说源于孔门的文质论,这是研究刘勰的文质论的重要线索和依据。《论语·颜渊》云:

> 棘子成曰:"君子质而矣,何以文为?"子贡曰:"惜乎! 夫子之说君子也。驷不及舌。文犹质也,质犹文也,虎豹之鞟,

犹犬羊之鞟。"

刘勰的文质论,亦以虎豹犬羊之鞟为喻,则不仅其论源于孔门,其理亦有相通之处。"文犹质""质犹文",与"文附质""质待文",都含有内质与外形不可分之意。子贡与刘勰的虎豹犬羊,虽所喻各有不同的侧重点,无不借用其内质与外形不能截然分离之理。《论语·雍也》中还有一种文质论:"子曰:'质胜文则野,文胜质则史,文质彬彬,然后君子。'"这个"文质"则是指文饰与质朴。刘勰论质文关系,显然是取子贡之说,但《情采》篇也有"乃可谓雕琢其章,彬彬君子"的话,又似兼取二说。

《论语》中的两种文质论,严格说来,都不是对内容和形式的关系的论述,更非论文学创作。但两相比较,孔子的说法只是讲"文"与"质"不可偏胜,所以,无论怎样理解这两个概念,都与内容和形式的关系距离较大。子贡之说,则有内质必依外形才得以显示的意义。没有表现其为"君子"之"文",就如"虎豹无文,则鞟同犬羊",故与内容和形式的关系之理相近。刘勰即以此为主发展而成文学艺术的文质论。后世对《论语》中的两种文质观往往是混用的,如:

> 江左宫商发越,贵于清绮;河朔词义贞刚,重乎气质。气质则理胜其词,清绮则文过其意。理深者便于时用,文华者宜于咏歌。此其南北词人得失之大较也。若能掇彼清音,简兹累句,各去所短,合其两长,则文质彬彬,尽善尽美矣。①

元、白、张籍,以意为主,而失于少文;贺以词为主,而失

---

① 《北史·文苑传序》。

于少理,各得其一偏。故曰:"文质彬彬,然后君子。"①

上二例都引用了"文质彬彬"之说,但非文华与质朴相胜。其"合其两长"者,既指南北文学的"理深"与"文华",则是就内容和形式的不同特点而言。其"各得一偏"者,一是"少文",一是"少理"。所以,两个"文质彬彬",当是华实并茂、内容与形式相称之意。

另一种混用情形,是既以"文质"指内容和形式,又以"文质"指文风的华丽与质朴。刘勰就是如此。如《通变》篇的"斟酌乎质文之间",《时序》篇的"质文代变""质文沿时",《养气》篇的"文质悬乎千载"等,都指华丽与朴质。《情采》篇的"文附质""质待文""文不灭质",《才略》篇的"文质相称",《知音》篇的"质文交加"等,则指内容与形式。

以上情形在古代文论中是普遍存在的,究其原因,不外两个方面:一是古代既无严格统一的理论术语,一词多义的汉字亦可随文命意;二是《论语》中既有两种文质论,这两种文质论又有其共通之处。质朴的"质"本是无华之"实",没有"实"就无所谓"质"。"质胜文则野,文胜质则史",其"质"并非抽象的朴质,其"文"则是对"实"的文饰。加以文饰则华,不加文饰则实,故"文质"与"华实"相近。外饰之"文"便是形,不加文饰之"质",便是与形相对的"实"了。正因这样,所以棘子成认为"君子质而矣,何以文为?"不须文饰的是"君子"本身,这就是"质"。古代文论中的文质论,其复杂性即由此而来,都称"文质",既可指华与朴、华与实、形与质,也可兼指双关。如《通变》篇所论:

---

① 张戒《岁寒堂诗话》卷上,《历代诗话续编》。

> 桓君山云："予见新进丽文,美而无采;及见刘、扬言辞,常辄有得。"此其验也。故练青濯绛,必归蓝茜;矫讹翻浅,还宗经诰。斯斟酌乎质文之间,而櫽括乎雅俗之际,可与言通变矣。

这里讲的"质文",和上文"从质及讹"等说来看,应该是质朴与文华之意。但这段话的总体意思,并非单纯要求文风的朴质与华丽配合得当。其引桓谭的话,是强调作品要有充实的内容;"必归蓝茜"之喻,本章《通变论》节已有明析,是指有常的"名理";"还宗经诰"就更非只求质朴。由以上种种来"斟酌质文",是只从质朴与文华方面所难解释的。这种情形,在刘勰之前也有:

> 孔子卦得《贲》,喟然仰而叹息,意不平。子张进,举手而问曰:"师闻《贲》者吉卦,而叹之乎?"孔子曰:"《贲》非正色也,是以叹之。吾思乎质素,白当正白,黑当正黑。夫质又何也?吾亦闻之,丹漆不文,白玉不琢,宝珠不饰,何也,质有余者不受饰也。"①

此例虽非直接以质文对举,但其"不文""不琢""不饰",就是对质文的"文"而言。其实质仍是文质论。值得注意的是,既称"质"为"质素",自然与质朴无异;"不受饰"者为"质",更能说明这点。但"不受饰"之"质",乃"白玉""宝珠"本身。则雕琢文饰为其外形,"不受饰"的珠玉为其内质。两种"文质"之义可通,就因其本身有一定的内在联系,这是一个很好的说明。后世论"文质"者,确有文华与质朴,外形与内质之别,但不应忽视其联系。

刘勰以前的文质论,直接论文学的还不多,但着眼于外形与

---

① 刘向《说苑·反质》。

内质的有关意见已不少了。现略举数例：

《庄子·缮性》：知，而不足以定天下，然后附之以文，益之以博。文灭质，博溺心。（刘勰的"文不灭质，博不溺心"，即出于此）

《韩非子·解老》：礼为情貌者也，文为质饰者也。夫君子取情而去貌，好质而恶饰。夫恃貌而论情者，其情恶也；须饰而论质者，其质衰也。何以论之？和氏之璧，不饰以五采；隋侯之珠，不饰以银黄，其质至美，物不足以饰之。夫物之待饰而后行者，其质不美也。

《淮南子·诠言训》：饰其外者伤其内，扶其情者害其神，见其文者蔽其质。……故羽翼美者伤骨骸，枝叶美者伤根茎。能两美者，天下无之也。

《法言·吾子》：或曰：有人焉，曰（自）云姓孔而字仲尼，入其门，升其堂，伏其几，袭其裳，则可谓仲尼乎？曰：其文是也，其质非也。敢问质，曰：羊质而虎皮，见草而说，见豹而战，忘其皮之虎矣。

这样的论述甚多，其"文"为外饰之形，"质"为内在之实，用意都很明显。这种观点，逐渐形成古代文论的优良传统。如魏晋文论中曹丕的《与吴质书》："伟长独怀文抱质，恬淡寡欲，有箕山之志，可谓彬彬君子者矣。"[1]这个"怀文抱质"，是对其人的"文""质"而言，与刘勰在《程器》篇评"扬、马之徒，有文无质"相同，都是对作家的评论。曹丕在同文中又自谦说："以犬羊之质，服虎豹之文。"是知其所谓"文""质"，仍为文饰与内质之意。陆机《文赋》

---

[1] 《文选》卷四十二。

有"碑披文以相质"之说,亦指"文其表而质存乎里"①。刘勰正是在这一传统的基础上,在文学理论上建立起系统的文质论。不仅"文附质""质待文"是文质论,整个《情采》篇对"情""采"关系的探讨,都可谓之文质论。本篇以"文不灭质,博不溺心"的"彬彬君子"作结,也以此为对"情""采"关系的最高理想,正说明他的"情采"论就是文质论。很明显,刘勰的文质论是较前大为丰富和全面了。从孔门的文质论到刘勰的文质论,《情采》篇是一座里程碑。

---

① 黄侃《文选评点》卷十七。

第七章 批评论

第一节 评建安文学

《文心雕龙》是一部文学的史论评相结合的著作。把其中有关史的部分集中起来,可构成一部先秦至宋、齐时期的文学史,这是许多研究者都已看到的事实。张文勋所著《刘勰的文学史论》[①],已对此进行了系统的研究。刘勰对历代作家作品的评论,应该是其批评论的一个重要组成部分,因其批评论既是对批评实践的总结,又是根据他所总结的批评原理来评论历代作家作品的。但本书不可能对此作全面论述,只拟就其对建安文学的评论以见一斑。

一

在我国古代文学发展史上,建安文学是一个重要的里程碑。它不仅以其丰硕的成就雄视千古,更以崭新的面貌,开辟了古代文学的新纪元:文学的自觉时代。具有如此重大意义的建安文学是怎样形成的? 刘勰曾做过一些直接或间接的论述:

---

① 人民文学出版社 1984 年版。

> 自献帝播迁,文学蓬转,建安之末,区宇方辑。魏武以相王之尊,雅爱诗章;文帝以副君之重,妙善辞赋;陈思以公子之豪,下笔琳琅:并体貌英逸,故俊才云蒸。……观其时文,雅好慷慨,良由世积乱离,风衰俗怨,并志深而笔长,故梗概而多气也。(《时序》)

这里涉及两个问题:一是曹氏父子的作用,一是汉末大乱的现实。刘勰论文学的兴衰,常有过分重视帝王作用之论,这是我们应看到的一个方面。任何个人对一代文学的盛衰,是不能起决定作用的。但统治者的重视或提倡与否,不能说毫无意义。刘勰论建安文学,不仅并未夸大帝王的作用,也不是孤立地肯定曹氏父子,而是结合时代的因素,把帝王的作用放在"献帝播迁,文学蓬转"的历史条件下来考察。

所谓"献帝播迁",就是"董卓乱天常""逼迫迁旧邦"等一系列汉末大乱的基本概括。没有这场大乱造成"白骨露于野,千里无鸡鸣"的社会现实,就很难产生"志深而笔长""梗概而多气"的建安文学。这场大乱又必然使得"文学蓬转",把广大文人卷入其中。御军三十余年的曹操,自然是在南征北战中终其一生;曹植也是"生乎乱,长乎军";王粲则在"遭纷浊而迁逝"中,既目击"白骨蔽平原"的惨状,也饱经"悲旧乡之雍隔"的凄怆。客观现实决定了作者的思想感情。在"生民百余一"的大难之中,不能不"念之断人肠";在"路有饥妇人,抱子弃草间"面前,不能不使之"喟然伤心肝";在"中野何萧条,千里无人烟"之下,怎不令人"气结不能言"? 所以,"良由世积乱离,风衰俗怨,并志深而笔长,故梗概而多气",正是对产生建安文学的客观现实的高度概括。

曹氏父子于建安文学,只是在这样的历史条件下才发挥了一定的作用。首先是他们自己"雅爱诗章"或"妙善辞赋"。他们不仅是帝王,也是杰出的诗人。其次是"体貌英逸,故俊才云蒸"。正因他们对人才的敬重,才使广大文人云集邺下,形成当时全国文学活动的中心。曹植在《与杨德祖书》中曾自豪地谈起:

> 昔仲宣独步于汉南,孔璋鹰扬于河朔,伟长擅名于青土,公幹振藻于海隅,德琏发迹于此魏,足下高视于上京。当此之时,人人自谓握灵蛇之珠,家家自谓抱荆山之玉。吾王于是设天纲以该之,顿八纮以掩之,今悉集兹国矣。①

把这些本来分散各地的文人"悉集兹国",曹氏父子至少对形成邺下文学集团是起着主导作用的。刘勰在《谐隐》篇曾说:"自魏代以来,颇非俳优。"和汉代统治者对文人"以俳优蓄之"完全相反,这是文人社会地位的一个根本性的变化。唯才是用的曹操,对即使辱骂过他祖宗的陈琳,也不予计较而加任用。曹丕"以副君之重",他和文人们亲密相处,竟是"行则连舆,止则接席,何曾须臾相失!每至觞酌流行,丝竹并奏,酒酣耳热,仰而赋诗"②。《世说新语·伤逝》载:"王仲宣好驴鸣,既葬,文帝临其丧,顾与同游曰:'王好驴鸣,可各作一声以送之。'赴客皆一作驴鸣。"这是曹氏父子"体貌英逸"的最好说明。帝王对文士,生则连舆接席,须臾不离;死则亲率友好作驴鸣以送。在这种交往中,我们甚至看不到什么君臣的界线。文人由倡优的卑贱地位,一跃而为帝王的诗友,建安文学的勃兴,这是一个值得注意的因素。当时文人们"傲雅觞豆之前,雍容衽席之上,洒笔以成酣歌,和墨以藉谈笑",正是

---

① 《文选》卷四十二。
② 《与吴质书》,《文选》卷四十二。

上述情形的生动写照。《才略》篇说："宋来美谈,亦以建安为口实。何也？岂非崇文之盛世,招才之嘉会哉！"如果尊重史实,应该承认："崇文之盛世,招才之嘉会",对文学创作的繁荣,并不是没有作用的。建安文学的重要成就,自然有多种原因,但文人社会地位的提高,文学创作被视为"经国之大业,不朽之盛事",使他们能纵情诗酒,洒笔酣歌,无疑是创作力的一大解放。

当然,建安文学的出现,更重要的解放,是当时整个思想领域的思想解放。刘师培《论汉魏之际文学变迁》说："建安文学,革易前型,迁蜕之由,可得而说：两汉之世,户习七经,虽及子家,必缘经术。魏武治国,颇杂刑名,文体因之,渐趋清峻。"[①]这个分析,基本上是对的。建安文学的出现,就由于广大文人打破了"户习七经"的局面,从儒家经学的思想桎梏下解放出来,才能自觉而尽情地从事文学创作。建安时期思想解放的这一重要因素,刘勰是清楚地看到了的。他说：

> 魏之初霸,术兼名法,傅嘏、王粲,校练名理。迄至正始,务欲守文；何晏之徒,始盛玄论。于是聃、周当路,与尼父争涂矣。详观兰石之《才性》,仲宣之《去代》……并师心独见,锋颖精密,盖人伦之英也。(《论说》)

这是讲当时思想领域的变化。由于魏初"术兼名法",接着出现老庄当路,儒家思想退居次要地位的情况,因而产生了傅、王等人"师心独见"的文章。能"师心独见",正是思想解放的重要说明。刘勰论文,虽强调"征圣""宗经",但不能不尊重历史,而大力肯定了脱离儒家思想的"人伦之英",也不能不承认东汉经学盛行对

---

① 《中国中古文学史》,人民文学出版社1962年版,第11页。

文风的影响:"然中兴之后,群才稍改前辙,华实所附,斟酌经辞,盖历政讲聚,故渐靡儒风者也。"(《时序》)内容和形式都要依据儒家经典,自然是写不出什么好作品的。至于建安,作者们能无拘无束地纵情酣歌,"师心独见"地从事写作,自然是和当时的思想解放不可分割的。由思想领域的新变而"文体因之",刘勰所论和刘师培之议,可谓所见略同。

建安文学的昌盛,除汉末社会现实的决定作用、曹氏父子的倡导作用和思想解放的促进作用外,文学艺术在其自身的发展过程中,还有它一定的内在因素。由简到繁,由质而华,由不自觉到自觉,这是文学艺术发展的内部规律所决定的。这方面刘勰没有什么直接的论述,他对这问题也还没有明确的认识。但除《通变》讲到"魏之策(篇)制,顾慕汉风"之外,所论各种文体,大都是从它的萌芽、成形、逐步讲到建安时期的新成就(也有部分文体在建安时期没有新的成就)。如《明诗》篇论五言诗的发展说:"阅时取证,则五言久矣。"在建安之前,就产生了"婉转附物,怊怅切情,实五言之冠冕"的《古诗十九首》。建安时期其所以能"五言腾踊",正是诗歌长期发展的结果。

从以上大致分析可见,刘勰虽然没有对建安文学昌盛的原因作集中概括的论述,但他是从各种不同的角度做了颇为全面的论述的。这些论述,有的虽只是提供某种情况,对我们认识、研究建安文学的兴盛,仍是具有重要参考意义的。

二

鲁迅论建安文学曾说:"这时代的文学的确有点异采。"[①]这

---

① 《魏晋风度及文章与药及酒之关系》。

是研究建安文学的重要内容之一。从刘勰的论述中，我们可看到"异采"确是不少的。他一再说："建安之初，五言腾踊"(《明诗》)；"魏代名臣，文理迭兴"(《奏启》)；"建安之末，文理代兴"(《诏策》)等，显然，他是清楚地看到，建安时期比之汉代，确有一些"异采"。《文心雕龙》中讲到的建安"异采"甚多，择其大要，约有三端。

首先是诗文的新发展。

汉诗以四言为主。就刘勰所论，至少是成帝以前没有产生完整的五言诗。《明诗》篇说："至成帝品录，三百余篇，朝章国采，亦云周备，而辞人遗翰，莫见五言。"他誉为"五言之冠冕"的《古诗十九首》，自然是较为成熟的五言诗，但不仅数量少，实为与建安相去不远的汉末作品。刘勰不敢断言产生《古诗十九首》的具体时间，却明确肯定了建安年间才是五言诗的大发展时期："暨建安之初，五言腾踊。文帝、陈思，纵辔以骋节，王、徐、应、刘，望路而争驱。"这个判断，自然完全符合史实。在诗歌史上，"五言腾踊"正是建安诗坛的重要特点。刘勰还不止看到了这一特点。《明诗》篇总结历代诗歌发展情况说：

> 若夫四言正体，则雅润为本；五言流调，则清丽居宗：华实异用，惟才所安。故平子得其雅，叔夜含其润，茂先凝其清，景阳振其丽。兼善则子建、仲宣，偏美则太冲、公幹。

这段话有两点值得注意：一是无论四言、五言，在整个汉晋时期的诗人中，能"兼善"众美的，只有建安时期的曹植、王粲二人。一是在诗歌史上，五言诗的地位第一次得到了肯定。比之稍后的钟嵘，刘勰对五言诗的认识是有所不及的。钟嵘在《诗品序》中说："五言居文词之要，是众作之有滋味者也，故云会于流俗；岂不以指事造形,穷情写物,最为详切者耶!"这比刘勰对五言诗的特点肯定得更多,认识得更明确。但二家之论有一点是相同的:刘勰讲的"五言流调",也就是钟嵘的"会于流俗",这恰恰是肯定五言诗的一个基本点。

刘勰在《章句》篇曾说:"寻二言肇于黄世,《竹弹》之谣是也;三言兴于虞时,《元首》之诗是也;四言广于夏年,《洛汭》之歌是也;五言见于周代,《行露》之章是也;六言、七言,杂出《诗》《骚》……情数运周,随时代用矣。"这种明显的发展观点说明,刘勰对建安时期五言诗的大量出现,是看作诗歌发展演化的结果,"四言正体"不过为"五言流调"所"随时代用"而已。

从先秦到汉晋的传统观点,诗的正宗是四言。挚虞《文章流别论》颇具代表性:"古之诗,有三言、四言、五言、六言、七言、九言……然则雅音之韵,四言为正,其余虽备曲折之体,而非音之正也。"刘勰虽有这种传统观点的痕迹,但他对"四言正体"和"五言流调",曾无轩轾;《明诗》论诗,既以五言为主,二体相较,也主张"华实异用,惟才所安";作者写诗,无论四言、五言,雅润、清丽,均可"随性适分",并无高低之分。这样,刘勰虽仍奉四言诗为"正体",实际上是把五言诗提到和四言诗并列的地位。比之挚虞,也就可算一大进步了。

诗的另一形式乐府,建安时期也有新的变化。《文心雕龙·乐府》中对建安乐府有如下评论:

> 至于魏之三祖,气爽才丽,宰割辞调,音靡节平。观其"北上"众引,"秋风"列篇,或述酣宴,或伤羁戍:志不出于淫荡,辞不离于哀思,虽三调之正声,实《韶》《夏》之郑曲也。

这个评价虽然不高,但比之汉代的"《桂华》杂曲,丽而不经;《赤雁》群篇,靡而非典"等,说曹操等人的乐府不如古代最理想的《韶》《夏》,似也不为太低了。值得研究的是对三祖"宰割辞调,音靡节平"之评。范文澜注引《宋书·乐志》云:"《相和》汉旧歌也。丝竹更相和,执节者歌。本一部,魏明帝分为二。"认为"彦和所讥宰割辞调,或即指此"。这是否刘勰所指,颇有可疑。首先,紧接在"气爽才丽"之后说的"宰割"二句,寻其语气,当是称美,而非所讥;其次,明帝虽是"三祖"之一,在"三祖"中并无代表性,也很难用明帝分《相和》为二来概括"三祖"的创作活动;第三,刘勰所举具体作品,明明指曹操的《苦寒行》(其首句为"北上太行山")、曹丕的《燕歌行》(首句为"秋风萧瑟天气凉")等篇。所以,刘勰虽统称"三祖",主要是指建安时期的曹操、曹丕。吴兢在《乐府古题要解》中解《长歌行》说:

> 右古词。"青春园中葵,朝露待日晞。"言荣华不久,当努力为乐,无至老大乃伤悲也。曹魏改奏。文帝所赋"西山一何高",言仙道洪濛不可识,如王乔、赤松,皆空言虚辞,迂怪难信,当观圣道而已。……不与古文合。

曹丕的《长歌行》如此,曹操的名篇《薤露行》《蒿里行》等也是如此。所以,方东树后来总结说:"魏武帝《薤露》,叙汉末时事。……而《薤露》哀君,《蒿里》哀臣,亦有次第,前人未有言之者。"[1]不只这两首,方东树还说:"曹氏父子用乐府题而自叙述时事,自是一体。"[2]早在方东树之前的王士禛也讲过:"曹氏父子兄

---

[1] 《昭昧詹言》卷二。
[2] 《昭昧詹言》卷一。

弟,往往以乐府题叙汉末事。"①这些意见,都正确地总结了建安乐府的新特点,但均非创见。最早看出这一变化的仍是刘勰,虽然他讲的没有后人那样明确。

刘勰在《乐府》篇还曾讲到:"子建、士衡,咸有佳篇,并无诏伶人,故事谢丝管。俗称乖调,盖未思也。"这就更具体地讲到诗声之判了。黄叔琳对这段论述也有所评:"唐人用乐府古题及自立新题者,皆谓无诏伶人。"我们于此看到,建安时期的"声诗始判",对唐人乐府是有一定影响的。杜甫的"即事名篇,无复依傍"②和白居易的新乐府运动,是诗歌史上的重大发展,而建安时期的以古题乐府写时事,则是这一发展的桥梁,其重要作用,也是很值得注意的。

除了诗歌,建安时期的散文,也有其卓著的成就。除前已提及论说文的"师心独见,锋颖精密"外,这时的章表书记,也很著名。如《章表》篇所称:"琳、瑀章表,有誉当时,孔璋称健,则其标也。陈思之表,独冠群才。观其体赡而律调,辞清而志显,应物制巧,随变生趣;执辔有余,故能缓急应节矣。"曹植有一篇《诰咎文》,是对风雨之神为害于民的谴责。其序有云:"五行致灾,先史咸以为应政而作。天地之气,自有变动,未必政治之所兴致也。"显然是针对汉儒天人感应之说而发的。这篇文章确是建安文坛的又一"异采";而刘勰在《祝盟》篇对种种祝文进行了分析批判,最后才说:"唯陈思《诰咎》,裁以正义矣。"这就使其"异采"更为引人注目。

建安时期不仅各种重要文体,大都有了新的发展,一些来自

---

① 《带经堂诗话》卷四。
② 元稹《古题乐府序》。

民间的谐辞隐语，也为这时部分重要作者所重视。如"魏文因俳说以著《笑书》"；"自魏代以来，颇非俳优，而君子嘲隐，化为谜语。……至魏文、陈思，约而密之"（《谐隐》）。刘勰对这类作品虽然评价不高，但他提供的这些情况很能说明：在以曹氏父子为中心的建安文坛上，文学艺术已有了较为全面的发展，从曹丕、曹植也从事笑话、谜语的写作，说明这时的文坛，确有大异于前的光采。所有这些，也是建安文学取得新成就的重要原因。

三

建安时期最突出的"异采"，是出现了文学史上著名的"建安风骨"。

"建安风骨"一词，虽然晚到南宋后期才完整出现①，但如李白所说"蓬莱文章建安骨"（《宣城谢朓楼饯别校书叔云》），陈子昂所说"汉魏风骨"（《修竹篇序》），以及钟嵘所谓"建安风力"（《诗品序》）等，其含义都基本相同。而"建安风骨"这个概念的源头，却始于《文心雕龙》。"风骨"一词虽可追溯得更早一些，但用之于评论文学，仍以刘勰《风骨》篇为先。刘勰在《明诗》篇评论了建安诗作之后，曾讲到："晋世群才，稍入轻绮，张、潘、左、陆，比肩诗衢，采缛于正始，力柔于建安。"这个"力"，就指建安的"风骨之力"，和钟嵘所说"建安风力"意近。《风骨》篇有云："故练于骨者，析辞必精；深乎风者，述情必显：捶字坚而难移，结响凝而不滞，此风骨之力也。"上面所说"力柔于建安"的"力"，正是这个"风骨之力"的"力"。

---

① 《沧浪诗话·诗评》："黄初之后，惟阮籍《咏怀》之作，极为高古，有建安风骨。"

关于"风骨"的含义,上章第四节已有详说,这里没有必要细说,但有一点必须指出:通常所说的"建安风骨",是一个不可分割的完整概念,指的是建安文学总的特色。而《风骨》篇是《文心雕龙》创作论的一个组成部分,从论创作来说,有分别论述如何才有"风"、怎样才有"骨"的必要。当一篇作品完成之后,其"风骨"就是一个完整的统一体了。"建安风骨"概括一代文风,就更难分别何者为"风"、何者是"骨"了。上面说"力柔于建安"的"力",乃《风骨》篇"风骨之力"的"力",就是这个原因。李白说的"建安骨",并非排除了"风";钟嵘说的"建安风力",也不是没有"骨",都与"建安风骨"同义,也是这个原因;它们都是"建安风骨"或"建安风骨之力"的省称。明确这点,不仅对认识"建安风骨"的特色极为必要,也有助于对"风骨"含意的理解。

对"建安风骨"的论述,虽不如"风骨"问题长期纷争不已,但历来论者或据《风骨》篇解释,或从当时作品归纳,或据刘勰对建安文风的论述,也是颇有一些出入的。"建安风骨"这个概念既源于《文心雕龙》,则全面考察一下刘勰的有关论述,这对探明其本义是完全必要的。特别是"建安风骨"的意义被某些论者解释得越来越广泛(如现实主义精神之类)或狭窄(如悲凉慷慨之类)之后,探明其原意就更为必要。

以"悲凉慷慨"为"建安风骨"的主要特征,是一种较为普遍的看法。细究刘勰所论,此说虽不无道理,却似未抓住问题的实质或关键。《时序》篇讲得很清楚:"观其时文,雅好慷慨,良由世积乱离,风衰俗怨,并志深而笔长,故梗概而多气也。""梗概"即"慷慨",在这个"慷慨"里,固然不能排斥"悲凉"的因素,但关键却在"多气"二字。再看《明诗》篇所论,这问题就更为清楚了。其中说建安作家"并怜风月,狎池苑,述恩荣,叙酣宴,慷慨以任气,磊落以使才……此其所同也。"这里,也说"慷慨以任气"是建安作家的共同特色,但很明显,这个"慷慨"就没有"悲凉"之意了,却仍是和"任气"密不可分地连在一起的。据此,"慷慨任气"或"慷慨多气"是建安文学的重要特色,似已无庸置疑了。它是否即"建安风骨"的基本特征呢?这就不能不从刘勰的"风骨"论来考察了。既然称之为"建安风骨",当然不能离开"风骨"而缘木求鱼。《风骨》篇说:

> 故魏文称:"文以气为主,气之清浊有体,不可力强而致。"故其论孔融,则云:"体气高妙";论徐幹,则云:"时有齐气";论刘桢,则云:"有逸气"。公幹亦云:"孔氏卓卓,信含异气,笔墨之性,殆不可胜。"并重气之旨也。

论"风骨"而详列建安作家的"重气之旨",这与他一再讲建安作家的"多气""任气",当然不是无意的偶合。既然风骨以"气"为主,而建安文人又"多气"或"任气",因此,我们就可把"多气""任气"视为"建安风骨"的核心了。

所谓"气",本指作家的气质,表现于文而为清浊不同的"齐气""逸气""奇气"等。这种文气,和后世讲的艺术风格有相似之处,但它只强调作家主观气质的因素,和艺术风格不尽相同。至于《风骨》篇讲的"重气之旨",又侧重于作者主观的"志气""意气"。其中所说:"诗总六义,风冠其首,斯乃化感之本源,志气之符契也";"意气骏爽,则文风清焉",就是"文以气为主"的说明。建安作家"任气""多气"的"气",就包容这种丰富的内容。这就是说,随诗人气质而纵情抒发其情志,是构成"建安风骨"的关键。正因如此,这种"任气",是激昂慷慨的,是志深而笔长的,是对诗人们亲历目睹的"世积乱离,风衰俗怨"的真实反映,等等。

用"悲凉慷慨"来概括建安文学的时代风格是未尝不可的,但"悲凉慷慨"可否概括建安文学的主要特征,这里可存而不论,问题是即使这个概括完全正确,却不能用以代替或等同"建安风骨"。这应该是两回事。至少可以说,《风骨》篇提出的"风清骨峻"这一重要理想,绝非以"悲凉慷慨"为基本特征。所以,既谓"建安风骨",就不应忽略它的原意,而把今人对建安文学的认识强加到"建安风骨"的头上去。

今人对建安文学的认识,无疑比刘勰高明。但若把"悲凉慷慨"视为"建安风骨",何以解释建安文人的"洒笔以成酣歌,和墨以藉谈笑"?"稍入轻绮"的晋世群才,其"采缛于正始,力柔于建安",也是和"悲凉慷慨"了不相关的;在钟嵘的"孙绰、许询、桓、庾诸公诗,皆平典似道德论,建安风力尽矣"之中,更拒"悲凉慷慨"于千里之外。这都说明,强解古意,是任何高明的人也做不到的。

相反,如果遵循刘勰所论建安文人"任气""多气"之旨来看上举三例,自然就顺理成章了。"洒笔"二句,正是"任气"的具体表现;"采缛"与"力柔"对举,"力"正指以抒发个人志气为主的"风骨之力",这正是"稍入轻绮"的晋世群才远不及建安文人之处;东渡以后,玄风独扇,诗歌写成了《道德论》,其所"尽"者,正是建安文人那种强烈的诗人气质,以及由此而产生的激昂慷慨之情。

四

建安文学的成就,除当时涌现出大量现实主义的诗篇,真实地反映了汉末"风衰俗怨"的社会现实之外,它在文学史上的重要地位,还在于从此开始了"文学的自觉时代"。建安文学的这一重大意义表现在什么具体方面呢？鲁迅引曹丕《典论·论文》中的"诗赋欲丽"和"文以气为主"二句之后分析说："他（曹丕）说诗赋不必寓教训，反对当时那些寓训勉于诗赋的见解，用近代的文学眼光看来，曹丕的一个时代可说是'文学的自觉时代'，或如近代所说是为艺术而艺术的一派。"① 这主要是从文学摆脱儒学的束缚而独立发展的意义讲的。

刘勰并未直接提出建安文学如何由"六义附庸，蔚成大国"的论述，但他讲到的许多问题，对我们了解建安文学的"自觉"性，也是很有帮助的。首先是他具体而真实地说明了建安诗人无拘无束地自由抒发情志的创作情况。如"傲雅觞豆之前，雍容衽席之上，洒笔以成酣歌，和墨以藉谈笑"；"慷慨以任气，磊落以使才"等，都说明他们的纵情高歌，已无"寓训勉于诗赋"的任何痕迹，也看不出还有什么儒家思想的约束。和西汉文人的"匡谏之义，继轨周人"；东汉作者的"华实所附，斟酌经辞"（《时序》）等情况相比，就别是一番滋味了。

建安文人，为了自由而尽情地抒发自己的思想感情，置很多传统观念于不顾，有的不能不使宗经思想较浓的刘勰为之震惊而不能接受。仅以高唱"滔荡固大节，世俗多所拘。君子通大道，无愿为世儒"（《赠丁翼》）的曹植来看，刘勰曾多次讥弹其失：

> 陈思，群才之英也，《报孔璋书》云："葛天氏之乐，千人唱，万人和，听者因以蔑《韶》《夏》矣。"此引事之实谬也。（《事类》）

> 陈思之文，群才之俊也，而《武帝诔》云："尊灵永蛰。"

---

① 《魏晋风度及文章与药及酒之关系》。

> 《明帝颂》云:"圣体浮轻。"浮轻有似于胡蝶,永蛰颇疑于昆虫,施之尊极,岂其当乎?(《指瑕》)
>
> 陈思叨名而体实繁缓,《文皇》诔末,旨(百)言自陈,其乖甚矣。(《诔碑》)

曹植的《文帝诔》,以末尾百言表白自己,突破诔文的传统格式。这种突破,显然是作者为表达自己抑制不住的情感而造成的。"永蛰""浮轻"都近似昆虫的活动状态,曹植却大胆、随便地用之于尊极的帝王;《韶》《夏》是儒家膜拜的古乐典范,曹植却把"唱和三人"的葛天氏之乐夸大为"千人唱,万人和",使人蔑视《韶》《夏》。显然,这些都是建安文人反对"世俗多所拘"的实际行动,都是思想解放的具体表现。

伴随思想解放而来的文学自觉的必然表现,是上自帝王,下至广大文人创作热情的空前高涨。"魏武以相王之尊,雅爱诗章;文帝以副君之重,妙善辞赋;陈思以公子之豪,下笔琳琅";众多作家,或"综其斐然之思",或"展其翩翩之乐";或"纵辔以骋节",或"望路而争驱",这种积极主动的劲头,就充分表现了前所未有的"自觉"性。胡应麟所做统计,颇能说明建安文学昌盛之一斑:"自汉而下,文章之富,无出魏武者,集至三十卷,又逸集十卷,新集十卷。古今文集繁富,当首于此。陈思集亦五十卷,魏文二十三卷,明帝十卷。""繁钦、陈琳、王粲皆有集十卷。"而这以前,"西汉前无集名",两汉有集者寥若晨星,最多的"独孟坚集十七卷"[1]。这个鲜明的对比,充分显示了文学发展进入自觉时代的巨大活力。

正如顾炎武所说:"东汉之末,节义衰而文章盛"[2],建安文学

---

[1] 《诗薮·杂编》卷二。
[2] 《两汉风俗》,《日知录》卷十三。

的繁荣,和汉末以来儒学衰微、思想解放有着密切的联系。因思想解放,故写作大胆随便而无所拘忌;能纵情放歌,故兴致勃勃而热情高涨。这两个方面的结合,就形成了"清峻、通脱"的时代风格。刘勰所说:"慷慨以任气,磊落以使才。造怀指事,不求纤密之巧;驱辞逐貌,唯取昭晰之能:此其所同也。"这就正是"清峻、通脱"的建安特色。按鲁迅的解释:"通脱即随便之意",清峻"就是文章要简约严明的意思"。这两个方面的内在联系,就集中在"任气"二字上。"任气",就必然是文以气为主。从充分表达个人志气的要求出发,一方面势必突破种种传统观念的约束,而任其气之所至,随意抒写;一方面就"勿得浮华"①,"不求纤密之巧""唯取昭晰之能",也就是以简明扼要地表达志气为指归。

这样看来,建安文学的"自觉"性,便和建安风骨的基本特征——重气之旨有着内在的联系了。沈约论汉魏之际的文风三变,对我们认识这点或有启迪:"自汉至魏,四百余年,辞人才子,文体三变:相如巧为形似之言,班固长于情理之说,子建、仲宣,以气质为体,并标能擅美,独映当时。"②这个"气质",也就是作家个人独具的气质,和曹丕所讲的"文气"、刘勰所讲的"重气"的"气"是一致的。以作家的气质为基础而形成鲜明独特的艺术风格为汉魏间文学发展的一大变化,此论可使我们对建安文学的变化及其特点的认识,得到进一步的印证,即如上所说,建安文学的"自觉"性,和"慷慨多气"的特点是互为表里而不可分的。"任气"和"多气",是建安文学不同于前的主要特点,亦即其"自觉"性的重要标志。"彬彬之盛"的一代作家,既形成了"建安风骨"的时代

---

① 曹操语,见《文心雕龙·章表》。
② 《宋书·谢灵运传论》。

特色,每个作者又各各"以气质为体",出现了万紫千红的局面。建安文学的成熟、繁荣和自觉,这才是其主要标志。

刘勰在《才略》篇热情地颂扬了建安文人不同的才气、不同的成就,可录为本节作结:

> 魏文之才,洋洋清绮,旧谈抑之,谓去植千里。然子建思捷而才俊,诗丽而表逸;子桓虑详而力缓,故不竞于先鸣,而乐府清越,《典论》辩要,迭用短长,亦无懵焉。……仲宣溢才,捷而能密,文多兼善,辞少瑕累,摘其诗赋,则七子之冠冕乎!琳、瑀以符檄擅声,徐幹以赋论标美,刘桢情高以会采,应场学优以得文。路粹、杨修,颇怀笔记之工;丁仪、邯郸,亦含论述之美:有足算焉。

这段话很容易使人联想到《典论·论文》中的"王粲长于辞赋,徐幹时有齐气"等,两家所论,大旨相同。正如刘勰在《序志》中说的:"有同乎旧谈者,非雷同也,势自不可异也。"其不得不同的"势",就是建安文学的实际情况:作家各有不同的风格和不同的成就。如果建安文学有值得我们重视的历史经验,就不能不首先注意,怎样让众多的作者"各以气质为体",各自发挥其不同的特长。建安文坛之所以有它独特的成就而光照千古,正是在"崇文之盛世"中充分发挥了这个文学集团中每个成员的不同作用。

第二节　批评论和鉴赏论

文学艺术的批评与鉴赏,既有一定的区别,又有密切的联系。中国古代的文艺批评,更多是鉴赏式的批评,从对人物的品藻,到诗品、画品、书品、曲品等,都具有这种鲜明的特点。品评的实践既如此,总结其实践经验的批评、鉴赏论亦必如此。《文心雕龙》中有关这方面的论述虽遍及全书的许多篇章,但对文学批评、鉴赏的理论探讨,却集中于《知音》篇。本节即以《知音》篇为主,来研究刘勰的批评论和鉴赏论。

一

自孔子评《诗》以后,汉魏以降,如司马迁、班固、王逸等论《骚》,扬雄、王充等评赋,曹丕的《典论·论文》,到沈约的《宋书·谢灵运传论》等,文学评论之作已很多,但对文学批评作系统的理论研究,《知音》篇还是文学批评史上的第一篇专论。而这样的专论出现在齐梁之际,也是历史的客观要求。汉魏以来文学创作的繁荣,势必引起文学批评的繁荣。正如钟嵘《诗品序》所说:"观王公搢绅之士,每博论之余,何尝不以诗为口实,随其嗜欲,商榷不同。淄渑并泛,朱紫相夺,喧议竞起,准的无依。"这就是当时建立正确的批评理论的客观需要。

《文心雕龙》本以"言为文之用心"(《序志》)为主,其必设《知音》之专论,除上述当时的客观需要外,还因文学创作与批评欣赏有密切的关系。这种关系,亦为刘勰"知音"论的重要内容之一。《知音》的赞词有云:"良书盈箧,妙鉴乃订。"优良的作品虽已大量产生,但必待高明的鉴赏家才能评定。否则,让那些王公贵人在茶余饭后,"随其嗜欲",任意乱说,必然对文学创作产生不良影响。而在"喧议竞起"的大量无稽之谈中,刘勰所讲种种为文之术、立文之道,就会淹没无闻了。因此,他特地叮咛作者:"流郑淫人,无或失听!"这样的历史教训是深刻的。如《乐府》篇所说:

若夫艳歌婉娈,怨志诀(决)绝,淫辞在曲,正响焉生!然

> 俗听飞驰，职竞新异。雅咏温恭，必欠伸鱼睨；奇辞切至，则拊髀雀跃。诗声俱郑，自此阶矣！

这里虽然有保守思想的一面，但从齐梁时期的现实来看，刘勰反对"诗声俱郑"的倾向是不无道理的。雅正的作品使人昏昏欲睡，新奇的作品则使人高兴得拍着大腿跳跃。这固然是古今常理，说明读者、听众的爱好，对文学创作的发展倾向是有巨大力量的。任何作者不能不注意自己的读者对象，但是否随波逐流，为迎合"俗听"而"职竞新异"，并不是一切作者都能明辨自拔的。这就需要有正确的文学批评。

在刘勰的时代，还没有出现专业的文学批评家、鉴赏家。《知音》篇虽同样没有这种明确的意识，但其所期待的"知音"者，正是有一定修养的、正确的文学批评家、鉴赏家。其云："然而俗监之迷者，深废浅售，此庄周所以笑《折杨》，宋玉所以伤《白雪》也。昔屈平有言：'文质疏内，众不知余之异采。'见异，唯知音耳。"这种能"见异"的"知音"者，就是上面提到的"妙鉴"，就是刘勰所期待的批评家、鉴赏家。与"妙鉴"者相反的是谓"俗监"。这种"俗监"，就是当时"喧议竞起"的"王公搢绅之士"。由于他们人多势大而又"深废浅售"，就出现了传为宋玉所作《对楚王问》中讲的情形："客有歌于郢中者，其始曰《下里巴人》，国中属而和者数千人……其为《阳春白雪》，国中属而和者不过数十人。"[①]刘勰借以说明，高明的鉴赏者对文学创作是至为必要的。

《知音》篇对文学创作和批评鉴赏的关系，虽未作集中的正面论述，刘勰却耿耿于怀而三致意焉。《汉书·扬雄传赞》云："雄以

---

① 《文选》卷四十五。

病免,复召为大夫……钜鹿侯芭常从雄居,受其《太玄》《法言》焉。刘歆亦尝观之,谓雄曰:'空自苦!今学者有禄利,然尚不能明《易》,又如《玄》何?吾恐后人用覆酱瓿也。'"刘勰借此深为感慨地说:"酱瓿之议,岂多叹哉?"就是说,在当时"知实难逢"的情况下,看来刘歆担心扬雄的著作可能被人用来盖酱坛子,并非不必要的慨叹。当时的扬雄虽严肃认真地撰成《太玄经》,但无人能赏识,只不过"空自苦"而已。刘勰时期大量的"俗监"者,仍是"深废浅售",优秀的作品仍难免"覆酱瓿"的命运。正因如此,刘勰亟望建立正确的批评理论,出现高明的"知音"者。《知音》篇末的"知音君子,其垂意焉",正是这种心情的直接表露。

《知音》篇的首句便是:"知音其难哉!"认为"逢其知音,千载其一乎!"这样的开端,就表达了刘勰对出现文学批评家、鉴赏家的强烈愿望。这可说是时代的要求。在文学创作大量出现之后,在"喧议竞起"的随意妄评之中,是到了应该产生真正的文学批评家、鉴赏家的时候了。刘勰的这一要求,在批评史上是有其不可忽视的历史意义的。文学批评只有"知音"者才能胜任,应该让"知音"者取代"王公搢绅之士"的"喧议"。只有这样,才能改变"深废浅售"的局面,扭转"习华随侈,流遁忘反"(《风骨》)的创作趋势。《知音》篇即从这种要求出发,来论述怎样才能"知音"以及怎样才能成为"知音"者。

二

刘勰所讲"知音"之难有两个方面:一是"音实难知",一是"知实难逢"。知音者之千载难逢,根本原因还在"音实难知"。《知音》篇一起笔就大讲知音之难,确有危言耸听之意。从上述当时的具体历史情况来看,这样讲是有其必要而可以理解的。他以历史上三种实例以明"知实难逢":"故鉴照洞明,而贵古贱今者,二主是也;才实鸿懿,而崇己抑人者,班、曹是也;学不逮文,而信伪迷真者,楼护是也。"三例涉及五人,实际上概括了古来文评中存在的大量问题。"贵古贱今""崇己抑人""信伪迷真"是相当普遍的三种类型,且无论是识深、才大或学浅者,都难免于"贵古贱今"或"崇己抑人"等弊,是知真正的"知音"者,真是千载难逢了。

刘勰所举三种类型的具体人物,有上及至尊的秦皇、汉武,下及"博徒"的楼护,也有文学名家班固、曹植。其特选这三种人物恐非偶然,除以示"鉴照洞明""才实鸿懿""学不逮文"的大小人物都未必能成为"知音"者之外,从刘勰对楼护之评:"彼实博徒,轻言负诮,况乎文士,可妄谈哉?"可以看出,其对文学批评的重视中,既有文学批评的严肃性,亦有文学批评非任何人皆可"妄谈"之意。当时之所以"知实难逢",就由于还没有懂得文学批评、具有必要的修养的"知音"者。

无论是知深、才大或学识不足的人,其所以不能都是文学批评家、鉴赏家,就因为文学的批评、鉴赏有自己的独特性,这种独特性未必是秦皇、汉武所已掌握的。《知音》篇重点论述的"音实难知",就是指这种独特性。其云:

> 夫麟凤与麏雉悬绝,珠玉与砾石超殊。白日垂其照,青眸写其形,然鲁臣以麟为麏,楚人以雉为凤,魏氏(民)以夜光为怪石,宋客以燕砾为宝珠。形器易征,谬乃若是,文情难鉴,谁曰易分?夫篇章杂沓,质文交加,知多偏好,人莫圆该。慷慨者逆声而击节,酝藉者见密而高蹈,浮慧者观绮而跃心,爱奇者闻诡而惊听。会己则嗟讽,异我则沮弃,各执一隅之解,欲拟万端之变,所谓"东向而望,不见西墙"也。

文学批评或鉴赏的对象是文学作品,它是通过艺术形象来表达作者的思想感情,其独特性便由此产生。刘勰用"形器易征"和"文情难鉴"相较来说明其特征,正突出了文学艺术的抽象性。鉴定抽象的东西,难于具体实在的形器,这是很简单的道理。麒麟、凤凰、獐、野鸡、珠玉和碎石块,是差异很大的实在之物,古人犹或以麟麟为獐,或以野鸡为凤凰,或以美玉当怪石,或以碎石当珠宝,要正确地鉴别抽象的"文情"就更不容易了。"文情"是什么?它不仅非具体实在的"形器"可比,且"情数诡杂",多种多样而又变化无穷。《隐秀》篇说:"心术之动远矣,文情之变深矣。"《定势》篇说:"情致异区,文变殊术。"刘勰讲"文情难鉴",正是就其千变万化的复杂情况而言。

　　抽象与复杂,还只是对批评、鉴赏的对象而言;又因批评、鉴赏的对象是"文情",而批评者、鉴赏者又是有情的人;客观的情和主观的情之间的关系,构成文学批评与鉴赏的又一重要独特性。判断一块燕砾是石或玉,其是非完全决定于对象本身;文学艺术的鉴赏与批评,就和鉴赏者、批评者主观的情分不开了。这又可大别为两种情形:一是"知多偏好,人莫圆该";一是"会己则嗟讽,异我则沮弃"。这两种情形都源于批评、鉴赏者的主观因素,但由不同的爱好而造成的"人莫圆该",侧重于主观能力的限制,难以全面胜任对各种不同作品的品鉴,这和曹丕所说"文非一体,鲜能备善"意近。以是否合于自己的胃口而决定取舍,判断高低,就近于曹丕的所谓"各以所长,相轻所短"了。这两种情形在实践中或互有联系而相融,或发展为两个不同的极端而相背,都不能客观正确地衡量作品。这就更增加了文学批评或欣赏的复杂性、独特性。刘勰强调的"音实难知",还有"篇章杂沓,质文交加"等,但最重要的就是上述两个方面。由此可见,刘勰对文学批评、鉴赏的特殊规律,是有较为深刻的认识的。他还认识不到"文情"和品鉴者的社会性、阶级性等,但文学批评史上出现的第一篇批评鉴赏专论,以上认识是难能可贵的。而刘勰强调"音实难知",意在引起注意这些特点,掌握这些特殊规律,以避免主观性和"轻言负诮",这对古代批评、鉴赏理论的发展,是有重要贡献的。

三

刘勰讲"音实难知"的目的,实为促成真正的"知音"者的出现,从而有正确的文学批评与文学鉴赏。正确的批评鉴赏能否建立起来呢?他是毫不怀疑的。故云:

> 夫缀文者情动而辞发,观文者披文以入情;沿波讨源,虽幽必显。世远莫见其面,觇文辄见其心。岂成篇之足深?患识照之自浅耳。夫志在山水,琴表其情,况形之笔端,理将焉匿?故心之照理,譬目之照形,目瞭则形无不分,心敏则理无不达。

按照此论,便可谓"音必能知"了。《吕氏春秋·本味》中讲到一个故事:"伯牙鼓琴,钟子期听之。方鼓琴而志在太山,钟子期曰:'善哉乎鼓琴,巍巍乎若太山。'少选之间,而志在流水。钟子期又曰:'善哉乎鼓琴,汤汤乎若流水。'"《知音》的篇题即本此意。鼓琴者想到太山或流水的形象,便在琴声中反映出来,懂音乐的人便可从琴声中听出鼓琴者"志在山水"。刘勰借此理以喻文学批评、鉴赏:"夫志在山水,琴表其情,况形之笔端,理将焉匿?"既能从琴声中辨识鼓琴者的思想感情,则言为"心声",书为"心画",形之于笔墨的作品,作者的心情就不能隐藏而可识别了。这就是"音必能知",正确的批评鉴赏完全可以建立的道理。

就文学本身来说，文学创作是"情动而辞发"，文学批评鉴赏则是"披文以入情"。"披文"的"文"指文辞，和"辞发"的"辞"同义。刘勰从文学创作和文学品鉴的联系与区别上，发现了文学批评鉴赏的基本原理，就是通过作品的文辞以深入其思想内容。既如此，则"沿波讨源，虽幽必显"。这个很简单但却是最根本的道理，说明虽然"文情难鉴"，却是可鉴的。正如《练字》篇所说："心既托声于言，言亦寄形于字"，语言文字是表达思想的符号；又如《体性》篇所论："气以实志，志以定言，吐纳英华，莫非情性"，作者的情志是决定语言的根本。故循着作品的文辞去探讨作者的思想感情，就如"沿波讨源"，是"虽幽必显"的。

但"披文"可以"入情"，只是在理论上说明文学的批评鉴赏是可能的。从上述文学批评鉴赏的独特性来看，刘勰所论"音实难知"的主客观两个方面，批评鉴赏者的主观条件更为重要。认识到品鉴对象的抽象性、复杂性和"披文入情"的基本原理，这固然必要，但不仅这种认识本身实际上是一个由客观转化为主观的过程，且一个人能否认识这些，亦决定于其主观条件。如刘勰所说："目瞭则形无不分，心敏则理无不达"，一个人不具备"目瞭""心敏"的条件，他就不可能"照形""照理"。正因文学批评鉴赏的对象至为复杂而"人莫圆该"，它对品鉴者的主观条件就要求更高。《知音》篇提出的基本要求是：

> 凡操千曲而后晓声，观千剑而后识器，故圆照之象，务先博观。阅乔岳以形培塿，酌沧波以喻畎浍。无私于轻重，不偏于憎爱，然后能平理若衡，照辞如镜矣。

"平理若衡"是求其公正，"照辞如镜"是求其准确。对文学艺术的品鉴，要做到像天平一样公正，像照镜子那样准确，实际上是任何时候也不可能的。但对品鉴者提出这样的要求是应该的,品鉴者也应该按照这种严格要求来努力。怎样实现这种要求呢？刘勰提到两个方面：一是批评鉴赏者的修养,一是批评鉴赏者的态度。

"操千曲而后晓声",是要有丰富的创作实践经验。创作的甘苦,是毫无实践经验的人所难理解的,要成为创作的知音者,就必须"操千曲"。这和《议对》篇所讲"郊祀必洞于礼,戎事必练于兵,田谷先晓于农,断讼务精于律"等,正是一个道理。"观千剑而后识器",则是要阅读过大量的文学作品,才能鉴识文学作品,就如必须接触过大量的刀剑才能识别兵器。刘勰提出的"圆照之象,务先博观",既是由"操千曲""观千剑"之理而来,则所谓"博观",就不能仅仅是大量地观看阅览了。一般的观览,就很难达到"晓声""识器"的目的；对"文情难鉴"的文学作品来说,一般的走马观花,仍是虽多无益的。汉人对《离骚》的评论,《辨骚》篇进行了这样的批评："褒贬任声,抑扬过实,可谓鉴而弗精,玩而未核者也。"其褒贬抑扬之不当,就是由于鉴赏玩味的粗枝大叶造成的。评论的"弗精""未核",自然与平素的"博观"不同,但有密切的联系,如果一向观赏作品都"弗精""未核",是不能成其为高明的知音者的。正因如此,刘勰不仅要求"观千剑",而且要求"操千曲"。实际上,"操""观"互文,应该结合起来理解；而他所讲的"博观",要求的是广泛地观察研究。只有这样,才可谓之"圆照之象"。

刘勰对文学批评、鉴赏者的素养,只强调了"圆照之象,务先博观",当然是不全面的。但据上述"博观"之义的实质,仍可说他已抓住了问题的关键。在当时"喧议竞起"的情况之下,主要问题是"莫不以诗为口实"的大量"喧议"者,是不是文学作品的"知音",也就是说,他们懂不懂文学,是不是文学批评鉴赏的行家里手。倘能有大量创作实践而又有广泛阅读研究文学作品的素养,便堪称文学艺术的"知音"者了。

至于批评鉴赏的态度,刘勰要求"无私于轻重,不偏于憎爱",主要针对"崇己抑人""会己则嗟讽,异我则沮弃"等恶习而言。一个批评者、鉴赏者,虽有良好的文学素养,但态度不公正,有意党同伐异,崇己抑人,则偏见甚于无知,其于文学事业的危害更大。对这样的"批评家""鉴赏家",只憾刘勰没有给以狠狠地批评。但偏见与偏好是有区别的。执偏见者是出于某种不光彩的目的而"私于轻重""偏于憎爱";偏好者是"知多偏好,人莫圆该"。一向偏好诗歌的评论家,就未必能评论好散文;性情慷慨的鉴赏家,就未必欣赏含蓄蕴藉之作。所以,偏好者是素养不够,偏见者是态度不公。这里存在一个小问题:刘勰对"慷慨者逆声而击节,酝藉者见密而高蹈"等,一概加以否定,或以为和他自己主张风格多样化不协。这也是应该加以区别的。对于创作,刘勰确是赞成"各师成心,其异如面"(《体性》)。文学批评与此不同,它的任务是"平理若衡,照辞如镜",即客观准确地评价作品。因此,批评家、鉴赏家只有如实地衡量对象的任务,而无把自己的偏爱强加给对象的权利。如果批评者、鉴赏者可以"会己则嗟讽,异我则沮弃",就不可能"平理若衡,照辞如镜"。这说明,刘勰反对"慷慨者逆声而击节"等,是对批评家、鉴赏家的素养和态度都有更高的要求。

四

批评鉴赏者的素养和态度,是做好文学批评鉴赏的根本,但要解决"文情难鉴"的困难,还须有较为具体的途径可循。为此,刘勰继而提出了"六观"。其文云：

> 是以将阅文情，先标六观：一观位体，二观置辞，三观通变，四观奇正，五观事义，六观宫商。斯术既形，则优劣见矣。

研究"六观"，应首先明确刘勰何以要提出"六观"。"准的无依"的情形，在当时的文学评论中确是存在的，刘勰的"先标六观"是否对此而发，《知音》篇并未论及这方面的问题，也就难以断言他是针对"准的无依"而提出的。其较为直接的说法，是为了"将阅文情"而"先标六观"。怎样"阅文情"，正是刘勰"知音"论的主要思想。而"文情难鉴"，更是本篇力图解决的关键问题。"六观"即为解决"文情难鉴"而设，这是十分明确的，因"是以将阅文情，先标六观"的原话，不容任何误解。再根据刘勰论文学批评鉴赏的基本原理："观文者披文以入情"，"六观"的性质就很清楚了。"披文以入情"，就是"先标六观"以"阅文情"，所谓"沿波讨源，虽幽必显"，亦即此理的形象之喻。"位体""置辞""通变""奇正""事义""宫商"六项，无论怎样解释，它本身多属表现形式，正是"披文以入情"的"文"，则"先标六观"乃"披文以入情"的方法、途径甚明。刘勰谓之："斯术既形，则优劣见矣"，更径称"先标六观"为"斯术"，可见他自己正是作为方法提出来的。

正确的批评鉴赏方法能付诸实行，自然优劣可见。而"六观"对解决"文情难鉴"问题，在当时仍不失为可行之"术"。刘勰所讲"文情难鉴"，如上所述，主要指文学作品的抽象性而言，由"六观"以披文入情，则是化抽象为具体，由纯凭主观爱憎而作客观的解剖。既然标此"六观"，就不能不全面考察作品各个方面的实际。这对毫无所据的信口雌黄，自然是一大进步。尤当注意的是，刘勰"先标六观"的目的，是为了"阅文情"，故要观察的六个方面虽多属表现形式,并非止于形式。刘勰有明确的认识:"联辞结采,将欲明经(理)"(《情采》),形式的运用是为了表明情理。因此,他主张对"位体""置辞"等的察看,不是孤立地看其对"体"的安排、"辞"的运用等,而是观其所表达的情理,和这些形式能否很好地表现情理。

对"六观"的具体理解,各家略有不同。范文澜注为:"一观位体,《体性》等篇论之。二观置辞,《丽辞》等篇论之。三观通变,《通变》等篇论之。四观奇正,《定势》等篇论之。五观事义,《事类》等篇论之。六观宫商,《声律》等篇论之。大较如此,其细条当参伍错综以求之。"[1]后来研究者对此解虽还有部分不同意见,但大都受其启发,从《文心》各有关篇章的论述"参伍错综以求之",这对了解"六观"的具体内容是大有助益的。如"二观置辞",除《丽辞》篇所论"体植必两,辞动有配""理圆事密,联璧其章"等之外,如《宗经》篇的"辞亦匠于文理""辞约而旨丰";《风骨》篇的"辞之待骨""析辞必精";《情采》篇的"辞者理之纬""联辞结采,将欲明理";《物色》篇的"辞以情发""一言穷理""两字穷形"等等,都是刘勰对"置辞"的要求,也都是"二观置辞"所要考察的内容。仅此例可知,"六观"的内容是丰富的,并确可由此"披文以入情"。

范注"六观",如谓"三观通变,《通变》等篇论之",其下各项所举"论之"之代表性篇目,都大体近是。但如上例,《丽辞》之于"置辞",便觉未得其要。"一观位体",是否以《体性》篇为主,亦殊有可疑。《体性》篇为风格论,观其如何"位"风格,就显得"位"字不当。按任何作品的风格,无不是"情动而言形,理发而文见,

----

[1] 《文心雕龙注·知音》注九。

盖沿隐以至显,因内而符外"的自然形成,在一篇作品中任意安置("位")某种风格的可能性是有限的。所谓风格,主要是作家风格,作家的风格一旦形成,就"器成彩定,难可翻移"(《体性》),作者在具体创作中,便欲"位"之亦云难矣。在品鉴作品中,考察其风格如何,自然是可以的,应该的,但不会称之为观"位体"。

"体"字在《文心雕龙》用作专门术语指风格,但在《体性》篇之外,则多指作品的体制、体裁、本体、主体等。除《知音》篇外,"位体"二字合用的还有《熔裁》篇的"设情以位体"。此说和《定势》篇的"因情立体"意近。"位体"和"立体"均非对风格的安排,而是指确立作品的体制或体裁。"六观"之一的"位体",也应指对体制、体裁的安排而言。"六观"是"披文以入情"的方法,反证以"设情以位体"和"因情立体",也正可由其所"位"所"立"之"体"而"入情"。至于风格,它是由作者的"才""气""学""习"凝结而成的个性决定的,观察作品的风格以求它所表达的情,就是缘木求鱼,不可能"披文以入情"了。

由于《知音》篇是关于文学批评鉴赏的专论,一般研究者很容易对它提出一个要求:既是一篇专论,就应该有批评鉴赏的标准。因而长期以来,"六观"被视为刘勰的批评标准。这种见解近年来已为多数研究者所否定,但也仍有一些研究者坚持"六观"为六条标准。

按照今天的文艺理论结构,批评论是应该有批评标准的。但如上所述,刘勰的"六观"是"披文以入情"之"术",并未提出衡量优劣的标准。"位体""置辞"等,并无任何质或量的规定,只是要求全面观察的六个方面。联系各有关篇章的论述来认识"六观"是应该的,在有关论述中确也有一些相应的要求。但若作为标准来看,"六观"既不全面,又非任何六篇的要求所能范围。每一项都涉及多篇的多种要求,倘是标准,也是无法掌握的标准。所以,没有必要把《知音》篇视为一篇完全独立的批评论;刘勰并未讲批评标准,就不必在《知音》篇中强求。应该把《文心雕龙》全书视为一个整体,须从这个整体中,才能看到刘勰全面的批评论。刘勰虽未在其他篇内提出批评标准,但"文之枢纽"中提出的基本文学观点是贯穿全书的。《知音》篇就既不能违背全书的基本观点,也不应另立什么批评标准。"本乎道,师乎圣,体乎经"是全书立论的总观点,总原则,也是刘勰评论一切作家作品的总观点,总原则。除此之外,《文心雕龙》中别无批评标准。

五

文学批评和文学鉴赏的关系,就今天的观点来看,二者既有联系又有区别。文学批评侧重于理性的判断,但须以文学鉴赏为基础;文学鉴赏侧重于感性的审美活动,但也要自觉不自觉地做出一定的审美判断;文学批评要求批评者冷静、客观地分析解剖作品的各个方面,却有不可避免的主观性、片面性;文学鉴赏容许欣赏者凭自己的热情、兴致,对作品的某一侧面加以突出,从而满足自己的审美享受,但也不能不受一定的社会意识的约束,其所赏析还须为较多的人所能接受。文学批评是进行严肃的科学评价,文学欣赏则须进行艺术的再创造。但批评者也应深入形象,"披文入情",体察作者的隐微曲折之心,科学评价才从而可得;鉴赏者亦不容"以夜光为怪石",或"以燕砾为宝珠",最基本的事实是必须尊重的。这样的异同还多。总之,批评与鉴赏二者既不等同,又难截然独立为二。

文学批评与文学鉴赏的这种复杂情况,一千五百年前的刘勰是不可能认清的。今人读《知音》篇,或以为是批评论,或以为是鉴赏论,或以为既是批评论,也是鉴赏论,正是由于二者有密切的内在联系,而刘勰对其联系和区别尚无明确认识。所以,对《知音》篇的性质,可以作这样简单的回答:是知音论。因当时的理论水平、刘勰所论的原貌,都以批评、鉴赏为一。以今人的观点来看,既然批评与鉴赏有密不可分的一面,而《知音》篇正是把二者紧密结合起来论述的,则称之为古代的文学批评论或鉴赏论都是可以的。

值得注意的,正是刘勰把文学批评和鉴赏十分自然地结合成一篇完整的"知音"论。这一结合竟使今人难解难分,正说明刘勰已相当准确地把握了文学批评和鉴赏的固有特征。纯理性的剖析判断,而不"披文以入情";或全凭主观感情,"会己则嗟讽,异我则沮弃",都难以做到正确、深入地评价文学作品。刘勰注意到"文情难鉴"的特点,故提出"六观",要求对作品进行具体剖析;他强调"无私于轻重,不偏于憎爱",反对主观感情,却又主张"披文以入情",并且是以读者的心去观照作者所表达的情理:"心之照理。"刘勰主张对作品应作纯客观的理性判断:"平理若衡,照辞如镜",但又重视鉴赏者主观的审美活动。《知音》篇的最后特地讲到:

> 夫唯深识鉴奥,必欢然内怿,譬春台之熙众人,乐饵之止过客。盖闻兰为国香,服媚弥芬,书亦国华,玩泽(绎)方美。知音君子,其垂意焉。

春天登上楼台欣赏美景,是分外宜人的;美好的音乐和食物,可使过往行人停下步来。刘勰用这种滋味来形容文学鉴赏中所得"欢然内怿"的享受。这种享受就是美的享受了。但这种享受的获得,不仅只有"深识鉴奥"者才有可能,还须鉴赏者善于对作品进行细细玩味。这就和兰花一样,它本身虽是国色天香,必须有人佩带和爱好,它才更加芬芳。"书"(文学作品)也是如此,它虽是国家的英华,必须读者细加玩味,才能领略其中的甘美。"披文入情"是文学欣赏的特殊途径,"玩绎"则是"披文入情"的特殊方法。只有通过鉴赏者的"玩绎",才能"入情";只有"入情",鉴赏者才能得到"欢然内怿"的享受。而"玩绎"的过程,也就是实现艺术再创造的过程。因为在细细"玩绎"之中,不仅鉴赏者深入接触、体味到了作者之情,鉴赏者自己也"入情"其中了。两情相融而引起某些联想,联想中自然会有某些补充和丰富,艺术的再创造便由此实现了。"春台之熙众人,乐饵之止过客"的滋味亦由此而生。

所谓"知音",只有这样的"深识鉴奥"者,"玩绎"而"入情"者,才是真正的"知音"。文学批评和文学鉴赏应该密切结合,虽然未必是刘勰的明确认识,但由于他基本上把握了文学批评或鉴赏的独特性,故能兼顾并论,正体现了文学史上第一篇文学批评鉴赏论的重要成就。而批评和鉴赏的适当结合,也是古代文论中值得发扬的好传统。

第三节　作家论

《文心雕龙》的作家论集中于《才略》《程器》两篇,但分散在各有关篇章的评论甚多,全书共论及先秦以来的作家二百多人。在文体论部分,是对各家作品的分体评论;在创作论部分,则对各家构思的特点、不同的艺术风格,以及各种艺术方法、修辞技巧的运用等进行不同程度的论述;在批评论部分,则分别论述了各家的文学才能和道德品质等。这些不同角度的论述,有的本身并非作家论,但把所评作家的各个方面集中起来,便可构成许多相当全面的作家论。所以,《文心雕龙》中作家论的资料是十分丰富的,本节只能对其作家论的全面性和《才略》《程器》两篇专论略加探讨。

一

《文心雕龙》中论及二百多位作家,大都论及其人其文的多种情况。其中论述较多、较全面的有屈原、司马相如、扬雄、班固、张衡、曹植、陆机等。这些作家,全书论及都在二十篇次以上,尤其是扬雄,多达三十六次。现即以扬雄为例,考察刘勰对他的全面论述。

扬雄是刘勰较为敬重的一位汉代学者和作家,以至在《宗经》篇亦称:"扬子比雕玉以作器,谓五经之含文也。"借用扬雄的话来论证儒家经书具有文采,显然是以之为权威性的意见。多数研究者都认为刘勰的"原道""征圣""宗经"思想来自扬雄,《文心雕龙》中引据扬雄之论也确乎不少。但刘勰对扬雄的评价并不都是很高的。《才略》篇评其文才云:"子云属意,辞人最深,观其涯度幽远,搜选诡丽,而竭才以钻思,故能理赡而辞坚矣。"其作品内容深刻而丰富,文辞诡丽而有力,自然是"衔华而佩实"的理想作家了。但《程器》篇论其为人便有所不满了。一则云:"扬雄嗜酒而少算";再则云:"彼扬、马之徒,有文无质,所以终乎下位也。"按"有文无质"紧承"安有丈夫学文,而不达于政事哉"而来,则"质"当指政事能力,"有文无质",空头文人也。当时还没有专业作家,故虽不该求全责备,刘勰之评并不为过。值得考虑的是何谓"少算"?范注引《汉书·扬雄传》:"家产不过十金,乏无儋石之储,晏如也。"而谓"彦和谓其少算,岂指是与"?又引《颜氏家训》云

"扬雄德败《美新》"①。家贫少算似不足以论文士之品德,安贫守贱本是古代文人的美德,刘勰岂能据其"晏如也"的态度讥为"文士之疵"?故当以《家训》所指"德败《美新》"为"少算"。《文选·剧秦美新》注引李充《翰林论》云:"扬子论秦之剧,称新(王莽篡汉建"新")之美,此乃计其胜负,比其优劣之义。"李善云:"王莽潜移龟鼎,子云进不能辟戟丹墀,亢辞鲠议,退不能草玄虚室,颐性全真,而反露才以耽宠,诡情以怀禄,'素餐'所刺,何以加焉!"②此评虽然过分,但《剧秦美新》一文,确是扬雄的"少算"之作。这就说明,刘勰对扬雄之评,是"无私于轻重,不偏于憎爱"的,全书许多评论,其褒贬杂居者,正是当褒则褒,当贬则贬。

刘勰论及扬雄的作品甚多。如《诸子》等篇评其《法言》;《诠赋》《夸饰》等篇评其《甘泉赋》;《颂赞》篇评其《赵充国颂》;《铭箴》《事类》等篇评其《百官箴》;《诔碑》篇评其《元后诔》;《哀吊》篇评其《反离骚》;《杂文》篇评其《连珠》《解嘲》;《封禅》篇评其《剧秦美新》;《书记》篇评其《答刘歆书》;《通变》《夸饰》等篇论其《羽猎赋》等。以上论及扬雄各体作品十馀种,和《文选》相较,只《长杨赋》一篇没有论及,但《法言》和《百官箴》《元后诔》《反离骚》《连珠》《答刘歆书》等,均《文选》所未收。对扬雄作品的评论,在历史上最全面的就是刘勰了。

对以上作品的评价,自然是有高有低,褒贬不一。如论其赋:

《诠赋》:汉初词人,顺流而作。陆贾扣其端,贾谊振其绪,枚、马同其风,王、扬骋其势。……子云《甘泉》,构深玮之风;延寿《灵光》,含飞动之势:凡此十家,并辞赋之英杰

---

① 《文心雕龙注·程器》注三。
② 《文选》卷四十八。

也。……然逐末之俦,蔑弃其本,虽读千赋,愈惑体要。遂使繁华损枝,膏腴害骨,无贵风轨,莫益劝戒。此扬子所以追悔于雕虫,贻诮于雾縠者也。

《通变》:扬雄《校猎》云:"出入日月,天与地沓。"张衡《西京》云:"日月于是乎出入,象扶桑于濛汜。"此并广寓极状,而五家如一。

《夸饰》:自宋玉、景差,夸饰始盛。相如凭风,诡滥愈甚。……及扬雄《甘泉》,酌其余波,语瑰奇则假珍于玉树,言峻极则颠坠于鬼神。……又子云《羽猎》,鞭宓妃以饷屈原;张衡《羽猎》,困玄冥于朔野。娈彼洛神,既非罔两;惟此水师,亦非魑魅,而虚用滥形,不其疏乎?

这些以评扬雄有代表性的《甘泉赋》《羽猎赋》(《校猎》亦指《羽猎赋》)为主,也兼及扬雄在汉赋发展中的成就、作用、地位和态度等。刘勰认为,扬雄是汉代十家"辞赋之英杰"之一,对汉赋的"广寓极状""夸张声貌",扬雄不是"诡滥愈甚"者,只是"酌其余波"以"骋其势"的继承者,后来又"追悔于雕虫"而"壮夫不为"了。因此,刘勰对扬雄的辞赋创作,是和"逐末之俦"的"繁华损枝,膏腴害骨"区别对待的。对其《甘泉赋》的"构深玮之风",以及"语瑰奇则假珍于玉树,言峻极则颠坠于鬼神"等艺术夸张,都是肯定的。但对《羽猎赋》中"出入日月,天与地沓"等描写,则有所不满,因为和汉人其他类似描写相同,以至"五家如一"(参看第六章第五节《通变论》)。至于《羽猎赋》中"鞭洛水之宓妃,饷屈原与彭胥"等话,刘勰认为宓妃不是什么鬼怪,如此"虚用滥形"是太粗疏了。这一批评显然是不正确的。"鞭宓妃"云云,不过是借物寓意的一种艺术描写,根本不存在什么虚实真伪的问题。《汉书补注》引朱一新曰："即《甘泉赋》'屏玉女而却宓妃'之意。'饷屈'云云,言当求贤以自辅也。"①这种用意是可能的。刘勰失察而以为有违义理,只是"欲夸其威而饰其事",却忘了他自己论赋的一般规律是"体物写志"。

以上说明,刘勰对扬雄的辞赋创作,有褒有贬,有正确的,也有不正确的。正如《知音》篇所说的批评者"人莫圆该",全部正确的评论是不容易的。但刘勰按照他的主观努力,认为该肯定则肯定,当批评则批评,而不是好便一切皆好,坏便全部皆坏。针对具体作品的具体情况作不同的评价,这是刘勰评论一切作品的总原则。论扬雄的赋是如此,评扬雄的其他作品也是如此。如《杂文》篇之评:"扬雄覃思文阔(阁),业深综述;碎文琐语,肇为《连珠》,其辞虽小而明润矣。"又说:"扬雄《解嘲》,杂以谐谑,回环自释,颇亦为工。"《书记》篇云:"观史迁之《报任安》……子云之《答刘歆》,志气盘桓,各含殊采;并杼轴乎尺素,抑扬乎寸心。"这里,即使是一些小巧殊采,也做了适当的肯定。但对其不足之处,亦必如实指出。如《诔碑》篇的:"扬雄之诔元后,文实烦秽";《哀吊》篇的:"扬雄吊屈,思积功寡,意深文略(反骚),故辞韵沉膇。"

对扬雄的某些理论见解,刘勰也是有的赞同,有的并不赞同。如《书记》篇引《法言·问神》中的:"言,心声也;书,心画也。声画形,君子小人见矣",而据以论"书"。它如《声律》篇的"声画妍蚩",《练字》篇的"声画昭精"等,亦取其意。但如《辨骚》篇论《骚》:"扬雄讽味,亦言体同《诗》《雅》",刘勰就认为是"褒贬任声,抑扬过实,可谓鉴而弗精,玩而未核"者之一。

刘勰对扬雄只是从各种不同角度予以分别评论,而没有给以

---

① 王先谦《汉书补注·扬雄传上》。

总的评价。但据上述各个方面,从扬雄的文才、品德到各种作品的得失,再加上《神思》篇所论其构思情况:"扬雄辍翰而惊梦……虽有巨文,亦思之缓也";《体性》篇论其风格特点:"子云沉寂,故志隐而味深";除上面已讲到过的《通变》《夸饰》等篇的有关论述外,又如《丽辞》篇的:"自扬、马、张、蔡,崇盛丽辞,如宋画吴冶,刻形镂法,丽句与深采并流,偶意共逸韵俱发。"《比兴》篇的:"至于扬、班之伦,曹、刘以下,图状山川,影写云物,莫不纤(织)综比义,以敷其华,惊听回视,资此效绩。"《事类》篇的:"及扬雄《百官箴》,颇酌于《诗》《书》……夫以子云之才,而自奏不学,及观书石室,乃成鸿采。"《练字》篇的:"扬雄以奇字纂训,并贯练《雅》《颂》,总阅音义"等,则扬雄的全人,亦可知矣。

  刘勰对扬雄的评述,从作家论的角度看,不仅相当全面,且突出了他的主要特点和成就。《体性》篇说扬雄性格沉寂,所以其作品"志隐而味深"。这和《汉书·扬雄传》所载完全相符:"雄少而好学,不为章句,训诂通而已……口吃,不能剧谈,默而好深湛之思,清静亡为,少耆欲。"刘勰对扬雄的一系列评论都以此为中心,并鲜明地突出了这一特点。上面所引其文才的"辞人最深""涯度幽远",其《甘泉赋》的"深玮之风",其"覃思文阁,业深综述",以及构思之缓慢,甚至因着意求深,以至造成"辞韵沉膇"的弊病等,无不是其"志隐而味深"的反映。此外,如《练字》篇引曹植的话:"扬、马之作,趣幽旨深,读者非师传不能析其辞,非博学不能综其理",然后论云:"岂直才悬,抑亦字隐",又从用字方面说明了扬雄之作"趣幽旨深"的特点。甚至在《知音》篇,刘勰也讲到:"扬雄自称心好沉博绝丽之文,其(不)事浮浅,亦可知矣。"以上种种,从各个方面说明了扬雄之作的主要特点,给人的印象是鲜明的。

扬雄确是说过他"心好沉博绝丽之文"①,他的作品不仅有深沉的特点,也确有追求"绝丽"的一面。刘勰亦未忽略这点。《辨骚》篇说:自屈、宋以后,"枚、贾追风以入丽,马、扬沿波而得奇",扬雄的赋,"语瑰奇则假珍于玉树,言峻极则颠坠于鬼神",就真有"惊听回视"之奇了。值得注意的还在于,扬雄不仅仅是"沿波而得奇",或"酌其余波",也有一些新的发展。如文体方面:"至扬雄稽古,始范《虞箴》,作卿尹、州牧二十五篇。"(《铭箴》)"扬雄……肇为《连珠》"(《杂文》)等。在表现方法上,如"自扬、马、张、蔡,崇盛丽辞"(《丽辞》),"雄、向以后,颇引书以助文"(《才略》)等。刘勰对扬雄的"涯度幽远,搜选诡丽"两个方面都是肯定的,但以为华丽方面略有过度,故《夸饰》篇云:"若能酌《诗》《书》之旷旨,剪扬、马之甚泰,使夸而有节,饰而不诬,亦可谓之懿也。"

《文心雕龙》中对扬雄还有一些其他论述,仅以上种种,已充分说明对扬雄的评论不仅是相当全面的,且能突出其基本特点,并以此为中心做了种种相应的评论。这对我们今天认识扬雄、研究扬雄,是能提供一些有益的借鉴的。刘勰所论二百多个作家,自然情况各不相同,但大都有多方面的论述,若分别集中起来,就是二百多个作家论,以上所述只是扬雄一例。

二

《序志》篇说:"耿介于《程器》",指在《程器》篇论述文人应有光明正大的品质。《程器》篇首所说:"《周书》论士,方之'梓材',盖贵器用而兼文采也。"这便是一篇之主旨。刘勰的理想,是一个

---

① 《答刘歆书》,《古文苑》卷十。

文人既能承担国家大任,又有较高的文学才能。但必须首先有高尚的品德,因而从文人的品德谈起:

> 而近代词人,务华弃实。故魏文以为,"古今文人之类不护细行";违诞所评,又历诋群才。后人雷同,混之一贯,吁可悲矣!

"文人无行"是古来通谈。刘勰不同意"混之一贯",如"屈、贾之忠贞,邹、枚之机觉,黄香之淳孝,徐幹之沉默,岂曰文士,必其玷欤"。文人中确有不少道德品质很好的,并非凡是"文士",品德必坏。但如顾炎武所说:"东汉之末,节义衰而文章盛"[1],降及齐梁,"务华弃实"的文人就更多了。刘勰论文而专写《程器》一篇,也是有强烈的针对性的。北齐颜之推尝云:

> 自古文人,多陷轻薄……每尝思之,原其所积。文章之体,标举兴会,发引性灵,使人矜伐,故忽于持操,果于进取。今世文士,此患弥切,一事惬当,一句清巧,神厉九霄,志凌千载,自吟自赏,不觉更有旁人。[2]

这不仅说明了当时"此患弥切"的情况确是存在,还对文人的容易"忽于持操"做了较好的心理分析。文学创作既是一种艺术创造,又主要是抒发性灵的一种精神生产,故有较强的主观性。在"俪采百字之偶,争价一句之奇"(《明诗》)的创作空气下,不仅一句之得,便旁若无人,且使作者的主观性恶性膨胀,放浪形骸,其"忽于持操"就是必然的了。刘勰有鉴于此而"耿介于程器",自然是对的。他虽然认为文人并不都是道德败坏者,仍批评了大量"文

---

[1] 《两汉风俗》,《日知录》卷十三。
[2] 《颜氏家训·文章》。

士之疵":

>相如窃妻而受金,扬雄嗜酒而少算;敬通之不循廉隅,杜笃之请求无厌;班固谄窦以作威,马融党梁而黩货;文举傲诞以速诛,正平狂憨以致戮;仲宣轻脆以躁竞,孔璋偬恫以粗疏;丁仪贪婪以乞货,路粹餔啜而无耻;潘岳诡诪于愍怀,陆机倾仄于贾、郭;傅玄刚隘而詈台,孙楚狠愎而讼府。诸有此类,并文士之瑕累。

这些所谓"瑕累",自然是用封建社会的道德观念来衡量的。《汉书·司马相如传》载:"人有上书言相如使(蜀)时受金,失官。"刘勰说相如"受金"即指此。做官出使接受贿赂,这是文人之耻,且古今皆同。但道德观念往往是有时代性、阶级性的。如"相如窃妻",指司马相如挑引卓文君私奔,用封建观念来看是不道德的,而在今天看来,司马相如和卓文君就是历史上自由恋爱的英雄了。在上引颜之推的同一篇论述中,也说"司马长卿,窃赀无操",与刘勰的观点基本一致。但颜评:"屈原露才扬己,显暴君过",就与刘勰的"屈、贾之忠贞"正好相反。刘勰和颜之推同是南北朝时期的评论者,其道德观念也不尽同,于此可见,刘勰所评司马相如、扬雄、冯衍、杜笃等十六人的品德,正反映了他自己的道德观念的一个重要侧面。

在刘勰所评二百多位作家中,品德上有瑕疵者甚多,如"竹林七贤"中人物,用封建道德观念来看,《颜氏家训》评以"阮籍无礼败俗,嵇康凌物凶终"等,在当时是并不奇怪的。刘勰独评马、扬等十六人,无疑是对这些人的德行更为不满。值得注意的是,在他列举出"不可胜数"的文武将相之疵咎后,特又提出:

>孔光负衡据鼎,而仄媚董贤,况班、马之贱职,潘岳之下

位哉？王戎开国上秩,而鬻官嚣俗,况马、杜之磬悬,丁、路之贫薄哉？然子夏无亏于名儒,浚冲不尘乎竹林者,名崇而讥减也。

这就是刘勰批评的重点所在了。他集中批判了两种类型:一是依附权贵,如孔光献媚于汉哀帝宠爱的董贤,班固依附大将军窦宪,马融投靠权门梁冀,潘岳参与贾后对愍怀太子的谋害,陆机谄事贾后的亲信贾谧、郭彰等。一是贪财受贿,如王戎卖官鬻爵,司马相如使蜀受贿,杜笃向县令请求无厌,丁仪、路粹贪婪无耻,马融也以贪污免官。刘勰特别憎恨这样两种"文士之疵",是可能和他自己在当时的处境和立身处世态度有关的。

刘勰于永明八年(二十四岁)由京口只身来建康后,究竟是投靠无门蔑视权贵而入定林寺,固不必强作推断,但他当时生活的窘迫是事实,穷守定林寺十馀年也是事实。刘勰一生的积极入世态度是无疑的,僧祐与齐梁权贵交往甚多而深受礼遇[1],刘勰并未因之攀龙附凤。直到中兴二年(三十六岁)撰成《文心雕龙》,以"未为时流所称,勰自重其文,欲取定于沈约"[2],乃有负书干约之举。在刘勰"无由自达"的情况下,他不是通过僧祐或他人转致其书,而是"干之于(沈约)车前",这本身就充分说明是一种自重自信的行为,而与依附权贵者迥异。刘勰在士族门阀制度盛行的南朝,既有这样一段长期的亲身经历,自然愈觉艰苦自守者之可贵,贪财图利者之可鄙。

纪昀评《程器》篇有云:"观此一篇,彦和亦发愤而著书者。观

---

[1] 见《高僧传·僧祐传》。
[2] 《梁书·刘勰传》。

《时序》篇,此书盖成于齐末。彦和入梁乃仕,故郁郁乃尔耶?"①仅就上述内容来看,此说是颇有道理的。《程器》篇论文人品德,并未就文与德的关系立论,这是本篇在理论上的一大缺憾。其所以如此,正是与刘勰的"发愤"之作有关。作为《文心雕龙》中作家论的一个专篇,其主旨固然在于期望避免文人的疵咎,而应有高尚的道德品质,但本篇的取材立论,往往是和刘勰自己的思想分不开的。他对"文士之疵"特标举孔光、王戎两种类型,目的自然不在归类。其论若非有意的精心安排,也至少是巧妙地表达了刘勰的不平之愤:孔光身为宰辅,王戎则是西晋的开国功臣,这样的大人物尚且难免有咎,何况一些低贱贫穷的小人物呢?"然子夏无亏于名儒,浚冲不尘乎竹林",这是刘勰最为不满的。子夏即孔光,乃孔子的十四世孙,虽曾献媚于小人,而无损其为"名儒"。浚冲即王戎,乃"竹林七贤"之一,此人陋行丑闻虽多②,仍无损其为"竹林七贤"之一。这种情形刘勰谓之"名崇而讥减",实际上也概括了"位高而讥减"。从"孔光负衡据鼎"和"王戎开国上秩"之说,可知刘勰批判的重点更在"位高而讥减"。

发此不平之论的刘勰,当时还名位俱无,其心情是可以理解的,但也并不仅仅是个人的牢骚。他对"上品无寒门,下品无势族"的六朝社会现实,虽有所不满,有所批判,却仍抱有一定的幻想:

是以君子藏器,待时而动,发挥事业;固宜蓄素以弸中,散采以彪外,楩楠其质,豫章其干。摛文必在纬军国,负重必

---

① 《文心雕龙·程器》评语,见道光十三年两广节署刊本。
② 见《晋书·王戎传》。

在任栋梁；穷则独善以垂文,达则奉时以骋绩。若此文人,应《梓材》之七矣。

这是刘勰的理想文人。他希望所有的文人都如此,但更主要的却是刘勰的自白。"待时而动"的正是处在定林寺中的刘勰自己;当时大量士族文人,并不存在"待时而动"的问题。做好"穷"与"达"两手准备的,也是刘勰自己,许多士族文人并无"穷则独善以垂文"的打算。刘勰对自己的前途还满怀希望,但并无把握,故不能不有"穷"与"达"两种考虑。不过,他的要求是很高的,"摛文必在纬军国,负重必在任栋梁",要在军国大事中发挥重要作用,成为肩负重任的栋梁之材,在当时虽不容易实现,却其志可嘉。而朝着这样的方向努力,争取做内质外美兼备的文人,避免成为"有文无质"的空头作家,无论在当时或后世,都是应该的。

三

《才略》篇从作家文学才能的角度论历代作家的基本成就。黄叔琳评此篇云:"上下百家,体大而思精,真文囿之巨观。"[1]本篇确是先秦以来重要作家近百人基本成就的总汇。刘勰在文体论、创作论中分别评论了历代作家在各种文体和写作方法上的得失,本篇则是汇合各个方面而给这些作家以总的评论。故《才略》篇可视为刘勰对作家的总论。

但近百位作家的情况是各不相同的,其评不仅详略不一,有的是综合之论,有的则是对其某一代表性的具体作品之评;有的是相互比较而显其高低,有的是用对比的方式以明其特点;有的

---

[1] 《文心雕龙·才略》评语,见道光十三年两广节署刊本。

论其独到之处,有的评其历史地位;有的析其成败原因,有的究其有无文才,等等。其评论的角度或方式之不一,决定于各个作家的实际情况之不同。总之,本篇以仅仅一千四百多字的篇幅,根据不同的情况,评论了近一百位作家的不同成就。孙梅谓《文心》"五十篇之内,百代之精华备矣"①,若借此语以评《才略》一篇,也是不算太过的。

其综合性的评论如:

> 相如好书,师范屈、宋,洞入夸艳,致名辞宗。然覆取精意,理不胜辞,故扬子以为:"文丽用寡者,长卿",诚哉是言也。

> 仲宣溢才,捷而能密,文多兼善,辞少瑕累,摘其诗赋,则七子之冠冕乎!

> 左思奇才,业深覃思,尽锐于《三都》,拔萃于《咏史》,无遗力矣。

> 陆机才欲窥深,辞务索广,故思能入巧,而不制繁。

刘勰对以上四家的评论,角度不同却简明得体,相当精确地揭示了四人的不同特点和成就。这样的评论,虽还不是刘勰对作家全面的总评,但确有一定的综合性,如王粲、左思,都不仅明明是综合其诗赋的主要成就而言,还指出了二家的基本特点:一是"捷而能密,文多兼善,辞少瑕累";一是"业深覃思"。一是"溢才",才华横溢,故为"七子之冠冕";一是"奇才",故于《三都赋》《咏史诗》能取得独特成就,此外则"无遗力矣"。

另一种综合是《文心》全书各有关分论的汇总。如司马相如,

---

① 《四六丛话》卷三。

《辨骚》篇谓："屈、宋逸步，莫之能追……马、扬沿波而得奇"；《诠赋》篇称："相如《上林》，繁类以成艳"；《夸饰》篇说："自宋玉、景差，夸饰始盛。相如凭风，诡滥愈甚"；《风骨》篇云："相如赋《仙》，气号凌云，蔚为辞宗"；《体性》篇评："长卿傲诞，故理侈而辞溢"；《物色》篇云："长卿之徒，诡势瑰声，模山范水，字必鱼贯，所谓诗人丽则而言约，辞人丽淫而繁句也"；《程器》篇谓："彼扬、马之徒，有文无质，所以终乎下位也"。《才略》篇对司马相如的评论，正是这些分论的综合与汇总。又如王粲，《神思》篇说："仲宣举笔似宿构"；《体性》篇谓："仲宣躁锐，故颖出而才果"；《诠赋》篇评："仲宣靡密，发端必遒"；《明诗》篇云："兼善则子建、仲宣"。《才略》篇即综合这些成就和特点而评以"七子之冠冕"。左思、陆机亦无不如此。如评陆机："士衡才优，而缀辞尤繁"（《熔裁》）；"士衡矜重，故情繁而辞隐"（《体性》）；"陆机之《吊魏武》，序巧而文繁"（《哀吊》）；"陆机自理，情周而巧，笺之为善者也"（《书记》）；"陆《赋》巧而碎乱"（《序志》）等。《才略》篇评陆机，正是对这些"巧"而"繁"的概括。由此可见，《才略》篇对司马相加等人之评，都是用极为简要的语言，概括了他们的基本成就和特点。从其分评与总论的一致性，说明刘勰对其所评所论的每一个作家，都有成竹在胸，故能首尾圆合而成"体大思精"之论。

《才略》篇对作家的综合评论虽远不止上举四家，但也有不少作家只是就其某一独特成就而言。如：

> 琳、瑀以符檄擅声，徐幹以赋、论标美，刘桢情高以会采，应玚学优以得文。路粹、杨修，颇怀笔记之工，丁仪、邯郸，亦含论述之美，有足算焉。刘劭《赵都》，能攀于前修；何晏《景福》，克光于后进。休琏风情，则《百壹》标其志；吉甫文理，则

《临丹》成其采。嵇康师心以遣论,阮籍使气以命诗:殊声而合响,异翻而同飞。

这段话的实际字数不足一百二十,却对十五位作家在诗、赋、论、符、檄、笔札、书记等方面各有所长的成就或特色,表述得既准确又清楚。《三国志·魏书·王粲传》附论陈琳、阮瑀:"军国书、檄,多琳、瑀所作也。"《典论·论文》:"琳、瑀之章表书记,今之隽也。"刘勰亦云:"陈琳之《檄豫州》,壮有骨鲠。"(《檄移》)这些都说明,陈琳、阮瑀确以"符檄擅声"。徐幹的辞赋今已无闻①,但《典论·论文》称:"幹之《玄猿》《漏卮》《圆扇》《橘赋》,虽张、蔡不过也。"又曹丕《与吴质书》说:"伟长独怀文抱质,恬淡寡欲,有箕山之志,可谓彬彬君子者矣。著《中论》二十余篇,成一家之言,辞义典雅,足传于后,此子为不朽矣。"②这说明,徐幹在当时确是"以赋、论标美"。其他各家亦大率如此,不再一一详述。

《序志》篇自称:"及其品列成文,有同乎旧谈者,非雷同也,势自不可异也。有异乎前论者,非苟异也,理自不可同也。"要能准确地评论作家作品,这是不能不取的正确态度。上述"琳、瑀以符檄擅声,徐幹以赋、论标美"等,其同于曹丕、曹植之评,便是"势自不可异"也。《才略》之评,也有"理自不可同"的,如:

> 魏文之才,洋洋清绮,旧谈抑之,谓去植千里。然子建思捷而才俊,诗丽而表逸;子桓虑详而力缓,故不竞于先鸣,而乐府清越,《典论》辩要:迭用短长,亦无懵焉。但俗情抑扬,雷同一响,遂令文帝以位尊减才,思王以势窘益价,未为笃

---

① 只《圆扇赋》尚存残文数句,见《全后汉文》卷九十三。
② 《文选》卷四十二。

论也。

刘勰曾激烈反对:"勋荣之家,虽庸夫而尽饰;迍败之士,虽令德而常嗤"(《史传》);"将相以位隆特达,文士以职卑多诮"(《程器》)。这是完全正确的。不顾其实地吹捧"勋荣之家",贬抑"迍败之士";歌颂"位隆"的"将相",讥诮"职卑"的"文士",古来甚多,应该加以批判。但是否可反其道而行之,"令文帝以位尊减才,思王以势窘益价",这仍是刘勰所反对的。曹丕在得势之后,对曹植多有压抑。这是史实,且曾引起不少人对曹植的同情。这是可以理解的。但这与曹氏兄弟在文学成就上的高低各是一回事,不能因"位尊"而贬其文学成就,也不能因"势窘"而益其文学价值。文学评论只能根据其文学的实际成就来评价,故刘勰否定了曹丕"去植千里"的"旧谈",经过较全面的分析比较,做了各有"短长"的新评价。刘勰的结论是否正确,另当别论,但这种精神和实事求是的文学批评原则不仅可取,且值得提倡和发扬。

刘勰对作家的评价,虽然主观上是力图"平理若衡,照辞如镜",但他自己却很难做到"无私于轻重,不偏于憎爱"。如本篇没有提到曹操、蔡琰、陶渊明等,就是他"偏于憎爱"的结果。又如奉伪作《五子之歌》为"万代之仪表";称尹吉甫之作为"义固为经,文亦师矣";"马融鸿儒,思洽识高,吐纳经范,华实相扶"等,都明显地流露出对儒家的偏爱之情。不过,这不仅是少数,和《文心》全书对待儒家的态度一样,刘勰并无狭隘的门户之见,大多数仍是按其实际的文学成就予以较为公允的评价。如评董仲舒和司马迁:"仲舒专儒,子长纯史,而丽缛成文,亦《诗》人之'告哀'焉。"虽明明点出董仲舒是"专儒",但并未评其在儒学上的成就,反而是对与儒学无关的"丽缛成文"之作,评其具有《诗经》的作者用诗以"告哀"的意义。这里就涉及一个很值得注意的问题,即《才略》篇所论之"才"的性质。

《才略》篇讲到"才"甚多,有"奇才""逸才""溢才""实才""役才""竭才""骋才""才绮""才颖""才俊""才力""才林"等。这些"才"虽所指非一,但其总的性质不是将才、帅才、儒才、史才之类,而是文学艺术的文才。《才略》既是《文心雕龙》中的一篇,其为文人之文才的专论本不足奇,但在文史哲不分的中国古代,一人往往兼有多种才艺,《才略》篇所评九十多人中,董仲舒、司马迁之类文人甚多,刘勰能加以明确区分,只评其文才,这就是他的卓识了。司马迁和董仲舒的"丽缛成文"而具有"告哀"意义之作,并非《史记》和《春秋繁露》,而专指董仲舒的《士不遇赋》、司马迁的《感士不遇赋》。二者都是既用"丽缛"之赋写成,又是表述哀情之作。这说明,董仲舒、司马迁虽是"专儒"和"纯史",但刘勰在《才略》篇所评的,只限于他们的文才。这种明确的区分并不是个别的偶见,如:

> 桓谭著论,富号猗顿,宋弘称荐,爰比相如;而《集灵》诸赋,偏浅无才:故知长于讽论,不及丽文也。
>
> 王逸博识有功,而绚采无力。延寿继志,瑰颖独标;其善图物写貌,岂枚乘之遗术欤!

桓谭与王逸,都是东汉著名学者,他们论著丰富,学识广博,但于文学创作却"偏浅无才""绚采无力",即没有创作具有绚丽文采的文学作品的才力。学术性的论著和文学创作是两种不同的才力,《才略》篇只承认文才,故桓谭的论著虽"富号猗顿",在文学创作方面仍是"无才"。而所谓"丽文"或"绚采",就不仅仅是指文辞的华丽,作为与"著论""博识有功"的相对概念,是指与之性质不同的文学而言了。从刘勰对王延寿的"瑰颖独标"之评可知，其独标之瑰颖，主要就是善于"图物写貌"，即形象描绘。这就是"丽文"或"绚采"的具体内容。正因刘勰意识到文学创作主要是形象描绘，也就是创造艺术形象，学术论著与文学创作之才不同，就自然分明了。这种区别，除表明刘勰对文才的特征已有所认识外，也是其作家论较为准确的一个重要方面。在古代文人中，纯粹的文学家、诗人是不多的，往往是一人而兼有文史哲等多方面的成就，若不严加区分，一切著述混为一谈，真正的文学成就势必模糊不清，文学评论既难准确，文学艺术的独立发展亦必受其影响。这说明，刘勰在作家论中明确区分文才与非文才，是有重要的历史意义的。

第八章 几个专题研究

以上各章,只是对刘勰其人和《文心雕龙》的原貌及其理论意义,进行一些初步探讨或研究。严格地说,这仅仅是《文心雕龙》研究的基础,在此基础上,有待进一步深入研究的问题还很多。如王元化的《文心雕龙创作论》、詹锳的《文心雕龙的风格学》、张文勋的《刘勰的文学史论》、缪俊杰的《文心雕龙美学》等,近年来已出版不少了。至于各种专题研究的单篇论文,可说自有"龙学"以来就在不断发表之中。虽然如此,有待继续深入和开拓的领域还无限辽阔。可以预料,基础性的研究和专题性的研究今后虽还会长期并行,但专题性的研究势必逐渐成为"龙学"的重点。限于笔者的能力和本书的篇幅,这里只能就少数几个力所能及的问题,略陈己见。

第一节 刘勰对古代现实主义理论的贡献

"现实主义"是个尚有争议的概念,特别是用以论述古代文学,问题更多。这就有必要首先做一点题解:本文所论,主要是在我国古代现实主义文学理论发展进程中,刘勰的理论起到了什么作用,他对现实主义理论的形成或发展有什么贡献。所以,探究这种贡献,并不意味着刘勰已认识到现实主义而有意识地论述现实主义文学理论。

一

什么是"现实主义",给它一个什么确切的定义,才能既适用于小说、戏剧,又适用于诗词歌赋,这自然是有待于进一步探讨的问题。但研究问题的科学方法,是从实际出发,而不是从定义出发。

《诗经》和《楚辞》的写作特点,无论称之为什么"主义",它代表我国古代文学两种不同的创作倾向,并对后世有着深远的影响,这是客观存在的事实。既有其存在,论者便终有认识它、说明它的一天。汉人论《楚辞》,已发现《诗》《骚》的某些不同之处了。到了刘勰,虽仍未认清其实质,但他所谓"变乎骚",明明是看到《离骚》比之《诗经》已有新"变",所以写《辨骚》篇来"辨"《诗》《骚》的异同,从而认识到《诗经》之后"奇文郁起"的《离骚》,"虽取熔经意,亦自铸伟辞"。这就是说,虽继承了《诗经》的某些内容,但表达方法是"自铸"的。《物色》篇更把《诗经》和《离骚》视为两种截然不同的表现方法来论述:

> 是以《诗》人感物,联类不穷。……及《离骚》代兴,触类而长,物貌难尽,故重沓舒状,于是嵯峨之类聚,葳蕤之群积矣。及长卿之徒,诡势瑰声,模山范水,字必鱼贯,所谓诗人丽则而约言,辞人丽淫而繁句也。

"诗人之赋丽以则,辞人之赋丽以淫",这种区别是扬雄早就提出的了。刘勰在这种认识的基础上,又看到"辞人"的路子有些奇异的描绘等。这自然仍未触及两种创作方法的实质,却至少可以说明,《诗》《骚》之异,汉魏以来的论者已有明显的认识了。到钟嵘论古代诗人的渊源流派,把齐梁以前的五言诗人,都列入《诗经》《楚辞》两个源头,都属于这两大流派①。这是绝不能用偶合可解释的。钟嵘和刘勰一样,思想上并无现实主义、浪漫主义之类念头,但《诗》《骚》之异这个客观存在,他们是不能不承认的,只是还未能从创作方法上认识到其不同的特质。

随着文学创作的发展,《诗》《骚》两种倾向愈益突出,特别是古代小说大量问世之后,论者对这两种倾向的认识也逐步具体、加深起来。如明人张无咎序《三遂平妖传》有云:"小说家以真为正,以幻为奇。然语有之:画鬼易,画人难。《西游》幻极矣,所以不逮《水浒》者,人鬼之分也。……《三国志》人矣,描写亦工,所不足者幻耳。"②《三国》和《西游》,正是"真""幻"两种倾向的典型,自唐传奇到明清的戏曲小说,这两种倾向的作品,更是大量的客观存在。当然,也有兼备两种倾向的作品,张无咎就认为《平妖传》"备人鬼之态,兼真幻之长"。到王国维就讲得更为透辟:"有造境,有写境,此理想与写实二派之所由分。然二者颇难分别。因大诗人所造之境,必合乎自然;所写之境,亦必邻于理想故也。"③只简单举出这些史实便可说明,我国古代文学创作,一直存在着两种不同的倾向,并为历代论者所逐步认识和总结。

文学艺术有这两种倾向的必然性是明显的。刘勰在《通变》篇总结"九代咏歌"中提出一个重要观点:"序志述时,其揆一也。""序志述时"也就是后人常讲的"抒情状物"。无论什么时

---

① 见罗根泽《中国文学批评史》第 1 册,第 248 页。
② 孙楷弟《日本东京所见小说书目》卷四,人民文学出版社 1958 年版,第 92 页。
③ 《人间词话》,人民文学出版社 1960 年版,第 191 页。

代、什么样式的文学创作,都不外是抒情状物、序志述时。文学艺术的这种基本任务决定了它的基本特点:状物述时则必求其真,不真的艺术,"刻鹄类鹜"或者"画牛作马",就失去了任何文学艺术的价值和意义;抒情序志就必表达作者某些主观的东西,必须突破直陈实录的客观反映,不能照抄实物实事的原貌。这里存在一个既复杂又简单的问题是,"二者颇难分别",不仅一切大诗人的"造境""写境"密不可分,倘能截然分开,就不成其为文学艺术了。客观的直陈实录,只能是历史或其他,离开和违反事实的纯主观表述,就不知所云了。必须情与物、写实与理想在一定程度上结合起来,才能形成文学艺术。

其复杂性可能就在这里。可否据以否定文学艺术有两种倾向的存在呢?这要让三千年文学史来回答。《诗》与《骚》、李与杜、《三国》与《西游》等等,都有一定程度真与幻、写实与理想的结合,却都有所侧重,都有鲜明的倾向。不偏不倚的"两结合",不能说不存在,但从古至今,毕竟是少数。即使"两结合"的尺度放宽一点,也可说这种作品甚多,仍以两种倾向为前提,而不能否定两种倾向的客观存在。

所以,从另一方面看,问题就简单而明了了。"序志述时"既是文学艺术的特质,序志抒情则要求表达作者主观的情志或理想,因而不能遵循事物原貌的真实;述时状物则以忠于现实为基本原则:文学创作或侧重于此,或侧重于彼,两种倾向的存在就有其必然性了。

历史上确实存在文学艺术的两种创作倾向,论者也不断加以评论和总结。看到这个事实是主要的,给它们以什么名号,就是较为次要的了。从现在的情况来看,无论是文学史、艺术史或美学史工作者,还未能找出一个能够概括这两种倾向的更好的称谓,而为较多的研究者所采用,也为较多的读者所能接受的,仍是"现实主义"和"浪漫主义"这种西方传来的概念。各个民族的文学艺术,固然有某些共同的因素,但也必有其自己的民族特色。因此,中国古代的"现实主义""浪漫主义"云云,是没有理求它和西方的现实主义、浪漫主义等同的。从中国古代文学的实际出发,我们要研究的,是中国古代的现实主义、浪漫主义的创作、理论和规律。这就是本节探讨刘勰对中国古代现实主义理论的贡献的出发点。

二

刘勰的文学观点,主要来自两个方面:一是儒家思想,一是从历代实际创作经验中总结出来的认识。"文变染乎世情,兴废系乎时序"(《时序》),这个著名的结论,显然是来自后者。对其结论的具体依据之一建安文学,他讲得很明确:"观其时文,雅好慷慨,良由世积乱离,风衰俗怨,并志深而笔长,故梗概而多气也。"是社会现实决定了文学的内容和风貌。以《物色》篇所讲"情以物迁,辞以情发"的原理来看,建安诗坛意志深长、激昂慷慨的作品,自然是"世积乱离,风衰俗怨"的时代折射。刘勰对文学与现实的关系的这种认识,是他能提出一些有益于现实主义理论的重要基础。

《原道》篇已讲到,儒家圣人能"写天地之辉光,晓生民之耳目"。与其视此为刘勰对儒家圣人的歌颂,不如理解为他自己的文学主张更为实际。刘勰这样讲的用意,无非是要后世作者"征之周孔,则文有师矣"。《谐隐》篇说,民间的谐辞隐语都有采集起来"以广视听"的作用,作家自应反映天地之间的美好事物,来教育启发读者,以扩大其视听。文学作品之所以能晓耳目、广视听,就因为它是现实生活的艺术反映。

　　文学艺术具有这样的特殊功能，最根本的原因是作者的情和客观的物有着密切的关系。刘勰对二者的关系也有较为正确的理解。《明诗》篇十分简要地概括了诗歌艺术的产生，就是"人禀七情，应物斯感，感物吟志，莫非自然"。既然是有感于物然后发而为诗，则诗与物是密不可分的，"文变染乎世情"，正是这个道理。在这种关系中，"情以物迁"，物是决定的因素。所以《物色》篇说："献岁发春，悦豫之情畅；滔滔孟夏，郁陶之心凝；天高气清，阴沉之志远；霰雪无垠，矜肃之虑深：岁有其物，物有其容，情以物迁，辞以情发。"不同的岁时有不同的景色，不同的物色决定人有不同的情感，文学作品既由这样的情而发，这样的作品就必然是外物的反映。《诠赋》篇的"物以情观"，虽非正面的反映论，但从"情以物兴"和"物以情观"的相应之理可见，物通过作者的情而表达、反映的道理，刘勰是有所认识的。在这个过程中，虽然是"体物写志"，甚至以"述志为本"，但作者的情志为物所制约，其表达的情仍是外物的折射。《时序》篇所列"幽厉昏而《板》《荡》怒，平王微而《黍离》哀"等大量史实既是如此；在理论上，刘勰也有细致的分析："神用象通，情变所孕。物以貌求，心以理应。"（《神思》）作品的内容是通过艺术构思孕育出来的。在艺术构思中，物的作用是以它的形貌来要求作者，作者则必须根据物理来应接。因此，作者创造出来的艺术形象，虽是"体物写志"，不是事物的原貌，却不能乖离事物自身的必然之理。在"献岁发春"的现实生活中，一般是不会有"郁陶之心凝"的；"矜肃之虑深"的心情，也很难由"天高气清"的景象引起。按照"物以貌求，心以理应"的原理来创作，就不可能出现不正常的颠之倒之，就必然能正确地反映客观事物。

所以，刘勰要求文学艺术有晓耳目、广视听的认识作用。这种作用在《楚辞》中已很明显了："论山水，则循声而得貌；言节候，则披文而见时。"(《辨骚》)到晋宋以后的作品，更是"文贵形似"：

  吟咏所发，志惟深远；体物为妙，功在密附。故巧言切状，如印之印泥，不加雕削，而曲写毫芥。故能瞻言而见貌，印(即)字而知时也。(《物色》)

这里说的"体物"，仍未离开"体物写志"的基本规律。这种作品，也是为表达深远的情志而发的。其体物之妙，就在于能密切结合物象来描写，使作品中反映的客观事物，有如"印之印泥"，十分逼真。所以，阅读这样的作品，就如见其貌，能知其时。写物如此，写人也是这样。如以"选言录行"为主的诔文，刘勰要求："论其人也，暧乎若可睹；道其哀也，凄焉如可伤。"(《诔碑》)记叙已死人物的言行，能使人"观风似面"，这和写物能使人"瞻言而见貌，即字而知时"的道理，基本上是一致的。

  刘勰对文学艺术的这些基本认识，在古代文学艺术存在的两种倾向中，无疑属于写实主真的一种。在文学与现实的关系这个根本问题上，刘勰抓住了物决定情、制约文这个关键，因而认为文学艺术应该如实地反映现实，也完全能够逼真地反映现实，从而具有鲜明的认识作用。这和以奇、幻的手段表达理想为主的另一种倾向，显然是有别的。

  物决定情、文反映物等基本观点，是《乐记》《毛诗序》等秦汉以来的论著中早已触及的问题。刘勰也继承了其中"人心之动，物使之然也"(《乐记》)等观点，但他除了论析得更具体深刻外，特别值得重视的，是他对情物关系论述的发展。情与物虽是两回事，但二者必须结合为一体，才能形成文学艺术。这个重要问题，刘勰之前的陆机虽已略有涉及，却是很不明确的。刘勰则除情物并论甚多外，更明确提出"体物写志""物以情观"等重要论点。刘勰固然不是直接、正面主张情物结合为一体，但要求通过物象来表达情志，就必须情与物融合在一起。只有这样才能铸造成艺术形象，才有文学作品。现实主义是一种艺术方法，不认识情物相融的特点，则无论情真或物真，都情自为情，物自为物，未必是文学艺术。所以，刘勰的"体物写志"论，对古代现实主义理论的发展是有重要意义的；《文心雕龙》中许多崇实主真的评论，正是在以上认识的基础上提出的。

三

《通变》篇有云："矫讹翻浅，还宗经诰。"这是刘勰崇实主真论的出发点。"矫讹翻浅"是从当时文学创作的实际情况出发，"还宗经诰"是刘勰在当时所能找到的较为有力的思想武器，也是他崇实主真的重要理论根据。《序志》篇说得更具体：由于"去圣久远，文体解散，辞人爱奇，言贵浮诡，饰羽尚画，文绣鞶帨，离本弥甚，将遂讹滥"。为了挽救这种日趋讹滥的倾向，他才根据"尼父陈训"，来"搦笔和墨，乃始论文"。从刘勰写《文心雕龙》的这种背景和以儒家经典为依据来看，因为"模《经》为式者，自入典雅之懿；效《骚》命篇者，必归艳逸之华"（《定势》），对这两种倾向，取《诗经》的路子而崇实主真是必然的。刘勰对《楚辞》评价甚高，也并不反对其浪漫主义的表现方法，但源于《楚辞》的辞赋走上淫丽泛滥的道路之后，无论是从当时的创作风气或刘勰的论文宗旨来看，他都必然更重视《诗经》的道路而不满辞赋的倾向。

昔诗人什篇，为情而造文；辞人赋颂，为文而造情。何以明其然？盖《风》《雅》之兴，志思蓄愤，而吟咏情性，以讽其上，此为情而造文也；诸子之徒，心非郁陶，苟驰夸饰，鬻声钓世，此为文而造情也。故为情者要约而写真，为文者淫丽而烦滥。(《情采》)

"诗人"和"辞人"两种路子，固然不能和《诗》《骚》之别混为一谈，但二者有一定的联系，而刘勰所重视的"诗人什篇"，和他一贯肯定《诗经》的路子是一致的。"诗人"与"辞人"的根本区别就在是否"写真"。他批判的是并无真情实感的"苟驰夸饰"，强调的是有所针对的"以讽其上""要约写真"。在"后之作者，采滥忽真，远弃《风》《雅》，近师辞赋"的齐梁时期，刘勰力主"要约写真"，和以儒家经典为理论根据是一致的，而决定他这样做的重要因素，则是当时的创作实际。

《征圣》篇据儒家"情欲信，辞欲巧"等观点，提出一条文学创作的金科玉律："志足而言文，情信而辞巧。"这就是刘勰论创作的基本原则。这个原则，贯彻在其创作论的许多论述中。如论艺术构思，要求"神与物游"而使"物无隐貌"(《神思》)；论风骨则重申"辞尚体要，弗惟好异"的儒家观点(《风骨》)；论通变则批判"从质及讹"的倾向而强调"序志述时"的基本原则；论声律也认为"音律所始，本于人声"，而主张"器写人声，声非学(效)器"(《声律》)；论骈偶就以"造化赋形，支体必双"为依据(《丽辞》)；论比兴更主张"切至为贵"，而反对"刻鹄类鹜"(《比兴》)；即使讲夸张手法，也是为了"壮辞可得喻其真"(《夸饰》)等等，至于《情采》《物色》所论"要约写真""巧言切状"之类，就更为集中。这些论述有力地说明，在"情信而辞巧"的基本创作原则指导之下，要求真实地描绘事物、反映事物，是相当全面地贯彻在刘勰的整个创作论中的。刘勰所论和前人的不同,在于它不是简单抽象地讲"情欲信",点点滴滴地谈到诗歌"多识于鸟兽草木之名"①的作用,也不是无所不包地反对"众书并失实"②等等,而是从文学与现实的关系到物对情的制约作用,从艺术构思到种种艺术方法,从总的原则到具体要求,都有较全面的论述,从而形成一套自成体系的理论。这就是刘勰对中国古代现实主义理论的新发展了。

不仅创作论如此,刘勰对作家作品的评论,同样贯彻了崇实主真的精神。如认为《古诗》写得"婉转附物,怊怅切情",便称之为"五言之冠冕"(《明诗》);评贾谊的《吊屈原赋》"体同(周)而事核,辞清而理哀,盖首出之作也"(《哀吊》)。情切物真,事实确切的描写,都是刘勰所肯定的。至于史传文学,自必赞美《史记》的"实录无隐之旨",而力主"按实而书"(《史传》)。《宗经》篇的"六义",更全面地表达了刘勰的文学主张:"一则情深而不诡,二则风清而不杂,三则事信而不诞,四则义直而不回,五则体约而不芜,六则文丽而不淫。"他要求的是"情深""风清""事信"等;而诡诞芜杂等,则是全书一再批判反对的。如评东晋的玄言诗赋:"是以世极迍邅,而辞意夷泰,诗必柱下之旨归,赋乃漆园之义疏。"(《时序》)这种阐发老庄思想的作品,刘勰着力批判的,还不是其内容的"淡乎寡味",而是它的违背现实。偏安江左的东晋王朝,确是困难重重,"世极迍邅",但当时盛行的玄言诗,不仅"辞意夷泰",若无其事,甚至"嗤笑徇务之志,崇盛亡机之谈"(《明诗》),这就真所谓"反现实主义"的作品了,宜乎刘勰对之进行了多次严厉的批判。

---

① 《论语·阳货》。
② 《论衡·对作》。

特别为刘勰憎恶的,是文学创作上的伪君子。当时确有这样一种"诗人",他们"志深轩冕,而泛咏皋壤;心缠几务,而虚述人外;真宰弗存,翩其反矣"(《情采》)。这种人本来心怀高官厚禄,却要写隐居高卧的山林生活。所以刘勰指出:"言与志反,文岂足征!"既然是自欺欺人的假话,它就毫无文学作品的价值了。不足征验的欺人之谈,自然不可能反映什么现实,不会有什么认识作用,更不会有什么教育意义,所以,对现实主义文学艺术最起码的要求,就是真实。

以上论述已足说明,"写真"的主张,刘勰是明确而全面的,无庸置疑。但仅仅主张"写真",未必就是现实主义的文学理论。左思论赋,也极力主张写真,也反对作品的"虚而无征",并说他自己写《三都赋》:"其山川城邑,则稽之地图;鸟兽虫木,则验之方志"①,这已可谓彻底的写真实论了。但这种绝对的"真",不仅和现实主义无缘,而且会破坏现实主义,甚至取消了文学艺术。刘勰的写真论,既广且深,某些论述,是比左思有过之而无不及的。如《物色》篇的:"故巧言切状,如印之印泥,不加雕削,而曲写毫芥。"把事物的毫发之微都细致曲折地描画出来,有如印泥上盖的印记,完全一样。这种描写,真则真矣,却难免有自然主义之嫌。这就尖锐地提出一个具有普遍意义的理论问题:曰真,曰信,曰实,曰核,曰验等等,纵然这些都具备了,仍未必就是现实主义。至于刘勰所论,可否谓之现实主义,这要且待下回分解。这里先说一点,从《文心雕龙》的全面论述看,它和自然主义是大异其趣的。前已论及,刘勰所主的真是情物结合的真,不只是"体物写志",且以"述志为本",因此,虽"曲写毫芥",并非纯客观地模写

---

① 《三都赋序》,《文选》卷四。

自然。此外,刘勰认为文学创作必通过艺术构思来完成,而他讲的艺术构思,又是纵"接千载"、横"通万里"的想象活动,是"规矩虚位,刻镂无形"的凭虚构象,这就完全排斥了自然主义地照抄现实。特别是刘勰对"比兴""夸饰"等具体艺术方法的论述,某些与事物的实际并不吻合的描写,也为刘勰所提倡,更说明他的写真论是和自然主义背道而驰的。

四

现在要进一步研究的是,既坚持写真的原则,又非机械的自然主义,可否称其为现实主义论。以上所述已经说明,能坚持写真的原则,就必非自然主义,只刘勰"为情者要约而写真"一语已明,所以关键仍在"写真"上。不妨先提出一个问题来讨论:典型环境中的典型人物,是现代文艺理论中说明现实主义的重要依据,治古代文学者常疑其不适于诗歌,鄙见以为这并不是问题的实质之所在,如能把握现实主义的实质,是否适用于某些文学样式,就不足为虑了。恩格斯所讲的"除细节的真实外,还要真实地再现典型环境中的典型人物",其核心思想,仍是一个"真"字。"细节的真实"自然是求真,这一要求之所以不够,"还要真实地再现典型环境中的典型人物",主要是避免流于自然主义的真,以求达于"现实主义的真实性"。创造"典型环境中的典型人物",不过是"真实"的标准,也可说是写真的方法,使这样塑造出来的人物形象更为真实。所谓"典型",通常固然指人物形象而言,但究其实,不过是要有广泛的代表性,不是偶然的个别现象,而具有必然性的真,说到底,也就是要求高度的真而已。

应该明确的是,现实主义是一种创作方法,典型化也是一种艺术方法。写真既是文学艺术所固有的两种基本倾向之一,则在写真的历史征程中,历代文学艺术家、评论家,追求与创作写真的方法,总结或发展写真的经验,是一个不断丰富,不断提高的过程。这种方法发展到什么程度才能谓之现实主义,还有待继续研究,但这个方法既以追求写真为核心,要探究刘勰在这种艺术方法的发展过程有何贡献,则是不难的。前面已经说明刘勰在现实主义观点、主张上的贡献,在写真的方法上,其贡献更值得注意。

刘勰很善于运用前人的思想资料。《尚书·毕命》有云:"辞尚体要,不惟好异。"他在《征圣》《风骨》《序志》等篇,都曾反复引用,"体要"二字,就是刘勰运用得很广泛的写实方法。《诠赋》篇批评"逐末之俦"的主要毛病就是:"虽读千赋,愈惑体要。遂使繁华损枝,膏腴害骨。"不能抓住主要的东西,描写的虽然繁多,反而有害无益。至如枚乘的《梁王菟园赋》,则肯定其"举要以会新",描写扼要而能结合新意。反对"繁"而主张"要"的评论,在《文心雕龙》中是举不胜举的,较为集中的论述是《物色》篇。其中说:

> 且《诗》《骚》所标,并据要害,故后进锐笔,怯于争锋;莫不因方以借巧,即势以会奇,善于适要,则虽旧弥新矣。是以四序纷回,而入兴贵闲;物色虽繁,而析辞尚简。

由这段论述可见,所谓"简""要",并不仅仅是指文辞的长短多少。当然刘勰有时也用以专指文辞的简约,但这里的"析辞尚简",虽直接讲辞的"简",却是对繁杂的物色而言。本篇前面曾说"物貌难尽"。对难于写尽的繁多的物色,用辞的"简",自然不可能是随意简写几笔,以省文墨。写难尽的物貌,是非简不可的,如果不是草率从事,就必斟酌"析辞"。所以,这个"尚简"和"据要害""善于适要"是有联系的;只有抓住要害的"简",才是刘勰所总结的写物之法。

这段话之前所说的"印之印泥""曲写毫芥"等,是总结"自近代以来,文贵形似"的特点。这种新的写真经验,是刘勰所赞许的,却又在这个基础上提出了"善于适要"的主张,这就更为完善了。把"曲写毫芥"和"善于适要"联系起来,作为刘勰论写真方法的整体来看,"曲写毫芥"绝非对难尽的物貌一一写出细节的真实,而是要求对"要害"之处描绘其细节的真实。这是完全符合刘勰强调"体要"而反对繁杂的一贯思想的。

"不加雕削"地"曲写毫芥",以求"瞻言而见貌,即字而知时",自然是求细节的真实。但注意毫芥的细节,又不能"谨发而易貌"(《附会》)。描写事物的要害之处,毫发不失其真,这是必要的;但不能因小失大,忽略整体。《附会》篇所讲:"夫画者谨发而易貌,射者仪毫而失墙,锐精细巧,必疏体统。"这是对作品的篇章而言,但和刘勰的"体要"思想是一致的。"体要"的具体方法,正是要从事物的整体着眼,做到"以少总多,情貌无遗":

> 故"灼灼"状桃花之鲜,"依依"尽杨柳之貌,"杲杲"为日出之容,"瀌瀌"拟雨雪之状,"喈喈"逐黄鸟之声,"喓喓"学草虫之韵。"皎日""嘒星",一言穷理;"参差""沃若"两字穷形:并以少总多,情貌无遗矣。(《物色》)

这是刘勰从我国第一部现实主义诗歌总集《诗经》中总结出来的写真方法,它具体说明了什么是"要害"和怎样"据要害":"灼灼""依依"等,就是桃花、柳枝等形貌的"要害";因为它们概括了这些物象的本质特征,所以谓之"要害"。"以少总多"就是"据要害"的方法;因为所有桃花的状貌都是"灼灼",所有柳条的状貌都是"依依",所以是"以少总多"。"灼灼""依依"等,既然是从大量的桃花柳枝概括出来的形象,它自然就具有桃花或柳枝的本质特征。因此,"灼灼"二字,只能用以形容桃花的鲜艳,而不能用于柳枝;"依依"二字,也只能用以描绘柳枝的柔丽,而不能用于桃花。这个道理,苏轼曾有颇为精彩的说明:

> 诗人有写物之功,"桑之未落,其叶沃若",他木殆不可以当此。林逋《梅花》诗云:"疏影横斜水清浅,暗香浮动月黄昏",决非桃李诗。皮日休《白莲花》诗云:"无情有恨何人见,月晓风清欲堕时",决非红梅诗。此乃写物之功。①

对梅花的描写,决不能用于桃李,写莲花的诗句,决不能施之红梅,这就是抓住了物象的独具特点,也就是刘勰的所谓"据要害"。苏论"写物之功",在古文论中是不可多得的,在这点上显然比刘勰深刻得多。但如何达到这种"写物之功",苏轼不仅没有论及,反以为:"求物之妙,如系风捕影,能使是物了然于心者,盖千万人而不一遇也,而况能使了然于口与手者乎?"②这固然是深于文理者的经验之谈,求物之妙确也如斯不易。正因如此,相形之下,刘勰能总结出一条"以少总多"以"据要害"的写真方法,也就见其难能可贵之处了。像苏轼这样的文学艺术大师,尚以"系风捕影"喻"求物之妙",刘勰以前的论者,用他自己的话说,"未之前闻",是不足为奇的。

五

近代论艺,有写"本质"一说。用写本质来要求现实主义,一般来说是可以的,也可说这是对多数现实主义创作较高的要求。

---

① 《评诗人写物》,《东坡题跋》卷三。
② 《答谢民师书》,《经进东坡文集事略》卷四十六。

但所谓"本质",也不过是对"真"的程度上的要求,以区别于个别的、表面的真。不同的阶级,虽有不同的真善美的标准,但它否定不了真善美的客观性,也不可能有多少个阶级,多少个阶级的"真善美"都是真善美。有阶级偏见者心目中的"真",未必全是真,很可能其中不少是个别的、表面的"真"。从这个意义上说,今天的现实主义文学艺术,要求表现本质的真,是无可非议的。

刘勰所要求的真,当然不可能达到本质的真,因为他根本不理解事物的本质,特别是社会生活方面。所以,我们谁也不会责怪他没有这方面的认识,苛求他提出写本质的主张。但是从艺术方法上考察,在论自然景物的写真方法上,他自己虽然并无写本质这样的概念,却提出了某些避免写个别的、表面的真的意见。上述"据要害""以少总多"之类就是。他提出的这类写真方法,是有可能表现出某些物象的本质特征的。此外,如《比兴》篇要求比拟形象"以切至为贵",已是求真求准之论了,但这个"切至",无论怎样确切逼真,只是事物的外部形貌。画鹄成鹄,刻鹜类鹜,真则真矣,但写其形便止于其形,这种形象的含意必然是有限的。刘勰在《物色》篇曾提出这样一个理想:"物色尽而情有余。"要以有限的物象,表现丰富的内容,也就是《隐秀》篇说的,具有"文外之重旨",这就是一般的写真所不能实现的了。所以,《比兴》篇在主张"以切至为贵"的基础上,又进而提出"拟容取心"的要求。文学艺术对物象的描写,并不以取真为最终目的,即使造型艺术的绘画亦无不如此:"论画以形似,见与儿童邻;赋诗必此诗,定非知诗人。"①诗画一律,对表面的形似都是不满足的。"拟容取心",就是不仅要求形真,还要进而表现出物象的精神特点。这样

---

① 苏轼《书鄢陵王主簿所画折枝二首》,《苏东坡集》前集卷十六。

创造出来的形象,就不是死形,而是活形,就有可能做到"物色尽而情有余"。

在《文心雕龙》中,"拟容取心"虽然只此一句,但并不是孤立出现的,更不是刘勰偶作此语。它不仅和上述"据要害""物色尽而情有余"以及"文外之重旨"等有一定的共通之处,同一篇《比兴》中所说"兴之托谕,婉而成章,称名也小,取类也大",也与之正相呼应。怎样才能以小喻大呢?表面的形真是不可能的。在"体物写志"的艺术创作中,只有善于捕捉住物象的某些精神特征,才能充分发挥形象的活力,在具体的形象之外,显示出丰富的含意。

"拟容取心""以少总多""善于适要"等联系起来看,既非彼此孤立的论点,说明刘勰的写真论,是在一般要求外部形貌真实的基础上,又向前跨进了一步。但也必须看到,这类论述,在《文心雕龙》中毕竟是少数。由于思想认识的局限,在刘勰总的观念中,不仅不可能有写本质的主张,甚至在对大量作家作品的评论中,不少违反现实的东西,他也做了不当的肯定。只是从古代现实主义文学理论发展的进程看,他的贡献是重要的。刘勰不仅确是提出了一些前人没有的东西,在刘勰之后有关现实主义的古代文论中,总体上超过他的,也实在不多了。

至于刘勰的以上论述是否属于现实主义理论,可以断言的是,在古代两种文学倾向中,它属于写实的一种。如果不能否定中国古代有现实主义的文艺创作和总结这种创作经验的理论,也就很难否认刘勰所论属于现实主义的理论,并为这种理论做了前无古人的重要贡献。

第二节　从《文心雕龙》看古代文论的民族特色

中国古代文论有自己的民族特色。研究这种特色，是古文论工作者的重要任务。但这是一个相当复杂的问题，要准确地认识中国古代文论的民族特色，还要做许多深入细致的研究。可以从某一侧面进行专题研究，也可对某一个时期、某一专著进行剖析。当然，也可进行一些总的探讨。朱光潜曾提出："中国古代文艺理论大半是围绕着《诗经》而作的评论和总结"，由此形成中国诗论的三大特点：一是以情为主，二是根据自然而不止于自然，三是重教化[1]。这对我们研究中国古代文论很有启发。刘勰主张"为情而造文"（《情采》）；作者的情和作品中表达的情主要来自自然景物："情以物迁，辞以情发"（《物色》）；而"美教化，移风俗"，更是刘勰的一贯主张。这说明，中国诗论的三大特点，《文心雕龙》是具备的。集先秦以来古文论之大成的《文心雕龙》，具有承上启下的重要作用，因此，从其中是可看到整个古代文论的某些基本特色的。体大思精的《文心雕龙》，至少可说是中国古代文论中较有代表性的一部，是构成整个中国古代文论的一个重要部分；而魏晋六朝又正处于中国古代美学思想大转变的关键时期，宗白华说得很好，这个时期的《文心雕龙》等"更为后来文学理论和绘画理论的发展奠定了基础"[2]。从这个重要组成部分或"基础"来探讨古代文论的民族特色，自然是一个可取的起点。

---

[1]　《中国古代美学简介》，《中国古代美学艺术论文集》。
[2]　《中国美学史中重要问题的初步探索》，《美学散步》。

一

　　文学理论的特点,可以从多种角度来研究。从表达方式上看,有哲理式的抽象概括,有表现式的具体描绘;从理论结构上看,有论辩式的对答,有随感式的漫谈,有综合性的论述,有逐家逐体的分论;从理论体系上看,有以某种观点为主构成的体系,有以特定的论述对象构成的体系,有侧重于抒情言志的主张,有侧重于再现现实的论述等等。这里有必要注意的是,孤立起来看,上述种种特点,都可能为其他民族的文学理论所有。因此,不仅要全面考察各个方面的特点,还须从其内部联系上来研究,才能较为准确地认清文学理论的民族特色。

　　首先从表现方式上看《文心雕龙》。如论艺术构思:

> 文之思也,其神远矣。故寂然凝虑,思接千载;悄焉动容,视通万里。吟咏之间,吐纳珠玉之声;眉睫之前,卷舒风云之色:其思理之致乎!……夫神思方运,万涂竞萌,规矩虚位,刻镂无形;登山则情满于山,观海则意溢于海,我才之多少,将与风云而并驱矣。(《神思》)

对这种想象虚构的特点,刘勰并不是作理论的概括,他似乎并非在主张什么,要求什么,推论什么,判断什么,而是描绘一幅形象的艺术构思图,把进行艺术构思的实际情况呈现出来。这幅图画表明:艺术想象,古往今来无所不及;在构思过程中,有声有色的形象,逐渐浮现在作者的耳目之前;这种形象是从无到有、从抽象到具体地虚构而成。通过这样的描述,把艺术构思的基本原理体现出来了。这是《文心雕龙》中常用的表现方式之一。又如论内容和形式的关系:

> 水性虚而沦漪结，木体实而花萼振，文附质也。虎豹无文，则鞟同犬羊；犀兕有皮，而色资丹漆，质待文也。……夫铅黛所以饰容，而盼倩生于淑姿；文采所以饰言，而辩丽本于情性。故情者文之经，辞者理之纬。经正而后纬成，理定而后辞畅：此立文之本源也。(《情采》)

其所讲内容和形式的关系，已见前论。用比喻来说明某种道理，固然是古今中外一般文辞所常见的方式，但刘勰论文，不是对难明之理偶用比喻，他不仅借助一系列比喻来说明内容和形式相互依存的必然之理，说明文学创作的根本原则，即所谓"立文之本源"，且全篇内容，差不多自首至尾，都是用一个接一个的比喻组成的。如"鸟迹""鱼网""择源于泾渭""按辔于邪正""桃李不言而成蹊""男子树兰而不芳""翠纶桂饵""衣锦褧衣""贲象穷白""正采间色""吴锦好渝，舜英徒艳"等。既用比喻以说明其主要论点，又运用得如此之多，这就构成其论述方式的又一突出特点了。

不仅阐明种种论点是用形象的描绘或比喻，刘勰对作家作品的评论，也常常如此。如评"连珠"体的作者：

> 杜笃、贾逵之曹，刘珍、潘勖之辈，欲穿明珠，多贯鱼目，可谓寿陵匍匐，非复邯郸之步；里丑捧心，不关西施之颦矣。唯士衡运思，理新文敏，而裁章置句，广于旧篇，岂慕朱仲四寸之珰乎！夫文小而易周，思闲可赡。足使义明而词净，事圆而音泽，磊磊自转，可称珠耳。(《杂文》)

读这种评论文，我们甚至可得到一种艺术的享受。从扬雄"肇为《连珠》"之后，模仿者相断不绝，但刘勰认为杜笃等都是邯郸学步、东施效颦，他们所作《连珠》，虽是想穿"明珠"，却大都是穿的

"鱼目",而不成其为"珠"。陆机的《演连珠》虽还不错,却又贪大"珠",篇幅太长。相传仙人朱仲有一颗特大的四寸宝珠,陆机岂不是羡慕其"四寸之珰"！既然是"连珠"体,刘勰认为就应该写得明净圆润,"磊磊自转",才能称之为"珠"。这里既有对作家作品的评论,也有对写《连珠》的基本原理的论述,但我们读来,好像是生动活泼的小品文。这种妙趣横生的评论文,妙就妙在它的形象化,是一种形象化的评论。

除以上三种类型外,《文心雕龙》中还有一种值得注意的理论形式,即各篇的赞词。五十首赞,是可当做五十首诗来读的。这也只举一例可明:

山沓水匝,树杂云合;目既往还,心亦吐纳。春日迟迟,秋风飒飒;情往似赠,兴来如答。(《物色》)

纪昀谓"诸赞之中,此为第一"。这确是一首好诗:高山重叠,流水环绕,草木交错,霭霭云霞;诗人反复观赏,情灵激荡欲发。春光舒畅柔和,秋风萧萧飒飒;投以情怀似赠送,兴致勃起似报答。在这幅情景交织的画绘中,似觉没有什么理性的论证,却高度概括了《物色》篇所讲"情以物迁""物动心摇"的要义。在"山沓水匝,树杂云合"的物色之前,正因作者的目有所往,才能心有所吐。在"春日迟迟,秋风飒飒"的景物变化中,作者之所以"情以物迁",就由于"兴来"是对"情往"的报答。由此可见,在这首赞的诗情画意中,是包孕着深刻而重要的文学理论的。

以上四个方面,说明《文心雕龙》在表达理论的方式上,其显著的特点是用具体的形象来描绘和体现其论点,这正是中国古代文论较普遍的重要特色。论者多看到这种表达方式的不科学、不准确等不足之处,这是无庸否认的。但也应看到,它还有自己的优点,最主要的是用艺术的方式来表达艺术的理论。形象性既然是文学艺术本身的特点,本于这种特点来论述它,应该说是理所当然的。今天的读者,还常对干瘪枯燥的评论文章发出不满之议,古代大量生动形象的文论,我们却视而不见,这或与长期推崇西方文论而忽于民族特点有关。文学艺术本身是复杂多变的,忽视了这种特点而欲以严格的理念来说明或规定种种文学现象,就难免不产生限制、束缚艺术的作用。今天的艺术理论,当然应该力求其科学性、严密性,但如能发扬我们的传统特点,把艺术理论写得生动一些,符合艺术特点一些,可能是更为读者所喜闻乐见的。

古代文论用艺术的方式论艺术的特点,不是偶然出现的。我们读汉代的一些有关论著,如《毛诗序》《法言》《论衡》等,形象化的特点是看不见的,至少是不明显的。这种特点从陆机《文赋》才开始明显起来。"本陆机氏说而昌论文心的"刘勰,在表现方式上自然受到陆机一定的影响。但无论陆机、刘勰或六朝其他论者,在中国古代文论正式形成的时期,这种特点就大量出现,是有其特定的历史原因的。

"文贵形似"可说是六朝时期的时代特征。从《文赋》提出"期穷形而尽相"之后,追逐形似之作,蔚为风尚。刘勰的"自近代以来,文贵形似"(《物色》),确是概括了当时文学创作的普遍风气。问题还不只是文学创作如此。《世说新语》中的许多记述反映了当时的社会风尚:

> 殷谢诸人共集,谢因问殷:"眼往属万形,万形来入眼不?"(《文学》)
> 殷中军问:"自然无心于禀受,何以正善人少,恶人多?"

诸人莫有言者。刘尹答曰:"譬如写水著地,正自纵横流漫,略无正方圆者。"(《文学》)

山公曰:"嵇叔夜之为人,岩岩若孤松之独立;其醉也,傀俄若玉山之将崩。"(《容止》)

谢太傅寒雪日内集,与儿女讲论文义,俄而雪骤,公欣然曰:"白雪纷纷何所似?"兄子胡儿曰:"撒盐空中差可拟。"兄女曰:"未若柳絮因风起。"(《言语》)

第一例很值得注意,它说明时人认识到,眼所见者乃万物之形,并已开始研究人与形的相互关系。第二例是用具体形象来说理。第三例是用形象来品评人物。第四例不仅是用形象来说明形象,小儿女已精于此道,更说明当时用形象化的语言已极为普遍了。以上四种类型,特别是第二、三两种,魏晋以来运用得很普遍。在这种空气下,重视文采的绘形绘声之作,几乎遍及当时的一切文辞。不仅鲍照的《登大雷岸与妹书》、丘迟的《与陈伯之书》、吴均的《与宋元思书》、陶弘景的《答谢中书书》等书信,甚至地理书《水经注》、写寺庙建筑的《洛阳伽蓝记》之类,也无不富有形象描绘。尤有甚者,是章表奏议等政治文件,也深受其影响,以至如李谔所讲,朝廷屡下政令,仍不能禁绝华丽的文风。所谓"连篇累牍,不出月露之形;积案盈箱,唯是风云之状"[①],正反映了当时文风的特点。

既然六朝文风如此,有关文学评论的著作何能例外?文论可影响到文风,文风也有影响于文论,其间关系是错综纷杂的。问题还在于,文论或文风都重文采,在当时有它的一致性。初唐刘

---

① 《上隋高帝革文华书》,《隋书·李谔传》。

知幾论史曾说:"昔文章既作,比兴由生,鸟兽以媲贤愚,草木以方男女,诗人骚客,言之备矣。"诗文创作须借形象以生比兴,可是后来"史臣撰录,亦同彼文章",以至"或虚加练饰,轻饰雕采;或体兼赋颂,词类俳优:文非文,史非史"①。这种批判说明,在刘知幾之前,文史不分的现象仍是大量存在的。文史哲不分是我国古代长期存在的一个重要情况。魏晋以后,文史哲的不同性质虽已渐为人们所认识,但凡是立言都遵奉一个信条:"言之不文,行而不远。"在这一点上,文史哲就有一定的一致性了。在六朝特定的社会环境下,言之有文,受到了格外的重视,因而助成一代文风。加之我国古代极少纯粹的历史家、文学家、哲学家,凡是文人学者,往往都兼通俱解,特别是文学家和文学评论家,一身而二任的就更多。此期的曹丕、曹植、陆机等自不必说,刘勰也有"文集行于世"②,其内容现在虽不得而详,但《文心雕龙》本身就可视为一部文学作品。从上引《物色》篇的赞词看来,刘勰是不乏诗才的。这种情形后世更多。陆机以赋论文,刘勰以骈文论文,唐宋以后大量的论诗诗,都是以文学的形式论文学。文论既和文学作品一致,其形象化的特点就有其必然性了。

刘勰以后,钟嵘的《诗品》、司空图的《诗品》、敖陶孙的《诗评》、严羽的《沧浪诗话》等,以及清人宗廷辅所辑《古今论诗绝句》,在评或论的方式上,无不具有形象描绘的显著特点。《四库提要》谓司空图的《诗品》,其二十四品是"各以韵语十二句体貌之"③。"体貌"二字,正概括了我国古代文论在表现方式上的基

---

① 《史通·叙事》。
② 《梁书·刘勰传》。
③ 《四库全书总目》卷一九五。

本特点。而这种"体貌"方式的实质,则是用艺术的方法来论艺术,它虽有其不足之处,却是我国古代文论值得重视的民族特色之一。

二

在理论结构上,中国古代文论也具有其独具的特点。

《文赋》和《文心雕龙》等六朝文论对后世"体貌"式的文学理论批评自然有一定影响,但这种方式在古代文论中能形成一种重要的表现特点,更主要的还是古代文学理论批评家大都是作家造成的。在我国古代,文学家、理论家、批评家、鉴赏家,往往一身而数任。既然评论者本身又是作者,其评其论,大都密切联系自己或当时的创作实际而发,因此,单纯的理论著作不多,在理论结构上,自然就形成这样一些特点:较少完整严密的结构,而多是创作实践的点滴体会与评论;理论、批评和欣赏常常密不可分;文质论、文道论、通变论既互相结合而又贯穿于整个古代文论之中。

《文心雕龙》的结构虽素有严密之称,也是在中国古代文论中相对而言,它的不足之处,也是颇为明显的。其一,为了凑合"大衍之数五十,其用四十有九"①,在篇章的安排上是很勉强的。如《征圣》《宗经》本是一回事,没有必要分为两篇;《正纬》独立成篇就更无必要。论文体不问大小广狭,论创作不究轻重主次,各设一篇,不妥者甚多。其二,创作论各篇之间虽有一定联系,但一篇一论,不能不造成一定的局限。《文心雕龙》的结构在古文论中堪称独步尚且如此,后世大量随笔式的诗话、词话、曲话,其结构之松散,就更为突出了。这种形式,可能与古代《论语》《孟子》《法

---

① 《周易·系辞上》。

言》等语录体的流行有关,但主要仍由论者本人多是诗人、作家所决定。他们或者在创作实践中偶有所感,或针对当时创作情况而有所赞同与反对,因而三言两语,信手写来,初无周密计划,更非有意写成全面系统的论著。诗话与随笔既已流行,写来又很方便,就成了我国古代论诗的主要形式。

理论、批评和欣赏混揉杂陈以致密不可分,也是同一原因造成的。《文心雕龙》的《知音》篇,一般认为是批评论,有的论者认为是欣赏论,也有道理。批评和欣赏本身既有联系,《知音》篇也未加区别而予以分论。《文心雕龙》五十篇,是否论批评欣赏的只有《知音》一篇呢?当然不是。把全书作一整体来看,理论、批评和欣赏都有,这是不言自明的。从某一部分或某些篇章来看,我们常区分为文体论、创作论、批评论等,也只是就其大体而言。其实,每个部分或很多篇章,都并不单纯是论文体、创作或批评。通常称为文体论的二十一篇最为明显。这里面既有对历代作家作品的评论,又有对各种文体写作特点的论述,也有一些地方讲到文学欣赏。各篇都可说是理论、批评和欣赏的综合体。如《乐府》篇对汉魏诸家的作品进行评论后讲到:

> 故知诗为乐心,声为乐体。乐体在声,瞽师务调其器;乐心在诗,君子宜正其文。好乐无荒,晋风所以称远;伊其相谑,郑国所以云亡。故知季札观辞,不直听声而已。

这完全是从实际创作中总结出来的经验教训。其主张"务调其器""宜正其文",强调"好乐无荒"而反对"伊其相谑"等,是刘勰对乐府的理论;"不直听声",则是对欣赏乐府的要求了。本篇前面曾讲到:"师旷觇风于盛衰,季札鉴微于兴废,精之至也。"认为师旷和季札是古代善于鉴赏音乐的典范,要求像他们那样,能从音乐中察知士气的盛衰、国事的兴亡,所以,只听音乐的声音是不行的,这正是关于欣赏的理论。本篇还批评了这样一种倾向:"雅咏温恭,必欠伸鱼睨;奇辞切至,则拊髀雀跃。"雅正的乐府温和而严肃,却使人厌烦得打呵欠,瞪眼睛;新奇的乐府则使人感到亲切,听了高兴得拍着大腿跳跃。刘勰不满于这种欣赏倾向,虽表现了他的保守性,但这是对欣赏问题的论述则是无疑的,只是它并非单纯的、独立的欣赏论,而是结合在创作上主张"正声"提出的。其论乐府创作的意见,又是在评论汉魏以来的乐府中提出的。所以,这里论创作、批评和欣赏的意见,是密切结合而难截然分开的。

《文心雕龙》的创作论部分,也并不是单纯的创作论,多数篇章也结合进行了文学批评,如《定势》篇批评"近代辞人,率好诡巧",《情采》篇批评"后之作者,采滥忽真,远弃风雅,近师辞赋,故体情之制日疏,逐文之篇愈盛"等。这样的例子很多,特别是《指瑕》《时序》等篇,更是通篇结合批评来论创作的。

《文心雕龙》的结构体制是分篇专论,尚且如此,它如曹丕的《典论·论文》,挚虞的《文章流别论》,沈约的《宋书·谢灵运传论》,钟嵘的《诗品序》等,更无不如此。其后,如白居易的《与元九书》,特别是唐宋古文运动中提出的大量文论,以及从反台阁体开始的前后七子及明清各派的文论,密切联系当时创作上的实际问题而提出自己的理论主张者就更多、更突出。一部中国文学理论史,也可称之为"批评史"或"批评理论史",就是这个原因。极少脱离实际的文学理论,大都是有具体针对地主张什么、反对什么,从而在理论结构上形成古代文论的又一特点:理论、批评和欣赏的结合。

与此相关的又一理论结构上的特点,是文质论、文道论和通变论的密不可分。从儒家之道形成开始,历汉唐而明清,文与道的关系一直是古代文论史上争论不休的一个重大问题。儒家之道是中国古代思想的特产,文学理论上文道关系的论述,自然是中国古代文论的特殊现象。而这种特殊现象又一直和文质关系、古今关系密不可分,这就构成古代文学理论结构上的又一特点。内容和形式的关系,继承和革新的关系,是文学理论上具有普遍意义的问题,这两种关系的理论,一般来说是各有其独立性的。但由于我国古代文论大多不是纯理论的探讨,不仅这两种关系往往密不可分,更和文与道的关系直接联系着,三种关系就都具有不同于一般的特殊意义了。由于是为了解决实际问题而立论,在创作实践上或重质轻文,或重文轻质,文与质势难平衡。重质者多尊道复古,重文者多强调文的新变和艺术特点,加之各个时期对"道"的不同理解和要求,因而在古代文论史上,三种关系往往相互关联而此起彼伏,论争不已。

文质论是《文心雕龙》全书理论的轴心。其总论有云:"志足而言文,情信而辞巧,乃含章之玉牒,秉文之金科矣。"(《征圣》)以内容的充实可信,文辞的巧丽多采为文学创作的金科玉律,并以圣人之文的"衔华而佩实"为"征圣立言"的典范,都说明刘勰把文质并茂作为其论文的基本原则。他不仅以此为准来评论历代作家作品,并用"割情析采"来概括其全部创作论和批评论;甚至很多重要篇章,如《体性》《风骨》《情采》《熔裁》等,其篇题都是从文质两个方面着眼的。但刘勰以文质论为全书理论的主干,并不仅仅是为了阐明文质关系的理论问题,而主要是为了解决当时创作上"夸略旧规,驰骛新作"和"去圣久远,文体解散"的实际问题。

汉代诗歌大都"质木无文",和儒道思想的束缚有很大关系。

建安时期儒道衰微,"甫乃以情纬文,以文被质"①,出现了文学史上的自觉时代。但从西晋开始,就愈来愈向文胜其质的趋势发展。刘勰在《文心雕龙》中从各种不同角度来强调文质并重,正是从这种实际出发的。但只从理论上阐明"文附质""质待文"的关系是力量不大的,还必须和文与道、古与今的关系联系起来论述。刘勰提出"征圣""宗经",主张"模经为式""还宗经诰",反对"跨略旧规"和"摈古竞今"等,正是这个原因。《通变》中说:

> 黄唐淳而质,虞夏质而辨,商周丽而雅,楚汉侈而艳,魏晋浅而绮,宋初讹而新。从质及讹,弥近弥澹。何则?竞今疏古,风味气衰也。……矫讹翻浅,还宗经诰。斯斟酌乎质文之间,而櫽括乎雅俗之际,可与言通变矣。

由于一代一代地"竞今疏古",文学创作由质朴而华艳,以至讹滥。刘勰的通变论所要解决的文质问题,固然是就整个文风而言,但他反对的"今",并不仅仅是形式的华丽;要求的"古",也不仅仅是形式的质朴。"还宗经诰"是"矫讹翻浅"的良药;刘勰的宗经思想虽不能和宗儒家之道等同,却无疑是他重质的重要主张和理论根据。《宗经》篇也有相应的论述:后世作者"建言修辞,鲜克宗经,是以楚艳汉侈,流弊不还。正末归本,不其懿欤!"这和《通变》篇所论,完全一致。"正末"即"矫讹翻浅";"归本"就是"还宗经诰"。而刘勰要求宗经的目的,是为了使作品"情深""风情""事信""义直"等。由此可见,刘勰要求的通古,就是宗经,亦即重质,则通变关系,也就是文道关系和文质关系的另一角度而已。

论通变必然联系到文质关系,同样,论文质关系也必然联系

---

① 沈约《宋书·谢灵运传论》。

到通变问题。如《情采》篇是论文质关系的专篇,也要求学习《诗经》的"为情而造文",而反对"远弃风雅,近师辞赋"。这些论述说明,文质关系和古今关系在古代文论中是有密切联系的。

文与道的关系在《文心雕龙》中主要表现为用征圣、宗经的主张来挽救当时"从质及讹"的倾向。这种倾向和魏晋以后的儒道不振有关。和刘勰同时的裴子野,大力反对当时作者"摈落六艺,吟咏情性"①,正说明晋宋以来文与道的矛盾情况。但这个时期的文论,还没有直接、明确地提出儒道问题,到了唐宋古文运动,就突出了文与道的关系,代替了六朝时期以文质论为主干的结构。但唐宋时期的文道关系,虽然"道"的内容有所不同,仍既和复古主张相联系,也和反对六朝及唐末宋初的重文轻质密不可分。到道学家出现之后,苏轼、黄庭坚等起而对立,文与道的关系和内容都有了新的变化。但无论道学家与苏黄,还是其后前后七子的复古与公安三袁的反复古,或者是沈德潜、翁方纲的复古主义格调论、肌理说,叶燮、袁枚反复古的进化观、性灵说等等,虽侧重点不同,轻重程度各异,都不是单纯的复古或反复古。虽然有的是形式主义的复古,有的是反形式主义的复古,但或重质轻文,或重文轻道,都多多少少有一定的联系。所有这些,都决定于我国古代文论从实际出发的性质,既不是孤立地谈理论,而多是在实际问题上的论战,就很难有纯粹的内容与形式的关系论、继承与革新的关系论等,因而形成理论结构上文与质、文与道、古与今相结合的特点。

---

① 《雕虫论》,《全梁文》卷五十三。

三

古代文论理论体系的特点相当复杂,这里只能提出一些粗略的蠡测。

理论的结构和体系,在某些方面有联系,但二者并不等同。古代大量的诗话、词话、曲话,其结构虽大都较为松散,但在理论体系上,却并不都是混乱的。除《诗话总龟》等少数芜杂的论著外,往往有一以贯之的指导思想,像《沧浪诗话》《人间词话》等,显然有其严密的理论体系。作为一种理论体系,必须以某种基本思想或观点来统领其全部理论;其次是要围绕某一中心而展开一系列有内部联系的、互相制约的论述。如果可以这样理解,我们就可说,中国古代文论的多数论著是自成体系的,虽然严密、完整的程度各有不同;由此以窥探中国古代文论,也就可能从总体上看到理论体系的特点了。

中国古代文论诗话,大多数是以儒家思想为指导思想写成的。与此相应的则有征圣、宗经、文以载道、美刺教化、温柔敦厚等一系列问题的论述。诗是中国古代文学中历史最长,流行最广,作者最多的一种主要形式。又由于《诗经》是儒家六经之一,使诗歌在古代文学中具有最尊崇的正统地位。因此,在古代文学理论中,不仅论诗评诗的专著特多,绝大多数文论也以论诗为中心,并由此而有诗言志、赋比兴、兴观群怨、抒情状物、情景交融、声律对偶,以及象外之象、别材别趣、神韵格调、肌理说、性灵说等一系列问题的研究。这些问题还不单是论诗,大都以诗的原理推及其他,甚至文学以外的艺术理论。如赋比兴,刘勰在《比兴》篇,就由诗而论到辞赋,并以《高唐赋》《洞箫赋》等大量的赋来论证:"比之为义,取类不常。"刘熙载论赋也强调:"赋兼比兴","赋之为道，重象尤宜重兴"①。又如蒋敦复论词："词源于诗，即小小咏物，亦贵得风人比兴之旨。"②陈暌论文也说："《易》之有象，以尽其意；《诗》之有比，以达其情；文之作也，可无喻乎？"③陈廷焯更认为："伊古词章，不外比兴。"④这样的例子举不胜举。在文艺理论上，赋比兴作为一种艺术方法是有普遍意义的，但它的意义是从诗歌艺术中总结出来，再逐渐扩大及其他的。古代文论中不少重要的理论问题，大都类此。

古代诗论影响于整个文论最大最普遍的是"诗言志"。"诗言志"是古代诗论的中心，不仅赋比兴从属于这个中心，古代文论诗论中有关抒情状物的全部理论，无不和"诗言志"的观点有一定的联系。如何抒情状物，几乎涉及文学创作的全部问题，而我国古代论写物之功、状物之理，大都从"体物写志"或"因物达情"的要求出发。由此可见，古代文论的许多论旨，往往都受制于"诗言志"的传统观点。这样，或可作一简单的概括：我国古代文论在理论体系上的特点，是以儒家思想为主导，以诗言志为中心构成的。这种特点只能是就大体而言，对每一具体论著不可能都符合。但至少从《文心雕龙》这部有代表性的巨著中，是可得到充分印证的。

刘勰和后来古文家的观点不同，和道学家更是大异其趣。他虽然把孔子捧到人类至高无上的地位："自生人以来，未有如夫子者也"（《序志》）；把儒家经典尊为最伟大的永恒真理："恒久之至

---

① 《艺概·赋概》。
② 《芬陀利室词话》卷三。
③ 《文则》。
④ 《白雨斋词话·自序》。

道,不刊之鸿教"(《宗经》),但是,《文心雕龙》中并没有提出"文以载道"的主张。其"征圣""宗经"的旗帜是鲜明的,却主要是宗奉儒家的文学观点;是以儒家经典为写作的典范,要求向儒家圣人学习写作,即所谓"征之周孔,则文有师矣"(《征圣》)。《原道》中的"自然之道"并非儒道,而是指万物有自然文采的规律;《征圣》《宗经》则主要是讲周孔之文的各种好处,"文能宗经,体有六义",便是其宗经思想的集中反映。特别是《序志》篇讲得更为明确:"去圣久远,文体解散,辞人爱奇,言贵浮诡",因而刘勰要根据"尼父陈训"来写《文心雕龙》。这些都说明,他的征圣、宗经思想,是从文学创作出发,不是从宣扬儒道思想着眼。

　　刘勰所取的儒家文学观点是什么呢?他根据儒家的种种说法:"言以足志,文以足言";"情欲信,辞欲巧";"旨远辞文"等,归结为:"志足而言文,情信而辞巧,乃含章之玉牒,秉文之金科矣。"以充实的内容和巧丽的文辞相结合为文学创作的金科玉律,并以此为准则来"论文叙笔"和"割情析采",可见这是其全书立论的指导思想。

　　必须说明的是,《文心雕龙》是论文,而不是传教,更不是哲学讲义,因而以"衔华而佩实"为全书立论或评文的指导思想是得体的。当然,刘勰并不是为论文而论文,既本于儒家的文学思想来论文,就不能不和儒家的一系列主张有相应的联系。如论骚体则肯定其"典诰之体""规讽之旨""比兴之义""忠怨之辞"(《辨骚》);论诗则赞扬"顺美匡恶"的优良传统(《明诗》);论乐府便强调"岂惟观乐,于焉识礼"(《乐府》);论赋则批判"无贵风轨,莫益劝戒"的作品(《诠赋》);论创作便强调"化感之本源"(《风骨》);重视《诗经》的作者"志思蓄愤,而吟咏情性,以讽其上"(《情采》);不满于汉代辞赋家的"诗刺道丧,故兴义销亡"(《比兴》);

特别是论作家品德,更主张"摛文必在纬军国,负重必在任栋梁;穷则独善以垂文,达则奉时以骋绩"(《程器》)。显然,这些都是儒家思想的直接运用。这些意见是否游离于"衔华佩实"的基本观点之外呢?只举一例可明:

> 丽辞雅义,符采相胜,如组织之品朱紫,画绘之著玄黄;文虽新而有质,色虽糅而有本,此立赋之大体也。然逐末之俦,蔑弃其本,虽读千赋,愈惑体要,遂使繁华损枝,膏腴害骨,无贵风轨,莫益劝戒。(《诠赋》)

刘勰强调写赋的基本原则是"丽辞雅义"的高度结合,要有文有质,有色有本。这正是在"衔华佩实"的基本观点指导下提出来的。但"逐末之俦"把赋写得"繁华损枝,膏腴害骨",也就是有文无质,有色无本,因而就"无贵风轨,莫益劝戒"了。这足以说明:要求文质并重,正是为了使作品很好地发挥其教化或美刺的作用。所以,刘勰的重美刺教化,和"衔华佩实"的基本观点有着必然的内在联系。

以上是构成《文心雕龙》理论体系的一个方面。与此密不可分的另一个方面,是以"诗言志"为中心而提出的一系列理论问题。

从篇幅上看,《文心雕龙》中论诗的最多,这和整个古代文论以论诗为主的情况一样。除"论文叙笔"部分的《辨骚》《明诗》《乐府》等篇外,"割情析采"的二十四篇,篇篇都论及诗或与诗有关,且很多重要理论问题,都是围绕着诗的原理而提出或展开的。《比兴》篇自不必说,《声律》篇所论声、调、和、韵,主要从论诗出发,也很明显。《通变》是总结"九代咏歌"的发展情况来论通变的必要性。《情采》据"诗人篇什"来主张"为文而造情",并发展了"诗言志"的观点而提出"述志为本"的主张。《夸饰》篇据"《诗》《书》雅言"来论夸张手法的必要。《时序》篇则从"歌谣文理,与世推移"的情况,讲到东晋的"诗必柱下之旨归,赋乃漆园之义疏",从而总结出"文变染乎世情,兴废系乎时序"的著名论点。《物色》篇更是总结《诗经》《楚辞》的创作经验,提出了"以少总多,情貌无遗",和"诗骚所标,并据要害"等重要理论。这样的例子很多,说明刘勰的创作论,是以论诗歌创作为中心建立起来的。

刘勰的文学理论不只是多论诗,而且根据"诗言志"的特点来阐发种种文学理论。言志和言情,在《文心雕龙》中是统一的,不过他要求的情,是"义归无邪"的情,所以用"持"来解释诗,要求诗能"持人情性"(《明诗》)。这和他以儒家思想为主导来立论的原则是一致的。

《宗经》篇曾明确说过"诗主言志",则抒情言志为诗的主要特点,刘勰是很清楚的。但是,在很多并非论诗的地方,他也强调志,突出情。如《熔裁》:"万趣会文,不离辞情";《情采》:"情者文之经,辞者理之纬","况乎文章,述志为本";《附会》:"必以情志为神明,事义为骨髓,辞采为肌肤,宫商为声气"等。这说明:刘勰不仅用"情"或"志"来概括一切文学作品的内容,而且以抒情言志为文学艺术的职能。这是刘勰以诗为中心来论文在历史上取得的重要成果。明确了这点,既有利于进一步认识文学艺术的特点,在此基础上来论文,更有利于在理论上作深入的探究。如《明诗》篇所论:"人禀七情,应物斯感,感物吟志,莫非自然。"这里提出文学理论上一个重要问题,即情与物的关系。"诗言志"既是有感于物而言志,则物和情就有着密切的关系。《物色》篇对这种关系做了具体研究:"春秋代序,阴阳惨舒,物色之动,心亦摇焉……岁有其物,物有其容,情以物迁,辞以情发。"这就说明,情来自物,物决定情；客观事物有所变化，作者的感情也随之而变。因此，怎样抒情言志，就不仅在理论上要研究情与物的关系，还必须研究物和言的关系，也就是怎样写物的问题。

《诠赋》篇说："情以物兴，故义必明雅；物以情观，故词必巧丽。"这也是根据"志足而言文，情信而辞巧"的基本观点所作的论述，只是这里是从情物关系的角度来论述，而把"志足""情信"发挥为"义必明雅"，把"言文""辞巧"综合为"词必巧丽"。这里值得注意的是刘勰对情、物、辞三者关系的论述：情是由物引起的，所以内容必然明显而雅丽；因有了物所引起的具体的情，言之有物，故能明雅。物是通过作者的情而表现出来的，因而文辞必然巧丽。这除了说明物与情必须结合外，更说明"巧丽"的词离不开物。诗人写物，并不是为写物而写物，写物是为了"体物写志"，因此，其所写之物，必须是能言志的。"物以情观"正说明这个道理。所写之物，既是融化于情又能达情的物，描写这种物的文辞就能"巧丽"了。这是文学理论上一个很重要的问题，因为它涉及到文学语言的形象性这一特点，必须用能言志的形象的语言，才是"巧丽"的文学语言。

刘勰虽然没有直接而明确地说明这种物与情、物与言的关系，但在其"体貌"式的表述中，是确切地反映了这种关系的。《物色》篇有一条很好的旁证：

> 古来辞人，异代接武，莫不参伍以相变，因革以为功；物色尽而情有余者，晓会通也。

刘勰认为善于继承和革新相结合的作者，就能创造出"物色尽而情有余"的作品。这个"物色"，就是描绘物色的语言，也就是形象的语言。必须用形象的语言，才能产生言虽尽而意有余的艺术效果。钟嵘论赋比兴,也曾说过类似的话:"文已尽而意有余",其义略同。唐宋以后,这话发展成古代文论的一句名言,正如苏轼所说:"言有尽而意无穷者,天下之至言也。"①袁中道则谓:"天下之文,莫妙于言有尽而意无穷。"②试较"言有尽""文有尽"和"物色尽"三说,其义虽同,惟刘说最善。在文学作品中,意之所以"无穷",情之所以"有余",一般的"言"与"文"是很难做到的,只有写物的言辞,可以产生形象大于思维的作用,能透过一定的物象,生发出无尽的意味,亦即刘勰所谓"以少总多"是也。

"以少总多"是《物色》篇提出的写物方法,此篇对怎样写物还有一系列论述。首先是要对所写之物有深入的观察了解:"流连万象之际,沉吟视听之区";"窥情风景之上,钻貌草木之中"。其次是要准确逼真地描绘物象:"体物为妙,功在密附。故巧言切状,如印之印泥。"但由于"物貌难尽",而必须"善于适要",用"以少总多"的方法来做到"情貌无遗"等。总的来看,《物色》篇是以"物"为中心,而论述了物与情、物与言两种关系,也就是研究了物怎样决定情和怎样以言写物两个相互关联的问题。其中所说"吟咏所发,志惟深远;体物为妙,功在密附",不仅概括了本篇所论两种关系的要旨,也体现了全书所论的要义。言志求深远,体物求妙合,正是对"志足而言文,情信而辞巧"的阐发。《文心雕龙》的创作论就是围绕这两个方面及其相互关系来论述的。

《神思》是就"物以貌求,心以理应"的心物交融之理来论艺术构思,通过"神与物游"的想象活动,而"情变所孕",产生了作品的种种内容。《体性》和《定势》两篇都是讲情与言的关系:"志

---

① 见姜夔《白石道人诗说》,《历代诗话》。
② 《淡成集序》,《珂雪斋文集》卷二。

以定言。"即按"情动而言形"之理论艺术风格,据"因情立体"之理论文章体势。《风骨》则从"怊怅述情"和"沉吟铺辞"两个方面强调风骨并重。《通变》和《情采》两篇的关系上文已经讲到,所论角度虽有不同,但都是为了反对"采滥辞诡""从质及讹"的创作倾向而要求文质并茂。《熔裁》论"櫽括情理,矫揉文采",是对质文两个方面的规划与加工。"阅声字"诸篇,也不外讲如何抒情状物,以及用种种艺术方法来体物写志。其全部论述,都是为了写出"志足而言文,情信而辞巧"的作品。从方法论的角度看,其创作论所研究的,主要就是如何使"言以足志,文以足言"。而志——言——文的关系,主要是志——言——物的关系。在刘勰的理论体系中,"文"和"物(象)"都从属于"言",所以,其理论体系的主干就是"志"和"言"的关系,亦即所谓文质关系。

由上述可见,刘勰的理论体系,是以儒家思想为主导,以诗言志为中心,以文质关系为骨干建立起来的。这个体系,基本上反映了古代文论理论体系的概貌。而以儒家思想为主导,以诗言志为中心,以文质关系为主干,也概括了中国古代文论的三大特点。唐宋以后的文论,当然各有其不同的具体特点,但大多数文论的概貌,是具有这种基本特点的。

四

中国古代文论的民族特色,还表现在它有一套自己的概念术语和传统的论题,如道、气、势、赋比兴、风骨、形神、神思、刚柔、声律、格调、骈俪、文道论、文质论等。这些概念和论题,都不是突然出现的,它们都植根于古代文学艺术创作的民族特色。正因如此,它们一经出现就经久不衰,在长期的古代文学发展过程中,既有影响于创作的发展,也对古代文论的民族特色起到一定的促进作用。所以,它们既是古代文论民族特色的表现因素,也是构成因素。它们既有自己的独立性,也和古代文论"体貌"式的特点、理论结构和理论体系的特点互为表里。

这些概念和论题,《文心雕龙》中大都有所涉及,有的还做了专题论述。其中虽未直接论及形神和格调问题,也有某些相关的论述。如明清时期才明确提出的格调说,《文心雕龙》自然不会讲到。但杨慎论风骨有云:"诗有格有调,格犹骨也,调犹风也。"①亦非毫无道理。至于形神问题,刘勰以前的乐论、画论,已有较为广泛的运用了。《文心雕龙》中虽未直接讲到形神问题,但不满于表面的形似之论是有的。如《物色》篇总结《诗经》的写物之功,有的能"一言穷理",有的只"两字穷形",从而做到"以少总多,情貌无遗"。所谓"情貌无遗",指的是用一两个字就完全概括了物象的神情状貌。写出这样的"情貌",也就是传形之神了。本篇所讲"物色尽而情有余"的形象描写,也只有这种"情貌无遗"的传神之笔才有可能。此外,《比兴》篇提出的"拟容取心",更是要求在表面形似("容")的基础上进一步表达出它的"心"。王元化曾说"拟容取心"的命题,"就是在艺术形象问题上分辨神形之间的关系。心和容亦即神和形的异名"②。这是很有道理的。

此外,古代文论中一些较常见的概念,《文心雕龙》都有集中的论述,特别是神思、风骨、比兴等,都是经刘勰做了专篇论述后,在古代文论的发展中产生了深远的影响。这里,只对神思、风骨、比兴三个问题略加叙述。

我们现在所讲艺术构思的"构思"二字,刘勰之前的臧荣绪已

---

① 《杨升庵先生批点文心雕龙》《风骨》篇评语。
② 《文心雕龙创作论》第 54 页。

经用过:"左思……欲作《三都赋》,乃诣著作郎张载访岷邛之事,遂构思十稔。"①刘勰不用"构思"而用"神思"来论艺术构思,这并不单是个用词问题。"构思"一词,可以用于文学创作,也可用于文史哲一切论著的写作,用"神思"二字,则更适合于艺术构思的特点。

"神思"二字,最初只是泛指用心、用思。如曹植《上疏陈审举之义》:"又闻豹尾已建,戎轩骛驾,陛下将复劳玉躬,扰挂神思。"②陆凯曾说:"愿陛下重留神思,访以时务。"③东晋孙绰在《游天台山赋序》中说:"天台山者,盖山岳之神秀者也。……余所以驰神运思,昼咏宵兴,俯仰之间,若已再升者也。"④这里的"驰神运思",讲的是作者的想象活动,其含义就有了新的变化。其后,晋宋之际的宗炳论画,有"万趣融其神思"⑤之说,就直接用于艺术构思了。刘勰正是取孙绰"驰神运思"之意,在宗炳之后第一次用以指文学创作的艺术构思。《神思》篇不仅以此为题做了专论,且对"神思"的特点做了充分论述。"文之思也,其神远矣。故寂然凝虑,思接千载;悄焉动容,视通万里。"这种飞驰于千载之上、万里之遥的想象,刘勰谓之"其神远矣",就是说,艺术构思是一种无所不及的精神活动;在艺术家驰神运思之中,"神用象通,情变所孕",精神和物象相沟通,从而孕育出作品的种种内容。从刘勰的这些论述可见,对艺术创作这种精神生产的特点来说,"神

---

① 《文选·三都赋序》注引臧荣绪《晋书》。
② 《全三国文》卷十六。
③ 《三国志·陆凯传》。
④ 《文选》卷十一。
⑤ 《画山水序》,《历代名画记》卷六。

思"二字是很能表达其特点的。正因如此,"神思"二字成了古代文论中一个特定的概念,并为后世论者所沿用。如刘勰之后不久的萧子显用以论文:"属文之道,事出神思,感召无象,变化不穷。"①唐代王昌龄用以论诗:"诗思有三……久用精思,未契意象,力疲智竭,放安神思,心偶照境,率然而生,曰生思。"②宋代韩拙用于画论:"盖有不测之神思,难名之妙意,寓于其间矣。"③清代刘熙载用于书论:"右军《乐毅论》《画像赞》……孙过庭《书谱》论之,推极情意神思之微。"④直到鲁迅,在《摩罗诗力说》《文化偏至论》《破恶声论》等文中,也多次运用了"神思"这个概念⑤。

再看"风骨"。

"风骨"一词源于汉魏以来的人物品评,过去的研究者说之已详。刘勰也是利用旧说而第一次用于文学理论。《文心雕龙》对此作了专篇论述后,"风骨"成了古代文论中一个重要的概念。刘勰的"风骨"论,原是针对六朝文风而对文学创作提出的美学理想,因而常被后世用作评论文学的标准。从初唐陈子昂开始,就高举"汉魏风骨"的大旗,反对齐梁以来"采丽竞繁,而兴寄都绝"的创作倾向⑥。中经李白对"蓬莱文章建安骨"的提倡⑦,殷璠以"风骨""气骨"来论诗和评诗⑧,"风骨"就成了一个很受重视的

---

① 《南齐书·文学传论》。
② 见《唐音癸签》卷二。
③ 《山水纯全集·论观画别识》。
④ 《艺概·书概》。
⑤ 见孙昌熙、刘淦《鲁迅与〈文心雕龙〉》,《文心雕龙学刊》第1辑。
⑥ 《修竹篇序》,《陈子昂集》卷一。
⑦ 《宣州谢朓楼饯别校书叔云》,《李太白全集》卷十八。
⑧ 《河岳英灵集》。

审美标准。到了宋代,严羽把钟嵘《诗品序》中的"建安风力"发展为现在还为文学史家常用的"建安风骨"①。明清时期,"风骨""气骨""建安风骨"之类概念,在胡应麟《诗薮》、沈德潜《说诗晬语》、刘熙载《艺概》等论著中就运用得更为普遍了。叶燮对"古今人之诗评"多所不满,对钟嵘、刘勰之论,也认为"其言不过吞吐抑扬,不能持论"。即使他持这种过于偏颇的态度,但对"沉吟铺辞,莫先于骨;故辞之待骨,如体之树骸"几句,仍以为"斯言为能探得本原"②。正因为刘勰的"风骨"论从根本上提出了文学创作的最高要求,因而既有较普遍的意义,也有较大的号召力量。

最后看"赋比兴"。

"赋比兴"这一诗歌艺术的传统表现方法,前面已经讲到,在它的发展过程中,逐步由诗论扩大到古代文论的许多方面。这里要加以补充的是,"赋比兴"不仅广泛运用于诗、词、歌、赋和散文,也为古代书画理论所吸取。各举二例如下:

> 故诗人六义,多识于鸟兽草木之名,而律历四时,亦记其荣枯语默之候;所以绘事之妙,多寓兴于此,与诗人相表里焉。③

> 作诗须有寄托,作画亦然。……松树不见根,喻君子之在野也。杂树峥嵘,喻小人之昵比也。江岸积雨而征帆不归,刺时人之驰逐名利也。春雪甫霁而林花乍开,美贤人之乘时奋兴也。④

---

① 《沧浪诗话·诗评》。
② 《原诗》卷三。
③ 《宣和画谱·花鸟叙论》。
④ 盛大士《溪山卧游录》卷二。

> 然草与真有异：真则字终意亦终，草则行尽势未尽。……或寄以骋纵横之志，或托以散郁结之怀。①
>
> 写字者，写志也。……笔性墨情，皆以其人之性情为本。是则理性情者，书之首务也。钟繇笔法曰："笔迹者，界也。流美者，人也。"右军《兰亭序》言："因寄所托""取诸怀抱"，似亦隐寓书旨。②

这些论述说明一个共同的道理，无论绘画或书法艺术，都是为了抒情言志。因此，也和诗歌运用比兴方法一样，要因物寓意，要有所寄托或美刺，而"与诗人相表里"。从这里，更能看出我国古代文学艺术以"诗言志"为中心的理论特点。正因为比兴方法要借物言志，在古代文论的发展过程中，"比兴"又逐渐形成一种要求有充实的思想内容的特殊概念。这一转变，在唐代最为明显。陈子昂开始不满于"采丽竞繁，而兴寄都绝"的齐梁诗作，他说的没有"兴寄"，和"汉魏风骨，晋宋莫传""风雅不作"等一致，显然，要求有"兴寄"，主要是要求有充实的思想内容。到白居易论诗，尤重"比兴"。他称许张籍的诗："风雅比兴外，未尝著空文。"③并直接用有无"比兴"来衡量作家作品：

> 诗之豪者，世称李杜。李之作，才矣奇矣，人不逮矣，索其风雅比兴，十无一焉。杜诗最多，可传者千余首，至于贯穿今古，觇缕格律，尽工尽善，又过于李。然撮其《新安》《石壕》《潼关吏》《芦子》《花门》之章，"朱门酒肉臭，路有冻死

---

① 张怀瓘《书断》。
② 《艺概·书概》。
③ 《读张籍古乐府》，《白居易集》卷一。

骨"之句,亦不过三四十。杜尚如此,况不逮杜者乎!①

这就以"比兴"为评论作家作品的主要标准了。且白居易所说的"比兴",不是一般的艺术手法,认为李杜之作还"十无一焉",可见他对"比兴"的要求极高,只有《新安吏》《石壕吏》,"朱门酒肉臭,路有冻死骨"之类具有深刻的现实意义的诗作,才算有"比兴"。这样,"比兴"这一概念就在托物喻志的基础上发展得更为丰富,也更为重要了。刘勰的《比兴》篇在这一发展变化过程中,是起着重要作用的。他释"比兴"为:

> 比者,附也;兴者,起也。附理者切类以指事,起情者依微以拟议。……比则畜愤以斥言,兴则环譬以托讽。

黄侃认为:"后郑以善恶分比兴,不如先郑注谊之确。"钟嵘的解释,"又与诂训乖殊",唯"彦和辨比兴之分,最为明晰。一曰起情与附理,二曰斥言与环譬,介画燎然,妙得先郑之意矣"②。据黄侃此说,可见刘勰的解释,首先是明晰准确,其次是本于先郑,也就是说,是在前人解说的基础上提出来的。但先郑之说只是:"比者,比方于物也;兴者,托事于物。"③这并不涉及所比所托的思想内容。刘勰的发展,则在赋以"蓄愤斥言""环譬托讽"之义,"比兴"就不仅仅是一种艺术手段了,而是从方法到思想都有了具体的要求。"比兴"从表现方法发展而为评论作家作品的标准,这是一个重要的过渡。

从以上所述可见,古代文论中一些传统的概念或论题,它们

---

① 《与元九书》,《白居易集》卷四十五。
② 《文心雕龙札记》第174页。
③ 《周礼·春官·大师》注引。

能够长期而广泛地运用于文学艺术理论之中,显然不是一种孤立的现象。这些概念和论题,和古代文论的种种特点都有其必然的内在联系。如由"文"与"质"两个概念构成的文质论,既是古代文论的结构特点的表现形态,又和以"诗言志"为中心的理论体系相辅相成。"赋比兴"的方法对以"诗言志"为中心的理论体系,就既有促进其形成与发展的作用,其本身又是这个理论体系的重要表现形式。"文气""神思""风骨"等概念的普遍运用,则和古代文论的"体貌"特点有关。"气""风骨""形神"等,都是在以物为喻的基础上形成的。

值得注意的一种现象是:古代文论既有形象化的表现特点,而其概念、术语,如"气""势""神""风""骨""韵""格"等,却给人以高度抽象的感觉。这种似乎矛盾的现象,其实是统一的。理论多是形象性的描绘,概念也多形象化的表述,这本来是一致的。中国古代文论的一套术语概念,正由此而具有一个重要的特点:直接性。上文所作"神思"和"构思"的对比已能说明这种特点。又如"神与物游",虽然不是一个固定的理论概念,但古来类似说法甚多,如王昌龄的"神会于物"①,苏轼的"神与万物交"②,李日华的"神游意会"③,黄宗羲的"情与物相游"④,李渔的"梦往神游"⑤等说,大都是讲艺术构思中思想和物象相结合进行的想象活动。若以这类说法和"形象思维"这个近代的概念相较,就可清

---

① 《唐音癸签》卷二引。
② 《书李伯时山庄图后》,《苏东坡集》前集卷二十三。
③ 《六砚斋笔记》,《中国画论类编》,第 134 页。
④ 《黄孚先诗序》,《南雷文案》卷二。
⑤ 《语求肖似》,《闲情偶寄》卷三。

楚地看到,其内容是相近的,而我国古代的"神与物游"诸说,则有较显著的直接性。古代文论中的许多术语、概念,大都具有这种特点。"风",就是自然界的风,风吹则草动,这种作用喻之于文,就是文的教育力量:风化。"骨",就是动物的骨骼,骨既是硬的,又是动物体的支柱,用以喻文,就有骨力、骨架的要求。"势",正如刘勰所说:"圆者规体,其势也自转;方者矩形,其势也自安:文章体势,如斯而已。"(《定势》)圆体转动,方体安稳,这就是它们的"势",用以喻文,就是要遵循文体的自然之势。

正因为古代文论的用语大都具有直接性的特点,即使有的已形成相对固定的概念,但大都是不须给它某种定义,也其义自明。如果要给某一术语或概念确立总的界说,是很不容易的,因其直接性或以物为喻的特点,有较大的灵活性、伸缩性;特别是古代文论多是针对实际问题而发,虽是同一用语,往往随其针对的事物、情况的不同,其含义也随之而异。如刘勰所讲的"自然之道",不同于扬雄所讲"正道""它道"的"道";韩愈讲的仁义之"道",又迥异于刘勰的"自然之道";宋代道学家的"道",也不同于唐宋古文家的"道";章学诚在《文史通义》中写了三篇《原道》,却是讲的"六经所不能言"的"道",与上述诸家之道又不相同。这种情形在古文论中是常有的。但这种情形的存在,并不是无法确解古文论中的术语概念。我们常在一些概念上争论不休,就有可能是对古代文论所用术语概念的特点注意不够,认识了这些特点,注意它的直接性,掌握其针对实际问题而发的具体情况,反而是不难理解的。

总上所述,我国古代文论的基本特点,是用体貌的方式,从实际出发进行综合论述的结构;在儒家思想支配下,以"诗言志"为中心,以文质论为主干构成的理论体系;用一套传统的术语、概念和论题而进行一系列评论。

第三节 从"范注补正"看《文心雕龙》的注释问题

范文澜的《文心雕龙注》,日本户田浩晓认为:"不可否认是《文心雕龙》注释史上划时期的作品"①,这是对的。自范注问世以后,无论中日学者,都以之为《文心雕龙》研究的基础,这也是不可否认的事实,其于"龙学"的贡献,是应该充分肯定的。但范注确有某些不妥之处,后继者在它的基础上有所增补和纠正,从而不断有新的发展,这是必然的,也是学术发展的正常现象。范注之后,首先有杨明照先生的《范文澜文心雕龙注举正》发表②,日本斯波六郎的《文心雕龙范注补正》继之,略其同而存其异③。其后有张立斋的《文心雕龙考异》④和《文心雕龙注订》⑤,王叔岷的《文心雕龙缀补》⑥及李曰刚的《文心雕龙斠诠》⑦等,对范注杨校又分别各有增益。而增补范注最多的则首推杨明照先生。《文心雕龙校注》的《后记》中说,他著此书即据范本而"弃同存异","如有增补,必先检范书然后载笔";到《文心雕龙校注拾遗》问世,便由 1937 年的"举正"范注五十二条发展而为誉满中外的洋洋巨

---

① 《文心雕龙小史》,《日本研究〈文心雕龙〉论文集》。
② 见《文学年报》第 3 期(1937 年 5 月)。
③ 见《文心雕龙范注补正例言》。
④ 1974 年台北正中书局出版。
⑤ 1967 年台北正中书局出版。
⑥ 1975 年台北艺文印书馆出版。
⑦ 1982 年台北"国立编译馆"中华丛书编审委员会编印。

著。李曰刚教授谓杨明照、王利器"堪称《文心》之两伟大功臣"①，诚非过誉。

兼述诸家增补之美的重任是本文承荷不了的，只打算主要着眼于以下三点粗陈己见，以就教于中日高明：一是斯波六郎《补正》的得失；二是对理解原著尚存歧议的部分内容；三是上述诸家补正所未及的某些问题。

《原道》：言之文也，天地之心哉！

本篇两处讲到"天地之心"，另一处在前："为五行之秀，实天地之心。"范注前者引《礼记·礼运篇》："人者……五行之秀气也。"又曰："人者，天地之心也，五行之端也，食味别声被色而生者也。"其后诸家之注皆从此说，虽各有所补而无异议。后一个"天地之心"范未注，斯波及诸家也未补。未注未补，可能是认为两个"天地之心"义同。案两处"天地之心"的用意实不相同，前者指人处于天地之间的重要位置而以人心为喻，后者却是借以说明"言之文"的必然性。李曰刚解前句为"人居于天地之中央"，后句为"此即天地之道心也"。"道心"二字虽觉明而未融，庶几近是。"言之文也"二句，上承"乾坤两位，独制《文言》"，下启河图洛书之华"亦神理而已"，则此"天地之心"，指天地万物自然具有的本性甚明。《易·复》："复其见天地之心乎。"王注："复者，反本之谓也，天地以本为心者也。"《正义》："本，谓静也，言天地寂然不动，是以本为心者也。"彦和正取"以本为心"之义而创新意，与《原道》论万物皆自有其文之旨相合。

《辨骚》：中巧者猎其艳辞。

范注："中巧犹言心巧。"李氏《斠诠》纠正为："《礼记》：'中

---

① 《文心雕龙斠诠·例略》。

巧,犹言心巧'"是。斯波《补正》:此"中"乃"中的"之"中",故其下文用"猎"字。并引梅庆生音注"中,去声"为证。案诸家皆从《札记》,已成定论,但斯波之说,梅氏之注或不无道理。"中"固可解作心,据冈村繁《索引》,全书五十多处用到"中"字,作去声的用例甚多,如"中的""中律""中宫""中策""中务""言中事隐""言中理准""理得而辞中"等,用作心字解的"中"却一个没有。

《明诗》:严、马之徒。

范注引《汉书·艺文志》有庄夫子(严忌)赋二十四篇,司马相如赋二十九篇。《补正》举《汉书·严助传》及《东方朔传》皆以严助和司马相如并举,又严忌显扬于文、景之际,认为"严"指严助而非严忌。这是对的。查《汉书·严助传》:"严助,会稽吴人严夫子(即严忌)子也……郡举贤良,对策百余人,武帝善助对,由是独擢助为中大夫。"王先谦补注:"齐召南曰:助对策在建元元年。"建元元年是汉武帝即帝位的第一年,严助从此便与司马相如等"并在左右"。"严、马"并称,显然不会指严助之父严忌。彦和所说:"孝武爱文,柏梁列韵,严、马之徒,属辞无方",也明明指武帝以后的活动。参以《时序》篇所说:"施及孝惠,迄于文、景,经术颇兴,而辞人勿用;贾谊抑而邹、枚沉,亦可知已。"所指并非严忌就更为清楚了。"邹、枚"即邹阳、枚乘。《汉书·邹阳传》:"吴王濞招致四方游士,阳与吴严忌、枚乘等俱仕吴。"其后,他们又一道去吴而"从(梁)孝王游"。则所谓"邹枚沉"其实是"邹、严(忌)、枚沉"的省略。

《明诗》:若夫四言正体,则雅润为本;五言流调,则清丽居宗……。

斯波补以颜延之《庭诰》:"至于五言流靡,则刘桢、张华,四言侧密,张衡、王粲;若夫陈思王,可谓兼之矣。"《明诗》之论,显然是

《庭诰》的发展。斯波之后,李曰刚《斠诠》、杨明照《拾遗》,亦有此补。斯波之补为后来诸书或采用或相同者颇多,以下一般不再列举。

《诠赋》:迭致文契。

范注据唐写本作"写送文势",注云:"写送是六朝人常语,意谓充足也。《附会篇》'克终底绩,寄深写送。'亦谓一篇之终,当文势充足也。"近世注家,多从范说。斯波《补正》则谓"写送"乃"收束"之意,举证有三:《文镜秘府论》:"开发端绪,写送文势";《晋阳秋》:"于写送之致,如为未尽";《高僧传·昙智传》:"高调清彻,写送有余"。案斯波的"收束"之解是对的,后来注家仍从范而不取斯波之说,主要是尚无明确例证,故李曰刚以为:"审诸原文辞气,斯氏所谓'收束'与范注'意谓充足'词异而旨同。"实际上是不同的,所以李氏最后仍取范而舍斯,注"写送文势"为:"言尽量充足文章之气势也。"案写,尽也;送,毕也。斯波所举诸例,均与诵读有关,时在晋唐之间,和当时音乐上的"送声"密不可分。《古今乐录》:"《欢闻歌》者,晋穆帝升平初歌,毕辄呼'欢闻不'?以为送声,后因此为曲名。"①又曰:"《子夜变歌》前作'持子'送,后作'欢娱我'送。《子夜警歌》无送声,仍作变"(同上);"《杨叛儿》送声云:'叛儿教侬不复相思'"②;"凡歌曲终,皆有送声,《子夜》以'持子'送曲,《凤将雏》以'泽雉'送曲"③。此外,《唐书·乐志》也有关于"送声"的记载。送声为乐曲之终了,此可为斯波"收束"说明证。

---

① 《乐府诗集》卷四十五。
② 《乐府诗集》卷四十九。
③ 《乐府诗集》卷四十四。

《祝盟》：太史所作之赞，因周之祝文也。

范注："案太常卿属官，有太史令一人。《礼仪志》载太史令奉谥哀策，则彦和所云'太史作赞'，当为指汉代而言矣。唐写本作'太祝所读，固祝之文者也。'语意似不甚明。"斯波《补正》："案此二句，疑当作'太史所读，固周之祝文也'。"并引《后汉书·礼仪志下》"太史令自车南，北面读哀策"为证。杨明照《拾遗》："按唐写本是，语意甚明。续汉百官志二：'太祝令一人，六百石。本注曰：凡国祭祀，掌读祝及迎送神'。"杨说是。彦和此处所论为哀策，《后汉书·礼仪志下》："太史令跪读谥策。"谥策（后世称谥册），必颂死者德行，正所谓"诔首而哀末，颂体而祝仪"之策文。

《史传》：宣后乱秦，吕氏危汉。

范注引《史记·匈奴列传》："秦昭王时，义渠戎王与宣太后乱，有二子。"则"乱"指淫乱。此说用黄叔琳注，斯波及诸家均无补正，且李曰刚及海内诸家以及凡我所见海外译本，都从黄、范而误。细读彦和原文可知：这段话首先反对班固、司马迁为吕后立纪，因为自"庖牺以来，未闻女帝者也"。继举周武王的誓词："牝鸡无晨"；齐桓公的盟词："妇无与国"，以反对妇女参与国政，因而提到"宣后乱秦，吕氏危汉"的历史教训。"宣后乱秦"和"吕氏危汉"的性质是相同的，都与淫乱毫不相干。《史记·穰侯列传》："穰侯魏冉者，秦昭王母宣太后弟也。……昭王少，宣太后自治，任魏冉为政。"这就是中国历史上第一个登台执政的女后。《史记·范雎列传》："穰侯，华阳君，昭王母宣太后之弟也；而泾阳君、高陵君，皆昭王同母弟也。穰侯相，三人者更将，有封邑；以太后故，私家富重于王室。及穰侯为秦将，且欲越韩、魏而伐齐纲寿，欲以广其陶封。"这就是"乱秦"的部分内容了。

《诸子》：六虱五蠹，弃仁废孝。

范注引俞樾《诸子平议》："樾谨案(《商君书·靳令》)上言六虱,下言十二者,而中所列凡九事,于数皆不合。疑礼、乐、诗、书、孝、悌当为六事……六虱之文见《去强篇》,其文曰:'农商官三者,国之常官也。三官者生,虱官者六:曰岁,曰食,曰玩,曰好,曰志,曰行。'此说六虱最得。……"范注引而未案,其后众说纷纭。高亨《商君书注译》认为《靳令》原文应作:"六虱:曰礼、乐;曰诗、书;曰修善、孝弟;曰诚信、贞廉;曰仁、义;曰非兵、羞战。""今本衍三个'曰'字。共有六项,所以称为六虱,每项又包括两小项,所以下文称'十二者'。"此可备一说。

《论说》:铨文则与叙、引共纪。

范注:"铨当作诠",是。又说:"引,未详"。有人以为"盖即《易·系辞》之类",未知何据。李曰刚《斠诠》:"引,亦文体之一,与'叙'同。《后汉书·班固传》:'固又作典引篇,述叙汉德。'后世如宋苏洵之族谱引,皆是。"案彦和明明说:"序(即上文之'叙')者次事,引者胤辞",不能视序、引为同一文体。"引"既是一种文体,则《典引》不得视为《典》之'引'体甚明。《文选·典引》注:"尧之常法谓之《尧典》,汉绍其绪,伸而长之也。"所谓"述叙汉德",正是这个意思。徐师曾《文体明辨序说》谓引"大略如序而稍为短简",但"唐以前文章未有名引者"。查陆云有《赠顾骠骑二首》,一曰《有皇》,一曰《思文》。原注:"八章,有引。"兹录其一引:"有皇,美祈阳也。祈阳秉文之士,骏发其声,故能明照有吴,入显乎晋,国人美之,故作是诗焉。"[①]此当是刘勰所说"序引"的"引"。

《论说》:迄至正始,务欲守文。

---

① 《陆清河集》卷二。

范注："魏氏三祖，皆有文采。正始中，玄风始盛。高贵乡公才慧夙成，好问尚辞，有文帝之风。盖皆守文之祖。"杨明照《校注》疑"务欲"二字"当作不务或不欲，文意始顺。"郭晋稀《译注十八篇》以为是"无欲"之误。李曰刚《斠诠》："案杨说近是，但字以作'勿欲'为胜。"惜诸说皆"疑"而无据，故郭氏《注译》改从范注云："齐王芳等亦爱文辞，高贵乡公尤为好问尚辞，故本篇云'务欲守文'。"周振甫、向长清等皆从范说。

拙见以为要在如何理解"守文"二字。杨明照《拾遗》以为"非谓'守文之主'也"，极是。郭氏《注译》、李氏《斠诠》引《史记》《汉书》注："守文，言遵成法不用武功也。"彦和借用"守文"二字，必非谓帝王遵守成法不用武功，原文很清楚："魏之初霸，术兼名法；傅嘏、王粲，校练名理。迄至正始，务欲守文；何晏之徒，始盛玄论。"所叙为魏初以来论文写作的发展情况，"守文"只是借以表明何晏等人的玄论之"遵成法"，即论理方法上对傅嘏等人的继承而已。刘师培《魏晋文学之变迁》有云："王弼、何晏之文……虽阐发道家之绪，实与名法家言为近者也。此派之文，盖成于傅嘏，而王、何集其大成。"此论对正确理解"守文"二字的用意，很有助益。

注家多疑"务欲守文"与下文"师心独见"有矛盾，这并无必要。因彦和称以"师心独见"者，包括上自傅嘏、王粲，下至嵇康、王弼的优秀论文，不专指正始诸家，何况他主张"凭情以会通，负气以适变"，继承前人和师心独创本应密切结合。

《论说》：唯君子能通天下之志。

诸家均补《周易·同人》："唯君子为能通天下之志"，而以斯波《补正》早出。

《诏策》：孔融之守北海，文教丽而罕于理。

范注："孔融汉末忠烈之士，范晔称其与琨玉秋霜比质，自是确论。本传谓融为北海相，到郡收合士民，起兵讲武，表显儒术，荐贤举良，在郡六年，日以抗群贼辑吏民为事，似非罕于理者。""孙云：《御览》'罕'下有'施'字。"斯波《补正》："有'施'字者是。"黄叔琳注引《九州春秋》："孔融守北海，教令辞气温雅，可玩而诵；论事考实，难可悉行。"案黄注是。《九州春秋》其下更云："但能张磔网罗，其自理甚疏。租赋少稽，一朝杀五部督邮；奸民污吏，猾乱朝市，亦不能治。"①此当彦和所本。

《章表》：各有故事而在职司也。

范注："谓如《汉志》'尚书类''礼类''春秋类''论语类'各有议奏若干篇。又法家有晁错，儒家有贾山、贾谊等，诸人奏议皆在其中。"斯波《补正》："案范注恐非。盖彦和之意，谓汉之章表奏议，从故事由其职司保管，简直不属刘向之校中秘书之内，亦未著录于《七略》《艺文志》之中。"此说近是。杨明照《校注》："按此文意，盖谓书奏送尚书者，则藏于尚书；送御史者，则藏于御史；送谒者者，则藏于谒者也。范注似非。"此与斯波同旨而更为具体。案《汉书·艺文志》所说："至成帝时，以书颇散亡，使谒者陈农求遗书于天下。诏光禄大夫刘向，校经传、诸子、诸赋；步兵校尉任宏校兵书；太史令尹咸校数术；侍医李柱国校方技。……歆于是总群书而奏其《七略》。"受命有别，故各有职司也。

《议对》：舜畴五人。

范注据《尚书·舜典》，五人指禹、弃、契、皋陶、垂。李注、周注、赵译均从此说。刘永济《校释》据《舜典》："舜新命六人，禹、垂、益、伯夷、夔、龙也。此作'五人'，疑误。"郭译从此说。拙注：

---

① 《三国志·魏志·崔琰传》。

"按《论语·泰伯》:'舜有臣五人而天下治。'……《正义》:'《舜典》言舜命禹宅百揆,弃为稷,契为司徒,皋陶作士,益为虞,此五人才最盛也。'"据此,五人当是禹、弃、契、皋陶、益。杨明照《拾遗》同,又增:阎若璩《尚书古文疏证》四:"舜之佐二十有二人,其最焉者九官,又其最焉者五臣。"

《议对》:酌三五以镕世。

范注无。今存三说:(一)杨明照《拾遗》:"按'三五',谓三皇五帝。《史记·孔子世家》:'楚令尹子西曰:……今孔丘述三五之法,明周召之业。'《文选》班固《东都赋》:'事勤乎三五。'刘良注:'三五,三皇五帝也。'"周注、郭译同此说。(二)赵仲邑《译注》:"《史记·天官书》:'为(治)国者必贵三五。'司马贞《索隐》:'三五,谓三十岁一小变,五百岁一大变。'"(三)李曰刚《斠诠》:"《后汉书·郎𫖮传》:'天道不远,三五复反。'宋均注:'三,三正;五,五行;三正五行,王者改代之际会也。'案所谓三正五行,见《书·甘誓》。'有扈氏威侮五行,怠弃三正。'(传、疏,略)又《楚辞·九章·抽思》:'望三五以为象兮,指彭咸以为仪。'注'三王五伯,可修法也。'"

古代有关"三五"的说法很多。以上三家所取,各有一定理由,但都因与本篇内容无必然联系而存疑。窃以为"三五"当指西汉文帝武帝时期。《汉书·郊祀志下》:"夫周秦之末,三五之隆。"王先谦补注引刘奉世曰:"'周秦之末,三五之隆',语有害而理未通,疑有误。'三五'似指三世五世而言,谓文武之时也。"案文帝为西汉第三代帝王,武帝为第五代帝王。刘勰论对策之兴隆,正谓"汉文中年,始举贤良",至"孝武益明,旁求俊义"。若此,则"酌三五"乃指参酌文武之世写对策的实际经验,与本段为对策的"敷理以举统"之旨相符。

《书记》：休琏好事。

范注："彦和谓其好事，必有所本，不可考矣。"斯波《补正》：按《隋书·经籍志》有《应璩书林》八卷，夏赤松撰。"休琏好事"或指应璩曾编纂《书林》。李曰刚据《文章叙录》等评应璩诗"多切时要""风规治道"等，"皆好事之谓也"。杨明照《拾遗》云："按《应璩集序》：'璩博学，好属文，善为书记。'《文选》书类所选二十四首书中，休琏之作，即有其四。严可均《全三国文》卷三十所辑休琏文，全为笺书。"此则如周振甫《注释》所说："或和好作书信有关。"查汉魏间多称缀集时事以编撰史书为"好事"，如《三国志·王粲传》注引华峤《汉书》说，应劭"博学多识，尤好事。诸所撰述《风俗通》等，凡百余篇，辞虽不典，世服其博闻"。应璩是应劭从子。这个"好事"，指应劭"缀集所闻"以写《风俗通》《汉官仪》《礼仪故事》等（见《后汉书·应劭传》）。又如《后汉书·班彪传》："武帝时，司马迁著《史记》，自太初以后，阙而不录。后好事者颇或缀集时事。"这个"好事"也指"缀集时事"以写史书。《文章叙录》说，应璩曾"为侍中，典著作"，则应璩也曾"缀集时事"而从事史书的编写。因其好事而又留意书信写作，彦和评以"抑其次也"；若以其作书之多为"好事"，则《书记》篇首段所评"汉来笔札"甚夥，何独称"休琏好事"？

《书记》：观此四条。

黄叔琳注："疑作数（条）。"范文澜注："疑当作六条。"杨明照、王利器、李曰刚等据《檄移》篇"凡此众条"、《铭箴》篇"详观众条"等校作"众条"。张立斋《考异》："诸校皆非。篇中列举总二十四条，疑'四'字不误，或上脱'廿'字或'廿有'二字。"愚案："四条"不误。查《练字》篇有"凡此四条"之说，《指瑕》篇有"略举四条"之说。本篇上文说："笔札杂名，古今多品"，则以上六类属

"多品",每类各四"名",即"四条"也。下文说:"或事本相通,而文意各异",正指每类之内的四条而言,如"律""令""契""券"等,就是相通而各异的,各类之间就不存在这种情形。故"四条"实为"各类四条"之省。

《神思》:物沿耳目。

范注:"物,谓事也,理也。事理接于心,心出言辞以明之。"斯波《补正》:"案'物'即上文'神与物游'之'物',指外物。故下文云:'枢机方通,则物无隐貌。'"此说是。王元化《心物交融说"物"字解》对此有详论:"把'物沿耳目'的物字训为'事也理也',再进而概括为'事理',是失其本义的。只有感性事物(外境或自然)才能够被感觉器官(耳目)所摄取。至于'事理'则属抽象思维功能方面,决不能由感官直接来捕捉。因此,把'物沿耳目'的物训为'事理',就等于说抽象的事理可以通过作为感官的耳目直接感觉到,这显然是不合理的。……刘勰心物交融说的物字,即王国维所举出的引申义:'万有不齐之庶物'。因而,论者把它解释为外境,或解释为自然,或解释为万物,都是可以说得通的。"①

《体性》:淫巧朱紫。

范注:"朱紫,当作青紫。"斯波《补正》:"范氏之改作难详。原文意通。"斯说是。古以"朱"为正色,"紫"为杂色。《论语·阳货》:"恶紫之夺朱也。"彦和此处即谓过分追求巧丽,便会造成"紫之夺朱"。

《章句》:断章取义。

斯波《补正》:《春秋左氏传·襄公二十八年》:"赋诗断章,余取所求焉。"案彦和所讲"断章取义",指作诗者的分章,每章各写

---

① 《文心雕龙创作论》。

一相对独立内容，在全篇之中，又须"原始要终，体必鳞次"，构成一个整体，与说诗者的割裂原意而"断章取义"不同。郭晋稀《注译》引《左氏》而指出"两不相同"，但以为"指作《诗》之人，拟譬事物，引用史实，义取一端也"，恐非。周振甫《注释》引《左氏》而谓："但写作中的章句，不能断章取义，要按全篇分章。"周说近是。

《丽辞》：至于诗人偶章，大夫联辞。

范注：大夫联辞，"指《左传》《国语》所记列国大夫朝聘应对之辞"。斯波《补正》："案上句'诗人偶章'，指诗三百篇而言，此句应指楚辞。大夫即三闾大夫，谓屈原也，或亦包括大夫宋玉在内。"此说非是。《明诗》云："自商暨周，雅颂圆备；四始彪炳，六义环深。……自王泽殄竭，风人辍采。春秋观志，讽诵旧章；酬酢以为宾荣，吐纳而成身文。逮楚国讽怨，则《离骚》为刺。"《才略》又云："商周之世……及乎春秋大夫，则修辞聘会，磊落如琅玕之圃，焜耀似缛锦之肆。……战代任武，而文士不绝。诸子以道术取资，屈宋以《楚辞》发采。"都明确分商周篇什、春秋观志、屈宋发采为三阶段，《丽辞》中的"大夫联辞"，亦即"春秋大夫，则修辞聘会"之谓也。"大夫联辞"中的丽辞如："不有外患，必有内忧"（《国语·晋语六》）、"臣闻国君服宠以为美，安民以为乐，听德以为聪，致远以为明"（《国语·楚语上》）。

《丽辞》：气无奇类。

查此句范注无，诸家无补注，而理解互异。如李曰刚解作"辞气既无瑰奇义类，相与配偶"；周振甫译为"内容没有创见"；郭晋稀译为"作品情态很平常"等。此皆因"气""类"二字未得确解所致。《周易·乾·文言》："同声相应，同气相求，水流湿，火就燥；云从龙，风从虎；圣人作而万物睹，本乎天者亲上，本乎地者亲下，则各从其类也。"孔疏："各从其类者，言天地之间共相感应，各从其气类。"《全三国文》卷二十五钟会《与蒋斌书》："巴蜀贤智文武之士多矣,至于足下、诸葛思远,譬诸草木,吾气类也。"气类,同类也,彦和借指对偶,"气无奇类"即"无奇特之气类",所谓"碌碌丽辞"是也。

《比兴》：风通而赋同。

范注：《诗大序正义》曰："风之所吹,无物不扇；化之所被,无往不沾,故取名焉。"《五行大义》引翼奉说："风通六情。"《正义》又曰："赋者（案本作"云"）,铺陈今之政教善恶,其言通正变,兼美刺也。"李曰刚《斠诠》、向长清《浅释》用此说。斯波《补正》："风通注,引翼奉说不适当",认为应引《诗大序》"风,讽也"及"上以风化下,下以风刺上"。周振甫注引与此相同。杨明照《拾遗》："按'通',谓通于美刺；'同',谓同为铺陈。"郭晋稀《注译》："'风通',风为诗之体裁,其创作方法,兼包赋、比、兴三者,故毛公作传,无需标出。'赋同',赋者直陈其事,陈述之中不容与所赋之事有所不同,故毛公作传,亦无需标出。"鄙意以为,释"风通"以郭说近是,释"赋同"以范注为长。①

按释"风通赋同",必晓彦和用意,郭注有识于此,故较为准确。彦和由《诗》之"六义"进而提出："毛公述传,独标兴体。"何以"独标兴体"？"风通""赋同""比显""兴隐"；即彦和所作解答也。与之同时,亦暗示本篇何以要专论比兴。欲明其何以作"风通赋同"的解释,必先知古人于"六义"何以首"风",次"赋、比、兴",然后"雅、颂"。这个次序从《周礼·春官·大师》中的"六诗：曰风、曰赋、曰比、曰兴、曰雅、曰颂。"到《毛诗序》讲"六义",

---

① 拙注"赋同"与杨、郭等说近,谓"指'赋'的表现方法是直陈事物",反复细酌,仍觉范注可取。

是固定不变的。"比显"之理至明,"风通而赋同"则可由"六义"的固定次序中见其端倪。孔颖达《毛诗序正义》:"六义次第如此者,以诗之'四始'以风为先,故曰风。风之所用,以赋、比、兴为之辞,故于风之下即次赋、比、兴,然后次以雅、颂。雅、颂亦以赋、比、兴为之,既见赋、比、兴于风之下,明雅、颂亦同之。"据此可知,"风通"指风(包括雅、颂)通用赋、比、兴之法;而赋又"通正变,兼美刺",具有一般《诗》的共同性。"风通赋同"的用意既如此,毛公述传,自然不需也无法标出。而作为论创作的《比兴》篇只论比、兴,"风通"二句亦显示其必要矣。

《事类》:扬雄《百官箴》。

范注:"扬雄作《十二州》《二十五官箴》,不得云'扬雄《百官箴》'。(《百官箴》之名,起自胡广。)百疑是州之误。"李曰刚《斠诠》、郭晋稀《注译》、赵仲邑《译注》均从范说。案范说非是。彦和在《铭箴》篇曾说:"至扬雄稽古,始范《虞箴》,作卿尹、州牧二十五篇。及崔、胡补缀,总称《百官》。"可证他认为《百官箴》是崔、胡等人补充扬雄之作而成。史实正是如此。《后汉书·胡广传》云:"初,扬雄依《虞箴》作《十二州二十五官箴》,其九箴亡阙。后涿郡崔骃及子瑗,又临邑侯刘騊駼增补十六篇,广复继作四篇,文甚典美。乃悉撰次首目,为之解释,名曰《百官箴》,凡四十八篇。"这说明"百官"之称本非实数,而四十八篇中又以扬雄之作最多。所以,《古文苑》卷十五,就以扬雄的《光禄勋箴》等,总名为《百官箴》。则原文"扬雄《百官箴》"未必有误。

《指瑕》:左思《七讽》,说孝而不从。

范注:"左思《七讽》文已残佚,'说孝'语无可考见。"诸家至今无补,当是确已无考。然译释其"说孝而不从"之意者颇多。杨明照《拾遗》据《杂文》所论,以为《七讽》之"说孝不从","当是违反'儒道'"。周振甫译为"左思的《七讽》,讲到孝道却不赞成"(郭译略同)。赵仲邑译作"说孝道不必顺从父母的意旨"(李曰刚略同)。向长清释以:"左思的《七讽》,劝人孝顺父母,结果被劝的人并未从命。"向释显然和下二句难合。"反道若斯,余不足观矣",只能是对所评《七讽》而言,不会是对"被劝"者。但向书(《文心雕龙浅释》)晚出而取新解,当必有其理。左思有无不赞成孝道,不顺从父母之旨的可能?这种思想在"以孝治国"的晋代,能否在一个正统文人的作品中公然表露出来?原文不存,这只能是个疑问。倘作推想,则须慎重从事,以求不违史实。尝考《晋书·左思传》及左思的现存诗文,其父雍"谓友人曰:'思所晓解,不及我少时。'思遂感激勤学",岂是不孝不从?其自称"言论准宣尼";其赠妹诗以"女子有行,实远父兄(早丧先妣);骨肉之思,固有归宁"。岂是离经叛道,说孝不从者?按"七"体通例,皆说七事以讽,而"不从"者六,"说孝不从"乃六不从之一也。

《养气》:心绝于道华。

斯波《补正》:《老子第三十八章》:"夫礼者,忠信之薄而乱之首也。前识者,道之华而愚之始也。是以大夫处其厚,不处其薄,居其实,不居其华。"案,所补出处甚是,但引文不确。是补乃用华亭张氏所刊王弼注本(有浙江书局刊本、《诸子集成》本),原文无二"也"字;"大夫"原文为"大丈夫";"不处其薄"原为"不居其薄";"居其实"原为"处其实"。李曰刚《斠诠》云:"道华,出典于老子第三十八章",引文与斯波全同,但谓:"此处道与华字虽并举,而义则偏取。"赵、郭诸译,与此略同。但有的注为:"道犹语";"道华,谈论华采",恐非。

《附会》:豆之合黄。

范注:"豆之合黄,未详其说。《御览》引作'石之合玉'。《校勘记》：'石之合玉，谓玉石之声，其调和合也。'"王利器《校证》："'石之合玉'，原作'豆之合黄'……今从谢钞本、《御览》改正。'石之合玉'，谓石之韫玉，混沌元包，故附合无间也。"周注亦取"石之合玉"而理解有别："石和玉合在一起像璞玉，比喻骨肉停匀。"向长清释为"用玉石结成璞玉"。以上诸说，似以铃木虎雄、王利器二说较长。又，杨明照《校注》谓"两文皆通"，即"豆之合黄""石之合玉"皆通也。案《附会》原文："义脉不流，则偏枯文体。夫能悬识腠理，然后节文自会，如胶之粘木，豆之合黄矣。"其谓"义脉不流"、其谓"偏枯""腠理"，皆借古代医学用语（《黄帝内经素问·风论》："风之伤人也，或为寒热……或为偏枯。"又云："腠理开则洒然寒，闭则热而闷"），"豆之合黄"亦然。《素问·藏气法时论》云："脾色黄，宜食咸：大豆、豕肉、栗、藿皆咸。"指脾病宜食大豆等，亦即大豆适合于色黄之脾也。据此，则"豆之合黄"纵不如"石之韫玉"等说为胜，仍当尊彦和本意为宜。

《时序》：文帝以贰离含章。

范注："《南齐书·文惠太子传》：'文惠太子长懋（省"字云乔"三字），世祖长子也。（……）郁林立，追尊为文帝。庙号世宗。'《易·离卦·象》曰：'明两作离，大人以继明照于四方。'"诸家据此所作注解详后。

案文惠以早年立储，武帝多委以重任。《文惠太子传》云：太子"既正位东储，善立名尚，礼接文士，畜养武人，皆亲近左右，布在省闼。……（永明）五年冬，太子临国学，亲临策试诸生……太子以年长临学，亦前代未有也"；以至"尚书曹事亦分送太子省视"。正以文惠太子的这种特殊地位，永明六年，武帝下诏曰："狱讼之重，政化所先。太子立年作贰，宜时详览，此讯事委以亲决。"此所谓"作贰"，即任太子。范注所引《象辞》，王注："继，谓不绝也;明照,相继不绝旷也。"孔疏:"明两作离者,离为日,日为明,今存上下二体,故云明两作离也。"由是可知,彦和乃借"贰离"以指太子,与本篇"文帝以副君之重"中的"副君"略同。贰,副也;离,日也,明也。

《才略》:陆贾……赋《孟春》而选典诰。

范注:"《札迻》十二云:'选典诰当作进典语。《诸子篇》云:"陆贾典语",并误以新语为典语也。进选、语诰,皆形近而误。'据孙说当作进《新语》。"刘永济《校释》:"按'语'误作'诰',是也;'选'乃'撰'字,二字古通……不必据《汉书》改作'进'也。"李、赵、郭三家皆从此说。杨明照《拾遗》:"按此文本无误字,孙说未可从。《汉书·艺文志·诗赋略》列赋为四家,陆贾赋其一也。《诠赋》篇亦云:'秦世不文,颇有杂赋。汉初词人,顺流而作,陆贾扣其端。'是此处之'首发奇采',当专指陆贾之赋而言,未包括其《新语》在内……非谓其既赋《孟春》,又撰《新语》也。"周振甫从此说。

愚案,杨说"文本无误字",是。唯彦和是否既称陆赋为"首发奇采",而又谓其赋为"典诰",殊觉可疑。《才略》与《诠赋》之别,是评论作家总的才华,或据其诗赋,或据其散文,往往取其主要成就而言,故既论陆赋,又兼《新语》是完全可能的。改字为"新语"并无确证,不必以臆测强改。彦和于诗文之名,每多活用,联系《诸子》篇之"陆贾《典语》"考察,亦非误字,乃合于典诰之《新语》也。此处之"进典诰"义同。《辨骚》有云:"故其陈尧舜之耿介,称汤武之祗敬,典诰之体也。"《新语》中称道尧、舜、汤、武、周、孔者正多;现存《新语》十二篇,差不多篇篇如是。《四库全书总目》卷九十一《新语》条说,其书"大旨皆崇王道,黜霸术,归本于修身用人……所援据多《春秋》《论语》之文,汉儒自董仲舒外,未有如是之醇正也"。这正是彦和称《新语》为《典语》或以其合于"典诰之体"的原因。

《才略》：子云属意，辞人最深。

范注："《汉书·扬雄传》'雄少而好学……默而好深湛之思。'子云多知奇字，亦所谓'搜选诡丽'也。'搜选诡丽'，辞深也，'涯度幽远'，义深也。'辞人最深'，'人'当作'义'，俗写致讹。"王利器《校证》："'义'原作'人'，梅云'疑误'。……案范说是。"李、杨、周、赵、郭、向诸家，均从范说。窃疑"人"字不误。"辞人"为彦和习用词，如"近代辞人""辞人赋颂""辞人爱奇"等，全书共用十四次。范注所引《扬雄传》语，适足以证扬雄乃"辞人（之）最深"者。倘依范说，谓"义深"犹可，谓"辞深"则不可。案原意首论全人："辞人最深"，次分论内容、形式："涯度幽远；搜选诡丽"，岂非正合全书通例？改"人"为"义"，虽亦有可说，惜梅、范皆疑而无征，后之从者，亦无补证。

《才略》：蚌病成珠。

范注引《淮南子·说林训》："明月之珠，蚌之病而我之利也。"周振甫、赵仲邑、郭晋稀、李曰刚等诸家并从。查今本《淮南子》原文乃"明月之珠，蛖之病而我之利"，唯李曰刚《斠诠》所引与今本原文相符，余皆同范引。案蚌病之说，见《艺文类聚》卷九十七《鳞介部下·蚌》："《淮南子》曰：明月之珠，螺蚌之病，而我之利也。"

《才略》：李尤赋、铭，志慕鸿裁。

"鸿裁"二字，诸家皆不屑一注。或解为"鸿大体制"，或译为"巨大的体裁""长篇大作"等。如此，固不待注矣。查李尤之赋，今残存《函谷关赋》等五篇，纵有巨制，但其尚存铭文八十余篇，多是四句十六字的短篇，最长的《刻漏铭》也不足百字，岂能"鸿裁"

仅指赋而排除铭？《诠赋》篇未论及李尤；《铭箴》篇则云："李尤积篇，义俭辞碎。著龟神物，而居博弈之中；衡斛嘉量，而在臼杵之末：曾名品之未暇，何事理之能闲哉！"既不闲事理，其于"神物""嘉量"之类铭文，自然处理不当。故"志慕鸿裁"当指其欲写意义重大之作。《诠赋》篇有"鸿裁之寰域"；《辨骚》篇有"才高者菀其鸿裁"（范注："谓取熔屈宋制作之大义"）。此篇之"志慕鸿裁"，异于《诠赋》而近于《辨骚》，不可混为一谈。

《才略》：隔世相望。

此谓张衡、蔡邕二人隔世相望。有的译文即"可以隔世相望"。何谓"隔世相望"？范注未明，周译为"隔代并称"；李解作"隔桓帝之世，而前后辉映"；斯波《补正》补以《裴子语林》："张衡之初死，蔡邕母胎孕。此二人才貌相类。时人云：邕是衡之后身。"案李解可备一说，《语林》语既不可靠（张衡139年卒，蔡邕133年生），亦无关系。世，三十年也。张衡为侍中，请专事东观，在顺帝阳嘉年间（132—135）；蔡邕校书东观，在灵帝熹平初（173年左右），正好相隔一世。

《程器》：周书论士，方之梓材。

范注引《尚书·梓材》。斯波《补正》：案孔传，此"梓材"乃喻"为政之术"，与彦和用意不一致。故补以徐幹《中论》："器不饰则无以为美观，人不学则无以有懿德。有懿德，故可以经人伦，为美观，故可以供神明。故《书》曰：若作梓材，既勤朴斫，惟其涂丹䰫。"（《治学第一》）据《史记·周本纪集解》引孔安国曰：《梓材》乃"告康叔以为政之道，亦如梓人之治材也"。本篇主旨确在讲"为政之道"。案上引《梓材》中语，乃国王对其臣下提出的要求（"王其效邦君越御事"），彦和断章取义而曰"论士"是可以的；《中论》引此数语，虽属论士，同样也是断章取义，但斯波指出《梓材》原意与彦和论旨不一致,却是必要而有一定意义的。

《序志》:辞训之异,宜体于要。

刘永济《校释》:"'异'疑'奥'误。《史记·屈原列传》:'文质疏内兮,众不知予之异采。'《集解》引徐广曰:'异一作奥。'此异、奥形近易误之证。"李曰刚、郭晋稀从此说而改作"辞训之奥"。周振甫译此二句为:"要从孔子的教训里辨别异端,应该从《周书》的话里体察作文的要义。"向长清《浅释》与此略同。赵仲邑则译作:"可知语言和思想,都有正道和邪端之分,语言应该是对要义的表达。"

案《史记》之正误不足以证《文心》,诸家之译意与原文对照,亦觉颇有距离。原文是:"盖周书论辞,贵乎体要;尼父陈训,恶乎异端:辞、训之异,宜体于要。""周书论辞"之"辞","尼父陈训"之"训",各不相同,一是"辞尚体要",一是"攻乎异端",这就是所谓"辞、训之异"。圣人和经书所说虽异,但都应领会其主要精神;"宜体于要",此之谓也。

以上共举三十五例,多以己意宾从,未敢自信必是,谨以提供研讨而已。还须说明的是,范注之未备者,前贤补正甚多,囿于闻见,可能上述鄙见,早已有人道及,特别是日本诸著,未能备察。仅粗读斯波一文,便常有先我之叹,其他众作就自不待说了。近读杨明照论范注引陈伯弢之误(谓《宗经篇》"易惟谈天"等二百字出王仲宣《荆州文学志》),已极佩其精严矣[1],又读张立斋于1970年在纽约所写《文心雕龙考异序》,已讲到这二百字:"检《艺文类聚》及《御览》并无,是乃范氏引象山陈汉章之言,本出严铁桥《全汉文》所误录。"虽杨说追根溯源,较张说有所发展,但张说已

---

[1] 见《文心雕龙学刊》第2辑,第20—21页。

早出十年。类此而为我所未知者必然不少。不过,本文并不意在求全,只图略举例证以说明几个问题。

　　首先谈斯波的《补正》。如上所举,所补虽有少数未安,其贡献和价值是主要的。不少相当重要的出典为斯波首先提出,如《时序》篇"周南勤而不怨"等,出《左传·襄公二十九年》之季札观乐;《论说》篇"唯君子能通天下之志",出《周易·同人·彖》;《才略》篇"具体而皆微",出《孟子·公孙丑上》;《知音》篇"心好沉博绝丽之文",出扬雄《答刘歆书》等等,其例甚多。尤为可贵的是《补正》不仅纠正了某些范注之误,且对《文心》中少数疑难文字,提供了有价值的资料或见解。如《诠赋》中的"迭致文契"、《章表》中的"各在职司"、《养气》篇的"心绝于道华"等。"道华"二字似乎不难理解,有的译本虽未明其出典,仍与斯波之理解暗合,但终不如知其所以然者之认识透彻,何况还有误解为"道犹语","道华"即"谈论华采"之注。以上三例是上面已经列举的,未举到的也还不少。如《夸饰》篇的"风格训世""相如凭风",其补正范注的意见,亦有可取。"风格训世",查杨、周、李、郭诸家,均作"风俗训世",《补正》已主此说了。范注"相如凭风",引《汉书·司马相如传》:"相如既奏《大人赋》,天子大悦,飘飘有陵云气游天地之间意。"此意至今仍多为注家沿用。而范注之误,斯波已在三十年前提及了。他认为"相如凭风"上承"夸饰始盛",下应"酌其余波",乃"乘其风潮"之意,与《相如传》文无关,而与《辨骚》篇的"枚贾追风"、《论说》篇的"顺风以托势"之意相类。我以为这个补正是对的。拙注此"风"为"夸饰之风",译此句为"司马相如继承这种风尚",若属偏爱,但查李曰刚、兴膳宏、户田浩晓诸著,均取此说;近出向长清《浅释》,亦注"凭风"为"凭借这种风尚",当是不约而同了。以上说明,斯波六郎博士的《文心雕龙范注补正》,就其为1952年的论著来看,是很值得重视的。日本学者对其《文心雕龙札记》评价甚高,这是应该的,但对《补正》似有所忽,恐非公允。

其次,就上举补注情况,略述浅见。

一是改字宜慎。仍从斯波《补正》说起。《神思》篇的"志气统其关键",范注引《礼记·孔子闲居》以证"志气"当作"气志"。斯波引《书记》之"志气槃桓"、《风骨》之"志气之符契",认为其义相同,何独要改《神思》之"志气"为"气志"?我完全赞同此说,并反对据一己之疑而妄改古书。查诸家之校,并无任何版本作"气志"。据《礼记》《史记》或其他古籍以改《文心》,本身是不科学的。刘勰借用古书古语甚多,大都不是原话,安知其有异的某字某语并非本人有意为之?《文心》是骈文,又是论文理,即使借用,改变原话是必然的,何况有的只是偶近古语。上面接触到的实例很多,如改"四条"为"六条""数条""众条",改"百官箴"为"州官箴",改"辞人"为"辞义",改"选典诰"为"进新语",改"豆之合黄"为"石之合玉"等,理由虽也有一些,却都难成立。所陈不当改作的鄙见,自然未必全对,但持不同理解者甚多,各是其所是而改,任其下去,将使其书面目全非而读者不知所从。所以,必须尊重原著,不能随意径改原文。确有版本根据或充分理由而须改动者,只可于校注说明。

在这个问题上不能不注意的是,刘勰以为是者,今人可能以为非。以今度古并不是可靠的办法。如《才略》篇的"辞人最深",论者或以其不辞,若有力证,自可作此论断;若无版本依据,就不应据某某之"疑"而遽改原文,而应存疑并探讨刘勰何以要这样写。本着著者的用意来考虑,"辞人最深"不仅可以成立,还正合他的一贯思想。再就是无论文辞或义理,正如刘勰自己所说:

"虑动难圆,鲜无瑕病",斯波发现的"周书论士,方之梓材",就是一个很好的例子。《尚书》中的《梓材》虽然并非"论士",校注者却无权改正,用削足适履的办法来对待古籍是绝不允许的。

二是出典求精。《神思》篇的"寻声律而定墨",范注引《礼记·玉藻》:"卜人定龟、史定墨",而谓"此文所云'定墨',不可拘滞本义。"但这个"定墨"乃占卜者的以墨划龟,无论怎样不"拘滞",仍和《神思》篇讲的"定墨"互不相干。斯波提出二者无关,也是对的。标注古书词语的出典有自己的特殊目的,它不一定要找到最原始的出处,而以有助理解所注文义为准则。如《神思》篇的"轮扁不能语斤",黄叔琳注引《庄子·天道》,斯波《补正》认为不如陆机《文赋》中的"是盖轮扁所不得言",关系更为直接,也是对的。《神思》和《文赋》,都是论艺术构思,刘勰的一些基本观点,也确是来自《文赋》。这样注对读者理解《神思》显然比引《庄子》更好。现行注本,有的对此似乎注意不够,而斯波的《范注补正》,也同样存在这种情形。如《诠赋》篇的"总其归涂",补以《周易·系辞》之"天下同归而殊涂";《铭箴》篇的"秉文君子",补以《诗经·清庙》之"济济多士,秉文之德";《奏启》篇的"逾垣者折肱",补以《尚书》之"逾垣墙,窃马牛"、《左传》之"三折肱知为良医"等。这类补文则可能无助于读者而有增其负担。像"归涂""秉文"之类,并无引经据典的必要,而应加引注的,却往往为注家所忽略了。如已经讲到过的"心绝于道华",是指"三皇辞质"而言,与《老子》讲的"道之华而愚之始",用意正同,刘勰的"道华",正由"道之华"而来,注此出典是有助理解原文的,但多数注本都无此注。又如《事类》篇的"号依诗人",辞义的注释并无很大必要,但此语的出典却是很有必要加注的。既云"号依",必有人说过这话,注家就应当注明,不然,搞不清是自号或他人称道,对文意的理解就不能说清楚了。这个出处,其实并不难得,王逸《楚辞章句序》:"屈原履忠被谮,忧悲愁思,独依诗人之义而作《离骚》"是也,但海内诸本多未注此。罗列不必要的出典甚多,必要的反而注意不够,今后的注释工作,这是应加改进的。

三是加强注义。注引出典,虽还有继续努力和加以改进之处,但经前辈多年积累,可补可改者,已不会很多了。今后注释的重点,似应转到字词的意义方面来。从现有几种注本的情况来看,注义比注出处的要求更迫切。有的文义,固然有赖于首先探明其出典,现在的问题却是,不少已经明确了出典的文字,仍难准确地把握其原意。如《指瑕》篇的"全写则揭箧,傍采则探囊",出自《庄子·胠箧》,早已为黄叔琳、范文澜所注明,但"揭箧"是什么意思呢?黄、范未注,于是,有的注为"打开箱箧",有的译作"撬箱子"。在比喻剽窃他人论著的基本用意上,这固然是对的,但何以明"揭箧"与"探囊"之别,何以别"全写"与"傍采"之喻?打开箱子的盗窃和探取囊物的盗窃虽也不同,却难以准确地表达出全部窃取和部分窃取的原意。这就是释意的问题了。原文是有显著区别的。《庄子集释》和《庄子集解》都注引《释文》:"揭,《三苍》云:举也,担也,负也。"则"揭箧"就是把整个箱子扛走,而不是揭开箱子。用连同箱子全部盗窃,以喻全文剽窃,岂不是十分准确。

又如《时序》篇的"贰离含章",黄叔琳已注出典,范文澜注又提供了基本史料,如前所述,注者据此作更明白的解释:"贰离"指文惠太子,已是相当现成的事了。但查诸家之注,有的注为"嗣续前代徽光",有的译为"心思明敏",有的注以"即《易》之'明两'也"(指"两祖"),有的注为"离是火,双重的明亮构成火象,指光明";有的注"贰离含章"为"有明德而继承帝位",有的解为"光明而有文章"等等。作为各摅己见,这些不同解释同时并存是可以的,也是学术问题的正常现象。但是,无论解为"太子""光明""两祖"或其他,肯定不会都是正确的。这种情形足以说明,出典已明,注释工作还远未完成。

在注释上,更大量的工作还是对一般字句的注解。由于《文心》以骈文写成,它的特殊性给注释工作带来不少困难,以至某些普通的文字,也可能造成很大的分歧。而分歧大的地方,往往正是难点之所在。这是注者和读者都不可不予留意的。如《练字》篇有这样几句:"是以前汉小学,率多玮字,非独制异,乃共晓难也。"不仅没有援用故实,文字上似也没有什么特别须要注解的,但从现有几种译本来看,对这几句的理解却很不一致:

周振甫:因此前汉讲文字的书,往往多奇异的字,不仅当时的制度和后来不同,也是所用文字大家难懂。

李曰刚:因此前汉小学著述,大率收集甚多玮奇字汇,不独制作特异,而且训义古奥。非浅学之士所易共晓也。

赵仲邑:因此前汉的文字之学,一般说来,怪字很多,不但字形的制作特别,而且大家都很难认识。

郭晋稀:所以前汉作家都懂得小学,作品中很多怪字,不单是字形奇异,而且意义也难明白。

向长清:所以前汉的小学书籍,多有奇异的字,不仅文字体制与后世不同,而且即在当时,大家认识它也很困难。

牟世金:因此,西汉时期擅长文字学的作家,大家好用奇文异字。这并非他们特意要标新立异,而是当时的作家都通晓难字。

上列诸译,总的区别有二:一以为论小学著作,一以为论文学作品。具体文字的理解,则句句有异。小学:或指著述,或指小学家;率多玮字:或指多用奇字,或指多收集奇字;制异:或指制度之异,或指制作之异,或指字形之异,或指文字体制之异,或指标新立异;共晓难:或指他人难识难懂,或指作者本人通晓难字。

这种分歧的形成,原因很多,但都可归结到注释工作上来。如对其中两个关键性的词语("小学""共晓难")能作准确理解,整句的含意便可求得统一认识。各家之译,自有不同的理由,这里愿献愚见,以供研讨。"小学"的本义,如《汉书·艺文志》所谓"古者八岁入小学","《史籀篇》者,周时史官教学童书也",乃指学童入学识字而言。汉代发展为指对文字学的研究,其研究者即谓之"小学家",但仍未改变其本义;《汉志》所列"小学十家"中,如《史籀篇》,司马相如的《凡将篇》,扬雄的《训纂》等,仍为最基本性的识字课本。由于西汉重文字,必须"能讽书九千字以上,乃得为史",这是明文规定的法律;"吏民上书,字或不正,辄举劾"(均见《汉书·艺文志》),学者识字较多便成为当时的普遍现象;能"讽书(即默写)九千字以上",则其中必多奇字。根据这种情况,说"小学"方面的著作"率多玮字",便甚为可疑,因这种教学童的课本,并非"玮字"者更多。而理解为编著这种读物的"小学家",即紧承上文所说的"鸿笔之徒",其作品"率多玮字",于理为顺。"是以前汉小学"等语,又正是紧接"鸿笔之徒,莫不洞晓;且多赋京苑,假借形声"所作解说。

"共晓难"三字的理解,又涉及一,怎样认识"非独制异,乃共晓难也"二句的关系;二,这二句和前二句的关系。首先可以肯定,杨明照注"难,谓难字"是正确的。"乃是共晓难字"的句意就决定了这二句不容改作"不仅……而且……"的句式来解释。"非独……乃……"的结构,本身也明明不是"不仅……而且……"的句式。这样,和前两句联系起来看,如"小学"指小学著作,"共晓难"就无法解释,"小学著作……乃是共晓难字"是接不下来的;若以"小学"为小学家,就可一气直贯而顺理成章了:小学家们的作品多玮字,并非特为制异,乃共晓难字也。

范文澜注引刘师培《论文杂记》中的:"西汉文人,若扬马之流,咸能洞明字学,故选词遣字,亦能古训是式,非浅学所能窥……"这段话本来是很有参考价值的,但有的研究者忽于其所论乃西汉文人因深明小学,故其作品亦古训是式的要义,而把其中部分句子似乎当做刘勰的译文来用,就差之远矣。

《练字》篇的这个例子能说明很多问题。最重要的是,字词意义的解释亟待加强。而求达于准确,还有大量艰苦的工作要做。杨明照先生论及校勘曾说:"一字一句的差错,并非无关宏旨"①,我想断章取义用此语于注释工作,亦当视为金玉良言。注释上"一字一句的差错",也是"并非无关宏旨"的。上举诸例在全书中虽是少数,未能涉及的却为数不少,和一字一句不差的要求还相去甚远。但为了一步一步前进,各家提出不同见解是应该的,这比雷同一声,将错就错有益得多。

第四节　台湾《文心雕龙》研究鸟瞰

《文心雕龙》是我们中华民族的一份光辉遗产,它不仅一向为海内学者所珍视,也日益受到全世界文艺理论研究者的瞩目。三十多年来,台湾学者同样以此为祖国旷绝千古的"宝典",在版本资料不足的条件下,对《文心雕龙》作了一系列认真的研究。在此

---

① 见《文心雕龙学刊》第 2 辑,第 17 页。

笔者力图就其所知,对台湾《文心雕龙》研究的得失予以客观地述评。

一、显　学

最早称《文心雕龙》研究为当今"显学"的,是香港大学饶宗颐先生①。七十年代以来,台湾研究者称之为"显学"的渐多,如沈谦、王更生等人。这种说法并不是凭空产生的。台湾学者谈"龙学",多从全中国的整体着眼,虽然他们对大陆情况所知甚微,因而难免有某些误解,但能以国家的整体观念来对待学术问题,则是正确的。他们视《文心雕龙》研究为"显学",正是如此。如王更生所论:"使《文心雕龙》得为中国当前文论中的显学者,以上各家都尽了催生的力量。"所谓"以上各家",就是他在文中提到的王利器、范文澜、李曰刚、潘重规、刘永济、杨明照等②。1980年,台北出版《文心雕龙研究论文选粹》,其中也选入大陆作者刘绶松、刘永济、陆侃如、王元化、黄海章等人的论文十余篇③。这都说明,他们认为"显学"的形成,是与大陆研究者的成就分不开的。

对祖国大陆的《文心雕龙》研究,台湾的学者也是颇为关注的。大陆学者在《文心雕龙》研究方面取得的成就,凡为他们所知者,往往能给以较为公正的评价。如李曰刚谓杨明照、王利器二书"集自来各版本各校本之大成,堪称《文心》之两伟大功臣"④;

---

① 《文心雕龙探原》,香港大学1962年《文心雕龙研究专号》。
② 《文心雕龙导读》第97—98页,台北华正书局1977年出版。
③ 《文心雕龙研究论文选粹》,王更生编,台北育民出版社1980年出版。
④ 参见《文心雕龙斠诠》第19页,台北"国立编译馆"中华丛书编审委员会1982年印行。

王更生论早期出版的许可的《读文心雕龙笔记》、刘绶松的《文心雕龙初探》"都是铿锵有节,掷地有声的东西"①。又如评陆侃如先生的《文心雕龙术语用法举例》说:此文"所涉范围虽然有限,但在这块新辟的荒原上,他的确是第一位拓荒者"②。

对问题的研究,他们也往往着眼于全国。如王更生论"风骨",首列十五家之说,除黄侃、范文澜、刘永济外,还有廖仲安、刘国盈、潘辰、舒直、王达津、罗根泽、李树尔等③。此外,台湾出版的多种《文心雕龙》论著,都列范文澜、杨明照、王利器、刘永济、陆侃如、牟世金、郭晋稀等人的著作为"重要参考书"。台湾学者能尽其所知而从全国范围来研究《文心雕龙》,这样,他们视"龙学"为"显学",就有了充实的内容。

当然,台湾学者尊之为"显学",也有其具体的原因。对《文心雕龙》的珍贵意义作高度评价,在台湾学者中可谓众口一声。台湾学者不仅给此书以高度评价,尚图"以为建立现代文艺理论之准的与借镜"④,希望"能真正作为发展民族文学的张本"⑤。因此,台湾多数大学的中文系都开设了《文心雕龙》选修课,张严还讲到有的大学"已列为文学部门之必修科目矣"⑥。李曰刚先生长期在台湾师范大学讲授《文心雕龙》,不仅"初授诸生选修",还

---

① 见王更生《文心雕龙研究》第486页,台北文史哲出版社1984年增订再版本。
② 同上,第58页。
③ 王更生《文心雕龙研究》1976年版,第320—328页。
④ 沈谦《文心雕龙批评论发微》,台北联经出版事业公司1977年版,第138页。
⑤ 王更生《文心雕龙研究·例略》。
⑥ 《文心雕龙文术论诠序》,台北商务印书馆1973年出版。

"继导硕博专研"①，培养了一批后继之才。《文心雕龙》研究在台湾成为显学，这些都起了不小的作用。

台湾的《文心雕龙》研究，大致以师范大学为中心，其中李曰刚、潘重规、高仲华、方远尧等教授，都是三十年代在南京中央大学受业于黄侃的门人。他们多年来相继在师大从事《文心雕龙》教学，培养出王更生、龚菱、沈谦、黄春贵等后起之秀。此外，台湾大学的廖蔚卿、郑骞，政治大学的张立斋、王梦鸥，东海大学的徐复观，成功大学的张严，辅仁大学的王金凌，以及卒业于师大，后来执教于淡江文理学院的黄锦鋐等，就是构成台湾《文心雕龙》研究队伍的中坚。台湾的"显学"，主要就是这些学者的业绩。他们既自己从事研究，又培养成大批的人才②。

台湾研究《文心雕龙》的专文专书，到1982年底，已出版论文集7种，校注译释11种，理论研究10种，其他（年谱、导读）2种，总计30种。论文截至1980年共发表约二百多篇，其中考校笺释四十余篇，评介序跋二十余篇，"文之枢纽"部分二十余篇，文体论约十篇，创作论三十余篇，批评论十余篇，其他四十余篇。以作者而论，发表论文最多的是王更生，共二十余篇，次为张严、徐复观，

---

① 《文心雕龙斠诠·序言》。
② 仅以培养硕博研究生来说，其学位论文较著者有：
《文心雕龙之文学理论与批评》（台湾师范大学国文研究所沈谦）；《刘勰文学理论的比较研究》（台湾大学外文研究所纪秋郎）；《刘勰年谱》（辅仁大学中文系王金凌）；《文心雕龙批评论发微》（沈谦）；《文心雕龙批评论》（李宗懂）；《文心雕龙之创作论》（黄春贵，与上两篇同是台湾师大）；《刘勰明诗篇探讨》（中国文化学院中文研究所刘振国）；《刘勰钟嵘论诗歧见的析论》（陈端端）；《文心雕龙与儒道思想的关系》（韩玉彝，与上文同为辅仁大学中文研究所）。

各十余篇,它如李曰刚、沈谦、王梦鸥、陈拱、廉永英等,也在七、八篇以上。总计台湾曾出版专书和发表论文的研究者共九十余人。以台湾有限的地域、人员和条件而论,《文心雕龙》的这个研究队伍是相当庞大的,其论著的成果也是相当可观的(还有一些大学教材、翻印前人和大陆著作未计)。

台湾研究《文心雕龙》的专书,六十年代出版五种,七十年代出版十七种,八十年代的前三年便出版八种。论文的发表,五十年代六篇,六十年代五十余篇,七十年代一百三十余篇。这个数字显示了他们从七十年代开始,有愈来愈加强的发展趋势,也反映出台湾学者对《文心雕龙》研究的重视,正处于方兴未艾之中。王更生评李曰刚的《文心雕龙斠释》曾说:"今后《文心雕龙》的研究,或将由李氏《斠释》的带动,展开一个崭新的境界。"[1]这本《斠释》(师大讲义)已于1982年正式出版,我们期待着台湾"龙学",真能在此书的带动下,"展开一个崭新的境界"。

再从研究的具体内容来看。其校注译释方面的11种,有9种出版于1976年之前,其后虽有王更生的《文心雕龙范注驳正》和李曰刚的《文心雕龙斠诠》二种,但王书重在驳议,李书不仅是综合性的著作,且是早已完成的讲义。所以,其校注译释工作,主要集中在1976年之前。理论研究方面的10种,则有8种出版于1975年之后。论文集7种,虽出版于1976年之前的较多,其中对某些理论问题已提出了一些初步的探究,但如收入易苏民编《文心雕龙专号》中的《文心雕龙考索》(张严)、《神思注译》(钟升)等文,收入张严《文心雕龙通识》中的《文心雕龙五十篇指归考微》《文心雕龙版本考》等文,黄锦鋐等人的《文心雕龙研究论文选》

---

[1] 《文心雕龙导读》第84页。

中所收《文心雕龙五十篇赞语用韵考》(韩耀隆)、《文心雕龙用易考》(王仁钧)等文,也有不少考校注译的文章。至于陈维雄、于大成主编的《文心雕龙论文集》,多是1949年以前的论文,1949年以后的台湾作者之文只有两篇:一是潘重规的《唐写文心雕龙残本合校》,一是王叔岷的《文心雕龙斠记》,均非理论研究。七十年代中期以后,校注译释方面的论著,虽仍有继续问世之作,但理论研究方面的著作渐多了。如蓝若天的《文心雕龙的枢纽论与区分论》,专论《文心雕龙》的上篇;王更生和龚菱各有一本《文心雕龙研究》,都做了较为全面系统的论述;沈谦先后出版了《文心雕龙批评论发微》和《文心雕龙之文学理论与批评》,前者专研其批评论,后者综论全书;黄春贵的《文心雕龙之创作论》,专究其创作理论;王金凌的《文心雕龙文论术语析论》,专析其文论术语;冯吉权的《文心雕龙与诗品之诗论比较》,则究两书论诗的异同。这些事实充分说明,台湾的《文心雕龙》研究,以七十年代中期为分界线,前期以校注译释为主,后期以理论研究为主;理论研究又循着从部分到整体,进而深入某些专题研究的道路发展。这就是三十年来台湾《文心雕龙》研究的发展大势。

二、理论体系

台湾《文心雕龙》研究者常说:"古人立言,均有体例;今人论学,首重系统。"这种观点是正确的。王更生曾说:"我认为分科研究者,必须先对《文心雕龙》五十篇内容作通盘性的了解,因为《文心雕龙》全文有特定的体系,不啻如常山之蛇,击首则尾应,击尾则首应,否则,驾空腾说,徒病鲁莽!"[1]此论甚善。一部理论著作

---

[1] 《文心雕龙研究》1984年版,第47页。

的总体,主要就是其理论上"特定的体系",离开这个体系,就不存在对一部理论著作的全面认识。

《文心雕龙》具有完整而严密的理论体系,这是台湾诸家都极口称赞的,因此,对其理论体系的研究也相当重视。沈谦的《文心雕龙批评论发微》和《文心雕龙之文学理论与批评》,龚菱的《文心雕龙研究》等书,都有《文论体系》的专章或专节予以论述;李曰刚的《文心雕龙斠诠》,也在《序志》篇的论析中,详究《文心雕龙》的"文论体系"。其他许多论著,虽未专辟章节,但有关论述也不少。

沈谦《文心雕龙批评发微》中论"文论体系"有云:"学者持论或不尽一致",这是必有的正常现象。查台湾的"不尽一致"约有两端:一是有关全书总的体系的认识,一是对创作论部分体系的认识。前者之异,唯王更生讲到:"所以刘勰《文心雕龙》论文学与现实,论内容与形式,论风格,论题材,论文藻,论辞气,论通变,论衡文,构成了他全部的理论体系。"[1]余则沈氏二书,龚氏《研究》,李氏《斠诠》,均按刘勰自己在《序志》篇所说,分全书为四大部分:一、文原论(亦称枢纽论)的五篇;二、文类论(亦称文体论)的二十篇;三、文术论(亦称创作论)的二十篇;四、文衡论(亦称批评论)的四篇。有的另以《序志》篇为一部分,而称之为"总论"或"总序"。三家四书各有具体论述,都大致相同。这种区别,可能是立论角度不同所致,王更生着眼于《文心雕龙》的理论,沈龚李三家则是着眼于《文心雕龙》内容的结构。就理论的结构而言,三家之说无疑是切合《文心雕龙》之实际的。全书内容安排的结构,和理论体系有密切关系,但理论的结构并不就是理论的体系。这

---

[1]《文心雕龙研究》1984年版,第59—60页。

种区别，台湾研究者似还未曾注意到，因而大多是按其书分为几部分，各述其基本内容，即所谓之"文论体系"。王更生着眼于《文心雕龙》的理论是可取的，但第一是忽略了他自己的说法：《义心雕龙》有其"特定的体系"。这个"特定体系"，和它的理论结构是分不开的，否则就不会是《文心雕龙》的"特定体系"了。其次，仅有若干论点，如所谓"论风格""论题材""论文藻"等的组合，未必就能构成一个体系。必须在某种思想的统领之下，组成一系列互有内在联系的论点，才能谓之体系；仅仅罗列各个组成部分或若干论点，就无从判断它是不是一个体系。

由此看来，台湾诸家对《文心雕龙》的"文论体系"的研究虽然不少，登堂入室之论，还不多见。笔者以为这方面较有可称者，一是龚菱的《文心雕龙研究》，二是王更生的部分论述。龚书有一个专章：《文心雕龙文论体系》。不过，此章只是按《序志》篇所示次第，逐一分述全书五个组成部分的基本内容，并没有提出什么独到的见解。但他这本《文心雕龙研究》，不仅按照这个基本结构来论述，还注意到各个部分之间的关系和指导全书的基本思想。如《枢纽论的研究》章结语说："可知此枢纽论即是刘勰文学观的基础。刘勰(的)文论思想，就以经学思想为主干，从《宗经》《辨骚》两源流出发的。"又在《文体论的研究》章结语中说："我们要知道探讨刘勰《文心》中原道、宗经精神所在，必视文体论是他的渊薮；要了解《文心》创作论和批评论的理论依据，则文体论就不可不读。"《文心雕龙》确是一个严密的整体，它是在一个统一的思想统领之下，由互有关联的几个部分组成的。必须揭示出这种内在的关系，才能显示《文心雕龙》的理论体系。龚书在这方面的探讨虽还不够具体和深入，但在台湾还只此一家，也就有其可贵之处了。

王更生的《文心雕龙研究》增订本，注意从原著的理论体系着手而作全面论述，较之本书初版本，对《文心雕龙》理论体系的重视是显而易见的。作者云："重修增订本《文心雕龙研究》的最大特色，是掌握了《文心雕龙》'为文用心'的精神。把'文原论''文体论''文术论''文评论'，像四支擎天的玉柱，先架设在全书的主体部位，构成研究的中坚。"①着眼《文心雕龙》理论体系而对其进行全面探讨，确乎是增订本《文心雕龙研究》的一大进展。王更生在讲《文心雕龙》的研读方法中，又提到其书的"两大脉络"：

这两大脉络，一是"经学思想"，一是"史学识见"。……"宗经"是刘勰的思想主导，"史学"是刘勰运笔的金针。②

这虽不是正论《文心雕龙》的理论体系，但其论对理解刘勰的理论体系也有参考意义。"宗经"思想纵贯全书已是公论，文学发展的"史学识见"，确是超越《史传》篇而实际运用于全书多数问题的论述，其对《文心雕龙》理论体系的形成，是一个值得注意的重要因素。

《文心雕龙》的文学理论集中在创作论部分，要具体研讨其理论体系，自然也要以创作论部分为主。台湾研究者对这部分的研究也更为精细。李曰刚的《文心雕龙斠诠》，虽是一部兼有校、注、译、论的全面性著作，但在不少理论问题上，也是台湾诸家中成就较高的。理论体系研究方面就是其中之一。在其书的自序中，著者制有《文心雕龙》全书内容组织总表；在《序志》篇的"题述"中，制有《文心雕龙全书体系表》《文术论二十篇之篇序义脉索引表》

---

① 《文心雕龙研究》1984年版，第19页。
② 《文心雕龙导读》第41—42页。

《创作轨范图》,又在《总术》篇的"题述"中制有《文学创作理论体系图》。这些图表从各种不同角度,对《文心雕龙》的组织结构和理论体系进行了具体剖析,这里只摘要介绍其《文学创作理论体系图》。黄侃《文心雕龙札记》论《总术》有云:"总术者总括《神思》以至《附会》之旨,而丁宁郑重以言之也。"李曰刚即据此说(但改《附会》为《指瑕》),而由《总术》篇入手探索创作论部分的理论体系。他认为"彦和论文,悉以人之生理为喻""整个文术之理论体系,亦系按照人体部位而设计"。李先生的这个体系设计,虽觉主观"设计"的成分多一点,却很有特色和独到之处。《总术》篇确为刘勰整个创作论部分论旨的总括,从本篇着手来探索其创作论的理论体系是可取的。刘勰的理论,不仅以人为喻者甚多,其创作论本身就是从创作的主体——"人"出发,从各种不同角度论述对"人"(作家)的要求。因此,从"人"的角度来研究刘勰创作论的理论体系,确是一个值得注意的重要途径。但这里还存在一些尚待继续研究的问题,最主要的是,仅从人体的部位来设计其创作论体系,一方面对某些刘勰并非以人体为喻或不宜以人体为喻的项目,难作适当处理,如李图以《通变》《定势》《镕裁》《章句》四篇为左右手足等,只能是李氏自己的设计而已。另一方面,以人体部位喻作品的各种因素,或喻文学创作的各种功能,虽可勉强"设计",却无法设计独立于人或人体之外的东西。李曰刚注意到"文之组成"的两大要素:情、采,但文之创作,仅有这两大要素是不能完成的。所谓"情以物迁",离开"物"(包括人所处的社会环境和自然环境)便不可能有创作之情,而创作之情必然是某种物的直接或间接的反映,所谓"瞻言而见貌,即字而知时"是也。情和物的关系,正是刘勰创作论的一个重要组成部分:必须有"物色之动",才使人"心亦摇焉";对外在事物,只有"目既往还",才能"心亦吐纳"(《物色》),离开外物,根本就无所谓创作。照刘勰看来,创作构思,本身就是"物以貌求,心以理应"的心物交融活动(《神思》),即使是"修辞技巧",也要求"触物圆览",以期达于"物虽胡越,合则肝胆"(《比兴》)的境地。刘勰的创作论中,这样的论述很多,却是李曰刚的体系图所无法表达的。其图虽也把创作论各篇都"设计"进去了,但既从人体部位着眼,就不能不产生详于主体而略于客体之失。

三、自然之道

张立斋早在1967年出版的《文心雕龙注订》中就讲到"自然之道"的意义:"此《文心》为书,第一要旨。"可见他对"自然之道"在《文心雕龙》中的重要地位是有一定认识的。但台湾对这个"第一要旨"的研究,却一直裹足不前。其初期的解释,如李宗懂的《文心雕龙原道辨》,曾试图调和释道而为言:"道是无体之名,而《文心》之作,实本于文而体于儒,因于释而成于道,并取所需,成此杰作者也。"[1]其后诸家之说,大都折衷于儒家之道,直到1982年出版的龚菱《文心雕龙研究》,仍以为《原道》之"道",即熊十力《读经示要》所析儒家的"生生不息真常维极之道"[2]。其间有的著作,虽标目为"师圣体经,文原乎道"[3],但所原何"道",却始终避而不谈。这或许是对其"道"有难言之隐。

《原道》篇的"自然之道",确是一个相当难于掌握其确切意义的复杂问题,海内外研究者,长期来存在较大的争议,这是并不

---

[1] 见《大陆杂志》第30卷第12期(1965年6月)。
[2] 《文心雕龙研究》第70页。
[3] 《文心雕龙之创作论》第102页。

奇怪的。令人感到奇怪的,反而是台湾诸家鲜有异议,近二十年来流行一种普遍的观点,已几成定论。如沈谦的《文心雕龙批评论发微》,于列举诸说之后说:"权而论之,以自然之道似较合宜",他的具体解释是:

> 自然者,客观事物是也,道乃原则或规律。自然之道可谓客观事物之原则或规律,道之文乃符合客观事物之原则或规律之文。①

这是1977年的说法。在四年之后的另一本书中,著者仍照录此说,一字未改②。这段话还在台湾的其他《文心雕龙》论著中不断出现,如李曰刚的《文心雕龙斠诠》中也有这段话,也是一字不差③。甚至认为这个"道"是儒家"生生不息真常维极之道"的龚菱也说:"道即是原则或规律,自然之道可谓客观事物之原则或规律,道之文乃符合客观事物之原则或规律之文。"④对照上引文字,可知这是有所变化的了,但只是据刘永济说,改"自然者,客观事物也"为"自然者即道之异名",其余仍与上文完全一致。这是一个十分有趣的现象。其说从何而来呢?王更生有清楚的交代:

> 今人陆侃如作《文心雕龙论道》及《原道篇译注》,确认此处所谓之"道",就是"自然之道";刘永济《原道篇校释》也说:"此所谓自然者,乃道之异名。"自然是客观事物,道即原

---

① 《文心雕龙批评论发微》第33页。
② 《文心雕龙之文学理论与批评》第25页,台北华正书局1981年出版。
③ 《文心雕龙斠诠》第4页。
④ 《文心雕龙研究》第72页。

则或规律;自然之道也就是客观事物的原则或规律。①

据此,我们一读陆侃如先生的原文,就真相大白了。他是这样说的:

> 自然是客观事物,道是原则或规律,自然之道就是客观事物的原则或规律,道之文就是符合于客观事物的原则或规律的文。②

这就是台湾诸家之说的总源头了。可以由此得出的结论之一,是台湾与大陆的《文心雕龙》研究,不仅有历史的血缘关系,且这种关系一直保持至今,并没有因一峡之隔而割断。这种关系是永远也无法割断的。大陆上一篇六十年代之初的文章,在一个基本观点上,决定了台湾几乎是全部重要著作的论述,一直延续到八十年代,这就很能说明海峡两岸学术关系之密切了。(这只是一例,类似情形还很多。)其二,此事更有力地说明,海峡两岸的学术研究,实有密切联系的必要。陆侃如先生早在 1961 年首创"规律"说,到 1969 年经香港选入《文心雕龙研究专集》才传入台湾,直到 1980 年才编入台湾出版的《文心雕龙研究论文选粹》③。这就是说,陆文到八十年代之后才能为多数台湾读者所知。这显然是一个十分漫长的过程。

但自 1961 年以后,大陆对"原道"论的研究,又不断有新的发展,而台湾却直到 1982 年,还原封不动地沿用二十多年前的旧说。王元化先生的《文心雕龙创作论》中,就明确讲到:"在前人著

---

① 《文心雕龙研究》1976 年版,第 199 页。
② 《〈文心雕龙〉论"道"》,《文史哲》1961 年第 3 期。
③ 《文心雕龙研究专集》,香港龙门书局 1969 年出版。

述中'自然'一词并不一定代表'自然界',更不一定等于今天所说的'物质'。"他列举了大量例证,最后说:刘勰的"自然之道""不是指物质自身运动的客观规律"①。陆侃如先生自己的见解,自1961年之后也很快有了发展。在1968年出版的《刘勰和文心雕龙》②中,已明确放弃"自然是客观事物"之说,而以"自然之道"为"自然的道理或规律"了。其后大陆对"自然之道"的研究还不断有所发展,从台湾至今仍未改旧说可知,他们对大陆的新发展似乎未有所闻。这种事实说明,一峡之阻对两岸学术的交流与发展,确乎为害非浅。

由此看来,台湾学者对"自然之道"的研究,一直进展不大。究其原因,窃以为主要在于拘守成说而忽于自己的深思熟究。他们一遍一遍地重复着:"自然者,客观事物也",却未曾稍加思索:若"自然之道"为客观事物的规律,这个"规律"的具体涵义是什么?它究竟是个什么规律?《文心雕龙》首标"自然之道",要讲"客观事物的规律"干什么?《文心雕龙》不是哲学讲义,而是文学理论,其首篇专论"自然之道",是提出指导全书的基本文学观点,台湾诸家所谓"文原论"是也。既如此,刘勰一开篇就大讲一番"客观事物的规律",衡诸《序志》篇之"《文心》之作也,本乎道",岂非文不对题?"客观事物的规律"云云,明明与《文心》全书的内容不着边际,何况"自然"根本就不是"客观事物"。这些都是不难而明的,台湾诸家长期录而不疑,盖未思也。

台湾研究者不察其实,不仅多年来回骤于庭间,难出前人之樊篱,且既守成说,则黄侃之成说、刘永济之成说、陆侃如之成说,

---

① 《文心雕龙创作论》第62页,上海古籍出版社1979年版。
② 《刘勰和文心雕龙》第15页,上海古籍出版社1978年版。

均不得不守。于是兼收并蓄,陷于重重矛盾而不能自拔。但也应看到,台湾诸家论"道",亦非全无自得。如徐复观就曾正确地解释"自然之道"为"自自然然地道理";所谓"自然",就是"自己如此"①。此说平实,然正得刘勰之本意。只惜其说晚出,尚未引起台湾学人的普遍注意。又如李曰刚虽认为狭义的"道"可兼指儒道,却详细地论证了它与儒家之道的区别。他在详考后世韩愈、柳宗元、周敦颐、朱熹之论道后说:"总之,韩、柳、周、朱四贤之论文与道,以道为文之质,文为道之形,与彦和之以道为文所本,文为道所生,迥然有别。盖彦和所谓道,乃自然之道;四贤所谓道,完全囿于儒家之道。"②又如王更生之论:"古来以'原道'命篇的作品,首推汉初的《淮南子》,另外是唐朝的韩昌黎。《淮南子》所原之道,根据高诱注与许慎间诂,显然属于道家之道。而韩昌黎排佛老,尊孔孟,自是局促于儒家的仁义之道。惟刘勰介乎二氏之间,所著《原道》篇,乃专从天地、山川自然的实体出发,倡言文章之道。"③这些见解,虽前人已有所及,但他们是经过一番实地核究之后得出的认识。以《原道》之"道"不同于儒道,而是从天地万物的实体出发总结出来的"文章之道"。

以上见解,不仅是他们的自得,而且接触到刘勰"原道"论的某些实际。如果不囿于成说,真正从《原道》篇的实际出发,必能在此基础上获得更深一层的认识。

---

① 《中国文学论集续篇》第178—179页,1981年台北学生书局出版。
② 《文心雕龙斠诠》第9页。
③ 《文心雕龙研究》1976年版,第199页。

四、风格论

《文心雕龙》的风格论是台湾学者研究的重点之一。他们在这个问题上研究较深,成就较大,但也存在一些有待斟酌的问题。

王更生的《文心雕龙研究》初版和王金凌的《文心雕龙文论术语析论》,都有风格论的专章研究;黄春贵的《文心雕龙之创作论》、龚菱的《文心雕龙研究》、沈谦的《文心雕龙之文学理论与批评》等,都有风格论的专节。单篇论文如廖蔚卿的《刘勰的风格论》、徐复观的《文心雕龙的文体论》、郑蕤的《文心雕龙体性篇中的八体》等,也是对刘勰风格论的专题论述。此外,如李曰刚的《文心雕龙斠诠》、张严的《文心雕龙文术论诠》及种种注解本,也分别在有关篇章中做了程度不同的论述。特别是李曰刚的《斠诠》,其《体性》篇的题述,对刘勰的风格论做了尤为全面深入的研究。

台湾的学风,常呈一呼百应之势。在学术问题上,鲜有歧议和争论,往往一说既出,百家相从。但在风格论上,却存在较大的歧议,也偶有颇为严厉甚至过火的争执。盖以台湾研究者看来,风格论不仅是《文心雕龙》的重要内容之一,有的还认为全书皆以风格论为中心,或者认为《文心雕龙》就是一部风格论。如徐复观认为:"《文心雕龙》本是以'文体'的观念[1]为中心而展开的"[2];王更生认为:"《文心雕龙》之论风格,不仅有承先启后的新发现,

---

[1] 台湾研究者认为古代的"文体"这个概念即相当于今人所说的文章风格,故有的称风格论为"文体论"。

[2] 《王梦鸥先生〈刘勰论文的观点试测〉一文的商讨》,见徐复观《中国文学论集续篇》。

其全书五十篇亦由风格论作前导,推展他论文的范畴"①;李曰刚更认为:"《文心雕龙》广义言之,全书均可称之为我国古典文体论专著"②。正因他们认为风格论在《文心雕龙》中如此重要,故对这问题的研究极为重视。

早在1959年,徐复观在《东海大学报》第一期发表《文心雕龙的文体论》一文,就提出"文体"和"文类"两个概念被长期混淆的问题,认为这是理解传统文论、特别是研究《文心雕龙》的"最大障碍"。徐文认为这种混淆始于南宋,影响及今以至国外的汉学家,都误称"文类"(文章体裁)为"文体"。为澄清其混淆,扫除此障碍,他的这篇长文是做了很大努力的。此文问世之后,不能不引起研究者的注意和探讨,台湾近年出版的多数著作虽仍继续称《明诗》等篇为文体论,称《体性》等篇为风格论,但对此却展开了较多的研究。

首先是其风格论的范围。

既然是研究刘勰的风格论,自当从《文心雕龙》的具体内容出发,首先明确其中论风格问题的范围,然后才能据以探讨它是怎样论风格的。黄春贵、沈谦、龚菱三家之见略同,都是以《体性》篇为主而兼及《风骨》篇。但他们大都是两篇内容兼提并列而已,未能具体说明何以要两篇并论,以及这两篇有何关系。黄春贵尚略有所及,其论为:

> 《文心雕龙》有关风格之论说,侧重《体性》与《风骨》两篇,《体性》篇自文章之静态立说,《风骨》篇自文章之动态立

---

① 《文心雕龙研究》1976年版,第288页。
② 《文心雕龙斠诠》第1159页。

> 说……体为文章之形态,性为作家之性格,作家之性格有殊,所为文章之形态自各不同。风为文章之气韵,骨为文章之结构,有其气韵之生动,便自有其风;有其结构之完整,便自有其格,合此气韵生动之调与结构完整之格而为一,则形成文章之格调。故所谓风格,由于作家内在之性格不同,所为文章之外形遂有差异,《体性》篇曰:"各师成心,其异如面",即是此意。①

这段话前论《风骨》《体性》两篇立说之别,后论《体性》与《风骨》之关系。二者之别是否在于"静态"与"动态",是尚待斟酌的。《体性》篇强调"八体屡迁"等,则非"静态";《风骨》篇是要求文章写得"风清骨峻",亦非"动态"。至于"风骨"与风格的关系,其论虽有"犹抱琵琶半遮面"之态,但从论"格调"之后,继以"故所谓风格"之说,显然是说,"风骨"即"格调",亦即"风格"。以"格调"释"风骨",说出杨慎。杨云:"诗有格有调,格犹骨也,调犹风也。"姑无论"风骨"是否即"格调",至少可由此发现一个明显的问题:诗的"格调"和文人的"风格"未可同日而语。由此可见,《体性》和《风骨》两篇何以并属风格论,还是一个需要进一步研究的问题。

此外,沈谦还论述了《定势》篇的文体之风格(详下)。王金凌则以《体势》章专论风格,开章明义提出:"体势是今人所习称的风格。"他析"体"字有六种含义:篇幅、内容、形式、体要、体势、泛称文章,认为其中只有"体势"一意指"今之所谓风格",并进而肯定:"若严格地说,只有势才是风格。"王金凌认为"体势"连用是

---

① 《文心雕龙之创作论》第183—184页。

偏义复词，因而完全排除以"体"为风格的传统见解。王氏详举《文心雕龙》中"体"字三十四例，但略于《体性》篇中"体性"之"体"，"数穷八体""八体屡迁"之"体"等，必以"势"为风格，他的主要理由是：

> 然而"势"何以能解为风格？许慎《说文》解势为威力权（按《说文》为"盛力权也"），可见势有力的性质，势的其他意义也都由力衍生出来。"即体成势"就是作品完成立刻产生力的现象，这种现象是对作品整体的感觉，而不是对内容或形式或媒介技巧的感觉。这种整体的感觉在文学中只有风格才足以说明。而我国文学评论又将风格简要的分为刚柔两大类，并常以风力、骨力表示，可见风格即力的表现，活力的表现，生命力的表现。因此，势就是指风格。①

这是一种新说，也可说是言之有理的。至于此理能否成立，还有待把刘勰自己的论述范围考查清楚后，再作进一步研究。因为此说完全是就《定势》篇立论，它和刘勰风格论的范围有直接关系。这里只先就王氏上述新解略献其疑。用"力"来解"势"是不错的，但存在一个明显的问题：是否只有"力"之刚强者才可谓之风格，而柔弱则不与？恐怕只能说，刚与柔皆可形成一种风格。不仅如此，无所谓"力"，与"力"无关的种种表现特色，也可形成某种风格。如刘勰所论八体，典雅、远奥、精约、显附、繁缛、新奇、轻靡等，大都很难用"力"的大小强弱来衡量。如此，以"势"为风格，甚至"只有势才是风格"之说，就会发生动摇。但照王氏之论，"八体"并非风格，仍是自有其理的。所以，这还有

---

① 《文心雕龙文论术语析论》第236页，台北华正书局1981年出版。

待研究刘勰风格论的范围是否唯《定势》一篇。不过，据刘勰自己的解释，圆者自转，方者自安，便是"势"；"激水不漪，槁木无阴"，也是"势"。"势者，乘利而为制也"，他的许多解释，都未必是"力"所能范围的。如果只有所谓"风力""骨力""刚柔"之类是风格，而把千变万化"其异如面"的种种特色摈斥于风格之外，这样的"风格"，就未必是真正的风格，更未必是刘勰所讲的"风格"了。

除《体性》《风骨》《定势》三篇外，台湾论者涉及面甚广。如徐复观以为："《文心雕龙》一书，实际便是一部文体论。"①王更生则加以具体化，在《文心雕龙风格论》专章中，从"群经的风格"，讲到"文体风格""时代风格""作品风格"等，而谓"事实上，全书五十篇无处无之"②。论风格的范围到此，也就无以复加了。王更生在此章的结论中说：

> 如果我们广义的说，《文心雕龙》五十篇著述之旨趣，就在昌明文章的风格，亦并不为过。常人误以《体性》专论风格，殊不知《体性》篇只是明标风格的类别，至于风格的主导思想，文体的风格、时代的文风，作品风格的鉴赏，它的多元性与全面性，决非《体性》一篇可以概括尽的。③

这个意见，我以为有很可取的一面。但所谓"广义"，仍应有一定的限度，亦犹全书有关文学批评的内容甚多，仍不能改变《文心雕龙》的性质而称之为批评之书。要是"全书五十篇无处无之"，照

---

① 《文心雕龙的文体论》，《东海大学报》第1期（1959年6月）。
② 《文心雕龙研究》1976年版，第314页。
③ 《文心雕龙研究》1976年版，第316页。

这样"广"法，也就可说我国古籍无书无之了。另一方面，注重全面不能不以科学的、实事求是的态度进行研究。《体性》虽非《文心雕龙》风格论的全部，却也绝非"只是明标风格的类别"，其论八体的篇幅不过《体性》篇的三分之一，其余三分之二岂能视而不见？特别是其论风格的形成和决定因素部分，理论价值远胜于八体的区分。要解决风格论研究中的许多歧议，我以为最根本的途径在于把握刘勰风格论的实质，其论风格的形成与决定因素，正是实质之所在。如果研究者用掩目捕雀的方法，任何问题都是难得确解的。

由上述可见，台湾研究者笔下的风格问题，其范围小则一篇，大则全书。由于范围不同而主旨难明，或以"体"为风格，或以"势"为风格，或以风骨、格调为风格，分歧因之而生。其共同趋势，是以竞相扩大风格论的范围为主，随着风格论范围的其大无边，"风格"一词的涵义也其大无边了。只举一例可明。如王更生把《才略》对诸家文才之评视为论"作品风格"，其例之一为："桓谭著论，富号猗顿，宋弘称荐，爰比相如，而《集灵》诸赋，偏浅无才，故知长于讽谕（原作"论"，至正本作"论"），不及丽文也。"笔者不敏，反复读这段话，桓谭作品的风格何在，却是百思不得其解。"富号猗顿"是风格？"偏浅无才"是风格？抑"长于讽论""不及丽文"是风格？且看王更生是怎样论说的：

彦和论各家作品风格，有许多独到的见地，例如他评扬雄的作品，"子云属意，辞义最深，观其涯度幽远，搜选诡丽，而竭才以钻思，故能理赡而辞坚矣"。评桓谭云：……皆切中肯綮，由各家之辞令华采，以见其才能识略，作我人学海之南针也。①

上引"桓谭著论"的一段话,就是这里"评桓谭云"的内容。读者很希望得到著者解答的是,这段评语指什么"作品风格",著者却"王顾左右而言他"了。"才能识略""学海南针"云云,是和"作品风格"风马牛不相及的。这样的"风格论",全则全矣,却不知"风格"之为何物。所以,在争相扩大范围之后,风格的真义愈来愈模糊不清了。

第二是风格涵义的历史真相。

李曰刚曾批评误称"文类"为"文体"者是"数典忘祖"。一般说来,台湾研究者大都注重传统文论的本来面目,对"文体"的研究是较突出的一例。这是一种可贵的态度。

较早对此发表的文章,是上文所说徐复观的《文心雕龙的文体论》,李曰刚继而做了较为全面的论述。徐说已多为李论所吸取,现在就以李曰刚之论为主以鸟瞰其说。何谓为"体"?李氏认为,构成文学艺术的三要素之一是"艺术形相",他由此申说:

> 文学中之形相,英法通称之为 Style,日人译为样式或文体,而在中国则称之为"文体"。体即形态、形相,黄师《札记》所谓"体斥文章形状"是也。……一切艺术必须是复杂性之统一,多样性之均调,均调与统一,为艺术之生命,亦为文章之生命,而文体正所以表征作品之均调与统一。②

这种"文体",他认为"今皆通称之为风格"。古代有关文体的论

---

① 《文心雕龙研究》1976年版,第313页。
② 《文心雕龙斠诠》第1157页。本节所引李说,均见《文心雕龙斠诠》之《体性》篇题述(1151—1214页)。

述,李氏以为"殆胚胎于两汉之际,诞育于魏晋,成长于齐梁"。著者列举大量史实说明,"文体"这个概念在古代(至少在当时)多指作品"形相"(样式),而不是文章分类的体裁。这对我们认识古代文论中所谓"文体"的原貌是十分有益的,更有助于正确理解《文心雕龙》的基本性质及有关"体"字的真义。《梁书·刘勰传》既说他"撰《文心雕龙》五十篇,论古今文体",刘勰自己也说,是有感于"去圣久远,文体解散……于是搦笔和墨,乃始论文"(《序志》)。则谓《文心雕龙》"全书均可称之为我国古典文体论专著",是很有道理的。

但这里还存在一个有待研究的问题:古人所讲的"文体",是否即今人所说的"风格"? 从一般理论上看,古今论艺术形象的书甚多,可以说,凡是论文学艺术的著作,就离不开艺术形象的问题,绝非凡论艺术形象的都是风格论或论风格。从《文心雕龙》的实际看,言"体""文体"即风格者有之,但不仅并非都指风格,且大多数不是风格。单讲"体"字,可以一词多义,但"文体"连用者,也是如此。《文心雕龙》全书共八处:

1.《诔碑》:傅毅所制,文体伦序。
2.《风骨》:洞晓情变,曲昭文体。
3.《体性》:势流不反,则文体遂弊。
4.《章句》:巧者回运,弥缝文体。
5.《附会》:义脉不流,则偏枯文体。
6.《总术》:况文体多术,共相弥纶。
7.《时序》:因谈余气,流成文体。
8.《序志》:而去圣久远,文体解散。

这八个"文体",除第七例略近"风格"之义外,其他都和今人所说的"风格"相去甚远。"伐柯伐柯,其则不远",就请用李曰刚先生自己对这些话的"直解"为证。例一的"文体伦序",他解为"属笔伦理条畅,层次分明";例二的"文体"解作"文章之体要";例三的"文体"则解为"文章体裁";例四、五的"文体"均解为"体势";例六的"文体"解作"文章体制";例七的"文体"解作"文章之体裁风格";例八之"文体"解为"文章体格"。这些"直解"或有可酌之处,但第一,大都并非风格之义是无疑的;第二,李氏自己的理论和实际难以统一。所以,用概括性较大的"艺术形相"解释古代涵意广泛的"文体"或有可能,但把"文体"笼统地视为今人之所谓"风格"就不可能了。"艺术形相"和"艺术风格"显然是不同的范畴。台湾学者把风格论的范围作无限制的扩大,正与混同二者的区别有关。

第三是风格和体裁(文体和文类)的关系。

如前所述,台湾研究者既反对用"文体"指文章体裁,则"文体"与"文类"必有其严格的区别。但体裁和风格又往往有其密切的联系,所以沈谦的《文心雕龙之文学理论与批评》一书,就以《文心雕龙之文学类型》一章,兼论体裁与风格,而认为风格与体裁都是"文学之形态类别"。因此,厘清其区别与关系,不仅对《文心雕龙》研究至为必要,对整个古代文论的研究,也是一大任务。李曰刚先生于此有具体的论析,他从中西对照入手,其论西方文学云:

> 西方以其文学领域属纯文学性,甚少含有人生实用之目的,颇觉文学之类,亦即是文章之体,两者往往易于混淆。即使如此,吾人仍能发现"类"(Genre)与"体"(Style)有不可逾越之界线。盖"类"是纯客观的存在,不涉及作者个人之因素在内,其形式固定不移;而"体"则是半客观半主观之产物,必须有个人之因素存内,其形式则为流动无定。

此论是很值得注意的。古今中外的文学艺术，都既有其共通的基本规律，也有各不相同的特点。像传统的中西文学就有其相异之处：西方偏重于为艺术而艺术，中国则偏重于实用的艺术。为艺术而艺术，不受外因的制约，主客观容易统一，因此，"两者往往易于混淆"，歌德的风格就在他的诗中，莎士比亚的风格就在他的剧中。重实用的中国传统文学就不尽然。如颂、赞、铭、箴、章、表、奏、议之类，其实用价值的要求，就不允许任意发挥每个作者的主观因素。这样的事实，刘勰讲到很多，如《颂赞》篇："班、傅之《北征》《西巡》，变为序引，岂不褒过而谬体哉！马融之《广成》《上林》，雅而似赋，何弄文而失质乎！"把颂写成长篇散文或赋，这就是"谬体""失质"，也就是主客观的矛盾。这种矛盾，在中国的传统文学中是相当普遍的，研究中国古代文论就不能不重视这一特点，也就是说，不能一般地用西方理论来分析中国古代文论。

李曰刚认为中国传统文论的体类特点有三：

> 第一，中国传统文学中之类，远较西方复杂，因而分类工作亦远较西方为重要。第二，文学分类主要是根据题材在实用上之性质，至于文字语言构成之形式仅居于次要地位，无足轻重。此即说明西方之 Genre 与 Style 有时可以混淆，而中国之类与体，则决不能混淆。第三，有实用性之文学，在客观上均有其所须达到之一定目的，而此种所须达到之目的，即成为文体之重大要求，亦构成文体重大因素之一。于是某类文学要求某种文体，亦便成为文体论之重要课题。

这三点认识是颇为重要的，尤其第二点说明中国传统文学中体与类不能混淆之理，是较为有力的。文类既决定于文章的实用价值，则文类之区分与确立，它本身并没有"个人因素在内"。但是，当作者出于某种目的而运用某种文类时，主观因素就有可能得到一定程度的统一，文类和文体便可趋于一致。李氏的三点，正是讲文类和文体的这种关系。由于不同的文类各有其不同的目的性，某种文类一旦形成，它就积淀了社会历史诸因素而有相对固定的要求，并对这一体裁的"形相"特征形成一定的制约性，无论作者的主观因素如何，凡运用这种体裁，就必须服从其制约性，以求体类相合。李曰刚论之曰："体与类相合者为佳作，不相合者为劣品，此即《文心雕龙》上篇'圆鉴区域'之最大任务。"他所说的"文体论的重要课题"，也就是指研究如何做到体类相合。

此外，沈谦也曾论及风格与体裁的关系。唯论体类之关系对李说有所补充：

> 二者虽迥然有别，然亦有相辅相成之处，若王维、孟浩然诸田园诗人，风格多恬静淡雅，而诗体以五言为主；岑参、高适诸边塞诗人，风格多奔放雄伟，而诗体以七言为主。盖由于五言诗句法缓舒，适于呈现清静闲适之情，而七言诗句法多变，适于显示慷慨雄浑之气也。①

这提出了体类关系的一个重要理论：归根结蒂，任何风格实为人的风格、作者的风格。同样是诗，但可以有"恬静淡雅"的风格，也可以有"奔放雄伟"的风格，这种区别与五言和七言诗体有关，但并非这种诗体决定王、孟、高、岑，而是生活在田园和边塞的诗人们，出于"情性所铄，陶染所凝"的个人因素，决定他们采用与之相适应的七言诗或五言诗。其实，这个道理刘勰在《明诗》篇已讲得很清楚了。诗人之或雅或润，或清或丽并非偶然，而是"惟才所

---

① 《文心雕龙之文学理论与批评》第82页。

安"。"才"者才性,即所谓"随性适分"是也。这是把握体类关系的关键所在。台湾学者对风格论的研究,确较深入而多有发明,唯惜于此,尚觉明而未融。如李曰刚之论,宏矣,深矣,却未遑细究"个人因素"作用于艺术风格的实质,因而在论"各类文章应具备之文体"时,就割裂了个人的因素而只讲文类的作用。体裁本身是不能产生风格的,它只是对风格有一定制约作用。准确地说,所谓风格实为"作家风格",它如"时代风格""民族风格"等,也主要是某个时代或民族的人在一定条件下形成的共同特色。这就是下面要探讨的最后一个问题。

第四,关于风格的决定因素。

艺术风格的决定因素,是研究以上诸问题的归结点:什么是风格,特别是什么是刘勰的风格论,这似乎是《文心雕龙》研究者尽人皆知的问题,但上述种种分歧、矛盾和疑义,都因有忽于此而生。问题虽较复杂,若能切实掌握其关键,也是不难拨云雾而见青天的。这个关键,就是风格的决定因素。

台湾诸家对风格的决定因素,不仅都有明见,而且都是一致的。这是一个很有趣的现象。现略举诸论如下:

> 黄春贵:故所谓风格,由于作家内在之性格不同,所为文章之外形遂有差异。①
>
> 王更生:刘彦和以为决定作品风格的因素有四:即才、气、学、习。②
>
> 王金凌:不论中西学说,都以个性为造成体势(风格)所

---

① 《文心雕龙之创作论》第 184 页。
② 《文心雕龙研究》1984 年版,第 364 页。

以不同的根本原因。①

　　沈谦：故所谓风格者，作者内在之性格迥异，流露于作品所显现之特色也。……作品之风格乃决定于作家先天之才调、气质与后天之学力、习业。②

上引四家之说，可谓异口而同声，其于风格，虽有"文体""体势"之说不一，但决定风格的因素，诸家的认识是一致的。我以为这种一致性，借刘勰的话来说："非雷同也，势自不可异也"（《序志》）。因此，就有可能据以探得问题的实质，而正确地解决上述种种疑难。从诸家之论中，至少可以得到两个重要的基本认识：一是"风格"的界说，二是风格的成因。这是一个问题的两个方面，实际上是一回事。什么叫风格呢？就是由作家各不相同的个性所决定的作品的独特风貌。对此刘勰自己已讲得很清楚，台湾诸家自然也就较为准确地据以认识到个性决定风格的基本原理。既然风格是这样形成的，是否可以由此得出结论：只有由作者的才、气、学、习（也就是个性或谓之艺术个性）所决定的作品风貌才是风格，其他则不得谓之风格呢？这是很值得研究的一个重要问题，风格论研究中的种种歧议便由此而生。

　　就一般理论上来说，"体"必须有个人因素在内，"类"则不涉及作者个人之因素，"是纯客观的存在"。台湾研究者提供了很好的教训，忽视了这种区别，便可把《文心雕龙》五十篇全部视为"文体论"或"风格论"，也可把一切古代文论视为风格论。这除了徒增混乱，别无意义。如"奏议宜雅，书论宜理，铭诔尚实，诗赋欲

---

① 《文心雕龙文论术语析论》第234—235页。
② 《文心雕龙之文学理论与批评》第83、88页。

丽"中的"雅""理""实""丽",它只是文章体裁的纯客观要求,并不因人而异,也不决定于任何个人因素。所以,从体类之别着眼,就只能说它是"类"的要求,而非"体"的呈现。如果忽视这种差别,则"形相"可以为风格,"体势"可以为风格,"风骨"可以为风格,各种说法都可言之成理,而"风格"就可无所不包,无所不在了。又如风骨论,它无疑是刘勰针对当时文风而提出的创作要求,是刘勰对文学创作的最高理想。若以风骨为刘勰所主张的一种最好的风格,那就无异说他要求一切作家统一于一种风格,这显然和他自己所总结的风格多样化的必然性("笔区云谲,文苑波诡";"各师成心,其异如面")相矛盾。风格决定于作者各不相同的个性,因此难有统一的要求;风骨则正是对一切作品提出的总的要求,就因为风骨不决定于作者的个人因素。风格既决定于作者的个人因素,则每个作家都自有其风格;风骨既不决定作者个性,则有的作品有风或有骨,有的作品却无风或无骨。风格是一个不可分割的整体,风骨不仅可析之为二,且不包括"采",所以,"风骨乏采""采乏风骨"都不是理想的作品,而风格却是"因内符外""文辞根叶,苑囿其中"的。这些都说明,风格和风骨是迥然有别的两个范畴。二者的根本区别,就在于是否取定于个人因素。

所谓"艺术形相"就更是如此。李曰刚对这点已有很好的论述:"惟此风格一词之广义用法,纵为吾人所承认,仍依然不能代替传统之文体观念。一则'风格'过于抽象,不易表示'文体'一词所含之艺术形相性。二则风格但指某种特殊文体而言,不能包括文体之全面。"①古代的"文体"二字是否"艺术形相",这是另一问题,但"文体"的概念和风格大不相同,却是至为明显的。无论

---

① 《文心雕龙斠诠》第 1165 页。

对"文体"一词作何解释,都是与作者的个性无关的。令人难解的是:李曰刚先生既然有识于此,明知"风格"一词"不能代替传统之文体观念",何以论及"文体"时,又一再注以"今皆通称之为风格""亦即文之风格""亦即风格"①等?我们于此看到,台湾的某些研究者,旧的混淆尚未彻底理清,却又纠缠于新的混淆之中了。风格论本是他们成就较大的一个论题,唯惜未能把握个性的决定作用这个核心,因而造成概念上的混乱,致使一些研究者对何谓风格论,也是模糊不清的。

最后,不能不为之一辨的是,台湾研究者既明知作者的才、气、学、习(亦即四者汇成的个性)是风格的决定因素,何以又把"艺术形相""体势""风骨"以至文章体裁等混为一谈?对此,我想总是有他们的理由的,论者未明其理,笔者自然不知其理安在。可得而言者,是已联系到个人因素之论。如沈谦引《风骨》篇论"重气之旨"一段后说:"先天之才与气,随人之禀赋而殊异,不可力强而致。发为文章,遂成各种不同之风格。才气内蕴,文辞外发,表里相符也。"②"才与气"确是决定风格的因素;但不仅《风骨》篇未论"才",即使"才气"二者,也只是沈氏自己所说"先天"的因素。仅凭先天的因素是不能形成艺术风格的。又如王金凌认为"体势即今之所谓风格",《定势》篇有"因情立体,即体成势"之论,他析论说:"所谓'因情立体'就是依情志(主题)的性质而决定用那一种文类(从另一个角度来说是体要)表达。表达完成,自然有一种活力呈现出来,这就是势,就是风格。"③"势"的形成

---

① 《文心雕龙斠诠》第1158—1159页。
② 《文心雕龙之文学理论与批评》第90页。
③ 《文心雕龙文论术语析论》第224页。

与"情"有关,"情"就是人的主观因素,所以把"势"解为风格也似有根据。又如李曰刚和王更生,都以《才略》篇对作家文才的评论为风格论,这可能因为"才"也是决定风格的"才、气、学、习"之一。其所举例甚多,如:"左思奇才,业深覃思,尽锐于《三都》,拔萃于《咏史》,无遗力矣。"使人反复求索,莫知风格何在。

从以上种种,可以看到一个共通点,即凡涉"才、气、学、习"之一者,便被纳入风格论。台湾风格论研究的范围无限扩大和种种分歧的产生,大都与此有关。所谓"风格即人",并不是人的某一部分,而是内外诸因素构成的一个整体在作品中的反映。《文心雕龙》五十篇,是五十个不同的专论,但全书又是一个有内在联系的整体。研究此书就既不应忽略其整体性,也不能否认各篇的独立性。创作论部分更是如此,《神思》以下各篇,从不同的角度论述文学创作的各个环节,形成一个互有联系的创作论整体。王更生有云:"我们发觉《文心》各篇均有单独的命意",不可能某篇是另一篇的附庸,或"一意两出"①。这个"发现"是正确的。如果看不见或不承认《文心雕龙》实实在在存在的这种立论特点,有意否认其篇各有旨的区别,就只能造成理论上的混乱,或者说研究者根本就无意于认清《文心雕龙》的原貌。

总的看来,台湾对刘勰风格论的研究,虽有尚待商酌之处,其贡献是较主要而值得重视的。

五、风骨论

《文心雕龙》的风骨论,由于其本身的复杂性和抽象性,研究者长期来存有多种不同理解,台湾也大致如此。但总的看来,他

---

① 《文心雕龙研究》1976年版,第322页。

们的论点基本上不出黄侃和刘永济二家的范围,虽也有他们自己的一些研究所得。

现按其发表先后介绍几种主要论点:

(一)廖蔚卿于1954年在台湾大学《文史哲学报》第6期发表《刘勰的创作论》一文,首先接触到风骨问题。但其论甚略,只引"怊怅述情,必始乎风"数语,而谓"黄氏《札记》解释风即文意,骨即文辞",自己却析以:"所以对于文学作品的布局结构,是在提笔之前,首先应该考虑周详的。"以"必始乎风""莫先于骨"为首先要考虑作品的"布局结构",显然还是研究初期的一种朦胧理解。

(二)张立斋于1967年出版《文心雕龙注订》,其《风骨》篇注一云:"风以骨立,骨以风清,骨立而后义贞,风清而后情爽……此文章之为效也。然意以生情,情生则骨渐,此风之说也。文以成辞,辞成则骨显。《风骨》一篇,继《神思》《体性》之后以述者,知《神思》即风之主,而《体性》即骨之干也。故言情者,同于风也,言辞者同于骨也。"此说仍沿黄侃之解而加以和《神思》《体性》两篇的联系。《风骨》在《神思》《体性》之后,自有其理论发展的脉络可寻,但以"风"继《神思》,"骨"继《体性》却未必然。盖《神思》并非"言情",《体性》亦非"言辞"。

(三)曹昇于同年在《大学文选》9、10期上发表《文心雕龙书后》,在《风骨》篇书后中提出了稍异于前的认识:"摅情发志,婉而成风,断事属辞,凝而为骨,风出于情,骨出于气,情真则风采飞扬,气厚则骨力凝炼。"以"事""辞"凝而为骨,台湾研究者其后用此说者较多,但以"骨出于气"则不多见,而"辞"与"气"如何统一于骨,却未闻其详。

(四)王更生于1976年出版的《文心雕龙研究》中,以《文心雕龙风骨论》一章专论之。他首先综论海峡两岸十五家之说①，然后提出己见，得出"风即辞趣，骨为情理"的结论。其说甚详，留在后面作重点研讨。

（五）王金凌在1981年出版的《文心雕龙文论术语析论》，是研究《文心雕龙》理论术语的专书，对风骨自有较详的论述。但本书的《释风骨篇》，是按原文逐段疏释的方式，故乏系统深入的研究。他的结论是：

> 从以上的讨论，可知风骨的几层含意：一为个性上的风骨，风为柔，骨为刚。一为临文前的风骨，风为真情，骨为正理。三为作品中的风骨，风多由声律表现神情，骨多由辞义表现思想，前者为感性内容，后者为知性内容。四为风格上的风骨。这是文学赏鉴时直观的感受，若要说明则必须求诸作品之中。②

此论细而新，特别是注意到风骨有临文前和表现在作品中之别，是较有道理的。唯四义并列而未明主次，则难知刘勰风骨论的基本意义何在。又意多推衍而出，如以"气指个性"，而"依《体性》篇所云'气有刚柔'，风骨实即刚柔。骨有坚硬的性质，为刚。风有流动的性质，故为柔。"尤其是解"真情"的方法，乃以"吾人可以如此问——什么样的情能感人，则风实即真情。"所谓"正理"亦

---

① 王更生分此十五家为三组：以风即文意骨即文辞者，有黄侃、范文澜、张立斋、曹昇；以风即情思骨为事义者，有刘永济、廖仲安、刘国盈、潘辰；以风骨就是文字的风格者，有罗根泽、郭绍虞、李树尔。见《文心雕龙研究》1976年版，第320—328页。
② 《文心雕龙文论术语析论》第253—254页。

如是得来,都出自著者想当然之辞①。

（六）龚菱1982年出版的《文心雕龙研究》,主要取李曰刚和黄春贵说,以风骨为风格之静态。惜李、黄、龚三氏于此均无详论。龚氏之论风骨,也止于泛述大意,结论为"风当指文辞旨趣融成的风力,骨当指事义情理融汇的气骨"②。

（七）李曰刚的《文心雕龙斠诠》正式出版于1982年,但在此之前,早已印成讲义流传。李氏论风骨,徘徊于黄侃、刘永济二说之间,意欲折衷而难能。故其说有三:初以风为"气韵感染力量",骨为"体局结构技巧"。继以"风是作品之个性倾向,亦即构成作品风神之激情";"骨是作品之中心题材,亦即构成作品骨格之事义"。最后又说:"情思属意,事义属辞,故质言之,风即文意,骨即文辞也。"③黄侃之师说,乃不能不从,又以刘永济说为可取,虽图各取所长,却终成难以调和之论。既以骨为"事义",又以骨为"文辞",只用"事义属辞"四字沟通二说,理由是不充足的。

以上就是台湾研究风骨论的几种主要观点,也是近三十年来的大概发展情况。其初期之论,多以黄侃为据,后期诸论,则以刘永济为主。诸家之论都较为简略,也鲜有发明,唯王更生氏有较详的研究,并有其与众不同的见解。王更生之后,尚未见台湾有新的发展,故就其论,已可见台湾研究风骨论的成就如何了。

王更生对风骨问题是下了一番功夫的,其论虽也有和前人"理自不可异"之处,确是经过认真研究后的自得。当然,风骨论是《文心雕龙》研究史上的一个老大难问题,要能真正前进一步,

---

① 《文心雕龙文论术语析论》第248—253页。
② 《文心雕龙研究》第196页。
③ 《文心雕龙斠诠》第1237—1239页。

特别是提出公认的结论,并不是很容易的。但笔者以为,无论王氏努力的成果如何,他的精神对解决这个老问题是有益而可取的。

王更生首先提出:"我当然是要以各家的成说作基础,可是我也认真的向《文心雕龙》的本身来觅求答案。"①因而对自黄侃以下十五家之论,逐一进行检讨,然后以《风骨的确解》一节,提出自己的见解。虽全章多达七节,王氏的基本论点就集中在此节之中。本节一开始就提出研究这问题的原则:即从全书着眼,究其脉络。我以为此论极是,不从全书着眼,特别是不究其理论的一贯脉络,仅仅局限于《风骨》篇的本论,画地为牢,这个复杂的问题是难得而明的。即使能得其解,由于仁智之见各异,也无以服众之力。若能从全书理论体系上求得印证既合本篇之实,又符全书之理,庶可谓得矣。不幸的是,王氏所谓"前后衔承,脉络一贯",不是理论的"衔承"与"脉络",而仅仅着眼于词语的运用,从全书中去找"风"字和"骨"字的解释;不是从"风骨"之论上去探讨,而是就"风骨"二字求解。故云:"通观《文心雕龙》有关风骨的解释,约分以下几种意义。"他共列六种,现录其三如次:

甲、以辞为风,志即骨者:《体性》篇云:"若夫八体屡迁,功以学成,才力居中,肇自血气,气以实志,志以定言,吐纳英华,莫非情性……才性异区,文体繁诡,辞为肌肤,志实骨髓。"

乙、以辞采为风,事义为骨者:《附会》篇云:"夫才量学文,宜正体制,必以情志为神明,事义为骨髓,辞采为肌肤,宫

---

① 本节所引王更生文均见其《文心雕龙研究》1976年版,第319—361页。

商为声气。"

　　丙、以辞为风,义实骨者:《辨骚》篇云:"观其骨鲠所树,肌肤所附,虽取熔经义,亦自铸伟辞。"

其后三条,均取例于《风骨》篇,可略。仅从这种求解的方法便可判知,其例是虽多无益的,何况每一用法只一孤证。他由此归纳出的结论是:

　　风——辞——辞采——辞——意气激发——辞趣——形式上所表现的感性。
　　骨——志——事义——义——结言端直——思理——文章的中心思想。

王更生对这两个公式作更简要地概括,就是:"风即辞趣,骨为情理。"这种论证,虽用力甚勤,但可疑处颇多。首先是用非其例。细考上列三条,虽有"骨髓""骨鲠"之辞,并无"风骨"之意,它本身就和《风骨》篇讲的"骨"不是同一概念。最显而易见的是:这些例句中没有一例是"风骨"并用的。"风骨"的"骨"是一个专门术语,怎能把它和一般"骨"字混为一谈?强把"肌肤""辞采""伟辞"当作"风",是为常识所不容的。如果见到"事义为骨髓,辞采为肌肤"二句中有"骨"字,便推断"辞采"为"风",则"骨髓"为"事义","风"为"辞采",岂不把"肌肤"变成"风"了?解"骨"为"事义",说出刘永济,王更生在此基础上的新发展,是为了自圆其说而性把"辞采"解为"风"。作此解者,胡宁勿思:《附会》的原文本为四喻:"情志为神明,事义为骨髓,辞采为肌肤,宫商为声气。"四者全面喻指文章的各个组成部分,本是不容分割的,而王氏却以秦琼卖马的方法,截头去尾,置首尾二喻于不顾。殊不知从文章的整体来说,刘勰是最重喻为"神明"之"情志"的,文章无"神明"而有"风骨",可乎？

　　王叔岷曾说：《文心雕龙》"亦文章之冠冕也"①。凡研读其书，切不可无视这一重要特点。《文心雕龙》是骈文，它虽是理论著作，也是做文章，既做文章，就不能不重辞藻。王金凌专究其术语，于此颇有体会。他说："传统的诗文评书籍，并不像现代人那么注重术语的运用，要求统一，他们把文学批评也当作文学作品来写，易言之，即是以创作文学的态度来撰述诗文评。"②《文心雕龙》正是如此。若把其中的"风"字"骨"字都视为统一的理论术语，那就大错特错了，何况汉字一词多义的相当普遍。王更生氏久治龙学，论著已富，想必不致有忽于此，他的失误，可能有多种原因。现略举数例来具体剖析：如《风骨》篇的"情""意""思"等字，他不认为是情意本身，而是"从辞趣的本质上变通说法"，并据"情者文之经，辞者理之纬"等语而论曰："情以内含，辞以成文，情辞本不可离。"此说未尝不对，一切作品都是以辞达情而情辞不分的，但岂可据此而否定情辞有别，一切文辞都可谓之情？而王更生却正是用这样的逻辑来论风骨。他说："'怊怅述情，必始乎风'者，言文家欲叙述个中抑郁的感情，必由达意的辞趣入手。"这样就把"始乎风"解作"始乎辞"了。这种解释，犹不足奇，"风"字在王氏笔下，可谓变幻莫测，如云：

　　　　他(刘勰)甚少以"风清骨峻"去赞许他人的作品，有者亦多属分说。如许以风者《辨骚》篇有"惊才风逸，壮采烟高。"《明诗》篇"兴资(发)皇世，风流二南。"《乐府》篇有"好乐无荒，晋风所以称远。"《诠赋》篇"子云《甘泉》，构深玮之

---

① 《文心雕龙斠记》，《新加坡大学中文学会学报》第5期(1964年)。
② 《文心雕龙文论术语析论》第189页。

风。"《杂文》篇"枚乘摛艳,首制《七发》,腴辞云构,夸丽风骇。"……

这些"风"字,都释为"风清骨峻"的"分说",就未免骇人听闻了。"风逸"和"烟高"对举,此"风"明明是"风雨"的风;"晋风"者,《唐风》也;"云构"与"风骇"并用,也显然是"风云"的风,如此明确的用词,是不辨自明的,也是任何强词夺理所改变不了的,却都在王更生手里,变幻为"风骨"之"风"了。这使我联想到徐复观的几句话,他说有的《文心雕龙》研究者,"只在原书中摘录几句话,不顾文字训诂,不顾上下文关连,随意作歪曲的解释"[①]。这虽非对王更生的评论,就上述情形来看,是可借用而毫不为过的。

就笔者的浅见,王更生的新解并不是成功的。但必须肯定,他这种积极讨索的努力,比某些死守成说或拾人牙慧的盲从者,却胜过十倍。新的探索倘未成功,所谓"失败为成功之母",尚有总结经验,以求成功之时。若死守成说,学术研究便永无发展之日。所以,我不同意其部分论点,却十分赞赏其勇于探求的精神。

[①] 《中国文学论集续篇》第166页。